Bram Stoker, geboren 1847 in Clontarf bei Dublin, ist am 20. April 1912 in London gestorben.

Graf Dracula ist der Fürst der Vampire, ein blutsaugendes Gebilde, das zum Synonym des grauenerregenden Aberglaubens vom Vampirismus wurde. Bram Stoker, der irische Schriftsteller, hatte diese Figur in seinem 1897 erschienenen Roman *Dracula* zum Leben erweckt, ganz in der Tradition der englischen Gothic Novel. Der Autor läßt seinen Helden Jonathan Harker eine Reise in die Karpaten unternehmen, in ein wildes Gebiet, das auf keiner Karte genau ausfindig zu machen ist. Dort trifft der junge Rechtsanwalt aus England den Grafen Dracula in dessen Schloß, allerdings stets zu ungewohnter Zeit zwischen Sonnenuntergang und dem ersten Hahnenschrei. Der Graf will nach England übersiedeln und benötigt den juristischen Beistand des Anwalts.

Bram Stoker stellt die unheimlichen Vorfälle in Tagebuch- und Briefform sowie in der Wiedergabe phonographischer Aufzeichnungen dar – wie er das Grauen entdeckt, wie er gefangengehalten wird und den blutsaugenden weiblichen Vampiren entkommen kann, wie er den nach England gereisten und dort sein Unwesen treibenden Grafen Dracula zu stellen versucht, wie er ihm schließlich den erlösenden Pfahl ins Herz zu stoßen vermag.

Immer wieder war Dracula das Thema für spannungsreiche Verfilmungen, doch bei der Lektüre des Romans dürfte die Phantasie des Lesers sich mindestens ebenso in spannende Erregung versetzen lassen.

insel taschenbuch 3103

Bram Stoker

Dracula

Bram Stoker

Dracula

Aus dem Englischen von
Karl Bruno Leder
Insel Verlag

insel taschenbuch 3103
Erste Auflage 2004
Inse Verlag Frankfurt am Main und Leipzig

Hinweise zu dieser Ausgabe am Schluß des Bandes
Vertrieb durch den Suhrkamp Taschenbuch Verlag
Umschlag: Michael Hagemann
Druck: Ebner & Spiegel, Ulm
Printed in Germany
ISBN 3-458-34803-4

1 2 3 4 5 6 – 09 08 07 06 05 04

Dracula

Erstes Kapitel

Jonathan Harkers Tagebuch
(in Kurzschrift abgefaßt)

3. Mai. – Bistritz. – Habe München am 1. Mai, 8.35 Uhr abends, verlassen und traf am nächsten Morgen in Wien ein. Wir hätten um 6.46 Uhr ankommen sollen, aber der Zug hatte eine Stunde Verspätung. – Budapest scheint eine wundervolle Stadt zu sein, nach dem wenigen zu urteilen, was ich vom Zug aus und bei einem kleinen Spaziergang durch die Straßen von ihr sehen konnte. Ich hatte Angst, mich zu weit vom Bahnhof zu entfernen, da wir spät angekommen waren und, soweit möglich, zur festgesetzten Abfahrtszeit weiterfahren wollten. Mein Eindruck war, daß wir jetzt den Westen hinter uns ließen und in den Osten eintraten. Die westlichste der großartigen Brücken über die Donau, die hier von majestätischer Breite und Tiefe ist, führte uns hinein in die Traditionen der türkischen Herrschaft.

Wir waren einigermaßen pünktlich abgefahren und erreichten kurz nach Einbruch der Dunkelheit Klausenburg. Ich übernachtete hier im Hotel Royal. Zum Abendbrot, das zugleich mein Mittagessen war, setzte man mir ein mit rotem Pfeffer angerichtetes Hühnchen vor. Es schmeckte sehr gut, machte aber durstig. (Ich muß mir das Rezept für Mina geben lassen!) Ich fragte den Kellner, und er entgegnete, man nenne das Gericht »Paprika-Hendel«, und da es ein Nationalgericht sei, würde ich es überall entlang der Karpaten erhalten. Ich fand meine spärlichen Deutschkenntnisse sehr nützlich hier; in der Tat weiß ich nicht, wie ich ohne sie weitergekommen wäre.

In London hatte ich vor meiner Abreise noch einige Zeit zur Verfügung gehabt und war ins Britische Museum gegangen, um mir dort in der Bibliothek Bücher und

Landkarten herauszusuchen, die sich mit Transsilvanien befaßten. Ich hatte mir gedacht, daß eine gewisse Kenntnis des Landes sehr nützlich wäre, wenn ich mit einem Edelmann dieses Landes zu verhandeln hätte. Ich fand heraus, daß der Distrikt, den er mir genannt hatte, im äußersten Osten des Landes liegt und an die Grenzen dreier Länder stößt, nämlich Transsilvanien, Moldau und Bukowina; außerdem liegt er in der Mitte der Karpaten und ist eines der wildesten und am wenigsten bekannten Gebiete von Europa. Auf keiner Karte jedoch und in keinem Buch hatte ich die genaue Lage des Schlosses Dracula angegeben gefunden. Es gibt von dieser Gegend keine Karten, die mit unseren Meßtischblättern zu vergleichen sind. Ich fand jedoch heraus, daß Bistritz, die Poststation also, die Graf Dracula erwähnt hatte, ein ziemlich bekannter Ort ist. Ich werde hier einige meiner Notizen anführen, um mein Gedächtnis aufzufrischen, wenn ich Mina von meiner Reise berichte.

Die Bevölkerung von Transsilvanien besteht aus vier verschiedenen Nationalitäten: Im Süden siedeln Sachsen und unter sie gemischt Walachen, die Abkömmlinge der Dazier; im Westen wohnen Magyaren und im Osten sowie im Norden die Szekeler. Ich begebe mich unter die letzteren, die ihre Herkunft auf Attila und die Hunnen zurückführen. Das mag stimmen, denn als die Magyaren das Land im 11. Jahrhundert eroberten, siedelten die Hunnen darin. Ich las ferner, daß jeder auf der Welt bekannte Aberglaube in dem Hufeisenrund des Karpatengebirges anzutreffen ist, als ob dies der Mittelpunkt irgendeines phantastischen Strudels sei. Mein Aufenthalt kann also vielleicht sehr interessant werden. (Ich muß den Grafen unbedingt nach alldem fragen!)

Ich schlief nicht sehr gut, obwohl mein Bett recht bequem war, aber ich hatte recht seltsame Träume. Ein Hund heulte die ganze Nacht über unter meinem Fenster, und das mag die Ursache für mein Träumen gewesen sein; vielleicht lag es aber auch am Paprika, denn ich trank alles Wasser in meiner Karaffe aus und war immer noch durstig. Gegen Morgen schlief ich wieder ein und wurde erst durch ein beständiges Klopfen an meiner Tür geweckt. Ich denke also, daß ich noch einmal ganz fest schlief. Zum Frühstück gab es wieder Paprika und eine Art Brei aus Maismehl, den sie »mamaliga« nannten, dazu Auberginen mit Fleischfüllung, ein ausgezeichnetes Gericht, das sie dort »impletata« nennen. (Auch das Rezept muß ich mir besorgen!) Ich mußte sehr eilig frühstücken, denn der Zug fuhr kurz vor acht weiter, oder jedenfalls sollte er das, denn nachdem ich um sieben Uhr dreißig zum Bahnhof gestürzt war, mußte ich noch über eine Stunde im Wagen warten, ehe sich der Zug in Bewegung setzte. Es kommt mir so vor, als ob die Züge um so unpünktlicher werden, je weiter man nach Osten kommt. Wie mag das nur in China sein?

Den ganzen Tag lang zockelten wir durch eine Landschaft, die voller Schönheiten jeder Art war. Manchmal erblickten wir kleine Städte oder Schlösser auf dem Gipfel steiler Berge, so wie man sie in alten Meßbüchern abgebildet sieht; dann wieder fuhren wir an Flüssen und Strömen entlang, die, nach den weiten Steinfeldern zu beiden Seiten des Wassers zu urteilen, bisweilen wildes Hochwasser führen. Es bedarf einer Menge wild dahinschießenden Wassers, um die Ränder eines Flusses so glattzufegen. An jeder Bahnstation warteten Gruppen von Menschen, oft sehr viele und in allen Arten von Trachten. Manche erinnerten mich an die Bauern daheim oder an jene, die ich während meiner Reise durch Frankreich und Deutschland sah, mit ihren kurzen Jacken, den runden Hüten und den selbstgeschneiderten Hosen; andere wieder wirkten sehr malerisch. Die Frauen waren hübsch, nur durfte man sie nicht von nahem sehen. Außerdem waren sie in der Taille zu plump. Sie trugen lange weiße Ärmel und die meisten von ihnen große Gürtel mit einer Menge bunter Streifen daran, die wie Ballettröckchen flatterten; aber natürlich trugen sie Unterröcke darunter. Die fremdartigsten Gestalten, die wir sahen, waren die Slowaken. Sie sahen noch wilder aus als die übrigen Landesbewohner, mit ihren großen Hirtenhüten, den weiten, sackartigen und schmutzigweißen Hosen, den weißen Leinenhemden und den riesigen, schweren Ledergürteln, die fast einen Fuß breit und über und über mit Messingnägeln beschlagen waren. Dazu trugen sie hohe Stiefel, in die sie ihre Hosenbeine steckten, hatten langes schwarzes Haar und dicke schwarze Schnurrbärte. Sie sehen zwar sehr malerisch aus, wirken aber nicht sehr vertrauenerweckend. Auf der Bühne würden sie sofort als altorientalische Räuber durchgehen. Sie sind jedoch, wie man mir berichtete, sehr harmlos, und es fehlt ihnen durchaus an natürlicher Selbstbehauptung.

Es war bereits dunkel, als wir in Bistritz einfuhren. Dies ist eine sehr interessante alte Stadt; sie liegt praktisch an der Grenze, denn der Borgopaß führt hinüber in die Bukowina, und daher hat die Stadt eine sehr stürmische Vergangenheit, von der noch immer gewisse Male zeugen. Vor fünfzig Jahren wütete hier eine Reihe von Bränden, die zu fünf verschiedenen Malen schreckliche Verwüstungen anrichteten. Und zu Beginn des 17. Jahrhunderts wurde die Stadt drei Wochen lang belagert und verlor dabei dreizehntausend Einwohner, wobei die Opfer des Krieges durch die des Hungers und der Krankheiten erhöht wurden.

Graf Dracula hatte mir das Hotel »Zur Goldenen Krone« empfohlen, und zu meiner großen Freude fand ich, daß dies ein durchaus im alten Stil eingerichtetes Haus war, denn natürlich wollte ich soviel wie möglich von der Eigenart des Landes sehen. Offensichtlich wurde ich erwartet, denn als ich an die Tür des Hotels kam, trat mir eine freundlich aussehende ältere Frau in der üblichen bäuerlichen Landestracht entgegen, also in weißer Unterkleidung mit einer langen, doppelten, vorn und hinten schützenden Schürze aus buntem Stoff, die, um anständig zu sein, fast zu eng umgebunden war. Als ich näher trat, verbeugte sie sich leicht und fragte: »Der Herr Engländer?« – »Ja«, erwiderte ich, »Jonathan Harker.« Sie lächelte und gab einem älteren Mann in weißen Hemdsärmeln, der nach ihr in die Tür getreten war, einen Auftrag. Der Mann ging fort, kam aber gleich darauf mit einem Brief zurück, den er mir überreichte.

»Mein Freund, willkommen in den Karpaten. Ich warte schon sehr auf Sie. Gehen Sie heute abend zeitig schlafen; um drei Uhr morgens geht die Postkutsche in die Bukowina ab. Ein Platz für Sie ist darin reserviert. Am Borgopaß wird meine Kutsche Sie erwarten und Sie zu mir bringen. Ich hoffe, daß Ihre bisherige Reise von London angenehm verlief und daß Sie den Aufenthalt in meinem schönen Land genießen werden.

Ihr Freund Dracula.«

4. Mai. – Ich erfuhr, daß mein Wirt ebenfalls einen Brief vom Grafen erhalten hatte, in dem er beauftragt wurde, den besten Platz in der Postkutsche für mich zu reservieren. Als ich den Wirt jedoch nach weiteren Einzelheiten fragte, schien er mir plötzlich sehr zurückhaltend und behauptete, mein Deutsch nicht zu verstehen. Dies konnte nicht wahr sein, denn bis dahin hatte er es sehr gut verstanden; jedenfalls hatte er alle meine Fragen richtig und sinnentsprechend beantwortet. Er und seine Frau, das heißt, jene ältere Frau, die mich empfangen hatte, sahen sich auf meine Fragen furchtsam an. Der Mann murmelte schließlich, daß das Geld in einem Brief übersandt worden sei und daß er nichts weiter wüßte. Als ich ihn fragte, ob

er Graf Dracula kenne und mir etwas von dessen Schloß erzählen könne, bekreuzigten sich beide, er und seine Frau, und erklärten, daß sie nichts weiter wüßten, ja sie weigerten sich sogar weiterzusprechen. Da unterdessen die Abfahrtszeit herangekommen war, hatte ich keine Gelegenheit mehr, einen anderen Menschen zu fragen. Dies alles erschien mir sehr geheimnisvoll und keineswegs sehr beruhigend.

Kurz bevor ich abfuhr, kam die alte Dame noch einmal in mein Zimmer empor und fragte in fast hysterischem Ton: »Müssen Sie abreisen? Oh! Junger Herr, müssen Sie abreisen?« Sie befand sich in einer solchen Aufregung, daß sie die Herrschaft über ihre Deutschkenntnisse verloren zu haben schien und Brocken einer anderen Sprache daruntermischte, die ich nicht verstand. Ich konnte ihrem Gedankengang nur folgen, indem ich viele Fragen stellte. Als ich ihr jedoch erklärte, daß ich jetzt abreisen müsse und daß ich mit wichtigen Geschäftsangelegenheiten befaßt sei, fragte sie weiter:

»Wissen Sie, was für ein Tag heute ist?« Ich antwortete, daß es der 4. Mai sei. Sie schüttelte den Kopf und rief:

»O ja! Das weiß ich! Das weiß ich schon. Aber wissen Sie auch, was für ein besonderer Tag das ist?«

Als ich ihr erklärte, daß ich sie nicht verstünde, fuhr sie fort:

»Es ist der St.-Georgs-Tag! Wissen Sie nicht, daß heute nacht, wenn die Glocke Mitternacht schlägt, alle bösen Wesen in der Welt Macht erhalten? Wissen Sie, wohin Sie reisen und was Sie auf sich nehmen?« Sie befand sich in solch offensichtlicher Aufregung, daß ich sie zu beruhigen versuchte, jedoch ganz ohne Erfolg. Endlich ließ sie sich sogar auf die Knie nieder und flehte mich an, nicht zu reisen; oder wenigstens sollte ich einen oder zwei Tage warten, bevor ich reiste! Es war alles sehr lächerlich, aber ich fühlte mich doch recht unbehaglich. Aber schließlich waren geschäftliche Dinge zu erledigen, und ich konnte es nicht zulassen, daß sie durch irgend etwas gestört würden. Ich versuchte daher, die alte Frau aufzuheben, und erklärte so ernst wie möglich, daß ich ihr danke, jedoch einem dringenden Auftrag folgen und daher abreisen müsse. Sie erhob sich daraufhin, trocknete die Augen, nahm ein Kruzifix vom Hals und bot es mir an. Ich wußte nicht, was ich tun sollte, denn als anglikanischer Christ wurde ich gelehrt, solche Dinge in gewissem Maße als götzendienerisch anzusehen. Andererseits erschien es mir aber so undankbar, die alte Frau, die es so gut meinte und sich in einem solch aufgeregten Zustand befand, zurückzuweisen. Ich vermute, daß sie den Widerstreit auf meinem Gesicht lesen konnte, denn sie legte mir die Kette mit dem Kreuz um den Hals und sagte dabei: »Um Ihrer Mutter willen!« Dann ging sie hinaus. – Ich schreibe diese Seiten meines Tagebuchs, während ich auf die Postkutsche warte, die natürlich Verspätung hat. Das Kruzifix hängt mir noch um den Hals. Ob es von der Furcht der alten Frau kommt oder von den zahlreichen Geisterüberlieferungen dieser Gegend oder vielleicht gar von dem Kruzifix, weiß ich nicht, aber auf jeden Fall fühle ich mich längst nicht mehr so unbekümmert wie sonst. Sollte dieses Buch jemals vor mir selbst bei meiner Mina eintreffen, so möge es ihr mein Lebewohl überbringen. Aber da kommt meine Kutsche.

5. Mai. – Das Schloß. – Das Grau des Morgens ist gewichen, und die Sonne steht bereits hoch über dem fernen Horizont, der gezackt erscheint, ob von Bäumen oder Bergen, kann ich nicht erkennen, denn er ist so weit entfernt, daß große und kleine Dinge nicht mehr unterscheidbar sind. Ich bin nicht schläfrig, und da man mich nicht wecken wird, bevor ich selbst erwache, schreibe ich natürlich, bis mich der Schlaf überfällt. Es gibt viele merk-

würdige Ereignisse niederzuschreiben, und damit nicht derjenige, der sie liest, glauben mag, ich hätte zu gut gespeist, ehe ich Bistritz verließ, werde ich meine Mahlzeiten genau beschreiben. Ich aß ein Gericht, das man hier »Räubersteak« nennt und das aus Speckscheiben, Zwiebeln und Fleischstückchen besteht, gewürzt mit rotem Paprika und in Stücken über dem Feuer geröstet, einfach in der Art wie Londoner Katzenfutter. Der Wein war ein goldener Mediasch, der ein merkwürdiges Brennen auf der Zunge verursacht, das jedoch nicht unangenehm wirkt. Ich hatte nur ein paar Gläser davon getrunken und nichts sonst.

Als ich die Kutsche bestieg, hatte der Kutscher seinen Platz noch nicht eingenommen, und ich sah ihn mit meiner Wirtin sprechen. Sie redeten offensichtlich über mich, denn bisweilen sahen sie zu mir herüber, und einige Leute, die auf einer Bank neben der Haustür saßen – man nennt dort diese Bank, roh übersetzt, »Wortträger« –, erhoben sich und hörten zu, und dann blickten sie mich an, und zwar meist mitleidsvoll. Ich hörte aus dem Gespräch ein paar Worte heraus, die oft wiederkehrten, merkwürdige Worte, denn unter den Leuten waren mehrere Nationalitäten vertreten. Ich holte also mein mehrsprachiges Wörterbuch aus der Reisetasche und suchte die Bedeutung dieser Worte heraus. Ich muß gestehen, daß ich davon nicht aufgeheitert wurde, denn darunter befanden sich »ordog – Satan«, »Pokol – Hölle«, »stregoica – Hexe«, »vrolok« und »vlkoslak«, die beide das gleiche bedeuten, und zwar auf slowakisch wie auf serbisch ein Wesen, das entweder Werwolf oder Vampir ist. (Ich will nicht vergessen, den Grafen nach diesem Aberglauben zu fragen!) Als wir abfuhren, machten die Leute vor dem Gasthaus, zu denen noch zahlreiche andere hinzugekommen waren, alle das Zeichen des Kreuzes und wiesen dann mit zwei Fingern auf mich. Nach einiger Mühe brachte ich einen

Mitreisenden dazu, mir zu sagen, was das bedeutete. Er wollte zunächst nicht antworten, aber als er erfuhr, daß ich Engländer sei, erklärte er, es wäre ein Zauber oder Schutz gegen den bösen Blick. Diese Auskunft war nicht sehr erfreulich für mich, da ich gerade zu einem mir unbekannten Ort aufbrach, um einen mir unbekannten Mann dort zu treffen; aber alle Menschen schienen so freundlichen Herzens zu sein, so besorgt und so mitfühlend, daß ich nichts anderes als Rührung empfinden konnte. Ich werde nie den letzten Anblick des Gasthaushofes und der Menge malerisch gekleideter Menschen vergessen, die sich alle bekreuzigten und in dem weiten Torbogen standen, im Hintergrund das dichte Blattwerk von Oleander und Orangenbäumen, die in grünen Kübeln in der Mitte des Hofes wuchsen. Dann ließ unser Kutscher, dessen weite Leinenhosen den gesamten Kutschbock bedeckten, seine lange Peitsche über die vier kleinen Pferde knallen. Die Tiere, die nebeneinander angeschirrt waren, zogen an, und meine Reise nahm ihren Fortgang.

Vor der Schönheit der Landschaft, die sich bei der Weiterfahrt auftat, schwand mir bald alle Gespensterfurcht. Allerdings, hätte ich die Sprache oder vielmehr die Sprachen meiner Mitreisenden verstanden, dann hätte ich wohl meine Furcht nicht so einfach abschütteln können. Vor uns lag ein grünes, hügeliges Land voller Wälder und Forsten. Hier und da erhob sich ein steiler Berg, den eine Baumgruppe oder Bauernhäuser krönten und der die Straße wie ein Giebel abzuschließen schien. Überall blühten die Obstbäume, die Äpfel, Pflaumen, Birnen und Kirschen, und im Vorbeifahren sah ich, daß das grüne Gras unter den Bäumen beschneit war mit abgefallenen Blütenblättern. Zwischen diesen grünen Hügeln, die man hier das »Mittelland« nennt, wand sich die Straße dahin, schien sich bisweilen zu verlieren, wenn sie sich durch Wiesengrund schlängelte, oder wurde von den wuchernden Ausläufern eines Fichtenwaldes abgelenkt, die hier und da an den Berghängen wie Flammenzungen herabliefen. Die Straße war schlecht, aber dennoch schienen wir mit fiebriger Hast über sie hinwegzufliegen. Ich konnte damals nicht verstehen, was diese Hast bedeutete, aber der Kutscher war offensichtlich darauf versessen, so schnell wie möglich Borgo-Prund zu erreichen. Man sagte mir, daß die Straße im Sommer ausgezeichnet sei, daß sie aber nach den winterlichen Schneefällen noch nicht wieder hergerichtet wurde. In dieser Hinsicht unterschied sie sich von den übrigen Karpatenstraßen, denn daß diese nicht in allzu guter Ordnung gehalten werden, gehört zur alten Tradition. Seit alters her ließen die Hospodars die Straßen nicht reparieren, damit die Türken nicht glauben sollten, man wolle fremde Truppen ins Land bringen. Die Türken hätten dann den Krieg, der ohnehin ständig drohte, beschleunigt vom Zaun gebrochen.

Nach den sanften grünen Hügeln des Mittellandes erhoben sich mächtige Berghänge, die sich bis zu den erhabenen Gipfeln der Karpaten selbst hinzogen. Rechts und links ragten die Berge auf; die Nachmittagssonne beschien sie und brachte die prächtigen Farben dieses schönen Landes zum Leuchten; tiefes Blau und Purpur im Schatten der Gipfel; Grün und Braun, wo Gras und Fels gemischt waren; und einen endlosen Ausblick auf gezackte Felsen und spitze Klippen bis dahin, wo in der Ferne die höchsten, schneebedeckten Gipfel aufragten. Hier und da klafften mächtige Spalten in den Bergen, in denen wir, als die Sonne zu sinken begann, den weißen Schimmer stürzenden Wassers erkannten. Einer meiner Mitreisenden berührte mich am Arm, als wir um einen Berghang bogen und sich uns der Blick auf einen erhabenen, schneebedeckten Berggipfel eröffnete:

»Sehen Sie! Isten szek! – Gottes Sitz!« Und dabei bekreuzigte er sich ehrfürchtig.

Während wir auf unserer endlosen Serpentinenstraße weiterkrochen und die Sonne hinter uns immer tiefer sank, traten rund um uns herum die Schatten des Abends hervor. Dies wurde noch dadurch unterstrichen, daß auf dem schneebedeckten Berggipfel noch immer der Abendsonnenschein lag und der Gipfel in einem zarten, kühlen Rosa zu glühen schien. Ab und zu begegneten wir Slowaken in ihrem malerischen Aufzug, jedoch mußte ich dabei feststellen, daß der Kropf hier ein weitverbreitetes Übel sein mußte. Neben der Straße waren zahlreiche Kruzifixe aufgestellt, und beim Passieren bekreuzigten sich meine Reisegefährten regelmäßig. Ab und zu sahen wir auch einen Bauern oder eine Frau vor einem Opferstock knien, und diese Leute drehten sich nicht einmal um, wenn wir vorbeifuhren, sondern schienen in ihrer hingebungsvollen Andacht weder Augen noch Ohren für die Umwelt zu haben. Viele Dinge waren ganz neu für mich: zum Beispiel Heuschober in den Bäumen oder sehr schöne dichte Gruppen von Hängebirken, deren weißschimmernde Stämme wie Silber durch das zarte Grün der Blätter leuchteten. Bisweilen kamen wir an einem Leiterwagen vorbei, dem üblichen Bauerngefährt, dessen langes, schlangengleiches Verbindungsstück darauf berechnet ist, die Unebenheiten der Straße auszugleichen. Auf diesen Wagen saßen jeweils ganze Gruppen heimkehrender Bauern, die Tschechen mit weißen und die Slowaken mit bunten Lammfelljacken, wobei die letzteren ihre langen Hacken wie Lanzen trugen. Als der Abend einbrach, begann es sehr kalt zu werden, und das Zwielicht verschmolz die düsteren Umrisse der Eichen, Buchen und Fichten zu einer einzigen dunklen Masse. Lediglich in den tiefeingeschnittenen Tälern, die wir passierten, als wir zum Paß anstiegen, hoben sich einzelne Fichten als schwarze Schatten vom alten Schnee ab. Manchmal verlief die Straße durch dichte Fichtenwälder, die in der Dunkelheit über uns zusammenzuschlagen schienen. Ein grauer Schimmer, der hier und da auf den Bäumen lag, weckte ein unheimliches und feierliches Gefühl und belebte von neuem die Gedanken und schreckhaften Phantasien, die früher am Abend die untergehende Sonne hervorgerufen hatte, als sie die geisterhaften Wolken, die sich endlos durch die Karpatentäler zu winden schienen, auf unheimliche Weise belebte. Manchmal waren die Hänge so steil, daß die Pferde trotz des Antreibens unseres Kutschers nur langsam vorankamen. Ich wollte gern absteigen und neben der Kutsche laufen, wie wir es daheim zu tun pflegen, aber der Kutscher wollte nichts davon hören. »Nein, nein«, erklärte er, »Sie dürfen nicht laufen; die Hunde sind hier zu wild!« Und dann setzte er noch hinzu, und zwar offensichtlich mit der Absicht, einen grimmigen Scherz zu machen, denn er sah sich nach den Mitreisenden um und erwartete deren beifälliges Lächeln: »Sie werden auch noch genug erleben, ehe Sie schlafen gehen.« Nur einmal unterbrach er kurz unsere Fahrt, um seine Laternen anzuzünden.

Als es ganz dunkel geworden war, wurden meine Reisegefährten sehr aufgeregt, und einer nach dem anderen sprach auf den Kutscher ein, als ob sie ihn zu erhöhter Schnelligkeit antreiben wollten. Er peitschte daraufhin die Pferde unbarmherzig mit seiner langen Peitsche, und seine wilden Anfeuerungsrufe trieben die Tiere zur äußersten Anstrengung. Dann entdeckte ich plötzlich in der Dunkelheit vor uns einen grauen Lichtschimmer, als ob sich dort ein Spalt in den Bergen auftäte. Die Erregung meiner Reisegefährten wuchs an; die wild dahinjagende Kutsche ächzte in ihren Ledergurten und schwankte wie ein Boot auf stürmischer See. Ich mußte mich festhalten. Dann wurde die Straße ebener, und wir schienen dahinzufliegen. Die Berge schienen zu beiden Seiten heranzutreten und finster auf uns herabzublicken. Wir hatten den Borgopaß erreicht. Nacheinander boten mir verschiedene der

Mitreisenden Geschenke an, die sie mir mit einem Ernst aufdrängten, der jede Ablehnung unmöglich machte. Die Gaben waren von seltsamer und verschiedener Art, doch jede wurde in einfachem, frommem Glauben überreicht und wurde begleitet von einem freundlichen Wort, einer segnenden Gebärde und jener merkwürdigen Mischung angstvoller Gesten, die ich vor dem Hotel in Bistritz zum erstenmal gesehen hatte – dem Kreuzzeichen und dem Schutzzeichen gegen den bösen Blick. Als wir dann weiterfuhren, beugte sich der Kutscher angestrengt vor, und zu beiden Seiten lehnten sich die Reisegefährten aus der Kutsche und starrten angestrengt in die Dunkelheit. Es wurde deutlich, daß irgend etwas sehr Erregendes entweder geschah oder erwartet wurde, aber obwohl ich nacheinander jeden meiner Reisegefährten fragte, wollte mir keiner auch nur die geringste Erklärung geben. Diese erregte Stimmung hielt einige Zeit lang an, und dann endlich sahen wir, daß sich der Paß vor uns nach Osten öffnete. Dunkle, schwere Wolken trieben über uns dahin, und in der Luft hing die schwere, bedrückende Stimmung eines kommenden Gewitters. Es war fast, als ob das Gebirge zwei verschiedene Atmosphären getrennt hätte und wir jetzt in eine Gewitterschwüle hineingerieten. Auch ich beugte mich jetzt aus der Kutsche und hielt nach dem Wagen Ausschau, der mich zum Grafen bringen sollte. Jeden Augenblick erwartete ich Laternenschein in der Dunkelheit aufleuchten zu sehen, aber alles blieb nachtschwarz. Das einzige Licht weit und breit war der flackernde Schein unserer eigenen Laternen, in deren Lichtkreis sich der Dampf unserer abgetriebenen Pferde in einer weißen Wolke erhob. Die sandige Straße lag jetzt als helles Band vor uns, doch nirgends war eine Spur von einem Fahrzeug zu entdecken. Mit Seufzern der Erleichterung, die meine eigene Enttäuschung zu verhöhnen schienen, lehnten sich meine Reisegefährten zurück. Ich überlegte schon, was ich jetzt wohl am besten anfinge, als der Kutscher auf seine Uhr sah und dann zu den anderen etwas sagte, was ich kaum verstehen konnte, so leise war es gesprochen. Ich glaube, er sagte: »Eine Stunde vor der Zeit.« Dann wandte er sich an mich und sagte in einem Deutsch, das schlechter war als mein eigenes:

»Es ist keine Kutsche hier. Der Herr wird also nicht erwartet. Er wird nun mit uns nach Bukowina fahren und morgen oder den Tag darauf zurückkehren; besser am Tag darauf.« Während er noch sprach, begannen die Pferde zu wiehern, zu schnaufen und wild auszuschlagen, so daß der Kutscher sie mit ganzer Kraft halten mußte. Dann, während meine Reisegefährten aufschrien und sich bekreuzigten, kam hinter uns eine Kalesche mit vier Pferden herangefahren und hielt neben der Kutsche. Im Schein unserer Laternen konnte ich erkennen, daß die Pferde kohlschwarze, prächtige Tiere waren. Sie wurden gelenkt von einem großen Mann mit langem braunem Bart und einem großen schwarzen Hut, der anscheinend sein Gesicht vor uns verbergen sollte. Ich konnte nur den Glanz zweier sehr leuchtender Augen erkennen, die im Lampenlicht rot aufzuleuchten schienen, als er sich uns zuwandte. Der Fremde sagte zu unserem Kutscher:

»Du kommst früh heute nacht, mein Freund.« Unser Kutscher stammelte:

»Der englische Herr hatte es so eilig!« – worauf der Fremde erwiderte:

»Und deshalb, vermute ich, wolltest du ihn in die Bukowina weiterreisen lassen. Du kannst mich nicht täuschen, mein Freund; ich weiß zuviel, und meine Pferde sind schnell.« Während dieser Worte lächelte er, und das Laternenlicht fiel auf einen hartgeschnittenen Mund mit sehr roten Lippen und scharfen elfenbeinweißen Zähnen. Einer meiner Reisegefährten flüsterte einem anderen eine

Zeile aus Bürgers »Leonore« zu: »Denn die Toten reiten schnell . . .«

Der Fremde hatte die Worte offensichtlich gehört, denn er sah lächelnd auf. Der Fahrgast wandte sein Gesicht ab, reckte zugleich zwei Finger dem Fremden entgegen und bekreuzigte sich. »Gebt mir das Gepäck des Herrn!« befahl der Fremde, und mit größter Bereitwilligkeit wurden meine Reisetaschen hervorgeholt und in die Kalesche gepackt. Dann stieg ich aus der Kutsche, und da die Kalesche dicht daneben gehalten hatte, half mir der Fremde mit einer Hand, die meinen Arm in einem stählernen Griff packte. Seine Kraft mußte ungeheuer sein. Ohne ein weiteres Wort ergriff er die Zügel, die Pferde wendeten, und wir fuhren zurück in die Dunkelheit des Passes. Als ich zurückblickte, sah ich im Schein der Laternen den Dampf der Kutschpferde aufsteigen, und davor hoben sich die dunklen Gestalten meiner früheren Reisegefährten ab, die sich bekreuzigten. Dann knallte ihr Kutscher mit der Peitsche, feuerte seine Pferde an, und dann jagten sie weiter auf ihrem Weg in die Bukowina. Als sie von der Dunkelheit verschluckt wurden, spürte ich einen merkwürdigen Schauder, und ein Gefühl der Einsamkeit überfiel mich; doch da legte mir der Fremde seinen Mantel um die Schultern, eine Decke über die Knie und sagte in ausgezeichnetem Deutsch:

»Die Nacht ist kalt, und mein Herr, der Graf, trug mir auf, für Sie in jeder Weise zu sorgen. Unter dem Sitz befindet sich eine Flasche Sliwowitz, falls es Sie danach verlangen sollte.« Ich trank nicht davon, aber es war doch ein Trost zu wissen, daß an alles gedacht war. Ich fühlte mich ein wenig merkwürdig, aber nicht im geringsten ängstlich. Ich glaube jedoch, falls es eine andere Wahl für mich gegeben hätte, so hätte ich sie ergriffen, anstatt mich auf diese nächtliche Reise ins Unbekannte zu begeben.

Unser Wagen fuhr zunächst in ziemlicher Geschwindigkeit geradeaus, doch dann wendeten wir und fuhren wieder geradeaus weiter. Mir kam es so vor, als ob wir die gleiche Strecke zurückführen, deshalb achtete ich auf hervorstechende Merkmale und mußte schließlich feststellen, daß meine Vermutung stimmte. Ich hätte gern den Kutscher gefragt, was all dies bedeutete, aber zugleich fürchtete ich mich, das zu tun, denn ich dachte, daß in meiner Lage ein Protest nichts nützen würde, falls die Absicht bestand, unsere Fahrt zu verzögern. Schließlich wuchs jedoch in mir die Neugier zu erfahren, wieviel Zeit schon vergangen sei. Ich strich also ein Streichholz an und sah in seinem Schein auf die Uhr. Es war wenige Minuten vor Mitternacht. Dies ließ mich erschrecken. Ich vermute, der allgemein mit der Mitternacht verbundene Aberglaube wurde bei mir noch verstärkt durch meine jüngsten Erfahrungen. Mit einem Gefühl ängstlicher Spannung wartete ich.

Dann begann plötzlich in einem Bauernhaus, weit unten neben der Straße, ein Hund zu heulen. Es war ein langgezogenes Klagegeheul, wie in tiefster Furcht ausgestoßen. Es wurde sofort von einem anderen Hund aufgegriffen und dann wieder von einem anderen und noch einem, bis schließlich mit dem Wind, der jetzt sanft durch den Paß fuhr, ein wildes Geheul herandrang, das aus allen Teilen des Landes zu dringen schien, so weit, als nur die Einbildung es sich im Dunkel der Nacht vorstellen konnte. Beim ersten Geheul hatten die Pferde gescheut und waren hochgestiegen, aber mein Fahrer sprach sanft auf sie ein, so daß sie sich schließlich beruhigten; doch schauderten und schweißten sie wie nach einem durch plötzlichen Schrecken hervorgerufenen langen Galopp. Und dann ertönte aus weiter Ferne von den Bergen zu beiden Seiten der Straße ein lauteres und durchdringenderes Geheul – das von Wölfen! Es wirkte auf die Pferde wie auch auf mich in der gleichen Weise, denn ich wollte am liebsten aus der Kalesche springen und davonrennen, während die Pferde sich wieder aufbäumten und wie wild ausschlugen, so daß der Fahrer alle seine enormen Kräfte anstrengen mußte, um sie nicht durchgehen zu lassen. Nach wenigen Minuten jedoch hatten sich meine Ohren schon an das Geheul gewöhnt, und die Pferde beruhigten sich wenigstens soweit, daß der Fahrer absteigen und vor sie hintreten konnte. Er klopfte ihnen den Hals, besänftigte sie und flüsterte ihnen etwas in die Ohren, was, wie ich gehört habe, bei Pferdebändigern Brauch ist und was auch ungewöhnlichen Erfolg zeitigte, denn unter seinen Liebkosungen beruhigten sie sich soweit, daß sie sich wieder leiten ließen, wenngleich sie noch immer zitterten. Der Fahrer nahm wieder seinen Sitz ein, ergriff die Zügel, und in starkem Trab ging die Fahrt weiter. Diesmal bogen wir, nachdem wir die Paßhöhe überwunden hatten, plötzlich auf eine schmale Seitenstraße ein, die scharf nach rechts abzweigte.

Bald schon war die Straße wieder von Bäumen umgeben, deren Äste sich bisweilen über die Straße wölbten, so daß wir wie durch einen Tunnel fuhren. Wieder auch ragten wilde Felsen zu beiden Seiten der Straße auf, und obgleich wir im Windschatten fuhren, konnten wir doch hören, wie der Wind in den Felsen stöhnte und pfiff und durch die Baumzweige fuhr, daß sie über uns zusammenschlugen. Es wurde auch kälter und kälter, und ein feiner, pulvriger Schnee begann zu fallen, so daß wir und alles um uns herum von einer weißen Decke überzogen wurden. Der frische Wind trug noch immer das Heulen der Hunde zu uns herüber, wenngleich dies immer leiser wurde, je weiter wir fuhren. Dagegen erklang das Jaulen der Wölfe näher und näher, als ob sie von allen Seiten auf uns zukämen. Meine Furcht wuchs, und die Pferde teilten meine Angst. Der Fahrer jedoch zeigte sich nicht im mindesten beunruhigt. Er wandte ständig den Kopf nach rechts und nach links; ich jedoch konnte in der Dunkelheit nichts erkennen.

Plötzlich entdeckte ich zu unserer Linken eine schwache, flackernde blaue Flamme. Der Fahrer erblickte sie im gleichen Augenblick; er zügelte sofort die Pferde, sprang zur Erde und verschwand in der Dunkelheit. Ich wußte nicht, was ich tun sollte, und zwar um so weniger, als das Heulen der Wölfe immer näher erklang; aber während ich noch überlegte, erschien plötzlich mein Fahrer wieder, kletterte wortlos auf seinen Sitz zurück, und wir setzten unsere Fahrt fort. Ich glaube, ich muß dann in Schlaf gefallen sein und den Vorfall weitergeträumt haben, denn er schien sich endlos oft wiederholt zu haben, und jetzt, im Zurückblicken, kommt er mir vor wie ein schrecklicher Alptraum. Einmal erschien die Flamme so nahe der Straße, daß ich trotz der Dunkelheit um uns herum das Tun meines Fahrers erkennen konnte. Er ging mit schnellen Schritten dorthin, wo die blaue Flamme flackerte – sie muß sehr schwach gewesen sein, denn sie schien ihre Umgebung nicht zu erleuchten. Der Fahrer sammelte ein paar Steine und legte sie zu einer Art Muster aus. Dabei fiel mir einmal ein merkwürdiger optischer Effekt auf: Als er nämlich zwischen mir und der Flamme stand, verdeckte er sie nicht, sondern ich konnte ihr geisterhaftes Flackern trotzdem sehen. Dies verwirrte mich, aber da die Erscheinung schnell vorüberging, nahm ich an, meine Augen hätten mich getäuscht, als sie in die Dunkelheit starrten. Eine Zeitlang entdeckten wir dann keine blauen Flammen mehr und fuhren schnell in der Dunkelheit dahin, während die Wölfe rund um uns herum heulten, als ob sie uns in einem mit uns dahinjagenden Kreis folgten.

Schließlich aber stieg mein Fahrer noch einmal ab und entfernte sich weiter vom Wagen als bisher. Während seiner Abwesenheit begannen die Pferde stärker denn je zu zittern; sie schnaubten und wieherten vor Angst. Ich konnte keine Ursache dafür entdecken, denn das Heulen der Wölfe war plötzlich verstummt. Aber gerade in diesem Augenblick trat der Mond, der bisher hinter schwarzen Wolken gesegelt war, über dem gezackten Kamm eines überhängenden, fichtenbestandenen Berges hervor, und in seinem Licht erkannte ich rund um uns herum einen Ring von Wölfen mit weißen Reißzähnen und heraushängenden Zungen, mit langen, sehnigen Läufen und zottigem Pelz. In dieser gräßlichen Schweigsamkeit erschienen sie mir hundertmal schrecklicher als mit ihrem Geheul. Ich war wie gelähmt vor Entsetzen. Erst wenn ein Mann solchen Schrecken unmittelbar gegenübersteht, kann er ihre Macht ganz begreifen.

Mit einem Mal begannen die Wölfe wieder loszuheulen, als ob das Mondlicht irgendeine merkwürdige Wirkung auf sie gehabt hätte. Die Pferde keilten aus, stiegen hoch und sahen sich hilflos nach allen Seiten um, wobei sie die Augen verdrehten, daß es schmerzhaft anzusehen war; doch der lebende Ring des Schreckens umgab sie von allen Seiten, und sie waren gezwungen, in ihm zu bleiben. Ich rief nach unserem Fahrer, denn es schien mir, unsere einzige Chance wäre ein Versuch, den Ring zu durchbrechen. Ich wollte ihm helfen, zur Kalesche zu kommen; deshalb schrie ich und schlug gegen die eine Seite der Kalesche in der Hoffnung, der Lärm würde die Wölfe von jener Seite abschrecken und unserem Fahrer Gelegenheit geben, durch diese Lücke den Wagen zu erreichen. Wie er schließlich durchkam, weiß ich nicht, doch plötzlich hörte ich seine Stimme, wie er irgendeinen gebieterischen Befehl schrie, und als ich in Richtung des Geräusches sah, entdeckte ich ihn mitten auf der Straße stehend. Er schwang seine langen Arme, als ob er ein unsichtbares Hindernis zur Seite fege, und daraufhin wichen die Wölfe weiter und weiter zurück. Aber in diesem Augenblick zog wieder eine schwarze Wolke über die Scheibe des Mondes, so daß alles in Dunkelheit getaucht wurde.

Als ich wieder etwas erkennen konnte, kletterte mein Fahrer gerade auf die Kalesche, und die Wölfe waren verschwunden. Dies alles erschien mir so merkwürdig und unheimlich, daß mich eine entsetzliche Angst überfiel und ich mich fürchtete, etwas zu sagen oder mich zu bewegen. Die Zeit erschien mir endlos, als wir so dahinfuhren. Es war jetzt wieder völlig dunkel, denn die ziehenden Wolken hatten sich abermals vor den Mond geschoben. Wir fuhren bergan, rollten gelegentlich ein Stück in schneller Fahrt abwärts, aber in der Hauptsache kletterten wir bergan. Plötzlich wurde ich mir bewußt, daß mein Fahrer die Rosse auf den Hof eines weiten, verfallenen Schlosses lenkte, aus dessen hohen schwarzen Fenstern kein Lichtstrahl drang und dessen zerfallene Zinnen sich als gezackte Linie vor das Mondlicht schoben.

Zweites Kapitel

Jonathan Harkers Tagebuch
(Fortsetzung)

5. Mai. – Ich mußte wohl eingeschlafen sein, denn wäre ich hellwach gewesen, so hätte ich es merken müssen, daß wir uns einem solch auffälligen Ort näherten. In der Dunkelheit wirkte der Hof ziemlich groß, doch da verschiedene dunkle Einfahrten unter großen Torbögen von ihm abzweigten, wirkte er vielleicht größer, als er in Wirklichkeit ist. Ich habe noch nicht die Gelegenheit gehabt, ihn bei Tageslicht zu sehen.

Als die Kalesche hielt, sprang mein Fahrer sofort ab und streckte mir seine Hand entgegen, um mir beim Aussteigen zu helfen. Wieder fiel mir dabei seine ungeheure

Kraft auf. Seine Hand kam mir wirklich wie ein stählerner Schraubstock vor, in dem er die meine mit Leichtigkeit hätte zerdrücken können, wenn er nur gewollt hätte. Dann lud er mein Gepäck aus und setzte es neben mich auf die Erde. Ich stand neben einer schweren, alten Tür, die mit mächtigen Eisennägeln beschlagen und in einen vorspringenden Torweg aus massivem Stein eingelassen war. Selbst in der Dunkelheit konnte ich noch erkennen, daß der Stein behauen war, doch an den Steinmetzarbeiten hatten Zeit und Wetter genagt. Während ich da stand und wartete, sprang mein Fahrer wieder auf seinen Sitz und ergriff die Zügel; die Pferde zogen an und verschwanden mitsamt der Kalesche in einer der dunklen Einfahrten.

Schweigend blieb ich stehen, wo ich war, denn ich wußte nicht, was ich nun tun sollte. Von einer Glocke oder einem Türklopfer war keine Spur zu sehen; auch war es nicht wahrscheinlich, daß meine Stimme durch diese düsteren Mauern und dunklen Fensteröffnungen dringen würde. Die Zeit des Wartens erschien mir endlos, und ich fühlte Zweifel und Ängste in mir aufsteigen. An was für einen Ort war ich hier gelangt und unter was für Leute? Auf was für ein schreckliches Abenteuer hatte ich mich da eingelassen? War das vielleicht ein übliches Ereignis im Leben eines Anwaltsgehilfen, den man ausgesandt hatte, um einem Fremden den Erwerb eines Londoner Grundstücks zu erklären? Anwaltsgehilfe – diese Bezeichnung würde Mina nicht gefallen. Eher schon Anwalt, denn kurz bevor ich London verließ, erhielt ich noch die Nachricht, daß ich mein Examen bestanden hätte; und so bin ich also jetzt ein ausgewachsener Anwalt! – Ich begann mir die Augen zu reiben und mich zu zwicken, um zu sehen, ob ich wach sei. Alles kam mir wie ein schrecklicher Alptraum vor, und ich erwartete, plötzlich aufzuwachen, mich zu Hause vorzufinden und das Dämmerlicht zu den Fenstern hereinsickern zu sehen, wie ich es bisweilen erlebt hatte an einem Morgen nach Tagen voller übermäßiger Arbeit. Aber mein Fleisch reagierte auf das Zwicken, und meine Augen wurden nicht getäuscht. Ich war in der Tat wach und befand mich in den Karpaten. Alles, was ich jetzt tun konnte, war, Geduld zu üben und den Anbruch des Morgens abzuwarten. Als ich mich gerade zu diesem Entschluß durchgerungen hatte, hörte ich einen schweren Schritt hinter der mächtigen Tür näher kommen und sah durch die Ritzen den Schein eines sich nähernden Lichtes. Dann erklang das Klirren von Ketten; schwere Riegel wurden zurückgeschoben, ein Schlüssel drehte sich kreischend in dem offenbar lange nicht gebrauchten Schloß, und dann öffnete sich die schwere Tür.

In der Türöffnung stand ein großer alter Mann. Er war glattrasiert, mit Ausnahme eines langen weißen Schnurrbarts, und war von Kopf bis Fuß schwarz gekleidet. Auch nicht der winzigste Farbtupfer war an ihm zu entdecken. In der Hand hielt er eine alte Silberlampe, in der die Flamme ohne Zylinder oder irgendeine Glaskugel brannte und, als sie im Luftzug der offenen Tür flackerte, lange, zitternde Schatten warf. Mit einer höflichen Geste seiner rechten Hand bat mich der alte Mann ins Haus und sagte dabei in ausgezeichnetem Englisch, wenn auch mit fremdartiger Betonung:

»Willkommen in meinem Haus! Treten Sie frei und aus eigenem Entschluß ein!« Er machte keine Andeutung, mir einen Schritt entgegenzukommen, sondern stand da wie eine Statue, als ob seine Willkommensgeste ihn versteinert hätte. In dem Augenblick jedoch, da ich die Schwelle überschritten hatte, trat er impulsiv vor, streckte seine Hand aus und packte meine mit einer Kraft, die mich zusammenzucken ließ. Dieser Effekt wurde keineswegs vermindert durch die Tatsache, daß seine Hand eiskalt erschien – eher wie die Hand eines Toten als eines Lebenden. Und wieder sagte er dabei:

»Willkommen in meinem Haus! Treten Sie frei herein! Fühlen Sie sich sicher hier; und lassen Sie etwas von dem Glück hier, das Sie mit sich bringen!« Die Kraft in dem Händedruck war so sehr verwandt mit der, die ich bei meinem Fahrer bemerkt hatte – dessen Gesicht mir übrigens stets verborgen geblieben war –, daß ich einen Augenblick lang zweifelte, ob es sich nicht wieder um den Fahrer handelte, mit dem ich jetzt sprach. Um mich zu vergewissern, fragte ich:

»Graf Dracula?« Er verbeugte sich höflich und erwiderte:

»Ich bin Dracula, und ich heiße Sie willkommen in meinem Hause, Mister Harker. Treten Sie näher, die Nachtluft ist kühl, und Sie müssen sicher etwas essen und sich ausruhen.« Während dieser Worte setzte er die Lampe auf eine Konsole an der Wand, trat hinaus und ergriff mein Gepäck. Ehe ich ihn daran hindern konnte, hatte er es bereits hereingetragen. Ich protestierte dagegen, doch er widersprach:

»Nein, Sir, Sie sind mein Gast. Es ist spät, und mein Personal ist nicht mehr verfügbar. Ich werde mich selbst um Ihre Bequemlichkeit kümmern.«

Er bestand darauf, mein Gepäck den Gang entlangzutragen. Dann ging es eine steile Wendeltreppe empor und einen anderen Gang entlang, auf dessen Steinfußboden unsere Schritte dröhnten. Am Ende dieses Ganges öffnete er eine schwere Tür, und mir bot sich der erfreuliche Anblick eines hellerleuchteten Raumes, in dem ein Eßtisch gedeckt war, und in dessen mächtigem Kamin die Flammen über frischaufgelegten Scheiten flackerten und tanzten.

Der Graf blieb stehen, setzte mein Gepäck ab und schloß die Tür. Dann ging er quer durch den Raum und öffnete eine zweite Tür. Sie führte in einen kleinen achteckigen Raum, der nur von einer einzigen Lampe erleuchtet war und anscheinend kein Fenster besaß. Der Graf durchquerte diesen Raum, öffnete eine weitere Tür und forderte mich auf, ihm zu folgen. Auch der sich jetzt bietende Anblick war erfreulich, denn ich stand vor einem großen Schlafzimmer, das ebenfalls hell erleuchtet und durch ein Kaminfeuer erwärmt war. Auch hier hatte man erst frisch aufgelegt, denn die obersten Scheite waren noch unverbrannt; die Flammen züngelten brausend in den weiten Rauchfang hinein. Der Graf selbst brachte mein Gepäck herein und zog sich dann zurück, sagte jedoch, ehe er die Tür schloß:

»Sie werden sich nach Ihrer Reise erfrischen und herrichten wollen. Ich bin sicher, Sie finden alles, was Sie brauchen. Wenn Sie bereit sind, kommen Sie in den anderen Raum hinüber, wo Ihr Nachtmahl auf Sie wartet.«

Das Licht und die Wärme sowie der freundliche Willkommensgruß des Grafen zerstreuten alle meine Zweifel und Ängste. Nachdem ich also wieder eine normale Seelenstimmung erlangt hatte, entdeckte ich plötzlich, daß mir fast schlecht wurde vor Hunger. So machte ich hastig eine kurze Toilette und ging dann zurück in den ersten Raum.

Ich fand, daß das Abendessen bereits aufgetragen war. Mein Gastgeber stand neben dem mächtigen Kamin und lehnte an dem Mauerwerk. Er wies einladend zum Tisch und sagte:

»Ich bitte Sie, setzen Sie sich und essen Sie, wie es Ihnen beliebt. Sie werden mich hoffentlich entschuldigen, daß ich Ihnen nicht Gesellschaft leiste, doch ich habe bereits gegessen und esse nichts mehr zur Nacht.«

Ich reichte ihm zunächst den versiegelten Brief, den mir Mr. Hawkins für ihn anvertraut hatte. Er öffnete ihn und las ihn mit ernstem Gesichtsausdruck; dann erschien ein einnehmendes Lächeln auf seinen Zügen, und er reichte mir den Brief, damit ich ihn lesen sollte. Ein Absatz davon erfüllte mich mit jäher Freude:

»Ich bedaure es sehr, daß ein Anfall von Gicht, unter welcher Krankheit ich ständig leide, mir für die nächste Zeit jeden Gedanken an eine Reise verbietet. Ich bin jedoch glücklich, Ihnen mitteilen zu können, daß ich Ihnen einen vollwertigen Vertreter senden kann, zu dem ich volles Vertrauen habe. Er ist ein junger Mann voller Energie und Talent und zugleich sehr treu veranlagt. Er ist diskret und verschwiegen und in meinen Diensten zur Mannesreife erwachsen. Er wird Sie während seines Aufenthaltes beraten und alle Ihre Anweisungen entgegennehmen.«

Der Graf selbst trat zum Tisch und nahm von einer der Schüsseln den Deckel ab, und ich stürzte mich im nächsten Augenblick schon auf ein ausgezeichnetes gebratenes Hühnchen. Dies sowie etwas Käse, Salat und eine Flasche alten Tokayers, von dem ich zwei Gläser trank, war mein Nachtmahl. Während ich es noch zu mir nahm, stellte mir der Graf viele Fragen bezüglich meiner Reise, und ich berichtete ihm nacheinander alle meine Erlebnisse.

Unterdessen hatte ich meine Mahlzeit beendet und auf den Wunsch meines Gastgebers hin einen Sessel vor das Feuer gerückt. Ich rauchte eine Zigarre an, die er mir anbot, wobei er sich zugleich dafür entschuldigte, daß er selbst nicht rauche. Ich hatte nun Gelegenheit, ihn genauer zu betrachten, und fand, daß er sehr ausgeprägte Gesichtszüge besaß.

Sein Gesicht wurde von einer kräftigen – sehr kräftigen – Adlernase mit hohem Nasenrücken und seltsam geschwungenen Nüstern beherrscht. Er besaß eine hohe, gewölbte Stirn und sehr dichtes Haar, das sich nur an den Schläfen etwas lichtete. Seine Augenbrauen waren buschig und stießen fast über der Nasenwurzel zusammen; in ihrem dichten Wuchs wirkten sie wie gelockt. Der Mund war, soweit ich ihn unter dem dichten Schnurrbart sehen konnte, scharf geschnitten und zeigte einen fast grausamen Ausdruck, der durch merkwürdig spitze weiße Zähne, die über die Lippen ragten, unterstrichen wurde. Die bemerkenswerte Röte seiner Lippen bewies eine erstaunliche Vitalität für einen Mann seiner Jahre. Seine Ohren waren bleich und liefen nach oben extrem spitz zu; sein Kinn wirkte breit und kräftig und die Wangen fest, aber fleischlos. Ganz allgemein fiel mir noch seine ungewöhnliche Blässe auf.

Von seinen Händen, die er auf die Knie stützte, hatte ich bisher nur die Handrücken sehen können, und die waren mir im Feuerschein ziemlich weiß und feingliedrig vorgekommen. Jetzt aber, als ich die Hände näher betrachten konnte, mußte ich feststellen, daß sie grob geschnitten waren – breit, mit flachen, breiten Fingern. Merkwürdigerweise wuchsen auch auf der Handfläche Haare. Seine Nägel jedoch waren lang und zu einer scharfen Spitze zugeschnitten. Als sich der Graf über mich beugte und seine Hände mich berührten, mußte ich einen Schauder unterdrücken. Vielleicht lag es an seinem unsauberen Atem; aber jedenfalls überkam mich eine schreckliche Welle von Übelkeit, die ich, sosehr ich mich auch anstrengte, nicht verbergen konnte. Der Graf merkte dies offensichtlich und fuhr zurück. Mit einem bösen Lächeln, das seine vorragenden Zähne mehr denn je entblößte, setzte er sich wieder auf die andere Kaminseite. Beide schwiegen wir eine Weile. Als ich schließlich zum Fenster sah, entdeckte ich den ersten schwachen Streifen der aufkommenden Dämmerung. Eine merkwürdige Ruhe schien über allem zu liegen; als ich jedoch lauschte, hörte ich von fern unten aus dem Tal das Heulen der Wölfe heraufschallen. Die Augen des Grafen glänzten, als er sagte:

»Hören Sie – die Kinder der Nacht! Was für eine Musik sie machen!« Als er darauf meinen, wie ich vermute, befremdeten Gesichtsausdruck sah, setzte er hinzu:

»Ah, Sir, ihr Stadtbewohner könnt nicht begreifen, wie es einem Jäger zumute ist.« Dann stand er auf und meinte:

»Aber Sie müssen müde sein. Ihr Schlafzimmer ist bereit, und Sie können so lange schlafen, wie Sie wünschen. Ich werde bis zum Nachmittag abwesend sein; schlafen Sie also wohl und träumen Sie gut!« Mit einer kleinen Verbeugung öffnete er mir selbst die Tür zum achteckigen Raum, und ich betrat mein Schlafzimmer . . .

Ich schwimme in einer Flut von Fragen. Ich zweifle; ich fürchte mich; ich denke seltsame Dinge, die ich meiner eigenen Seele nicht eingestehen darf. Gott schütze mich, wenn auch nur um derer willen, die mir teuer sind!

7. Mai. – Es ist wieder früher Morgen, doch ich habe die letzten vierundzwanzig Stunden geruht und mich erholt. Ich schlief bis spät in den Tag hinein und erwachte schließlich von selbst. Nachdem ich mich angezogen hatte, ging ich hinüber in den Raum, in dem ich zur Nacht gegessen hatte, und fand dort ein kaltes Frühstück aufgetragen. Der Kaffee jedoch war noch heiß, da man die Kanne auf eine heiße Herdplatte gesetzt hatte. Auf dem Tisch lag eine Karte mit folgender Mitteilung:

»Ich muß eine Zeitlang abwesend sein. Warten Sie nicht auf mich! – D.«

Ich setzte mich also an den Tisch und genoß das kräftige Frühstück. Als ich fertig war, suchte ich nach einer Glocke, um die Dienerschaft wissen zu lassen, daß abgeräumt werden könne. Ich fand jedoch keine Glocke. Im Hinblick auf die Anzeichen ungewöhnlichen Reichtums, die mich umgeben, weist das Haus doch gewisse merkwürdige Unzulänglichkeiten auf. Das Tafelgeschirr zum Beispiel ist aus Gold und so wunderschön geschmiedet, daß es einen ungeheuren Wert darstellen muß. Die Vorhänge sowie die Bezüge der Stühle und Sofas und die Vorhänge an meinem Bett sind aus den kostbarsten und schönsten Materialien und müssen, als sie hergestellt wurden, einen fabelhaften Wert besessen haben. Jetzt allerdings sind sie bereits Jahrhunderte alt, wenn auch ausgezeichnet erhalten. Ich sah ähnliches in Hampton Court, aber dort waren die Stoffe zerschlissen, ausgefranst und mottenzerfressen. In keinem der Räume hier befindet sich jedoch ein Spiegel. Nicht einmal ein Toilettenspiegel steht auf meinem Tisch, und ich mußte erst meinen kleinen Rasierspiegel aus meiner Reisetasche nehmen, ehe ich mich rasieren oder mein Haar bürsten konnte. Ich habe auch noch keinen Diener gesehen, ja in der Nähe des Schlosses noch nicht einmal ein Geräusch außer dem Heulen der Wölfe gehört. – Einige Zeit nachdem ich meine Mahlzeit beendet hatte – ich weiß nicht, ob ich sie Frühstück oder Mittagessen nennen soll, denn es war zwischen fünf und sechs Uhr, als ich sie zu mir nahm –, sah ich mich nach etwas Lesestoff um. Ich wollte nicht im Schloß umhergehen, ehe ich nicht die Erlaubnis des Grafen dazu erhalten hatte. Aber nichts dergleichen befand sich in dem Raum, weder Bücher noch Zeitungen, ja nicht einmal Schreibmaterial. So öffnete ich eine weitere Tür und befand mich plötzlich in einer Art Bibliothek. Auch eine Tür, die der meinigen gegenüber lag, versuchte ich, fand sie jedoch verschlossen.

In der Bibliothek stieß ich zu meiner großen Freude auf eine Menge englischer Bücher, ganze Regale voll, sowie auf gebundene Jahrgänge von Zeitschriften und Zeitungen. Ein Tisch in der Mitte lag zusätzlich noch voller englischer Zeitschriften und Zeitungen, obwohl keine von ihnen neueren Datums war. Bei den Büchern waren alle Stoffgebiete vertreten – Geschichte, Geographie, Politik, politische Ökonomie, Botanik, Geologie und Jurisprudenz –, und alle bezogen sich auf England, auf englisches Leben, englische Sitten und Gebräuche. Selbst so bekannte Bücher wie der »Führer durch London«, die

»Roten« und »Blauen« Bücher, Whitaker's Almanach, die Armee- und Marinelisten sowie – und das erfreute mich besonders – das Rechtsanwaltsverzeichnis waren vertreten.

Während ich noch die Bücher betrachtete, ging die Tür auf, und der Graf trat ein. Er begrüßte mich herzlich und drückte die Hoffnung aus, daß ich gut geschlafen haben möge. Dann fuhr er fort:

»Ich freue mich, daß Sie hier in die Bibliothek gefunden haben, denn ich bin sicher, hier sind viele Bücher, die Sie interessieren werden. Diese Gefährten hier« – und dabei legte er die Hand auf einige Bücher –, »sind mir gute Freunde geworden und haben mir in den letzten Jahren, seit ich den Entschluß faßte, nach London zu gehen, viele, viele angenehme Stunden geschenkt. Durch sie habe ich Ihr großes England kennengelernt; und es zu kennen bedeutet, es zu lieben. Ich sehne mich danach, durch die belebten Straßen Ihres riesigen London zu gehen, mich im Mittelpunkt des Strudels und Stromes der Menschheit zu befinden und teilzuhaben an seinem Leben, seinen Veränderungen, seinem Untergang und an allem, was seinen Charakter ausmacht. Aber bis jetzt kenne ich Ihre Sprache nur durch Bücher. Von Ihnen, mein Freund, erwarte ich, daß ich sie sprechen lerne.«

»Aber Graf«, widersprach ich ihm, »Sie verstehen und sprechen Englisch ganz ausgezeichnet!« Er verbeugte sich ernsthaft.

»Ich danke Ihnen, mein Freund, für Ihre zu schmeichelhafte Einschätzung. Allerdings fürchte ich, daß ich auf der Straße, die ich reisen möchte, noch nicht weit fortgeschritten bin. Es stimmt, ich kenne die Grammatik und viele Wörter, aber ich kann die Sprache noch nicht sprechen.«

»Glauben Sie mir«, entgegnete ich, »Sie sprechen ausgezeichnet!«

»Noch nicht«, beharrte er. »Ich weiß genau, würde ich

mich in Ihrem London bewegen und sprechen, so gäbe es niemanden, der mich nicht sofort als Fremden erkennen würde. Und das genügt mir nicht. Hier bin ich ein Edelmann; ich bin ein Bojar! Die einfachen Leute kennen mich, und ich bin ein Herr. Aber als Fremder in einem fremden Land ist man ein Niemand. Die Menschen kennen einen nicht; nicht gekannt zu werden bedeutet aber, daß sich niemand um einen kümmert. Es genügt mir, wie alle anderen zu sein, so daß niemand stehenbleibt, wenn er mich sieht, oder seine Worte unterbricht, wenn er mich sprechen hört: ›Haha, ein Fremder!‹ Ich bin aber so lange Herr gewesen, daß ich weiter Herr bleiben möchte oder zumindest nicht ertragen kann, daß ein anderer mein Herr würde. Sie kommen zu mir nicht nur als Agent meines Freundes Peter Hawkins aus Exeter, um mir alles über meinen neuen Besitz in London mitzuteilen. Sie werden auch, hoffe ich, eine Weile bei mir bleiben, so daß ich in unseren Gesprächen die englische Aussprache lernen kann. Und ich wünsche, daß Sie mich darauf hinweisen, wenn ich beim Sprechen Fehler begehe, selbst auch die kleinsten: Es tut mir leid, daß ich tagsüber so lange fort sein mußte; aber ich weiß, daß Sie einem Mann vergeben werden, der so viele wichtige Angelegenheiten zu betreiben hat.«

Natürlich versicherte ich ihm meine Bereitwilligkeit und fragte, ob ich in die Bibliothek gehen dürfte, sooft ich wollte. Er erwiderte: »Ja natürlich!« und setzte hinzu:

»Sie können alle Räume im Schloß betreten, ausgenommen jene, deren Türen abgeschlossen sind und die Sie natürlich auch nicht betreten wollen. Es gibt Gründe dafür, daß die Dinge so geregelt sind, und würden Sie mit meinen Augen sehen und das wissen, was ich weiß, dann würden Sie alles wahrscheinlich besser verstehen.« Ich sagte, ich sei dessen sicher. Dann fuhr er fort:

»Wir befinden uns in Transsilvanien, und Transsilvanien ist nicht England. Unsere Sitten sind nicht die Ihren, und deshalb mag vielleicht manches hier Ihnen seltsam erscheinen. Oder vielmehr, nach den Erfahrungen, von denen Sie mir bereits berichteten, wissen Sie, was für merkwürdige Dinge sich hier ereignen mögen.«

So kamen wir ins Gespräch und da es offensichtlich war, daß er sprechen wollte, wenn auch nur um des Sprechens willen, stellte ich ihm zahlreiche Fragen nach den merkwürdigen Dingen, die ich in letzter Zeit erlebt hatte. Manchmal wechselte er das Thema oder behauptete, nicht zu verstehen; aber im allgemeinen antwortete er sehr frei auf alle meine Fragen. Während so die Zeit verging und ich etwas kühner wurde, fragte ich ihn schließlich nach den seltsamen Ereignissen der vergangenen Nacht, so zum Beispiel, weshalb der Kutscher zu den Stellen gegangen war, an denen er die blauen Flämmchen gesehen hatte. Der Graf erklärte mir daraufhin, nach allgemeinem Glauben zeige sich in einer bestimmten Nacht des Jahres – und zwar in der letzten Nacht, in der, wie man annahm, alle bösen Geister Macht hatten – ein blaues Flämmchen über jedem Ort, an dem ein Schatz verborgen liege. »Und in der Gegend, durch die Sie letzte Nacht fuhren«, setzte er fort, »liegen Schätze verborgen, daran kann kein Zweifel bestehen. Seit Jahrhunderten wird diese Gegend von Walachen, Sachsen und Türken umkämpft. Es gibt kaum einen Fußbreit Boden dieser Landschaft, der nicht mit dem Blut von Männern, Patrioten oder Eindringlingen, angereichert ist. Das waren wilde Zeiten, als die Österreicher und die Ungarn in großen Scharen ins Land kamen und die Patrioten ihnen entgegenzogen – Männer und Frauen, die Alten ebenso wie die Kinder! Auf den Felsen über den Pässen lauerten sie, bis sie mit künstlichen Lawinen Verderben auf die Feinde hinabfegen lassen konnten. Wenn jedoch die Eindringlinge siegreich blieben, fanden sie wenig Beute, denn die Leute hatten alles, was sie besaßen, im freundlichen Erdboden vergraben.«

»Aber wie können die Schätze so lange ungehoben im Boden bleiben«, fragte ich, »wenn es doch ein sicheres Mittel zu ihrer Auffindung gibt und man sich nur die Mühe zu machen braucht, die Augen aufzumachen?« Der Graf lächelte, und da seine Lippen sich über das Zahnfleisch hoben, traten seine langen, spitzen Hundezähne auf besondere Weise hervor. Er erwiderte:

»Weil die Bauern im Herzen Feiglinge und Narren sind! Jene blauen Flämmchen erscheinen nur in einer einzigen Nacht, und in dieser Nacht wird sich kein Mensch dieses Landes, wenn er irgend kann, aus seinem Haus rühren. Und dann, mein Herr, selbst wenn er das täte, so wüßte er doch noch nicht, was er weiter anstellen müßte. Ja, selbst der Mann, von dem Sie mir sagen, daß er die Orte der Flämmchen gekennzeichnet habe, würde nicht wissen, wo er bei Tageslicht nach seinen Zeichen suchen sollte. Selbst Sie, das schwöre ich, wären nicht in der Lage, diese Stellen wiederzufinden, nicht wahr?«

»Da haben Sie recht«, bestätigte ich. »Ich könnte diese Plätze sowenig wiederfinden wie ein Toter.« Dann wechselten wir zu anderen Themen über.

»Kommen Sie«, sagte er schließlich, »erzählen Sie mir von London und von dem Haus, das Sie mir besorgt haben!« Mit einer Entschuldigung wegen meiner Nachlässigkeit ging ich in mein Zimmer, um aus meiner Reisetasche die Unterlagen zu holen. Während ich sie ordnete, hörte ich aus dem angrenzenden Zimmer das Klirren von Porzellan und Silber, und als ich später durch den Raum ging, bemerkte ich, daß man den Tisch abgeräumt und die Lampe angezündet hatte. Die Dunkelheit war unterdessen hereingebrochen. Auch in der Bibliothek brannten bereits die Lampen, und ich fand den Grafen auf dem Sofa liegend vor, wie er in einem englischen Sprachführer las. Als ich hereinkam, räumte er die Bücher und Papiere vom Tisch, und gemeinsam vertieften wir uns in die Pläne, Urkunden und Aufstellungen aller Art. Er war an allem interessiert und stellte mir eine Unmenge Fragen hinsichtlich des Grundstücks und seiner Umgebung. Offensichtlich hatte er schon zuvor alles, was er über die Nachbarschaft in Erfahrung bringen konnte, studiert, denn es zeigte sich, daß er hiervon weit mehr wußte als ich. Als ich dies erwähnte, antwortete er:

»Aber mein Freund, mußte ich das nicht tun? Wenn ich dorthin reise, werde ich ganz allein sein, und mein Freund Harker Jonathan – nein, entschuldigen Sie mich, ich falle in die Gewohnheiten meines Landes und nenne Ihren Familiennamen zuerst! –, mein Freund Jonathan Harker wird nicht an meiner Seite sein, um mich zu berichtigen und mir zu helfen. Er wird in Exeter weilen, meilenweit entfernt, und wird wahrscheinlich mit meinem anderen Freund Peter Hawkins an Gesetzespapieren arbeiten. Also!«

Wir besprachen dann eingehend den Erwerb des Grundstücks in Purfleet. Als ich ihm die Daten genannt und seine Unterschrift auf den notwendigen Papieren erlangt hatte, schrieb ich einen Brief, um ihn mit den Papieren an Mr. Hawkins abzusenden. Der Graf fragte mich dann, wie ich auf ein so passendes Grundstück gestoßen sei. Ich las ihm die Notiz vor, die ich seinerzeit angefertigt hatte und die ich hier folgen lasse:

»In Purfleet stieß ich in einer Nebenstraße auf ein Grundstück, das genau den Erfordernissen zu entsprechen scheint. Ein verwittertes Schild sagt, daß das Grundstück zu verkaufen sei. Es ist von einer hohen alten Mauer umgeben, die aus schweren Steinen errichtet und seit vielen Jahren nicht ausgebessert wurde. Das verschlossene Tor besteht aus schweren alten Eichenbohlen und verrosteten Eisenbändern.

Das Grundstück nennt sich Carfax, was ohne Zweifel von der alten Bezeichnung Quatre Face herrührt, denn die vier Seiten des Hauses entsprechen den Hauptpunkten der Windrose. Das Grundstück umfaßt in allem ungefähr zwanzig Acker und ist ganz von der oben erwähnten festen Steinmauer umgeben. Auf dem Grundstück stehen zahlreiche Bäume, wodurch es verschiedentlich schattig ist, und außerdem befindet sich ein tiefer, dunkler Teich oder, besser gesagt, kleiner See darauf, der offensichtlich durch einige Quellen gespeist wird, da sein Wasser klar ist und in einem ansehnlichen Bach abfließt. Das Haus ist sehr groß und enthält Teile aus allen Perioden bis zurück zum Mittelalter, wie mir scheint; ein Teil des Gebäudes besteht nämlich aus unerhört dickem Mauerwerk und enthält nur wenige, sehr hoch liegende und mit dicken Eisenstäben vergitterte Fenster. Dieser Gebäudeteil wirkt wie ein Gefängnis und liegt neben einer alten Kapelle oder Kirche. Ich konnte diesen Gebäudeteil nicht betreten, da ich keinen Schlüssel zu der Tür besaß, die vom Haus aus den Zutritt ermöglicht. Ich habe ihn jedoch von allen Seiten fotografiert. An dem Gebäude sind immer wieder Anbauten errichtet worden, fast wie Wucherungen, und den Boden, den es jetzt bedeckt, kann man nur schätzen. In der Nachbarschaft stehen nur wenige andere Häuser. Eines davon, ein sehr großes Gebäude, ist erst kürzlich erbaut und zu einem privaten Irrenhaus eingerichtet worden. Von dem in Betracht kommenden Grundstück aus ist es jedoch nicht sichtbar.«

»Ich bin froh darüber, daß das Haus groß und alt ist. Ich stamme selbst aus einer alten Familie, und in einem neuen Haus zu leben würde mich umbringen. Ein Haus kann nicht an einem Tag bewohnbar gemacht werden. Und aus wie wenigen Tagen besteht ein Jahrhundert! Ich freue mich auch darüber, daß eine alte Kapelle vorhanden ist. Wir Edelleute aus Transsilvanien hassen die Vorstellung, daß unsere Knochen unter denen gewöhnlicher Toter liegen mögen. Ich suche weder Freude noch Fröhlichkeit, auch nicht die helle Üppigkeit des Sonnenscheins oder blitzenden Wassers, das den jungen und fröhlichen Leuten so gefällt. Ich bin nicht mehr jung, und mein Herz ist, durch lange trübselige Jahre des Trauerns über den Toten, nicht mehr an Fröhlichkeit gewöhnt. Überdies sind die Mauern meines Schlosses hier verfallen. Der Schatten sind zahlreiche, und der Wind bläst kalt durch die zerbrochenen Zinnen und Fenster. Ich liebe das Dunkel und den Schatten und möchte gern allein sein mit meinen Gedanken, wenn ich kann.« Seine Worte und sein Aussehen schienen jedoch nicht zueinander zu passen – oder vielleicht war es nur sein Gesichtsschnitt, der sein Lächeln boshaft und finster wirken ließ. Bald darauf verließ er mich mit einer Entschuldigung und bat mich, alle Papiere zusammenzulegen. Er war dann kurze Zeit abwesend, und ich begann, mir die Bücher rundherum anzusehen. Eines davon war ein Atlas, der natürlich bei der Karte von England aufgeschlagen war, als ob diese Karte oft betrachtet worden sei. Als ich einen Blick darauf warf, fand ich, daß gewisse Orte durch kleine Ringe markiert waren, und als ich diese genauer musterte, stellte ich fest, daß der eine Ring eine Stelle östlich von London bezeichnete, offensichtlich diejenige, wo der neue Besitz des Grafen lag; die beiden anderen bezeichneten Exeter und Whitby an der Küste von Yorkshire.

Nach einer knappen Stunde etwa kehrte der Graf zurück. »Aha«, meinte er, »sitzen Sie noch über den Büchern? Gut! Aber Sie sollten nicht ständig arbeiten. Kommen Sie; man hat mich wissen lassen, daß Ihr Abendbrot bereit ist.« Er nahm meinen Arm, und wir gingen in den anstoßenden Raum hinüber, wo ich ein ausgezeichnetes Abendbrot aufgetragen fand. Der Graf entschuldigte sich wieder damit, daß er unterwegs bereits gespeist habe; aber wie in der vorangegangenen Nacht setzte er sich zu mir und unterhielt sich mit mir. Nach dem Abendessen rauchte ich, ebenfalls wie in der vorangegangenen Nacht, und der Graf leistete mir Gesellschaft. Wir unterhielten uns Stunde um Stunde, und er stellte Fragen zu jedem denkbaren Thema. Ich spürte, daß es immer später wurde, aber ich sagte nichts, denn ich fühlte mich verpflichtet, allen Wünschen meines Gastgebers entgegenzukommen. Ich war auch nicht schläfrig, da mich der letzte lange Schlaf gestärkt hatte. Trotzdem entging auch ich nicht dem Gefühl der Kälte, das den Menschen beim Anbruch der Morgendämmerung überkommt. Diese entspricht in gewisser Weise der Gezeitenwende. Es heißt, daß Leute, die dem Tode nahe sind, gewöhnlich beim Anbruch der Dämmerung oder zur Gezeitenwende sterben. Jedermann, der einmal voller Ermüdung auf seinem Posten ausharren mußte und dabei diesen Wechsel in der Atmosphäre erlebte, kann sich diese Tatsache gut vorstellen. Plötzlich hörten wir das Krähen eines Hahnes fast übernatürlich schrill durch die klare Morgenluft klingen. Graf Dracula sprang auf:

»Es ist ja schon wieder Morgen! Wie nachlässig von mir, Sie so lange aufzuhalten! Sie müssen die Unterhaltung über mein liebes neues Gastland England weniger interessant gestalten, damit ich nicht vergesse, wie die Zeit vorüberfliegt!« Und damit verließ er mich nach einer kleinen Verbeugung. – Ich ging in mein Schlafzimmer hinüber und zog die Vorhänge auf, aber es gab wenig zu sehen. Mein Fenster führte auf den Hof, und ich erfaßte nichts weiter als das warme Grau des schnell heller werdenden Himmels. So zog ich die Vorhänge wieder zu und schrieb die Ereignisse dieses Tages nieder.

8. Mai. – Als ich dieses Buch anlegte, fürchtete ich, zu weitschweifig zu werden; aber jetzt bin ich froh, daß ich von Anfang an alle Einzelheiten festhielt, denn an diesem

Ort hier und an allen seinen Erscheinungen ist manches so seltsam, daß ich mich sehr unbehaglich zu fühlen beginne. Ich wünschte, daß ich wieder fort und in Sicherheit oder niemals erst hierhergekommen wäre. Es mag sein, daß unser seltsames Nachtleben hier derartig auf mich wirkt; aber wenn das nur alles wäre! Wenn ich hier noch mit jemand anders sprechen könnte, so wäre alles zu ertragen, aber es gibt hier niemand weiter. Ich kann mit niemandem weiter als dem Grafen sprechen, und der ...! – Ich fürchte langsam, daß ich die einzige lebende Seele an diesem Ort bin. Aber ich will mich an die nüchternen Tatsachen halten; das wird mir helfen, mich zu ermutigen. Die Einbildungskraft darf nicht mit mir durchgehen. Dann wäre ich verloren. So will ich niederzulegen versuchen, wie es um mich steht – oder zu stehen scheint.

Nachdem ich zu Bett gegangen war, schlief ich nur wenige Stunden. Dann spürte ich, daß ich nicht länger schlafen könnte, und stand auf. Ich hatte meinen Rasierspiegel am Fenster aufgehängt und wollte gerade beginnen, mich zu rasieren, als ich plötzlich eine Hand auf meiner Schulter spürte und die Stimme des Grafen hörte: »Guten Morgen!« Ich fuhr zusammen, denn ich hatte ihn nicht herankommen sehen, obgleich sich im Rasierspiegel der gesamte Raum hinter mir spiegelte. In meiner Verwirrung hatte ich mich leicht geschnitten, merkte dies aber zunächst nicht. Nachdem ich den Gruß des Grafen erwidert hatte, wandte ich mich wieder zum Rasierspiegel um und wollte bestätigt sehen, wie sehr ich mich getäuscht hatte. Aber diesmal konnte es kein Irrtum sein: Der Mann stand dicht hinter mir, ich konnte ihn über meine Schulter sehen, und doch zeigte sich kein Abbild von ihm im Spiegel! Der ganze Raum hinter mir spiegelte sich; aber nirgends war auch nur eine Spur von einem Mann zu entdecken außer mir selbst. Dies war verblüffend, und da es zu so vielen anderen merkwürdigen Dingen hinzukam, wuchs in mir das vage Gefühl der Unruhe, das ich stets bisher empfand, wenn der Graf in meiner Nähe war. In diesem Augenblick entdeckte ich, daß der Schnitt etwas blutete und ein Blutsfaden mir über das Kinn lief. Ich legte das Rasiermesser nieder, drehte mich halb um und suchte nach einem Heftpflaster. Als der Graf mein Gesicht sah, leuchteten seine Augen in einer fast dämonischen Wut auf, und er fuhr plötzlich mit seiner Hand an meine Kehle. Ich zuckte zurück; seine Hand berührte dabei die Perlenkette, an der das Kruzifix hing. Das bewirkte einen sofortigen Stimmungswandel in ihm, denn seine Wut verrauchte so schnell, daß ich kaum glauben mochte, sie wäre je vorhanden gewesen.

»Sehen Sie sich vor!« sagte er. »Sehen Sie sich vor, daß Sie sich nicht schneiden! Das wäre in diesem Land gefährlicher, als Sie glauben.« Dann griff er nach dem Rasierspiegel und fuhr fort: »Und dieses elende Ding ist schuld an allem! Dieses schäbige Werkzeug menschlicher Eitelkeit! Fort damit!« Und damit riß er mit einer einzigen Bewegung seiner schrecklichen Hand das schwere Fenster auf und warf den Spiegel hinaus. Er zersprang unten auf den Steinen des Hofes zu tausend Scherben. Ohne ein weiteres Wort ging der Graf dann hinaus. Der Vorfall ist sehr ärgerlich, denn ich weiß nicht, wie ich mich jetzt rasieren soll. Vielleicht versuche ich es mit dem Uhrgehäuse oder mit dem Boden des Seifentopfes, der zum Glück aus Metall besteht.

Als ich in den Speiseraum hinüberging, war das Frühstück bereits aufgetragen. Den Grafen jedoch konnte ich nirgends finden. So frühstückte ich allein. Es ist merkwürdig, daß ich den Grafen bis jetzt weder essen noch trinken gesehen habe. Er muß ein sehr seltsamer Mensch sein! Nach dem Frühstück wollte ich ein wenig das Schloß erforschen. Ich trat ins Treppenhaus hinaus und fand, daß man von hier aus nach Süden sehen konnte. Der Blick war großartig, und von meinem Standort aus konnte ich ihn in jeder Hinsicht genießen. Das Schloß steht dicht am Rand eines steilen Abhanges. Ein Stein, den man aus diesem Fenster fallen ließe, würde tausend Fuß tief stürzen, ohne gegen irgend etwas zu stoßen! Soweit das Auge reicht, erstreckt sich ein Meer grüner Baumwipfel, das nur gelegentlich von einer tiefen Schlucht aufgerissen wird. Hier und da blinken Silberadern, wo sich die Flüsse in ihren tiefen Tälern durch die Wälder winden.

Aber ich bin nicht in der Stimmung, landschaftliche Schönheiten zu beschreiben. Nachdem ich nämlich den Blick genossen hatte, ging ich weiter und stieß auf Türen, Türen, überall Türen. Aber alle verschlossen und verriegelt. Nirgends, mit Ausnahme der Fenster in den Schloßmauern, ist ein Ausgang aus dem Schloß gelassen.

Das Schloß ist ein richtiges Gefängnis, und ich bin der Gefangene!

Drittes Kapitel

Jonathan Harkers Tagebuch
(Fortsetzung)

Nachdem ich hatte feststellen müssen, daß ich gefangen sei, überkam mich eine Art wilder Raserei. Ich stürzte die Treppen hinauf und hinab, rüttelte an jeder Tür und starrte aus jedem Fenster, das ich antraf. Nach einer Weile jedoch überwog das Bewußtsein meiner Hilflosigkeit alle anderen Gefühle. Wenn ich jetzt, nach ein paar Stunden, zurückblicke, kommt es mir vor, als ob ich vorhin verrückt gewesen sei. Ich benahm mich wie eine Ratte, die in der Falle sitzt. Nachdem ich dann jedoch die Überzeugung von meiner Hilflosigkeit gewonnen hatte, setzte ich mich ruhig nieder – so ruhig, wie ich bisher alles in meinem

Leben getan habe – und begann mir zu überlegen, was jetzt am besten anzufangen wäre. Auch jetzt bin ich noch immer am Nachdenken, und bis jetzt bin ich noch nicht zu einem endgültigen Entschluß gekommen. Nur eines weiß ich ganz gewiß; daß es nämlich keinen Sinn hätte, meine Überlegungen dem Grafen vorzutragen. Er weiß genau, daß ich eingeschlossen bin; und da er es selbst getan hat und zweifellos seine Gründe dafür besitzt, würde er mich nur täuschen, wenn ich ihm vertraute. Soweit ich es jetzt übersehen kann, muß ich mein Wissen und meine Ängste für mich selbst behalten und wachsam bleiben. Ich weiß, daß ich entweder wie ein Baby von meinen eigenen Ängsten betrogen werde oder mich in einer verzweifelten Lage befinde. Falls das letztere zutrifft, werde ich alle meine Geisteskräfte benötigen, um dies zu überstehen.

Ich hatte mich kaum zu diesem Entschluß durchgerungen, als ich die große Tür unten gehen hörte und wußte, daß der Graf nun zurückgekommen sei. Da er jedoch nicht sofort in die Bibliothek kam, ging ich leise in mein Schlafzimmer und traf ihn dabei an, wie er mein Bett machte. Dies war sehr merkwürdig, bestätigte aber nur das, was ich schon lange vermutet hatte – daß es keine Dienerschaft im Haus gebe. Als ich ihn später durch eine Türspalte dabei beobachtete, wie er den Tisch im Speiseraum deckte, war ich dessen sicher. Wenn er nämlich selbst all diese Dienstleistungen ausführt, dann ist dies ein sicherer Beweis dafür, daß niemand anders für sie vorhanden ist. Der Gedanke versetzte mich von neuem in Furcht; wenn sich sonst niemand im Schloß befindet, muß der Graf selbst der Fahrer der Kalesche gewesen sein, die mich hierherbrachte. Das ist ein entsetzlicher Gedanke; denn wenn das so ist, was bedeutet es dann, daß er die Wölfe beherrschen konnte, einfach indem er schweigend die Hand emporhielt? Wieso hatten alle Leute in Bistritz und auf der Kutsche irgendeine schreckliche Angst um mich?

Was bedeutete es, daß man mir das Kruzifix schenkte, den Knoblauch, die wilde Rose, die Bergesche? Gesegnet sei die gütige alte Frau, die mir das Kruzifix um den Hals hing! Denn es spendet mir Trost und Kraft, wann immer ich es berühre. Es ist merkwürdig, daß ein Ding, das ich mit Verachtung als götzendienerisch anzusehen gelehrt wurde, sich in Zeiten der Einsamkeit und Not so hilfreich erweist. Liegt das im Wesen des Dinges selbst, oder liegt es daran, daß dies ein Gegenstand ist, eine greifbare Hilfe, etwas, das trostreiche und freundliche Erinnerungen weckt? Irgendwann, wenn es mir noch gegeben ist, muß ich diese Frage prüfen und mir ein Urteil darüber bilden. Bis dahin aber muß ich über Graf Dracula alles herausfinden, was ich erfahren kann, denn vielleicht hilft mir dies, alles zu begreifen. Vielleicht wird er heute abend von sich selbst sprechen, wenn ich die Unterhaltung geschickt lenke. Aber ich muß sehr vorsichtig sein, um nicht seinen Verdacht zu wecken.

Mitternacht. – Ich führte ein sehr langes Gespräch mit dem Grafen. Ich fragte ihn nach verschiedenen Dingen der transsilvanischen Geschichte, und bei diesem Thema erwärmte er sich zusehends. Seine Erzählung von Menschen und Ereignissen und ganz besonders von Schlachten klang so, als ob er all dies selbst miterlebt hätte. Dies erklärte er anschließend damit, daß für einen Bojaren der Stolz seines Hauses und seines Geschlechtes sein eigener Stolz sei. Ihr Ruhm sei sein Ruhm, ihr Schicksal bedeute sein eigenes. Wann immer er von seinem Geschlecht sprach, sagte er stets »wir« und sprach meist im Plural wie ein König. Ich wünschte, ich könnte alles, was er erzählte, auch in seiner Art wiedergeben, die für mich äußerst faszinierend war. Die ganze Geschichte des Landes schien sich darin niederzuschlagen. Während des Erzählens wurde er immer erregter und ging im Zimmer hin und her. Er zerrte an seinem starken weißen Schnurrbart und packte alles, auf das er die Hände legte, als ob er es in der Faust zerquetschen wollte. Eine Stelle seiner Erzählung werde ich so gut wie möglich aufschreiben, denn darin wird in gewisser Weise die Geschichte seines Volkes berichtet:

»Wir Szekeler sind mit Recht stolz, denn in unseren Adern fließt das Blut manches tapferen Volkes, das kämpfte, wie es der Löwe tut – um die Herrschaft nämlich. Hierher, in den Strudelmittelpunkt der europäischen Völker, brachten die ukrainischen Stämme von Island herunter den Kampfgeist, den Thor und Wotan ihnen verliehen hatten und den ihre Krieger an den Küsten von Europa, ja an denen von Asien und Afrika so wütend austobten, daß schließlich die Völker glaubten, sie seien keine Menschen, sondern Werwölfe. Als sie dann hierherkamen, stießen sie auf die Hunnen, deren Kampfeswut wie eine glühende Flamme über die Erde hinweggefegt war. Die sterbenden Völker glaubten von ihnen, daß in ihren Adern das Blut jener alten Hexen fließe, die, nachdem man sie aus Scythien vertrieben hatte, sich mit den Teufeln in der Wüste verbanden. Diese Narren, diese Narren! Welcher Teufel oder welche Hexe waren jemals so groß wie Attila, dessen Blut in diesen Adern fließt?« Dabei reckte er seine Arme empor. »Ist es ein Wunder, daß wir Eroberer und daß wir stolz sind? Weil wir die Magyaren, die Lombarden, die Avaren, die Bulgaren oder die Türken zurücktrieben, als diese zu Tausenden über unsere Grenzen strömten? Ist es denn merkwürdig, daß, als Arpad und seine Legionen das ungarische Vaterland überschwemmten, er hier an der Grenze auf uns stieß? Und als die Ungarnflut nach Osten weiterrollte und die Szekeler von den siegreichen Magyaren als verwandte Rasse eingestuft wurden, da vertraute man uns jahrhundertelang die Wache an der Grenze zum Türkenland an; ja, und mehr als das, einen endlosen Dienst an der Grenze, denn, wie die Türken sagen, ›das Wasser schläft, doch der Feind schläft nie‹. Welches unter den vier Völkern hier empfing freudiger das ›blutige Schwert‹ des Königs oder eilte auf seinen Kriegsruf schneller zu den Fahnen? Wann wurde die große Schande meiner Nation wieder ausgelöscht, die Schande von Cassova, wo die Fahnen der Walachen und der Magyaren vor dem Halbmond in den Schmutz sanken? Ein Mann aus meinem Geschlecht war es, der als Woiwode die Donau überschritt und die Türken auf ihrem eigenen Boden schlug! Ein Dracula war das! Zwar verkaufte, nachdem er gefallen war, sein eigener unwürdiger Bruder sein Volk an die Türken und führte es in die Schande der Sklaverei. Aber dieser erste Dracula war das Vorbild jenes anderen Mannes aus meinem Geschlecht, der in späterer Zeit immer wieder seine Kämpfer über den großen Fluß ins Türkenland führte und der, nachdem er zurückgeschlagen worden war, immer und immer wieder angriff, obwohl er allein vom blutigen Feld ging, wo seine Truppen abgeschlachtet worden waren. Er aber wußte, daß er am Ende triumphieren würde! Man warf ihm vor, daß er nur an sich selbst gedacht hätte. Pah! Wozu sind Bauern ohne einen Anführer gut? Was soll aus einem Krieg werden ohne ein Hirn und ein Herz, ihn zu führen? Und dann, als wir nach der Schlacht von Mohácz das ungarische Joch abwarfen, da waren wir aus dem Blut der Draculas unter den Anführern! Unser Geist konnte es nicht ertragen, daß wir nicht frei sein sollten. Ah, junger Herr, die Szekeler – und besonders die Draculas als deren Herzblut, ihr Hirn und ihr Schwert – können sich einer Vergangenheit rühmen, die solche Emporkömmlinge wie die Habsburger und die Romanoffs nie erreichen werden. Aber die kriegerischen Tage sind vorüber. Blut ist jetzt, in diesen Zeiten eines unehrenhaften Friedens, zu kostbar geworden, und der Ruhm der großen Geschlechter klingt wie ein Märchen.«

Unterdessen ging es schon auf den Morgen zu, und wir legten uns zu Bett. (Dieses Tagebuch scheint dem Anfang von »Tausendundeinernacht« sehr zu ähneln, denn stets mit dem ersten Hahnenschrei bricht die Erzählung ab.)

12. Mai. – Ich will mit Tatsachen beginnen – mit nackten, nüchternen Tatsachen, die durch Bücher und Personen belegt sind, an denen kein Zweifel herrschen kann. Ich darf sie nicht mit den Erfahrungen durcheinanderbringen, die ich durch eigene Beobachtung gewonnen habe oder die sich mir in der Erinnerung bilden. Gestern abend, als der Graf aus seinem Zimmer kam, begann er mir Fragen zu stellen über rechtliche Angelegenheiten und die Abwicklung gewisser Geschäftsangelegenheiten. Ich hatte den Tag erschöpft über Büchern verbracht und war, nur um meinen Geist zu beschäftigen, einige der Themen durchgegangen, in denen man mich in Lincoln's Inn geprüft hatte. Die Fragen des Grafen folgten einer gewissen Methode, und so werde ich sie hier in ihrer Reihenfolge festhalten. Vielleicht wird mir das irgendwie oder irgendwann noch nützen können.

Als erstes fragte er mich, ob ein Mann in England zwei oder mehr Anwälte haben könnte. Ich sagte ihm, daß er ein Dutzend Anwälte haben könnte, wenn er wollte, daß es aber nicht klug wäre, mehr als einen Anwalt mit einem Fall zu befassen, da nie mehr als einer in dem Fall handeln könnte, und daß es deshalb gegen seine Interessen wäre, mehrere Anwälte damit zu befassen. Er schien das völlig zu begreifen und fragte weiter, ob es irgendwelche praktischen Schwierigkeiten gäbe, einen Anwalt mit – beispielsweise – Bankangelegenheiten zu befassen und einen zweiten mit Schiffsangelegenheiten, für den Fall, daß man rechtlichen Beistand brauche an einem Ort, der von dem Amtssitz des mit den Bankangelegenheiten befaßten Anwalts weit entfernt sei. Ich bat ihn, dies ausführlicher zu erklären, damit ich ihm nicht etwa falsch riete, und er begann:

»Ich werde es Ihnen erläutern. Unser gemeinsamer Freund, Mr. Peter Hawkins, lebt im Schatten Ihrer schönen Kathedrale in Exeter, was ziemlich weit von London entfernt ist, und kauft für mich durch Ihre Beihilfe ein Grundstück in London. Gut. Damit Sie es nun nicht merkwürdig finden, daß ich die Dienste eines Mannes in Anspruch nahm, der so weit von London entfernt wohnt, anstatt eines in London wohnenden, will ich Ihnen offen sagen, welches meine Gründe waren: Ich wollte, daß sich keine lokalen Interessen einmischten und man nur meinem Wunsche folgte und daß nicht, wie es bei einem Einwohner von London hätte sein können, der Wunsch mitspräche, sich selbst oder einem Freunde zu dienen. Deshalb suchte ich mir einen so weit entfernt wohnenden Vermittler, damit seine Mühe lediglich meinen Interessen dienen sollte. Angenommen nun, ich wünschte – da ich viele Interessen habe – Güter nach Newcastle oder Durham, nach Harwich oder Dover zu verschiffen, wäre es dann nicht angebrachter, daß ich mich an einen Anwalt in diesen Häfen wendete?« Ich erwiderte, daß dies natürlich möglich sei, daß wir Anwälte aber untereinander ein System hätten, nach dem wir für den anderen als Agent arbeiteten, so daß lokale Angelegenheiten nach den Anweisungen eines anderen Anwaltes erledigt werden könnten. Der Klient, der sich also in die Hände eines Anwalts begebe, könnte so seine Wünsche ohne weitere Bemühungen ausgeführt sehen. »Aber ich könnte doch auch meine Angelegenheiten selbst leiten, nicht wahr?« fragte er.

»Natürlich«, entgegnete ich. »Das tun oftmals Geschäftsleute, die nicht wünschen, daß irgend jemand Kenntnis hat von ihren Geschäften.«

»Gut!« sagte er und fragte dann weiter nach den Mitteln, die man für eine Verschiffung brauche, sowie nach den Formalitäten, die man erledigen müsse, und nach allen möglichen Schwierigkeiten, die auftreten könnten, und wie man sich dagegen schützen könne. Ich beantwortete ihm alle diese Fragen nach bestem Vermögen, und er erhielt sicher den Eindruck, daß er einen großartigen Anwalt abgegeben hätte, denn es gab nichts, das er nicht bedachte und vorausberechnete. Für einen Mann, der nie in England war und offensichtlich nicht viel mit Geschäften zu tun gehabt hatte, waren sein Wissen und sein Scharfsinn großartig.

Nachdem er sich in diesen Fragen zufriedengegeben hatte und ich ihm alle meine Auskünfte, so gut ich konnte, in den vorhandenen Büchern belegt hatte, stand er plötzlich auf und fragte:

»Haben Sie seit Ihrem ersten Brief noch einmal an unseren Freund Mr. Peter Hawkins oder an jemand anders geschrieben?« Mit einer gewissen Bitterkeit im Herzen erwiderte ich, daß ich das nicht getan hätte, da ich noch keine Möglichkeit gesehen hätte, Briefe an irgend jemand zu senden.

»Dann schreiben Sie jetzt, mein junger Freund«, erklärte er und legte seine schwere Hand auf meine Schulter. »Schreiben Sie an Mr. Hawkins oder an jemand anders, daß Sie noch einen Monat hier bei mir bleiben werden.«

»Wünschen Sie wirklich, daß ich so lange hierbleibe?« fragte ich, denn mein Herz wurde eiskalt bei diesem Gedanken.

»Ich wünsche es sehr; ja mehr noch, ich werde keine Weigerung hinnehmen. Als Ihr Chef oder Arbeitgeber – wie Sie wollen – sich einverstanden erklärte, daß jemand hierherkommen sollte, war es abgemacht, daß meine Belange in erster Linie zu befriedigen wären. Ich habe schließlich nicht geknausert, nicht wahr?«

Was konnte ich anders tun als zustimmen? Es ging um Mr. Hawkins' Interessen, nicht um meine, und ich mußte an ihn denken, nicht an mich. Außerdem, während Graf Dracula sprach, lag etwas in seinem Blick und in seiner Haltung, was mich daran erinnerte, daß ich ein Gefangener sei und keine Wahl hätte, selbst wenn ich abreisen wollte. Der Graf erkannte seinen Sieg in meiner zustimmenden Verbeugung und in meinem inneren Kampf, der sich auf meinem Gesicht ausdrückte. Er begann dies sofort auszunutzen, aber auf eine sanfte, über alle Widerstände hinweggehende Art:

»Ich bitte Sie, mein junger Freund, in Ihren Briefen von nichts anderem als von Geschäftsangelegenheiten zu schreiben. Zweifellos wird es Ihre Freunde freuen zu hören, daß es Ihnen gut geht und daß Sie bald zu ihnen heimkehren werden.« Während dieser Worte reichte er mir drei Briefbögen und drei Umschläge. Sie waren alle von feinstem ausländischem Papier. Ich sah sie an, dann ihn. Er lächelte sanft, wobei seine spitzen Eckzähne über der roten Unterlippe lagen. Da begriff ich so deutlich, als ob er es ausgesprochen hätte, daß ich mich vorsehen sollte, was ich schriebe, denn er würde es lesen. Ich beschloß also, zunächst ganz förmlich zu schreiben, insgeheim aber Mr. Hawkins einen ausführlichen Brief zu schicken und ebenso Mina, denn ihr konnte ich in Kurzschrift schreiben, was den Grafen vor Rätsel stellen müßte, wenn er es zu Gesicht bekäme. Nachdem ich die beiden Briefe geschrieben hatte, saß ich still da und las ein Buch. Auch der Graf schrieb und zog dabei verschiedene Bücher auf seinem Tisch zu Rate. Dann nahm er meine beiden Briefe, legte sie zu seinen und brachte sein Schreibgerät hinaus. Kaum hatte sich die Tür hinter ihm geschlossen, beugte ich mich vor und sah auf die Briefe, die mit der Adresse nach unten auf dem Tisch lagen. Ich empfand dabei keine Gewissensbisse, denn unter den gegebenen Umständen glaube ich, mich auf jede Weise schützen zu müssen.

Einer seiner Briefe war an Samuel F. Billington gerichtet, Crescent No. 7 in Whitby; der zweite an einen Herrn Leutner in Varna; der dritte an Coutts & Co. in London und der vierte an die Herren Klopstock & Billreuth, Bankiers in Budapest. Der zweite und der vierte Brief waren unversiegelt. Ich wollte gerade einen Blick auf die Schreiben werfen, als ich sah, wie sich der Türgriff bewegte. Ich hatte gerade noch Zeit, die Briefe wieder hinzulegen, wie sie gelegen hatten, mein Buch zu ergreifen und mich in meinen Sessel zurücksinken zu lassen, als der Graf mit einem weiteren Schreiben in der Hand eintrat. Er nahm die Briefe vom Tisch und frankierte sie sorgfältig. Dann wandte er sich an mich und sagte:

»Ich weiß, Sie werden mich entschuldigen, denn ich habe heute abend noch sehr viel privat zu erledigen. Ich hoffe, Sie werden alles vorfinden, was Sie brauchen.« An der Tür drehte er sich noch einmal um und setzte nach einem kleinen Zögern hinzu:

»Ich möchte Ihnen raten, mein lieber junger Freund – nein, ich möchte Sie sogar mit allem Ernst warnen, daß Sie, falls Sie diese Räume einmal verlassen, unter keinen Umständen in einem anderen Teil des Schlosses schlafen! Es ist sehr alt, birgt zahlreiche Erinnerungen und hält böse Träume bereit für den, der ungeschützt schläft. Seien Sie gewarnt! Sollte Sie irgendwann der Schlaf überkommen, dann eilen Sie zurück in Ihr Schlafzimmer oder in diese Räume hier, denn nur hier werden Sie in Sicherheit ruhen. Wenn Sie sich jedoch in dieser Hinsicht nicht vorsehen, dann . . .« Er endete seine Rede auf grausige Weise, denn er rieb sich die Hände, als ob er sie wüsche. Ich verstand vollkommen; nur zweifelte ich, ob es wohl einen schrecklicheren Traum geben könne als das übernatürliche, schreckliche Netz von Düsternis und Geheimnis, das sich um mich zu schließen scheint.

Später am gleichen Abend. – Ich unterstreiche meine oben geschriebenen letzten Worte, nur gibt es jetzt nichts mehr zu bezweifeln. Ich werde mich nicht fürchten, an einem anderen Ort zu schlafen, wenn nur er nicht dort ist. Ich dabe das Kruzifix über das Kopfende meines Bettes gehängt. Ich denke, daß mein Schlaf so freier von Träumen ist; und dort soll es auch bleiben. – Nachdem er mich verlassen hatte, ging ich in mein Schlafzimmer. Nach einer Weile, nachdem ich keine Geräusche mehr hörte, trat ich wieder hinaus und stieg die steinerne Treppe empor bis dorthin, wo ich nach Süden hinausblicken konnte. Die weite Landschaft barg doch, wenn sie mir auch unzugänglich blieb, eine Ahnung der Freiheit, verglichen mit dem engen, dunklen Hof. Indem ich so hinausstarrte, spürte ich um so stärker, daß ich in einem Gefängnis steckte, und ich wollte einen Atemzug frischer Luft schmecken, wenn es auch nur Nachtluft wäre. – Ich spüre, daß sich diese nächtliche Lebensweise auf mich auszuwirken beginnt. Sie zerstört meine Nerven. Ich starre auf meinen eigenen Schatten und habe dabei die schrecklichsten Einbildungen. Gott weiß, daß ich Grund habe, mich an diesem verfluchten Ort entsetzlich zu fürchten! – Ich starrte also hinaus auf die schöne, in sanftem gelbem Mondlicht gebadete Landschaft, die fast so hell dalag wie im Tageslicht. In dem sanften Schein verschmolzen die fernen Berge, und die Schatten in den Tälern und Schluchten waren von samtener Schwärze. Diese Schönheit genügte, um mich aufzumuntern; bei jedem Atemzug sog ich Trost und Frieden mit in mich ein. Als ich mich jedoch aus dem Fenster beugte, wurde mein Blick gefangen von etwas, das sich etwa ein Stockwerk unter mir und etwas zur Linken bewegte – genau dort, wo, nach der Ordnung der Räume, die Zimmer des Grafen liegen mußten. Das Fenster, an dem ich stand, war hoch und tief, durch einen steinernen Pfosten geteilt und besaß schon längst keine

Verkleidung oder Rahmen mehr. Ich verbarg mich also hinter dem Mauerwerk und spähte vorsichtig hinaus.

Was ich dann sah, war der Kopf des Grafen, der sich aus einem Fenster reckte. Ich konnte das Gesicht nicht sehen, aber ich erkannte den Grafen am Hals und an den Bewegungen seines Rückens und seiner Arme. Auf jeden Fall aber erkannte ich die Hände, die zu studieren ich so oft Gelegenheit gehabt hatte. Ich war zunächst interessiert und fast belustigt. Einen Gefangenen interessieren und belustigen ja schon die geringfügigsten Ereignisse! Aber bald wandelten sich meine Empfindungen zu Abscheu und Entsetzen, als ich sah, wie der ganze Mann langsam aus dem Fenster herausstieg und an der Schloßmauer hinabkletterte, und zwar mit dem Kopf nach unten über dem schrecklichen Abgrund hängend, wobei sich sein Mantel wie ein großes Flügelpaar um ihn bauschte! Zuerst wollte ich meinen Augen nicht trauen. Ich glaubte, dieser Eindruck sei durch das Mondlicht hervorgerufen, sei die unheimliche Wirkung irgendeines Schattenspiels. Aber ich starrte weiter hinaus und wurde sicher, daß ich mich nicht täuschte. Ich sah, wie sich seine Finger und Zehen um die Kanten der Steine krallten, denen die Jahre den Mörtel abgefressen hatten. Indem er so jeden Vorsprung und jede Unebenheit nutzte, kletterte er mit beträchtlicher Geschwindigkeit wie eine Eidechse an der Mauer hinunter.

Was für ein Mensch ist das, oder besser, was für eine Kreatur mit dem Aussehen eines Menschen? Ich spüre, wie mich der Schrecken dieses gräßlichen Ortes überwältigt. Ich fürchte mich – ich fürchte mich entsetzlich –, und es gibt keinen Ausweg für mich! Ich bin umgeben von Schrecken, an die ich nicht zu denken wage . . .!

15. Mai. – Wiederum habe ich den Grafen auf seine Eidechsenart hinaussteigen sehen! Er kletterte seitwärts

hinunter, einige hundert Fuß abwärts und ein gutes Stück nach links. Dann verschwand er in irgendeinem Loch oder Fenster. Als sein Kopf nicht mehr zu sehen war, beugte ich mich hinaus und versuchte, mehr zu entdecken, aber ohne Erfolg. Die Entfernung war zu groß und ließ keinen brauchbaren Blickwinkel mehr zu. Ich wußte aber jetzt, daß er das Schloß verlassen hatte, und wollte die Gelegenheit nutzen, mehr zu erforschen, als ich bisher gewagt hatte. Ich kehrte also zurück in mein Zimmer, holte eine Laterne und versuchte dann alle Türen. Sie waren verschlossen, wie ich es erwartet hatte, und die Schlösser waren verhältnismäßig neu. Daraufhin stieg ich die steinerne Treppe hinunter bis zur Halle, wo ich ursprünglich hereingekommen war. Ich stellte fest, daß sich die Riegel leicht zurückschieben und die große Kette aufhaken ließen; doch die Tür war verschlossen, und der Schlüssel steckte nicht! Er muß sich im Zimmer des Grafen befinden; deshalb werde ich darauf achten, ob seine Tür einmal unverschlossen ist, damit ich den Schlüssel erlangen und entfliehen kann! – Ich fuhr dann fort, die verschiedenen Treppen und Gänge gründlich zu untersuchen und alle Türen zu versuchen, die von ihnen abgingen. Ein oder zwei kleinere Räume in der Nähe der Halle standen offen, aber es gab nichts in ihnen zu sehen außer alten, staubigen und zerfressenen Möbeln. Endlich jedoch kam ich am oberen Ende des Treppenflurs an eine Tür, die zunächst zwar verschlossen schien, dann aber auf meinen Druck hin ein wenig nachgab. Ich drückte stärker und fand, daß sie nicht wirklich verschlossen war. Ihr Widerstand rührte vielmehr daher, daß die Angeln etwas nachgegeben hatten und die schwere Tür sich auf den Boden stützte. Hier eröffnete sich eine Gelegenheit, die ich vielleicht nicht wieder finden mochte. Ich strengte mich also sehr an, und nach mancherlei Mühen drückte ich die Tür so weit auf, daß ich hindurchtreten konnte. Ich befand mich jetzt in einem Flügel des Schlosses, der rechts von den mir bekannten Räumen und ein Stockwerk tiefer lag. Von den Fenstern aus konnte ich erkennen, daß diese Räume hier im Südteil des Schlosses lagen. Die Fenster des letzten Raumes blicken sowohl nach Westen wie auch nach Süden. Zu beiden Seiten liegt vor den Fenstern ein tiefer Abgrund. Das Schloß ist auf dem Ende eines Felsmassivs errichtet, so daß es von drei Seiten aus unzugänglich bleibt. Hier sind auch große Fenster eingelassen, da weder Wurfschleuder noch Bogen oder Muskete hierherreichen, und demzufolge findet man hier Licht und Bequemlichkeit. Gegen Westen liegt ein tiefes Tal, und weit dahinter steigen gezackte Berge an, Gipfel um Gipfel. Ihre nackten Felsen sind bisweilen mit Bergeschen und Dorngestrüpp bewachsen, deren Wurzeln sich in die Spalten und Risse des Gesteins klammern. Dieser Teil des Schlosses wurde in früheren Tagen offensichtlich von den Damen bewohnt, denn das Mobiliar wirkte weit bequemer als alles, was ich hier bisher gesehen hatte. Vor den Fenstern hingen keine Vorhänge, und das gelbliche Mondlicht, das durch die rautenförmigen Scheiben fiel, ließ sogar Farben erkennen, während es zugleich den Staub unkenntlicher machte, der über allem lag und in gewissem Maße die Verheerungen der Zeit und der Motten verbarg.

Meine Lampe schien gegen den strahlenden Mondschein wenig auszurichten, aber trotzdem war ich froh, sie bei mir zu haben, denn eine schreckliche Einsamkeit, die mein Herz kalt umfaßte und meine Nerven erzittern ließ, lag über dem Ort. Aber immerhin war es noch besser, hier als in den Räumen zu weilen, die ich wegen der Besuche des Grafen hassen gelernt hatte. Ich versuchte mich zusammenzunehmen und fand schließlich, daß eine sanfte Ruhe über mich kam. So sitze ich denn hier, an einem kleinen Eichentischchen, an dem in früheren Zeiten wahrscheinlich einmal eine blonde Dame mit viel Nachdenklichkeit und häufigem Erröten einen Liebesbrief schrieb . . . Ich dagegen schreibe in Kurzschrift alles das in mein Tagebuch, was sich ereignet hat, seit ich es das letztemal schloß. Das entspricht völlig dem modernen 19. Jahrhundert; und doch, wenn mich meine Sinne nicht trügen, so hatten und haben die vergangenen Jahrhunderte ihre besonderen Mächte, die bloße Modernität nicht umbringen kann.

Später, am Morgen des 16. Mai. – Gott bewahre mir den gesunden Verstand – denn das ist das letzte, was mir noch bleibt. Sicherheit und die Zuversicht der Sicherheit gehören der Vergangenheit an. Während ich hier weiterlebe, gibt es für mich nur noch eines zu hoffen; daß ich nämlich nicht verrückt werde – das heißt, wenn ich nicht bereits verrückt bin. Falls ich aber meinen Verstand noch besitze, dann ist dieser bestimmt in Gefahr, verwirrt zu werden bei dem Gedanken, daß von allen Greueln, die an diesem verhaßten Ort lauern, der Graf mir am wenigsten bedrohlich ist; ja daß ich bei ihm allein Sicherheit finde, wenngleich ich dafür seinen Zwecken dienen muß! Großer Gott! Gnädiger Gott! Laß mich ruhig sein, denn sonst lauert der Wahnsinn auf mich! In einem neuen Licht erscheinen mir jetzt gewisse Dinge, die mir bisher ein Rätsel waren. Bis jetzt hatte ich nie ganz verstanden, was Shakespeare meinte, als er Hamlet sagen ließ:

> »Meine Tabletten! Schnell, meine Tabletten!
> Es ist Fleisch, das ich hinunterwürgte . . .«

Jetzt, da ich fürchte, mein Verstand wird aus den Angeln gehoben, oder daß der jetzt aufgetretene Schrecken jedenfalls damit enden muß, suche ich in meinem Tagebuch Ruhe. Die Gewohnheit, alles Erlebte einzutragen, muß mir helfen, mich zu beruhigen.

Die geheimnisvolle Warnung des Grafen hatte mich

seinerzeit erschreckt; jetzt entsetzt sie mich weit mehr, wenn ich daran denke, denn in Zukunft hat er eine fürchterliche Gewalt über mich. Ich werde mich fürchten, an seinen Worten je wieder zu zweifeln!

Als ich in der Nacht meine Tagebucheintragung beendet und Buch sowie Federhalter in die Tasche gesteckt hatte, fühlte ich mich müde. Die Warnung des Grafen kam mir in den Sinn, doch ich machte mir ein Vergnügen daraus, sie zu mißachten. Der Drang nach Schlaf beherrschte mich und damit zugleich die Halsstarrigkeit, die dem Schlaf vorangeht. Das weiche Mondlicht besänftigte, und die Weite draußen vermittelte ein Gefühl der Freiheit, das mich erfrischte. Ich beschloß, in dieser Nacht nicht mehr in meine düsteren Räume zurückzukehren, sondern hier zu schlafen, wo in alten Zeiten die edlen Frauen gesessen und gesungen und ihr friedliches Leben geführt hatten, die Brust voller Trauer um ihre Männer, die fern in gnadenlosen Kriegen kämpften. Ich rückte eine große Couch von ihrem Platz weg in die Ecke, so daß ich im Liegen die wunderschöne Aussicht nach Westen und Süden genießen konnte. Dann legte ich mich, ohne weiter auf den Staub zu achten, zum Schlafen nieder. Ich glaube, ich muß dann eingeschlafen sein; jedenfalls hoffe ich das. Doch alles, was dann geschah, war so erschreckend realistisch – so wirklich, daß ich jetzt, da ich hier im hellen Sonnenlicht des Morgens sitze, nicht im geringsten glauben kann, daß ich alles träumte.

Ich war nicht mehr allein. Der Raum war noch der gleiche, in jeder Weise unverändert, seit ich ihn betreten hatte. Auf dem Fußboden konnte ich in dem strahlenden Mondschein meine Fußspuren in dem so lange abgelagerten Staub erkennen. Mir gegenüber aber saßen im Mondschein drei junge Frauen, nach Kleidung und Benehmen edle Damen. Als ich sie erblickte, glaubte ich zunächst zu träumen, denn obwohl das Mondlicht hinter ihnen hereinfiel, warfen sie doch keinen Schatten auf den Boden. Sie traten dann näher, betrachteten mich eine Weile und flüsterten miteinander. Zwei waren dunkelhaarig und hatten kühne Adlernasen wie der Graf sowie große, dunkle, durchdringende Augen, die fast rot wirkten, verglichen mit dem bleichen, gelben Mond. Die andere war blond, so blond, wie es nur möglich ist, mit langen Wellen goldenen Haars und Augen wie blassen Saphiren. Mir war, als ob ich ihr Gesicht irgendwoher kenne, und zwar in Verbindung mit irgendeinem Angsttraum, aber ich konnte mich nicht an das Wie oder Woher erinnern. Alle drei besaßen strahlend weiße Zähne, die wie Perlen zwischen dem Rubinrot ihrer sinnlichen Lippen schimmerten. Etwas an ihnen ließ mich unruhig werden und weckte ein Sehnen und zugleich eine tödliche Furcht. Ich spürte im Herzen das böse, brennende Verlangen, von jenen roten Lippen geküßt zu werden. Es ist nicht gut, dies niederzuschreiben, denn wenn diese Worte eines Tages Mina vor Augen kommen, mögen sie ihr Schmerz verursachen, aber sie entsprechen der Wahrheit. Die Frauen flüsterten miteinander, und dann lachten alle drei auf – ein silbernes, musikalisches Lachen, aber so hart, als ob der Klang niemals durch die Weiche menschlicher Lippen gekommen wäre. Es klang wie das unerträgliche, süße Klingen von Wassergläsern, die von geübter Hand in Schwingung versetzt wurden. Das blonde Mädchen schüttelte kokett den Kopf, doch die anderen beiden drängten sie, und eine sagte:

»Fang an! Du bist die erste, und wir folgen; du hast das Recht zu beginnen!« Und die andere setzte hinzu:

»Er ist jung und stark; es bleiben Küsse für uns alle!« Ich lag still da in regungsloser, freudiger Erwartung und spähte unter den Augenlidern hervor. Das Mädchen trat näher und beugte sich über mich, bis ich ihren Atem spürte. Er war süß, honigsüß, und ließ die Nerven ebenso erbeben wie ihre Stimme, aber zugleich steckte in der Süße eine Bitterkeit, eine abstoßende Bitterkeit, wie man sie im Blut wittert.

Ich fürchtete mich, die Augen aufzuschlagen, doch konnte ich auch unter den Augenlidern hinweg alles genau erkennen. Das Mädchen ließ sich auf die Knie nieder, beugte sich über mich und weidete sich an meinem Anblick. Ihre ausgeprägte Sinnlichkeit war sowohl erregend wie abstoßend, und als sie den Kopf vorneigte, leckte sie sich die Lippen wie ein Tier, bis ich im Mondlicht die Feuchtigkeit auf den scharlachroten Lippen und auf der roten Zunge schimmern sehen konnte, als diese über die weißen spitzen Zähne fuhr. Tiefer und tiefer neigte sich ihr Kopf; ihre Lippen gingen an meinem Mund und meinem Kinn vorbei und schienen über meiner Kehle zu verharren. Wieder hörte ich den erregenden Laut, den ihre Zunge verursachte, als sie über Lippen und Zähne fuhr. Auf meinem Hals spürte ich ihren heißen Atem. Die Haut über meiner Kehle begann zu prickeln, wie es einem geschieht, wenn die Hand, die kitzeln will, näher und immer näher kommt. Endlich spürte ich die sanfte, schauerweckende Berührung ihrer Lippen auf der überempfindlichen Haut meines Halses und den harten Griff zweier scharfer Zähne, die die Haut nur berührten und dort verharrten. In schwüler Erregung schloß ich die Augen und wartete – wartete mit klopfendem Herzen.

Aber in diesem Augenblick durchfuhr mich blitzschnell eine andere Empfindung. Ich wußte plötzlich, daß der Graf anwesend war, und zwar schien er wie in einen Sturm der Wut eingehüllt. Als ich unbeabsichtigt die Augen aufschlug, sah ich, wie seine starke Hand den schlanken Nacken des blonden Mädchens packte und dieses mit ungeheurer Kraft zurückriß. Ihre blauen Augen waren jetzt von Wut entstellt, sie knirschte mit ihren weißen Zähnen, und ihre Wangen glühten vor Leidenschaft. Aber der Graf! Nie hätte ich mir solchen Zorn und solche Wut vorstellen können, nicht einmal bei den Dämonen der Unterwelt. Seine Augen glühten im wahrsten Sinne; das rote Licht in ihnen leuchtete fahl, als ob die Flammen des Höllenfeuers dahinter loderten. Sein Gesicht war totenblaß und seine Züge hart wie die einer Holzpuppe; seine starken Augenbrauen, die über der Nase zusammenstießen, wirkten jetzt wie ein Riegel weißglühenden Metalls. Mit einer fürchterlichen Armbewegung stieß er das Mädchen zurück und wandte sich dann gegen die anderen, als ob er sie durch Schläge zurücktreiben wollte. Es war die gleiche herrische Geste, die ich bei den Wölfen angewandt sah. Mit einer Stimme, die, obwohl er fast flüsterte, durch die Luft zu schneiden und im Raum widerzuhallen schien, herrschte er sie an:

»Wie dürft ihr es wagen, ihn anzurühren? Wie wagt ihr es, eure Blicke auf ihn zu richten, obwohl ich das verboten hatte? Zurück, sage ich euch! Dieser Mann gehört mir! Wagt es nicht, euch mit ihm abzugeben, oder ihr habt es mit mir zu tun!« Das blonde Mädchen drehte sich mit einem gemeinen Lachen um und erwiderte: »Du hast nie geliebt; du wirst auch nie lieben!«

Die beiden anderen Frauen stimmten in ihr Lachen ein. Es schrillte so freudlos, so hart und seelenlos durch den Raum, daß ich es kaum ertragen konnte. Es klang wie das Lachen von Teufelinnen. Der Graf wandte sich um, betrachtete aufmerksam mein Gesicht und flüsterte leise:

»Doch, auch ich kann lieben; ihr selbst könnt davon zeugen. Ist es nicht so? Gut also, ich verspreche euch, wenn ich mit ihm fertig bin, dürft ihr ihn ganz nach eurem Willen küssen. Jetzt fort! Fort! Ich muß ihn wecken, es ist Arbeit zu erledigen!«

»Sollen wir heute nichts zur Nacht haben?« fragte eine von ihnen mit dunklem Lachen und zeigte auf einen Sack, den er auf den Boden geworfen hatte und der sich bewegte, als ob etwas Lebendiges in ihm steckte. Als Antwort nickte er nur. Eine der Frauen stürzte vor und öffnete den Sack. Wenn mich meine Ohren nicht täuschten, hörte ich ein Seufzen und ein leises Winseln wie von einem halberstickten Kind. Die Frauen drängten sich um den Sack, während ich wie erstarrt vor Schrecken dalag. Als ich jedoch wieder zu ihnen blickte, verschwanden sie und mit ihnen der fürchterliche Sack. Vor ihnen lag keine Tür, und sie hätten nicht an mir vorbeigehen können, ohne daß ich es bemerkt hätte. Sie schienen sich einfach in den Strahlen des Mondlichts aufzulösen und durch das Fenster hinauszuschweben, denn ich konnte draußen noch einmal ihre dunklen, schattenhaften Gestalten erkennen, ehe sie sich ganz auflösten. Dann überwältigte mich das Grauen, und ich sank bewußtlos zurück.

Viertes Kapitel

Jonathan Harkers Tagebuch
(Fortsetzung)

Ich erwachte in meinem eigenen Bett. Wenn ich nicht alles geträumt hatte, mußte der Graf mich hierhergetragen haben. Ich versuchte, mir darüber klarzuwerden, konnte aber nicht zu einem unzweifelhaften Ergebnis gelangen. Es gab zwar gewisse kleine Beweise, wie zum Beispiel den, daß meine Kleidungsstücke in einer Art zusammengelegt waren, wie ich es nie tat. Meine Uhr war noch unaufgezogen, ich pflege aber unbedingt, bevor ich zu Bett gehe, die Uhr aufzuziehen. Und so gab es noch einige Kleinigkeiten. Aber diese Dinge waren kein Beweis; sie hätten ebensogut Beweis dafür sein können, daß mein Geist nicht mehr wie sonst arbeitete. Und ich hatte wahrhaftig Ursache, erregt zu sein! Aber ich muß nach einem Beweis suchen. Nur über eines bin ich froh: Wenn mich wirklich der Graf hierhergetragen und hier ausgezogen hat, muß er es sehr eilig gehabt haben, denn meine Taschen hat er nicht untersucht. Ich bin sicher, das Geheimnis dieses Tagebuches hätte er nicht ertragen. Er hätte es an sich genommen oder vernichtet. Da ich mich jetzt hier im Zimmer umsehe, kommt es mir fast wie ein Heiligtum vor, obwohl es sich mir doch schon so voller Schrecken darstellte. Aber nichts kann schrecklicher sein als jene gräßlichen Frauen, die darauf warteten – oder noch darauf warten –, mein Blut zu saugen.

18. Mai. – Ich bin wieder unterwegs gewesen, um mir jenen Raum bei Tageslicht anzusehen, denn ich muß die Wahrheit erfahren. Als ich an jene Tür oben am Ende der Treppe kam, fand ich sie versperrt. Sie war so kräftig gegen den Türpfosten gedrückt, daß ein Teil des Holzes zersplitterte. Ich konnte erkennen, daß die Tür nicht abgeschlossen war, jedoch von innen verriegelt ist. Ich fürchte, es war alles kein Traum. Dieser Erkenntnis entsprechend muß ich handeln.

19. Mai. – Ich sitze in der Schlinge. Gestern abend bat mich der Graf auf verbindlichste Weise, drei Briefe zu schreiben, und zwar einen, in dem ich mitteilen sollte, daß meine Arbeit hier nahezu beendet sei und daß ich in wenigen Tagen heimwärts reisen würde. Im zweiten sollte ich melden, daß ich am nächsten Morgen, vom Datum des Briefes an gerechnet, aufbrechen würde, und im dritten, daß ich das Schloß verlassen hätte und in Bistritz angekommen sei. Ich hätte gern dagegen rebelliert, spürte aber, daß es im gegenwärtigen Stadium der Dinge Wahnsinn wäre, offen mit dem Grafen zu streiten, da ich absolut in seiner Macht bin. Meine Weigerung hätte seinen Verdacht geweckt und seinen Zorn gereizt. Ihm ist klar,

daß ich bereits zuviel weiß und daß ich nicht am Leben bleiben darf, damit ich ihm nicht gefährlich werde. Meine einzige Chance besteht darin, meine Frist zu verlängern. Vielleicht ereignet sich etwas, das mir eine Chance zur Flucht eröffnet. In seinen Augen sah ich eine Spur jenes Zorns flackern, der zum Ausbruch gekommen war, als er das blonde Mädchen von mir fortriß. Er erklärte mir, daß die Post selten abginge und unsicher sei und daß meine Schreiben meine Freunde beruhigen würden. Er versicherte mir eindringlich, daß er die beiden letzten Briefe, die in Bistritz bis zur gegebenen Zeit liegenblieben, zurückbeordern würde, falls ich etwa meinen Aufenthalt verlängern wollte. Ihm zu widersprechen, hätte nur zusätzlichen Verdacht in ihm geweckt. Ich gab daher vor, seine Ansicht zu teilen, und fragte ihn, welche Daten ich auf die Briefe setzen sollte. Er überlegte eine Minute und sagte dann: »Der erste sollte das Datum vom 12. Juni tragen, der zweite das vom 19. Juni und der dritte das vom 29. Juni.«

Ich kenne jetzt die restliche Frist meines Lebens. Gott steh mir bei!

28. Mai. – Mir bietet sich eine Fluchtchance oder auf jeden Fall die Möglichkeit, eine Nachricht nach Hause zu schicken! Eine Schar Zigeuner ist aufs Schloß gekommen und kampiert im Schloßhof. Diese Zigeuner nennen sich hier Szgany; ich habe mir über sie Notizen gemacht. Sie sind typisch für diesen Teil der Welt, obwohl sie mit den sonstigen Zigeunern der übrigen Welt verwandt sind. In Ungarn und in Transsilvanien leben sie zu Tausenden, und zwar fast außerhalb allen Gesetzes. In der Regel unterwerfen sie sich einem mächtigen Edelmann oder Bojaren und nennen sich nach seinem Namen. Sie sind furchtlos und ohne jede Religion, mit Ausnahme des Aberglaubens, und sie sprechen nur ihre eigene Version des Rumänischen.

Ich werde einige Briefe nach Hause schreiben und

werde versuchen, sie von diesen Zigeunern zur Post geben zu lassen. Ich habe bereits durch mein Fenster zu ihnen gesprochen und eine erste Bekanntschaft geknüpft. Sie nahmen ihre Hüte ab, machten Verbeugungen und viele Zeichen, die ich jedoch ebensowenig verstand wie ihre Sprache . . .

Ich habe die Briefe geschrieben. Mr. Hawkins bitte ich, sich mit Mina in Verbindung zu setzen. Der Brief an Mina ist in Kurzschrift; ihr habe ich meine Situation geschildert, doch ohne die Schrecken, die vielleicht nur in meiner Einbildung bestehen. Sie wäre sicher zu Tode erschrocken, hätte ich ihr mein Herz ausgeschüttet. Sollten die Briefe nicht befördert werden, dann wird der Graf jedenfalls mein Geheimnis nicht kennenlernen und ebensowenig den Umfang dessen, was ich weiß . . .

Ich habe die Briefe übergeben; ich warf sie gemeinsam mit einem Goldstück durch das Gitter meines Fensters und bedeutete dabei durch Zeichen, daß sie zur Post gebracht werden sollten. Der Mann, der sie aufhob, drückte sie an sein Herz, verbeugte sich und legte sie dann in seine Mütze. Mehr konnte ich nicht tun. Ich schlich mich zurück in die Bibliothek und begann zu lesen. Da der Graf nicht erschien, habe ich hier zu schreiben begonnen.

Der Graf ist doch noch gekommen. Er setzte sich neben mich und sagte mit seiner sanften Stimme, während er zwei Briefe öffnete: »Ein Zigeuner hat mir diese beiden Briefe gegeben, deren ich mich, obwohl ich nicht weiß, woher sie stammen, natürlich annehmen werde. Sehen Sie!« – Er mußte sie schon vorher untersucht haben . . . »Einer stammt von Ihnen und ist an meinen Freund Peter Hawkins gerichtet! Der andere . . .« Jetzt entdeckte er die ihm fremden Schriftzeichen der Kurzschrift, als er den Umschlag aufriß; sein Gesicht verzerrte sich, und seine

Augen blitzten vor Zorn; ». . . der andere ist ein abscheuliches Machwerk, ein grober Verstoß gegen Freundlichkeit und Gastfreundschaft! Er ist nicht unterschrieben. Gut, dann geht er uns auch nichts an.« Und damit hielt er Brief und Umschlag in die Flamme der Lampe, bis sie verbrannt waren. Dann fuhr er fort:

»Den Brief an Hawkins werde ich natürlich absenden, da er von Ihnen stammt. Ihre Briefe sind mir heilig. Bitte verzeihen Sie mir, daß ich unwissentlich das Siegel erbrach. Wollen Sie ihn nicht wieder verschließen?« Damit gab er mir den Briefbogen zurück und reichte mir mit einer höflichen Verbeugung einen neuen Umschlag. Ich konnte nichts weiter tun als ihn neu adressieren und ihn schweigend dem Grafen zurückgeben. Als dieser den Raum verließ, konnte ich hören, wie leise der Schlüssel umgedreht wurde. Eine Minute später ging ich zur Tür und fand, daß sie verschlossen war.

Als nach ein oder zwei Stunden der Graf leise wieder ins Zimmer kam, weckte er mich auf, denn ich hatte mich auf dem Sofa schlafen gelegt. Er war höflich und auf seine Art sogar fröhlich. Als er sah, daß ich geschlafen hatte, sagte er:

»Sie sind müde, mein Freund? Gehen Sie zu Bett! Dort finden Sie die sicherste Ruhe! Ich kann mir heute abend nicht das Vergnügen einer Unterhaltung gönnen, da noch viele Arbeiten auf mich warten. Aber Sie sollten schlafen, bitte ich Sie!« Ich ging daraufhin in mein Schlafzimmer und legte mich zu Bett. Merkwürdigerweise schlief ich ohne Träume. Die Verzweiflung hat ihre eigene Ruhe.

31. Mai. – Als ich heute morgen erwachte, nahm ich mir vor, mich aus meiner Reisetasche mit Papier und Umschlägen zu versorgen und sie bei mir zu behalten, damit ich schreiben könnte, falls ich dazu Gelegenheit erhielte. Aber wieder traf mich eine Überraschung, wieder ein Schock!

Das letzte Papierschnipselchen war verschwunden, damit auch alle meine Aufzeichnungen, meine Aufstellungen hinsichtlich Eisenbahn und Verkehr, mein Kreditbrief und alles, was mir hätte nützen können, falls ich erst einmal außerhalb des Schlosses wäre. Ich saß da und brütete vor mich hin, doch dann überfiel mich ein Gedanke, und ich durchsuchte meinen Mantelsack und den Kleiderschrank, in dem ich meine Sachen aufbewahrte. Der Anzug, den ich auf der Reise getragen hatte, war verschwunden, ebenso mein Mantel sowie meine Decke. Nirgends fand ich eine Spur von ihnen. Dies sieht mir sehr nach einer neuen Schurkerei aus!

17. Juni. – Als ich heute morgen auf meinem Bett saß und mir den Kopf über meine Lage zerbrach, hörte ich draußen Peitschenknallen und Trappen und Scharren von Pferdehufen, die den steinigen Weg hinter dem Hof emporkamen. Voller Freude stürzte ich zum Fenster und sah zwei große Leiterwagen auf den Hof fahren, jeder von acht stämmigen Pferden gezogen. An der Spitze der Gespanne ging je ein Slowake mit breitem Hut, großem nägelbeschlagenem Gürtel, schmutziger Schaffelljacke und hohen Stiefeln. Dazu hatten sie lange Stangen in der Hand. Ich rannte zur Tür, wollte die Treppe hinabstürzen und ihnen in der großen Halle entgegengehen, die, wie ich glaubte, für sie geöffnet worden sei. Aber wieder traf mich ein Schock: Meine Tür war von außen verriegelt.

Dann rannte ich zum Fenster und schrie ihnen etwas zu. Stumpfsinnig blickten sie zu mir herauf und zeigten auf mich, doch da erschien der Anführer der Zigeuner, und als er sah, daß sie auf mein Fenster zeigten, sagte er etwas zu ihnen, woraufhin sie lachten. Von da an brachte sie keine meiner Anstrengungen, weder klägliches Geschrei noch erschöpfte Bitten, dazu, auch nur noch zu mir heraufzusehen. Sie wandten sich einfach ab. Auf den Leiterwagen standen große viereckige Kästen mit Griffen aus dicken Seilen. Offensichtlich waren die Kästen leer, nach der Leichtigkeit zu urteilen, mit der sie von den Slowaken heruntergehoben wurden, sowie nach dem Geräusch, das dabei verursacht wurde. Als die Kästen alle abgeladen und in einem Winkel des Hofes aufgestapelt worden waren, erhielten die Slowaken von dem Zigeuneranführer Geld. Sie spuckten darauf, damit es Glück bringen möge, und schlenderten zu ihren Gespannen zurück. Kurz darauf hörte ich ihr Peitschenknallen in der Ferne verklingen.

24. Juni, vor Anbruch des Morgens. – Gestern abend verließ mich der Graf zeitig und schloß sich in seinem Zimmer ein. Sobald ich es wagen konnte, rannte ich die Wendeltreppe hinauf und spähte aus dem Fenster, das nach Süden geht. Ich hatte vor, nach dem Grafen Ausschau zu halten; denn irgend etwas ist im Gange. Die Zigeuner sind jetzt irgendwo im Schloß einquartiert und verrichten irgendeine Arbeit. Ich weiß das, denn ab und zu höre ich in der Ferne den gedämpften Klang von Hacke und Spaten. Was immer sie auch tun, es muß der Schlußakt irgendeiner unbarmherzigen Schurkerei sein.

Ich hatte kaum eine halbe Stunde am Fenster gelauert, als ich etwas aus dem Fenster des Grafen herauskommen sah. Ich versteckte mich, beobachtete vorsichtig und sah, wie der Graf herauskletterte. Es versetzte mir jedoch einen neuen Schock, als ich sah, daß er jenen Anzug anhatte, den ich auf meiner Herreise trug. Über die Schulter aber hatte er jenen schrecklichen Sack geworfen, den die Frauen an sich genommen hatten. Über sein Unternehmen konnte kein Zweifel bestehen; aber er verübt es in meiner Kleidung! Dies ist also die neue Methode seiner Untaten: Er will die Leute glauben machen, mich zu sehen. Damit wäre auch der Beweis geliefert, daß ich selbst in der Stadt oder im Dorf war und meine Briefe zur Post brachte. Jede Untat, die er vorhat, müßten die Leute dann mir zuschreiben.

Der Gedanke daran, daß dies ungestört geschehen kann, während ich hier wie ein Gefangener gehalten werde, aber ohne den Schutz des Gesetzes, der das Recht und der Trost selbst eines Verbrechers ist, macht mich rasend.

Ich wollte auf die Rückkehr des Grafen warten und lauerte lange Zeit am Fenster. Da entdeckte ich plötzlich zahlreiche wunderliche kleine Flocken, die im Mondlicht dahintrieben. Sie erinnerten an winzige Stäubchen, wirbelten umher und verdichteten sich zu nebelartigen Schwärmen. Während ich ihnen zusah, besänftigte sich mein Gemüt, und eine seltsame Ruhe kam über mich. Ich lehnte mich im Fenster zurück und setzte mich bequemer, so daß ich den luftigen Reigen besser genießen konnte.

Doch da ließ mich etwas zusammenfahren: das klägliche, leise Geheul von Hunden irgendwo weit unten im Tal, das meinen Blicken verborgen lag. Lauter schien es mir dann in den Ohren zu klingen, und mir war, als ob die tanzenden Stäubchen im Mondlicht zu diesem Geheul neue Gestalten formten. Ich spürte, wie meine Instinkte kämpften und mich wachzurütteln suchten; nein, meine ganze Seele kämpfte, und meine halb eingeschläferten Sinne mühten sich, auf diesen Kampf zu reagieren. Ich wurde hypnotisiert! Schneller und schneller tanzten die Stäubchen; die Mondstrahlen schienen zu zittern, als sie an mir vorbei in die Dunkelheit hinter mir fielen. Immer dichter drängten sich die Stäubchen zusammen, bis sie die Umrisse phantomartiger Wesen annahmen. Und dann fuhr ich zusammen, war hellwach und im vollen Besitz aller meiner Sinne und rannte schreiend davon. Die Gestalten, die sich langsam aus dem Mondschein materialisierten, waren jene der drei Geisterfrauen, denen ich zufallen sollte. Ich flüchtete und fühlte mich erst in meinem Zimmer wieder etwas sicherer, in das kein Mondlicht fiel und wo die Lampe hell brannte.

Nachdem ein paar Stunden vergangen waren, hörte ich ein Geräusch aus dem Zimmer des Grafen, etwas wie ein schnell unterdrücktes, lautes Jammern. Und dann trat wieder Stille ein, tiefe, gräßliche Stille, die mich entsetzte. Mit klopfendem Herzen probierte ich die Tür; aber ich war in meinem Gefängnis eingeschlossen und konnte nichts tun. Da setzte ich mich hin und weinte.

Plötzlich drang ein Geräusch aus dem Schloßhof herauf – das verzweifelte Weinen einer Frau. Ich stürzte zum Fenster, riß es auf und spähte durchs Gitter nach unten. Da stand in der Tat eine Frau mit aufgelöstem Haar und preßte sich die Hände aufs Herz wie jemand, der von langem Laufen erschöpft ist. Sie lehnte an einem Vorsprung des Torwegs. Als sie mein Gesicht am Fenster entdeckte, stürzte sie vor und schrie mit drohender Stimme:

»Unmensch, gib mir mein Kind!«

Dann warf sie sich auf die Knie, hob die Hände und schrie dieselben Worte mit einer Stimme, die mir das Herz zerriß. Sie raufte sich das Haar, schlug sich an die Brust und überließ sich ganz der Gewalt unermeßlichen Schmerzes. Endlich stürzte sie noch näher zum Schloß, obwohl ich sie dann nicht mehr sah, konnte ich hören, wie sie mit bloßen Händen gegen die Tür schlug.

Irgendwo hoch über mir, wahrscheinlich vom Turm, erklang die Stimme des Grafen, der in seinem scharfen, metallischen Flüsterton etwas rief. Sein Ruf schien von nah und weit durch das Geheul der Wölfe beantwortet zu werden. Wenige Minuten später brach ein Rudel durch das weite Tor auf den Hof, wie aufgestautes Wasser durch eine geöffnete Schleuse.

Die Frau stieß keinen Schrei mehr aus, und das Heulen

der Wölfe war nur kurz. Dann schnürten sie einzeln wieder davon und leckten sich die Mäuler.

Ich konnte die Frau nicht beklagen, denn ich wußte jetzt, was aus ihrem Kind geworden war. Der Tod war eine Gnade für die Frau.

Was soll ich tun? Was kann ich tun? Wie kann ich diesem gräßlichen Alptraum aus Nacht und Dunkelheit und Furcht entrinnen?

25. Juni, morgens. – Niemand weiß, wie süß und willkommen für Herz und Auge der Morgen sein kann, wer nicht unter der Nacht gelitten hat. Als die Sonne heute morgen so hoch gestiegen war, daß ihre Strahlen die Spitze des Torwegs gegenüber meinem Fenster erreichten, erschien mir die beleuchtete Stelle wie eine Taube vom Himmel. Meine Furcht fiel von mir ab, als wäre sie ein nebliges Gewand gewesen, das sich in der Wärme auflöste. Ich muß mich zu irgendeinem Handeln aufraffen, während der Mut des Tages mich beseelt. Gestern abend ist einer meiner vordatierten Briefe zur Post gegangen – der erste jener verhängnisvollen Reihe, die alle Spuren meiner Existenz auf dieser Welt auslöschen soll.

Ich will nicht daran denken. Ich muß handeln.

Bisher war es immer nur die Nachtzeit, in der ich belästigt oder bedroht wurde, in der ich in Gefahr geriet oder in Furcht versetzt wurde. Bei Tageslicht habe ich den Grafen noch nicht gesehen. Kann es sein, daß er schläft, während andere wachen, damit er wach ist, während sie schlafen? Wenn ich doch nur in sein Zimmer gelangen könnte! Aber dafür gibt es keine Möglichkeit. Die Tür ist stets abgeschlossen.

Doch, es gibt noch einen Weg, wenn man ihn zu gehen wagt. Wo er geklettert ist, warum soll da nicht auch jemand anders klettern? Ich habe ihn selbst aus seinem Fenster steigen sehen. Weshalb sollte ich ihn nicht nachahmen und zu seinem Fenster einsteigen? Die Chance ist verzweifelt gering, aber meine allgemeine Lage ist noch verzweifelter. Ich werde es riskieren. Schlimmstenfalls kann es den Tod bedeuten; und das gefürchtete Jenseits steht mir dann immer noch offen. Gott helfe mir bei meinem Unternehmen! Leb wohl, Mina, wenn ich scheitere. Leb wohl, mein treuer Freund und zweiter Vater; lebt wohl, alle – und zuletzt noch einmal Mina!

Am gleichen Tag, später. – Ich habe es unternommen und bin mit Gottes Beistand sicher in dieses Zimmer zurückgekehrt. Ich muß jedes Detail der Reihe nach festhalten. Als mein Mut noch frisch war, schritt ich entschlossen zum Fenster auf der Südseite und kletterte auf den schmalen Steinsims hinaus, der auf dieser Seite am Gebäude entlangläuft. Die Mauersteine sind groß und grob zugehauen, und der Mörtel ist im Lauf der Zeit zwischen ihnen weggewaschen worden. Ich zog die Stiefel aus und wagte mich dann an die verzweifelte Klettertour. Einmal warf ich einen entschlossenen Blick in die Tiefe, damit ich nicht vom zufälligen Hinuntersehen überwältigt würde. Danach jedoch hielt ich meinen Blick abgewendet. Ich kannte die Richtung, in der das Zimmer des Grafen lag, und kannte auch die Entfernung bis dahin. In Anbetracht der Umstände kam ich recht gut vorwärts. Ich spürte keinen Schwindel; ich vermute, ich war zu aufgeregt dazu. Die Zeit erschien mir lächerlich kurz, bis ich mich schon auf dem Fensterbrett stehend fand und das Schiebefenster hochdrückte. Trotzdem war ich sehr aufgeregt, als ich mich bückte und mich mit den Füßen voran zum Fenster hineingleiten ließ. Als erstes sah ich mich nach dem Grafen um, aber voller Überraschung und Erleichterung stellte ich fest, daß der Raum leer war. Die Einrichtung bestand aus seltsamen Stücken, die kaum je benutzt worden zu sein schienen. Im übrigen entsprachen die Möbel dem gleichen Stil wie jene in den Räumen auf der Südseite. Sie waren mit dickem Staub bedeckt. Ich suchte nach dem Schlüssel, der nicht im Schloß steckte, konnte ihn aber nirgends finden. Das einzige, was mir auffiel, war ein großer Haufen von Goldstücken, die in einer Ecke lagen – Goldstücke aller Arten, römische, britische, österreichische und ungarische, griechische und türkische; alle aber mit Schmutz bedeckt, als ob sie lange in der Erde gelegen hätten. Keines davon war jünger als dreihundert Jahre. Es waren auch goldene Ketten und Schmuckstücke darunter, einige davon mit Edelsteinen besetzt, aber alle alt und schmutzbefleckt.

In einer Ecke des Raumes befand sich eine schwere Tür. Ich probierte sie, denn da ich den Zimmerschlüssel und auch den Schlüssel zur Haupttür in der Halle unten nicht fand, obwohl gerade dieser das Ziel meines Suchens war, mußte ich weiterforschen, damit nicht alle meine Anstrengungen umsonst gewesen wären. Die Tür war offen und führte über einen Steingang zu einer Wendeltreppe. Über diese gelangte man steil in die Tiefe. Ich stieg hinab und achtete dabei sorgfältig auf die Stufen, denn die Treppe lag im Dunkeln und wurde nur durch kleine Schießscharten im dicken Mauerwerk erhellt. Unten gelangte ich in einen dunklen, tunnelartigen Gang, aus dem mir wie Todesatem ein schwerer Dunst entgegenschlug, der Geruch nach alter, frisch umgegrabener Erde. Als ich in den Gang eindrang, wurde dieser Geruch immer betäubender und schwerer. Schließlich kam ich an eine schwere, einen Spalt breit offenstehende Tür, die ich ganz aufzog, und nun stand ich in einer alten, verfallenen Kapelle, die offensichtlich früher als Friedhof benutzt worden war. Das Dach war eingefallen, und an zwei Stellen führten Stufen zu unterirdischen Gewölben. Die Erde jedoch war kürzlich umgegraben und dann in große Holzkästen geschaufelt worden. Offensichtlich waren das jene Kästen, die die

Slowaken gebracht hatten. Ich entdeckte nirgends einen Menschen und suchte nach einem zweiten Ausgang, fand aber keinen. Dann suchte ich jeden Fußbreit Boden ab, um keine Chance zu übersehen. Ich stieg sogar in die dämmrigen Gewölbe hinab, obwohl mich dies große Überwindung kostete. In zweien dieser Gewölbe fand ich nichts als Reste alter Särge, Staub und Moder. Im dritten jedoch machte ich eine Entdeckung.

In einem der großen Kästen nämlich, von denen insgesamt etwa fünfzig Stück vorhanden waren, lag auf einer Schicht frischer Erde der Graf! Er war entweder tot oder schlief, das konnte ich nicht genau entscheiden – denn seine Augen standen offen und blickten steinern, waren aber nicht so glasig wie die eines Toten; seine Wangen besaßen, so bleich sie auch wirkten, die Wärme des Lebens, und seine Lippen waren rot wie immer. Allerdings war kein Zeichen von Bewegung zu entdecken, kein Puls, kein Atem, kein Herzschlag. Ich beugte mich über ihn und versuchte ein Lebenszeichen zu entdecken, aber vergeblich. Er konnte auch nicht lange hier gelegen haben, denn der Geruch der Erde wäre nach wenigen Stunden bereits verflogen gewesen. Neben dem Kasten lag sein Deckel, der hier und da mit Löchern versehen war. Ich dachte, daß der Graf vielleicht die Schlüssel bei sich trüge, aber als ich ihn durchsuchen wollte, blickte ich in die toten Augen und entdeckte in ihnen, so leblos sie auch waren, eine solche Drohung – obwohl dem Grafen meine Anwesenheit bestimmt nicht bewußt war! –, daß ich augenblicklich floh und mich zurückzog. Ich verließ das Zimmer des Grafen wieder durchs Fenster, kletterte an der Schloßmauer empor und warf mich, als ich wieder in meinem Zimmer angelangt war, keuchend auf das Bett. Dann versuchte ich, meine Gedanken zu ordnen . . .

29. Juni. – Heute ist das Datum meines letzten Briefes, und der Graf hat alles getan, um seine Pläne Wirklichkeit

werden zu lassen. Ich sah ihn wieder aus dem Fenster klettern und das Schloß verlassen, und zwar in meinem Anzug. Als ich ihn auf seine Eidechsenart die Mauer hinunterklettern sah, wünschte ich, ich hätte ein Gewehr oder eine andere tödliche Waffe zur Hand gehabt, um ihn damit zu vernichten. Aber ich fürchte, daß eine von Menschenhand geschaffene Waffe keine Wirkung auf ihn hätte. Ich wagte nicht, am Fenster auf seine Rückkehr zu warten, denn ich fürchtete, jene unheimlichen Schwestern zu erblicken. Ich ging zurück in die Bibliothek und las dort, bis ich einschlief.

Ich wurde vom Grafen geweckt, der mich wild anblickte und sagte:

»Morgen müssen wir uns trennen, mein Freund! Sie werden in Ihr schönes England zurückkehren, ich aber zu meiner Arbeit, die vielleicht ein solches Ende nimmt, daß wir uns nie wieder begegnen. Ihr Brief nach Hause ist zur Post gegeben; morgen werde ich nicht hier sein, aber alles steht für Ihre Reise bereit. Am Morgen kommen die Zigeuner, die hier noch einige Arbeiten zu erledigen haben, und auch ein paar Slowaken werden hier auftauchen. Wenn sie wieder verschwunden sind, wird mein Wagen Sie abholen und zum Borgopaß bringen, wo Sie die Postkutsche nach Bistritz erreichen. Aber ich hoffe trotzdem, Ihnen noch einmal im Schloß Dracula zu begegnen!« Ich traute ihm nicht und beschloß, seine Aufrichtigkeit zu prüfen. Ha, Aufrichtigkeit! Es klingt wie eine Entweihung des Wortes, es mit solch einem Untier in Verbindung zu bringen! Ich fragte ihn also geradezu:

»Weshalb kann ich nicht heute abend noch reisen?«

»Weil mein Kutscher und meine Pferde unterwegs sind, Sir!«

»Aber ich würde mit Vergnügen laufen. Ich möchte sofort abreisen.« Er lächelte, und zwar ein sanftes und diabolisches Lächeln. Ich erkannte sofort, daß hinter dieser Sanftheit eine Teufelei stecken mußte. Er fragte:

»Und Ihr Gepäck?«

»Das kümmert mich nicht. Ich kann es später holen lassen.«

Der Graf stand auf und entgegnete mit äußerster Höflichkeit, die so echt wirkte, daß ich mir fast die Augen reiben wollte:

»Im Englischen gibt es, glaube ich, ein Sprichwort, das mir sehr zusagt, weil es auch dem Denken von uns Bojaren entspricht: ›Die Ankunft des Gastes sei willkommen, seine Abreise beschleunigt.‹ Aber kommen Sie mit mir, mein junger Freund. Nicht eine Stunde sollen Sie gegen Ihren Willen in meinem Hause bleiben, obwohl ich über Ihre Abreise traurig bin und besonders über Ihren plötzlichen Wunsch danach. Aber kommen Sie!«

Mit würdevollem Ernst trug er mir die Lampe voran, stieg die Treppe hinunter und ging quer durch die Halle. Plötzlich aber blieb er stehen.

»Hören Sie!«

Ganz in der Nähe ertönte plötzlich das Heulen zahlreicher Wölfe. Es war fast, als ob das Geheul auf die Bewegung seiner Hand hin aufsprang, gerade wie die Musik eines großen Orchesters auf den Taktschlag des Dirigenten hin loszubrechen scheint. Der Graf wartete einen Moment, ging dann aber in seiner würdigen Art weiter bis zur Tür, schob den mächtigen Riegel zurück, hakte die schwere Kette los und zog dann die Tür auf.

Zu meiner großen Überraschung entdeckte ich, daß sie nicht verschlossen war. Mißtrauisch sah ich mich um, konnte aber nirgends einen Schlüssel entdecken.

Als sich die Tür zu öffnen begann, wurde das Heulen der Wölfe draußen lauter und wilder. Ihre roten Mäuler mit den knirschenden Zähnen und die stumpfklauigen Pfoten drängten sich in die Türöffnung. Ich erkannte im gleichen Augenblick, daß es jetzt sinnlos wäre, sich gegen den Grafen aufzulehnen. Da ihm solche Verbündete zur Verfügung standen, konnte ich nichts gegen ihn unternehmen. Aber noch immer ging die Tür langsam weiter auf, und nur des Grafen Körper versperrte die Lücke. Plötzlich durchfuhr mich der Gedanke, daß dies die Art und der Augenblick meines Endes sein könnte. Ich würde den Wölfen ausgeliefert werden, und noch dazu auf eigenes Verlangen! In diesem Gedanken lag eine dem Grafen durchaus angemessene teuflische Gemeinheit. In letzter Verzweiflung schrie ich:

»Schließen Sie die Tür; ich werde bis morgen warten!« Zugleich schlug ich die Hände vors Gesicht, um die Tränen der bitteren Enttäuschung zu verbergen. Mit einer einzigen Bewegung seines starken Arms warf der Graf die Tür zu. Der mächtige Riegel polterte, und das Echo hallte durch das Schloß, als er wieder vorgeschoben wurde.

Schweigend kehrten wir in die Bibliothek zurück, und nach ein oder zwei Minuten ging ich in mein Schlafzimmer hinüber. Das letzte, was ich von Graf Dracula sah, war eine Kußhand, die er mir zuwarf, und zwar mit einem rotleuchtenden Triumph in den Augen und mit einem Lächeln, auf das Judas in der Hölle stolz gewesen wäre.

Als ich mich in meinem Zimmer hinlegen wollte, glaubte ich plötzlich ein Flüstern vor meiner Tür zu hören. Leise schlich ich näher und lauschte. Wenn mich meine Ohren nicht täuschten, hörte ich die Stimme des Grafen sagen:

»Zurück, zurück an euren Ort! Eure Zeit ist noch nicht gekommen. Wartet! Habt Geduld! Die heutige Nacht gehört mir. Die morgige Nacht ist die eure!« Ein leises, silbriges Lachen antwortete ihm. Wütend riß ich die Tür auf und erblickte draußen die drei schrecklichen Weiber, die sich die Lippen leckten. Als sie mich sahen, stimmten sie alle drei ein schreckliches Lachen an und rannten davon.

Ich kehrte zurück in mein Zimmer und warf mich auf die Knie. Ist es also so nahe, mein Ende? Morgen! Morgen! Herr, hilf mir und jenen, denen ich teuer bin!

30. Juni, morgens. – Dies sind vielleicht die letzten Worte, die ich noch in dieses Tagebuch schreibe. Ich schlief bis kurz vor Anbruch der Morgendämmerung, und als ich dann erwachte, warf ich mich wieder auf die Knie nieder. Ich wollte, daß der Tod, falls er käme, mich vorbereitet finden sollte.

Schließlich spürte ich jene feine Veränderung in der Atmosphäre und wußte, daß der Morgen angebrochen war. Dann ertönte der ersehnte Hahnenschrei, und ich wußte, daß ich zunächst sicher war. Mit frohem Herzen riß ich meine Tür auf und stürzte hinunter in die Halle. Ich hatte gesehen, daß die Tür unverschlossen war, und nun lag die Rettung vor mir. Mit vor Erregung zitternden Händen löste ich die Kette und schob den massiven Riegel zurück.

Aber die Tür rührte sich nicht. Verzweiflung packte mich. Ich zog und zog an der Tür und rüttelte sie, bis sie in ihrer Fassung wackelte. Aber ich konnte deutlich sehen, daß die Tür wieder zugeschlossen war. Sie mußte verschlossen worden sein, nachdem ich den Grafen verlassen hatte.

Da faßte ich den verzweifelten Entschluß, den Schlüssel um jeden Preis zu erlangen. Ich wollte die Wand noch einmal hinabklettern und in das Zimmer des Grafen gelangen. Vielleicht würde er mich töten, aber der Tod erschien mir als das kleinste aller Übel. Ohne einen Augenblick zu zögern, stürzte ich hinauf zu dem ostwärts gelegenen Fenster und kletterte von dort aus die Wand hinunter, wie beim letztenmal, bis ich zum Zimmer des Grafen gelangte. Es war leer, aber das hatte ich erwartet. Nirgends konnte ich einen Schlüssel entdecken, doch die

Goldmünzen lagen noch dort. Ich ging also durch die Tür in der Ecke, stieg die Wendeltreppe hinab und kam durch den dunklen Gang zu der alten Kapelle. Ich wußte jetzt genau, wo das Monster zu finden war, das ich suchte.

Der große Kasten stand noch am gleichen Platz, dicht an der Wand, aber der Deckel war jetzt daraufgelegt. Zwar war er noch nicht befestigt, aber die Nägel steckten schon und brauchten nur noch eingeschlagen zu werden. Ich wußte, daß ich am Körper des Grafen nach dem Schlüssel suchen mußte. Deshalb hob ich den Deckel auf und lehnte ihn an die Wand. Aber dann erblickte ich etwas, was mich mit Entsetzen erfüllte. Da lag der Graf, aber er sah so aus, als ob seine Jugend fast wiedergekehrt wäre. Sein weißes Haar und sein weißer Schnurrbart hatten sich zu dunklem Eisengrau verfärbt; die Wangen waren voller, und unter der weißen Haut schimmerte Rubinrot; auch der Mund leuchtete röter als sonst, denn auf den Lippen standen Tropfen frischen Blutes, das ihm auch aus den Mundwinkeln sickerte und ihm über Kinn und Hals lief. Selbst die tiefliegenden, brennenden Augen schienen jetzt in angeschwollenem Fleisch zu sitzen, und die Lider und die Tränensäcke darunter waren auch wirklich aufgedunsen. Es war, als ob sich die ganze gräßliche Kreatur mit Blut vollgepumpt hätte. Er lag da wie ein schmutziger Blutegel, erschöpft von der Überfüllung. Ich schauderte, als ich mich über ihn beugte und ihn berührte. Jeder Sinn rebellierte gegen den Kontakt; aber ich mußte ihn durchsuchen, oder ich war verloren. In der kommenden Nacht würde mein Körper vielleicht ein Festmahl für die schrecklichen drei Weiber bilden. Ich tastete also über seinen ganzen Körper, fand aber keine Spur von dem Schlüssel. Dann unterbrach ich mich und sah auf den Grafen hinab. Ein höhnisches Lächeln lag auf dem gedunsenen Gesicht, das mich fast zum Wahnsinn trieb. Dieses Scheusal half ich nach London zu bringen, wo es vielleicht jahrhundertelang seinen Blutdurst unter den Millionenmassen sättigen und eine sich ständig vergrößernde Schar von Halbdämonen erschaffen würde, die sich an den Hilflosen mästen könnten. Der bloße Gedanke daran trieb mich zur Verzweiflung. Mich packte eine wilde Entschlossenheit, die Welt von solch einem Monster zu befreien. Ich hatte keine tödlich wirkende Waffe zur Hand; so packte ich eine Schaufel, mit der die Arbeiter die Kästen vollgeschaufelt hatten, und hob sie hoch empor. Ich wollte mit der scharfen Kante in das verhaßte Gesicht schlagen; doch in dem Moment drehte der Graf den Kopf und richtete seine lodernden, gräßlichen Basiliskenaugen auf mich. Dieser Anblick schien mich zu lähmen; die Schaufel drehte sich mir in der Hand, verfehlte das Gesicht und schlug lediglich quer über die Stirn eine tiefe Wunde. Dann fiel sie mir aus der Hand und quer über den Kasten, und als ich sie zu mir ziehen wollte, hakte das Schaufelblatt hinter den Kastendeckel, der wieder über den Kasten fiel und das gräßliche Wesen meinen Blicken verbarg. Das letzte, was ich sah, war das gedunsene, blutbefleckte Gesicht, auf dem ein so bösartiges Grinsen lag, daß es in der untersten Hölle nicht seinesgleichen gefunden hätte.

Verzweifelt dachte ich darüber nach, was ich als nächstes unternehmen sollte, aber mein Hirn schien in Flammen zu stehen, und ich spürte, wie die Verzweiflung über mir zusammenschlug. Da hörte ich in der Ferne ein von fröhlichen Stimmen gesungenes Zigeunerlied. Der Gesang kam näher, und dazwischen hörte ich das Rollen schwerer Räder und Peitschenknallen. Es waren die Szgany und die Slowaken, die der Graf angekündigt hatte. Ich warf einen letzten Blick auf den Kasten mit dem grauenhaften Körper und stürzte davon. Ich gelangte bis zum Zimmer des Grafen und war entschlossen, aus der Tür zu stürzen, sowie sie geöffnet werden sollte. Angestrengt lauschte ich und hörte, wie sich unten der Schlüssel kreischend im großen Schloß drehte und wie die schwere Tür aufgestoßen wurde. Es mußte also noch einen anderen Eingang geben, oder irgend jemand besaß einen Schlüssel für die verschlossenen Türen. Dann erscholl das Trappeln vieler Füße und verklang wieder in irgendeinem Gang. Ich drehte mich um und wollte wieder zu dem Gewölbe hinunterstürzen, wo ich vielleicht einen noch unentdeckten Ausgang fand; aber in dem Augenblick fegte ein Windstoß heran, und die Tür zur Wendeltreppe wurde mit einer solchen Gewalt zugeschlagen, daß der Staub aus der Türfassung aufflog. Als ich sie wieder aufstoßen wollte, mußte ich feststellen, daß sie hoffnungslos festklemmte. Wieder war ich ein Gefangener, und das Netz des Verhängnisses schloß sich fester denn je um mich.

Während ich dies schreibe, tönt aus dem Gang von unten wieder das Trappeln der Füße und das Poltern schwerer Lasten, die abgesetzt werden. Zweifellos sind dies die Kästen mit ihrer Last Erde. Auch Hammerschläge klingen herauf; das wird der Kasten mit dem Grafen sein, den man vernagelt. Jetzt kann ich schwere Schritte hören, die durch die Halle stapfen. Ihnen folgen zahllose leichtere Schritte.

Die Haupttür wird verschlossen, und die Kette rasselt; der Schlüssel kreischt im Schloß, und ich kann hören, wie er herausgezogen wird. Dann öffnet sich eine zweite Tür und wird verschlossen; wieder höre ich das Kreischen von Schloß und Riegel.

Horch! Die schweren Räder rollen über den Hof und den steinigen Weg hinab; die Peitschen knallen, und das Lied der Szgany verklingt langsam in der Ferne.

Ich bin allein im Schloß, allein mit den entsetzlichen Frauen. Was sage ich, Frauen! Mina ist eine Frau, und sie hat nichts mit jenen Weibern gemein. Es sind Teufel der Hölle!

Ich werde nicht mit ihnen allein bleiben; ich werde versuchen, die Schloßmauer weiter hinabzusteigen, als ich bisher unternahm. Ich werde auch einige Goldstücke mitnehmen für den Fall, daß ich sie später brauche. Vielleicht finde ich einen Weg aus diesem Ort des Schreckens.

Und dann fort, nach Hause! Fort, zum schnellsten und nächsten Zug! Fort von diesem verfluchten Ort, aus diesem verfluchten Land, wo der Teufel und seine Kinder in menschlicher Gestalt umherwandeln!

Jedenfalls ist Gottes Gnade sicherer als die jener Monster. Die Schlucht ist tief und steil abfallend. In ihrem Grund mag ein Mann wohl Ruhe finden – als Mann. Lebt wohl, alle! Und du, Mina!

Fünftes Kapitel

Brief von Miß Mina Murray
an Miß Lucy Westenra

9. Mai

Meine liebste Lucy,

vergib mir, daß ich Dir so lange nicht geschrieben habe, aber ich war mit der Arbeit überlastet. Das Leben einer Hilfslehrerin ist manchmal anstrengend. Ich sehne mich danach, bei Dir und an der See zu sein, wo wir frei miteinander reden und unsere Luftschlösser bauen können. Ich habe in der letzten Zeit sehr angestrengt gearbeitet, weil ich mit Jonathans Studien Schritt halten möchte, und ich habe auch Kurzschrift sehr eifrig geübt. Wenn wir erst verheiratet sind, werde ich Jonathan helfen können, indem ich alles, was er zum Ausdruck bringen will, in Kurzschrift festhalte und dann auf der Schreibmaschine, auf der ich ebenfalls eifrig übe, ins reine tippe. Jonathan und ich schreiben uns manchmal Briefe in Kurzschrift, und auch sein Reisetagebuch führt er im Ausland in Stenografie. Wenn ich erst bei Dir bin, werde ich ebenfalls Tagebuch führen. Ich meine nicht eines von denen, in denen die Ereignisse der Woche mitsamt des Sonntags auf zwei Seiten zusammengepreßt werden, sondern ein Tagebuch, in das ich nur dann etwas eintrage, wenn ich mich dazu gedrängt fühle. Ich glaube nicht, daß es für andere Leute sehr interessant sein könnte; aber für andere Leute ist es auch nicht bestimmt. Vielleicht werde ich es eines Tages Jonathan zeigen, falls es etwas enthält, was mitteilenswert ist, aber eigentlich ist es nur als Übungsbuch gedacht. Ich werde versuchen nachzuahmen, was ich bei Journalistinnen sah: Interviews und Beschreibungen; auch werde ich versuchen, Unterhaltungen festzuhalten. Ich habe gehört, daß man sich mit ein wenig Übung all dessen erinnert, was tagsüber vorfiel oder gesagt wurde. Nun, ich werde es ja sehen. Wenn wir uns treffen, werde ich dir von meinen kleinen Plänen berichten. Gerade habe ich ein paar hastig hingeschriebene Zeilen von Jonathan aus Transsilvanien erhalten. Es geht ihm gut, und er wird in etwa einer Woche zurückkehren. Ich bin versessen darauf, seine Erlebnisse zu hören. Es muß sehr schön sein, fremde Länder kennenzulernen. Ich frage mich, ob wir beide – ich meine Jonathan und mich – jemals gemeinsam reisen können. Aber da läutet schon die Zehnuhrglocke. Auf Wiedersehen,

Deine Dich liebende
Mina.

P. S. Berichte mir alle Neuigkeiten, wenn Du schreibst. Du hast mir schon lange nichts mehr mitgeteilt. Ich höre da so Gerüchte, und zwar in bezug auf einen großen, gutaussehenden Mann mit welligem Haar!?

Brief von Lucy Westenra an Mina Murray

Mittwoch

Liebste Mina,

ich muß sagen, Dein Vorwurf, ich sei eine schlechte Briefschreiberin, ist sehr ungerecht. Ich habe Dir bereits zweimal seit unserem Abschied geschrieben, Dein letzter Brief war jedoch erst Dein zweiter. Außerdem habe ich Dir nichts mitzuteilen. Es gibt wirklich nichts, was Dich interessieren könnte. In der Stadt ist es jetzt sehr angenehm; wir besuchen oft Gemäldegalerien, gehen spazieren und reiten im Park. Was den großen Mann mit dem gewellten Haar angeht, so vermute ich, daß es sich um den handelt, der mit mir im letzten Konzert war. Irgend jemand hat daraus wieder eine Geschichte gemacht. Es handelt sich um Mr. Holmwood. Er kommt oft zu uns, und er und Mama verstehen sich gut; sie haben soviel Dinge gemeinsam, über die sie sich unterhalten können. Wir lernten übrigens vor einiger Zeit einen Mann kennen, der sehr gut zu Dir passen würde, wenn Du nicht bereits mit Jonathan verlobt wärst. Er ist eine ausgezeichnete Partie, sieht gut aus, ist wohlhabend und aus gutem Haus. Er ist Arzt und sehr tüchtig. Und stell Dir vor, er ist erst 29 Jahre und leitet bereits eine große Irrenanstalt. Mr. Holmwood stellte ihn mir vor, dann besuchte er uns hier, und jetzt kommt er öfter vorbei. Ich glaube, er ist einer der energischsten Männer, die ich kennenlernte, und doch wirkt er äußerst ruhig. Ihn scheint nichts aus der Ruhe zu bringen. Ich kann mir vorstellen, was für eine großartige Macht er über seine Patienten besitzen muß. Er hat eine merkwürdige Angewohnheit, einem gerade ins Gesicht zu starren, als ob er die Gedanken zu lesen versuche. Er hat dies auch einige Male mit mir probiert, aber ich wage zu sagen, daß er an mir eine harte Nuß zu knacken hat. Ich weiß das von meinem Spiegelbild her. Hast Du jemals versucht, in Deinem eigenen Gesicht zu lesen? Ich tat es, und ich kann Dir sagen, das ist kein schlechtes Studium und verursacht einem mehr Schwierigkeiten, als man sich vorstellen kann, wenn man es noch nicht versuchte. Er sagt, ich wäre ihm ein merkwürdiges psychologisches Studienobjekt, und in aller Bescheidenheit glaube ich, so ist es. Wie Du weißt, interessieren mich Kleider so wenig, daß ich nicht in der Lage wäre, die neue Mode zu beschreiben. Kleider öden mich an. Das ist zwar Gassensprache, aber das macht nichts, Arthur benutzt den Ausdruck jeden Tag. So, nun ist es heraus. Mina, wir haben uns seit unserer Kindheit gegenseitig alle unsere Geheimnisse mitgeteilt; wir haben gemeinsam geschlafen und zusammen gegessen, wir haben zusammen gelacht und geweint; und jetzt, nachdem es mir entschlüpft ist, möchte ich immer weiter erzählen ... Oh, Mina, konntest Du es nicht erraten? Ich liebe ihn. Ich werde rot, während ich das schreibe, denn obgleich ich glaube, daß er mich liebt, hat er es mir doch noch nicht in Worten gesagt. Aber, Mina, ich liebe ihn; ich liebe ihn; ich liebe ihn! So, das tut gut. Ich wünschte, ich wäre bei Dir, Liebes, wir säßen beim Kaminfeuer, zögen uns aus, wie wir es oft taten, und ich würde versuchen, Dir zu erzählen, was ich fühle. Aber ich weiß nicht, wie ich es Dir schreiben soll. Ich fürchte mich aufzuhören, aber ich sollte vielleicht diesen Brief zerreißen. Ich möchte nicht abbrechen, denn ich möchte Dir so gern alles erzählen. Laß sofort von Dir hören, und schreib mir alles, was Du darüber denkst. Mina, ich muß aufhören. Gute Nacht. Schließ mich in Deine Gebete ein; und, Mina, bete für mein Glück.

Lucy

P. S. Ich brauche Dir nicht zu erklären, daß dies ein Geheimnis ist. Noch einmal gute Nacht.

L.

Brief von Lucy Westenra an Mina Murray

24. Mai

Liebste Mina,

Dank, Dank und noch einmal Dank für Deinen lieben Brief. Es war so schön, daß ich Dir alles erzählen konnte und Du mit mir fühltest.

Meine Liebe, ein Unglück kommt selten allein – wie wahr sind doch diese alten Sprichwörter. Hier sitze ich, werde im September zwanzig und hatte bis heute noch keinen Heiratsantrag bekommen, nicht einen ernst zu nehmenden Heiratsantrag. Heute aber habe ich drei auf einmal erhalten! Stell Dir das vor, drei Heiratsanträge an einem Tag! Ist das nicht schrecklich! Und jetzt tun mir zwei der armen Burschen leid, wirklich und wahrhaftig leid! O Mina, ich bin so glücklich, daß ich nicht weiß, was ich mit mir anfangen soll. Drei Heiratsanträge! Aber um Himmels willen, erzähl das nicht irgendeinem der Mädchen weiter, sonst würden die sich die übertriebensten Vorstellungen machen und sich beleidigt und zurückgesetzt fühlen, wenn sie nicht am ersten Tag in der Heimat gleich mindestens sechs Anträge erhielten. Manche Mädchen sind so eitel! Du und ich, Mina, die wir verlobt sind und uns bald und ganz unauffällig in langverheiratete Ehefrauen verwandeln werden, wir können Eitelkeit verachten. Also ich muß Dir von den dreien berichten, aber Du mußt alles geheimhalten, Liebes, vor jedem, mit Ausnahme natürlich von Jonathan. Ihm wirst Du sicher alles erzählen, wie ich, wenn ich an Deiner Stelle wäre, sicherlich alles Arthur erzählen würde. Eine Frau sollte ihrem Mann alles berichten – meinst Du nicht auch? Männer lieben es an Frauen, besonders an ihren Ehefrauen, wenn sie ebenso ehrlich sind wie sie selbst; und dabei sind die Frauen, fürchte ich, durchaus nicht immer so offen, wie sie sein sollten. Also, Liebes, Nummer eins kam kurz vor dem Mittagessen. Ich berichtete Dir von ihm, von Dr. John Seward, dem Irrenhausleiter mit dem energischen Kinn und der schönen Stirn. Nach außen wirkte er völlig kühl; er war aber trotzdem sehr nervös. Offensichtlich hatte er sich darauf vorbereitet, wie auf irgendeine andere Angelegenheit, und versuchte sich zusammenzunehmen. Aber dabei setzte er sich fast auf seinen seidenen Hut, was Männer gewöhnlich nicht tun, wenn sie beherrscht sind, und dann, während er weiter versuchte, ganz gelöst zu erscheinen, spielte er ständig mit einer Lanzette, und zwar auf eine Weise, daß ich fast aufgeschrien hätte. Er sprach mit mir rundheraus. Er sagte mir, wie teuer ich ihm sei, obwohl er mich noch so wenig kenne, und was sein Leben sein könnte, wenn ich ihm helfen und ihn aufheitern würde. Er wollte mir auch erklären, wie unglücklich er sein würde, wenn ich ihn nicht erhörte, aber dann sah er mich weinen und sagte, er sei ein grausamer Kerl und würde meine gegenwärtige Unruhe nicht vergrößern. Dann brach er ab und fragte mich, ob ich ihn später lieben könnte. Als ich den Kopf schüttelte, zitterten seine Hände, und dann fragte er nach einigem Zögern noch, ob ich bereits jemand anders liebe. Er blieb sehr zurückhaltend und erklärte, er wolle mir kein Geständnis abringen, sondern nur die Tatsache wissen, denn solange das Herz einer Frau noch frei sei, könne ein Mann noch hoffen. Und da, Mina, fühlte ich eine Art Verpflichtung, ihm zu sagen, daß es einen anderen Mann in meinem Leben gäbe. Ich sagte ihm nur soviel, und dann stand er auf und sah sehr ernst und sehr würdig aus, nahm meine beiden Hände und erklärte, er hoffe, ich würde glücklich werden. Falls ich aber jemals einen Freund brauche, könne ich auf ihn als auf meinen besten zählen. Ach Mina, ich muß schon wieder weinen; entschuldige bitte, daß dieser Brief so voller Flecken ist. Einen Antrag zu erhalten, ist sehr schön, aber es verdirbt einem alles Glück, wenn man einen armen Burschen, der einen aufrichtig liebt, mit gebrochenem Herzen weggehen sieht und weiß, daß man jetzt ganz aus seinem Leben verschwindet – was immer er auch im Augenblick sagen mag. Liebes, ich muß hier unterbrechen, ich fühle mich so elend, obwohl ich so glücklich bin.

Am Abend

Arthur ist gerade gegangen, und ich fühle mich jetzt in besserer Stimmung, so kann ich Dir weiter berichten, was noch an diesem Tag geschah. Also, Liebes, Nummer zwei erschien nach dem Mittagessen. Er ist ein netter Bursche, ein Amerikaner aus Texas. Er sieht jung und frisch aus, und es scheint fast unglaublich, daß er schon an so vielen Orten war und so viele Abenteuer hinter sich hat. Übrigens glaube ich, wir Frauen in unserer Feigheit glauben, ein Mann werde uns vor unserer Furcht retten, und so heiraten wir ihn. Ich weiß jetzt, was ich tun würde, wenn ich ein Mann wäre und wollte, daß mich ein Mädchen liebte. Das heißt, sicher bin ich doch nicht, denn während uns Mr. Morris oft seine Geschichten erzählte, hat Arthur das nie getan, und doch ... Aber ich eile den Ereignissen voraus. Mr. Quincey P. Morris traf mich allein an. Mir scheint, daß ein Mann ein Mädchen immer allein antrifft. Arthur versuchte zweimal, eine solche Gelegenheit herbeizuführen, und ich half ihm nach Kräften dabei; ich schäme mich nicht, es zu gestehen. – Zunächst muß ich klarstellen, daß Mr. Morris durchaus nicht immer Slang spricht – das heißt, nie zu Fremden, denn er ist wirklich gut erzogen und hat ausgezeichnete Manieren. Er fand aber heraus, daß es mich amüsierte, ihn amerikanischen Slang sprechen zu hören, und wann immer er mich von da an traf und niemand sonst sich darüber aufregen konnte, sagte er solch komische Sachen. Ich glaube, Liebes, er mußte sie erst alle erfinden, denn sie paßten so gut zu dem, was er sonst sagte. Ich weiß nicht, ob ich jemals Slang sprechen könnte; ich weiß auch nicht, ob Arthur das mag, denn ich habe ihn nie so sprechen hören. Also Mr. Morris setzte sich neben mich und sah dabei so glücklich und fröhlich aus wie nur möglich, aber ich erkannte doch, daß er sehr nervös war. Er ergriff meine Hand und sagte dabei ganz zärtlich:

»Miß Lucy, ich weiß, ich bin nicht gut genug, um die Bänder Ihrer kleinen Schuhe zu lösen, aber ich denke, wenn Sie darauf warten wollten, bis Sie einen Mann finden, der dazu gut genug ist, werden Sie sich den sieben Jungfrauen mit ihren Lampen anschließen müssen. Wollen Sie nicht neben mich rücken und mit mir gemeinsam die lange Straße hinunterfahren, im Doppelgespann gewissermaßen?«

Er sah dabei so gut gelaunt und so fröhlich aus, daß es nicht halb so hart schien, ihn abzuweisen, wie beim armen Dr. Seward. Ich erwiderte ihm also so leichthin wie nur möglich, daß ich nichts vom Fahren verstünde und noch nicht an ein Gespann gewöhnt sei. Darauf sagte er, er hoffe, daß ich ihm vergeben möge, falls er den Fehler begangen habe, über eine für ihn so ernste und wichtige Angelegenheit in so leichtfertiger Weise zu sprechen. Während dieser Worte sah er sogar tatsächlich ernst aus, und ich konnte nicht anders als auch ein bißchen ernster werden. Ich weiß, Mina, Du wirst mich schrecklich kokett finden, aber ich empfand jedenfalls eine schreckliche Genugtuung darüber, daß er bereits Nummer zwei an einem Tag war. Und dann, Liebes, ehe ich noch ein Wort sagen konnte, schüttete er einen Strom von Liebesergüssen vor mir aus und legte mir Herz und Seele zu Füßen. Er sah dabei so ernsthaft aus, daß ich niemals wieder annehmen werde, es gebe einen Mann, der immer nur scherzen und niemals ernst sein könne. Ich vermute, er las etwas in meinem Gesicht, was ihn hemmte, denn plötzlich brach er ab und erklärte dann mit einer männlichen Leidenschaft, für die ich ihn hätte lieben können, wenn ich frei gewesen wäre:

»Lucy, ich weiß, Sie sind ein aufrichtiges Mädchen. Ich wäre nicht hier und würde nicht so zu Ihnen sprechen, wenn ich nicht wüßte, daß Sie bis in die tiefste Seele sauber und anständig sind. Sagen Sie mir offen, wie ein Kamerad zum anderen, lieben Sie einen anderen Mann? Wenn es so ist, werde ich Ihnen niemals mehr auch nur um Haaresbreite zu nahe treten, werde Ihnen aber, wenn Sie mir das gestatten, ein treuer Freund bleiben.«

Liebe Mina, weshalb sind die Männer so edelmütig, wo wir Frauen doch ihrer so wenig wert sind? Hatte ich doch fast meinen Spaß getrieben mit diesem großherzigen, wahren Gentleman! Ich brach in Tränen aus – ich fürchte, Du wirst dies in mehr als einer Hinsicht einen sehr wässrigen Brief finden –, und ich fühlte mich wirklich sehr elend. Weshalb kann denn ein Mädchen nicht drei Männer heiraten oder so viele, wie sie begehren, und sich damit all diese Unruhe ersparen? Aber das ist Ketzerei, und ich sollte so etwas nicht sagen. Immerhin konnte ich, obwohl ich weinte, in Mr. Morris' gute Augen blicken, und ich sagte ihm geradeheraus: »Ja, es gibt einen, den ich liebe, obwohl er selbst mir noch nicht gesagt hat, daß er mich liebt.« Es war richtig gewesen, so offen zu ihm zu sprechen, denn seine Miene hellte sich auf, er streckte die Hände aus und ergriff meine – oder ich reichte sie ihm –, und dann sagte er herzlich:

»Sie sind ein tapferes Mädchen! Ich komme lieber zu spät für die Chance, Sie zu gewinnen, als daß ich bei irgendeinem anderen Mädchen der Welt rechtzeitig käme. Weinen Sie nicht, meine Liebe. Was mich betrifft, ich bin eine harte Nuß; und ich kann warten. Wenn dieser andere Bursche sein Glück noch nicht kennt, dann sollte er sich lieber bald darum kümmern, sonst bekommt er es mit mir zu tun. Kleines Mädchen, Ihre Aufrichtigkeit und Ihr Mut haben mich zu Ihrem Freund werden lassen, und das ist etwas weit Selteneres als ein Liebhaber; auf jeden Fall ist ein Freund selbstloser. Meine Liebe, ich werde ziemlich einsam sein beim Gang ins ferne Reich meiner Wünsche. Wollen Sie mir nicht einen einzigen Kuß geben? Das wird die Dunkelheit für immer von mir fernhalten. Sie können mir einen Kuß geben, wenn Sie wollen, denn der andere – er muß ein guter Mann sein und ein feiner Bursche, sonst könnten Sie ihn nicht lieben –, der andere also hat sich ja noch nicht erklärt.«

Das überzeugte mich, Mina, denn er erwies sich tapfer und lieb und zugleich edel zu einem Rivalen, und außerdem war er so traurig; deshalb beugte ich mich vor und küßte ihn. Er stand auf, noch immer meine Hände haltend, und während er mir ins Gesicht sah – ich fürchte, ich war sehr rot geworden –, erklärte er:

»Kleines Mädchen, ich halte Ihre Hände, und Sie haben mich geküßt. Wenn diese Dinge uns nicht zu Freunden machen, dann kann das durch nichts erreicht werden. Ich danke Ihnen noch einmal für Ihre Aufrichtigkeit mir gegenüber, und nun leben Sie wohl.« Dann drückte er mir die Hände, setzte den Hut auf und ging geradewegs hinaus, ohne noch einmal zurückzusehen, ohne eine Träne, ohne Beben, ohne zu zögern. Und ich sitze hier und weine wie ein Baby. Oh, weshalb muß solch ein Mann unglücklich sein, wo es doch zahllose Mädchen gibt, die den Boden verehren würden, auf den er tritt? Ich weiß, auch ich würde das tun, wenn ich frei wäre – nur möchte ich nicht frei sein. Meine Liebe, mich hat alles so aufgeregt, und ich spüre, ich kann im Augenblick, nachdem ich Dir dies berichtete, nicht mehr von Glück schreiben. Deshalb kann ich Dir noch nicht von der Nummer drei erzählen, mit der sich nur Glück verbindet.

Für immer Deine Dich liebende

Lucy

P. S. Was die Nummer drei betrifft – von ihr brauche ich Dir doch nichts mehr zu erzählen, nicht wahr? Übrigens war alles so verwirrend; er hatte kaum mein Zimmer betreten, da lag ich schon in seinen Armen, und er küßte mich. Ich bin sehr, sehr glücklich, und ich weiß nicht, womit ich das verdiene. Aber ich werde in der Zukunft zu beweisen versuchen, daß ich nicht undankbar bin für Gottes Güte, der mir solch einen Verehrer, solch einen Mann und solch einen Freund sandte.

Lebwohl!

Dr. Sewards Tagebuch (auf einem Phonographen festgehalten)

25. Mai. – Habe heute ganz schlechten Appetit. Kann nicht essen, kann nicht schlafen, widme mich deshalb dem Tagebuch. Seit meiner Abweisung gestern fühle ich mich ganz leer; nichts in der Welt scheint mehr so wichtig zu sein, daß es getan werden müßte ... Da ich wußte, daß die einzige Heilung für diese Art Leiden in der Arbeit liegt, ging ich hinunter zu den Patienten. Ich wählte einen aus, der ein sehr interessantes Studienobjekt darstellt. Er ist so wunderlich, daß ich beschloß, ihn soweit wie möglich zu verstehen zu suchen. Heute schien ich weiter denn je zum Kern seines Geheimnisses vorgestoßen zu sein.

Ich befragte ihn ausführlicher als sonst, mit dem Ziel, mich zum Herrn seiner Halluzinationen zu machen. In meinem Vorgehen lag, wie ich jetzt sehe, eine gewisse Grausamkeit. Ich wünschte anscheinend, ihn in seinem Wahn festzuhalten – ein Verfahren, das ich sonst meide wie den Höllenschlund.

(Frage an mich: Unter welchen Umständen würde ich den Höllenschlund nicht meiden?) *Omnia Romae venalia sunt.* Die Hölle hat ihren Preis! *Verb. sap.* Falls hinter meinem bisherigen Instinkt etwas stecken sollte, wird es später wertvoll sein, dem genauestens nachzuforschen. Ich fange also besser gleich damit an:

R. M. Renfield, *Aetat 59.* – Von sanguinischem Temperament, großer Körperkraft; schrecklich erregbar, dazwischen Dämmerperioden, endend in irgendeiner fixen Idee, die ich nicht klar erfassen kann. Ich nehme an, daß das sanguinische Temperament und der zerstörerische Einfluß am Ende einander aufheben. Ein vielleicht gefährlicher Mann, wahrscheinlich gefährlich, wenn er selbstlos ist. Bei selbstsüchtigen Menschen ist die Vorsicht eine sowohl für sie selbst wie für ihre Feinde sichere Rüstung. Zu diesem Punkt glaube ich, daß, wenn das Selbst der Fixpunkt ist, die zentripetalen Kräfte mit den zentrifugalen ausbalanciert sind. Wenn jedoch die Pflicht oder eine Ursache oder ähnliches der Fixpunkt ist, dann ist dies eine vorherrschende Kraft, nur der Zufall oder eine Reihe von Zufällen kann den Ausgleich bringen.

Brief von Quincey P. Morris an den Hon. Arthur Holmwood

25. Mai

Mein lieber Art,

wir haben uns an den Lagerfeuern der Prärie Geschichten vorgeflunkert, haben uns nach dem Landeversuch auf den Marquesas gegenseitig unsere Wunden verbunden und uns am Ufer des Titicaca-Sees zugeprostet. Es gibt noch mehr Geschichten zu flunkern, Wunden zu verbinden und Flaschen zu leeren. Wäre nicht mein Lagerfeuer morgen abend eine passende Gelegenheit dazu? Ich wage es, Dich darum zu bitten, da ich weiß, daß eine gewisse junge Dame zu einer Dinner-Party eingeladen ist und Du daher frei bist. Es wird nur noch ein weiterer Mann anwesend sein, unser alter Gefährte aus Korea, Jack Seward. Wir beide möchten unsere Klagen über dem Weinglas vereinen und dann aus ganzem Herzen auf die Gesundheit des glücklichsten Mannes der Welt trinken, der das edelste und wertvollste Herz erobert hat, das Gott schuf. Wir versprechen Dir ein herzliches Willkommen, einen liebevollen Gruß und einen ehrlichen Trinkspruch. Wir schwören beide, Dich heimzubringen, falls Du zu oft auf ein gewisses Augenpaar trinken solltest. Komm!

Immer und ewig Dein
Quincey P. Morris

Telegramm von Arthur Holmwood an Quincey P. Morris

26. Mai

Zählt jederzeit auf mich. Ich bringe Nachrichten, von denen Euch die Ohren klingen werden. Art

Sechstes Kapitel

Mina Murrays Tagebuch

24. Juli, Whitby. – Lucy, hübscher und lieblicher als je zuvor, holte mich vom Bahnhof ab, und wir fuhren zu dem Haus am Crescent, in dem wir einige Zimmer bewohnen. Es ist hier ein herrliches Fleckchen Erde. Die *Esk*, ein kleiner Fluß, fließt durch ein tiefes Tal, das sich zum Hafen hin immer mehr verbreitert. Es wird von einem großen Viadukt überspannt, durch dessen hohe Bögen der Hintergrund weiter entfernt scheint als er ist. Das Tal liegt in herrlichem Grün, und seine Hänge sind so steil, daß man oben seinen Einschnitt glatt übersehen kann, wenn man nicht gerade dicht davorsteht und in die Tiefe schaut. Die Häuser der alten Stadt auf der gegenüberliegenden Seite sind mit roten Schindeln gedeckt und scheinen alle

übereinanderzuklettern, wie man das aus Stadtansichten von Nürnberg kennt. Über die Stadt erhebt sich die Ruine von Whitby Abbey, die von den Dänen geplündert worden war und in der sich die Szene aus »Marmion« abspielte, in der ein Mädchen eingemauert wurde. Es ist eine ehrwürdige Ruine von ungeheuren Ausmaßen und voller schöner und romantischer Ansichten. Man erzählt sich eine Legende, wonach von Zeit zu Zeit eine weiße Frau in den Fenstern auftaucht. Auf halbem Wege zwischen der Ruine und der Stadt steht die Gemeindekirche, umgeben von einem Friedhof voller Grabsteine. Für mich ist dies das schönste Fleckchen von Whitby, denn es liegt oberhalb der Stadt und gewährt einen herrlichen Überblick über den Hafen bis zur Bucht, wo sich das Vorgebirge Kettleness ins Meer hinausschiebt. Es geht hier so steil zum Hafen hinunter, daß einst ein Erdrutsch mehrere Gräber mit in die Tiefe gerissen hat. An einer Stelle liegen Steine von den Gräbern über einen sandigen Pfad verstreut, der tief unten am Hang entlangführt. Durch den Friedhof verlaufen Wege mit Bänken, auf denen den ganzen Tag lang Spaziergänger sitzen und die Aussicht sowie die sanfte Brise genießen. Ich selbst werde auch in Zukunft noch oft hier sitzen und arbeiten. Tatsächlich schreibe ich auch im Augenblick hier mit dem Buch auf dem Schoß und lausche der Unterhaltung von drei alten Männern, die neben mir Platz genommen haben. Sie scheinen den ganzen Tag nichts weiter zu tun als hier zu sitzen und zu reden. – Unter mir liegt der Hafen. Auf der gegenüberliegenden Seite ragt eine granitene Mauer ins Meer hinaus. Sie beschreibt im letzten Teil einen Bogen und trägt dort einen Leuchtturm. Vor ihr verläuft ein mächtiger Wellenbrecher, auf dessen landeinwärts gelegenem, nach innen gebogenem Ende ein zweiter Leuchtturm steht. Die beiden Piers lassen eine schmale Zufahrt zum Hafen frei, der sich hinter ihnen trichterförmig erweitert.

Zur Zeit der Flut bietet er einen hübschen Anblick, aber zur Ebbe läuft er fast völlig aus, und die *Esk* schlängelt sich dann zwischen Sandbänken und Felsblöcken hindurch. Weiter draußen vor dem Hafen ragt ein Riff von fast einer halben Meile Länge aus dem Wasser. Es beginnt am südlichen Leuchtturm, und sein Ende wird von einer Boje gekennzeichnet, die bei schlechtem Wetter schwankt und schaukelt und deren Glocke bei Sturm ein trauriges Läuten von sich gibt. Man erzählt sich, daß, wenn ein Schiff versinkt, Glocken aus dem Meer herauftönen. Ich werde den alten Mann danach fragen. Er kommt gerade daher . . .

Es ist ein komischer alter Mann. Er muß sehr alt sein, denn sein Gesicht wirkt knorrig und zerfurcht wie die Borke eines Baumstammes. Er behauptet, beinahe hundert Jahre alt und, als die Schlacht bei Waterloo ausgetragen wurde, Seemann bei der Grönland-Fischfangflotte gewesen zu sein. Ich glaube, er ist ein sehr kritischer Mensch, denn als ich ihn nach den Glocken aus dem Meer und nach der »weißen Frau« in der Abtei befragte, erwiderte er schroff:

»Ich würd' mir nich' den Kopf darüber zerbrechen, Miß; 's wird so viel geredet! Das soll nich' heißen, daß 's so was nich' gibt, aber ich hab's nich' erlebt. 's ist alles schön und gut für Durchreisende un' Ausflügler, aber nich' für nette junge Damen wie Sie. Die Landratten aus York und Leeds, die immer nur geräucherte Heringe essen un' Tee trinken, die lassen sich alles mögliche weismachen. Möcht' bloß wissen, wer dieses Zeug erfindet. Selbst die Zeitungen sind voller Blödsinn.« Ich dachte, man könnte von ihm vielleicht interessante Dinge erfahren, deshalb fragte ich ihn über den Walfang zu seiner Zeit aus. Er wollte gerade beginnen, als die Uhr sechs schlug, worauf er sich mühsam erhob und sagte:

»Ich muß mich nu' auf den Weg nach Hause machen.

Meine Enkelin wartet nich' gern mit dem Tee, denn ich bin nich' mehr sehr fix, un' es ist 'n ziemlicher Weg. Un' genau wenn die Uhr schlägt, fängt mir der Magen an zu knurren, Miß.«

Er humpelte davon, und ich sah, wie er sich bemühte, so schnell wie möglich die Stufen hinunterzuklettern. Die Treppe ist ein markantes Merkmal des Ortes. Hunderte von Stufen, ich weiß gar nicht genau, wie viele es sind, führen in einem sanften Bogen von der Stadt zur Kirche herauf. Die Steigung ist so gering, daß ein Pferd mit Leichtigkeit hinauf- oder hinuntersteigen könnte. Ursprünglich muß die Treppe eine Beziehung zur Abtei gehabt haben. Auch ich werde jetzt nach Hause gehen. Lucy und ihre Mutter sind bei ein paar Bekannten, aber da es sich nur um Pflichtbesuche handelt, blieb ich zurück. Inzwischen werden sie jedoch schon zurück sein.

1. August. – Vor einer Stunde kam ich mit Lucy hier herauf, und wir hatten eine interessante Unterhaltung mit meinem alten Bekannten und den beiden anderen Männern, mit denen er sich immer trifft. Für sie ist er offensichtlich eine Autorität, und ich glaube, er muß früher ein sehr herrschsüchtiger Mann gewesen sein. Er gibt niemals etwas zu und bringt alle anderen zum Schweigen. Wenn er sie nicht überzeugen kann, schüchtert er sie ein und wertet ihr Schweigen dann als Zustimmung zu seinen Ansichten. – Lucy sah lieblich aus in ihrem weißen Batistrock; sie hat seit ihrer Ankunft gesunde Farbe bekommen. – Mir fiel auf, daß die alten Männer keine Zeit verloren, sondern sich sofort neben sie setzten. Lucy ist sehr nett zu alten Menschen, und wahrscheinlich verlieben sie sich auf der Stelle in sie. Sogar mein alter Bekannter unterlag sofort ihrem Charme und widersprach ihr nicht ein einziges Mal, aber dafür mußte ich ihren Anteil einstecken. Ich brachte ihn wieder auf die Legenden, und er hielt uns

daraufhin eine Art Predigt. Ich werde mich bemühen, sie so genau wie möglich aufzuzeichnen.

»'s ist nichts als närrisches Zeug, Lug und Trug, das ist es und nichts anderes. Dieses Geschwätz von verfluchten Seelen un' Kobolden un' Geistern un' Popanzen un' all dem Zeugs taugt nur, um Kindern un' alten Weibern angst zu machen! Sind nur Hirngespinste. Das un' das Geschwätz von Zeichen un' Warnungen stammt alles von Pfaffen un' Schwätzern un' Schwindlern, die das erfunden haben, damit die Leute was tun, was sie sonst nicht tun würden. Ich werde wild, wenn ich nur dran denke. He, daß solche Lügen gedruckt un' von d'r Kanzel gepredigt werden, is' ihnen noch nich' genug. Sie wollen's noch in die Grabsteine gemeißelt ha'm. Seh'n Sie sich um, wohin Sie wollen, all die Brocken, die vor Stolz den Kopf hoch tragen – 's ist alles Heuchelei. Die Lügen, die sie tragen, schmeißen sie um. ›Hier ruht der Leichnam von . . .‹ oder ›Im seligen Angedenken an . . .‹ steht auf jedem, aber beinah in der Hälfte der Gräber liegt niemand, un' keiner kümmert sich darum, un' seliges Angedenken is' auch nich'! Alles Lüge, mehr oder weniger alles bloß Lügen. Meine Güte, 's wird 'ne tolle Überraschung geben beim Jüngsten Gericht, wenn sie in ihren Leichenhemden heraufsteigen, zusammengedrängt, un' ihre Grabsteine hinter sich herschleifen, um zu beweisen, wie gut sie waren. Manche tattrig und klapprig, mit so verfaulten und schlierigen Händen vom langen Liegen im Meer, daß sie nich' mal mehr ihr Futter halten könn'n.«

Die selbstüberzeugte Art, in der der alte Mann sprach und Zustimmung heischend seine Kameraden ansah, bewies mir, daß er sich wichtig machen wollte. Um ihn zum Weitersprechen zu animieren, sagte ich:

»Oh, Mister Swales, das ist nicht Ihr Ernst! Diese vielen Grabsteine können doch nicht alle falsch sein?«

»Na schön, vielleicht sind 'n paar tatsächlich echt, nur

nich' die, auf denen die Leute zu gut beschrieben werden! 's gibt Menschen, die das Meer für 'ne harmlose Wasserschüssel halten. Alles Schwindel. Seh'n Sie, Sie sin' fremd hier, un' Sie seh'n hier den Friedhof?« Ich nickte, weil ich es für klüger hielt, ihm zuzustimmen, obwohl ich seinen Dialekt kaum verstand.

»Un' Sie glauben vielleicht«, fuhr er fort, »daß die Steine da über Leuten steh'n, die wirklich da drin liegen?« Ich bejahte wieder. »Na sehn Sie, un' da beginnt der Schwindel! Da sin' 'ne ganze Menge von diesen Gruben so leer wie dem alten Dun seine Tabaksschachtel am Freitagabend!« Er stieß einen seiner Gefährten an, und alle lachten.

»Un' zum Henker, wie könnt' es auch anders sein? Sehn Sie mal den an, dort achtern, hinter der Bank, un' lesen Sie!« Ich ging hinüber und las:

»Edward Spencelagh, tüchtiger Seemann, vor der Küste von Andres von Piraten ermordet, im April 1854, im Alter von 30 Jahren.« Als ich mich wieder gesetzt hatte, fuhr Mr. Swales fort:

»Möcht' wissen, wer den hergebracht ha'n soll, um ihn auf diesem Friedhof zu begraben. Vor der Küste von Andres ermordet, un' da soll hier sein Körper liegen? Na, ich könnt' noch 'n Dutzend Jungs nennen, deren Knochen vor Grönland auf dem Meeresgrund liegen –« er zeigte nach Norden –, »oder wohin sie die Strömung getrieben haben mag. Sehn Sie da die Grabsteine! Sie mit Ihren jungen Augen könn'n ja von hier aus die kleingeschriebenen Lügen darauf lesen! Dieser Braithwaite Lowrey da, ich kannte seinen Vater noch, vermißt mitsamt der Lively vor Grönland 1820. Oder Andrew Woodhouse, auch da oben ertrunken, 1777. Un' John Payton, 'n Jahr später vor Kap Fairwell ertrunken. Der alte John Rawlings, dessen Großvater mit mir zur See fuhr, ertrank '50 vor Finnland. Glauben Sie, die würden alle nach Whitby stürzen, sowie die Posaune erschallt? Da hab' ich so meine Zweifel. Ich sag' Ihnen, wenn die alle herkämen, das würd' 'n Gerempel un' 'n Gedränge geben wie früher bei 'ner Schlägerei auf dem Eis, wo wir am Morgen bis in die Dunkelheit aneinander waren un' dann unterm Schein des Nordlichts unsere Schrammen verbanden.«

Offenbar waren Schlägereien hier ein Volksvergnügen, denn der alte Mann kicherte, und auch seine Kameraden waren belustigt.

»Aber Sie irren sich insofern«, sagte ich, »als Sie annehmen, daß alle diese bedauernswerten Leute oder ihre Seelen ihre Grabsteine mit zum Jüngsten Gericht nehmen müßten. Halten Sie das wirklich für notwendig?«

»Na, wofür soll'n denn die Grabsteine sonst gut sein? Verraten Sie mir das doch, Miß . . .!«

»Um die Angehörigen zu trösten, denke ich.«

»Um die Angehörigen zu trösten, denken Sie!« wiederholte er verächtlich. »Wie kann es die Angehörigen trösten, wo sie un' alle anderen im Ort doch wissen, daß nur Lügen draufstehen?« Er deutete auf einen Stein zu unseren Füßen, der als Tafel in die Erde eingelassen war und auf dem, dicht neben dem Abgrund, die Bank stand.

»Lesen Sie mal den Schwindel da!« sagte er. Von meinem Platz aus konnte ich die Inschrift nicht entziffern, weil die Buchstaben auf dem Kopf standen, aber Lucy beugte sich vor und las laut:

»›Im Gedenken an George Canon, der in der Hoffnung auf eine selige Auferstehung am 29. Juli 1873 verstarb, als er von den Felsen des Kettleness stürzte. Diese Grabstätte wurde von der trauernden Mutter für ihren inniggeliebten Sohn errichtet. Er war der einzige Sohn seiner Mutter, einer Witwe.‹ Wirklich, Mister Swales, ich finde das überhaupt nicht lustig.«

Lucy sagte dies sehr ernst, und es klang beinahe wie eine Zurechtweisung.

»Sie finden's nich' lustig, haha! Sie wissen eben nich', daß seine trauernde Mutter eine richtige Hexe war! Un' sie haßte den Sohn, weil er 'n Schwächling war. Un' weil er sie auch haßte, beging er Selbstmord, damit sie nich' die Versicherung einstecken konnte, die sie für ihn abgeschlossen hatte. Mit 'ner alten Flinte zum Krähenverscheuchen schoß er sich die Schädeldecke ab, un' da galt's nich' mehr den Krähen, un' er fiel den Felsen 'runter. Un' was die Auferstehung angeht: Ich hab'n oft sagen hören, er wolle in die Hölle, weil seine Mutter so fromm sei un' er sie nich' noch im Himmel ertragen wolle. Is' denn also der Stein nich' –« er klopfte mit seinem Stock darauf – »voller Schwindel? Un' wird Gabriel nich' kichern, wenn Georgie mit dem Stein auf'm Buckel hinaufkeucht un' ihn als Beweisstück vorzeigen will?«

Ich wußte nicht recht, was ich darauf erwidern sollte, aber Lucy wechselte das Thema, indem sie aufstand und fragte:

»Weshalb haben Sie nur all das erzählt? Dies ist mein Lieblingsplatz, den ich nicht aufgeben möchte – und jetzt sagen Sie mir, daß ich auf dem Grab eines Selbstmörders sitze!«

»Das schadet Ihnen nichts, meine Hübsche, un' vielleicht freut es den armen Georgie sogar, ein so schmuckes Mädchen auf seinem Schoß sitzen zu haben. Das schadet Ihnen nicht. Ja, ich sitze nu' schon beinah zwanzig Jahre hier, un' es hat mir noch kein Leid zugefügt. Kümmern Sie sich nicht um die Lügen unter Ihnen oder daß da niemand liegt! Wenn Sie mal alle Grabsteine davonrennen seh'n un' der Platz kahl wie ein Stoppelfeld daliegen wird, dann ist's Zeit, Angst zu bekommen. Die Uhr schlägt, un' ich muß los. Meine Verehrung, die Damen!« Und damit humpelte er davon.

Lucy und ich blieben noch sitzen, und weil uns die Schönheit vor unseren Augen überwältigte, faßten wir uns an den Händen, und Lucy erzählte von Arthur und ihren Hochzeitsplänen. Dies stimmte mich ein wenig traurig, denn ich habe seit einem ganzen Monat nichts mehr von Jonathan gehört.

Am gleichen Tag. – Weil ich mich einsam fühlte, stieg ich noch einmal allein herauf. Wieder kein Brief! Ich hoffe, daß Jonathan nichts zugestoßen sein möge. Die Uhr schlug eben neun. Über die ganze Stadt sind Lichter verteilt; zu Schnüren aufgereiht, wo Straßen verlaufen, und manchmal einzeln. Sie blinken entlang der *Esk* und verschwinden hinter einer Krümmung des Tales. Zu meiner Linken behindert das dunkle Dach eines Hauses neben der Abtei meinen Blick. Schafe und Lämmer blöken in den Feldern hinter mir, und auf der gepflasterten Straße unter mir klappern die Hufe eines Esels. Auf dem Kai spielt eine Kapelle einen flotten Walzer, und weiter hinauf findet in einer Nebenstraße eine Heilsarmeeversammlung mit Musik statt. Die beiden Kapellen stören einander nicht, aber hier oben kann ich beide gleichzeitig hören und sehen. Ich hätte zu gern gewußt, wo sich Jonathan befindet und ob er an mich denkt. Ich wünschte, er wäre bei mir!

Dr. Sewards Tagebuch

5. Juni. – Der Fall Renfield wird um so interessanter, je mehr ich den Mann kennenlerne. Er hat gewisse Eigenschaften, die bei ihm stark ausgeprägt sind, nämlich Egoismus, Verschwiegenheit und Zielstrebigkeit. Ich wünschte, ich könnte ergründen, was er mit der letztgenannten Eigenschaft erreichen will. Er scheint einen bestimmten Plan zu verfolgen, aber ich weiß nicht, welchen. Eine sehr positive Eigenschaft ist seine Tierliebe, die jedoch so merkwürdige Formen annimmt, daß ich manch-

mal vermute, er ist nur abnorm grausam. Er erwählt sich ganz merkwürdige Lieblinge. Im Augenblick vertreibt er sich die Zeit damit, Fliegen zu fangen. Er hat bereits so viele davon, daß ich ihm freundliche Vorhaltungen machen mußte. Zu meiner Überraschung wurde er nicht wütend, wie ich es erwartete, sondern fragte, nachdem er eine Weile nachgedacht hatte: »Geben Sie mir noch drei Tage? Dann werde ich sie alle abschaffen.« Natürlich gab ich mich damit zufrieden; aber ich muß ihn im Auge behalten!

18. Juni. – Inzwischen hat er sein Interesse auf Spinnen gerichtet und hält schon mehrere Prachtexemplare in einer Schachtel. Er füttert sie mit den Fliegen, deren Zahl tatsächlich merklich abnimmt, obwohl er jedesmal die Hälfte seiner Mahlzeiten dafür verwandte, neue in sein Zimmer zu locken.

1. Juli. – Seine Spinnen werden jetzt ebenso lästig wie die Fliegen, und heute sagte ich ihm, er sollte auch sie beseitigen. Er sah mich so traurig an, daß ich mich darauf beschränkte, er solle unter allen Umständen wenigstens einen Teil fortschaffen. Erfreut stimmte er diesem Vorschlag zu, und ich räumte ihm die gleiche Zeitspanne wie letztes Mal ein. Dann jedoch ekelte ich mich plötzlich sehr vor ihm, denn als eine gräßliche Schmeißfliege, aufgedunsen von irgendwelchem Unrat, in den Raum geflogen kam, fing er sie mit der Hand, hielt sie einen Augenblick frohlockend zwischen Daumen und Zeigefinger, und ehe ich eingreifen konnte, stopfte er sie in den Mund und verspeiste sie. Ich schalt ihn, aber er erwiderte gelassen, daß es doch Leben, starkes Leben sei und ihm äußerst guttue, weil es ihm Leben verleihe. Dies weckte in mir einen Verdacht. Ich muß aufpassen, wie er seine Spinnen los wird. Offensichtlich ist er mit einem schwierigen Pro-

blem beschäftigt, denn er macht sich laufend Notizen in einem kleinen Buch. Ganze Seiten davon sind mit Zahlenkolonnen bedeckt, die er addiert, um dann die Summen wieder in Kolonnen zu ordnen, als ob er genau Buch führen würde.

8. Juli. – In seiner Verrücktheit steckt Methode, und mein ursprünglicher Gedanke nimmt immer klarere Form an. Bald werde ich alles durchschauen. Ein paar Tage lang habe ich meinen Freund gemieden, um es besser spüren zu können, falls er sich wandeln würde, aber er hat sich nicht geändert. Nur ist die Zahl seiner Tiere kleiner geworden, und dafür hat er sich ein neues gefangen. Er besitzt jetzt einen Spatzen, den er schon teilweise gezähmt hat. Die Methode, derer er sich dabei bedient, ist recht einfach, denn die Spinnen werden immer weniger. Die noch verbliebenen sind gut genährt, denn er lockt weiterhin mit seinen Speisen Fliegen an.

19. Juli. – Wir machen Fortschritte. Mein Freund besitzt bereits einen ganzen Schwarm von Sperlingen, und dafür sind die Fliegen und Spinnen fast ganz verschwunden. Als ich in sein Zimmer trat, stürzte er auf mich zu und sagte, er habe eine große Bitte, eine sehr, sehr große Bitte. Er bettelte beinahe unterwürfig wie ein Hund, und als ich ihn fragte, was er wolle, sagte er mit einer Art Verzückung in der Stimme:

»Ein Kätzchen, ein süßes, kleines, geschmeidiges, verspieltes Kätzchen, mit dem ich herumtollen kann, das ich dressieren kann und füttern, füttern, füttern!« Sein Anliegen überraschte mich nicht, denn mir war bereits aufgefallen, daß sich seine Zuneigung auf immer größere und lebhaftere Tiere richtete. Es kümmerte mich jedoch nicht, daß seine hübsche Spatzenfamilie auf die gleiche Art und Weise vertilgt werden sollte wie seine Fliegen und Spinnen. Ich versprach ihm also Erfüllung seines Wunsches und fragte ihn nur, ob er nicht eine ausgewachsene Katze vorziehen würde. Seine lebhafte Reaktion auf meinen Vorschlag verriet ihn:

»O ja, ich hätte gern eine große Katze! Ich habe Sie auch nur um ein Kätzchen gebeten, weil ich fürchtete, Sie würden mir eine Katze verweigern. Gegen ein Kätzchen hätte niemand etwas einzuwenden gehabt, nicht wahr?« Ich schüttelte den Kopf und sagte, im Augenblick wäre es zwar noch nicht möglich, aber ich würde mich darum kümmern. Sein Gesicht verdunkelte sich, und mich warnte ein plötzlicher wilder Blick, der Mord bedeutete. In dem Mann schlummert wahnwitzige Mordgier! Sein neuer Wunsch soll für mich ein Test sein. Bald werde ich mehr wissen.

10 Uhr abends. – Noch einmal habe ich ihn aufgesucht und ihn in einer Ecke vor sich hinbrütend angetroffen. Als ich vor ihm stand, warf er sich auf die Knie vor mich nieder und flehte mich an, ihm eine Katze zu geben, da sein Heil davon abhinge. Ich blieb jedoch fest und schlug ihm seine Bitte ab. Er zog sich wortlos in seine Ecke zurück, in der ich ihn vorgefunden hatte, und kaute auf seinen Fingern herum. Ich werde mich morgen früh wieder um ihn kümmern.

20. Juli. – Noch ehe der Pfleger seine Runde gemacht hatte, stattete ich Renfield einen Besuch ab. Er war bereits auf den Beinen und summte eine Melodie vor sich hin. Er streute Zucker, den er gesammelt hatte, auf das Fensterbrett und war ganz offensichtlich wieder damit beschäftigt, Fliegen zu fangen. Er schien recht froh gelaunt bei seiner Beschäftigung. Ich sah mich nach den Vögeln um und fragte ihn, als ich sie nirgends entdeckte, wo sie geblieben seien. Ohne seine Tätigkeit zu unterbrechen,

erwiderte er, sie seien alle davongeflogen. Im Zimmer lagen ein paar Federn verstreut, und auf seinem Kopfkissen entdeckte ich einen kleinen Blutflecken. Wortlos verließ ich ihn und beauftragte seinen Pfleger, mir alles zu berichten, wenn sich während des Tages etwas Merkwürdiges ereignen sollte.

11 Uhr vormittags. – Eben hat mich der Pfleger aufgesucht und mir berichtet, daß Renfield krank sei und ein ganzes Federbüschel erbrochen habe. »Ich nehme an, Herr Doktor«, meinte er, »daß er seine Vögel verspeist hat! Er hat sie gefangen und kurzerhand roh verschlungen!«

11 Uhr abends. – Heute abend gab ich Renfield ein starkes Opiat, das selbst einen Mann wie ihn einschläfert, und nahm dann sein Notizbuch an mich. Ich fand die Vermutung, die mir im Kopf herumschwirrt, bestätigt. Meine Theorie stimmt. Mein mordlüsterner Wahnsinniger gehört zu einer ganz besonderen Kategorie. Ich muß für ihn einen neuen Begriff prägen. Weil er soviel Lebewesen wie möglich vertilgen will, werde ich ihn einen »pathologischen Zoophag« (Tierfresser) nennen. Seine Methode ist, eine Spinne mit vielen Fliegen zu füttern und dann wiederum einem Vogel viele Spinnen vorzusetzen. Die Katze, um die er mich gebeten hatte, wollte er mit den Sperlingen füttern. Was wären seine nächsten Schritte gewesen? Es reizt mich sogar, das Experiment zu vollenden, aber dafür brauche ich noch einen hinreichenden Beweggrund. Die Menschen schreckten auch vor der Vivisektion zurück, und doch nutzen sie deren Ergebnisse. Warum soll nicht endlich die Wissenschaft auf dem schwierigsten und wichtigsten Gebiet, dem von der Kenntnis des menschlichen Gehirns, vorangetrieben werden? Hätte ich nur Kenntnis vom Geheimnis eines einzigen Hirns, von den Wahnvorstellungen eines einzigen Irren, dann könnte ich meiner

Wissenschaft Impulse geben, im Vergleich zu denen Burdan-Sandersons *Physiologie* oder Ferriers *Untersuchungen des menschlichen Hirns* einfach ein Nichts wären! Wenn ich nur einen ausreichenden Beweggrund hätte! Um mich nicht in Versuchung zu bringen, darf ich nicht zu lange darüber nachdenken! Ein guter Grund würde den Ausschlag geben; denn könnte nicht auch ich ein außergewöhnlicher Kopf sein?

Erstaunlich, wie gut der Mann argumentierte, aber das tun alle Irren innerhalb ihrer Wahnvorstellungen. Auf wie viele Leben schätzt er wohl einen Menschen? Seine Buchführung hat er sorgfältig abgeschlossen und heute eine neue Rechnung begonnen. Wie viele Menschen beginnen schon jeden Tag mit einer neuen Rechnung?

Mir scheint, als hätte gestern mein bisheriges Leben geendet und ich eine neue Rechnung angelegt. Aber wenn am Ende der Große Buchhalter mein Hauptbuch schließt, wird es sich zeigen, ob der Saldo mit Gewinn oder Verlust abschließt. O Lucy, Lucy, ich kann weder auf dich noch auf meinen Freund wütend sein, dessen Glück das deine ist, sondern muß ohne Hoffnung warten und arbeiten. Arbeiten! Arbeiten! Wenn ich nur einen ebenso starken Beweggrund finden könnte wie mein armer verrückter Freund; einen guten, uneigennützigen Grund, der mich zur Arbeit anspornen würde! Dann hätte ich das Glück gefunden.

Mina Murrays Tagebuch

26. Juli. – Ich habe Angst, und es beruhigt mich etwas, wenn ich meine Befürchtungen niederschreibe. Das ist so, als ob man sich selbst etwas ins Ohr flüstert und zugleich den eigenen Worten lauscht. Die Zeichen der Kurzschrift lassen alles anders erscheinen als die normale Hand-

schrift. Ich mache mir Sorgen um Lucy und auch um Jonathan. Von ihm hatte ich seit längerer Zeit nichts mehr gehört und war bereits unruhig geworden, aber gestern schickte mir Mr. Hawkins, der immer sehr nett ist, einen Brief von Jonathan. Ich hatte schriftlich bei Mr. Hawkins angefragt, ob er noch keine Nachricht erhalten habe, und er teilte mir daraufhin mit, daß der beiliegende Brief soeben eingetroffen sei. Es handelte sich lediglich um ein paar Zeilen, datiert vom Schloß Dracula, in denen Jonathan seine Abfahrt mitteilt. Dies ist nicht seine Art. Ich verstehe es nicht, und es beunruhigt mich. Außerdem ist Lucy, obwohl sie so glücklich ist, in letzter Zeit wieder in ihr altes Leiden des Nachtwandelns zurückgefallen. Ihre Mutter hat mir davon berichtet, und wir beschlossen, daß ich jede Nacht die Zimmer abschließen soll. Mrs. Westenra glaubt, daß Nachtwandler auf Dächer steigen und an Klippen entlangwandeln und, wenn sie plötzlich erwachen, mit einem schauerlichen Schrei, dessen Echo über die ganze Stadt hallt, hinunterstürzen. Die Arme macht sich natürlich schreckliche Sorgen um Lucy. Sie erzählte mir, daß ihr Mann, Lucys Vater, die gleiche Angewohnheit hatte. Mitten in der Nacht stand er auf, zog sich an und verließ das Haus, wenn man ihn nicht aufhielt. – Lucy wird im Herbst heiraten, und sie überlegt schon, was sie anzieht und wie sie das Haus herrichtet. Ich kann es ihr nachfühlen, weil ich mich mit den gleichen Gedanken trage. Nur werden Jonathan und ich unser Leben sehr einfach beginnen, weil wir uns nach der Decke strecken müssen. Mr. Holmwood, der Hon. Arthur Holmwood, einziger Sohn vom Lord Godalming, wird uns besuchen kommen, sobald er die Stadt verlassen kann, denn es geht seinem Vater nicht sehr gut. Ich glaube, meine liebe Lucy zählt die Sekunden bis zu seiner Ankunft. Sie möchte ihn zur Bank auf dem Friedhof hinaufführen und ihm die Schönheiten Whitbys zeigen. Ich glaube, es ist nur das Warten, was sie nicht verträgt. In seiner Nähe wird sie wieder genesen.

27. Juli. – Noch immer keine Nachricht von Jonathan. Aus einem mir nicht klaren Grund mache ich mir wieder Sorgen um ihn. Ich wünschte, er würde wieder einmal schreiben, selbst wenn es nur eine einzige Zeile wäre. Lucy wandelt öfter denn je, und jede Nacht werde ich davon geweckt, daß sie durch den Raum geht! Glücklicherweise ist es so warm, daß sie sich nicht erkälten kann, aber meine innere Unruhe und das ständige Gewecktwerden machen mich nervös und schlaflos. Gott sei Dank ist Lucy sonst gesund. Mr. Holmwood wurde überraschend nach *Ring* zu seinem Vater gerufen, der ernstlich krank geworden ist. Lucy grämt sich über den erneuten Aufschub ihres Wiedersehens, aber sie ist noch schön wie immer. Sie ist ein wenig voller geworden, und ihre Wangen leuchten rosig. Sie sieht nicht mehr so blutarm aus, und ich hoffe nur, daß dies so bleibt.

3. August. – Wieder ist eine Woche verstrichen, und immer noch kein Brief von Jonathan. Auch Mr. Hawkins hat nichts von ihm gehört. Ich hoffe, er ist nicht krank geworden! Aber das hätte er mir bestimmt geschrieben. Ich sah mir noch einmal seinen letzten Brief an, aber irgendwie befriedigt er mich nicht. Er kommt mir seltsam fremd vor, obwohl es Jonathans Handschrift ist. Daran gibt es keinen Zweifel. – In der letzten Woche wandelte Lucy nicht mehr so oft im Schlaf, aber sie zeigt jetzt eine für mich völlig unerklärliche Anspannung. Selbst im Schlaf scheint sie mich noch zu beobachten. Sie probiert oft die Türklinke, und wenn die Tür verschlossen ist, sucht sie im ganzen Zimmer nach dem Schlüssel.

6. August. – Weitere drei Tage sind verstrichen; noch immer keine Nachricht. Die Spannung wird beinahe unerträglich. Wenn ich nur wüßte, an wen ich schreiben oder wohin ich mich wenden könnte, wäre mir wohler. Aber niemand hat seit seinem letzten Brief etwas von Jonathan gehört. Ich kann nur Gott um Geduld bitten. Lucy ist erregter denn je, aber sonst völlig gesund. Die letzte Nacht war schlimm; aber die Fischer behaupten, wir bekämen einen Sturm. Ich muß auf die Zeichen des Wetters achten. Heute ist ein grauer Tag, und während ich schreibe, ist die Sonne hinter dicken Wolken versteckt, die hoch über Kettleness hängen. Alles wirkt grau in grau; nur das Gras leuchtet smaragdgrün. Graue Felsen; graue Wolken, von der Sonne am Rand rot gefärbt, hängen über dem grauen Meer, in das die Sandbänke wie graue Finger hineinragen. Über den sandigen Untiefen brechen sich die Wellen, deren Donnern von dem grauen Dunstschleier, der zum Festland treibt, gedämpft wird. Der Horizont verliert sich in grauem Nebel. Alles ist gewaltig. Die Wolken türmen sich übereinander wie Felsgiganten, und über der See liegt ein hohles Rauschen, das wie die Ankündigung des Jüngsten Tages klingt. Hier und da gehen dunkle Gestalten am Ufer entlang, im Dunst verloren, und sehen fast aus wie wandelnde Bäume. Die Fischerkähne beeilen sich, den Heimathafen zu erreichen. Sie dümpeln auf der Dünung und liegen bis zu den Speigatts im Wasser. Da kommt der alte Mr. Swales. Er steuert genau auf mich zu, und an der Art, wie er den Hut hebt, erkenne ich, daß er sich unterhalten möchte ...

Die Veränderung, die in dem armen alten Mann vorgegangen ist, hat mich tief berührt. Nachdem er sich neben mich gesetzt hatte, sagte er sehr leise:

»Ich möchte Ihnen etwas sagen, Miß ...« Ich spürte, daß ihn etwas erregte, deshalb ergriff ich seine runzlige alte Hand und bat ihn, sich auszusprechen. Ohne die Hand zurückzuziehen, fuhr er fort:

»Ich fürchte, meine Liebe, ich hab' Sie erschreckt mit meinem bösen Gerede über die Toten un' so, vor einigen Wochen. Aber ich meinte es nich' so, un' Sie sollen daran denken, wenn ich nich' mehr bin. Wir alten Leute, die wir schon mit einem Fuß im Sarg stehen, denken nich' gern daran, weil wir uns nich' gern fürchten. Un' deshalb hab' ich darüber so leichtfertig geredet, weil ich mein Herz damit 'n bißchen aufmuntern wollte. Aber, Gott schütze Sie, Miß, ich hab' keine Angst vor'm Tod, kein bißchen, nur möcht' ich jetzt noch nich' sterben, wenn's irgend geht. Aber meine Zeit muß nah sein; ich bin alt, un' hundert Jahre kann man nich' verlangen. Ich bin sicher so dicht davor, daß der Alte Mann schon die Sense wetzt. Wissen Sie, ich kann meine alte Art, darüber 'n bißchen zu lästern, noch nich' lassen. Un' das wird auch gewogen wer'n. Bald bläst der Todesengel für mich seine Trompete. Aber fangen Sie nich' an zu heulen, meine Liebe!« – Er sah, daß ich weinte. »Denn selbst wenn er schon heute nacht käme, würd' ich ihm nich' widerstehen. Das Leben is' auch nur 'n Warten auf etwas anderes als das, was wir jetzt tun. Nur auf'n Tod könn'n wir uns wirklich verlassen. Aber ich bin's zufrieden, denn er kommt auf mich zu, meine Liebe, un' er kommt schnell. Er kann mich treffen, wo wir hier noch schau'n un' sprechen. Vielleicht steckt er in dem Wind da draußen über'm Meer, der Zerstörung un' Schaden un' Verzweiflung un' Trauer bringt. Sehn Sie da! Sehn Sie!« rief er plötzlich. »Es steckt was im Wind drin, un' in dem Tosen! Das sieht aus un' schmeckt un' riecht wie der Tod. 's ist in der Luft, ich spür's kommen. Gott, laß mich friedlich einschlafen, wenn der Ruf zu mir kommt!« Ehrfürchtig reckte er die Arme empor und nahm den Hut ab. Seine Lippen bewegten sich, als würde er ein Gebet sprechen. Nach ein paar Minuten des Schweigens stand er auf, schüttelte mir die Hand, segnete mich, verabschiedete sich dann und humpelte davon. Die Szene berührte mich zutiefst und erregte mich sehr.

Ich war froh, als schließlich ein Mann der Küstenwacht mit einem Feldstecher unter dem Arm zu mir trat. Er blieb neben mir stehen und unterhielt sich mit mir wie üblich, aber die ganze Zeit über starrte er zu einem fremden Schiff hinaus.

»Ich kann es nicht genau ausmachen«, sagte er. »Es ist ein russisches, wie es scheint, aber es kreuzt ganz verrückt herum und scheint überhaupt kein Ziel zu haben! Die sehen dort den anbrechenden Sturm, können sich aber nicht entscheiden, ob sie nach Norden auf die offene See ausweichen oder im Hafen Zuflucht suchen sollen. Sehen Sie doch! Das kreuzt schon sehr komisch; es scheint dem Steuer überhaupt nicht mehr zu gehorchen! Mit jedem Windstoß ändert es die Richtung! Na, bis morgen um diese Zeit werden wir noch einiges erleben!«

Siebtes Kapitel

Ausschnitt aus dem »Dailygraph« vom 8. August (eingeklebt in Mina Murrays Tagebuch)

Von unserem Korrespondenten

Einer der schwersten und überraschendsten Stürme, von denen man je gehört hat, ist über diesen Küstenstrich hinweggerast. Dabei ereigneten sich sehr seltsame und ungewöhnliche Dinge. Das Wetter war schwül gewesen, aber keineswegs ungewöhnlich für den August. Wir erlebten einen ganz herrlichen Sonnabendabend, und eine große Zahl von Ausflüglern machte sich gestern auf den Weg nach *Mulgrave Woods*, *Robin Hoods Bay*, *Rig Mill*, *Runswick*, *Staithes* und anderen Ausflugsorten in der

Umgebung von Whitby. Die Dampfer »Emma« und »Scarborough« unternahmen Fahrten entlang der Küste, und der Ausflugsverkehr von und nach Whitby war sehr stark. Bis zum Nachmittag blieb der Tag ungewöhnlich schön. Doch dann bemerkten plötzlich einige Spaziergänger, die vom Friedhof East Cliff aus die schöne Aussicht auf das Meer im Norden und Osten genossen, eine Ansammlung von Federwolken hoch im Nordwesten. Der Wind kam aus Südwesten, und zwar in der sanften Windstärke 2, als leichte Brise. Ein Mann der Küstenwacht erstattete sofort Bericht, und ein alter Fischer, der seit mehr als einem halben Jahrhundert vom East Cliff aus das Wetter beobachtet hatte, prophezeite höchst erregt den Ausbruch eines plötzlichen Sturms. Der Sonnenuntergang zeigte sich jedoch so herrlich, so großartig mit den prächtig gefärbten Wolkenmassen, daß sich eine ziemlich große Menschenmenge auf dem alten Friedhof am Cliff versammelte, um dieses Schauspiel zu genießen. Ehe die Sonne hinter der schwarzen Masse des Vorgebirges Kettleness verschwand, säumten unzählige Wölkchen ihren Weg, die in allen Farben leuchteten; in Feuerrot, Purpur, Rosa, Grün, Violett und allen Goldtönungen. Dazwischen hingen hier und da schwarze Massen von vielfältigster Gestalt, die wie riesige Silhouetten wirkten. Dieses Schauspiel ging bestimmt nicht wirkungslos an unseren Malern vorüber, und zweifellos werden im Mai einige Bilder unter dem Titel »Vor dem großen Sturm« die Wände der *Royal Academy* zieren. Und manch ein Kapitän entschloß sich, mit seinem »Pflasterstein« oder »Packesel«, wie man die verschiedenen Bootstypen hier nennt, bis zum Ende des Sturmes im Hafen zu bleiben. Gegen Abend legte sich der Wind immer mehr, und um Mitternacht schließlich herrschte absolute Windstille, eine schwüle Hitze und jene geladene Atmosphäre, die empfindsame Menschen stark beeinflußt. Auf dem Meer sah man nur wenige

Lichter, da die Küstendampfer, die gewöhnlich dicht unter der Küste laufen, sich jetzt weit draußen auf hoher See hielten. Auch Fischkutter waren kaum zu entdecken. Die einzigen sichtbaren Segel gehörten einem fremden Schoner, der mit voller Takelage offensichtlich Westkurs hielt. Die Unvernunft oder Unerfahrenheit seiner Offiziere war das vorherrschende Thema aller Zuschauer, solange er in Sicht blieb. Man versuchte, dem Schoner klarzumachen, er solle im Angesicht der bevorstehenden Gefahr seine Segel kappen. Doch als letztes, bevor die Nacht hereinsank, sah man, wie er mit schlaffen Segeln sanft auf der wogenden See schaukelte, »unwirklich wie ein gemaltes Schiff auf einem gemalten Ozean«.

Kurz vor zehn Uhr wurde die Ruhe so bedrückend, daß selbst das Blöken eines Schafes auf einer Weide oder das Bellen eines Hundes in der Stadt deutlich zu hören waren. Die flotten Weisen einer Kapelle, die noch auf der Mole spielte, wirkten wie Mißtöne in der großen Harmonie der Natur. Kurz nach Mitternacht aber drang ein fremdartiges Geräusch vom Meer herüber, und hoch oben in der Luft begann es leise, unheimlich und hohl zu dröhnen.

Und dann brach ohne Vorankündigung der Sturm los. Mit einer Plötzlichkeit, die man vorher für unmöglich gehalten hätte und die man sich jetzt noch nicht vorstellen kann, wurde die ganze Natur erschüttert. Die Wellen wuchsen in wilder Wut; jede übertraf die vorhergehende an Größe, bis nach wenigen Minuten die zuvor noch spiegelglatte See sich in ein röhrendes und alles verschlingendes Ungeheuer verwandelt hatte. Weißschäumende Wogen peitschten gegen den Sand, donnerten gegen die Klippen, brachen sich an den Molen und verschlangen mit ihrer Gischt die Leuchttürme, die auf beiden Molen des Hafens von Whitby stehen. Der Sturm rollte wie Donner und peitschte mit solcher Gewalt daher, daß sich selbst starke Männer kaum auf den Beinen halten konnten und sich verzweifelt an eiserne Pfeiler festklammern mußten. Man sah sich gezwungen, die Molen von den Zuschauern zu räumen, sonst hätte die Nacht noch mehr Opfer gefordert. Zu all den Gefahren und Widrigkeiten kamen noch Nebelschwaden, die vom Meer herübergetrieben wurden; weiße, nasse Wolken, die geisterhaft vorüberjagten und so feucht und kalt waren, daß wenig Phantasie vonnöten war zu glauben, die Geister der Ertrunkenen griffen mit klammen Totenhänden nach ihren lebenden Brüdern. Von Zeit zu Zeit jedoch rissen die Dunstschleier auf, und man konnte ein Stück des Meeres erkennen im Schein der zuckenden Blitze, die Schlag auf Schlag aufleuchteten, gefolgt von solch dröhnendem Donner, daß der ganze Himmel unter den Fußstapfen des Sturmes zu erzittern schien.

Die so enthüllten Szenen boten ein grandioses und fesselndes Schauspiel. Das Meer türmte sich wie ein Gebirge auf und schleuderte mit jeder Welle riesige Massen weißen Gischts gen Himmel, die der Sturm packte und in unermeßliche Fernen riß. Hier und da suchte ein Fischerboot verzweifelt mit einem winzigen letzten Segel den Schutz des Hafens zu erreichen. Bisweilen jagten die weißen Flügel eines vom Sturm gepackten Seevogels vorüber. Der Suchscheinwerfer auf dem Gipfel des East Cliff war bereits installiert, aber noch nicht ausprobiert worden. Der befehlshabende Offizier ließ ihn einschalten und das Meer damit absuchen, sobald der herantreibende Dunst aufriß. Ein- oder zweimal leistete er gute Dienste, als Fischerboote, das Schanzdeck tief unter Wasser, in den Hafen flüchteten und mit seiner Hilfe der Gefahr entgingen, an der Mole zu zerschellen. Als die Boote in Sicherheit waren, erklangen begeisterte Freudenrufe aus der Menge der Zuschauer an Land. Ihre Schreie und ihr Beifall schienen den Sturm für einen kurzen Augenblick zu übertönen und wurden dann hinweggerissen.

Bald darauf erfaßte der Strahl des Scheinwerfers in

einiger Entfernung einen Schoner, der alle Segel gesetzt hatte. Offensichtlich handelte es sich noch um dasselbe Schiff, das schon im Laufe des Abends gesichtet worden war. Inzwischen hatte sich der Wind wieder nach Osten gedreht, und die Zuschauer auf den Klippen erschauerten bei der Erkenntnis der Gefahr, in der das fremde Schiff schwebte. Zwischen ihm und dem Hafen lag jenes große, flache Riff, an dem schon so viele gute Schiffe gestrandet waren. Bei der augenblicklichen Windrichtung schien es fast aussichtslos, daß der Schoner noch den Hafeneingang erreichen würde. Die Flut hatte jetzt fast ihren Höhepunkt erreicht, aber die Wellen türmten sich so hoch auf, daß in ihren Tälern fast der Meeresgrund sichtbar wurde. Der Schoner jagte mit seiner vollgesetzten Takelage so schnell dahin, daß er, wie ein alter Seebär meinte, »unbedingt irgendwo auflaufen muß, und wenn es in der Hölle ist«! Dann jedoch trieb eine neue Nebelwolke heran, größer als alle vorhergehenden, legte sich wie ein graues Bahrtuch über alle Dinge und ließ den Menschen als einziges Sinnesorgan das Gehör; denn das Brüllen des Sturmes, das Krachen des Donners und das Poltern der riesigen Wogen drangen lauter als zuvor durch die feuchte Einhüllung. Die Strahlen des Scheinwerfers richteten sich auf die Stelle des Hafeneinganges, wo man das Auflaufen erwartete, und die Männer standen mit angehaltenem Atem. Doch plötzlich drehte sich der Wind nach Nordosten; die Dunstschleier wurden von ihm zerteilt, und dann, *»mirabile dictu«*, erschien der fremde Schoner zwischen den beiden Molen, hüpfte von Welle zu Welle, jagte mit all seinen gesetzten Segeln vor dem Wind her und rettete sich in die Sicherheit des Hafens. Der Scheinwerferstrahl folgte ihm; und ein Schauer packte alle, die ihn sahen, denn an das Steuerrad gefesselt stand ein Toter, dessen baumelnder Kopf von jeder Bewegung des Schiffes hin und her gerissen wurde! Sonst war auf dem Deck des

Schiffes kein Mensch weiter zu erkennen. Entsetzen kam über die Menschen, als sie erkannten, daß das Schiff wie durch ein Wunder und nur von den Händen eines Toten gesteuert in den rettenden Hafen gefunden hatte! Aber all das geschah viel schneller, als man diese Zeilen schreiben kann. Der Schoner trieb weiter, durchquerte den Hafen und lief auf eine Sand- und Schotteransammlung auf, die von vielen Fluten und vielen Stürmen in die südöstliche Ecke des Hafenbeckens unterhalb eines Tate Hill Pier genannten Vorsprunges des East Cliff gewaschen worden war.

Es gab natürlich eine mächtige Erschütterung, als das Schiff auf Strand lief. Jede Spiere, jedes Seil und jeder Stützbalken wurden bis zur Grenze ihrer Belastungsfähigkeit angespannt, und ein Teil der Takelage kam krachend heruntergestürzt. Die seltsamste Begebenheit war aber, daß im Augenblick des Aufpralls ein riesiger Hund an Deck sprang, als wäre er von dem Stoß nach oben geschleudert worden, und sich dann vom Bug auf das Ufer hinunterstürzte. Er rannte geradewegs auf die Klippen zu, wo der Friedhof so steil über dem Zufahrtsweg zum East Pier hängt, daß bereits einige der flachen Grabsteine, »Ziegelsteine«, wie sie im Jargon von Whitby genannt werden, über den abbröckelnden Hang hinausragen. Und dann verschwand der Hund in der Dunkelheit, die vor den Strahlen des Suchscheinwerfers nur noch undurchdringlicher zu werden schien.

Zufällig stand zu dem Zeitpunkt niemand am Tate Hill Pier, denn die Bewohner der Häuser in der näheren Umgebung befanden sich entweder schon im Bett oder standen oben auf den Hügeln. Deshalb war der Küstenwächter, der auf der östlichen Seite des Hafens Dienst hatte und sofort zur kleinen Mole hinunterlief, der erste an Deck des Schoners. Die Männer am Scheinwerfer richteten den Strahl auf das Wrack, nachdem sie vorher noch einmal den Eingang des Hafens abgesucht hatten, ohne dort etwas zu entdecken. Der Küstenwächter rannte nach achtern zum Steuerrad und beugte sich vor, um es zu untersuchen, doch plötzlich prallte er zurück wie unter einem Schock. Dies erregte allgemeine Aufmerksamkeit, und eine Menschenmenge setzte sich sofort in Bewegung. Es ist ein ziemlich weiter Weg vom West Cliff an der Zugbrücke bis zum Tate Hill Pier, aber Ihr Berichterstatter ist ein ziemlich guter Läufer, und so kam ich ein gutes Stück vor der Menge am Ziel an. Trotzdem mußte ich feststellen, daß am Tate Hill Pier bereits Zuschauer versammelt waren, die von dem Küstenwächter und der Polizei am Betreten des Schiffes gehindert wurden. Durch die Vermittlung eines Bootsführers durfte ich jedoch als Ihr Berichterstatter an Deck des Schoners, und dadurch gehörte ich zu der kleinen Gruppe jener, die den toten Seemann sahen, während er noch am Steuerrad festgeschnallt war.

Es verwunderte mich nicht, daß der Küstenwächter überrascht oder sogar entsetzt war, denn ein solches Bild wird sich einem wohl nicht wieder bieten. Der Mann war mit den Händen an eine Speiche des Rades gebunden, und zwar eine Hand über der anderen. Zwischen der unteren Hand und dem Holz hing ein Kruzifix an einer Perlenkette, die um beide Handgelenke und um das Steuerrad geschlungen war. Um alles herum aber war das haltende Seil gewunden. Das arme Opfer mochte ursprünglich gesessen haben, aber das Schlagen der Segel hatte das Ruder hin und her gerissen und die Fesseln das Fleisch bis auf die Knochen durchscheuern lassen. Alle Einzelheiten wurden sorgfältig aufgenommen, und Dr. J. M. Caffyn, wohnhaft am East Elliot Place Nummer 33, der kurz nach mir eintraf, erklärte nach einer kurzen Untersuchung, daß der Mann bereits seit mindestens zwei Tagen tot sein müsse. In seiner Tasche steckte eine sorgfältig verschlossene Flasche, die eine Papierrolle enthielt. Später stellte sich heraus, daß dies ein Nachtrag zum Logbuch war. Der Küstenwächter meinte, der Mann müsse sich die Hände selbst festgebunden und die Knoten mit den Zähnen festgezurrt haben. Die Tatsache, daß ein Küstenwächter als erster das Wrack betrat, wird wenigstens keine späteren Komplikationen vor der Seefahrtskammer bringen, denn Küstenwächter können keinen Anspruch auf Bergungsgut erheben, was jedoch ein Zivilist könnte, wenn er als erster das Wrack betreten hätte. Jedoch werden bereits jetzt die juristischen Probleme diskutiert, und ein junger Jurastudent erklärte fest, daß der Eigentümer alle Rechte am Besitz bereits verloren habe, da dieses nicht mehr den Grundsätzen über unveräußerlichen Besitz entspreche: Die Ruderpinne nämlich als Sinnbild, wenn nicht gar als Beweis dafür, daß er sein Eigentum delegiert habe, befinde sich in der Hand eines Toten! – Es ist unnötig zu sagen, daß der tote Steuermann würdevoll von seinem Platz entfernt wurde, wo er seine ehrenvolle Wacht bis zum Tode hielt und eine Standhaftigkeit bewiesen hatte, die so edel ist wie die des jungen Casabianca. Er wurde für die Obduktion in der Leichenhalle aufgebahrt.

Schon legt sich der Sturm, und seine furchtbare Kraft schwindet. Die Menschen zerstreuen sich, gehen nach Hause, und über der Hochebene von Yorkshire rötet sich der Himmel. Bis zur nächsten Ausgabe werde ich weitere Informationen über das gestrandete Schiff sammeln, das während des Sturms so wundersam seinen Weg in den Hafen gefunden hat.

Whitby

9. August. – Das Nachspiel zur seltsamen Ankunft des im Sturm gestrandeten Schiffes ist beinahe erregender als das Ereignis selbst. Der Schoner ist, wie sich herausstellte, ein Russe, stammt aus Varna und heißt »Demeter«. Er hat fast nur Ballast aus Silbersand an Bord, dazu eine geringe

Nutzfracht, die aus einer Reihe großer, mit Erde angefüllter Holzkisten besteht. Die Fracht ist an einen Anwalt aus Whitby, Mr. S. F. Billington, Crescent 7, gerichtet, der heute morgen an Bord ging und die Fracht in aller Form in Empfang nahm. Der russische Konsul, als Vertreter der Charterpartei, übernahm das Schiff und zahlte die Hafengebühren. Die seltsame Begebenheit ist hier zur Zeit das einzige Gesprächsthema. Die Vertreter des Handelsministeriums haben sich äußerst exakt darum bemüht, die Angelegenheit allen Vorschriften entsprechend zu klären. Da es sich um ein einmaliges und ungewöhnliches Ereignis handelt, sind sie offensichtlich entschlossen, keinen Grund für spätere Beschwerden zu geben. Großes Interesse erregte der Hund, der aus dem strandenden Wrack gesprungen war, und nicht nur Vertreter des Tierschutzverbandes, der in Whitby sehr einflußreich ist, haben sich um das Tier zu kümmern versucht. Zur allgemeinen Enttäuschung konnte es jedoch nirgends gefunden werden; der Hund scheint gänzlich aus der Stadt verschwunden zu sein. Vielleicht hat er sich angsterfüllt ins Moor geflüchtet und hält sich dort noch immer versteckt. Manche Leute denken mit Grauen an diese Möglichkeit, denn daraus könnte eine ernste Gefahr erwachsen; offenbar handelt es sich bei dem Tier nämlich um eine wilde Bestie. Heute morgen fand man einen großen Hund, die Bulldogge eines Kohlenhändlers am Tate Hill Pier, tot auf der Straße vor dem Hof seines Herrn liegen. Die Dogge hatte unzweifelhaft tapfer gegen einen wilden Gegner gekämpft, denn ihre Gurgel war aufgerissen und ihr Bauch wie von einer bestialischen Klaue aufgeschlitzt.

Später, am gleichen Tag. – Durch die Zuvorkommenheit eines Inspektors vom Handelsministerium wurde es mir ermöglicht, Einsicht in das Logbuch der »Demeter« zu nehmen. Bis drei Tage vor dem Unglück war es ordnungsgemäß geführt worden und enthielt keine ungewöhnlichen Angaben, ausgenommen die Tatsache, daß ständig Leute vermißt wurden. Äußerst erregend dagegen sind die Notizen in der Flasche, die heute bei der Untersuchung vorgelegt wurden. Einen seltsameren Bericht als den, der sich aus diesen beiden Aufzeichnungen ergibt, habe ich in meinem ganzen Leben noch nicht gelesen. Da es keinen Grund gibt, ihn zu verschweigen, wurde mir erlaubt, ihn zu veröffentlichen. Ich habe in der Niederschrift nur seemännische Daten und Angaben über die Fracht weggelassen. Es scheint beinahe so, als wäre der Kapitän von Anfang an einem Wahn verfallen gewesen, der sich während der Reise immer mehr verschlimmerte. Natürlich müssen meine Aufzeichnungen *cum grano* genommen werden, da ich sie nach dem Diktat eines Angestellten des russischen Konsulats niederschreibe, der mir aus Zeitmangel die Notizen übersetzt.

Aus dem Logbuch der »Demeter«

Von Varna nach Whitby.

Aufgezeichnet am 18. Juli.

Es geschehen so seltsame Dinge an Bord, daß ich von nun an bis zu unserer Ankunft alles sorgfältig niederschreiben werde.

Am 6. Juli hatten wir unsere Ladung an Bord, Silbersand und Kisten mit Erde. Mittags wurden die Segel gesetzt. Ostwind, steif. Mannschaft besteht aus fünf Matrosen, zwei Maaten, einem Koch und mir (Kapitän).

Am 11. Juli liefen wir morgens in den Bosporus ein. Wurden von türkischen Zollbeamten kontrolliert. Bakschisch. Alles in Ordnung. Weiterfahrt um 16 Uhr.

Am 12. Juli durch die Dardanellen. Weitere Zollbeamte

und das Flaggschiff der Hafenwache. Wieder Bakschisch. Die Beamten arbeiteten gründlich und schnell. Wollten uns bald loswerden. In der Dunkelheit durch den Archipel.

Am 13. Juli passierten wir Kap Matapan. Mannschaft ist wegen irgend etwas unruhig. Sie scheint Angst zu haben; niemand will aber mit der Sprache heraus.

Am 14. Juli mache ich mir Sorgen wegen der Mannschaft. Es sind zuverlässige Leute, die schon früher mit mir gesegelt sind. Der Maat konnte nichts aus ihnen herausbekommen; sie meinten nur, es sei etwas an Bord! – und bekreuzigten sich. An dem Tag hat der Maat bei einem Mann die Beherrschung verloren und ihn geschlagen. Wir erwarteten heftigen Streit, aber alles blieb ruhig.

Am 16. Juli meldete morgens der Maat, daß Petrofski vermißt werde. Ein Grund war nicht ersichtlich. Er übernahm am vorhergehenden Abend um acht die Backbordwache und wurde von Abramoff abgelöst, ging aber nicht in die Kajüte. Die Männer sind bedrückter als je zuvor. Alle meinten, sie fürchteten sich vor etwas, wollten aber nichts weiter sagen, als daß »etwas« an Bord sei. Der Maat wurde sehr ungeduldig; er fürchtete Schwierigkeiten.

Am 17. Juli, gestern, kam Olgaren in meine Kajüte und vertraute mir angstvoll an, er glaube, ein fremder Mann befinde sich an Bord. Er sagte, während seiner Wache habe er hinter dem Deckshaus Schutz gesucht, da gerade ein Regen niedergegangen sei, als ein großer, hagerer Mann, der keinem der Mannschaft ähnelte, die Kajütstreppe heraufgekommen, nach vorn aufs Deck gegangen und dann verschwunden wäre. Vorsichtig sei er ihm gefolgt, habe aber niemanden am Bug angetroffen, und die Luken seien alle verschlossen gewesen! – Er steckte voller abergläubischer Angst, und ich befürchte, daß die Panik auf die anderen übergreifen könnte. Um sie zu beruhigen, werde ich heute das gesamte Schiff sorgfältig vom Vordersteven bis zum Heck durchsuchen lassen.

Später am Tag ließ ich die Mannschaft zusammenkommen und sagte ihnen, da sie offensichtlich überzeugt seien, es befände sich jemand an Bord, würden wir das Schiff von vorn bis hinten durchsuchen. Der Erste Maat war wütend; er hielt es für albern und glaubte, die Mannschaft könnte demoralisiert werden, wenn man solch albernen Einbildungen nachginge. Er sagte, er wolle jede Unruhe mit einer Handspake niederhalten. Ich ließ ihn das Steuer übernehmen, während die anderen Schulter an Schulter mit Laternen in den Händen ihre Suche begannen. Wir ließen dabei keinen Winkel unbeachtet. Da wir nur die großen Holzkisten geladen hatten, gab es kaum verborgene Winkel, in denen sich ein Mann hätte verstecken können. Nach der Durchsuchung waren die Männer sehr erleichtert und gingen frohgestimmt an ihre Arbeit zurück. Der Erste Maat machte ein finsteres Gesicht, sagte aber nichts.

22. Juli. – Schlechtes Wetter während der letzten drei Tage, und alle Hände werden an den Segeln gebraucht. Keine Zeit zum Fürchten. Die Männer scheinen ihre Angst vergessen zu haben. Der Maat ist wieder guter Dinge, und alle verstehen sich gut. Habe die Leute für ihre Arbeit während des Unwetters gelobt. An Gibraltar vorbei ins offene Meer. Alles in Ordnung.

24. Juli. – Ein Verhängnis scheint über diesem Schiff zu liegen. Ein Mann ist bereits verlorengegangen, und gerade als wir in den Golf von Biskaya einliefen, mit schlechtem Wetter vor uns, verloren wir gestern nacht einen weiteren Mann. Er ist verschwunden. Wie schon der erste, hatte er gerade seine Wache beendet und wurde nie mehr gesehen. Die Männer sind wieder in Panik; sie überreichten mir

eine Petition, in der sie verlangten, Doppelwachen aufzuziehen, da sie sich vor dem Alleinsein fürchten. Der Maat ist wieder wütend. Er fürchtet Schwierigkeiten; wie er meinte, wird entweder er oder die Mannschaft Gewalt anwenden.

28. Juli. – Vier höllische Tage liegen hinter uns. Wir wurden in einer Art Mahlstrom umhergetrieben, Sturm peitschte die See, und niemand konnte zu Schlaf kommen. Die Männer sind erschöpft. Ich kann kaum eine Wache auf die Beine stellen, da alle zu erschöpft sind. Der Zweite Maat meldete sich freiwillig ans Ruder und zur Wache, um den Leuten ein paar Stunden Schlaf zu ermöglichen. Der Sturm hatte sich gelegt, aber die See geht noch hoch. Wir spüren sie jedoch nicht mehr so stark, da das Schiff ruhiger läuft.

29. Juli. – Ein weiteres Unglück. Weil die Leute zu ausgelaugt waren, zogen wir nachts nur eine Einzelwache auf. Die Morgenwache fand nur den Steuermann an Deck vor. Der Mann schrie laut, so daß wir alle nach oben stürzten. Trotz gründlicher Untersuchung konnten wir den fehlenden Mann nicht finden. Wir sind jetzt ohne Zweiten Maat, und die Mannschaft ist in höchster Erregung. Der Erste Maat und ich haben uns entschlossen, in Zukunft nur noch bewaffnet umherzugehen.

30. Juli. – Gestern abend besserte sich die Stimmung, da wir uns England nähern. Das Wetter ist prächtig, und alle Segel sind gesetzt. Müde zog ich mich zurück und fiel in tiefen Schlaf. Der Maat weckte mich mit der Nachricht, daß sowohl der Doppelposten als auch der Rudergänger vermißt würden. Nur ich, der Maat und zwei Matrosen sind noch an Bord, um das Schiff zu bedienen.

1. August. – Zwei Tage Nebel und kein fremdes Segel gesichtet. Ich hatte gehofft, im Ärmelkanal Hilfe herbeirufen oder irgendwo einlaufen zu können. Wir müssen vor dem Wind laufen; wir dürfen es nicht wagen, die Segel einzuholen, da wir zu wenige sind, um sie wieder setzen zu können. Wir scheinen einem schrecklichen Ende entgegenzutreiben. Der Maat ist jetzt verzweifelter als die Matrosen. Seine stärkere Natur scheint sich gegen ihn selbst gewandt zu haben. Die Matrosen sind über ihre Furcht hinausgewachsen, sie arbeiten stoisch und geduldig und haben sich auf das Schlimmste vorbereitet. Es sind Russen, der Maat ist ein Rumäne.

2. August, Mitternacht. – Nach wenigen Minuten Schlaf weckte mich ein Schrei, der anscheinend vor meiner Luke ausgestoßen wurde. Konnte im Nebel nichts erkennen. Stürzte an Deck und prallte mit dem Maat zusammen. Er berichtete, er hätte einen Schrei gehört, den Wachtposten aber nirgends gefunden. Wieder ein Mann verloren! Gott steh' uns bei! Der Maat behauptet, wir hätten die Straße von Dover passiert, denn er glaubt, einmal, als sich der Nebel kurz hob, North Foreland erkannt zu haben, und zwar in dem Augenblick, als der Mann schrie. Dann müßten wir jetzt in der Nordsee treiben, und nur Gott kann uns durch den Nebel lenken, der wohl mit uns treibt. Aber Gott scheint uns verlassen zu haben.

3. August. – Um Mitternacht wollte ich den Mann am Ruder ablösen, fand die Brücke jedoch leer vor. Der Wind blies ständig, so daß wir nicht vom Kurs abgerieten. Ich wagte nicht, meinen Platz zu verlassen, und rief nach dem Maat. Nach wenigen Augenblicken kam er, noch im Schlafanzug, an Deck gestürzt. Er sah irr und verstört aus, und ich fürchte, er hat den Verstand verloren. Er stellte sich dicht vor mich hin und flüsterte heiser, den Mund

nahe an meinem Ohr, als fürchtete er, daß selbst die Luft ihn hören könne: »Es ist hier; ich weiß es jetzt! Gestern abend auf der Wache habe ich Es gesehen! Es sieht aus wie ein Mensch, groß und dürr, geisterhaft blaß. Es stand am Bug und spähte voraus. Ich schlich mich heran und stach mit dem Messer zu, aber die Klinge drang hindurch wie durch Luft.« Bei diesen Worten zog er sein Messer und hieb grimmig in die Luft. Dann fuhr er fort: »Aber Es ist hier, und ich werde Es finden. Es ist im Lagerraum, vielleicht in einer der Kisten. Ich werde eine nach der anderen aufschrauben und nachschauen. Bleiben Sie nur am Ruder!«

Und mit einem letzten warnenden Blick, den Finger auf den Mund gelegt, stieg er nach unten. Inzwischen war ein frischer Wind aufgekommen, und ich konnte das Ruder nicht verlassen. Mit einer Werkzeugkiste und einer Laterne sah ich ihn wieder an Deck kommen und dann vorn in die Ladeluke hinuntersteigen. Er ist von Sinnen, wirklich von Sinnen, und ich hätte ihn nicht von seinem Vorhaben abbringen können. Er kann den mächtigen Kästen nichts anhaben; ihr Inhalt wurde als »Ton« angegeben, und sie sind zweifellos völlig harmlos. So stehe ich also hier, achte auf das Ruder und schreibe diese Notizen. Ich kann nur noch auf Gott vertrauen sowie darauf, daß der Nebel sich hebt. Falls ich jedoch mit diesem Wind keinen Hafen erreiche, werde ich die Segel kappen und Hilfe herbeirufen.

Es ist fast alles zu Ende! Als ich gerade zu hoffen begann, daß der Maat ruhiger wieder heraufkommen würde – denn ich hörte ihn im Laderaum hämmern, und Arbeit tut immer gut –, drang plötzlich ein furchtbarer Schrei aus der Luke, der mir das Blut in den Adern erstarren ließ. Der Maat kam an Deck gestürzt wie aus einer Kanone geschossen; er war jetzt ein rasender Irrer, mit rollenden Augen und angstverzerrtem Gesicht. »Retten

Sie mich! Retten Sie mich!« schrie er und starrte dann rund um sich auf die Nebelwände. Sein Grauen wandelte sich in Verzweiflung, und mit festerer Stimme rief er: »Sie sollten lieber mitkommen, Kapitän, ehe es zu spät ist! Er ist an Bord! Ich kenne jetzt das Geheimnis. Die See wird mich vor ihm retten, es bleibt uns kein anderer Ausweg!« Ehe ich ein Wort über die Lippen brachte oder ihn packen konnte, sprang er auf die Reling und warf sich wildentschlossen ins Meer. – Ich glaube, auch ich kenne jetzt das Geheimnis. Es war dieser Verrückte, der einen nach dem anderen der Männer beseitigt hat; und jetzt ist er ihnen selbst gefolgt. Gott steh' mir bei! Wie soll ich all diese grauenvollen Ereignisse später, im sicheren Hafen, je erklären? Falls ich einen sicheren Hafen erreiche! Wird das je geschehen?

4. August. – Noch immer liegt Nebel über dem Wasser, den die Sonnenstrahlen nicht durchdringen können. Aber als Seemann weiß ich, daß die Sonne bereits aufgegangen ist – wenn ich auch nichts weiter weiß. Ich wagte nicht, unter Deck zu gehen; ich wagte auch nicht, das Ruder zu verlassen. Die ganze Nacht habe ich hier verbracht, und in der Dunkelheit habe ich es gesehen, ihn! Gott, vergib mir, aber der Maat hatte recht getan, über Bord zu springen! Es ist besser, wie ein Mann zu sterben; als Seemann im blauen Wasser zu versinken, kann niemand verwehren! Aber ich bin Kapitän und darf mein Schiff nicht verlassen. Aber ich werde diesem Teufel oder Ungeheuer widerstehen, denn sollte meine Kraft mich verlassen, werde ich mir die Hände an das Rad binden und zugleich damit auch das, was Er – Es – nicht anzurühren wagen darf! Und dann mag guter oder widriger Wind wehen, ich jedenfalls werde meine Seele und meine Ehre als Kapitän retten! – Ich werde schwächer, und die Nacht bricht an. Wenn er mir wieder ins Gesicht sieht, wird mir keine Zeit mehr

zum Handeln bleiben. Falls wir Schiffbruch erleiden, wird vielleicht diese Flasche gefunden werden, und der Empfänger dieser Nachricht wird mich verstehen; wenn wir nicht schiffbrüchig werden ... Nun, dann werden alle wissen, daß ich bis zur letzten Minute ausgehalten habe. Mögen Gott und die Heilige Jungfrau und alle Heiligen einer armen unwissenden Seele beistehen, ihre Pflicht zu tun ...

Natürlich ist die Untersuchung zu keinem Ergebnis gekommen. Es gibt keine Beweise, und niemand könnte sagen, ob der Mann vielleicht die Morde selber ausgeführt hat oder nicht. Fast alle Leute hier halten den Kapitän jedoch für einen Helden, und man wird ihm ein öffentliches Begräbnis ausrichten. Bereits jetzt steht fest, daß sein Leichnam von einem Geschwader kleiner Boote die Esk ein Stück hinaufbegleitet und dann zum Tate Hill Pier zurückgefahren werden wird. Auf dem Friedhof an den Klippen wird er seine letzte Ruhe finden. Mehr als hundert Bootsbesitzer haben bereits den Wunsch geäußert, ihm das letzte Geleit geben zu dürfen.

Von dem großen Hund wurde keine Spur mehr entdeckt, was man allgemein bedauert, denn bei der augenblicklich herrschenden öffentlichen Meinung würde er sicher sofort von der Stadt adoptiert werden. Morgen soll das Begräbnis stattfinden, und so wird die See ein weiteres Geheimnis bergen.

Mina Murrays Tagebuch

8. August. – Lucy war die ganze Nacht unruhig, und auch ich konnte nicht schlafen. Der Sturm tobte furchterregend, und das laute Lärmen im Kamin ließ mich erschauern. Ein plötzliches lautes Poltern klang wie ein ferner

Schuß. Seltsamerweise erwachte Lucy nicht, aber zweimal im Lauf der Nacht erhob sie sich und kleidete sich an. Glücklicherweise wachte ich jedesmal rechtzeitig auf, konnte sie entkleiden, ohne sie zu wecken, und wieder zu Bett bringen. Schlafwandeln ist eine sehr merkwürdige Eigenschaft, denn sobald ihr Wille physisch behindert wird, schwinden ihre Absichten dazu, sofern sie solche hat, und sie überläßt sich wieder den alltäglichen Gewohnheiten.

Am frühen Morgen standen wir beide auf und gingen gemeinsam zum Hafen hinunter, um zu sehen, ob im Lauf der Nacht irgend etwas vorgefallen sei. Wir trafen nur sehr wenige Leute an, und obwohl die Sonne hell am Himmel schien und die Luft klar und frisch war, zwängten sich die hohen, tobenden Wellen, die durch den schneeweißen Schaum auf ihren Kämmen dunkel wirkten, durch den schmalen Hafeneingang, als würde sich jemand rücksichtslos seinen Weg durch eine Menschenmenge bahnen. Eigentlich bin ich froh darüber, daß Jonathan gestern abend nicht auf See, sondern an Land war. Aber ist er wirklich an Land, oder auf See? Wo befindet er sich, und wie geht es ihm? Langsam mache ich mir schreckliche Sorgen um ihn. Wenn ich nur etwas tun könnte!

10. August. – Das heutige Begräbnis des armen Kapitäns ging allen sehr nahe. Es schienen sich sämtliche Schiffe des Hafens versammelt zu haben, und der Sarg wurde vom Tate Hill Pier bis zum Friedhof von Kapitänen getragen. Lucy begleitete mich zu unserer alten Bank, während die Schiffsprozession bis zum Viadukt hinauffuhr und dann umdrehte. Wir hatten eine herrliche Übersicht und konnten den Zug fast während des gesamten Weges verfolgen. Der Kapitän wurde dicht bei unserem Aussichtspunkt beigesetzt, und wir stellten uns auf die Bank, um besser

sehen zu können. Die arme Lucy wirkte sehr erregt. Sie war die ganze Zeit über unruhig, und mir kommt es so vor, als ob sich ihre nächtlichen Träume auszuwirken beginnen. In einer Hinsicht benimmt sie sich sehr seltsam: Sie will mir gegenüber nicht zugeben, daß es einen Grund für ihre Ruhelosigkeit gibt; oder sie kennt ihn selbst nicht. Und noch etwas stimmt mich traurig. Der arme alte Mister Swales wurde heute morgen tot auf unserer Bank gefunden, mit gebrochenem Genick. Der Arzt meinte, er wäre offenbar in panischer Angst auf seinem Sitzplatz zurückgefallen, denn sein Gesicht war von Furcht und Entsetzen so verzerrt, daß es die Leute erschauern ließ. Armer, lieber alter Mann! Vielleicht hatte er mit seinen erlöschenden Blicken den Tod gesehen! – Lucy ist so zart und empfindsam, daß sie jede Unregelmäßigkeit weit stärker als andere Menschen spürt. Gerade eben hat sie ein kleiner Vorfall ziemlich erregt, dem ich selbst kaum Beachtung geschenkt hätte, obwohl auch ich sehr tierlieb bin. Einer der Männer, die oft hier heraufkommen, hatte seinen Hund bei sich. Das Tier begleitet ihn ständig. Sie sind beide sehr ruhig, und noch nie habe ich den Mann zornig gesehen oder den Hund bellen hören. Während der Trauerfeier weigerte sich aber diesmal der Hund, zu seinem Herrn zu kommen, der neben uns auf der Bank saß. Das Tier bellte und jaulte und hielt sich ständig einige Meter entfernt. Sein Herr redete zuerst freundlich, dann grob und schließlich wütend auf den Hund ein, aber weder kam dieser näher, noch gab er Ruhe. Er war in wilder Erregung; die Augen glühten, und alle Haare sträubten sich wie bei einem Katzenschwanz, wenn Mieze auf den Kriegspfad geht. Schließlich hatte der Mann genug, sprang auf und versetzte dem Hund einen Fußtritt, dann packte er ihn am Genick und zerrte ihn zu dem Grabstein, über dem die Bank steht. In dem Augenblick, als die arme Kreatur den Stein berührte, wurde sie still und begann am ganzen Leib zu zittern. Sie versuchte nicht mehr zu flüchten, sondern duckte sich zitternd nieder und war in einem so erbärmlichen Zustand des Entsetzens, daß ich, allerdings erfolglos, das arme Tier zu beruhigen versuchte. Auch Lucy hatte Mitleid mit ihm, aber sie versuchte nicht, es zu streicheln, sondern starrte es nur angsterfüllt an. Ich fürchte, daß sie zu sensibel ist, um die Welt meistern zu können. Sicherlich wird sie heute nacht von dem Vorfall träumen. Diese ganze Ansammlung von merkwürdigen Begebenheiten: das von einem Toten in den Hafen gesteuerte Schiff, dazu seine Stellung, mit einem Kruzifix und Rosenkranz an das Rad gebunden; das rührende Begräbnis, der zuerst wütende und dann entsetzte Hund – das alles wird genügend Stoff für ihre Träume liefern.

Wahrscheinlich ist es am besten, wenn sie körperlich zerschlagen zu Bett geht. Deshalb werde ich sie zu einem ausgedehnten Spaziergang an den Klippen hin zur Robin Hood's Bay und zurück mitnehmen. Dann dürfte sie nicht mehr viel Drang zum Schlafwandeln verspüren.

Achtes Kapitel

Mina Murrays Tagebuch

Am gleichen Tag, 11 Uhr abends. – Oh, wie bin ich müde! Wenn ich es mir nicht zur Pflicht gemacht hätte, ein Tagebuch zu führen, wäre es jetzt verschlossen geblieben. Wir machten einen herrlichen Spaziergang. Lucy war bald wieder sehr fröhlicher Stimmung – wahrscheinlich, weil ein paar hübsche Kühe, die auf einem Feld nahe dem Leuchtturm grasten, auf uns zukamen und uns einen ziemlichen Schreck einjagten. Ich glaube, wir vergaßen darüber alles andere, außer natürlich unsere augenblickliche Furcht, und das schien die Atmosphäre zu bereinigen und uns einen neuen Anfang zu ermöglichen. In einem netten kleinen altmodischen Gasthaus an der Robin Hood's Bay nahmen wir einen steifen Tee zu uns und blickten durch ein Rundbogenfenster auf die von Seegras überwucherten Felsen des Strandes. Ich glaube, unser Appetit hat die Wirtin schockiert. Männer sind toleranter, Gott sei Dank! Dann machten wir uns auf den Heimweg, der von vielen Ruhepausen unterbrochen war, obwohl wir ständig die Angst vor wilden Bullen in uns trugen. Lucy war wirklich müde, und wir wollten eigentlich so bald wie möglich ins Bett kriechen. Doch dann schaute der junge Pfarrer noch einmal herein, und Mrs. Westenra bat ihn, doch zum Abendbrot zu bleiben. Lucy und ich quälten uns sehr ab mit dem langweiligen Kerl; jedenfalls von mir weiß ich, daß es eine Quälerei war, und ich fühlte mich ganz heldenhaft. Die Bischöfe sollten sich einmal zusammensetzen und einen neuen Typ von Pfarrer schaffen, der kein Abendbrot annimmt, gleichgültig, wie sehr man ihn auch dazu drängt, und der ein Gespür dafür hat, wann junge Mädchen müde sind. Lucy schläft und atmet sanft. Ihre Wangen haben mehr Farbe als gewöhnlich, und sie sieht sehr süß aus. Da sich Mister Holmwood schon in einem Salon in sie verliebt hat, was würde er wohl sagen, wenn er sie jetzt sehen könnte! Vielleicht werden die modernen Schriftsteller eines Tages vorschlagen, daß sich Mann und Frau zunächst beim Schlafen sehen sollten, ehe sie einen Heiratsantrag machen oder annehmen. Aber ich vermute, die moderne Frau wird sich zu einer Annahme nicht mehr herablassen; sie wird selbst einen Heiratsantrag machen, und es wird gut zu ihr passen! Das tröstet mich etwas. Ich bin heute abend so froh, weil Lucys Zustand sich gebessert zu haben scheint. Ich glaube wirklich, sie ist über den Berg und wird keine Alpträume mehr haben. Ich könnte so glücklich sein, wenn ich nur wüßte, ob Jonathan ... Gott schütze und segne ihn!

11. August, 3 Uhr nachts. – Wieder vor dem Tagebuch. Ich finde keinen Schlaf; also kann ich ebensogut schreiben. Ich bin viel zu aufgeregt. Wir haben solch ein Abenteuer, eine solch aufregende Erfahrung hinter uns! Sofort nachdem ich das Tagebuch geschlossen hatte, fiel ich in tiefen Schlaf ... Aber plötzlich war ich wieder hellwach, richtete mich auf, und eine furchtbare Angst überkam mich. Eine gräßliche Leere schien mich zu umgeben. Der Raum war dunkel, so daß ich Lucys Bett nicht erkennen konnte. Ich tastete mich hinüber und fühlte nach ihr. Das Bett war leer. Ich entzündete ein Streichholz und bemerkte, daß sie sich nicht im Zimmer befand. Die Tür war verschlossen, aber nicht verriegelt, wie ich es am Abend getan hatte. Ihre Mutter, deren Gesundheitszustand sich in letzter Zeit verschlechtert hatte, wagte ich nicht zu wecken. Also warf ich mir ein paar Kleidungsstücke über und machte mich auf die Suche. Als ich gerade den Raum verlassen wollte, fiel mir ein, daß ich von der Kleidung, die sie tragen mußte, einen Hinweis auf ihre Traumvorstellung erhalten konnte. Trug sie den Morgenmantel, würde das bedeuten, daß sie sich im Hause aufhielt; das Kleid, daß sie auf die Straße gegangen war. Aber sowohl Morgenmantel als auch Kleid befanden sich an ihrem Platz. »Gott sei Dank«, sagte ich mir, »dann kann sie nicht weit sein, da sie nur ihr Nachthemd trägt.« Ich lief nach unten und blickte in das Wohnzimmer. Nichts! Dann sah ich in allen anderen offenen Räumen des Hauses nach, wobei eine ständig wachsende Furcht mir das Herz abdrückte. Schließlich kam ich zur Eingangstür und fand sie offen. Sie war nicht sperrangelweit geöffnet, aber auch nicht eingeklinkt. Da die Hausbewohner die Tür jeden Abend sorgfältig verriegeln, mußte ich annehmen, daß Lucy in ihrer dürftigen Beklei-

dung auf die Straße gelaufen war. Mir blieb keine Zeit, an die möglichen Folgen zu denken. Eine vage, überwältigende Furcht löschte alle Einzelheiten aus. Ich warf mir einen dicken Schal um und lief aus dem Haus. Als ich am Crescent stand, schlug die Uhr eins, und nirgends war eine menschliche Seele zu sehen. Ich rannte die North Terrace hinunter, aber nirgends entdeckte ich die weiße Gestalt, die ich suchte. Am Rand des West Cliff über der Mole blickte ich über den Hafen hinweg zum East Cliff, in der Hoffnung oder der Furcht, genau kann ich das nicht mehr sagen, Lucy auf unserem Lieblingsplatz sitzen zu sehen. Es war Vollmond, und die schweren, schwarzen Wolken, die am Himmel dahintrieben, warfen über die Landschaft ein flüchtiges Spiel von Licht und Schatten. Einen Moment konnte ich nichts erkennen, als der Schatten einer Wolke St. Marys Kirche und deren Umgebung verdunkelte. Dann aber, als die Wolke weiterzog, erkannte ich die Ruinen der Abtei, und ein schmaler Streifen Mondlicht, so scharf wie ein Schwert, strich über die Kirche und den Friedhof. Was immer ich auch zu sehen erwartet haben mochte, ich wurde nicht enttäuscht; denn dort, auf unserem Lieblingsplatz, fiel das Silberlicht des Mondes auf eine zurückgelehnte, schneeweiße Gestalt. Die Wolken jagten zu schnell dahin, und ein Schatten vertrieb das Licht fast sofort wieder; aber mir schien es, als ob etwas Dunkles hinter der Bank stünde, auf der die weiße Gestalt saß, und sich über sie beugte. Ob es Mensch oder Tier war, konnte ich nicht erkennen. Ohne einen zweiten Blick abzuwarten, stürzte ich die steilen Stufen zur Mole hinunter und lief über den Fischmarkt zur Brücke, die den einzigen Zugang zum East Cliff darstellt. Die Stadt lag wie ausgestorben da, denn ich sah keine einzige menschliche Seele. Und das war mir nur recht so, denn ich wollte nicht, daß irgend jemand Zeuge von Lucys Zustand würde. Zeit und Entfernung erschienen mir endlos, meine

Knie zitterten, und mein Atem ging stoßweise, als ich mich die endlose Treppe zur Abtei hinaufschleppte. Ich hatte mich sehr beeilt, und doch kam es mir vor, als ob an meinen Beinen Bleigewichte hingen und jedes Gelenk verrostet wäre. Als ich fast oben angekommen war, sah ich wieder die Bank und die weiße Figur, denn ich war nun so dicht herangekommen, daß ich sie selbst im Schatten erkennen konnte. Es gab keinen Zweifel mehr daran, daß sich etwas Langes, Schwarzes über die zurückgelehnte weiße Gestalt beugte. »Lucy! Lucy!« schrie ich angstvoll, und jenes Fremde hob den Kopf. Von meinem Platz aus sah ich ein bleiches Gesicht und rote, leuchtende Augen. Lucy antwortete nicht, und ich rannte zum Eingang des Friedhofes. Als ich durch das Tor kam, lag die Kirche zwischen mir und der Bank, so daß ich sie etwa eine Minute lang aus den Augen verlor. Als sie wieder vor meinen Augen lag, war die Wolke weitergezogen, und das Mondlicht schien so strahlend, daß ich erkennen konnte, wie Lucy zurückgelehnt saß und den Kopf rückwärts auf die Lehne der Bank gelegt hatte. Sie war allein, und nirgends zeigte sich ein Lebewesen in der Nähe.

Sie schlief noch immer, als ich mich über sie beugte. Ihre Lippen waren geöffnet, und sie atmete nicht so sanft wie üblich, sondern in langen, keuchenden Zügen; als wolle sie mit jedem Atemzug ihre Lungen vollsaugen. Als ich mich ihr näherte, hob sie im Schlaf die Hand und zog den Kragen ihres Nachthemdes um den Hals zusammen. Dabei durchfuhr sie ein leises Zittern, als würde sie die Kälte spüren. Ich legte ihr meinen warmen Schal um die Schultern und zog die Enden fest um ihren Nacken, weil ich fürchtete, sie könnte sich mit ihrer dürftigen Bekleidung eine tödliche Erkältung in der Nachtluft holen. Da ich sie nicht so abrupt wecken und deshalb, um sie stützen zu können, die Hände frei haben wollte, steckte ich den Schal an ihrem Hals mit einer großen Sicherheitsnadel fest. Wahrscheinlich muß ich sie dabei in meiner Aufregung gestochen haben, denn während ihr Atem sich beruhigte, legte sie wieder die Hand an den Hals und stöhnte. Nachdem ich sie sorgfältig eingehüllt hatte, zog ich ihr meine Schuhe an und weckte sie dann sehr sanft. Zuerst reagierte sie nicht; aber plötzlich wurde sie unruhiger und stöhnte und seufzte von Zeit zu Zeit. Schließlich wurde ich ungeduldig, weil es zu lange dauerte und ich nach Hause wollte, und rüttelte sie stärker, bis sie endlich die Augen aufschlug und erwachte. Sie war nicht überrascht, mich zu sehen, denn natürlich hatte sie noch nicht erkannt, wo wir uns befanden. Lucy erwacht immer sehr niedlich, und selbst jetzt, da ihr Körper vor Kälte erschauerte, und bei der Erkenntnis, daß sie sich unangezogen nachts auf einem Friedhof befand, verlor sie nicht ihre Anmut. Sie zitterte ein wenig und klammerte sich an mich, und als ich sie aufforderte, sofort mit mir nach Hause zu kommen, erhob sie sich stumm wie ein gehorsames Kind. Der Kies stach in meine Fußsohlen, und Lucy bemerkte, wie ich zusammenzuckte. Sie blieb stehen und bestand darauf, mir meine Schuhe zurückzugeben, aber ich lehnte ab. Als wir jedoch auf dem Pfad vor dem Friedhof standen, auf dem sich eine große Pfütze befand, ein Überbleibsel des Sturmes, beschmierte ich meine Füße mit Schlamm, indem ich sie abwechselnd aneinanderrieb, damit während des Heimwegs niemand erkennen konnte, daß ich barfuß lief.

Wir hatten Glück, denn wir begegneten niemand. Nur einmal überquerte ein nicht mehr ganz nüchterner Mann die Straße vor uns, aber wir versteckten uns in einem Torbogen, bis er in einer steilen, schmalen Gasse verschwunden war. Mein Herz klopfte die ganze Zeit über so laut, daß ich manchmal glaubte, in Ohnmacht zu fallen. Ich ängstigte mich sehr um Lucy, nicht nur wegen ihrer Gesundheit, sondern auch wegen ihres Rufes, falls diese

Geschichte bekannt würde! – Nachdem wir zu Hause angelangt waren und ich meine Füße gewaschen hatte, sagten wir beide ein Dankgebet auf, und dann steckte ich sie ins Bett. Ehe sie einschlief, bat sie mich, ja, flehte mich fast an, keinem Menschen, nicht einmal ihrer Mutter, ein einziges Wort über ihr nachtwandlerisches Abenteuer zu erzählen. Zuerst zögerte ich mit dem Versprechen, aber als ich dann an den Gesundheitszustand ihrer Mutter und an die möglichen Auswirkungen dachte sowie daran, wie durch das Gerede eine solche Geschichte verzerrt würde, falls sie den Leuten zu Ohren käme, da willigte ich schließlich ein. Ich hoffe, das Richtige getan zu haben. Ich habe die Tür verschlossen und mir den Schlüssel an das Handgelenk gebunden; so werde ich vielleicht nicht wieder gestört. Lucy schläft tief und fest. Der Widerschein der Morgenröte liegt hoch und fern über dem Meer . . .

Gleicher Tag, Mittag. – Alles verläuft gut. Lucy schlief fest, bis ich sie weckte. Sie schien sich nicht einmal im Schlaf umgedreht zu haben. Ihr nächtliches Abenteuer scheint ihr nicht geschadet zu haben, sondern wirkte sich im Gegenteil vorteilhaft aus, denn heute morgen sieht Lucy besser aus als während der letzten Wochen. Leider habe ich sie durch meine Ungeschicklichkeit mit der Sicherheitsnadel verletzt. Tatsächlich hätte es sogar ernsthaft sein können, denn ich habe die Haut ihres Halses durchbohrt. Ich muß ein lockeres Stückchen Haut erwischt und durchbohrt haben, denn sie weist zwei kleine rote Stellen am Hals auf, wie Nadelstiche, und auf dem Kragen ihres Nachthemdes leuchtete ein Tropfen Blut. Als ich mich bei ihr entschuldigte, lachte sie, streichelte mich und meinte, sie würde es nicht einmal spüren. Zum Glück wird sie keine Narbe zurückbehalten, denn die Stellen sind so klein.

Am gleichen Tag, abends. – Wir verbrachten einen schönen Tag. Die Luft war klar, die Sonne schien hell, und es wehte eine kühle Brise. Zum Essen gingen wir zu den Mulgrave Woods. Mrs. Westenra fuhr auf der Straße, während Lucy und ich an den Klippen entlanggingen und uns mit ihr vor dem Eingang trafen. Ich war ein wenig traurig, denn ständig mußte ich daran denken, wie vollkommen und schön alles wäre, wenn wir Jonathan bei uns hätten. Aber ich muß geduldig sein. Am Abend machten wir einen Bummel zur Casino Terrace und hörten dort Musik von Spohr und Mackenzie. Dann gingen wir bald zu Bett. Lucy scheint seit langer Zeit wieder ruhiger zu sein und schlief sofort ein. Ich werde die Tür abschließen und den Schlüssel verstecken, obwohl ich heute keine Schwierigkeiten erwarte.

12. August. – Meine Hoffnung trog, denn zweimal wurde ich nachts wach, als Lucy versuchte, das Zimmer zu verlassen. Selbst im Schlaf noch schien sie ärgerlich zu sein, daß die Tür verschlossen war, und mit einer Art von Protest legte sie sich wieder ins Bett. Bei Sonnenaufgang erwachte ich und hörte draußen vor dem Fenster die Vögel zwitschern. Lucy wurde ebenfalls wach, und ich stellte erfreut fest, daß sie noch besser aussah als am vorangegangenen Morgen. Sie schien ihre ganze Lebensfreude wiedergewonnen zu haben. Sie kuschelte sich zu mir ins Bett und erzählte mir lange von Arthur. Dann vertraute ich ihr meine Sorgen wegen Jonathan an, und sie versuchte mich zu trösten. Nun, ein wenig Erfolg hatte sie schon, denn obwohl Mitgefühl keine Tatsachen ändern kann, macht es sie doch erträglicher.

13. August. – Ein weiterer ruhiger Tag. Wieder band ich den Schlüssel vor dem Zubettgehen ans Handgelenk. Während der Nacht wachte ich wiederum auf und er-

blickte Lucy aufrecht in ihrem Bett sitzend, aber noch immer schlafend. Dabei zeigte sie zum Fenster! Ich stand leise auf, schob die Vorhänge beiseite und sah hinaus. Der Mond schien hell, und das sanfte Licht auf dem Wasser und am Himmel – die beide zu einem großen, schweigenden, stillen Geheimnis verschmolzen – bot ein über alle Worte schönes Bild. Eine große Fledermaus zog vor dem Fenster ihre schwirrenden Kreise. Ein- oder zweimal kam sie ziemlich nah heran, wurde aber wahrscheinlich von mir verscheucht und verschwand über dem Hafen in Richtung Abtei. Als ich vom Fenster zurücktrat, hatte sich Lucy wieder hingelegt und schlief friedlich. Während der ganzen Nacht rührte sie sich nicht mehr.

14. August. – Auf dem East Cliff, den ganzen Tag lesend und schreibend. Lucy scheint dieses Fleckchen ebenso liebgewonnen zu haben wie ich, denn sie kann sich nur schwer davon trennen, wenn wir zum Mittagessen, zum Tee oder Abend nach Hause müssen. Heute nachmittag machte sie eine seltsame Bemerkung. Wir waren auf dem Nachhauseweg und vom Westpier her die Treppe hochgestiegen. Oben blieben wir wie üblich stehen, um die Aussicht zu genießen. Die untergehende Sonne hing tief über dem Horizont und verschwand gerade hinter Kettleness. Der rote Abendschein lag auf dem East Cliff und der alten Abtei und tauchte alles in ein herrliches, rosiges Leuchten. Eine Weile schwiegen wir, doch plötzlich murmelte Lucy wie im Selbstgespräch:

»Wieder seine roten Augen! Es sind die gleichen.« Das war ein so seltsamer und überraschender Ausspruch, daß er mich ziemlich erschreckte. Ich drehte mich ein wenig um, damit ich sie unauffällig ansehen konnte. Sie befand sich in einem Halbtraum und zeigte einen ganz seltsamen Gesichtsausdruck, den ich nicht deuten konnte. So sagte ich nichts, sondern folgte nur ihrem Blick. Sie starrte zu einer Bank hinüber, auf der eine einsame dunkle Gestalt saß. Ich erschrak selbst ein wenig, denn einen Augenblick kam es auch mir so vor, als ob der Fremde sehr große, flammende Augen besäße. Aber ein zweiter Blick vertrieb diese Sinnestäuschung. Das Abendrot leuchtete in den Fenstern der St.-Mary-Kirche hinter der Bank, und als die Sonne hinter dem Horizont verschwand, änderte sich die Spiegelung so, daß sich das Licht zu bewegen schien. Ich machte Lucy auf diesen merkwürdigen Effekt aufmerksam, und sie fuhr zusammen und kam wieder zu sich, wurde aber zugleich traurig. Vielleicht dachte sie an jene furchtbare Nacht zurück. Wir sprachen nie darüber, und deshalb sagte ich auch jetzt nichts. Dann gingen wir nach Hause zum Abendbrot. Lucy hatte Kopfschmerzen und ging zeitig zu Bett. Als ich sie fest eingeschlafen sah, machte ich allein einen kleinen Spaziergang. Ich ging westwärts an den Klippen entlang und war sehr niedergeschlagen, denn meine Gedanken drehten sich um Jonathan. Als ich wieder nach Hause kam, strahlte der Mond so hell, daß ich jede Kleinigkeit in unserer Straße erkennen konnte, obwohl unser Haus im Schatten lag. Ich warf einen Blick zu unserem Fenster hinauf und sah, daß Lucy im Fenster lehnte. Da ich glaubte, sie würde nach mir Ausschau halten, zog ich mein Taschentuch hervor und winkte ihr zu. Aber sie bemerkte es nicht und reagierte in keiner Weise. In dem Augenblick schob sich der Mond um eine Hausecke, und sein Licht fiel auf das Fenster. So konnte ich deutlich sehen, daß Lucy den Kopf an den Fensterrahmen lehnte und die Augen geschlossen hielt. Sie schlief fest, aber neben ihr auf dem Fensterbrett saß etwas, was wie ein großer Vogel aussah. Ich fürchtete, sie könnte sich erkälten, und lief die Treppe hinauf. Aber als ich in unser Zimmer trat, ging sie gerade, noch immer fest schlafend, zu ihrem Bett zurück. Sie atmete schwer und preßte ihre Hand gegen den Hals, als wolle sie ihn vor der Kälte schützen.

Ich weckte sie nicht, sondern packte sie warm ein. Dann schloß ich Tür und Fenster sorgfältig ab.

Sie sieht so lieb aus im Schlaf, aber sie ist noch blasser als gewöhnlich, und auf ihrem Gesicht liegt ein verstörter, wilder Zug, der mir überhaupt nicht gefällt. Ich fürchte, sie quält sich mit irgend etwas herum, und ich wünschte, ich könnte es ergründen.

15. August. – Stand später auf als gewöhnlich. Lucy war matt und müde und schlief weiter, nachdem man uns gerufen hatte. Beim Frühstück gab es eine freudige Überraschung. Arthurs Vater hat sich erholt und möchte die Hochzeit so bald wie möglich stattfinden lassen. Lucy ist voll stiller Freude, aber ihre Mutter ist froh und traurig zugleich. Etwas später verriet sie mir den Grund. Sie ist traurig, Lucy zu verlieren, aber gleichzeitig freut sie sich, daß Lucy bald einen neuen Beschützer haben wird. Die liebe, freundliche Dame! Sie vertraute mir an, daß sie ihr Todesurteil erhalten habe! Lucy hat sie davon noch nichts erzählt, und ich mußte ihr strengstes Stillschweigen versprechen. Der Arzt hat ihr nur noch wenige Monate gegeben, denn ihr Herz wird von Tag zu Tag schwächer. Jede Aufregung würde sie mit großer Sicherheit töten. Wir haben also recht daran getan, ihr Lucys nächtliches Wandeln zu verschweigen.

17. August. – Zwei Tage lang habe ich das Tagebuch nicht mehr angerührt. Mir fehlte der Mut zum Schreiben. Ein Schatten scheint sich wie ein Leichentuch über unser Glück gelegt zu haben. Noch immer keine Nachricht von Jonathan, und Lucy wird immer kraftloser, während die Tage ihrer Mutter gezählt sind. Lucys Dahinsiechen ist mir ein Rätsel. Sie ißt und schläft gut und weilt gern an der frischen Luft, aber trotzdem wird sie immer blasser und von Tag zu Tag matter. Nachts höre ich, wie sie nach Luft

ringt. Jeden Abend binde ich mir den Zimmerschlüssel an das Handgelenk, aber Lucy steht auf, geht im Zimmer hin und her und setzt sich vor das geöffnete Fenster. Als ich gestern nacht aufwachte, fand ich sie aus dem Fenster gelehnt. Meine Versuche, sie aufzuwecken, schlugen fehl, denn sie war ohnmächtig geworden. Als sie schließlich wieder zu sich kam, war sie einem Zusammenbruch nahe. In ihre langen, keuchenden Atemzüge mischte sich Weinen. Als ich sie fragte, wie sie ans Fenster gekommen sei, schüttelte sie den Kopf und wandte sich ab. Hoffentlich rührt ihr elender Zustand nicht von der unglücklichen Verletzung mit der Sicherheitsnadel her. Eben habe ich, während sie schlief, ihren Hals untersucht. Die winzigen Wunden sind noch nicht verheilt; wenn sie sich überhaupt verändert haben, dann sind sie eher größer als zuvor, und die Ränder haben eine fahle weiße Färbung angenommen. Sie sehen jetzt aus wie kleine weiße Flecken mit roten Kernen. Falls sie nicht in ein oder zwei Tagen zugeheilt sind, werde ich darauf bestehen, daß der Arzt sie untersucht.

Brief des Anwaltsbüros
Samuel F. Billington & Sohn, Whitby, an Messrs.
Carter, Patterson & Co., London

17. August

Sehr geehrte Herren,

hiermit übersenden wir Ihnen den Beleg über die Warenlieferung, die über die Great Northern Railway angeliefert wird. Die Güter sollen sofort nach Ankunft an der Güterstation von King's Cross nach Carfax weitergeleitet werden. Das Haus steht im Augenblick leer, aber beiliegend finden Sie die Schlüssel, die sämtlich mit einem Schild versehen sind.

Die Lieferung besteht aus 50 Kisten. Bitte stellen Sie diese in der Teilruine ab, die auf der beiliegenden flüchtigen Skizze mit einem »A« gekennzeichnet ist. Ihr Beauftragter wird die Örtlichkeit leicht erkennen, da es sich um die alte Kapelle des Landhauses handelt. Die Ware geht heute abend mit dem Zug um 9.30 Uhr ab und wird morgen nachmittag 16.30 Uhr am King's Cross eintreffen. Da unser Auftraggeber die Ware so schnell wie möglich ausgeliefert haben möchte, wären wir Ihnen verbunden, wenn Sie Ihre Leute zu der genannten Zeit am King's Cross bereithielten, damit sie die Ware unverzüglich zu ihrem Bestimmungsort bringen könnten. Um jede mögliche Verzögerung durch irgendwelche Forderungen auszuschalten, legen wir hiermit einen Scheck über 10 Pfund (zehn Pfund) bei, dessen Erhalt Sie bitte bestätigen mögen. Sollten die Frachtkosten unter dieser Summe liegen, können Sie die Differenz zurückschicken; sollten sie darüber liegen, werden wir umgehend nach Erhalt Ihrer Nachricht den Restbetrag per Scheck übersenden. Bitte lassen Sie die Schlüssel in der Eingangshalle des Hauses zurück, wo sie der Eigentümer finden wird, der ein zweites Schlüsselbund besitzt.

Bitte vergeben Sie uns, wenn wir die gebotene Höflichkeit des Geschäftsverkehrs ein wenig außer acht lassen, indem wir Sie um äußerste Eile bei der Erledigung der Angelegenheit bitten.

Wir verbleiben

hochachtungsvoll
Samuel F. Billington & Sohn

Brief der Messrs. Carter, Patterson & Co., London, an Messrs. Billington & Sohn, Whitby

21. August

Sehr geehrte Herren,

wir erhielten die von Ihnen übersandte Summe von 10 Pfund und rücksenden den Differenzbetrag von

1 Pfund 17 Schilling und 9 Pennies per Scheck. Die Aufgliederung der Summe finden Sie auf der beiliegenden Rechnung. Die Ware wurde in genauer Übereinstimmung mit Ihren Anweisungen abgeliefert und die Schlüssel wie angewiesen in einem Paket in der Eingangshalle zurückgelassen.

Hochachtungsvoll
Pro Carter, Patterson & Company

Mina Murrays Tagebuch

18. August. – Ich bin heute sehr glücklich und schreibe auf der Bank im Friedhof. Lucys Zustand hat sich gebessert. Letzte Nacht schlief sie ohne Unterbrechung und störte mich nicht ein einziges Mal. Langsam zeigt sich wieder ein zartes Rosa auf ihren Wangen, obwohl sie noch immer blaß und erschöpft aussieht. Ich könnte es verstehen, wenn sie an einer Art Blutarmut leiden würde, aber dies ist nicht der Fall. Sie wirkt wieder fröhlich und voller Leben und Zuversicht. Alle krankhafte Verstiegenheit hat sie abgelegt. Soeben hat sie mich daran erinnert – wenn es einer Erinnerung an jene schreckliche Nacht überhaupt bedurfte –, daß ich sie hier auf dieser Bank schlafend aufgefunden hatte. Während sie sprach, tappte sie spielerisch mit ihrem Absatz auf den Grabstein unter uns und sagte:

»Meine armen Füße waren damals sehr leise. Der alte Mister Swales hätte sicher gesagt, ich habe nur Georgie nicht aufwecken wollen.« Da sie in solch mitteilsamer Stimmung war, fragte ich sie, ob sie eigentlich während jener Nacht etwas geträumt habe. Ehe sie antwortete, trat wieder der niedliche, verlegene Ausdruck auf ihr Gesicht, in den Arthur – ich nenne ihn Arthur, weil Lucy ständig so von ihm spricht – sich verliebt zu haben behauptet. Tatsächlich kann ich ihn darin gut verstehen. Dann fuhr sie halb träumerisch fort, als wollte sie auch sich selbst alles wieder ins Gedächtnis zurückrufen:

»Ich hatte eigentlich nicht geträumt; es war alles so wirklichkeitsnah! Ich wollte unbedingt hier an diesem Platz sein, warum, weiß ich nicht; aber ich fürchtete mich vor etwas und weiß nicht, wovor. Obwohl ich schlief, erinnere ich mich noch, wie ich durch die Straßen und über die Brücke gegangen bin. Während ich hinüberging, sprang aus dem Wasser ein Fisch, und ich beugte mich über das Geländer, um nach ihm zu sehen. Dann hörte ich viele Hunde heulen. Die ganze Stadt schien plötzlich voller heulender Hunde zu sein, während ich hier die Treppe hinaufstieg. Dann erinnere ich mich noch an etwas Großes, Dunkles mit roten Augen, ganz so wie das, was wir bei jenem Sonnenuntergang beobachteten. Und dann umwehte mich etwas sehr Süßes und zugleich sehr Bitteres; und dann schien ich in sehr tiefes grünes Wasser zu versinken, und es sang in meinen Ohren, wie dies angeblich bei Ertrinkenden sein soll. Und dann schien alles von mir zu weichen. Meine Seele schien den Körper zu verlassen und in der Luft zu schweben. Ich glaube, der westliche Leuchtturm befand sich einmal direkt unter mir, doch dann packte mich ein qualvolles Gefühl wie ein Erdbeben; ich kam wieder zu mir und stellte fest, daß du mich wachrütteltest. Aber ich konnte dich sehen, ehe ich deine Hände spürte.«

Dann brach sie plötzlich in ein Lachen aus, das mir so unpassend erschien, daß ich es für besser hielt, Lucy abzulenken und das Thema zu wechseln. Lucy wurde dann schnell wieder die alte. Die frische Brise hatte sie erfrischt, und als wir zu Hause ankamen, waren ihre blassen Wangen rosig angehaucht. Ihre Mutter freute sich über ihr Aussehen, und wir verbrachten einen sehr glücklichen Abend miteinander.

19. August. – Freude, Freude, Freude! Aber nicht nur Freude. Endlich Nachricht von Jonathan. Der arme Junge war krank gewesen, und deshalb konnte er nicht schreiben. Alle meine Sorgen sind verflogen, jetzt, da ich Gewißheit habe. Mister Hawkins übersandte mir den Brief und schrieb selbst sehr freundlich dazu. Ich werde morgen abreisen und zu Jonathan fahren, um ihn notfalls zu pflegen und nach Hause zu bringen. Mister Hawkins meint, es wäre gut, wenn wir drüben gleich heiraten würden. Ich habe über den Brief der guten Schwester so lange geweint, daß meine Brust ganz naß wird an der Stelle, an die ich ihn drücke. Er berichtet von Jonathan und muß deshalb dicht an meinem Herzen liegen, denn Jonathan lebt in meinem Herzen. Meine Reise ist bereits geplant, und die Koffer sind gepackt. Ich nehme nur ein Kleid zum Wechseln mit. Lucy wird mein sonstiges Gepäck nach London mitnehmen und dort aufbewahren, bis ich es anfordere, denn es könnte sein, daß . . . Ich darf nicht weiterschreiben. Ich muß die Worte für Jonathan, meinen zukünftigen Mann, aufheben. Der Brief, den er gesehen und berührt hat, muß mich bis zu unserem Wiedersehen trösten.

Brief von Schwester Agatha,
Hospital St. Joseph und Maria, Budapest,
an Miß Wilhelmina Murray

12. August

Meine sehr geehrte Dame!

Ich schreibe auf Bitten von Mister Jonathan Harker, der selbst zum Schreiben zu schwach ist, obwohl sich sein Zustand dank Gottes und der Heiligen Joseph und Maria Hilfe bessert. Seit beinahe 6 Wochen befindet er sich in unserer Obhut, da er an einem schweren Nervenfieber leidet. Er bittet mich, Ihnen seine Liebe zu versichern und an Mister Peter Hawkins in Exeter zu schreiben, daß er den langen Aufenthalt bedaure und daß seine Arbeit beendet sei. Er braucht noch ein paar Wochen Ruhe in unserem Bergsanatorium, aber dann kann er heimkehren. Er wünscht, Ihnen mitzuteilen, daß er nicht genug Geld bei sich hat, aber gern seinen Aufenthalt hier bezahlen möchte, damit andere Leute, die dringend Hilfe benötigen, nicht vergeblich darum bitten müssen.

All meine Sympathie und guten Wünsche gehören
Ihnen,
Ihre Schwester Agatha

P. S. – Da mein Patient in Schlaf gefallen ist, öffne ich diesen Brief noch einmal, um Ihnen noch etwas mehr mitzuteilen. Er hat mir alles über Sie erzählt, auch daß Sie in Kürze seine Frau werden sollen. Gott segne Sie beide! Er hat einen furchtbaren Schock erlitten, wie unsere Ärzte meinen, und in seinem Delirium furchtbare Dinge erlebt, Wölfe und Gift und Blut, Gespenster und Dämonen, und ich fürchte mich zu schreiben, was noch alles. Achten Sie darauf, solche Dinge noch lange Zeit von ihm fernzuhalten und ihn nicht aufzuregen, denn die Spuren einer solchen Krankheit wie der seinen schwinden nicht so leicht. Wir hätten schon sehr viel früher geschrieben, konnten aber nichts über seine Angehörigen erfahren, denn er trug nichts bei sich, womit wir etwas hätten anfangen können. Er kam mit dem Zug aus Klausenburg, und uns wurde von dem dortigen Stationsvorsteher erzählt, er sei in den Bahnhof gestürmt gekommen und habe nach einer Fahrkarte nach Hause geschrien. An seinem ungestümen Auftreten erkannten sie in ihm den Engländer und gaben ihm eine Fahrkarte bis zur weitestentfernten Station, die man mit jenem Zug erreichen konnte.

Bitte seien Sie versichert, daß gut für ihn gesorgt wird. Durch seine Freundlichkeit und Liebenswürdigkeit hat er alle Herzen gewonnen. Er befindet sich wirklich auf dem Wege der Genesung, und ich zweifle nicht, daß er in ein paar Wochen wieder ganz hergestellt ist. Aber seien Sie um seinetwillen trotzdem behutsam. Ich erbitte von Gott und den Heiligen Joseph und Maria viele, viele glückliche Jahre für Sie beide.

Dr. Sewards Tagebuch

19. August. – Gestern abend ging in Renfield eine plötzliche und merkwürdige Veränderung vor. Ungefähr gegen acht Uhr wurde er sehr aufgeregt und begann umherzuschnüffeln wie ein Hund. Dem Pfleger fiel dieses eigenartige Benehmen sofort auf, und da er mein Interesse an dem Mann kannte, ermutigte er ihn zum Sprechen. Für gewöhnlich begegnete Renfield dem Pfleger respektvoll und manchmal sogar unterwürfig, aber an diesem Abend, so berichtete mir der Mann, wurde er plötzlich hochmütig und wollte sich nicht dazu herablassen, mit ihm zu sprechen. Als einziges meinte er:

»Ich will mit Ihnen nicht sprechen. Sie zählen jetzt nicht mehr. Der Meister ist zur Stelle!«

Der Pfleger hält es für eine plötzliche religiöse Wahnvorstellung, die von ihm Besitz ergriffen habe. Wenn dies zutrifft, müssen wir uns auf einiges gefaßt machen, denn ein starker Mann, der religiöse Wahnvorstellungen und zugleich einen Trieb zum Töten hat, kann urplötzlich sehr gefährlich werden. Die Kombination ist äußerst verhängnisvoll. Um neun Uhr ging ich selbst zu ihm. Seine Haltung mir gegenüber war die gleiche wie die gegenüber dem Pfleger. In seinem neuen Selbstgefühl bedeutet ihm der Unterschied zwischen mir und dem Pfleger nichts mehr. Es sieht wirklich wie religiöse Wahnvorstellungen aus. Er wird sich bald für Gott persönlich halten. Für ein allmächtiges Wesen sind die winzigen Unterschiede zwischen den Menschen freilich viel zu erbärmlich. Wie sich diese Verrückten verlieren! Der wirkliche Gott kümmert sich um einen fallenden Sperling, aber der aus menschlicher Eitelkeit erstandene Gott sieht keinen Unterschied zwischen einem Adler und einem Sperling. Oh, wenn die Menschen dies nur begreifen würden!

Eine halbe Stunde lang steigerte sich Renfields Erregung immer mehr. Ich ließ ihn nicht merken, daß ich ihn beobachtete, behielt ihn jedoch ständig im Auge. Plötzlich aber zeigte er jenen unsteten Blick, der bei Verrückten auftritt, wenn sie eine Idee haben, und gleichzeitig traten die zuckenden Bewegungen von Kopf und Rücken auf, die den Irrenwärtern so gut bekannt sind. Er wurde ganz ruhig, setzte sich resigniert auf die Bettkante und starrte mit glanzlosen Augen ins Leere. Da ich prüfen wollte, ob seine Apathie echt oder nur gespielt sei, wollte ich mich mit ihm über seine Tiere unterhalten. Bisher hatte dieses Thema noch immer seine Aufmerksamkeit erregt. Zuerst erwiderte er nichts, aber schließlich sagte er gereizt:

»Zum Teufel damit! Sie interessieren mich einen Dreck.«

»Was?« fragte ich. »Sie wollen doch wohl nicht sagen, Sie hätten nichts für Spinnen übrig?« (Spinnen sind im Augenblick sein Hobby, und sein Notizbuch ist mit ganzen Zahlenkolonnen angefüllt.) Darauf erwiderte er rätselhaft:

»Die Brautjungfern erfreuen das Auge, das die Braut erwartet, aber sobald die Braut sich naht, sind aller Augen nur auf sie gerichtet.«

Er weigerte sich, seine Worte näher zu erklären, sondern blieb während meiner Anwesenheit trotzig auf dem Bett sitzen.

Ich bin heute abend müde und niedergeschlagen. Meine Gedanken kreisen nur um Lucy. Es hätte alles so anders kommen können. Wenn ich nicht sofort einschlafe, nehme ich Chloral, $C_2HCl_3OH_2O$. Das ist der moderne Morpheus. Aber ich darf es nicht zu einer Sucht werden lassen. Nein, heute abend werde ich es nicht nehmen!

Ich habe an Lucy gedacht und werde sie nicht entehren, indem ich diese beiden Gedanken vermische. Wenn es so sein soll, werde ich eben die Nacht schlaflos verbringen.

Später. – Ich bin froh, diesen Entschluß gefaßt, und noch froher, ihn durchgeführt zu haben. Ich hatte mich im Bett unruhig hin und her geworfen, und die Uhr schlug gerade zwei, als mich der Nachtwächter im Auftrag des Pflegers aufsuchte und mir berichtete, daß Renfield entflohen sei. Ich warf mir einige Sachen über und stürzte die Treppe hinunter. Mein Patient ist zu gefährlich, als daß er frei herumlaufen dürfte. Seine Ideen könnten gegenüber Fremden große Gefahren heraufbeschwören. Der Pfleger erwartete mich bereits. Er sagte, er habe ihn vor weniger als zehn Minuten noch schlafend im Bett gesehen, als er durch den Spion in der Tür schaute. Wenig später wurde seine Aufmerksamkeit durch ein Geräusch erregt, das vom Aufreißen des Fensters herrührte. Er lief zurück und sah gerade noch, wie Renfields Füße durch das Fenster verschwanden. Dann schickte er sofort nach mir. Renfield war nur im Schlafanzug und kann nicht weit sein. Der Pfleger hat es für vernünftiger gehalten, ihn vom Fenster aus zu beobachten, anstatt ihm nachzusteigen, da er ihn dabei für eine Weile aus den Augen verloren hätte. Im übrigen ist der Pfleger für das schmale Fenster zu kräftig gebaut. Ich jedoch bin wesentlich schlanker und stieg mit seiner Hilfe hinaus, die Füße voran. Da sich das Fenster nur wenige Fuß über dem Erdboden befindet, landete ich unverletzt. Der Pfleger sagte mir, daß Renfield schnurgerade nach links gelaufen sei. Ich folgte ihm, so schnell ich konnte. Als ich die Bäume hinter mir gelassen hatte, sah ich eine weiße Gestalt die hohe Wand hinaufklettern, die unser Grundstück von dem des verlassenen Hauses trennt.

Ich rannte sofort zurück und befahl dem Wächter, drei oder vier Männer zusammenzutrommeln und zum Carfax-Grundstück zu führen, falls unser Freund Widerstand leisten sollte. Ich selbst holte mir eine Leiter, stieg die Mauer hinauf und sprang auf der anderen Seite hinunter. Ich sah Renfield gerade hinter einer Hausecke verschwinden und folgte ihm. Als ich an der anderen Seite des Hauses anlangte, sah ich, wie er sich fest gegen die eisenbeschlagene Eichentür der Kapelle drückte. Offenbar unterhielt er sich mit jemand, aber um ihn nicht aufzuscheuchen, verzichtete ich darauf, so nahe heranzugehen, daß ich ihn verstehen konnte. Einen wilden Bienenschwarm einzufangen ist nichts, verglichen mit der Jagd auf einen nackten Irren, der es sich in den Kopf gesetzt hat zu fliehen! Nach ein paar Minuten merkte ich jedoch, daß er sich seiner Umgebung kaum bewußt war, und deshalb wagte ich, etwas dichter heranzuschleichen, um so mehr, da meine Männer bereits die Mauer überstiegen hatten und ihn umzingelten. Ich hörte ihn sagen:

»Ich bin gekommen, Ihre Befehle auszuführen, Meister. Ich bin Ihr Sklave, und Sie werden mich belohnen, denn ich werde Ihnen treu dienen. Seit langem schon habe ich Sie aus der Ferne verehrt. Und jetzt, da Sie in meiner Nähe sind, erwarte ich Ihre Befehle. Sie werden mich nicht übergehen, nicht wahr, verehrter Meister, bei der Austeilung Ihrer guten Dinge?«

Er ist wirklich ein egoistischer alter Bettler. Selbst wenn er sich vor seinem Herrn glaubt, denkt er noch an Materielles. Aber seine Wahnvorstellungen fügen sich zu einer verblüffenden Kombination. Als wir über ihn herfielen, wehrte er sich wie ein Tiger. Er ist ungeheuer stark und ähnelte mehr einem wilden Tier als einem Menschen.

Einen ähnlichen Wutanfall hatte ich noch nie bei einem Verrückten erlebt, und ich hoffe auch, derartiges nie wieder zu erleben. Zum Glück hatten wir seine Stärke und seine Gefährlichkeit richtig eingeschätzt. Mit dieser Kraft und Entschlossenheit hätte er Großes vollbringen können. Auf jeden Fall ist er jetzt in Sicherheit. Selbst ein Jack Sheppard könnte sich nicht aus der Zwangsjacke befreien, mit der er an die gepolsterte Wand gefesselt ist. Von Zeit zu Zeit stößt er furchtbare Schreie aus, aber die darauffolgende Ruhe ist noch gräßlicher, denn er brütet über Mord.

Gerade eben brachte er den ersten zusammenhängenden Satz heraus:

»Ich werde geduldig sein, Meister. Geduldig – geduldig – geduldig!«

Dieses Stichwort griff ich auf und ging. Ich war zu aufgeregt, um schlafen zu können, aber das Tagebuch hat mich beruhigt. Ich denke, ich werde in dieser Nacht doch noch etwas Schlaf finden.

Neuntes Kapitel

Brief von Mina Harker an Lucy Westenra

Budapest, den 24. August

Meine liebe Lucy,

ich weiß, wie sehr Du darauf wartest, alles zu erfahren, was sich seit unserem Abschied auf dem Bahnhof von Whitby ereignet hat. Meine Liebe, ich bin gut bis Hull gekommen, wo ich das Schiff nach Hamburg nahm. Dort bestieg ich die Bahn. An Einzelheiten der Reise kann ich mich kaum noch erinnern. Ich wußte nur, daß ich auf dem Wege zu Jonathan war und, da ich ihn pflegen sollte, soviel Schlaf wie irgend möglich speichern mußte. Mein

Geliebter war so dünn und blaß und schwach, als ich ihn wiedersah! Alle Entschlossenheit ist aus seinen lieben Augen gewichen, und auch die ruhige Würde, die ich immer in seinem Gesicht sah, ist verschwunden. Er ist nur noch ein Wrack seiner selbst, und er kann sich an nichts mehr erinnern, was ihm in der letzten Zeit begegnete. Zumindest möchte er mich dies glauben machen, und ich werde ihn deshalb nie danach fragen. Er hat einen furchtbaren Schock erlitten, und ich fürchte, es könnte seinen Verstand in Mitleidenschaft ziehen, wenn er sich erinnern würde. Schwester Agatha, eine liebenswürdige Person und die geborene Krankenschwester, berichtete mir, daß er in seinen Fieberträumen von furchtbaren Erlebnissen phantasierte. Ich wollte sie gern ausfragen, aber sie bekreuzigte sich lediglich und kam nicht mit der Sprache heraus. Die Phantasien der Kranken seien Gottes Geheimnis, sagte sie, und wenn eine Krankenschwester durch ihren Beruf davon erfahre, solle sie das in sie gesetzte Vertrauen rechtfertigen. Sie ist eine liebe, gute Seele! Am nächsten Tag kam sie wieder auf dieses Thema zu sprechen, da sie mir meine Sorgen ansah. Nachdem sie mir erklärt hatte, daß sie niemals über die wirren Phantasien meines armen Liebsten sprechen würde, sagte sie: »Ich kann Ihnen nur soviel verraten, meine Liebe, daß es sich nicht um von ihm begangene Übeltaten handelt! Und Sie als seine zukünftige Frau haben keinen Grund zur Sorge. Er hat weder Sie noch das, was er Ihnen schuldig ist, vergessen. Er fürchtete sich vor schrecklichen Dingen, die sich kein Sterblicher ausdenken kann!« Die gute Frau schien zu glauben, ich könnte eifersüchtig werden und denken, mein Schatz habe ein anderes Mädchen kennengelernt. Was für eine Idee! Und doch, Liebes, laß es mich leise gestehen! Mich durchlief ein Freudenschauer, als ich sicher wußte, daß keine andere Frau die Ursache seines Unglücks war! Jetzt sitze ich bei ihm auf dem Bett und betrachte sein Gesicht, während er schläft. Er erwacht! . . .

Nachdem er aufgewacht war, bat er mich um seinen Mantel, da er etwas aus der Tasche holen wollte. Auf mein Bitten hin brachte Schwester Agatha seine Sachen. Unter ihnen befand sich sein Notizbuch, und ich hätte gern einen Blick hineingeworfen, da ich ihm sicher einige Hinweise auf die Ursache seines Unglücks hätte entnehmen können. Aber er muß meine Absicht an meinen Augen abgelesen haben, denn er schickte mich zum Fenster und sagte, er wolle einen Augenblick lang ungestört sein. Dann rief er mich zu sich. Er hatte die Hand auf das Notizbuch gelegt und sagte sehr ernst:

»Wilhelmina« – ich merkte sofort, daß es ihm todernst war, denn er hat mich seit seinem Heiratsantrag nie mehr so genannt –, »du weißt, Liebes, was ich über das Vertrauen zwischen Mann und Frau denke: Es sollte keine Geheimnisse, kein Verschweigen zwischen Eheleuten geben. Ich habe einen schweren Schock erlitten, und wenn ich daran zurückdenke, dreht sich mir der Kopf, und ich weiß nicht mehr, ob ich all dies wirklich erlebte oder ob es nur die Träume eines Wahnsinnigen waren. Du weißt, ich hatte ein Nervenfieber, und das bedeutet Wahnsinn. Das Geheimnis liegt hier, und ich will es nicht weiter ergründen. Mit unserer Hochzeit möchte ich ein neues Leben beginnen. Denn, Liebes, wir hatten ja beschlossen zu heiraten, sobald die Formalitäten erledigt sind! Möchtest du meine Unwissenheit teilen, Wilhelmina? Hier ist das Buch. Nimm und behalte es. Lies es, wenn du willst, aber laß mich nichts daraus wissen, es sei denn, eine ernste Verpflichtung zwänge mich, zu den bitteren Stunden zurückzukehren, die ich träumend oder wachend, gesund oder im Wahnsinn erlebte und hier beschrieb!« Erschöpft fiel er zurück; ich legte das Buch unter sein Kopfkissen und küßte ihn. Ich bat Schwester Agatha, sie möge beim

Superior unsere Trauung für heute nachmittag beantragen. Jetzt warte ich auf ihre Antwort . . .

Sie kam und berichtete mir, daß man nach dem Kaplan der Englischen Missionskirche geschickt habe. In einer Stunde sollen wir getraut werden oder jedenfalls sobald Jonathan erwacht ist . . .

Lucy, es ist geschehen und vorüber! Ich fühle mich sehr feierlich, aber ich bin sehr, sehr glücklich. Jonathan wachte etwas über eine Stunde später auf, und alles war bereit. Mit Kissen wurde er im Rücken gestützt. Sein »Ja« kam fest und entschlossen über seine Lippen. Ich brachte kaum einen Ton hervor; mir war so feierlich zumute, daß ich selbst an diesem einen Wort noch fast erstickte. Alle Schwestern waren so freundlich zu uns. Ich gelobe zu Gott, daß ich weder sie noch die ernste und zugleich schöne Verantwortung vergessen werde, die ich übernommen habe. Ich muß Dir unbedingt von meinem Hochzeitsgeschenk berichten. Nachdem mich der Kaplan und die Schwestern mit meinem Mann allein gelassen hatten – oh, Lucy, es ist das erste Mal, daß ich die Worte »Mein Mann« geschrieben habe! –, nachdem sie uns also allein gelassen hatten, zog ich das Notizbuch unter dem Kopfkissen hervor, wickelte es in weißes Papier ein und verschnürte es mit einem blaßblauen Band, das ich um den Hals getragen hatte. Dann versiegelte ich den Knoten mit Siegelwachs. Als Siegel benutzte ich meinen Ehering. Ich drückte einen Kuß darauf, zeigte es meinem Mann und sagte, ich wolle es so aufbewahren als äußeres und sichtbares Zeichen, daß wir uns vollständig vertrauten! Nur bei einem ganz wichtigen Grund oder um seinetwillen sollte es geöffnet werden. Dann nahm er meine Hand in seine – Lucy, es war das erste Mal, daß er die Hand »seiner Frau« ergriff! – und sagte, dies sei ihm das Teuerste in der ganzen Welt, und er würde alles Vergangene noch einmal durchmachen wollen, um das zu gewinnen. Er meinte natürlich nicht alles Vergangene, sondern nur einen Teil davon, aber Zeit ist für ihn noch kein rechter Begriff wieder, und ich werde mich nicht wundern, wenn er am Anfang nicht nur die Monate, sondern auch die Jahre durcheinanderbringt.

Nun, Lucy, was konnte ich darauf erwidern? Nur, daß ich die glücklichste Frau der ganzen Welt sei und ihm nichts weiter als mich selbst, mein Leben und mein Vertrauen schenken könnte und daß damit meine Liebe und Pflichten für mein ganzes Leben festgelegt seien. Als er mich dann küßte und mich mit seinen schwachen Händen an sich zog, war dies wie ein ernstes Gelübde zwischen uns beiden.

Weißt Du, Lucy, warum ich Dir all dies schreibe? Nicht nur, weil es mir so viel bedeutet, sondern weil Du mir so teuer bist. Es war mein Vorrecht gewesen, Deine Freundin und Deine Führerin ins Leben zu sein, seit Du die Schule hinter Dir gelassen hattest. Nun aber möchte ich Dir zeigen, wohin mich die Pflicht geführt hat, damit Du in Deiner Ehe ebenso glücklich wirst wie ich. Meine Liebe, möge der allmächtige Gott Dir ein Leben voller Sonnenschein schenken, ohne rauhe Stürme, ohne Pflichtvergessenheit und ohne Mißtrauen. Ich darf nicht darum bitten, daß Dir das Leid erspart bleiben möge, denn das ist nicht möglich; aber Du sollst immer so glücklich sein, wie ich es jetzt bin. Auf Wiedersehen, Liebes. Ich werde diesen Brief sofort abschicken und vielleicht sehr bald wieder schreiben. Aber jetzt muß ich schließen, denn Jonathan erwacht. Ich muß mich um meinen Mann kümmern!

Deine Dich immer liebende
Mina Harker

Brief von Lucy Westenra an Mina Harker

Whitby, den 30. August

Meine liebste Mina,

ein Meer voller Liebe und Millionen von Küssen sende ich Dir! Mögest Du bald mit Deinem Mann im eigenen Heim sein. Ich wünschte, Ihr würdet bald nach Hause kommen und bei uns wohnen. Die kräftige Luft hier würde Jonathan bald wieder auf die Beine bringen, so wie sie auch mir geholfen hat. Ich habe jetzt einen Appetit wie ein Kormoran, bin voller Vitalität und schlafe ausgezeichnet. Du wirst Dich freuen zu hören, daß ich nicht mehr schlafwandle. Ich glaube, ich habe mich seit einer Woche nachts nicht mehr aus dem Bett gerührt. Arthur meint, ich würde fett werden. Übrigens vergaß ich zu erwähnen, daß Arthur hier ist. Wir unternehmen gemeinsam Spaziergänge, machen Ausflüge, reiten, fahren Boot, spielen Tennis und gehen fischen, und ich liebe ihn mehr als je zuvor. Auch er behauptet, mich immer mehr zu lieben, aber ich bezweifle dies, denn am Anfang erzählte er mir schon, er könne mich nicht noch stärker lieben. Aber ich schreibe Unsinn. Ich muß jetzt Schluß machen, denn Arthur ruft mich. Soviel also für heute von

Deiner Dich liebenden

Lucy

P. S. Mutter läßt Dich grüßen. Der Ärmsten geht es etwas besser.

P. p. S. Wir heiraten am 28. September. L.

20. August. – Der Fall Renfield wird immer interessanter. Der Kranke hat sich jetzt so weit beruhigt, daß auch lichte Augenblicke seine Wahnvorstellungen unterbrechen. Die erste Woche nach dem Ausbruch war er äußerst gewalttätig; doch dann, eines Nachts, als der Mond gerade aufging, wurde er still und murmelte leise: »Jetzt kann ich warten, jetzt kann ich warten.« Der Pfleger kam zu mir und berichtete von dem veränderten Benehmen unseres Patienten; so lief ich sofort hinunter, um ihn mir anzusehen. Er steckte noch immer in der Zwangsjacke und in der Polsterzelle, aber der stiere Blick war gewichen, und in seinen Augen lag wieder die bittende, fast möchte ich es nennen »kriecherische« Sanftmut. Zufrieden mit seinem gegenwärtigen Zustand, ließ ich ihn frei machen. Die Wärter zögerten, führten jedoch schließlich meine Anordnung aus. Seltsamerweise besaß unser Patient genug Vernunft, um ihr Mißtrauen zu bemerken, denn er trat zu mir und flüsterte mir zu, während er sich verstohlen nach ihnen umsah: »Sie glauben, ich könnte Ihnen etwas tun! Stellen Sie sich das vor: ich Ihnen etwas tun! Diese Narren!«

Es war irgendwie schmeichelhaft, daß selbst dieser arme Verrückte einen Unterschied zwischen mir und den Wärtern machte; aber zugleich kann ich seinem Gedankengang nicht ganz folgen. Soll ich es so auffassen, daß ich mit ihm etwas gemeinsam habe, so daß wir zusammenhalten müßten, oder erwartet er von mir etwas für ihn so Wichtiges, daß ihm mein Wohlbefinden teuer ist? Ich muß diese Frage später klären. Heute abend wird er nicht mehr sprechen. Selbst das Angebot, ihm ein Kätzchen oder gar eine ausgewachsene Katze zu bewilligen, konnte ihn nicht reizen. Er erwiderte: »Katzen interessieren mich nicht. Ich muß jetzt an Wichtigeres denken, und ich kann warten. Ich kann warten.«

Nach einer Weile ließ ich ihn allein. Der Wärter berichtet mir, daß er sich bis kurz vor Sonnenaufgang nicht rührte. Dann wurde er unruhig und schließlich gewalttätig. Der Anfall steigerte sich zu einer Art Krampf und erschöpfte ihn so sehr, daß er nach einer Weile besinnungslos wurde.

Drei Tage lang wiederholte sich immer das gleiche. Tagsüber war er gewalttätig, um dann vom Aufgang des Mondes an bis zum Sonnenaufgang ruhig zu werden. Ich wünschte, ich könnte die Ursache ergründen. Man gewinnt den Eindruck, er sei einem ständig wechselnden Einfluß ausgesetzt. Dies ist ein guter Gedanke! Heute abend werden wir Vernunft gegen Wahnsinn ausspielen. Einmal schon ist er ohne unsere Hilfe ausgebrochen; heute abend aber wird er mit unserer Unterstützung entkommen. Wir werden ihm eine Chance geben und unsere Leute bereithalten, damit sie notfalls eingreifen können ...

23. August. – »Das Unerwartete kommt stets!« Wie gut doch Disraeli das Leben kannte. Unser Vogel wollte nicht fliehen, als er herausfand, daß sein Käfig offenstand. So waren alle unsere behutsamen Vorbereitungen umsonst. Auf jeden Fall haben wir damit eines bewiesen; daß nämlich die Perioden, in denen er ruhig ist, ziemlich lange andauern. Wir werden in Zukunft seine Fesseln täglich ein paar Stunden lösen können. Ich habe dem Nachtpfleger aufgetragen, ihn, sobald er sich beruhigt hat, lediglich in die Gummizelle zu sperren. Wenigstens wird der Körper der armen verwirrten Seele erleichtert sein. Auch wenn sein Verstand es nicht zu würdigen weiß. Aber da! Wieder das Unerwartete! Ich werde gerufen; unser Patient ist wieder ausgebrochen!

Abermals ein nächtliches Abenteuer. Renfield hatte listig gewartet, bis der Wärter den Raum betrat. Dann stürzte er an ihm vorbei und rannte die Treppe hinunter. Ich schickte die Männer hinterher. Wieder lief er auf das Grundstück mit dem unbewohnten Haus, und wir fanden ihn an derselben Stelle, an die alte Kapellentür gedrückt. Als er mich erblickte, wurde er wild, und er hätte versucht, mich zu töten, hätten ihn nicht die Pfleger gepackt. Während wir ihn festhielten, geschah etwas sehr Merkwürdiges. Plötzlich verdoppelte er seine Anstrengung, und ebenso abrupt wurde er ganz ruhig. Instinktiv sah ich mich um, konnte aber nichts entdecken. Dann folgte ich seinem Blick und sah zum Himmel, konnte jedoch im Mondlicht nur eine große Fledermaus erkennen, die still und gespenstisch nach Westen flog. Für gewöhnlich flattern Fledermäuse in großen Kreisen umher, diese aber flog schnurgerade, als ob sie ein Ziel oder eine ganz bestimmte Absicht verfolge. Mit jeder Sekunde wurde unser Patient ruhiger, und dann sagte er:

»Sie brauchen mich nicht zu binden. Ich gehe ganz ruhig mit Ihnen!« Ohne weitere Zwischenfälle kamen wir zu Hause an. Ich habe das Gefühl, in seiner Gelassenheit liegt etwas Geheimnisvolles, und ich werde diese Nacht nicht vergessen . . .

Lucy Westenras Tagebuch

Hillingham, den 24. August. – Ich muß es Mina gleichtun und alles niederschreiben. Das wird uns viel Gesprächsstoff geben, wenn wir uns wiedersehen! Wann wird das sein? Ich wünschte, sie wäre wieder bei mir, denn ich fühle mich so unglücklich. Gestern nacht habe ich anscheinend wieder geträumt wie in Whitby. Vielleicht liegt das an der Luftveränderung oder daran, daß ich wieder zu Hause bin. Mir erscheint alles dunkel und schrecklich, denn ich kann mich an nichts erinnern. Aber eine gewisse Angst hat von mir Besitz ergriffen, und ich bin sehr schwach und abgespannt. Als Arthur zum Abendbrot kam, wurde er bei meinem Anblick sehr besorgt, und ich hatte nicht das Herz, Fröhlichkeit vorzutäuschen. Ob ich heute nacht bei Mutter schlafen sollte? Ich werde mir einen Grund dafür ausdenken.

25. August. – Wieder eine schlechte Nacht. Mutter schien von dem Vorschlag nicht begeistert zu sein. Es geht ihr selbst nicht besonders gut, und sicher fürchtet sie, mir angst zu machen. Ich versuchte wach zu bleiben, und es gelang mir eine Weile. Aber als die Uhr zwölf schlug, fuhr ich aus einem Dämmerzustand hoch; offensichtlich war ich also doch eingeschlafen. Am Fenster kratzte und flatterte etwas, aber ich kümmerte mich nicht darum, und da ich mich an nichts weiter erinnere, muß ich also wieder eingeschlafen sein. Weitere schreckliche Träume folgten. Ich wünschte, ich könnte mich an sie erinnern. Heute morgen fühle ich mich furchtbar elend. Mein Gesicht ist geisterhaft blaß, und mein Hals schmerzt mich. Meine Lungen müssen angegriffen sein, denn ich bekomme nie genug Luft. Wenn Arthur kommt, werde ich versuchen, fröhlich zu sein, da er sich sonst wieder Sorgen machen wird.

Brief von Arthur Holmwood an Dr. Seward

Albemarle Hotel, 31. August

Mein lieber Jack,

ich möchte Dich um einen Gefallen bitten. Lucy ist krank; das heißt, sie hat keine bestimmte Krankheit, sondern sieht einfach furchtbar mitgenommen aus, und sie fühlt sich von Tag zu Tag elender. Ich habe sie gefragt, ob es einen Grund dafür gäbe. Ihre Mutter wage ich danach nicht zu fragen, denn es könnte für die alte Dame tödlich sein, sie in ihrem jetzigen Gesundheitszustand mit Sorgen um ihre Tochter zu belasten. Mrs. Westenra hat mir anvertraut, daß ihr Ende feststehe – eine Herzkrankheit –, allerdings weiß Lucy noch nichts davon. Ich bin sicher, daß etwas auf der Seele meines Lieblings lastet. Ich bin sehr zerfahren, wenn ich an sie denke; ihr Anblick versetzt mir jedesmal einen Stich. Als ich ihr vorschlug, Dich aufzusuchen, widersprach sie zunächst – ich kenne auch den Grund, alter Junge –, aber schließlich willigte sie ein. Es wird eine schmerzliche Aufgabe für Dich, alter Freund – und ich weiß auch, warum –, aber es ist um ihretwillen. Ich darf nicht zögern, Dich darum zu bitten; und Du darfst nicht zögern, zu handeln. Komm morgen um zwei Uhr zum Mittagessen nach Hillingham, damit Mrs. Westenra nicht mißtrauisch wird, und nach dem Essen wird Lucy eine Gelegenheit finden, mit Dir allein zu sein. Zum Tee komme ich zu euch; wir können dann gemeinsam fortgehen. Ich bin voller Sorge und möchte Dich so bald wie möglich unter vier Augen sprechen, nachdem Du sie untersucht hast. Schlag mir die Bitte nicht ab!

Arthur

Telegramm von Arthur Holmwood an Dr. Seward

1. September

Wurde zu meinem Vater gerufen, dem es schlechter geht. Brief folgt. Schreib mir heute abend ausführlich. Telegrafiere, wenn nötig.

Arthur

Brief von Dr. Seward an Arthur Holmwood

2. September

Mein lieber alter Freund!

Was Miß Westenras Gesundheit angeht, so möchte ich Dich umgehend wissen lassen, daß bei ihr meiner Meinung nach keine organische Störung oder Krankheit vorliegt, die mir bekannt wäre. Allerdings bin ich keinesfalls glücklich über ihr Aussehen. Seit ich sie das letzte Mal gesehen habe, hat sie sich schrecklich verändert. Natürlich ist zu bedenken, daß ich keine Gelegenheit für eine gründliche Untersuchung hatte, wie ich es mir gewünscht hätte. Unsere Freundschaft schafft mir Schwierigkeiten, die selbst die Medizin nicht überbrücken kann. Aber ich möchte Dir lieber ausführlich alles Vorgefallene berichten, damit Du Dir ein eigenes Urteil bilden kannst. Dann werde ich Dir mitteilen, was ich unternommen habe und vorschlagen möchte.

Ich traf Miß Westenra in anscheinend fröhlicher Stimmung an. Ihre Mutter war anwesend, und ich erkannte schnell, daß sie ihre Mutter um jeden Preis irreführen und ihr jede Sorge fernhalten wollte. Ich bin sicher, Lucy ahnt, falls sie es nicht weiß, wie behutsam wir sein müssen. Wir speisten gemeinsam, und da wir uns alle zwangen, so fröhlich wie möglich zu sein, stellte sich als Lohn für diese Bemühungen tatsächlich eine heitere Stimmung ein. Dann legte sich Mrs. Westenra zur Ruhe, und ich blieb mit Lucy allein. Sie bat mich in ihr Zimmer, und auch auf dem Wege dorthin blieb sie noch fröhlich, da die Bediensteten uns sahen. Sobald sich jedoch die Tür hinter uns geschlossen hatte, fiel die Maske von ihrem Gesicht. Sie sank mit einem tiefen Seufzer auf einen Stuhl und legte die Hand vor die Augen. Da ich ihre Fröhlichkeit geschwunden sah, nutzte ich ihre Reaktion sofort zu einer Diagnose. Sie erklärte mir sehr nett:

»Ich kann gar nicht sagen, wie sehr ich es hasse, über mich zu sprechen!« Ich erinnerte sie daran, daß einem Arzt das Vertrauen, das man ihm entgegenbringt, heilig ist und daß Du Dir so schwere Sorgen machst ihretwegen. Sie verstand mich sofort und klärte die Angelegenheit mit folgenden Worten: »Sagen Sie Arthur alles, was Sie für richtig halten. Ich mache mir keine Sorgen meinetwegen; ich sorge mich nur um ihn!« Deshalb also kann ich ganz offen sein.

Es war leicht festzustellen, daß sie an Blutarmut leidet, aber die üblichen Symptome der Anämie konnte ich nicht entdecken. Durch Zufall erhielt ich Gelegenheit, ihr Blut zu untersuchen, denn als sie ein festgeklemmtes Fenster öffnen wollte, riß eine Schnur, und sie schnitt sich an einer Scherbe die Hand. Es war eine harmlose Wunde, aber ich ergriff die Gelegenheit und sicherte ein paar Tropfen Blut, die ich analysierte. Das Blutbild ist völlig normal und zeugt sogar von guter Gesundheit. Auch ihr sonstiger physischer Zustand ist durchaus befriedigend und erweckt keinen Grund zur Besorgnis. Da es aber trotzdem irgendeinen Grund für ihren schlechten Zustand geben muß, kam ich zu der Schlußfolgerung, daß es ein psychischer sein muß. Sie klagt über zeitweilige Atembeschwerden und über einen schweren, lethargischen Schlaf mit schrecklichen Träumen, an die sie sich allerdings nicht erinnern kann. Sie erzählte mir, daß sie als Kind zum Schlafwandeln neigte und daß diese Eigenart bei ihrem Aufenthalt in Whitby wieder aufgetreten sei. Einmal sei sie mitten in der Nacht bis zum East Cliff gegangen, wo Miß Murray sie entdeckte. Doch beteuert sie, daß sich dieses Leiden in letzter Zeit gebessert habe. Ich bezweifle dies allerdings und habe das einzige getan, was mir in dieser Situation übrigblieb. Ich schrieb an meinen alten Freund und Lehrer, Professor Van Helsing in Amsterdam, der so viel wie kein anderer in der Welt von geheimnisvollen Krankheiten versteht. Ich bat ihn zu kommen, und da Du erklärtest, für alle Unkosten aufkommen zu wollen, erwähnte ich Dich und Dein Verhältnis zu Miß Westenra. Dies, mein alter Junge, entspricht alles Deinen Wünschen, und ich bin sehr glücklich, Lucy irgendwie helfen zu können. Van Helsing würde aus persönlichen Gründen alles für mich tun, das weiß ich, deshalb müssen wir aber trotzdem auf alle seine Wünsche eingehen. Er ist ein ziemlich eigenwilliger Mann, aber auch nur, weil er besser als alle anderen weiß, worüber er spricht. Er ist Philosoph und Metaphysiker und einer der gelehrtesten Wissenschaftler unserer Zeit. Außerdem tritt er allen Problemen ganz unvoreingenommen entgegen. Dies sowie seine eisernen Nerven, sein sprühendes Temperament, sein unbezähmbarer Wille, seine Selbstbeherrschung, seine Toleranz und das freundlichste und zuverlässigste Herz, das in einem Menschen schlägt, sind seine Ausrüstung für die edle Arbeit, die er für die Menschheit leistet, und zwar sowohl in der Theorie wie auch in der Praxis, denn seine Ansichten sind ebenso allumfassend wie seine Menschenliebe. All diese Eigenschaften zähle ich nur auf, damit Du mein Vertrauen zu ihm verstehst. Ich habe ihn gebeten, sofort zu kommen. Morgen werde ich Miß Westenra wieder sehen. Sie soll mich bei den Stores treffen, damit ich ihre Mutter nicht durch häufige Besuche beunruhige.

Mit freundlichen Grüßen
Dein John Seward

Brief von Abraham Van Helsing, Dr. med. et phil., an Dr. Seward

2. September

Mein lieber Freund!

Nachdem ich Deinen Brief erhalten habe, bin ich sofort aufgebrochen. Das Glück fügte es, daß ich reisen kann, ohne die mir Anvertrauten vernachlässigen zu müssen. Ohne diesen Umstand wäre es für die mir Anvertrauten schlecht gewesen, denn wenn mich ein Freund um Hilfe für seine Lieben bittet, bin ich zur Stelle. Sag Deinem Freund, daß Du damals, als Du mir so schnell das Wundbrandgift aus der Wunde gesogen hattest, nachdem unserem anderen so nervösen Freund das Messer ausgeglitten war –, daß Du damals mehr tatest, um meine Hilfe zu sichern, als all sein großer Reichtum vermöchte. Mir ist es ein zusätzliches Vergnügen, Deinem Freund helfen zu können; ich komme aber Deinetwegen. Bestell mir Zimmer im Great Eastern Hotel, so daß ich schnell zu erreichen bin, und richte es so ein, daß ich die junge Dame morgen nicht zu spät zu Gesicht bekomme, denn es ist wahrscheinlich, daß ich noch am gleichen Abend zurückkehren muß. Falls es sich als nötig erweisen sollte, werde ich jedoch in drei Tagen wiederkommen und notfalls länger bleiben. Auf baldiges Wiedersehen also, mein lieber John.

Van Helsing

Brief von Dr. Seward an Arthur Holmwood

3. September

Mein lieber Art!

Van Helsing ist gekommen und bereits wieder abgereist. Er fuhr mit mir nach Hillingham; wir stellten fest, daß durch Lucys Umsicht ihre Mutter auswärts aß, so daß wir mit Lucy allein waren. Van Helsing untersuchte seine Patientin äußerst sorgfältig. Er will mir alles berichten, und ich werde Dich beraten, denn natürlich war ich nicht während der ganzen Zeit anwesend. Ich fürchte, er hält die Situation für ernst; er sagte aber, er müsse noch darüber nachdenken. Als ich ihm von unserer Freundschaft und von Deinem Vertrauen zu mir erzählte, sagte er: »Du mußt ihm alles sagen, was du davon hältst! Teile ihm auch, wenn du willst, meine Vermutung mit, falls du diese erraten kannst! Nein, ich scherze nicht. Dies ist kein Scherz; es geht vielmehr um Leben oder Tod, vielleicht um noch mehr.« Ich fragte ihn, was er damit sagen wolle, denn er war sehr ernst. Wir führten diese Unterhaltung, als wir bereits wieder in der Stadt waren und eine Tasse Tee tranken, bevor er sich auf die Rückreise nach Amsterdam begab. Er wollte mir aber nichts weiter verraten. Du darfst nicht böse sein, Art, denn seine Verschwiegenheit bedeutet, daß sein gesamtes Gehirn zu Lucys Wohl arbeitet. Sobald die Zeit reif ist, wird er offen reden, dessen kannst Du sicher sein. Ich sagte ihm also, ich wolle einen sachlichen Bericht über unseren Besuch schreiben, genauso sachlich wie ein Artikel für den Daily Telegraph. Er schien aber meine Bemerkung überhaupt nicht gehört zu haben, sondern erklärte lediglich, der Ruß in London sei nicht mehr ganz so schlimm wie während seiner Studentenzeit hier. Seinen Untersuchungsbericht werde ich morgen zugeschickt bekommen, falls er ihn bis dahin schafft. Auf jeden Fall wird er mir einen Brief schreiben.

Nun zu unserem Besuch. Lucy war besser aufgelegt als bei meinem ersten Besuch und sieht besser aus. Sie hatte nicht mehr diese gespenstige Blässe, die Dir solche Sorgen machte, und ihr Atem ging normal. Sie war nett zu dem Professor (wie immer) und versuchte, seine Bedenken zu zerstreuen; trotzdem konnte ich leicht durchschauen, daß dies dem armen Mädchen sehr schwer fiel. Auch Van

Helsing ist das nicht entgangen, denn ich bemerkte den forschenden Blick unter seinen buschigen Augenbrauen, den ich von früher her kenne. Dann plauderte er über alles mögliche, außer über uns oder Krankheiten, und zwar mit solch unendlichem Geschick, daß sich Lucys vorgetäuschte Fröhlichkeit in eine echte wandelte. Dann kam er, anscheinend ohne Stimmungswandel, auf den Grund unseres Besuches zu sprechen und sagte verbindlich:

»Mein liebes junges Fräulein, es ist mir eine große Genugtuung, daß Sie so sehr geliebt werden! Das ist viel, denn nicht allen Menschen geht es so! Man erzählte mir, Sie wären niedergeschlagen und geisterhaft blaß. Darauf kann ich nur erwidern: Unsinn!« Er schnippte mit dem Finger in meine Richtung und fuhr fort: »Aber Sie und ich, wir werden denen zeigen, wie unrecht sie haben. Was versteht denn der da« – und damit deutete er auf mich mit demselben Gesichtsausdruck und der gleichen Geste, wie er früher bei einer bestimmten Gelegenheit, an die zu erinnern er nie versäumt, auf mich in seiner Klasse deutete –, »von jungen Mädchen? Er ist mit seinen Damen beschäftigt, denen er Glück und Heimkehr zu ihren Lieben schenkt. Das kostet viel Mühe, aber die Belohnung liegt darin, daß man Glück zu spenden vermag. Aber die jungen Mädchen! Er hat weder Frau noch Tochter, und die Jungen vertrauen sich nicht den Jungen an, sondern den Alten wie mir, die so viel Leiden und deren Ursachen kennen. Wir werden ihn in den Garten schicken, wo er eine Zigarette rauchen kann, während wir beide uns einmal allein unterhalten.« Ich verstand den Wink und machte mich davon. Nach einer Weile trat der Professor an das Fenster und rief mich wieder hinein. Er machte ein ernstes Gesicht und sagte: »Ich habe eine genaue Untersuchung vorgenommen, aber keinen organischen Schaden entdeckt. Ich stimme mit dir überein, daß sie erheblich Blut verloren hat; das ist aber vorüber. Auf keinen Fall ist sie an Anämie erkrankt. Ich bat sie, mir ihr Zimmermädchen zu schicken, damit ich ihr noch ein paar Fragen stellen kann und nichts übersehe. Aber ich weiß schon, was sie sagen wird. Und doch gibt es einen Grund für diesen elenden Zustand. Es gibt für alles einen Grund. Ich muß nach Hause fahren und nachdenken. Ich erwarte täglich von dir telegrafisch den Befund, und falls eine Verschlechterung eintritt, werde ich sofort kommen. Die Krankheit – denn nicht wohl zu sein, ist schon eine Krankheit – interessiert mich; ebenso die nette junge Dame. Sie bezaubert mich, und ich würde auch um ihretwillen kommen – wenn nicht um deinetwillen und der Krankheit wegen.«

Wie ich schon berichtete, wollte er kein Wort weiter sprechen, selbst als wir allein waren. Und damit, Art, weißt Du jetzt ebensoviel wie ich. Ich werde sehr aufpassen. Ich hoffe, Dein armer Vater befindet sich auf dem Wege der Besserung. Es muß schrecklich für Dich sein, alter Junge, zwei Dir so nahestehende Menschen leiden zu sehen. Ich kenne Dein Pflichtgefühl Deinem Vater gegenüber, und Du solltest ihn nicht vernachlässigen. Aber falls es nötig sein sollte, werde ich Dich sofort zu Lucy rufen. Sei also, solange Du nichts von mir hörst, nicht allzu ängstlich.

Dr. Sewards Tagebuch

4. September. – Der Zoophag hält unser Interesse weiterhin wach. Gestern erlitt er zu einer ungewöhnlichen Zeit einen weiteren Anfall. Kurz vor Mittag wurde er unruhig. Der Pfleger erkannte die üblichen Symptome und rief sofort Hilfe herbei. Gott sei Dank kamen die Männer gleich herbeigestürzt, gerade rechtzeitig, denn beim Schlag der Mittagsstunde wurde er so wild, daß sie ihn nur unter Aufbietung all ihrer Kräfte halten konnten.

Nach fünf Minuten jedoch wurde er wieder ruhiger und versank schließlich in eine Art Melancholie, die ihn jetzt noch umfangen hält. Der Pfleger berichtete mir, daß er während des Anfalls entsetzliche Schreie ausgestoßen hatte. Ich mußte einige dadurch aufgeschreckte Patienten beruhigen. Tatsächlich kann ich ihre Reaktion sehr gut verstehen, denn obwohl ich ziemlich weit entfernt war, gingen auch mir die Schreie bis ins Mark. Die Mittagszeit ist inzwischen vorbei, und noch immer sitzt mein Patient vor sich hin brütend in einer Ecke, mit einem düsteren, stumpfen und jammervollen Gesichtsausdruck, der mehr ein Anzeichen für etwas als ein direkter Ausdruck ist. Ich kann ihn nicht richtig deuten.

Später. – Wieder änderte sich das Benehmen meines Patienten. Um fünf Uhr warf ich einen Blick zu ihm hinein und stellte fest, daß er wieder glücklich und zufrieden wie zuvor zu sein schien. Er fing Fliegen und verschlang sie, und jeden Fang registrierte er, indem er mit einem Nagel eine kleine Kerbe in den Türrahmen ritzte. Als er mich bemerkte, trat er zu mir und entschuldigte sich für sein schlechtes Benehmen. Sehr demütig und unterwürfig bat er mich zugleich, in seine Zelle zurückkehren zu dürfen und sein Notizbuch zurückzuerhalten. Ich dachte, es würde ihn aufheitern, und so ist er jetzt wieder in seiner eigenen Zelle bei geöffnetem Fenster. Den Zucker seines Tees hat er auf dem Fensterbrett ausgestreut, und er macht reiche Fliegenbeute. Wie schon früher, sperrt er sie in eine Schachtel, anstatt sie zu verspeisen, und sucht schon alle Ecken seiner Zelle nach einer Spinne ab. Ich versuchte, das Gespräch auf die Ereignisse der letzten Tage zu bringen, denn jeder kleinste Hinweis auf seine Gedankengänge könnte mir von großer Hilfe sein. Aber er sprang nicht darauf an. Er machte ein sehr trauriges Gesicht und sagte abwesend, als spräche er mit sich selbst:

»Alles vorbei! Alles vorbei! Er hat mich im Stich gelassen. Wenn ich mir nicht selber helfe, gibt es keine Hoffnung mehr.« Dann wandte er sich entschlossen zu mir und sagte: »Doktor, könnten Sie so freundlich sein und mir mehr Zucker zukommen lassen? Ich glaube, er würde mir guttun.«

»Und die Fliegen?« fragte ich.

»Ja, die Fliegen lieben ihn auch, und ich mag die Fliegen. Deswegen liebe ich Zucker.« Da gibt es Leute, die einem Wahnsinnigen logisches Denken absprechen! Ich verschaffte ihm eine doppelte Portion Zucker und machte ihn so glücklich, wie ein Mensch nur sein kann. Ich wünschte, ich könnte seinen Geist ergründen.

Mitternacht. – Wieder änderte er sein Benehmen. Ich war nachmittags bei Miß Westenra gewesen, der es besser zu gehen schien, und war gerade zurückgekehrt. Ich stand am Tor und bewunderte den Sonnenuntergang, als ich Renfield schreien hörte. Da sein Zimmer auf dieser Seite des Hauses liegt, konnte ich ihn besser hören als am Morgen. Es war ein Schock für mich, von der Schönheit eines dunstigen Sonnenunterganges über London mit seinen fahlen Lichtern, den tintigen Schatten sowie all den herrlichen Farbtönungen, die sich auf stehenden Wolken ebenso wie auf stehendem Wasser ausbilden, plötzlich in die rauhe Wirklichkeit meines strengen, kalten Steinbaues versetzt zu werden mit seinem Übermaß an atmendem Elend. Aber mein verödetes Herz mußte alles ertragen. Kurz bevor die rote Sonnenscheibe hinter dem Horizont versank, trat ich in Renfields Zelle. Als die Sonne dann nach und nach unterging, legte sich sein Wahnsinn, und in dem Moment, als sie unserem Blick ganz entschwand, glitt er aus den Händen derer, die ihn stützten, als willenlose Masse zu Boden. Es verblüfft mich jedoch immer wieder, zu beobachten, wie schnell sich Wahnsinnige erholen können, denn nach wenigen Minuten erhob er sich wieder völlig ruhig und schaute sich um. Ich bedeutete den Wärtern, ihn freizulassen, um zu sehen, was er nun anstellen würde. Er ging schnurstracks zum Fensterbrett und fegte den Zucker herunter. Dann nahm er die Fliegenschachtel, ließ die Fliegen frei und warf die Schachtel fort. Nachdem er dann das Fenster geschlossen hatte, setzte er sich auf das Bett. All dies überraschte mich, deshalb fragte ich ihn: »Wollen Sie keine Fliegen mehr halten?«

»Nein«, antwortete er. »Ich habe den ganzen Unsinn satt.« Er ist ein sehr interessantes Studienobjekt; ich wünschte, ich wüßte ein wenig mehr von seinen Gedanken oder von der Ursache seines plötzlich veränderten Benehmens! Aber halt, vielleicht können wir einen Schritt weiterkommen, wenn wir herausfinden, weshalb er heute zur Mittagsstunde und beim Sonnenuntergang seinen Anfall erlitt. Kann die Sonne vielleicht zu bestimmten Zeiten auf gewisse Menschen einen schädlichen Einfluß ausüben, wie dies bei anderen Menschen der Mond tut? Wir werden sehen.

Telegramm von Seward, London,
an Van Helsing, Amsterdam

4. September. – Der Patientin geht es besser.

Telegramm von Seward, London,
an Van Helsing, Amsterdam

5. September. – Die Patientin hat sich weiter erholt. Guter Appetit, Schlaf normal, Stimmung gut, Farbe kehrt zurück.

Telegramm von Seward, London, an Van Helsing, Amsterdam

6. September. – Eine furchtbare Wendung zum Schlechten! Komm sofort, verlier keine Stunde! Ich halte das Telegramm an Holmwood zurück, bis wir uns gesprochen haben.

Zehntes Kapitel

Brief von Dr. Seward an Arthur Holmwood

6. September

Mein lieber Arthur,

ich habe heute keine gute Nachricht für Dich. Lucy geht es seit morgens ein wenig schlechter. Allerdings zog dies auch wenigstens ein Gutes nach sich. Mrs. Westenra ist natürlich ernstlich in Sorge um Lucy und hat sich bei mir ausführlich erkundigt. Ich ergriff die Gelegenheit und erzählte ihr, daß mich mein alter Lehrer Van Helsing, der große Spezialist, besuchen wolle. Ich versprach ihr, wir beide würden uns gemeinschaftlich um sie kümmern, so daß wir also jetzt, ohne sie unnötig zu beunruhigen, kommen und gehen können. Ein plötzlicher Schreck könnte ihr den Tod bringen, und bei Lucys angegriffenem Gesundheitszustand würde dies für sie eine Katastrophe bedeuten. Wir alle werden von Sorgen erdrückt, mein alter Freund, aber so Gott will, werden wir alles gut überstehen. Falls sich die Notwendigkeit dazu ergibt, werde ich mich melden; falls Du aber nichts von mir hörst, dann, so sei versichert, warte ich lediglich auf Neuigkeiten.

In Eile Dein
John Seward

7. September. – Das erste, was Van Helsing sagte, als wir uns auf der Liverpool Street trafen, war:

»Hast du ihrem Bräutigam schon irgend etwas gesagt?«

»Nein«, erwiderte ich. »Erst wollte ich deine Ankunft abwarten, wie ich schon telegrafiert hatte. Ich teilte ihm lediglich mit, daß du kommen würdest, da es Miß Westenra nicht so gut ginge, und daß ich ihm sofort Nachricht zukommen ließe, falls die Notwendigkeit dazu bestünde.«

»Gut«, sagte er, »sehr gut. Es ist besser, er weiß noch nicht alles. Vielleicht sollte er nie davon erfahren. Ich hoffe es, aber falls es nötig wird, werden wir ihm alles erzählen. Und du, John, laß dich von mir warnen. Du gehst mit Wahnsinnigen um, aber irgendwo sind alle Menschen ein wenig verrückt, und genauso vorsichtig, wie du mit deinen Verrückten umgehst, mußt du Gottes Wahnsinnige behandeln – nämlich den Rest der Menschheit. Deinen Patienten sagst du auch nicht, was oder warum du etwas tust; du verrätst ihnen auch nicht deine Gedanken. Bewahre also ebenso alles Wissen in dir, wo es ruhen und sich weiterentwickeln möge. Wir beide sollten für uns behalten, was wir hier und hier wissen.« Er tippte mir auf das Herz und an die Stirn und dann bei sich an die gleichen Stellen. »Im Augenblick habe ich so meine eigenen Gedanken, die ich dir später mitteilen werde.«

»Warum nicht jetzt?« fragte ich. »Es könnte von Nutzen sein. Vielleicht können wir gemeinsam zu einem Ergebnis kommen.« Er blieb stehen und sah mich an.

»Mein lieber John, wenn das Korn gewachsen, aber noch nicht reif ist, sondern der milchige Saft der Muttererde noch in ihm steckt und die Sonne es noch nicht golden gefärbt hat, reißt der Landwirt die Ähre ab, reibt sie zwischen seinen rauhen Händen und bläst die Spreu davon. Dann sagt er: ›Das Getreide steht gut im Korn; wir werden eine reiche Ernte haben.‹« Ich verstand den Sinn seiner Worte nicht und sagte es ihm. Als Antwort griff er nach meinem Ohr und zog spielerisch daran, wie er es vor langer Zeit bei mir als Schüler getan hatte. »Der gute Landwirt kann dies sagen, weil er es dann erkennt, aber nicht vorher. Der gute Bauer wird das Korn nicht herausreißen, um zu sehen, ob es wachsen wird. So handeln nur Kinder, die Bauer spielen. Verstehst du jetzt, John? Ich habe mein Korn ausgesät, und jetzt liegt es an der Natur, es sprießen zu lassen. Wenn es wächst, besteht Hoffnung; ich werde warten, bis die Ähren anschwellen.« Er brach ab, da er sah, daß ich ihn jetzt verstand. Dann fuhr er sehr ernst fort:

»Du warst immer ein guter Student; dein Studienheft war immer voller als das der anderen. Damals warst du nur ein Lernender, jetzt aber bist du Meister. Ich vertraue darauf, daß du deinen Lerneifer nicht verloren hast. Denk daran, mein Freund, daß Wissen mehr als gutes Gedächtnis ist und daß wir uns nicht auf das Geringere verlassen dürfen. Selbst wenn du nicht mehr in guter Übung wärst, müßte ich dir sagen, daß dieser besondere Fall für uns und andere so interessant ist, daß alles andere davon zurücktreten müßte. Achte also auf jede Kleinigkeit! Nichts ist hierbei unwichtig. Ich rate dir, selbst alle deine Zweifel und Vermutungen niederzuschreiben. Vielleicht wirst du später nachlesen wollen, ob deine Urteile richtig waren oder nicht. Aus unseren Fehlern lernen wir, nicht aus den Erfolgen!«

Als ich ihm Lucys Symptome beschrieb – es waren die gleichen wie bisher, nur ungleich stärker ausgeprägt –, machte er ein sehr ernstes Gesicht, erwiderte aber nichts, sondern nahm nur seine Tasche mit, die alle möglichen Instrumente und Arzneimittel enthielt, »das gespenstische Zubehör unseres wohltätigen Geschäftes«, wie er einmal während einer Vorlesung die Ausrüstung des Arztes genannt hatte. Als man uns öffnete, wurden wir von Mrs. Westenra begrüßt. Sie schien beunruhigt, aber längst nicht so sehr, wie ich es erwartete. Die Natur hat es in einer wohltätigen Laune so eingerichtet, daß es selbst gegen die Schrecken des Todes ein Gegengift gibt. Hier in diesem Fall, wo jeder Schock den Tod bringen kann, scheint alles, was sie nicht direkt berührt – selbst die schreckliche Veränderung ihrer Tochter, an der sie so sehr hängt –, nicht bis zu ihr vorzudringen. Es ist, als hätte die Natur um diesen Körper einen undurchdringlichen Mantel gelegt, der ihn vor all jenen Gefahren abschirmt, die sonst schon durch bloßen Kontakt schaden könnten. Wenn dies eine sinnvoll eingerichtete Selbstsucht ist, sollten wir stets zögern, einen Menschen des Egoismus anzuklagen, denn die Ursachen könnten tiefer liegen, als wir uns vorzustellen vermögen.

Aufgrund meiner psychologischen Kenntnisse schlug ich Mrs. Westenra vor, sie solle nicht mit zu Lucy kommen und nicht mehr als unbedingt nötig über deren Krankheit nachdenken. Sie stimmte bereitwillig zu, so bereitwillig, daß ich darin wieder die Hand der Natur erkannte, die um ein Leben kämpfte. Van Helsing und ich wurden auf Lucys Zimmer geführt. War ich gestern von ihrem Anblick erschreckt, so entsetzte mich heute ihr Aussehen. Sie war bleich wie Kalk, und selbst aus ihren Lippen und dem Zahnfleisch schien alle Röte geschwunden. Ihre Wangenknochen stachen hervor, und ihr keuchendes Atmen war schmerzhaft mit anzusehen und anzuhören. Van Helsings Gesicht wurde starr wie Marmor, und er zog die Augenbrauen bis fast zur Nasenwurzel zusammen. Lucy lag regungslos; sie war selbst zum Sprechen zu schwach. Eine Weile lang betrachteten wir sie stumm. Dann gab mir Van Helsing ein Zeichen, und wir verließen leise das Zimmer. Als wir die Tür hinter uns geschlossen hatten, ging er hastig den Korridor entlang, zog mich in das nächste offene Zimmer und schloß die Tür. »Mein Gott!« sagte er. »Es ist schrecklich. Wir dürfen keine Zeit verlieren. Sie wird uns an Blutmangel sterben, das Herz kann nicht mehr arbeiten. Wir müssen sofort eine Bluttransfusion vornehmen. Wer von uns beiden soll es sein?«

»Ich bin jünger und stärker, Professor, ich stelle mich zur Verfügung.«

»Dann mach dich sofort bereit. Ich hole meinen Koffer. Ich habe alles bei mir.«

Als wir gerade die Treppe hinunterstiegen, klopfte jemand an die Haustür, und als wir in die Eingangshalle kamen, hatte das Hausmädchen die Tür gerade geöffnet, und Arthur trat hastig ein. Er stürzte sofort auf mich zu und flüsterte aufgeregt:

»Jack, ich mache mir große Sorgen! Ich habe zwischen den Zeilen deines Briefes gelesen und ahne Schreckliches. Meinem Vater geht es besser, deshalb wollte ich mich sofort persönlich um sie kümmern! Ist dieser Gentleman Doktor Van Helsing? Ich bin Ihnen so dankbar, daß Sie gekommen sind.« Im ersten Augenblick war der Professor über die Störung verärgert, aber als er Arthurs kräftige Gestalt betrachtete und die starke Männlichkeit bemerkte, die von ihm ausging, hellte sich seine Miene auf. Er streckte ihm die Hand entgegen und sagte ernst:

»Mein Herr, Sie kommen gerade zur rechten Zeit. Sie sind der Bräutigam dieses lieben jungen Mädchens? Es geht ihr schlecht, sehr, sehr schlecht!« Arthur wurde blaß und ließ sich auf einen Stuhl sinken. »Sie müssen ihr helfen. Sie können mehr als alle Lebenden für sie tun. Ihr Mut wird für die Patientin die beste Hilfe sein!«

»Was kann ich tun?« fragte Arthur heiser. »Sagen Sie es, und ich werde es tun. Mein Leben gehört ihr; für sie würde ich meinen letzten Blutstropfen hergeben!« Der Professor besaß immer einen Sinn für Humor, und da ich ihn ziemlich gut kannte, entdeckte ich auch jetzt eine Spur davon in seiner Antwort:

»Mein lieber junger Mann, so viel verlange ich gar nicht. Nicht den letzten!«

»Was also soll ich tun?« Seine Augen glühten, und seine Nasenflügel bebten vor Spannung. Van Helsing schlug ihm auf die Schulter. »Kommen Sie!« sagte er. »Sie sind ein Mann, und einen solchen brauchen wir jetzt. Sie sind besser geeignet als ich oder mein Freund John.« Arthur sah uns verwirrt an, und der Professor erklärte ihm bereitwillig:

»Dem Fräulein geht es schlecht, sehr schlecht. Sie braucht Blut; ohne frisches Blut geht sie zugrunde. Mein Freund John und ich haben uns beraten; wir wollen jetzt eine Bluttransfusion vornehmen. Dabei wird Blut aus den vollen Venen eines Menschen in die leeren eines anderen geleitet, die danach schmachten. John wollte sein Blut spenden, da er jünger und stärker ist als ich« – Arthur ergriff meine Hand und drückte sie stumm –, »aber jetzt sind Sie hier. Sie eignen sich besser dafür als wir, die wir nur geistige Arbeit leisten. Unsere Nerven sind nicht so stark und unser Blut nicht so kräftig wie Ihres.« Arthur wandte sich an ihn und sagte:

»Wenn Sie wüßten, wie gern ich für sie sterben wollte, dann . . .«

Er brach ab, als hätte es ihm die Kehle zugeschnürt.

»Guter Junge!« meinte Van Helsing. »Sie werden bald glücklich sein, für sie, die Sie lieben, alles getan zu haben. Kommen Sie mit uns, und seien Sie leise. Ehe es vorüber ist, dürfen Sie sie einmal küssen, aber dann müssen Sie gehen, sobald ich Ihnen das Zeichen dazu gebe. Sprechen Sie nicht mit Mrs. Westenra, Sie wissen, wie es um sie steht. Sie darf sich nicht erschrecken. Kommen Sie!«

Gemeinsam stiegen wir zu Lucys Zimmer hinauf. Arthur mußte draußen warten. Lucy wandte uns den Kopf zu, sagte jedoch kein Wort. Sie schlief nicht, sondern war einfach zu schwach zum Sprechen. Aber ihre Blicke sagten genug. Van Helsing holte ein paar Instrumente aus seiner Tasche und legte sie auf einen kleinen Tisch außerhalb ihres Blickfeldes. Dann mischte er das Betäubungsmittel und sagte aufmunternd, als er an ihr Bett trat:

»Nun, mein kleines Fräulein, hier ist Ihre Medizin. Trinken Sie dies aus wie ein artiges Kind. Ich werde Sie aufrichten, damit Sie besser schlucken können. So.« Es war ihr tatsächlich gelungen, sich aufzurichten.

Ich war erstaunt darüber, wie lange es dauerte, bis das Betäubungsmittel zu wirken begann. Tatsächlich war dies nur ein Zeichen für ihre Schwäche. Es schien eine Ewigkeit zu dauern, bis ihr endlich die Augen zufielen. Doch schließlich begann die Droge ihre Macht zu erweisen. Lucy fiel in einen tiefen Schlaf. Als der Professor zufrieden war, rief er Arthur in das Zimmer und bat ihn, die Jacke auszuziehen. Dann fügte er hinzu: »Sie dürfen sie jetzt küssen, während ich den Tisch neben das Bett rücke. John, hilf mir!« So sah keiner von uns beiden zu, wie sich Arthur über sie beugte.

Van Helsing wandte sich zu mir und sagte:

»Er ist so jung und stark und hat so reines Blut, daß wir es nicht erst entschlacken müssen.«

Dann ging Van Helsing schnell und sicher an die Arbeit. Bereits während der Transfusion schien eine Spur von Leben in Lucys Wangen zurückzukehren, und durch die zunehmende Blässe von Arthur hindurch schimmerte seine Freude über diesen Erfolg. Nach einer Weile wurde ich unruhig, denn trotz Arthurs kräftiger Natur hinterließ der Blutverlust bei ihm seine Spuren. Das gab mir eine Vorstellung davon, was Lucys Körper gelitten haben mußte, denn obwohl Arthur bereits geschwächt war, konnte sie sich nur teilweise erholen. Aber der Professor verzog keine Miene. Mit der Uhr in der Hand blickte er abwechselnd auf die Patientin und dann auf Arthur. Ich konnte mein eigenes Herz schlagen hören. Schließlich sagte er mit sanfter Stimme: »Bleiben Sie einen Augenblick ganz regungslos. Es ist genug. Kümmern Sie sich um ihn, ich um das Mädchen.« Nachdem nun alles vorbei war, konnte ich sehen, wie erschöpft Arthur war. Ich verband seine Wunde und wollte ihn aus dem Zimmer führen, als Van Helsing – der Mann scheint selbst im Hinterkopf noch Augen zu haben – ohne sich umzusehen sagte:

»Der tapfere Bräutigam verdient, glaube ich, noch einen Kuß.« Da er seine Tätigkeit beendet hatte, richtete er noch das Kissen unter Lucys Kopf zurecht. Dabei verschob sich das schmale schwarze Samtband, das sie immer um den Hals trug und das von einer antiken Diamantspange zusammengehalten wurde, einem Geschenk ihres Bräutigams. Auf ihrem Hals aber zeigte sich jetzt eine rote Stelle. Arthur bemerkte sie nicht, ich aber konnte deutlich hören, wie Van Helsing durch die Zähne pfiff, wodurch er jeweils eine starke Gefühlsregung verrät. Er ging jedoch nicht weiter darauf ein, sondern drehte sich zu mir um und sagte:

»Begleit jetzt unseren tapferen jungen Mann nach unten und gib ihm etwas Portwein. Er soll sich eine Weile ausruhen. Dann muß er nach Hause gehen und sich hinlegen. Er braucht viel Schlaf und viel Nahrung, damit er wiederbekommt, was er für seine Liebe geopfert hat. Hier kann er nicht bleiben. Halt, noch einen Augenblick! Ich vermute, mein Herr, Sie wollen gern das Ergebnis erfahren. Seien Sie also versichert, daß der Eingriff in jeder Hinsicht erfolgreich war. Sie haben ihr für heute das Leben gerettet und können mit der Gewißheit nach Hause gehen, alles menschenmögliche getan zu haben. Sobald es ihr besser geht, werde ich ihr alles erzählen. Sie wird Sie deswegen um so inniger lieben. Auf Wiedersehen.«

Nachdem Arthur gegangen war, trat ich wieder in das Zimmer. Lucy schlief sanft, und ihr Atem ging leichter. Die Bettdecke hob und senkte sich regelmäßig. Neben ihr saß Van Helsing und betrachtete sie aufmerksam. Das Samtband bedeckte wieder die gerötete Stelle. Ich fragte den Professor flüsternd:

»Was hältst du von dem Mal an ihrem Hals?«

»Was ist deine Meinung?«

»Ich habe es noch nicht untersucht«, antwortete ich und machte mich daran, das Band abzunehmen. Dicht über der äußeren Halsader fand ich zwei zwar kleine, aber besorgniserweckende Einstiche. Offenbar handelte es sich um keine Krankheitssymptome, aber die Ränder waren weiß und seltsam ausgefranst, als wären sie zerrieben. Sofort kam mir die Idee, daß diese Wunden, oder was immer es auch sein mochte, die Ursache für den Blutverlust sein könnten. Aber ebenso schnell, wie er mir gekommen war, ließ ich diesen Gedanken wieder fallen. Das ganze Bett hätte ja mit Blut getränkt sein müssen, um das Mädchen so blaß werden zu lassen, wie es vor der Transfusion gewesen war.

»Nun?« fragte Van Helsing.

»Ich kann es mir nicht erklären«, erwiderte ich. Der Professor stand auf. »Ich muß noch heute abend nach Amsterdam«, erklärte er. »Es gibt dort Bücher und Dinge, die ich jetzt brauche. Du mußt die ganze Nacht hierbleiben und darfst sie keine Sekunde aus den Augen lassen.«

»Kann ich nicht eine Krankenschwester damit beauftragen?« fragte ich.

»Du und ich, wir sind die besten Krankenschwestern. Du mußt die ganze Nacht wachen! Achte darauf, daß sie gut ißt und daß sie nicht gestört wird. Du darfst keine Minute schlafen. Später werden wir beide schlafen können. Ich bin so bald wie möglich zurück, und dann können wir beginnen.«

»Beginnen?« fragte ich. »Was in aller Welt willst du damit sagen?«

»Wir werden sehen«, erwiderte er und verließ das Zimmer. Einen Augenblick später steckte er den Kopf noch einmal zur Tür herein und sagte mit warnend erhobenem Finger: »Vergiß nicht, sie ist dir anvertraut. Wenn du sie verläßt und ihr etwas zustößt, wirst du dir ewig Vorwürfe machen.«

Dr. Sewards Tagebuch
(Fortsetzung)

8. September. – Die ganze Nacht über wachte ich an Lucys Bett. Gegen Morgen ließ die Wirkung des Schlafmittels nach, und sie erwachte friedlich. Verglichen mit ihrem Aussehen vor der Transfusion war sie jetzt ein ganz neuer Mensch. Selbst ihre Stimmung war ausgezeichnet. Sie sprühte vor fröhlicher Lebhaftigkeit; jedoch konnte ich noch immer Spuren ihrer früheren Erschöpfung feststellen. – Als ich Mrs. Westenra erzählte, daß mich Dr. Van Helsing angewiesen hätte, bei Lucy Wache zu halten, rümpfte sie die Nase über diesen Vorschlag und wies auf die wiedergewonnene Kraft und frohe Laune ihre Tochter hin. Ich blieb jedoch fest und traf meine Vorbereitungen für meine Krankenwache. Nachdem ihre Zofe Lucy für die nächste Nacht hergerichtet und ich in der Zwischenzeit zu Abend gegessen hatte, setzte ich mich zu Lucy ans Bett. Sie erhob keinen Einwand, sondern sah mich jedesmal dankbar an, sobald sich unsere Blicke trafen.

Nach einer ganzen Weile schien sie schließlich einzuschlummern, riß sich dann aber wieder zusammen und hielt sich krampfhaft wach. Dies wiederholte sich mehrmals, und je weiter die Zeit vorrückte, desto größer wurde ihre Anstrengung und um so kürzer die Pausen. Es war offensichtlich, daß sie nicht einschlafen wollte, deshalb sprach ich sie darauf an: »Sie wollen nicht schlafen?«

»Nein, ich fürchte mich davor.«

»Sie fürchten sich vor dem Schlafen! Weshalb? Der Schlaf ist eine Wohltat, nach der wir uns alle sehnen.«

»Nicht, wenn Sie an meiner Stelle wären und den Schlaf als Vorboten des Grauens empfänden.«

»Ein Vorbote des Grauens? Was in aller Welt meinen Sie damit?«

»Ich weiß es selbst nicht; oh, ich weiß es nicht. Und das ist gerade das Fürchterliche! Diese schreckliche Schwäche überkommt mich im Schlaf, und jetzt scheue ich selbst den Gedanken an Schlaf!«

»Aber liebste Lucy, heute nacht dürfen Sie unbesorgt schlafen. Ich werde über Sie wachen und kann Ihnen versichern, daß Ihnen nichts zustoßen wird!«

»Ah, Ihnen kann ich vertrauen.« Ich erklärte ihr daraufhin: »Ich verspreche Ihnen, Sie sofort zu wecken, sobald ich die leisesten Anzeichen für einen bösen Traum bei Ihnen bemerke.«

»Das werden Sie tun? Das werden Sie wirklich tun? Wie gut Sie zu mir sind. Dann kann ich wirklich schlafen.« Und kaum hatte sie ausgesprochen, als sie mit einem Seufzer der Erleichterung auf das Bett zurücksank und einschlief.

Ich bewachte sie die ganze Nacht. Sie regte sich kein einziges Mal, sondern ruhte in einem tiefen, lebenspendenden, erholsamen Schlaf. Ihre Lippen waren leicht geöffnet, ihre Brust hob und senkte sich mit der Gleichmäßigkeit eines Pendels. Auf ihrem Gesicht lag ein Lächeln, und es war ganz offensichtlich, daß keine Alpträume ihren Seelenfrieden störten.

Am frühen Morgen kam die Zofe, und da ich einiges zu besorgen hatte, überließ ich ihr Lucys Pflege und machte mich auf den Heimweg. Sowohl Van Helsing als auch Arthur teilte ich in knappen Telegrammen den bisherigen glücklichen Verlauf mit. Meine etwas vernachlässigten Aufgaben hielten mich den ganzen Tag über in Anspruch, so daß ich mich erst bei Einbruch der Dunkelheit um den Zoophagen kümmern konnte. Der Bericht klang gut; unser Patient war den Tag und die Nacht über ruhig gewesen. Während ich zu Abend aß, traf ein Telegramm aus Amsterdam von Van Helsing ein, in dem er mich bat, heute nacht wieder in Hillingham zu sein, da ich dort gebraucht werden könnte. Er will mit dem Nachtzug fahren und sich mit mir am Morgen treffen.

9. September. – Ziemlich müde und erschöpft traf ich in Hillingham ein. Zwei Nächte hatte ich kaum ein Auge zugetan, und mein Schädel war dumpf und wies alle Anzeichen geistiger Erschöpfung auf. Lucy war aufgestanden und guter Dinge. Als sie mir die Hand reichte, musterte sie mich scharf und sagte:

»Heute nacht werden Sie nicht wachen! Sie sind erschöpft. Mir geht es wieder recht gut; wirklich, und wenn Sie schon wachen wollen, werde ich mit Ihnen aufbleiben.« Ich wollte nicht länger mit ihr darüber streiten, sondern ging zum Abendessen. Lucy begleitete mich. Angeregt durch ihre Anwesenheit, genoß ich das hervorragende Mahl und trank mehrere Gläser des außergewöhnlich guten Portweins. Dann führte mich Lucy nach oben in ein Zimmer, das neben dem ihren lag und in dem ein anheimelndes Kaminfeuer brannte. »Jetzt werden Sie hierbleiben«, sagte sie. »Ich lasse diese Tür offen und meine ebenfalls. Sie können sich auf das Sofa legen, denn ich weiß, daß nichts einen Arzt dazu verleiten könnte, zu Bett zu gehen, solange noch irgendwo ein Patient in Sicht ist. Wenn ich etwas brauche, werde ich Sie rufen, und Sie können sofort zu mir kommen.«

Ich mußte mich fügen, da ich hundemüde war und unter gar keinen Umständen hätte wachen können. Nachdem ich ihr also noch einmal das Versprechen abgenommen hatte, mich sofort zu rufen, falls sie etwas benötige, ließ ich mich auf das Sofa fallen und vergaß alles um mich her.

Lucy Westenras Tagebuch

9. September. – Ich bin so glücklich heute abend. Vor kurzem noch fühlte ich mich so elend, daß mir jetzt, da ich wieder frei denken und mich frei bewegen kann, so ist, als würde nach einem steifen Ostwind endlich wieder die Sonne scheinen. Irgendwie scheint mir Arthur sehr, sehr nahe zu sein. Mir ist, als ob ich seine Anwesenheit wärmend um mich spüre. Ich vermute, Schwäche und Krankheit wecken die Selbstsucht und wenden unseren Blick und unsere Sympathie auf das eigene Ich, während Gesundheit und Kraft der Liebe den Gedanken und Gefühlen freien Lauf lassen. Wenn Arthur nur davon wüßte, daß meine Gedanken bei ihm weilen! Mein Liebling, mein Liebling, dir müssen die Ohren im Schlaf klingen wie meine beim Wachen. Oh, die segensreiche Ruhe der letzten Nacht! Ich schlief, während der liebe gute Doktor Seward über mich wachte. Und heute abend werde ich ohne Angst einschlafen, denn er ist in Rufweite. Ich danke allen, die so gut zu mir sind. Und ich danke Gott! Gute Nacht, Arthur.

Dr. Sewards Tagebuch

10. September. – Ich erwachte, als der Professor mir die Hand auf den Kopf legte, und fuhr sofort auf. Dies ist eine der Fähigkeiten, die man in einer Irrenanstalt lernen kann.

»Wie geht es unserer Patientin?«

»Als ich sie verließ, oder besser, sie mich, war sie wohlauf«, antwortete ich.

»Komm! Sehen wir sie uns an«, sagte er. Gemeinsam gingen wir in ihr Zimmer.

Die Jalousie war heruntergelassen, und während ich sie aufzog, trat Van Helsing mit leisem, katzensanftem Schritt an das Bett.

Als das morgendliche Sonnenlicht in den Raum flutete, hörte ich den Professor durch die Zähne pfeifen. Da ich wußte, wie selten er so reagierte, durchzuckte mich eine tödliche Angst. Als ich zu ihm treten wollte, wich er ein paar Schritte zurück und stieß hervor: »Gott im Himmel!« Dabei hob er die Hand und deutete auf das Bett. Sein sonst so beherrschtes Gesicht war zu einer Grimasse verzerrt und aschfahl. Meine Knie begannen zu zittern.

Dort auf dem Bett lag die arme Lucy, offensichtlich ohnmächtig und blasser und erschöpfter als je zuvor. Selbst ihre Lippen waren weiß, und das Zahnfleisch schien von den Zähnen zurückgewichen zu sein, wie man dies manchmal bei Verstorbenen findet, die an einer langen Krankheit gelitten hatten. Van Helsing hob den Fuß und wollte wutentbrannt aufstampfen, aber seine Erziehung hinderte ihn daran, und er setzte ihn sanft wieder auf die Erde auf. »Schnell!« sagte er. »Hol Brandy!« Ich stürzte in das Wohnzimmer und kehrte mit einer Karaffe zurück. Er benetzte Lucys weiße Lippen mit dem Brandy, und dann rieben wir gemeinsam ihre Handballen, die Handgelenke und das Herz damit ein. Er fühlte nach ihrem Herzschlag, und nach ein paar qualvollen Sekunden sagte er:

»Es ist noch nicht zu spät. Es schlägt noch, wenn auch sehr schwach. All unsere Arbeit war umsonst; wir müssen wieder ganz von vorn anfangen. Aber heute haben wir keinen jungen Arthur hier, und ich muß diesmal auf dich zurückgreifen, mein Freund.« Während er sprach, griff er in seine Tasche und holte die für die Transfusion nötigen Instrumente heraus. Ich hatte bereits mein Jackett ausgezogen und rollte den Hemdsärmel auf. Wir hatten kein Betäubungsmittel zur Hand; allerdings war dies auch nicht notwendig, und so begannen wir unverzüglich mit der Transfusion. Nach einer Weile hob Van Helsing warnend seinen Zeigefinger. »Nicht bewegen!« sagte er. »Ich fürchte, daß sie mit zunehmender Stärkung erwacht, und das würde eine große Gefahr bedeuten. Ich muß eine Vorsichtsmaßregel treffen und ihr eine Morphiuminjektion geben!« Er machte sich sofort und entschlossen an sein Vorhaben. Lucy reagierte durchaus positiv darauf, denn sie dämmerte aus ihrer Ohnmacht in den Narkoseschlaf hinüber. Ein stolzes Bewußtsein packte mich, als ich beobachtete, wie sich ein schwacher rosa Schimmer in ihre blassen Wangen und Lippen schlich. Kein Mann kann nachfühlen, solange er es nicht am eigenen Leib erfahren hat, was es bedeutet, wenn das eigene Blut in die Venen der geliebten Frau strömt.

Der Professor beobachtete mich kritisch. »Das reicht«, sagte er. »Schon?« wandte ich ein. »Art hast du viel mehr abgezapft.« Dazu lächelte er ein wenig mitleidig und erwiderte:

»Er ist auch ihr Verlobter. Du hast noch andere Aufgaben für sie und andere zu erfüllen. Für den Augenblick ist es genug.«

Nachdem der Eingriff beendet war, kümmerte er sich um Lucy, während ich einen Finger auf die Einstichstelle drückte. Ich wartete, bis er mich verbinden würde, und legte mich einstweilen auf das Bett, denn ich war matt und fühlte mich nicht gut. Endlich versorgte er meine Wunde und schickte mich dann nach unten, wo ich ein Glas Wein trinken sollte. Als ich aus dem Zimmer ging, kam er mir nach und sagte beinahe flüsternd:

»Vergiß nicht, daß niemand hiervon etwas erfahren darf. Falls unser junger Liebhaber unerwarteterweise auftauchen sollte wie schon einmal, dann kein Wort zu ihm! Es würde ihn erschrecken und gleichzeitig eifersüchtig machen. Das darf nicht sein!« –

Als ich wieder zu ihm kam, sah er mich forschend an und sagte dann:

»Du siehst kaum schlechter aus. Geh in dein Zimmer, leg dich auf das Sofa und ruh dich aus. Sobald du kräftig gefrühstückt hast, kommst du dann zu mir.«

Ich führte seine Anordnungen aus, denn ich wußte, wie weise und richtig sie waren. Ich hatte meinen Teil getan, und jetzt war es meine Pflicht, mir meine Kräfte zu erhalten. Ich fühlte mich sehr schwach, und durch die Erschöpfung verlor ich etwas den Sinn, mich über die Ereignisse zu wundern. Ich schlief schließlich über der Frage ein, wie Lucy einen solchen Rückschlag hatte erleiden und so viel Blut verlieren können, ohne daß dafür die geringste Ursache erkennbar war. Wahrscheinlich beschäftigte ich mich selbst im Traum noch mit diesem Problem, denn immer wieder, im Wachen wie im Träumen, kreisten meine Gedanken um die kleinen Einstiche in ihrem Hals mit den ausgefransten Rändern.

Lucy schlief bis weit in den Tag hinein, und als sie erwachte, hatte sie sich recht gut erholt. Jedoch ging es ihr nicht ganz so gut wie am Tag vorher. Nachdem Van Helsing sie untersucht hatte, machte er einen Spaziergang und ließ sie in meiner Obhut zurück, wozu er mir noch eingeschärft hatte, sie unter keinen Umständen allein zu lassen. Ich hörte seine Stimme in der Eingangshalle, als er sich nach dem Weg zum nächsten Telegrafenamt erkundigte.

Lucy plauderte unbekümmert mit mir. Sie schien sich überhaupt nicht dessen bewußt zu sein, was inzwischen geschehen war. Ich tat mein Bestes, sie bei guter Laune zu halten.

Als ihre Mutter heraufkam, um nach Lucy zu schauen, bemerkte auch sie keine Veränderung. Dankbar sagte sie zu mir:

»Wir sind tief in Ihrer Schuld, Doktor Seward, für alles, was Sie getan haben. Aber jetzt müssen Sie wirklich darauf achten, daß Sie sich nicht übernehmen! Sie sehen selbst ganz blaß aus. Sie brauchen eine Frau, die Sie pflegt und ein bißchen bemuttert; jawohl!«

Lucy wurde rot, jedoch nur für einen Augenblick, denn ihre verödeten Venen konnten den ungewohnten Blutandrang zum Kopf nicht lange durchhalten. Die Reaktion darauf war eine ungewöhnliche Blässe. Lucy sah mich flehentlich an. Ich lächelte, nickte und legte einen Finger auf den Mund. Mit einem Seufzer sank sie in die Kissen zurück.

Van Helsing kehrte nach ein paar Stunden zurück und wandte sich sofort an mich. »Geh jetzt nach Hause, iß kräftig und trink auch genügend. Schaff dir neue Kräfte. Ich werde die Nacht über hierbleiben und selbst bei dem kleinen Fräulein wachen. Wir beide müssen uns allein um den Fall kümmern, und wir dürfen niemand anders davon erfahren lassen. Ich habe schwerwiegende Gründe dafür. Nein, frag mich nicht danach. Denk, was du willst. Schreck auch nicht davor zurück, das Unwahrscheinlichste zu glauben. Gute Nacht.«

In der Halle fragten mich zwei der Mädchen, ob nicht eine von ihnen die Nacht bei Miß Lucy verbringen dürfte. Sie baten mich sehr darum, und als ich ihnen sagte, es sei Doktor Van Helsings Wunsch, daß entweder er oder ich die Nachtwache halten sollten, baten sie mich inständig, bei dem »ausländischen Herrn« für sie ein gutes Wort einzulegen. Ihre Gefälligkeit rührte mich. Vielleicht wurde sie durch meine Erschöpfung ausgelöst, oder es ging ihnen um Lucy. Aber nur zu oft habe ich solche Beispiele weiblicher Hilfsbereitschaft erlebt. Gerade noch rechtzeitig für ein spätes Abendessen traf ich hier ein. Ich machte meine Runde; alles ist in Ordnung. Während ich auf den Schlaf warte, schreibe ich dies nieder. Er übermannt mich.

11. September. – Heute nachmittag ging ich wieder nach Hillingham. Van Helsing war ausgezeichneter Stimmung, und Lucy fühlte sich viel besser. Kurz nach meiner Ankunft traf ein großes Paket aus dem Ausland für den Professor ein. Er öffnete es umständlich – natürlich gespielt – und holte einen dicken Strauß weißer Blumen hervor.

»Für Sie, Miß Lucy«, sagte er.

»Für mich? Oh, Doktor Van Helsing!«

»Ja, meine Liebe, aber sie sind nicht nur zum Vergnügen da. Sie sind Medizin.« Lucy verzog das Gesicht. »Nein, Sie brauchen sie nicht als Sud abgekocht oder sonstwie in ekelhafter Form zu sich zu nehmen. Kein Grund also, Ihre hübsche Nase zu rümpfen; sonst werde ich darauf hinweisen, was für Qualen unser Freund Arthur zu erleiden hätte, wenn er sähe, wie sich das von ihm so geliebte Gesicht verzerrt. Aha, mein hübsches Fräulein, das glättet die hübsche Nase sofort wieder. Diese Blumen sind Medizin, und Sie wissen lediglich noch nicht, inwiefern. Ich lege sie Ihnen in das Fenster, binde auch einen Kranz daraus und hänge ihnen den um den Hals, damit Sie ruhig schlafen können. Genau wie Lotosblumen lassen diese hier allen Kummer vergessen. Sie duften nach den Wassern von Lethe, nach dem Jungbrunnen, den die Konquistadoren in Florida suchten und viel zu spät erst entdeckten.«

Während er sprach, hatte Lucy die Blumen untersucht und an ihnen gerochen. Jetzt warf sie sie zu Boden und sagte halb amüsiert, halb verärgert:

»Oh, Professor, Sie wollen sich über mich lustig machen. Diese Blumen sind ganz gewöhnliche Knoblauchblüten.«

Zu meiner Überraschung erhob sich Van Helsing und sagte mit allem Ernst, wobei sein kräftiges Kinn noch stärker hervortrat und seine Augenbrauen über der Nasenwurzel zusammenstießen:

»Keine Scherze mit mir! Ich spaße nie! Hinter allem, was ich tue, steckt bitterer Ernst. Ich warne Sie, sich mir zu widersetzen. Nehmen Sie sich zusammen, wennn nicht um Ihrer selbst, so doch um anderer Menschen willen.« Als er sah, wie erschrocken Lucy war, fuhr er sanfter fort: »Nun, kleines Fräulein, haben Sie keine Angst vor mir. Ich will nur Ihr Bestes, aber in diesen gewöhnlichen Blumen steckt für Sie ein großer Segen. Sehen Sie, ich selbst schmücke damit Ihr Zimmer, mit meinen eigenen Händen flechte ich den Kranz, den Sie tragen sollen. Aber still! Kein Wort darüber zu anderen, die neugierige Fragen stellen. Man muß gehorchen können, und die Verschwiegenheit ist ein Teil des Gehorsams. Dann werden Sie gesund und munter in die liebenden Arme fliegen können, die Sie erwarten. Bleiben Sie jetzt still sitzen. Komm mit, John, und hilf mir, ihr Zimmer mit dem Knoblauch zu schmücken. Er kommt von Harlem, wo mein Freund Vanderpool das ganze Jahr über in seinem gläsernen Gewächshaus allerlei Kräuter zieht. Ich mußte ihm gestern telegrafieren, sonst wären die Blüten nicht mehr rechtzeitig angekommen.«

Wir stiegen zu Lucys Zimmer hinauf und nahmen die Blüten mit. Das Benehmen des Professors war äußerst merkwürdig, und ich kann mich nicht daran erinnern, etwas Ähnliches je in einer Arzneimittellehre gelesen zu haben. Zuerst verschloß er sorgfältig die Fenster. Als nächstes nahm er ein paar Blüten und rieb damit den Fensterrahmen ein, als wolle er sicherstellen, daß jeder kleinste Luftzug, der hereinkommen könnte, mit dem

Geruch des Knoblauchs angereichert würde. Dann rieb er die Türpfosten an allen Seiten ein und wiederholte schließlich die gleiche Prozedur am Kamin. Es kam mir alles sehr grotesk vor, und ich sagte:

»Ich weiß, daß du für alle deine Taten einen guten Grund hast, aber dies hier verblüfft mich. Zum Glück haben wir keinen Skeptiker unter uns, denn der würde behaupten, du benähmst dich wie ein Medizinmann, der böse Geister abschrecken will.«

»Vielleicht will ich das!« erwiderte er gelassen, während er den Kranz flocht, den Lucy um den Hals tragen sollte.

Dann warteten wir, bis sich Lucy auf die Nacht vorbereitet hatte. Als sie im Bett lag, legte er ihr den Knoblauchkranz um den Hals. Dabei sagte er: »Geben Sie acht, ihn nicht zu zerstören. Und wenn heute nacht die Wände Sie zu erdrücken scheinen, dürfen Sie weder das Fenster noch die Tür öffnen!«

»Ich verspreche es«, sagte Lucy, »und danke Ihnen beiden für all Ihre Güte. Womit nur habe ich solche Freunde verdient?«

Während wir vor dem Haus in die auf uns wartende Droschke stiegen, sagte Van Helsing:

»Heute nacht kann ich ruhig schlafen. Und das habe ich nötig – zwei Nächte hindurch gereist, während des dazwischenliegenden Tages viel gelesen, danach die Aufregungen am darauffolgenden Tag und eine Nachtwache, während der ich kein Auge schließen durfte. Hol mich morgen früh ab. Wir wollen gemeinsam unser hübsches Fräulein aufsuchen, das sich mit der Hilfe meines ›Zaubermittels‹ kräftig erholt haben wird. Hoho!«

Er schien sich seiner Sache so sicher zu sein, daß ich, als ich an meine eigene Zuversicht vor zwei Tagen und an die darauffolgende herbe Enttäuschung dachte, Angst und eine unbestimmte Furcht empfand. Wahrscheinlich hinderte mich meine Erschöpfung daran, meinem Freund meine Zweifel zu gestehen. Aber deshalb waren sie doch vorhanden, wie unvergossene Tränen.

Elftes Kapitel

Lucy Westenras Tagebuch

12. September. – Wie gut doch alle zu mir sind. Ich mag Doktor Van Helsing sehr. Wenn ich nur wüßte, was er mit diesen Blumen bezweckt? Er hatte mir richtig angst gemacht; er war so wütend! Und doch scheint er recht gehabt zu haben, denn schon jetzt fühle ich mich besser. Ich habe keine Angst mehr, heute abend allein zu sein, und ich werde furchtlos einschlafen. Ich werde mich nicht um das Flattern vor dem Fenster kümmern. Oh, der schreckliche Kampf gegen den Schlaf, den ich so oft habe führen müssen; die Qual der Schlaflosigkeit und die Furcht vor dem Schlaf, der für mich solch ungeheure Schrecken birgt! Wie glücklich sind doch die Menschen, die ohne Angst und Schrecken leben und für die der Schlaf ein Segen ist, der ihnen nichts als süße Träume bringt. Hier liege ich nun heute nacht und sehne mich nach Schlaf. Wie Ophelia liege ich da, mit »Jungfernkranz und gestreuten Blumen.« Noch nie konnte ich Knoblauch ausstehen, aber heute nacht finde ich ihn köstlich! In seinem Geruch liegt Frieden. Ich spüre bereits, wie mich der Schlaf übermannt. Gute Nacht, jedermann!

Dr. Sewards Tagebuch

13. September. – Ich fuhr zum Berkeley, und wie üblich erwartete mich Van Helsing bereits. Auch die beim Hotel bestellte Droschke stand bereit.

Der Professor nahm seine Tasche mit, die er jetzt ständig bei sich trägt.

Ich werde alles genau berichten. Van Helsing und ich trafen gegen acht in Hillingham ein. Es war ein lieblicher Morgen; der helle Sonnenschein und die Frische des anbrechenden Herbstes erschienen wie die Vollendung des Jahresrhythmus der Natur. Die Blätter nahmen bereits alle möglichen wunderbaren Farbschattierungen an, hingen jedoch noch fest an den Zweigen. Als wir in das Haus traten, kam uns Mrs. Westenra entgegen. Sie war schon immer eine Frühaufsteherin gewesen. Sie begrüßte uns herzlich und sagte:

»Sie werden sich freuen zu hören, daß es Lucy besser geht! Das liebe Kind schläft noch. Ich warf einen Blick in ihr Zimmer, ging aber nicht hinein, um sie nicht zu stören.« Der Professor lächelte frohlockend. Er rieb sich die Hände und meinte:

»Aha! Offenbar war meine Diagnose also richtig. Die Behandlung beginnt zu wirken.« Worauf sie erwiderte:

»Sie können nicht den ganzen Ruhm für sich allein in Anspruch nehmen, Doktor. Lucys Zustand heute morgen ist zu einem Teil auch mein Verdienst!«

»Wie soll ich das verstehen, Madam?« fragte der Professor.

»Nun, mitten in der Nacht machte ich mir plötzlich Sorgen um das liebe Kind und ging zu ihrem Zimmer hinauf. Sie schlief so fest, daß sie selbst durch mein Eintreten nicht geweckt wurde. Aber es war furchtbar stickig in dem Raum. Überall lagen diese schrecklichen, übelriechenden Blumen verstreut, und sie hatte sogar ein Büschel davon um den Hals gebunden. Ich fürchtete, der schwere Geruch würde dem erschöpften Kind zusetzen. Deshalb nahm ich alle fort und öffnete das Fenster einen Spalt breit, um frische Luft ins Zimmer zu lassen. Ich bin sicher, Sie werden mit ihr zufrieden sein.«

Damit ging sie in ihr Boudoir, wo sie für gewöhnlich sehr zeitig frühstückt. Während ihrer Worte beobachtete ich das Gesicht des Professors und sah, wie er sich aschgrau verfärbte. Er schaffte es, sich zu beherrschen, solange sie bei uns war, denn er kannte ihre gesundheitliche Verfassung und wußte, welch böse Folgen ein Schock bei ihr hervorrufen könnte. Tatsächlich zwang er sich sogar noch zu einem Lächeln, als er ihr die Tür öffnete. Aber kaum waren wir allein, da zog er mich heftig ins Wohnzimmer und schloß die Tür hinter uns.

Und dann sah ich zum erstenmal in meinem Leben Van Helsing zusammenbrechen. In stummer Verzweiflung hob er die Arme über den Kopf und schlug hilflos die Hände zusammen. Schließlich ließ er sich auf einen Stuhl fallen und preßte die Hände vor das Gesicht; sein lautes, trockenes Schluchzen schien aus tiefster Brust zu dringen. Dann hob er wieder die Arme, als wollte er das ganze Universum um Hilfe anflehen. »Mein Gott! Gott! O Gott!« rief er. »Was haben wir verbrochen, was hat dieses arme Ding getan, daß wir so schwer geschlagen werden? Weilen die Parzen noch unter uns, aus heidnischer Vergangenheit heraufgestiegen, daß so etwas geschehen darf, und auf diese Weise? Diese arme ahnungslose Mutter setzt, im Glauben, das Beste zu tun, Körper und Seele ihrer eigenen Tochter aufs Spiel; und wir dürfen es ihr nicht verraten, dürfen sie nicht einmal warnen, weil sonst beide sterben müßten. Oh, wie sind wir vom Schicksal geschlagen. Alle Teufelsmächte haben sich gegen uns verschworen!« Plötzlich sprang er auf die Füße.

»Komm«, rief er, »komm, wir müssen nach ihr sehen und handeln. Teufel oder nicht, und wenn auch alle Teufel auf einmal, das spielt jetzt keine Rolle; wir werden es mit ihnen aufnehmen!«

Er holte seine Instrumententasche aus der Halle, und wir stiegen beide zu Lucys Zimmer hinauf. Wieder zog ich die Jalousien hoch, während Van Helsing an das Bett trat. Diesmal zuckte er nicht zusammen, als er auf das arme Gesicht mit der schrecklichen wächsernen Blässe hinabschaute. Ernste Trauer und unendliches Mitleid lagen in seinem Blick.

»Wie ich es erwartet hatte«, murmelte er und pfiff durch die Zähne, was bei ihm so viel bedeutete. Wortlos schloß er dann die Tür und legte die Instrumente für eine weitere Bluttransfusion auf den kleinen Tisch. Da ich bereits die Notwendigkeit dazu erkannt hatte, zog ich mein Jackett aus, aber er unterbrach mich mit warnend erhobener Hand. »Nein«, sagte er. »Heute mußt du die Transfusion vornehmen, und ich werde mich zur Verfügung stellen. Du bist bereits zu sehr geschwächt.« Bei diesen Worten zog er bereits seine Jacke aus und rollte den Hemdsärmel auf.

Wieder also eine Transfusion, wieder die Betäubungsmittel, und auch diesmal kehrte etwas Farbe in die aschgrauen Wangen zurück, und ihr Atem ging regelmäßiger, als sie in einen heilenden Schlaf fiel. Diesmal hielt ich Krankenwache, während sich Van Helsing erholte und ausruhte.

Die nächste Gelegenheit schon nutzte er, um Mrs. Westenra zu sagen, daß sie nichts aus Lucys Zimmer entfernen dürfe, ohne ihn vorher gefragt zu haben; die Pflanzen seien als Medizin gedacht, und das Einatmen ihres Duftes gehöre zu seiner Heilmethode. Dann übernahm er selbst den Fall und sagte, er wolle diese und die nächste Nacht bei Lucy wachen und mich holen lassen, sobald er mich brauche.

Eine Stunde später erwachte Lucy frisch und munter. Die furchtbaren Ereignisse hatten sie kaum mitgenommen.

Was hat das alles zu bedeuten? Ich frage mich langsam, ob nicht mein langes Zusammenleben mit Wahnsinnigen in meinem Geist seine Spuren hinterläßt.

17. September. – Vier Tage und vier Nächte lang Frieden. Ich bin wieder so zu Kräften gekommen, daß ich mich kaum wiedererkenne. Mir ist, als wäre ich durch einen langen Alptraum gewandert, sei soeben erwacht und sähe nun den herrlichen Sonnenschein und spürte die frische Morgenluft um mich herum. Dunkel erinnere ich mich an eine lange angstvolle Zeit des Wartens und Ängstigens, während der ich von Dunkelheit umgeben war, ohne selbst die Pein der Hoffnung, um die gegenwärtigen Qualen noch drückender erscheinen zu lassen. Und dann die langen Zeiten des Vergessens und das Zurückkommen ins Leben, als würde ein Taucher aus großer Meerestiefe aufsteigen! Seitdem jedoch Dr. Van Helsing bei mir ist, haben mich all die bösen Träume verlassen; die Geräusche, die mich fast um den Verstand brachten – das Flattern vor den Fensterscheiben, die fernen Stimmen, die mir doch so nah schienen, die rauhen Befehle, deren Ursprung ich nicht ergründen konnte und die mir, ich weiß nicht was, befahlen – all das hat aufgehört. Jetzt kann ich furchtlos zu Bett gehen. Ich versuche nicht mehr, mich wachzuhalten. An den Knoblauch habe ich mich sehr gewöhnt; jeden Tag trifft für mich eine Sendung aus Harlem ein. Heute abend reist Dr. Van Helsing ab, denn er muß für einen Tag nach Amsterdam. Aber man braucht mich nicht mehr zu bewachen; ich bin gesund genug, um allein zu bleiben. Ich danke Gott um meiner Mutter, Arthurs und all unserer Freunde willen, die sich so rührend um mich bemühten! Einen Großteil der vergangenen Nacht verschlief übrigens Dr. Van Helsing auf seinem Stuhl. Ich wachte zweimal auf und sah ihn schlafen, fürchtete mich aber trotzdem nicht davor, wieder einzuschlafen, obwohl die Zweige oder Fledermäuse oder sonst irgend etwas fast wütend gegen die Fensterscheiben klopften.

Aus der Pall Mall Gazette vom 18. September

WOLF AUSGEBROCHEN
Ein gefährliches Abenteuer unseres Reporters
Interview mit einem Wärter des Zoologischen Gartens

Nach vielen Fragen und beinahe ebenso vielen abschlägigen Antworten, wobei ich ständig den Namen »Pall Mall Gazette« als eine Art Talisman im Munde führte, konnte ich schließlich jenen Wärter des Zoologischen Gartens ausfindig machen, in dessen Abteilung die Wölfe untergebracht sind. Thomas Bilder wohnt in einem Häuschen innerhalb der Umzäunung hinter dem Elefantenhaus. Als ich ihn schließlich aufspürte, wollte er gerade seinen Tee trinken. Thomas und seine Frau sind gastfreundliche Leute, nicht mehr jung und kinderlos. Nach der Probe ihrer Gastfreundschaft zu urteilen, die ich genießen durfte, führen sie ein ziemlich behagliches Leben. Erst nach dem Essen, als wir alle gesättigt waren, wollte der Wärter auf das, wie er es nannte, »Geschäftliche« zu sprechen kommen. Als der Tisch abgeräumt war und er sich seine Pfeife angesteckt hatte, begann er:

»Jetzt, Sir, können Sie losschießen und mich fragen, was Sie wollen. 'tschuldigung, daß ich vor dem Essen nicht über ernste Dinge sprechen wollte. Aber ich gebe den Wölfen und den Schakalen und Hyänen in unseren Käfigen auch erst ihren Tee, ehe ich ihnen Fragen stelle!«

»Was meinen Sie damit: Sie stellen ihnen Fragen?« Um ihn zum Sprechen zu animieren, ging ich auf ihn ein.

»Ihnen mit 'ner Stange über den Kopf schlagen ist die eine Art, ihnen die Ohren kraulen ist die andere, wenn junge Herren ihren Mädchen ein bißchen 'n Schauspiel bieten wollen. Mir macht es nichts aus, ihnen mit der Stange über den Kopf zu schlagen, ehe ich ihnen ihr Futter 'reinstecke, aber ehe ich versuche, ihnen die Ohren zu kraulen, warte ich lieber, bis sie sozusagen ihren Sherry und Kaffee gehabt haben. Wissen Sie«, setzte er philosophisch hinzu, »mit den Tieren ist es doch genauso wie mit uns. Da kommen Sie daher und stellen mir Fragen über meine Arbeit, und ich bin so brummig, daß ich nur wegen eines Zehn-Schilling-Stücks, das ich bei Ihnen blinzeln sehen müßte, antworten würde. Un' nicht einmal, wenn Sie mir mit dem Oberaufseher drohten, würde ich mich bequemen. Nichts für ungut, aber hatte ich nicht gesagt, Sie sollten sich zum Teufel scheren?«

»Das hatten Sie.«

»Und als Sie dann sagten, Sie würden mich wegen der ordinären Redeweise melden, das hieß, mich mit der Stange über den Kopf schlagen. Aber das Zehn-Schilling-Stück hat alles wieder eingerenkt. Ich wollte auch nicht beißen; ich wartete einfach auf mein Futter und heulte, wie meine Wölfe heulen oder die Löwen und Tiger brüllen. Aber mein Gott, jetzt, wo mich meine Gute hier mit Teekuchen gestopft und mit ihrem alten Teekessel gespült hat, fühle ich mich wohler, und Sie können mir die Ohren kraulen, solange Sie wollen, und Sie werden nicht ein einziges Knurren von mir hören. Schießen Sie also los mit Ihren Fragen. Ich weiß ja, weshalb Sie gekommen sind. Wegen des entsprungenen Wolfes.«

»Stimmt. Ich hätte gern Ihre Ansicht über die Sache erfahren. Erzählen Sie mir doch mal, was geschehen ist, und wenn ich die Tatsachen kenne, wüßte ich gern, was Sie darüber denken und was Sie vom Ausgang der ganzen Sache halten.«

»Also gut. Das hier ist die ganze Geschichte. Dieser Wolf, den wir Bersicker nannten, war einer von drei Grauwölfen, die aus Norwegen kamen und die wir vor vier Jahren von Jamrach kauften. Er war ein schöner, braver Wolf, der uns nie Ärger gemacht hat. Daß ausgerechnet er ausgebrochen ist, darüber wundere ich mich mehr als bei jedem anderen Tier hier. Aber da sehen Sie, man kann Wölfen genausowenig trauen wie Frauen.«

»Geben Sie nichts auf ihn, Sir!« unterbrach Mistreß Tom mit fröhlichem Lachen. »Er lebt schon so lange mit seinen Tieren, daß er schon selbst einem alten Wolf ähnelt. Aber er ist nicht bösartig!«

»Also Sir, es war gestern, ungefähr zwei Stunden nach dem Füttern, als ich zum erstenmal die Unruhe spürte. Ich bereitete gerade im Affenhaus eine Streu für einen jungen kranken Puma, da hörte ich sie kläffen und heulen und bin sofort hingegangen. Dann sah ich Bersicker, der wie toll an den Gittern zerrte, als ob er heraus aus dem Käfig wollte. Wir hatten an dem Tag nicht viel Publikum, und vor dem Käfig stand nur ein einziger Mann, ein langer, dünner Bursche mit Hakennase und Spitzbart, durch den ein paar weiße Fäden liefen. Er hatte einen harten, kalten Blick und rote Augen, und ich mochte ihn von Anfang an nicht, denn mir kam es so vor, als ob seinetwegen die Tiere so unruhig wären. Er trug weiße Wildlederhandschuhe, deutete damit auf die Tiere und sagte: ›Wärter, diese Wölfe scheinen sich über irgend etwas aufzuregen.‹

›Vielleicht über Sie‹, sagte ich, denn mir gefiel sein Benehmen nicht. Er wurde aber nicht zornig, wie ich gehofft hatte, sondern lächelte nur unverschämt und zeigte dabei seinen Mund voller weißer spitzer Zähne. ›O nein, ich würde ihnen nicht schmecken‹, sagte er.

›O doch, das würden Sie‹, meinte ich und äffte seinen Tonfall nach. ›Sie haben ganz gern einen Knochen zur Teezeit, um sich ihre Zähne daran zu wetzen. Sie haben ja einen Sack voll davon.‹

Das merkwürdige war, daß die Tiere, als sie uns miteinander sprechen sahen, sich ruhig niederlegten. Da ging ich zu Bersicker, und er ließ mich wie sonst auch seine Ohren kraulen. Dann trat auch der Fremde heran, und, verdammt will ich sein, aber er steckte seine Hand in den Käfig und kraulte ebenfalls die Ohren des alten Wolfs!

›Seien Sie vorsichtig‹, sagte ich. ›Bersicker ist blitzschnell!‹

›Keine Angst‹, meinte er. ›Ich bin an sie gewöhnt!‹

›Haben Sie auch mit Tieren zu tun?‹ fragte ich und nahm den Hut ab, denn ein Mann, der mit Wölfen und ähnlichem handelt, ist für einen Tierwärter ein guter Freund.

›Nein‹, sagte er, ›nicht direkt, aber ich habe so verschiedene Lieblingstiere.‹ Und damit lüftet er den Hut, ganz wie ein Lord, und geht davon. Der alte Bersicker sieht ihm nach, bis der Fremde außer Sicht ist; dann legt er sich in eine Ecke und kommt den ganzen Abend nicht mehr hervor. Naja, und gestern abend, kaum war der Mond aufgegangen, da begannen hier alle Wölfe zu heulen. Dabei gab es nichts, weshalb sie hätten heulen müssen. Es war niemand in der Nähe, und nur draußen in der Park Road hat irgend jemand nach seinem Hund gerufen. Ein- oder zweimal ging ich selbst hinaus zu den Käfigen, um zu sehen, ob alles in Ordnung sei. Dann hörte das Heulen plötzlich auf. Kurz vor zwölf machte ich noch einmal eine Runde, und da traf mich fast der Schlag, denn als ich zu Bersickers Käfig kam, sah ich, daß die Gitterstäbe zerbrochen und verbogen und der Käfig leer war. Und das ist alles, was ich sicher weiß.«

»Hat irgend jemand anders etwas Verdächtiges gesehen?«

»Einer unserer Gärtner kam zu der Zeit nach Hause und sah einen großen grauen Hund am Gartenrand entlangrennen. Wenigstens sagt er das, aber ich gebe nicht viel darauf, denn seiner Frau hat er nichts davon erzählt, als er nach Hause kam, und erst als er von dem Ausbruch des Wolfs erfuhr und wir die ganze Nacht lang im Park nach Bersicker gesucht haben, erinnerte er sich plötzlich, daß er etwas gesehen hätte. Ich glaube aber vielmehr, daß ihm der Alkohol im Kopf steckte.«

»Nun, Mister Bilder, können Sie sich erklären, weshalb der Wolf ausgebrochen sein mag?«

»Ja, Sir, ich glaube, das kann ich«, erwiderte er mit einer geradezu verdächtigen Bescheidenheit, »aber ich glaube, meine Theorie würde Sie nicht zufriedenstellen.«

»Das wird sie sicher. Wenn ein Mann wie Sie, der die Tiere aus langer Erfahrung kennt, sich nicht ein Urteil bilden sollte, wer dürfte es dann?«

»Also gut, Sir, ich sehe es so: Mir scheint, der Wolf ist ausgebrochen – einfach weil er hinaus wollte!«

Dem herzlichen Lachen, in das Thomas und seine Frau bei diesem Scherz ausbrachen, konnte ich entnehmen, daß er diesen Spaß schon vorher angebracht hatte und daß dies einfach eine besondere Art war, den Verkaufspreis zu erhöhen. Ich konnte dem ehrenwerten Thomas nicht mit einem gleichen Scherzchen erwidern, aber ich glaubte, einen sichereren Weg zu seinem Herzen zu wissen, und sagte:

»Also, Mister Bilder, wir werden das erste Zehn-Schilling-Stück als abgegolten ansehen. Hier ist sein Bruder, der wartet darauf, abgeholt zu werden, wenn Sie mir erzählt haben, was Ihrer Meinung nach geschehen wird.«

»Sehr gut, Sir«, erwiderte er kurz. »Entschuldigen Sie das kleine Scherzchen. Meine Meinung ist also diese: Unser Wolf hält sich irgendwo versteckt. Der Gärtner, der ihn gesehen haben will, sagt, er sei nach Norden gerannt, schneller, als ein Pferd galoppieren könnte. Aber das glaube ich nicht, denn sehen Sie, Sir, Wölfe rennen nicht so schnell, und auch Hunde nicht. Sie sind nicht danach gebaut. In Geschichtenbüchern liest man ja viel von Wölfen, daß sie in Rudeln kommen und ihre Beute zerreißen, aber das klingt alles viel schlimmer, als es wirklich ist. Mein Gott, in Wirklichkeit ist ein Wolf eine armselige

Kreatur, nicht halb so schlau oder tapfer wie ein guter Hund und nicht viertel so wild. Unser Wolf hier ist nicht an Kämpfe gewöhnt und auch nicht ans Beutemachen, und er wird sich wahrscheinlich fragen, woher er jetzt sein Frühstück bekommt. Vielleicht ist er auch ein Stück weiter gekommen und steckt in einem Kohlenkeller. Dann wird sich irgendeine Köchin schön erschrecken, wenn sie seine grünen Augen im Dunkeln leuchten sieht! Wenn er nichts zu fressen findet, wird er danach suchen und taucht vielleicht irgendwann in einem Fleischerladen auf. Oder wenn irgendein Kindermädchen das Kind im Kinderwagen stehenläßt und sich mit einem Soldaten herumtreibt – dann sollte man nicht erstaunt sein, wenn bei der nächsten Volkszählung ein Baby fehlt. Und das ist alles, was ich darüber meine.«

Ich reichte ihm das Zehn-Schilling-Stück, als etwas gegen das Fenster polterte. Mr. Bilders Gesicht wurde vor Erstaunen doppelt so lang als im normalen Zustand.

»Mein Gott!« rief er. »Wenn das nicht Bersicker ist, der freiwillig zurückkommt!«

Er ging zur Tür und öffnete sie. Ich hielt dies für höchst überflüssig, da ich mir wilde Bestien nur dann gern ansehe, wenn ein dauerhaftes Hindernis zwischen uns steht. Meine persönliche Erfahrung hat diese Ansicht eher erhärtet als entkräftet.

Allerdings ist kaum etwas so stark wie die Gewohnheit, denn Bilder und seine Frau fürchteten den Wolf nicht mehr als ich einen Hund. Das Tier benahm sich so friedfertig und wohlerzogen wie der Vater aller Bilderbuchwölfe, nämlich Rotkäppchens ehemaliger Freund, der in seiner Verkleidung ihr Zutrauen gewinnen konnte.

Die Szene bot ein unbeschreibliches Gemisch aus Komik und Pathos. Der bösartige Wolf, der einen halben Tag lang ganz London gelähmt und alle Kinder der Stadt zum Zittern gebracht hatte, benahm sich wie ein reuiger Heimkehrer. Er wurde begrüßt und verhätschelt wie ein artiger, verlorengegangener Sohn. Der alte Bilder untersuchte ihn mit äußerst zärtlicher Besorgnis, und als er damit fertig war, sagte er:

»Na, ich wußte doch, der alte Bursche würde in Schwierigkeiten kommen! Habe ich das nicht dauernd gesagt? Sein Kopf ist zerkratzt, und er steckt voller Glassplitter. Er is' über 'ne verflixte Mauer oder so was gesprungen. 's ist 'ne Schande, daß die Leute ihre Mauern mit Glasscherben bestücken dürfen. Das haben wir davon. Komm mit, Bersicker.«

Er nahm den Wolf mit, schloß ihn in einen Käfig ein und legte ihm ein Stück Fleisch vor, das zumindest durch seine Größe das Ungetüm zufriedenstellte. Dann ging er, seinen Bericht zu erstatten.

Unmittelbar darauf begann auch ich mit der Niederschrift dieses Exklusivberichts über den merkwürdigen Ausbruch aus dem Zoo.

Dr. Sewards Tagebuch

17. September. – Nach dem Essen zog ich mich in mein Arbeitszimmer zurück, um meine Bücher in Ordnung zu bringen, mit denen ich durch die viele Arbeit und die häufigen Besuche bei Lucy sehr in Rückstand geraten bin. Plötzlich wurde die Tür aufgerissen, und mein Patient stürzte mit wutverzerrtem Gesicht ins Zimmer. Ich war wie vom Donner gerührt, denn es ist wohl noch nie vorgekommen, daß ein Patient in das Arbeitszimmer des Direktors drang! Er lief geradewegs auf mich zu und hielt ein Messer in der Hand. Da ich sofort erkannte, in welcher Gefahr ich schwebte, versuchte ich, hinter den Tisch zu flüchten. Jedoch war er zu stark und zu schnell für mich, denn ehe ich aufgesprungen war, stach er bereits

nach mir und schnitt mir ziemlich tief in das linke Handgelenk. Bevor er aber zum zweitenmal ausholen konnte, schlug ich mit der rechten Faust zu. Gleich darauf lag er lang ausgestreckt rücklings auf der Erde. Mein Handgelenk blutete heftig, und auf dem Teppich bildete sich eine große Blutlache. Als ich erkannte, daß mein Patient keinen weiteren Angriff unternehmen würde, verband ich mir das Handgelenk, ohne den hingestreckten Mann aus den Augen zu lassen. Als die Wärter in das Zimmer stürzten, hatte er sich herumgedreht und schleckte wie ein Hund das Blut aus meiner Wunde auf. Mich überkam ein furchtbarer Ekel. Wir konnten ihn leicht ergreifen, und zu meiner Überraschung ließ er sich von den Wärtern widerstandslos abführen. Er murmelte lediglich ständig vor sich hin: »Blut bedeutet Leben, Blut bedeutet Leben!«

Im Augenblick darf ich keinen einzigen Tropfen Blut mehr verlieren. Die starken Verluste haben meinen Körper schon zu sehr geschwächt, und Lucys Krankheit ist auch nicht spurlos an mir vorübergegangen. Ich bin überreizt und müde und brauche Ruhe, Ruhe, Ruhe. Glücklicherweise hat mich Van Helsing nicht gerufen, so daß ich nicht auch noch auf Schlaf verzichten muß. Heute nacht könnte ich nicht ohne ihn auskommen.

Telegramm von Van Helsing in Antwerpen an Seward in Carfax (nach Carfax in Sussex geschickt, da keine Grafschaft angegeben war. Dadurch kam es 24 Stunden zu spät an.)

17. September. – Versäume nicht, heute abend nach Hillingham zu fahren. Wenn du Lucy nicht ununterbrochen beobachten kannst, dann besuch sie wenigstens oft und achte darauf, daß die Blüten im Zimmer verstreut werden.

Sehr wichtig! Vergiß es nicht. Werde dich nach Ankunft sofort aufsuchen.

Dr. Sewards Tagebuch

18. September. – Bin gerade auf dem Weg nach London. Van Helsings Telegramm bestürzte mich. Eine ganze Nacht ist verloren, und ich habe die bittere Erfahrung gemacht, daß während einer Nacht Furchtbares geschehen kann. Natürlich kann auch alles in Ordnung sein, aber ich bin doch sehr beunruhigt! Anscheinend liegt ein schrecklicher Fluch auf uns, denn alle möglichen Pannen durchkreuzen unsere Pläne. Ich werde eine Walze mitnehmen, damit ich meine Eintragungen auf Lucys Phonographen vervollständigen kann.

Von Lucy Westenra hinterlassene Notizen

17. September, nachts. – Ich schreibe dies nieder und lasse es offen liegen, damit niemand meinetwegen in Schwierigkeiten gerät. Dies ist die exakte Niederschrift aller Ereignisse dieser Nacht. Ich spüre, daß ich vor Schwäche sterben werde, und ich habe kaum noch genug Kraft zum Schreiben. Aber ich muß es schaffen, und wenn ich darüber sterbe.

Ich ging wie gewöhnlich zu Bett, nachdem ich Dr. Van Helsings Anweisungen zufolge die Blumen verstreut hatte, und bald darauf schlief ich ein.

Ich erwachte durch das Flattern am Fenster, das mir mittlerweile schon so vertraut ist, seit damals, als ich nachts zum Kliff von Whitby gewandelt war und mich Mina gerettet hatte. Ich fürchtete mich nicht, wäre jetzt aber doch froh gewesen, wenn sich Dr. Seward im Nebenzimmer aufgehalten hätte, wie mir Dr. Van Helsing eigentlich zugesichert hatte, damit er notfalls schnell zur Stelle gewesen wäre. Ich konnte nicht wieder einschlafen, und dann kehrte auch meine alte Furcht vor dem Schlaf wieder zurück, und ich versuchte angestrengt, mich wachzuhalten. Dummerweise wollte mich gerade jetzt der Schlaf überwältigen, und da ich mich vor dem Alleinsein fürchtete, öffnete ich die Tür und rief:

»Ist da jemand?« Aber niemand antwortete mir. Ich wollte meine Mutter nicht wecken und schloß wieder die Tür. Dann hörte ich aus dem Gebüsch vor dem Fenster einen Laut, der wie das Heulen eines Hundes klang, nur viel grimmiger und tiefer. Ich trat zum Fenster und blickte hinaus, entdeckte jedoch nur eine große Fledermaus, die offensichtlich mit den Flügeln gegen das Fenster gestoßen war. Ich ging also wieder zu Bett, war jedoch entschlossen, nicht einzuschlafen. Bald darauf wurde die Tür geöffnet, und meine Mutter blickte ins Zimmer. Da sie an meiner Bewegung erkannte, daß ich nicht schlief, kam sie herein und setzte sich zu mir. Sie sagte noch netter und sanfter, als es sonst ihre Art ist:

»Ich machte mir Sorgen um dich, Liebling, und wollte nachsehen, wie es dir geht.«

Da ich fürchtete, sie könnte sich erkälten, bat ich sie, sich zu mir ins Bett zu legen. Sie kroch unter die Decke und streckte sich neben mir aus. Sie zog ihren Morgenmantel nicht aus, da sie meinte, sie würde nur einen Augenblick bleiben und dann in ihr Zimmer zurückkehren. Als sie so in meinen und ich in ihren Armen lag, flatterte und stieß wieder etwas gegen das Fenster. Erschreckt und verängstigt rief sie aus: »Was war das?« Ich versuchte, sie zu beruhigen, was mir schließlich auch gelang. Sie lag still neben mir, aber ich konnte doch hören, wie ihr armes liebes Herz aufgeregt klopfte.

Nach einer Weile drang wieder das dumpfe Heulen aus

dem Gebüsch zu uns herauf, und gleich darauf wurde das Fenster zerschlagen, die Glassplitter flogen auf den Fußboden, und von dem Wind wurde die Jalousie in das Zimmer geweht. In der zerbrochenen Fensterscheibe aber tauchte der Kopf eines großen, hageren grauen Wolfes auf! Meine Mutter schrie auf, richtete sich im Bett hoch und riß alles an sich, was sie hätte schützen können. Unter anderem bekam sie auch den Blütenkranz zu fassen, den ich auf Dr. Van Helsings Geheiß um den Hals trug, und riß ihn mir weg. Ein oder zwei Sekunden lang saß sie aufgerichtet im Bett und zeigte auf den Wolf; ein furchtbares und schreckliches Glucksen drang aus ihrer Kehle, und dann fiel sie wie vom Blitz getroffen um. Sie schlug mit dem Kopf gegen meine Stirn, und ich war einen Moment lang wie benommen. Das ganze Zimmer schien sich um mich zu drehen, ich starrte zu dem Fenster hinüber, aber der Wolf zog seinen Kopf zurück. Dafür wehten unzählige kleine Fünkchen durch die zerbrochene Fensterscheibe herein und wirbelten umher wie die Staubsäulen, die sich bei Sandstürmen in der Wüste erheben und von denen die Reisenden berichten. Ich versuchte mich zu bewegen, aber auf mir lastete anscheinend ein Bann, und der Körper meiner armen Mutter, der schon jetzt kalt zu werden schien, denn ihr Herz hatte aufgehört zu schlagen, drückte mich nieder. Dann setzte für eine Zeitlang mein Erinnerungsvermögen aus.

Es dauerte nicht lange, bis ich das Bewußtsein wiedererlangte und in eine gräßliche Wirklichkeit zurückkehrte. Irgendwo in der Nähe läutete eine Totenglocke; alle Hunde der Nachbarschaft heulten, aber anscheinend dicht unter meinem Fenster sang eine Nachtigall. Ich war wie betäubt und von Sinnen vor Angst und Schrecken und Schwäche, aber das Singen der Nachtigall klang mir wie die Stimme meiner toten Mutter, die zurückgekehrt war, um mich zu trösten. Offenbar hatte der Lärm auch die

Zimmermädchen geweckt, denn ich konnte ihre nackten Füße draußen vor der Tür tappen hören. Ich rief sie herein, und als sie entdeckten, was geschehen war und was über mir auf dem Bett lag, schrien sie laut auf. Der Wind fegte durch das zerbrochene Fenster und warf die Tür ins Schloß. Sie hoben den Körper meiner geliebten Mutter an, ließen mich aufstehen, legten sie wieder auf das Bett und deckten sie mit einem Laken zu. Sie waren so ängstlich und nervös, daß ich ihnen sagte, sie sollten ins Wohnzimmer gehen und jede ein Glas Wein trinken. Da öffnete sich die Tür für einen Augenblick und fiel wieder zu. Die Mädchen kreischten auf und stürzten dann gemeinsam zum Wohnzimmer hinunter. Ich legte alle Blumen auf die Brust meiner lieben Mutter, doch als ich sie dort liegen sah, fielen mir plötzlich Dr. Van Helsings Anweisungen ein. Ich mochte sie ihr aber nicht wieder fortnehmen, und außerdem würden sicher einige der Dienstmädchen jetzt mit mir wachen. Daher erstaunte es mich, daß keine von ihnen zurückkam. Ich rief nach ihnen, erhielt aber keine Antwort. Schließlich ging ich ins Wohnzimmer hinunter, um nach ihnen zu sehen.

Mein Herz stockte, als ich entdeckte, was sich inzwischen zugetragen hatte. Alle vier Mädchen lagen schwer atmend und hilflos auf dem Fußboden. Die Sherry-Karaffe stand noch halb gefüllt auf dem Tisch, aber in der Luft hing ein seltsamer, beißender Geruch. Mißtrauisch untersuchte ich die Karaffe. Sie roch nach Opium. Als ich zum Büfett hinübersah, bemerkte ich, daß die Flasche mit dem Beruhigungsmittel, von dem der Arzt meiner Mutter immer eingibt – oh! eingab –, leer war. Was soll ich jetzt tun? Was soll ich nur tun? Ich bin wieder im Zimmer bei meiner Mutter. Ich kann sie nicht verlassen, und bis auf die schlafenden Dienstmädchen, die von irgend jemand betäubt wurden, bin ich allein. Allein mit der Toten! Ich wage nicht, das Haus zu verlassen, denn durch das zerbrochene Fenster höre ich das tiefe Heulen des Wolfes.

Die Luft scheint voller Fünkchen zu sein, die im Luftzug schweben und kreisen. Die Lichter brennen blau und trübe. Was soll ich nur tun? Gott schütze mich in dieser Nacht! Ich werde diesen Bogen Papier an meiner Brust verwahren, wo man ihn finden wird, wenn man mich auf die Bahre legt. Meine liebe Mutter ist von mir gegangen! Es wird Zeit, daß ich ihr folge. Lebe wohl, Arthur, wenn ich diese Nacht nicht überlebe. Möge Gott dich beschützen, mein Liebling, und mir beistehen!

Zwölftes Kapitel

Dr. Sewards Tagebuch

18. September. – Ich machte mich sofort auf den Weg nach Hillingham und traf bald darauf dort ein. Ich verließ die Droschke am Tor und ging allein auf das Haus zu. Vorsichtig und so leise wie möglich klopfte ich an, denn ich fürchtete, Lucy und ihre Mutter zu stören, und wollte nur eines der Hausmädchen zur Tür rufen. Als sich nach einer Weile noch niemand rührte, klopfte ich ein zweites Mal und klingelte. Wieder keine Antwort. Ich schimpfte auf die Faulheit des Dienstpersonals, das offenbar zu dieser Stunde noch immer im Bett lag, obwohl es jetzt bereits zehn Uhr war. Ich klopfte und läutete erneut, schon etwas ungeduldiger, aber wieder ergebnislos. Bis dahin hatte ich nur an das Personal gedacht, aber jetzt packte mich eine schreckliche Angst. Bedeutete diese Stille ein weiteres Glied in der Kette von Schicksalsschlägen, die sich um uns zusammenzuziehen schien, war dies vielleicht ein Haus des Todes, das ich – zu spät – erreicht hatte? Ich wußte, daß ein paar Minuten oder gar nur Sekunden Verspätung

für Lucy qualvolle Stunden bedeuten konnten, falls sie wieder einen ihrer furchtbaren Rückschläge erlitten haben sollte. Prüfend ging ich um das Haus herum, ob ich nicht irgendwo Einlaß fände.

Aber an keiner Stelle konnte man in das Haus eindringen. Alle Fenster und Türen waren verschlossen und verriegelt, und verwirrt kehrte ich zum Haupteingang zurück. Auf dem Weg dahin hörte ich plötzlich den Hufschlag eines zur Eile angetriebenen Pferdes. Vor dem Tor machte es halt, und ein paar Sekunden später stieß ich auf Van Helsing, der auf das Haus zugelaufen kam. Als er mich sah, keuchte er:

»Du bist es! Und eben erst angekommen? Wie geht es ihr? Kommen wir zu spät? Hast du mein Telegramm nicht erhalten?«

Ich erzählte ihm so schnell und zusammenhängend wie möglich, daß ich sein Telegramm erst am frühen Morgen erhalten und keine Minute gezögert hätte, mich auf den Weg zu machen, und daß sich niemand im Haus rühre. Er schwieg einen Moment, nahm den Hut ab und sagte ernst:

»Dann, fürchte ich, sind wir zu spät gekommen. Gottes Wille möge geschehen.« Mit der für ihn üblichen, plötzlich wiederkehrenden Energie fuhr er fort: »Komm. Wenn alles verschlossen ist, müssen wir uns Einlaß verschaffen. Zeit bedeutet jetzt alles.«

Wir gingen zur Rückseite des Hauses, wo sich das Küchenfenster befand. Der Professor entnahm seiner Tasche eine kleine Chirurgensäge, die er mir reichte und dabei auf die Eisenstäbe vor dem Fenster deutete. Ich machte mich sofort an die Arbeit und hatte bald darauf drei der Stäbe durchgesägt. Dann schoben wir mit Hilfe eines langen, schmalen Skalpells den Riegel zurück und öffneten das Fenster. Ich half dem Professor beim Hinaufklettern und stieg dann hinterher. Die Küche war leer, ebenso wie die Zimmer des Dienstpersonals, die dicht daneben lagen. Während wir durch das Haus gingen, schauten wir in alle Zimmer, und dann entdeckten wir im Speisezimmer, das von dem durch die Fensterläden dringenden Licht trübe erhellt wurde, vier Dienstmädchen auf dem Fußboden. Wir erkannten sofort, daß sie noch am Leben waren, denn ihr Röcheln und der beißende Geruch von Laudanum, der in der Luft hing, ließen keinen Zweifel über ihren Zustand aufkommen. Van Helsing und ich sahen uns stumm an, und als wir weitergingen, sagte er: »Wir können uns später um sie kümmern.« Dann stiegen wir zu Lucys Zimmer hinauf. Einen Augenblick lang blieben wir lauschend vor ihrer Tür stehen, konnten aber nichts hören. Bleich und mit zitternden Händen öffneten wir sanft die Tür und traten in den Raum.

Wie soll ich den Anblick beschreiben, der sich unseren Augen bot? Auf dem Bett lagen zwei Frauen, Lucy und ihre Mutter. Die letztere lag weiter hinten und war mit einem Laken zugedeckt. Ein Windstoß vom zerbrochenen Fenster her hatte dieses teilweise zurückgeschlagen und das bleiche, schreckverzerrte Gesicht entblößt. Neben ihr lag Lucy, noch bleicher und mit noch stärker verzerrtem Gesicht. Die Blüten, die sie um den Hals getragen hatte, lagen auf der Brust ihrer Mutter. Ihre Kehle war bloß, und wir erkannten deutlich die beiden kleinen Wunden, die wir schon früher gesehen hatten. Sie sahen sehr weiß und zerfranst aus. Wortlos beugte sich der Professor über das Bett, so daß sein Kopf fast die Brust der armen Lucy berührte. Dann wendete er plötzlich den Kopf, als würde er angestrengt lauschen, und schließlich fuhr er hoch und rief mir zu:

»Es ist noch nicht zu spät! Schnell! Schnell! Hol den Weinbrand!«

Ich stürzte die Treppe hinunter und brachte ihn, nachdem ich vorher daran gerochen und ihn probiert hatte, um sicherzugehen, daß er nicht ebenso wie der Sherry, den ich auf dem Tisch vorfand, mit einem Schlafmittel vermischt worden war. Die Mädchen wurden jetzt unruhiger, und ich nahm an, daß das Schlafmittel bei ihnen langsam seine Wirkung verlor. Ohne mich dessen weiter zu vergewissern, stieg ich zu Van Helsing hinauf. Wie schon einmal rieb er Lucys Lippen, ihr Zahnfleisch, ihre Handgelenke und ihre Handteller mit dem Weinbrand ein. Dabei erklärte er mir:

»Mehr kann man im Augenblick nicht tun. Weck inzwischen die Zimmermädchen! Schlag ihnen mit einem nassen Handtuch ins Gesicht, und schlag ordentlich zu! – Sie sollen dann ein kräftiges Feuer machen und ein warmes Bad herrichten. Diese arme Seele hier ist beinahe ebenso kalt wie die neben ihr liegende. Sie braucht Wärme, vorher können wir nichts für sie tun.«

Ich ging sofort hinunter. Es war nicht sehr schwierig, drei der Mädchen zu wecken. Die vierte war noch sehr jung, und das Schlafmittel hatte bei ihr offenbar stärker gewirkt. Ich trug sie zum Sofa und ließ sie weiterschlafen. Die anderen waren zuerst noch benommen, aber als ihre Erinnerung zurückkehrte, weinten und schluchzten sie hysterisch. Ich blieb jedoch hart und ließ sie nicht zum Sprechen kommen. Ich erklärte ihnen, es sei schlimm genug, ein Leben verloren zu haben, daß sie aber durch weiteres Zaudern obendrein Miß Lucy opfern würden. Also machten sie sich, so spärlich bekleidet wie sie waren, schluchzend und weinend an die Arbeit und entfachten das Feuer wieder. Glücklicherweise war es in Ofen und Herd noch nicht niedergebrannt, und so mangelte es nicht an heißem Wasser. Wir gossen es in die Badewanne und legten Lucy so hinein, wie wir sie aufgefunden hatten. Während wir damit beschäftigt waren, ihre Glieder zu massieren, klopfte jemand an die Haustür. Eines der Mädchen lief hinunter, zog sich hastig etwas über und öffnete. Dann kehrte sie zurück und flüsterte uns zu, ein

Mann mit einer Botschaft von Mr. Holmwood stünde draußen. Ich bat sie, ihm zu sagen, er müsse etwas warten, denn wir könnten im Augenblick niemand empfangen. Sie richtete ihm dies aus, und da wir ganz besessen waren von unserer Tätigkeit, vergaß ich ihn schnell.

Noch nie hatte ich den Professor so konzentriert arbeiten sehen. Ich wußte ebensogut wie er, daß es ein Ringen mit dem Tode war. In einer Pause sprach ich diesen Gedanken auch aus. Er antwortete mir mit Worten, die ich nicht verstand, und mit dem finstersten Gesichtsausdruck, zu dem er fähig war:

»Wenn es nur das wäre, dann könnten wir auf der Stelle aufhören und sie friedlich einschlummern lassen, denn ich sehe am Horizont kein Licht mehr für ihr Leben.« Und er fuhr mit erneutem und noch verbissenerem Eifer in seiner Beschäftigung fort, falls überhaupt noch eine Steigerung möglich war.

Endlich spürten wir, daß die Wärme zu wirken begann. Mit Hilfe des Stethoskops konnten wir hören, daß Lucys Herz ein bißchen kräftiger schlug, und ihre Brust atmete jetzt spürbar. Van Helsings Gesicht begann fast zu strahlen, und als wir sie aus der Wanne hoben und in ein heißes Laken einwickelten, um sie abzutrocknen, sagte er:

»Die erste Runde geht an uns. Schach dem König!«

Wir trugen Lucy in ein anderes Zimmer, das man inzwischen hergerichtet hatte, legten sie auf das Bett und flößten ihr ein paar Tropfen Brandy ein. Ich bemerkte, daß Van Helsing ein weiches Seidentuch um ihren Hals schlang. Sie war noch immer bewußtlos, und es ging ihr sehr schlecht, vielleicht sogar schlechter, als wir sie je vorgefunden hatten.

Van Helsing rief eines der Mädchen ins Zimmer und befahl ihr, bei Lucy zu bleiben und sie nicht aus den Augen zu lassen, bis wir zurückgekehrt seien. Dann führte er mich aus dem Zimmer.

»Wir müssen uns jetzt über die nächsten Schritte klarwerden«, sagte er, als wir die Treppe hinunterstiegen. Er öffnete die Eßzimmertür, und nachdem wir eingetreten waren, schloß er sie sorgfältig wieder. Die Fensterläden waren aufgestoßen worden, aber entsprechend der Sterberiten, die von den englischen Frauen der unteren Klassen streng beachtet werden, hatte man die Jalousien heruntergelassen. In dem Zimmer herrschte also trübe Dunkelheit, doch war es für unsere Absichten hell genug. Van Helsings düstere Miene wurde nur durch seine Ratlosigkeit ein wenig gemildert. Offenbar zermarterte er sich über etwas den Kopf. Ich wartete also eine Weile, und dann begann er:

»Was sollen wir nun anfangen? An wen sollen wir uns um Hilfe wenden? Wir müssen eine weitere Bluttransfusion vornehmen, und zwar bald, oder das arme Mädchen wird keine Stunde mehr leben. Sie sind bereits erschöpft und ich ebenfalls. Den Mädchen hier traue ich nicht, selbst wenn sie genug Mut hätten, sich freiwillig zur Verfügung zu stellen. Wie können wir jemand finden, der bereit wäre, für Lucy seine Venen öffnen zu lassen?«

»Und wie wäre es mit mir?«

Die Stimme kam vom Sofa aus der anderen Zimmerecke, und ihr Klang erfreute und beruhigte mich, denn sie gehörte Quincey Morris. Van Helsing fuhr im ersten Augenblick ärgerlich zusammen, aber sein Gesicht glättete sich und zeigte Zufriedenheit, als ich ausrief: »Quincey Morris!« und mit ausgestreckten Armen auf ihn zuging.

»Was bringt dich hierher?« rief ich, während wir uns die Hände schüttelten.

»Niemand anders als Art.«

Und er reichte mir folgendes Telegramm:

»Habe seit drei Tagen nichts von Seward gehört und bin sehr besorgt. Kann nicht abreisen. Vater noch in gleicher

Verfassung. Bitte schreib mir umgehend, wie es Lucy geht. – Holmwood.«

»Mir scheint, ich bin gerade zur rechten Zeit gekommen. Du brauchst mir nur zu sagen, was ich tun muß.« Van Helsing trat auf uns zu, nahm seine Hand, sah ihm fest in die Augen und sagte:

»Das Blut eines tapferen Mannes ist das beste Mittel auf dieser Welt, wenn eine Frau in Gefahr ist. Sie sind ein braver Mann! Soll der Teufel gegen uns arbeiten, soviel er will – Gott schickt uns Männer, wenn wir sie brauchen.«

Und wieder machten wir uns an den gespenstischen Eingriff. Ich habe nicht das Herz, jede Einzelheit zu beschreiben. Lucy hatte einen schrecklichen Schock erlitten, dessen Spuren stärker als je zuvor an ihr zu sehen waren, denn obwohl genug Blut in ihre Venen floß, erholte sich ihr Körper nach der Behandlung nicht wieder so gut, wie dies bei den anderen Gelegenheiten der Fall gewesen war. Ihre Rückkehr ins Leben war qualvoll, doch erholten sich ihr Herz und ihre Lungen wieder, und Van Helsing gab ihr wie schon zuvor eine Morphiuminjektion, worauf wieder aus ihrer Ohnmacht ein tiefer Schlaf wurde. Der Professor wachte bei ihr, während ich mit Quincey Morris hinunterging und einem der Zimmermädchen auftrug, sie solle den Kutscher bezahlen, der noch vor dem Tor wartete. Nachdem Quincey ein Glas Wein getrunken hatte, legte er sich hin, und ich befahl der Köchin, ein kräftiges Frühstück zuzubereiten. Dann kam mir eine Idee, und ich stieg wieder zu Lucys Zimmer hinauf. Als ich leise eintrat, hielt Van Helsing einige Blätter Papier in der Hand, die er offensichtlich gelesen hatte. Er dachte nach, wobei er den Kopf aufstützte. Auf seinem Gesicht lag ein Ausdruck grimmiger Zufriedenheit, als habe er soeben ein Problem gelöst. Er reichte mir das Papier und erklärte:

»Es rutschte von Lucy herunter, als wir sie ins Bad trugen.«

Als ich es gelesen hatte, sah ich den Professor an und fragte ihn nach einer Pause: »In Gottes Namen, was soll das bedeuten? War sie verrückt, ist sie es noch, oder um welch furchtbare Gefahr handelt es sich?« Ich war so bestürzt, daß ich kein Wort weiter hervorbringen konnte. Van Helsing nahm mir das Papier aus der Hand und sagte:

»Mach dir jetzt keine Gedanken darüber. Vergiß es für den Augenblick. Du wirst alles zur rechten Zeit erfahren und verstehen, aber jetzt ist es noch zu früh dafür. Weshalb bist du noch einmal heraufgekommen?« Diese Frage brachte mich auf den Boden der Tatsachen zurück, und ich faßte mich wieder.

»Ich wollte mit dir über den Totenschein sprechen. Wenn wir nicht klug und zugleich rechtmäßig handeln, müssen wir mit einer Untersuchung rechnen und müßten dann diese Aufzeichnung vorlegen. Ich hoffe aber sehr, daß es keine Untersuchung gibt, denn selbst wenn alles glatt ginge, würde es die arme Lucy töten. Ich, du und der andere Arzt, der Mrs. Westenra behandelte, wir alle wissen, daß sie an einer Herzkrankheit litt. Und wir alle können bezeugen, daß sie daran starb. Laß uns sofort den Totenschein ausschreiben. Ich werde ihn dann persönlich zum Standesbeamten bringen und den Leichenbestatter aufsuchen.«

»Gut, John! Sehr vernünftig gedacht! Wenn Miß Lucy auch mächtige Feinde hat, die ihr zusetzen, so kann sie auch unendlich glücklich sein über die Freunde, die sie lieben. Einer, zwei, drei, alle öffnen für sie ihre Venen, und darunter sogar ein alter Mann. O ja, so ist es, mein Freund. Ich bin nicht blind. Ich mag dich deshalb nur noch mehr. Geh jetzt.«

In der Eingangshalle stieß ich auf Quincey Morris, der ein Telegramm an Arthur abschicken wollte mit der Nachricht, daß Mrs. Westenra verstorben und Lucy erkrankt sei, die letztere sich aber wieder auf dem Wege der

Besserung befinde und daß wir, Van Helsing und ich, uns um sie kümmerten. Ich sagte ihm, wohin ich gehen wollte, und er begleitete mich hinaus; aber als ich mich abwenden wollte, sagte er: »Jack, können wir, wenn du zurückkehrst, ein paar Worte unter vier Augen wechseln?«

Ich nickte und ging davon. Auf dem Standesamt verlief alles glatt, und ich verabredete mit dem Leichenbestatter, er solle am Abend zu uns kommen, den Sarg abmessen und alle Vorbereitungen treffen.

Als ich zurückkehrte, erwartete mich Quincey bereits. Ich sagte, ich würde sofort zu ihm kommen, sobald ich mich um Lucy gekümmert hätte, und stieg dann zu ihrem Zimmer hinauf. Sie schlief noch immer, und der Professor hatte sich offensichtlich nicht von ihrer Seite gerührt. Da er den Finger auf den Mund legte, erriet ich, daß sie bald aufwachen würde und er der Natur nicht vorgreifen wollte. Ich ging also wieder zu Quincey hinunter und führte ihn in den Frühstücksraum, wo die Jalousien nicht heruntergelassen waren. Das Zimmer wirkte ein bißchen freundlicher oder vielmehr weniger freudlos als die anderen Räume. Als wir allein waren, sagte er zu mir:

»Jack Seward, ich möchte mich nicht in etwas einmischen, das mich nichts angeht; aber dies ist kein gewöhnlicher Fall. Wie du weißt, habe ich dieses Mädchen geliebt und wollte sie heiraten. Das ist zwar alles vergangen und vorbei, aber ich kann trotzdem nicht aufhören, mir um sie Gedanken zu machen. Was fehlt ihr eigentlich? Der Holländer – ein prächtiger Knabe übrigens – sagte in dem Augenblick, als ihr beide das Zimmer betratet, daß Lucy eine weitere Bluttransfusion benötige und daß ihr beide bereits erschöpft wäret. Ich weiß natürlich, daß ihr Mediziner eine eigene Sprache sprecht, und niemand kann erwarten, das zu verstehen, was ihr euch zuflüstert. Aber hier handelt es sich um keine alltägliche Angelegenheit, und was immer es auch sein mag, ich stecke jetzt mit drin. Ist es nicht so?«

»Das stimmt«, sagte ich, und er fuhr fort:

»Wenn ich recht verstand, habt ihr – du wie auch Van Helsing – bereits das getan, wofür ich mich heute zur Verfügung stellte. Ist das richtig?«

»Es stimmt.«

»Und ich vermute, auch Art hat das getan. Als ich ihn vor vier Tagen besuchte, sah er sehr mitgenommen aus. Ich habe übrigens nur einmal etwas Ähnliches gesehen, als ich nämlich in den Pampas war und eine Stute, die ich liebte, eines Nachts noch grasen ließ. Eine der großen Fledermäuse, die man Vampire nennt, fiel in dieser Nacht über sie her. Durch die geöffnete Kehle und die Venen hatte die Stute so viel Blut verloren, daß sie sich nicht mehr aufrichten konnte, und ich mußte sie an dem Ort, wo sie lag, mit einer Kugel erlösen. Jack, kannst du mir, ohne das in dich gesetzte Vertrauen zu brechen, verraten, ob Arthur wirklich der erste Blutspender war?«

Der arme Bursche sah sehr besorgt aus. Die Ungewißheit über das Schicksal des Mädchens, das er liebte, zermarterte ihn, und das schreckliche Geheimnis, das sie zu umgeben schien, vergrößerte seine Qual. Sein Herz schmerzte, und es bedurfte seiner ganzen Mannhaftigkeit – womit er durchaus nicht schlecht versehen war –, um nicht zusammenzubrechen. Ich zögerte mit der Antwort, weil ich nicht ausplaudern mochte, was der Professor noch verschweigen wollte; aber Quincey wußte bereits so viel und reimte sich den Rest zusammen, so daß ich keinen Grund sah, weshalb ich ihm noch etwas verschweigen sollte. Also antwortete ich wiederum: »Es stimmt wirklich.«

»Und wie lange geht das schon so?«

»Ungefähr zehn Tage.«

»Zehn Tage! Dann wurde also während dieser Zeit das Blut von vier starken Männern in die Venen dieses armen Geschöpfes gepumpt! Wäre sie gesund, könnte ihr ganzer

Körper diese Menge nicht aufnehmen!« Dann beugte er sich vor und flüsterte grimmig: »Wodurch hat sie es verloren?«

Ich schüttelte den Kopf. »Das ist der Haken«, erwiderte ich. »Van Helsing wird über diesem Problem verrückt, und ich bin mit meiner Weisheit am Ende. Ich kann nicht einmal mehr raten. Eine Reihe unglücklicher Umstände hat alle Versuche, Lucy ständig im Auge zu behalten, zunichte gemacht. Aber dies soll sich nicht noch einmal wiederholen. Hier bleiben wir jetzt, bis entweder alles gut wird – oder wir alle verrückt sind.« Quincey streckte mir seine Hand entgegen. »Zähl mich auch dazu«, sagte er. »Du und der Holländer, ihr müßt mir sagen, was ich zu tun habe, und ich werde euch nicht enttäuschen.«

Als Lucy am späten Nachmittag erwachte, faßte sie als erstes an ihre Brust und holte zu meiner Überraschung die Notizen hervor, die mir Van Helsing zu lesen gegeben hatte. Der umsichtige Professor hatte sie dorthin zurückgesteckt, um Lucy nicht unnötig zu beunruhigen.

Dann blickte sie sich im Zimmer um, und als sie erkannte, wo wir uns befanden, erschauerte sie, stieß einen spitzen Schrei aus und schlug ihre abgemagerten Hände vor das bleiche Gesicht. Wir wußten beide, was dies bedeutete; sie hatte sich plötzlich an den Tod ihrer Mutter erinnert. Wir taten unser Bestes, um sie zu trösten. Unser Mitgefühl beruhigte sie, aber sie blieb sehr niedergeschlagen und weinte noch lange leise und kraftlos vor sich hin. Wir versprachen ihr, daß entweder einer oder wir beide gleichzeitig bei ihr wachen würden, und sie schöpfte neue Hoffnung. Bei Einbruch der Dunkelheit fiel sie in einen leichten Schlummer. Plötzlich geschah etwas sehr Merkwürdiges. Während sie weiter schlief, zog sie den Bogen Papier hervor und riß ihn entzwei. Van Helsing trat zu ihr und nahm ihr den Bogen aus der Hand. Sie schien jedoch nicht zu merken, daß sie das Papier nicht mehr in Händen hielt, sondern fuhr mit der Handbewegung des Zerreißens fort. Schließlich hob sie die Hände und öffnete sie, als wolle sie die Fetzen auf den Boden streuen. Van Helsing schien überrascht und zog nachdenklich die Augenbrauen zusammen, sagte jedoch kein Wort.

19. September. – Lucy verbrachte eine unruhige Nacht, weil sie sich vor dem Schlaf fürchtete, und jeweils wenn sie erwachte, war sie noch schwächer als zuvor. Ich wechselte mich mit dem Professor in der Nachtwache ab, und wir ließen sie keinen Augenblick unbeobachtet. Quincey Morris verriet kein Wort über seine Absichten, aber ich wußte, daß er während der Nacht ständig um das Haus patrouilliert war.

Das Tageslicht machte deutlich, wie sehr Lucys Kräfte abgenommen hatten. Sie konnte kaum ihren Kopf bewegen, und die kleine Nahrungsmenge, die sie zu sich nahm, schien sie nicht zu kräftigen. Bisweilen schlief sie ein, und sowohl Van Helsing als auch ich bemerkten dann, wie unterschiedlich sie im Schlafen oder im Wachen aussah. Im Schlaf wirkte sie kräftiger, aber auch hagerer, und ihr Atem ging leichter; wenn ihr Mund geöffnet war, erkannte man, daß das blasse Zahnfleisch von den Zähnen zurückgewichen war, wodurch diese wesentlich länger und spitzer aussahen als gewöhnlich. Im Wachen wirkten ihre sanften Augen mildernd, und sie ähnelte wieder der alten Lucy, auch wenn sie wie eine Sterbende aussah. Am Nachmittag verlangte sie nach Arthur, und wir telegrafierten ihm. Quincey holte ihn vom Bahnhof ab.

Als er eintraf, war es beinahe sechs Uhr. Die Sonne ging groß und warmleuchtend unter, und das rote Licht, das durch die Fenster fiel, gab Lucys blassen Wangen Farbe. Als Arthur sie sah, schnürte die Rührung ihm die Kehle zu, und keiner von uns brachte ein Wort heraus. Während der letzten Stunden war sie immer häufiger kurzzeitig in

Schlaf oder in eine Art Dämmerzustand gefallen, so daß die Pausen, während denen wir uns unterhalten konnten, immer kürzer wurden. Arthurs Anwesenheit schien jedoch anregend auf Lucy zu wirken. Sie erholte sich etwas und unterhielt sich mit ihm lebhafter, als sie dies bei uns vermocht hatte. Auch er nahm sich zusammen und zwang sich, so fröhlich wie möglich aufzutreten, so daß alles gut zu sein schien.

Es ist jetzt kurz vor ein Uhr nachts. Arthur und Van Helsing halten bei ihr Wache. In einer Viertelstunde werde ich sie ablösen. Die beiden werden dann versuchen, bis sechs Uhr morgens zu schlafen. Ich diktiere diesen Bericht auf Lucys Phonograph. Ich fürchte, unsere Nachtwachen werden morgen nicht mehr benötigt, denn die Strapazen sind für Lucy zu übermächtig; das arme Kind wird sich nicht mehr erholen. Gott steh uns bei!

Brief von Mina Harker an Lucy Westenra
(von ihr nicht geöffnet)

17. September

Meine liebste Lucy!

Mir scheint ein Menschenalter vergangen zu sein, seit ich von Dir hörte oder seit ich Dir schrieb. Ich bin sicher, Du wirst mir meine Fehler verzeihen, wenn Du dies ganze Bündel von Neuigkeiten gelesen hast. Meinen Mann habe ich wieder auf die Beine gebracht. Als wir in Exeter eintrafen, erwartete uns bereits eine Droschke, und in ihr saß, trotz eines Gichtanfalles, Mr. Hawkins. Er nahm uns mit in sein Haus, wo man für uns hübsche und gemütliche Zimmer hergerichtet hatte, und wir speisten gemeinsam. Nach dem Essen sagte Mr. Hawkins:

»Meine Lieben, ich möchte auf eure Gesundheit und euer Wohlergehen trinken. Möge euch das Leben segnen. Ich kenne euch seit eurer Kindheit und habe euch voller

Stolz und Liebe aufwachsen sehen. Ich wünschte, ihr würdet jetzt bei mir bleiben. Mir ist weder Kind noch Anhang geblieben; alle sind von mir gegangen, und deshalb habe ich in meinem Testament meinen gesamten Besitz euch vermacht.«

Ich weinte, liebe Lucy, als Jonathan in die Hand des alten Mannes einschlug. Wir verbrachten einen sehr, sehr glücklichen Abend.

Jetzt richten wir uns also in diesem herrlichen alten Haus ein, und sowohl vom Schlafzimmer als auch vom Salon aus kann ich die großen Ulmen neben der Kathedrale sehen. Ihre hohen schwarzen Stämme heben sich von den alten gelben Steinen der Kathedrale ab. Die Krähen über mir krächzen und schnattern und klatschen den ganzen Tag über, wie es Krähen – und Menschen – nun einmal tun. Ich bin damit beschäftigt, unser Heim einzurichten und auszustatten. Das muß ich Dir wohl nicht näher erläutern. Jonathan und Mr. Hawkins haben den ganzen Tag zu tun, denn jetzt, da Jonathan sein Geschäftspartner geworden ist, muß Mr. Hawkins ihn über alle Klienten informieren. Wie geht es Deiner lieben Mutter? Ich wünschte, ich könnte Dich einen oder zwei Tage besuchen, aber ich wage es noch nicht, weil noch zu viel auf meinen Schultern ruht und ich mich noch sehr um Jonathan kümmern muß. Nach und nach setzt er wieder etwas Fleisch an, aber er ist von seiner langwierigen Krankheit noch zu sehr geschwächt. Selbst jetzt schreckt er noch manchmal aus dem Schlaf hoch und zittert am ganzen Leib, bis ich ihn wieder beruhigt habe. Gott sei Dank geschieht dies jedoch von Tag zu Tag seltener, und ich hoffe, er wird eines Tages wieder vollständig gesund sein. So, jetzt habe ich Dir all meine Neuigkeiten berichtet; laß mich nun Deine wissen. Wann wirst Du heiraten und wo; wer wird euch trauen, und was wirst Du tragen? Wird es eine große Feier, oder soll es im kleinsten Kreis stattfinden? Berichte mir alles, liebste Lucy, erzähle mir alles, denn es gibt nichts, was Dir am Herzen liegt, das nicht auch mich interessierte. Ich soll Dir Jonathans »Ehrerbietung« übermitteln, aber ich finde, das ist zuwenig für den Juniorpartner der Firma Hawkins & Harker. Da Du mich liebst und er mich auch und ich euch beide in der ganzen Bedeutung des Wortes liebe, schicke ich Dir statt dessen von ihm ebenfalls »alles Liebe«. Auf Wiedersehen, Lucy, und möge es Dir gut gehen.

Deine
Mina Harker

Bericht von Dr. Patrick Hennessey
an Dr. John Seward

20. September

Sehr geehrter Herr Dr. Seward!

Entsprechend Ihrem Wunsch übersende ich Ihnen hiermit einen Bericht hinsichtlich der mir überlassenen Aufgaben . . .

Über den Patienten Renfield gibt es einiges zu berichten. Er hat wieder einmal einen Ausbruch versucht, der ein schlimmes Ende hätte nehmen können und nur durch glückliche Umstände nicht dazu führte. Heute nachmittag fuhr ein Speditionswagen mit zwei Männern vor dem leeren Haus vor, das an unser Grundstück grenzt. Ich meine jenes Haus, zu dem sich unser Patient zweimal flüchtete, wie Sie sich erinnern werden. Die Männer blieben vor unserem Tor stehen und wollten nach dem Eingang fragen, da sie hier fremd waren. Es war nach dem Essen, ich rauchte gerade meine Pfeife und blickte aus dem Fenster des Arbeitszimmers, als ich einen der beiden auf unser Haus zukommen sah. Als er an Renfields Fenster vorbeiging, beschimpfte ihn dieser aus seiner Zelle und warf ihm alle möglichen Schimpfworte an den Kopf.

Der Mann begnügte sich damit zu erwidern, er solle gefälligst den Mund halten, woraufhin Renfield ihn beschuldigte, er wolle ihn berauben und ermorden, aber er werde sich wehren, sosehr er nur könne! Ich öffnete das Fenster und gab dem Mann durch einen Wink zu verstehen, er solle Renfield nicht beachten. Nachdem der Mann sich umgeschaut und erkannt hatte, wo er sich befand, begnügte er sich mit der Bemerkung: »Mein Gott, Sir, ich kümm're mich nich' darum, was man in einem Irrenhaus zu mir sagt. Aber Sie un' der Direktor tun mir leid, daß Sie mit so einer Bestie unter einem Dach leben müssen.«

Dann fragte er mich sehr höflich nach dem Weg, und ich sagte ihm, wo er das Tor zu dem verlassenen Haus finden könne. Als er fortging, rief ihm Renfield weitere Drohungen, Flüche und Schmähungen nach. Ich ging zu ihm hinunter, weil ich die Ursache für seine Wut erfahren wollte, denn er benimmt sich doch sonst anständig, und außer seinen gelegentlichen Anfällen hat sich noch nie etwas Derartiges ereignet. Zu meiner Überraschung traf ich ihn aber völlig ruhig und in freundlicher Stimmung an. Ich wollte auf den Vorfall zu sprechen kommen, aber er fragte mich ganz sanft, wovon ich eigentlich rede, und überhaupt tat er so, als habe er die ganze Angelegenheit vergessen. Dies ist jedoch, muß ich leider gestehen, nur ein weiterer Beweis seiner Heimtücke, denn bereits eine halbe Stunde danach mußte ich mich wieder mit ihm befassen. Diesmal war er durch das Fenster seiner Zelle ausgebrochen und rannte die Straße entlang. Ich befahl den Wärtern, sie sollten ihn einfangen, und da ich befürchtete, er führe irgend etwas Böses im Schilde, lief ich ihm ebenfalls nach. Meine Befürchtung erwies sich in dem Moment als richtig, als ich den Wagen wiedersah, der vor unserem Tor gehalten hatte, jetzt aber mit großen Holzkisten beladen war. Die beiden Männer trockneten sich gerade die Stirn ab, und ihre Gesichter waren von der schweren Arbeit gerötet. Ehe ich unseren Patienten erreichen konnte, war er bei ihnen angelangt, zerrte den einen Mann vom Wagen und schlug seinen Kopf mit aller Gewalt auf die Erde. Wäre ich ihm nicht im letzten Augenblick in die Arme gefallen, hätte er wohl den Mann auf der Stelle getötet. Der andere Mann sprang jetzt auch herunter und schlug Renfield den Schaft seiner schweren Peitsche über den Kopf. Es war ein furchbarer Hieb, aber Renfield schien überhaupt nichts zu spüren. Er stürzte sich auf den zweiten und rang schließlich mit uns drei Männern. Er zerrte uns hin und her, als ob wir kleine Kätzchen gewesen wären. Sie wissen, ich bin kein Leichtgewicht, und auch die anderen beiden waren stämmige Männer. Zuerst kämpfte er stumm, aber als wir ihn mehr und mehr unter unsere Gewalt bekamen und die Wärter ihn in eine Zwangsjacke steckten, begann er zu schreien: »Ich werde es vereiteln! Sie dürfen mich nicht berauben; können mich nicht zollweise ermorden! Ich werde für meinen Herrn und Gebieter kämpfen!« Und ähnliches, unzusammenhängendes Zeugs. Nur mit äußerster Anstrengung konnte man ihn in die Gummizelle zurückbringen. Einer der Wärter, Hardy, brach sich dabei einen Finger. Ich habe ihn jedoch sofort behandelt, und es geht ihm wieder recht gut.

Die beiden Fuhrleute verlangten anfangs lautstark eine Entschädigung und versprachen, uns zu verklagen. In ihre Drohungen mischte sich jedoch die indirekte Entschuldigung dafür, daß sie beide von einem schwachen Verrückten besiegt worden waren, denn sie meinten, sie hätten kurzen Prozeß mit ihm gemacht, wenn sie nicht vorher die schweren Kisten zum Wagen hätten tragen müssen. Als weiteren Grund für ihre Niederlage gaben sie die außergewöhnliche Trockenheit an, die durch ihre staubige Arbeit und die beklagenswert große Entfernung zur nächsten Vergnügungsstätte bedingt worden sei. Ich verstand diesen Wink sehr gut, und nach einigen steifen Grogs, und nachdem ich jedem ein Zwanzig-Schilling-Stück in die Hand gedrückt hatte, hielten sie den Überfall plötzlich für bedeutungslos und schworen, sie würden sich gern jeden Tag mit einem noch gefährlicheren Verrückten herumschlagen für das Vergnügen, mit einem so »verflucht prächtigen Burschen« wie dem Unterzeichnenden zusammenzutreffen. Für den Fall, daß wir sie noch einmal brauchen, ließ ich mir ihre Namen und Adressen geben. Es sind: Jack Smollet, aus Dudding's Rents, King George's Street in Great Walworth, und Thomas Snelling, Peter Farly's Row, Guide Court, Bethnal Green. Sie sind beide Angestellte von Harris & Söhne, Schiffsspedition in Orange Master's Yard, Soho.

Ich werde Sie weiterhin über alles Wichtige auf dem laufenden halten und Ihnen ein Telegramm schicken, falls dies nötig sein sollte.

Hochachtungsvoll
Ihr Patrick Hennessey

Brief von Mina Harker an Lucy Westenra
(von ihr nicht geöffnet)

18. September

Meine liebste Lucy!

Ein schwerer Schicksalsschlag hat uns getroffen. Mr. Hawkins ist überraschend gestorben. Vielleicht könnte man meinen, das brauche uns nicht so sehr zu treffen, aber wir hatten ihn beide so liebgewonnen, daß es uns ist, als hätten wir einen Vater verloren. Ich habe weder Vater noch Mutter kennengelernt, so daß der Tod des lieben alten Mannes ein schwerer Schlag für mich ist. Auch Jonathan ist sehr unglücklich. Er empfindet nicht nur Trauer, tiefe Trauer um den lieben, gütigen Mann, der ihm Zeit seines Lebens geholfen, ihn zuletzt wie einen

Sohn behandelt und ihm ein Vermögen hinterlassen hat, welches jedem, der in solch bescheidenen Verhältnissen aufgewachsen ist wie wir, wie unvorstellbarer Reichtum vorkommen muß. Aber es trifft Jonathan noch in anderer Hinsicht schwer. Die Verantwortung, die jetzt auf ihm ruht, zehrt an seinen Nerven. Er beginnt an seinen Fähigkeiten zu zweifeln. Ich ermuntere ihn, und mein Glaube an ihn gibt ihm neues Selbstvertrauen. Gerade auf diesem Gebiet aber macht sich der schwere Schock bemerkbar, den er erlitten hat. Oh, es ist hart, daß ein so lieber, einfacher, anständiger und starker Mensch wie er, der mit Hilfe eines treuen und guten Freundes in wenigen Jahren vom Angestellten zum Chef aufsteigen konnte, so schwer getroffen wurde und seine ganze Lebenskraft verlor. Vergib mir, meine Liebe, daß ich Dich mit meinen Schwierigkeiten belaste, während Du den Höhepunkt Deines Glücks erlebst. Aber, meine liebe Lucy, ich muß mich jemandem anvertrauen, denn die Anstrengung, Jonathan ständig Zuversicht zu zeigen, drückt mich nieder; ich kann mich hier keinem Menschen anvertrauen. Ich fürchte mich davor, nach London zu fahren, was wir übermorgen allerdings tun müssen, denn Mr. Hawkins Letzter Wille war, neben seinem Vater bestattet zu werden. Da er keine Verwandten hat, wird Jonathan der nächste Leidtragende sein. Ich will versuchen, Dir einen kurzen Besuch abzustatten, liebste Lucy, auch wenn er nur wenige Minuten dauern sollte. Vergib mir, daß ich Dich mit meinen Sorgen belaste. Mit den besten Wünschen

Deine treue
Mina Harker

20. September. – Nur mein fester Wille und die Gewohnheit lassen mich heute nacht diese Eintragung machen. Ich fühle mich niedergeschlagen, bedrückt, und ich habe die Welt und das Leben satt. Selbst das Schwingenschlagen des Todesengels würde mich in diesem Augenblick nicht schrecken. Und er hat in letzter Zeit wahrlich mit schrecklicher Entschlossenheit seine Flügel geschwungen – Lucys Mutter, Arthurs Vater und jetzt ... Aber ich muß mit meinem Bericht fortfahren.

Pflichtgemäß löste ich Van Helsing an Lucys Bett ab. Auch Arthur sollte sich zur Ruhe legen, doch zunächst weigerte er sich. Erst als ich ihn darauf hinwies, daß wir ihn noch tagsüber brauchten und daß wir um Lucys Krankheit willen nicht alle zusammenbrechen dürften, gab er nach. Van Helsing war sehr freundlich zu ihm: »Komm, mein Junge«, sagte er. »Kommen Sie mit mir. Sie sind krank und schwach und haben viel Leid und Qualen ertragen müssen, abgesehen von dem Blutverlust. Sie dürfen nicht einsam sein, denn Einsamkeit bedeutet Furcht und Schrecken. Kommen Sie mit in den Salon, dort brennt ein Feuer, und es stehen zwei Sofas dort. Wir werden uns darauf schlafen legen, und die Nähe des anderen wird uns trösten, selbst wenn wir schlafen, anstatt miteinander zu sprechen.«

Nach einem letzten Blick auf Lucys Gesicht, das auf dem Kopfkissen lag und beinahe noch bleicher aussah als das Bettlaken, ging Arthur mit hinaus. Lucy lag regungslos im Bett. Prüfend sah ich mich im Zimmer um, ob alles in Ordnung wäre. Auch in diesem Raum hatte der Professor wieder die Knoblauchblüten verteilt; der Fensterrahmen roch danach, und um den Hals trug Lucy über dem seidenen Tuch, das ihr Van Helsing umgebunden hatte, einen nachlässig geflochtenen Kranz aus den starkriechenden Blüten. Lucy atmete röchelnd, und in ihrem offenstehenden Mund sah man das bleiche Zahnfleisch. In dem trüben, kontrastlosen Licht erschienen ihre Zähne noch länger und spitzer als am Morgen. Besonders die Eckzähne wirkten in dieser Beleuchtung größer und spitzer als die anderen. Ich setzte mich zu ihr, und daraufhin bewegte sie sich unruhig. Im gleichen Augenblick ertönte ein dumpfes Flattern und Schlagen vor dem Fenster. Leise schlich ich mich hinüber und spähte neben der Jalousie hinaus. Im Licht des Vollmonds erkannte ich, daß die Geräusche von einer großen Fledermaus stammten, die in weiten Kreisen umherflog und von Zeit zu Zeit mit den Flügeln an die Fensterscheibe stieß. Offensichtlich wurde sie von dem schwachen Lichtschein angelockt. Als ich zu meinem Sitz zurückkehrte, hatte Lucy sich den Knoblauchkranz vom Hals gerissen. Ich legte ihn ihr wieder so sorgfältig wie möglich um und setzte mich wachsam neben sie.

Bald darauf erwachte Lucy, und ich gab ihr etwas zu essen, wie mir Van Helsing aufgetragen hatte. Sie aß nur wenig und lustlos. Ihren Kampf um Leben und Kraft, der bis jetzt ihre Krankheit begleitete, hatte sie aufgegeben. Mich überraschte, daß sie in dem Augenblick, als sie wieder zu Bewußtsein gelangte, plötzlich die Knoblauchblüten an sich preßte. Merkwürdigerweise entfernt sie die Pflanzen jedesmal, wenn sie in Lethargie fällt und röchelt, während sie sie jedesmal fest umklammert, sobald sie aufwacht. An dieser Tatsache gibt es keinen Zweifel, denn in den darauffolgenden langen Stunden, in denen sie abwechselnd schlief und wachte, wiederholte sich dieser Vorgang viele Male.

Um sechs Uhr morgens kam Van Helsing und löste mich ab. Arthur war inzwischen eingeschlafen, und Van Helsing hatte es nicht fertiggebracht, ihn zu wecken. Als er Lucys Gesicht sah, pfiff er wieder durch die Zähne und flüsterte mir zu: »Laß die Jalousie hoch, schnell! Ich brauche Licht.« Dann beugte er sich zu Lucy hinunter und betrachtete sie eingehend, wobei sein Gesicht sie fast berührte. Als er den Kranz anhob und das seidene Tuch von ihrer Kehle entfernte, fuhr er zurück, und ich hörte seinen unterdrückten Ausruf: »Mein Gott!« Ich beugte mich vor. Als ich den Grund seiner Erregung erkannte, überlief mich ein Schauer.

Die Wunden an ihrer Kehle waren vollständig verschwunden.

Volle fünf Minuten lang starrte Van Helsing sie mit todernstem Gesichtsausdruck an. Dann wandte er sich zu mir und sagte ruhig:

»Sie liegt im Sterben. Es wird nicht mehr lange dauern. Aber es ist sehr wichtig, ob sie im Schlaf oder bei Bewußtsein stirbt. Weck den armen Arthur und hol ihn her. Er soll in ihrer Todesstunde bei ihr sein. Er vertraut uns, und wir haben es ihm versprochen.«

Ich ging in den Salon hinunter und weckte Arthur. Im ersten Augenblick war er noch benommen, aber als er das durch die Fensterläden hereinströmende Sonnenlicht sah, glaubte er zu spät zu kommen und drückte darüber sein Bedauern aus. Ich versicherte ihm, Lucy schliefe noch, brachte ihm jedoch zugleich so schonend wie möglich bei, daß sowohl Van Helsing als auch ich ihre Stunde für gekommen hielten. Er schlug die Hände vor das Gesicht und ließ sich vor dem Sofa auf die Knie sinken, wo er ungefähr eine Minute lang mit gesenktem Kopf betete, und seine Schultern zuckten vor Erschütterung. Ich faßte ihn an der Hand und stützte ihn beim Aufrichten. »Komm, mein guter alter Bursche«, ermunterte ich ihn, »nimm all deine Kraft zusammen. Es fällt ihr dadurch sicherlich leichter.«

Als wir Lucys Zimmer betraten, hatte Van Helsing mit der ihm eigenen Vorsorge alles so hübsch wie möglich hergerichtet. Selbst Lucys Haar hatte er säuberlich gebürstet, so daß es in weichen, goldenen Wellen auf dem Kopfkissen lag. Als wir eintraten, schlug Lucy die Augen auf, und als sie Arthur erkannte, flüsterte sie leise:

»Arthur! O mein Liebling, ich bin so froh, daß du gekommen bist.« Er bückte sich, weil er sie küssen wollte, aber Van Helsing hinderte ihn mit einer Handbewegung daran. »Nein«, flüsterte er, »noch nicht. Halten Sie ihre Hand, denn das ist ein besserer Trost.«

Arthur ergriff also ihre Hand und kniete neben ihr nieder. Sie sah sehr schön aus, denn die weichen Locken paßten gut zu der engelgleichen Schönheit ihrer Augen. Kaum merklich fielen ihre Lider zu, und sie schlummerte ein. Eine Weile hob und senkte sich ihre Brust noch sanft und ruhig, und ihr Atem ging gleichmäßig wie bei einem schlafenden Kind.

Aber dann trat wieder fast unmerklich die seltsame Veränderung mit ihr ein, die mir schon in der vergangenen Nacht aufgefallen war. Ihr Atem ging röchelnd, ihr Mund öffnete sich, und durch das blasse, zurückgetretene Zahnfleisch erschienen die Zähne länger und spitzer als je zuvor. In einer Art Halbschlaf öffnete sie die Augen, die jetzt glanzlos und stechend blickten, und sagte mit einer sanften und wollüstigen Stimme, wie sie mir bei ihr noch nie aufgefallen war:

»Arthur! Mein Liebling, ich freue mich so über Dein Kommen. Küß mich!« Arthur beugte sich sogleich über sie, um sie zu küssen, aber im gleichen Augenblick stürzte sich Van Helsing, der wie ich von ihrer Stimme überrascht worden war, auf ihn. Er packte seinen Nacken mit solch ungestümer Kraft, wie ich sie ihm nie zugetraut hätte, und riß ihn zurück.

»Nicht um Ihr Leben!« rief er. »Um euer beider lebenden Seelen willen nicht!« Und er stand zwischen den beiden wie ein Löwe vor seiner Beute.

Arthur war so überrascht, daß er im ersten Augenblick sprachlos stand. Dann wollte er auffahren, wurde sich aber sofort wieder des Ortes und der Umstände bewußt und blieb ruhig.

Ich starrte ebenso wie Van Helsing auf Lucy, über deren Gesicht plötzlich ein Schatten wie ein Anfall von Wut glitt. Sie knirschte laut mit ihren spitzen Zähnen; dann schloß sie die Augen und atmete röchelnd.

Bald darauf aber schlug sie die Augen wieder auf, die jetzt wieder sanftmütig blickten, und griff mit ihrer blassen mageren Hand nach Van Helsings großer sonngebräunter. Sie zog sie zu sich heran und küßte sie. »Mein treuer Freund«, sagte sie mit schwacher Stimme, aber überschwenglicher Dankbarkeit. »Sie sind mein treuer Freund, und Arthurs auch. Oh, beschützen Sie ihn und schenken Sie mir Frieden!«

»Ich schwöre es«, erklärte er feierlich, kniete neben ihr nieder und hob die Hand wie zum Schwur. Dann wandte er sich Arthur zu und sagte: »Kommen Sie, mein Junge, nehmen Sie ihre Hand und küssen Sie sie auf die Stirn, aber nur einmal.«

Statt ihrer Lippen trafen sich nur noch einmal ihre Blicke; und so nahmen sie Abschied. Lucy schloß wieder die Augen, und Van Helsing, der alles genau beobachtet hatte, ergriff Arthurs Arm und zog ihn zurück.

Lucys Atem ging noch einmal röchelnd und blieb dann plötzlich aus.

»Es ist vorbei«, sagte Van Helsing. »Sie ist tot.«

Ich nahm Arthur am Arm und führte ihn in den Salon, wo er sich setzte und das Gesicht mit den Händen bedeckte. Sein Schluchzen brach mir fast das Herz.

Ich ging wieder in das Zimmer hinauf. Van Helsing blickte ernster denn je auf die arme Lucy nieder. Eine Veränderung war mit ihr eingetreten. Der Tod hatte ihr einen Teil ihrer Schönheit zurückgegeben, denn ihre

Augenbrauen und Wangen zeigten wieder die sanften, weichen Linien, und sogar die Lippen wirkten nicht mehr so totenblaß. Es schien, als ob das Blut, das nicht mehr vom Herzen benötigt wurde, das grausame Aussehen des Todes mildern wollte.

»Wir glaubten sie sterbend, als sie schlief,
und schlafend, als sie starb.«

Ich trat neben Van Helsing und sagte:

»Das arme Mädchen! Endlich hat sie Ruhe gefunden. Für sie ist alles vorbei!«

Da drehte er sich um und sagte mit feierlichem Ernst:

»Nein, durchaus nicht! Keineswegs. Das ist erst der Anfang!«

Und als ich ihn fragte, was er damit sagen wolle, schüttelte er den Kopf und entgegnete:

»Wir können jetzt noch nichts tun. Warte ab!«

Dreizehntes Kapitel

Dr. Sewards Tagebuch
(Fortsetzung)

Die Beerdigung sollte am übernächsten Tag stattfinden, so daß Lucy und ihre Mutter gemeinsam zu Grabe getragen werden könnten. Während der ganzen gespenstischen Vorbereitungen war ich anwesend. Die Mitarbeiter des gewandten Beerdigungsunternehmers zeigten sich ebenso wie er selbst von unterwürfiger Verbindlichkeit. Selbst die Frau, die den Toten den letzten Dienst erwies, sagte zu mir in ihrer geschwätzigen Art, als sie aus der Totenkammer kam: »Eine sehr schöne Leiche, Sir. Geradezu ein Vergnügen, sie herrichten zu dürfen. Ich will nicht übertreiben, aber sie wird unserem Unternehmen Ehre machen!«

Ich bemerkte, daß sich Van Helsing nie allzuweit entfernte. In dem allgemeinen Durcheinander fiel ihm dies nicht schwer. Verwandte waren nicht mehr vorhanden; und da Arthur am nächsten Tag zur Beerdigung seines Vaters mußte, gab es keinen Menschen, der sich um die Hinterlassenschaft der beiden Toten hätte kümmern können. Unter diesen Umständen machten sich also Van Helsing und ich daran, unsererseits die Papiere zu sichten. Van Helsing bestand darauf, Lucys Notizen persönlich durchzusehen. Ich fragte ihn nach dem Grund, weil ich fürchtete, daß er als Ausländer mit den in England geltenden Gesetzen nicht vertraut sein und aus Unwissenheit unnötige Komplikationen heraufbeschwören könnte. Er erwiderte mir jedoch:

»Ich weiß, ich weiß. Du vergißt aber, daß ich nicht nur Arzt, sondern auch Rechtsanwalt bin. Aber das hier ist nichts für das Gesetz! Das weißt du ebensogut wie ich, denn schließlich wolltest auch du keinen Leichenbeschauer heranziehen. Aber ich will noch mehr vermeiden. Es könnten zum Beispiel noch weitere Aufzeichnungen wie diese hier existieren.«

Dabei holte er aus seinem Notizbuch den Bogen Papier hervor, den Lucy an ihrer Brust getragen und im Schlaf zerrissen hatte.

»Wenn du den Anwalt der verstorbenen Mrs. Westenra ausfindig machen kannst, dann versiegle alle ihre Papiere und sende sie ihm heute noch zu. Was mich angeht, so werde ich mich hier und in dem früheren Zimmer von Miß Lucy noch etwas umsehen. Es wäre nicht richtig, wenn ihre persönlichen Aufzeichnungen in die Hände eines Fremden fielen.«

Ich machte mich sofort an die Arbeit, und nach einer halben Stunde hatte ich den Namen und die Adresse des Anwalts von Mrs. Westenra gefunden und einen Brief aufgesetzt. Sämtliche Papiere der beklagenswerten Dame waren säuberlich geordnet; ich fand ausführliche Anweisungen vor, in denen sie ihre Beerdigungswünsche festgelegt hatte. Kaum war der Brief versiegelt, als zu meiner Überraschung Van Helsing ins Zimmer trat und fragte:

»Kann ich dir helfen? Ich bin fertig und möchte dir zur Seite stehen, wenn du erlaubst!«

»Hast du entdeckt, was du suchtest?« wollte ich wissen, worauf er erwiderte:

»Ich habe nichts Spezielles gesucht. Aber ich fand trotzdem etwas, nämlich mehrere Briefe, ein paar Aufzeichnungen und ein gerade begonnenes Tagebuch. Ich habe alles an mich genommen; fürs erste werden wir nichts davon erwähnen. Morgen abend will ich den bedauernswerten Bräutigam aufsuchen und seine Erlaubnis erbitten, diese Dinge auswerten zu dürfen.«

Als wir die nächstliegenden Aufgaben beendet hatten, sagte er:

»Und nun, John, dürfen wir zu Bett gehen. Wir beide, du und ich, brauchen Schlaf, um uns zu erholen. Morgen wartet wieder viel Arbeit auf uns, aber heute nacht werden wir nicht benötigt. Also!«

Ehe wir zu Bett gingen, sahen wir uns aber noch einmal die arme Lucy an. Der Leichenbestatter hatte gute Arbeit geleistet, denn aus dem Zimmer war eine kleine *chapelle ardente* geworden. Eine verschwenderische Fülle herrlicher weißer Blumen schmückte das Zimmer; man hatte den Tod so wenig abstoßend wie möglich gemacht. Das Leichentuch bedeckte ihr Gesicht. Als der Professor sich über Lucy beugte und das Tuch behutsam anhob, schauten wir verwundert auf die vor uns liegende Schönheit. Die hohen Wachskerzen spendeten genügend Licht, um sie deutlich sehen zu können. Im Tode hatte Lucy all ihre Lieblichkeit zurückgewonnen; während der vergangenen Stunden war ihre frühere Schönheit zurückgekehrt und duldete keine Spuren des Verfalls, so daß man kaum glauben konnte, einen Leichnam zu sehen.

Der Professor machte ein finsteres und ernstes Gesicht. Er hatte keine Veranlassung, um sie zu weinen, denn er hatte sie nicht so geliebt wie ich. »Bleib hier, bis ich zurückkehre«, sagte er zu mir und verließ das Zimmer. Mit einer Handvoll wilden Knoblauchs aus der Schachtel, die ungeöffnet in der Eingangshalle gestanden hatte, kehrte er zurück und streute Blüten zwischen die anderen Blumen auf und neben das Bett. Dann band er von seinem Hals ein kleines goldenes Kruzifix, das vom Kragen verdeckt gewesen war, und legte es ihr auf den Mund. Schließlich deckte er das Leichentuch wieder über ihr Gesicht, und wir verließen den Raum.

Ich entkleidete mich gerade in meinem Zimmer, als er an meine Tür klopfte, gleich darauf eintrat und sofort zu sprechen begann:

»Bring mir morgen vor Einbruch der Nacht ein Obduktionsbesteck.«

»Müssen wir eine Autopsie vornehmen?« fragte ich.

»Ja und nein. Ich möchte sie operieren, aber nicht so, wie du das verstehst. Ich will es dir verraten, aber kein Wort davon zu anderen. Ich möchte ihren Kopf abtrennen und ihr das Herz herausnehmen. – Was denn, du bist Chirurg und trotzdem so schockiert? Du, der du mit ruhiger Hand und unbewegtem Herzen Operationen durchführst, bei denen es um Leben und Tod geht, und die andere Menschen erschaudern lassen? O ja, ich darf nicht vergessen, daß du sie geliebt hast! Ich habe es auch nicht vergessen, denn ich werde selbst operieren, und du brauchst mir nur zu assistieren. Ich würde es gern schon heute nacht tun, aber wegen Arthur muß ich noch warten. Er wird sie, nein es, morgen nach der Beerdigung seines Vaters noch einmal sehen wollen. Wenn sie dann für die Bestattung in den Sarg gebettet ist, werden wir beide, sobald alle schlafen, zu ihr gehen. Wir müssen den Sargdeckel aufschrauben und dann die Operation vornehmen. Anschließend muß alles wieder hergerichtet werden, so daß niemand außer uns etwas davon erfährt.«

»Aber weshalb soll es überhaupt geschehen? Das Mädchen ist tot. Weshalb soll ihr armer Körper grundlos verstümmelt werden? Wenn kein Grund für eine Leichenöffnung gegeben ist und nichts dabei gewonnen werden kann – weder für sie noch für uns oder für die Wissenschaft und das menschliche Allgemeinwissen –, warum soll es dann geschehen? Ohne gute Gründe ist es eine gräßliche Tat.«

Als Antwort legte er mir die Hand auf die Schulter und sagte sanft:

»Mein Freund, ich verstehe dein blutendes Herz, und ich schätze dich um so mehr, weil es so stark blutet. Wenn es mir möglich wäre, würde ich dir gern deine Last abnehmen. Es gibt Dinge, von denen du noch nichts weißt, aber du sollst sie bald erfahren, und du wirst mir dankbar sein, obwohl es keine angenehmen Dinge sind. John, mein Junge, seit vielen Jahren bist du mein Freund. Habe ich je etwas ohne guten Grund getan? Ich mag irren, denn ich bin nur ein Mensch, aber ich glaube an das, was ich tue. Hast du mich nicht aus eben diesen Gründen gerufen, als all diese Dinge begannen? Ja! Und hast du nicht gesehen, wie sie mir dankte mit ihren schönen, todkranken Augen, mit ihrer so schwachen Stimme, und wie sie meine rauhe alte Hand küßte und mich segnete? Ja! Und hast du nicht gehört, was ich ihr schwor, so daß sie dankbar die Augen schloß?

Auch für das, was ich jetzt tun will, habe ich gute Gründe. Du vertraust mir seit vielen Jahren; du hast mir in den vergangenen Wochen geglaubt, als sich so merkwürdige Dinge zutrugen, daß du genug Grund zum Zweifeln gehabt hättest. Glaub noch ein letztes Mal an mich, mein Freund. Wenn du mir nicht vertraust, muß ich dir meine Gedanken offenbaren, und das könnte vielleicht schlecht sein. Wenn ich mich aber an die Arbeit mache – und ich werde es tun, gleichgültig, ob man mir vertraut oder nicht –, ohne daß mein Freund an mich glaubt, werde ich mit schwerem Herzen handeln und mich gerade dann so einsam fühlen, wenn ich Unterstützung und Zuspruch am meisten brauchte.«

Er machte eine kleine Pause und fuhr feierlich fort:

»John, vor uns liegen seltsame und böse Tage. Wir sollten nicht wie zwei verschiedene, sondern wie ein einziger Mann handeln, damit alles zu einem guten Ende gebracht werden kann. Willst du mir nicht vertrauen?«

Ich ergriff seine Hand und versprach, ihm zu glauben. Als er ging, öffnete ich ihm die Tür und sah, wie er in seinem Zimmer verschwand und hinter sich die Tür schloß. Während ich noch dort stand, ging eines der Zimmermädchen leise den Gang hinunter. Sie wandte mir den Rücken zu, konnte mich also nicht sehen, und trat in das Zimmer, in dem Lucy aufgebahrt lag. Dieser Anblick rührte mich. Treue ist so selten, und wir sind all jenen dankbar, die sie denen erweisen, die wir lieben. Hier hatte ein Mädchen die Furcht überwunden, die sie zweifellos vor dem Tod empfinden mußte, um an der Totenbahre ihrer geliebten Herrin zu wachen, damit die arme irdische Hülle nicht einsam zu sein brauche, bis man sie zur ewigen Ruhe bettete . . .

Ich mußte lange und tief geschlafen haben. Es war bereits heller Tag, als mich Van Helsing weckte, der in mein Zimmer kam. Er trat neben mein Bett und sagte:

»Du brauchst dich nicht mehr um das Sezierbesteck zu kümmern; wir werden nichts tun.«

»Warum nicht?« fragte ich, denn seine feierliche Rede während der vergangenen Nacht hatte mich tief beeindruckt.

»Weil es zu spät ist«, erwiderte er grimmig, »oder zu früh. Sieh dir das an!« Damit hob er das kleine goldene Kruzifix hoch. »Es wurde während der Nacht gestohlen.«

»Wieso gestohlen«, fragte ich verblüfft. »Du hältst es doch in deiner Hand?«

»Weil ich es der nichtsnutzigen Elenden wieder abgenommen habe, der Frau, die die Toten und die Lebenden bestahl. Sie wird ihre Strafe erhalten, aber nicht von mir. Sie wußte freilich nicht, was sie tat; sie stahl, ohne sich dessen bewußt zu sein. Jetzt müssen wir abwarten.« Mit diesen Worten ging er hinaus und ließ mich mit einem weiteren Geheimnis zurück, mit einem neuerlichen Rätsel, mit dem ich mich auseinandersetzen muß.

Der Vormittag verlief trübselig, aber am Mittag erschien der Anwalt, Mr. Marquand von der Firma Wholeman Söhne, Marquand & Lidderdale. Er war sehr freundlich, würdigte unsere Vorarbeit und nahm uns alle Sorgen um die Einzelheiten ab. Während des Essens erzählte er uns, daß Mrs. Westenra wegen ihrer Herzkrankheit schon seit einiger Zeit alles ins reine gebracht habe. Er informierte uns auch darüber, daß, mit Ausnahme eines gewissen von Lucys Vater eingebrachten Vermögensteils, welcher jetzt in Ermangelung direkter Nachkommen einem entfernten Zweig der Familie zufalle, der gesamte Besitz, Grundbesitz und bewegliches Vermögen, in vollem Umfang Arthur Holmwood zukäme. Nachdem er uns dies erzählt hatte, fuhr er fort:

»Offen gestanden haben wir alles getan, um solch eine testamentarische Verfügung zu verhindern. Wir machten darauf aufmerksam, daß durch gewisse unvorhergesehene Ereignisse ihre Tochter ohne jeden Penny dastehen oder so gebunden sein könnte, daß sie im Hinblick auf das Eingehen einer ehelichen Gemeinschaft nicht die erforderliche Freiheit habe. Tatsächlich beharrten wir so fest auf unserer Ansicht, daß wir beinahe aneinandergeraten wären, denn sie fragte uns entschieden, ob wir nun bereit seien, ihre Wünsche zu erfüllen, oder nicht. Natürlich blieb uns dann keine andere Möglichkeit als einzuwilligen. Im Prinzip hatten wir recht, und in neunundneunzig von hundert Fällen hätten wir die Richtigkeit unserer Einwände durch die Überzeugungskraft der Ereignisse beweisen können. Ich muß jedoch offen zugeben, daß in diesem besonderen Fall eine andere Verfügung ihren Wünschen nicht entsprochen hätte, denn indem sie ihrer Tochter vorangegangen ist, wäre letzterer der Besitz zugefallen. Und selbst wenn diese ihre Mutter nur um fünf Minuten überlebt hätte, wäre der Besitz nach ihrem Ableben ebenso behandelt worden, als wäre kein Letzter Wille vorhanden. Unter diesen Umständen hätte dann Lord Godalming, mag er auch ein noch so guter Freund gewesen sein, nicht den geringsten Anspruch geltend machen können; und die Erben, da sie nur sehr weitläufig verwandt sind, hätten wohl kaum aus Sentimentalität zugunsten eines ihnen Fremden auf ihr Recht verzichtet. Ich versichere Ihnen, meine geehrten Herren, ich bin froh über diesen Ausgang, sehr froh.«

Er war ein guter Mensch, aber seine Freude über diese Randerscheinung einer so großen Tragödie war ein Schulbeispiel für die Grenzen des Mitgefühls.

Er blieb nicht lange; er meinte, er wolle später noch einmal hereinschauen und auch Lord Godalming aufsuchen. Sein Besuch war uns trotzdem ein gewisser Trost, wurde uns doch damit bewiesen, daß wir keine scharfe Kritik hinsichtlich unserer Handlungen zu befürchten hatten. Arthur wurde für fünf Uhr erwartet; wir gingen also kurz vorher noch einmal in das Totenzimmer. Es war eines im wahrsten Sinne des Wortes; denn man hatte darin sowohl Mutter als auch Tochter aufgebahrt. Der Leichenbestatter hatte getreu seinem Handwerk das Beste aus allem gemacht. In dem Zimmer hing die Atmosphäre eines Leichenhauses, die uns sofort niederdrückte. Van Helsing bat darum, man möge die frühere Anordnung wiederherstellen, da Lord Godalming jeden Augenblick erwartet werde und seine Gefühle am wenigsten verletzt würden, wenn er die sterblichen Überreste seiner Verlobten allein sehen könnte. Der Leichenbestatter schien über seine eigene Kurzsichtigkeit erschrocken und bemühte sich, alles wieder so herzurichten, wie es während der vergangenen Nacht gewesen war, damit Arthur jeder unnötige Schock erspart bliebe.

Der arme Kerl! Er sah unsagbar traurig und niedergeschlagen aus; seine kraftvolle Natur schien unter der Last seiner leidvollen Empfindungen eingeschrumpft zu sein. Er hatte, wie ich weiß, aufrichtig und zärtlich an seinem Vater gehangen, und ihn in dieser Zeit zu verlieren, war für ihn ein schwerer Schlag. Zu mir war er herzlich wie immer, und Van Helsing behandelte er zuvorkommend höflich; jedoch konnte ich nicht übersehen, daß er unter einem gewissen Zwang stand. Dem Professor war dies ebenfalls nicht entgangen, und er gab mir mit einem Wink zu verstehen, ich solle Arthur nach oben führen. Ich tat dies auch, begleitete ihn jedoch nur bis zur Tür des Zimmers, da ich vermutete, er wolle gern mit ihr allein sein. Aber er ergriff meinen Arm und zog mich mit hinein, wobei er heiser sagte:

»Du hast sie auch geliebt, alter Bursche; sie hat mir alles erzählt, und kein Freund war ihrem Herzen näher als du. Ich weiß nicht, wie ich dir für all das danken soll, was du für sie getan hast. Ich kann noch nicht glauben . . . «

Dann brach er plötzlich zusammen, legte seine Arme auf meine Schulter, seinen Kopf ebenfalls, und schrie:

»Jack! Jack! Was soll ich jetzt anfangen? Mein ganzes Leben ist vorbei und zu Ende; ich habe nichts mehr, für das es sich zu leben lohnt!«

Ich tröstete ihn, so gut ich konnte. In solch einer Situation bedarf es nicht vieler Worte. Eine ausgestreckte Hand, eine tröstend auf die Schulter gelegte Hand, ein mitfühlender Seufzer sind unter Männern Beweis genug für Mitgefühl. Ich blieb regungslos stehen, bis sich sein Schluchzen gelegt hatte, und dann sagte ich sanft:

»Komm mit und schau sie dir an.«

Gemeinsam traten wir an das Bett, und ich hob das Leichentuch von ihrem Gesicht. Mein Gott, wie schön sie aussah! Mit jeder Stunde schien sie an Lieblichkeit zu gewinnen. Es beängstigte und erstaunte mich ein wenig; und was Arthur anging, so begann er zu zittern und wurde schließlich von Zweifeln geschüttelt wie von einem Fieberanfall. Nach einer langen Pause fragte er mich schließlich flüsternd:

»Jack, ist sie wirklich tot?«

Traurig bestätigte ich ihm das Unwiderrufliche und erklärte ihm – denn ich wollte um keinen Preis einen so schrecklichen Zweifel in ihm groß werden lassen –, daß sich oftmals nach Eintritt des Todes die Gesichtszüge wieder glätten und sogar ihre jugendliche Schönheit wiedergewinnen können. Dies geschehe um so häufiger, wenn dem Tod eine lange und schmerzensreiche Krankheit vorangegangen sei. Diese Erklärung schien seine Zweifel zu zerstreuen, und nachdem er sich neben der Couch auf die Knie niedergelassen und Lucy eine ganze Weile liebevoll betrachtet hatte, wandte er sich ab. Ich sagte ihm, dies müsse der endgültige Abschied sein, da man den Sarg schließen müsse. Er trat noch einmal zu ihr, ergriff ihre leblose Hand und küßte sie, und dann beugte er sich über sie und drückte ihr die Lippen auf die Stirn. Als er ging, warf er ihr noch einen letzten zärtlichen Blick zu.

Ich ließ ihn im Salon zurück und berichtete Van Helsing, daß Arthur schon Abschied genommen habe. Der Professor ging also in die Küche, um dem Leichenbestatter zu sagen, er könne mit den Vorbereitungen fortfahren und den Sarg verschließen. Als Van Helsing aus dem Sterbezimmer trat, erzählte ich ihm von Arthurs Frage, und er erwiderte:

»Das überrascht mich nicht. Gerade eben habe ich selbst einen Moment lang gezweifelt.«

Wir speisten gemeinsam, und mir fiel auf, daß Arthur sich sehr gut hielt. Van Helsing blieb während des Essens stumm, aber als wir unsere Zigarren anzündeten, sagte er:

»Lord Godalming . . . «

Aber Arthur unterbrach ihn:

»Nein, nein, um Gottes willen nicht das! Jedenfalls noch nicht. Verzeihen Sie mir, Sir; ich wollte nicht so scharf werden. Aber mein Verlust ist noch zu frisch.«

Der Professor erwiderte sehr sanft:

»Ich benutzte den Titel nur, weil ich Sie nicht Mister nennen wollte. Ich habe Sie nämlich schätzen gelernt – ja, sehr schätzen gelernt –, und möchte Sie Arthur nennen dürfen!«

Arthur streckte die Hand aus und drückte tief bewegt die des alten Mannes.

»Nennen Sie mich, wie Sie es wünschen«, sagte er. »Ich hoffe, immer als Ihr Freund zu gelten. Und lassen Sie mich sagen, daß mir die Worte fehlen, um Ihnen für die Güte zu danken, die Sie meiner armen Lucy angedeihen ließen.« Er machte eine kurze Pause und fuhr dann fort:

»Ich weiß, daß Lucy Ihre Güte besser zu würdigen wußte als ich; und wenn ich unhöflich oder in irgendeiner Weise grob reagierte – Sie wissen schon, was ich meine« – der Professor nickte –, »so müssen Sie mir verzeihen.«

Der Professor erwiderte ernst, aber freundlich:

»Ich weiß, wie schwer es Ihnen fiel, mir zu vertrauen, denn um solche Grobheiten hinzunehmen, bedarf es eines gewissen Verständnisses. Sie können mir nicht vertrauen, denn Sie verstehen mich noch nicht. Aber die Zeit wird kommen, wo Sie mir voll und ganz vertrauen werden und alles so klar verstehen, als würden die Sonnenstrahlen hindurchscheinen. Dann werden Sie meine Taten von Anfang bis Ende segnen, um Ihretwillen, der Menschheit wegen und um Lucy willen, der ich meinen Schutz versprach.«

»Bestimmt, bestimmt, Sir«, sagte Arthur warm, »ich werde Ihnen vollständig vertrauen. Ich glaube und weiß, daß Sie ein edles Herz haben. Sie sind Jacks Freund und waren Lucys Vertrauter. Ich werde tun, was Sie von mir verlangen.«

Der Professor räusperte sich mehrere Male, als wolle er jedesmal zu sprechen anfangen, und schließlich sagte er:

»Darf ich Sie noch etwas fragen?«

»Selbstverständlich.«

»Wissen Sie, daß Mrs. Westenra Ihnen alles vermacht hat?«

»Nein. Auf die Idee wäre ich nie gekommen.«

»Da jetzt aber all dies hier Ihnen gehört, dürfen Sie nach eigenem Gutdünken darüber verfügen. Ich bitte daher um Ihre Erlaubnis, alle Aufzeichnungen und Briefe von Miß Lucy lesen zu dürfen. Glauben Sie mir, nicht aus purer Neugierde! Mein Motiv hätte auch Lucy anerkannt. Ich trage ihre Notizen bei mir; ich nahm sie an mich, ehe wir erfuhren, daß Sie der Erbe seien, und zwar wollten wir nicht, daß sie von unberufener Hand berührt oder von einem fremden Auge, das durch diese Zeilen bis in Lucys Seele hätte schauen können, gelesen würden. Wenn ich darf, werde ich sie einstweilen behalten; selbst Sie sollten vorläufig noch keinen Blick hineinwerfen. Bei mir ist alles sicher aufgehoben. Kein einziges Wort wird verlorengehen; ich werde sie Ihnen zur rechten Zeit wieder aushändigen. Ich verlange sehr viel, aber Sie müssen einwilligen, nicht wahr? Um Lucys willen!«

Arthur erwiderte herzlich, ganz wieder der alte:

»Doktor Van Helsing, Sie dürfen tun, was Sie wollen. Ich spüre, daß ich damit in etwas einwillige, das meine liebe Lucy ebenfalls gebilligt hätte. Solange die Zeit noch nicht reif ist, werde ich Sie nicht mit Fragen belästigen.«

Der alte Professor stand auf und erklärte feierlich: »Und Sie tun recht daran. Wir alle werden noch etwas durchmachen; aber weder wird alles Qual sein, noch sind diese Qualen die letzten. Wir und auch Sie – Sie vor allen Dingen, mein Sohn – werden noch durch viel bitteres Wasser hindurch müssen, ehe wir das schmackhafte erreichen. Aber wir müssen standhaft und selbstlos handeln und unsere Pflicht erfüllen. Dann wird alles gut werden.«

In dieser Nacht schlief ich auf einem Sofa in Arthurs Zimmer. Van Helsing ging überhaupt nicht zu Bett. Er schritt auf und ab, als wolle er im Haus patrouillieren. Er hielt sich immer in Sichtweite des Zimmers auf, in dem Lucys Sarg stand. Dieser war mit Knoblauchblüten übersät, die zusammen mit den Lilien und Rosen einen schweren, betäubenden Duft in die Nacht schickten.

Mina Harkers Tagebuch

22. September. – Im Zug nach Exeter. Jonathan schläft.

Es scheint mir erst ein Tag vergangen zu sein, seit ich die letzte Eintragung ins Tagebuch machte; und doch, wieviel liegt dazwischen! Damals, als wir in Whitby waren, lag die ganze Welt noch vor mir; Jonathan war fort, und ich hatte keine Nachricht von ihm. Und jetzt bin ich mit ihm verheiratet, er ist Anwalt, Besitzer einer Praxis, reich, erfahren in seinem Beruf, aber Mr. Hawkins ist gestorben und begraben und Jonathan unter einem Rückfall leidend, der ihm schaden kann. Es geht abwärts. Meine Kurzschrift ist auch schon ganz eingerostet; man sieht daran, was unerwarteter Wohlstand anrichten kann. Deshalb tut ein wenig Übung ganz gut, um sie wieder aufzufrischen . . .

Die Beisetzung von Mr. Hawkins war schlicht und feierlich. Nur wir beide, ein paar Dienstleute, ein oder zwei Freunde aus Exeter, sein Londoner Agent und ein Herr, der den Präsidenten der Law Society vertrat, waren anwesend. Jonathan und ich standen Hand in Hand nebeneinander; wir spürten, daß unser bester und treuester Freund von uns gegangen war.

Schweigend fuhren wir mit einem Bus in die Stadt zurück, bis Hyde Park Corner. Jonathan meinte, es wäre für mich einmal ganz interessant, die Row kennenzulernen. Wir setzten uns also, aber es waren nur wenige Menschen dort. Die vielen verwaisten Stühle boten einen traurigen Anblick. Sie erinnerten uns an den leeren Stuhl zu Hause; wir standen also bald wieder auf und gingen zum Piccadilly. Jonathan hatte mich untergehakt, wie er es früher zu tun pflegte, als ich noch nicht Lehrerin war. Ich hielt es für etwas unpassend, denn wenn man anderen Mädchen jahrelang Etikette und Anstand eintrichtert, bleibt unweigerlich ein bißchen Pedanterie an einem haften. Aber es war Jonathan, der mich unterhakte, und er ist mein Mann, und da wir keinem Bekannten begegneten – doch auch das hätte uns nicht gekümmert –, blieben wir eingehakt. Ich beobachtete gerade ein außergewöhnlich schönes Mädchen, das einen wagenradgroßen Hut trug und vor »Guiliano's« in einer zweirädrigen Kutsche saß, als plötzlich Jonathan meinen Arm so heftig packte, daß es mich schmerzte, und dabei flüsterte: »Mein Gott!« Da ich ständig fürchte, Jonathan könnte wieder einen Nervenzusammenbruch erleiden, wandte ich mich hastig ihm zu und fragte ihn nach der Ursache seiner Erregung.

Er war sehr blaß, und seine Augen schienen, halb vor Grauen und halb vor Erstaunen, aus den Höhlen treten zu wollen, während er zu einem hochgewachsenen, hageren

Mann mit Adlernase, schwarzem Schnurrbart und spitzem Kinnbart hinüberschaute, der ebenfalls das hübsche Mädchen anstarrte. Er war darin so vertieft, daß er uns überhaupt nicht bemerkte. Ich konnte ihn also ganz ungeniert betrachten. Sein Gesicht hatte keine angenehmen Züge; sie waren hart, grausam und sinnlich, und seine Zähne, die wegen der sehr roten Lippen ungewöhnlich weiß wirkten, waren spitz wie die eines Raubtieres. Jonathan starrte ihn so unentwegt an, daß ich fürchtete, der Mann könnte dessen gewahr werden und es übelnehmen, denn er wirkte unangenehm und bösartig. Ich fragte Jonathan, weshalb er so beunruhigt sei, und er antwortete, wobei er offenbar annahm, ich wüßte ebensoviel wie er:

»Siehst du denn nicht, wer dort steht?«

»Nein, Liebling«, antwortete ich. »Ich kenne ihn nicht. Wer ist es?« Seine Antwort schockierte mich, denn er erwiderte, als spräche er nicht zu mir:

»Er ist es selbst!«

Der Ärmste war offenbar über etwas erschrocken – furchtbar erschrocken; wahrscheinlich wäre er sogar zu Boden gesunken, hätte er sich nicht an mich lehnen und sich auf mich stützen können. Er starrte weiterhin zu dem Fremden hinüber. Ein Mann trat mit einem kleinen Paket aus dem Geschäft und reichte es der Dame, die gleich darauf weiterfuhr. Der dunkle Mann ließ sie nicht aus den Augen, und als der Wagen über den Piccadilly fuhr, lief er ihm nach und rief eine zweirädrige Kutsche herbei. Jonathan blickte ihm nach und sagte wie im Selbstgespräch:

»Ich glaube, es ist der Graf, aber er hat sich verjüngt! Mein Gott, wenn das wirklich stimmt! O mein Gott, mein Gott! Wenn ich nur genau wüßte, wenn ich es wüßte!« Er quälte sich so sehr, daß ich davor zurückscheute, seine Gedanken durch Fragen unnötig auf dieses Thema zu lenken; also blieb ich still. Ich zog ihn vorsichtig mit mir fort, und er folgte mir bereitwillig. Wir gingen ein Stück zu Fuß und setzten uns dann in den Green Park. Selbst für den August war es ungewöhnlich heiß, aber wir fanden einen bequemen Sitzplatz im Schatten. Nachdem er ein paar Minuten lang ins Leere gestarrt hatte, schloß Jonathan die Augen, und den Kopf an meine Schulter gelegt, schlief er friedlich ein. Ich glaubte, es würde ihm guttun, und ließ ihn deshalb schlafen. Nach ungefähr zwanzig Minuten erwachte er und stellte frohgelaunt fest:

»Was denn, Mina, ich bin ja eingeschlafen! Oh, verzeih mir mein ungehöriges Benehmen. Komm, wir werden irgendwo eine Tasse Tee trinken.« Offensichtlich hatte er den dunklen Fremden ebenso vergessen, wie er während seiner Krankheit all das vergessen hatte, an das er nun durch diesen Zufall wieder erinnert worden war. Mir mißfallen diese Rückfälle ins Vergessen, denn sie könnten dem Verstand schaden. Ich darf ihm keine Fragen stellen, weil ich ihm damit mehr schaden als nützen könnte; aber irgendwie muß ich seine Erlebnisse im Ausland kennenlernen. Die Zeit ist gekommen, fürchte ich, wo ich jenes Päckchen öffnen und den Inhalt lesen muß. O Jonathan, ich bin sicher, du wirst mir vergeben, wenn ich einen Fehler begehe, denn ich tue es nur deinetwegen.

Später. – In jeder Hinsicht ein trauriges Nachhausekommen. Im Haus fehlte die liebe Seele, die so gut zu uns war. Jonathan war noch blaß und schwindlig von dem leichten Rückfall in sein altes Leiden. Und jetzt traf ein Telegramm von einem gewissen Van Helsing ein, wer das auch immer sein mag:

»Sie werden sicherlich voller Trauer hören, daß Mrs. Westenra vor fünf Tagen verstarb und daß Lucy ihr vorgestern folgte. Sie wurden heute gemeinsam zu Grabe getragen.«

Oh, welch Übermaß an Leid in diesen wenigen Worten! Arme Mrs. Westenra! Arme Lucy! Fort, fort, um nie zu uns zurückzukehren! Und armer, armer Arthur, der solch einen Schatz verloren hat! Gott helf uns, unser Leid zu tragen.

Dr. Sewards Tagebuch

22. September. – Es ist alles vorbei. Arthur ist nach Ring zurückgefahren und hat Quincey Morris mitgenommen. Was ist dieser Quincey doch für ein feiner Kerl! Ich glaube im tiefsten Herzen, daß er unter Lucys Tod ebenso leidet wie irgendeiner von uns; aber er ertrug es standhaft wie ein Wikinger. Wenn Amerika noch mehr solcher Männer hervorbringt, wird es tatsächlich zu einer großen Macht aufsteigen. Van Helsing hat sich hingelegt, weil er vor seiner Heimreise noch einmal ausschlafen will. Er reist heute nacht nach Amsterdam, sagt aber, er würde morgen abend wiederkehren; er wolle ein paar Anordnungen treffen, die er nur persönlich erledigen könne. Er wird, wenn er es schafft, bei mir vorbeischauen; er meint, er habe in London etwas zu erledigen, das ihn einige Zeit kosten könne. Armer alter Kerl! Ich fürchte, die anstrengende Woche hat selbst seine eiserne Stärke angegriffen. Mir ist nicht entgangen, daß er sich während der Beerdigung sehr zusammennehmen mußte. Als alles vorbei war, standen wir neben Arthur, diesem bemitleidenswerten Burschen, der von der Transfusion sprach und wie sein Blut in Lucys Venen geflossen sei. Ich sah, wie Van Helsing bei diesen Worten abwechselnd blaß und rot wurde, doch Arthur meinte weiter, daß er sich seitdem als mit Lucy verheiratet betrachte, und daß sie vor Gott seine Frau geworden sei. Wir ließen kein Wort über die nachfolgenden Transfusionen verlauten, und es soll auch nie davon die Rede sein! Arthur und Quincey gingen gemeinsam zum Bahnhof, während Van Helsing und ich hierherfuhren. In dem Au-

genblick, als wir allein in der Droschke saßen, erlitt Van Helsing einen hysterischen Anfall. Er bestritt natürlich, daß es Hysterie sei, und beharrte darauf, daß sich lediglich sein Humor nach den furchtbaren Erlebnissen Luft verschaffen müßte; und so lachte er, bis ihn das Weinen ankam. Ich zog die Vorhänge zu, damit uns niemand sehen und die Situation mißdeuten könnte. Dann weinte er, bis er wieder lachte, und schließlich weinte und lachte er gleichzeitig wie eine Frau. Ich behandelte ihn grob, wie man es bei solchen Gelegenheiten mit Frauen tut, aber es zeigte sich keine Wirkung. Männer und Frauen sind eben sehr verschieden, was nervliche Kraft oder Schwäche betrifft! Als er wieder ernst wurde, fragte ich ihn nach dem Grund für seine Fröhlichkeit und weshalb er sie unbedingt zu solch einem Zeitpunkt zeigen müsse. Seine Antwort war für ihn charakteristisch, denn sie war logisch, eindrucksvoll und rätselhaft. Er sagte:

»Ah, du verstehst mich nicht, John. Glaub nicht, ich wäre nicht traurig, obwohl ich lache. Sieh mal, ich habe geweint, selbst als das Lachen mich würgte. Aber glaub auch nicht, ich sei nur traurig, wenn ich weine, denn zu gleicher Zeit überkommt mich auch das Lachen. Merk dir: Jenes Lachen, das an deine Tür klopft und fragt ›Darf ich eintreten?‹, ist nicht das wahre Lachen. Nein, das wahre Lachen ist ein König; es kommt, wann und wie es will. Es fragt nicht um Erlaubnis, nicht nach Schicklichkeit. Es sagt nur: ›Hier bin ich!‹ – Nimm mein Beispiel: Mir bricht das Herz vor Trauer um dieses nette, junge Mädchen! Ich spendete ihr mein Blut, obwohl ich alt und klapprig bin; ich gab meine Zeit, meine Fähigkeiten und meinen Schlaf für sie; ich versagte anderen Patienten all dies, damit Lucy es haben könnte, und doch muß ich an ihrem Grabe lachen – lachen, während die Erde vom Spaten des Totengräbers auf ihren Sarg herabprasselt und ›Bum! Bum!‹ zu meinem Herzen spricht, bis es mir das

Blut in die Wangen zurücktreibt. Mein Herz blutete für diesen armen Jungen, der im selben Alter wie mein Sohn ist, wäre mir dieser erhalten geblieben. Er hat die gleichen Augen und dieselbe Haarfarbe, und jetzt verstehst du sicher, weshalb ich ihn so liebe. Und doch, wenn er Dinge ausspricht, die mein Herz schneller schlagen, mein Vaterherz sich mehr nach ihm sehnen lassen als nach sonst irgendeinem Menschen – mehr noch als nach dir, mein Freund, denn wir besitzen, anders als Vater und Sohn, gleichviel Lebenserfahrung – selbst in solch einem Augenblick überkommt mich König Lachen und schreit und brüllt in mein Ohr: ›Hier bin ich! Hier bin ich!‹, und das Lachen bringt mein Blut zum Tanzen und zaubert ein wenig Sonnenschein auf meine Wangen. O John, es ist eine seltsame Welt – eine Welt voller Trübsal, Leid und Kummer; und doch, wenn König Lachen auftritt, läßt er alles nach seiner Melodie tanzen. Blutende Herzen, trockne Gerippe auf Friedhöfen und brennende Tränen, alle tanzen nach seiner Musik. Und glaub mir, John, es ist gut so. Wir Menschen sind wie Seile, straff gespannt zwischen Leiden, die uns hin- und herzerren. Dann kommen Tränen; und die Stricke ziehen sich zusammen, als würde Regen auf sie niederprasseln, bis die Spannung vielleicht zu groß wird und wir zerbrechen. Aber das Lachen ist wie Sonnenschein; es erleichtert die Qualen, und wir ertragen unsere Mühen und Plagen leichter, wie immer sie auch sein mögen.«

Ich wollte ihn nicht verletzen, indem ich erklärte, ihn nicht verstehen zu können; da ich jedoch den Grund für sein Lachen immer noch nicht sah, fragte ich ihn danach. Er machte ein finsteres Gesicht, und seine Stimme nahm plötzlich einen ganz anderen Klang an:

»Oh, ich lachte über die grimmige Ironie der Sache! Dieses schöne, mit Blumen bekränzte Mädchen, das aussah, als lebte es noch, bis sich einer nach dem anderen von uns fragte, ob es denn wirklich tot sei: Da lag es in seiner herrlichen Marmorgruft auf dem einsamen Friedhof, auf dem schon so viele ihrer Verwandten ruhen, zusammen mit ihrer Mutter, die es geliebt hatte; die Kirchenglocke läutete ihr trauriges ›Bim! Bam!‹; die geweihten Männer in ihren engelhaften weißen Gewändern gaben vor, in ihren Büchern zu lesen, während ihre Blicke nicht ein einziges Mal auf den Seiten ruhten; wir alle standen da mit gebeugten Köpfen. Und wozu das alles? Lucy ist tot, also! Ist es etwa nicht so?«

»Trotzdem, ich kann beim besten Willen nichts Komisches daran finden, Professor«, sagte ich. »Im Gegenteil, ich verstehe dich noch weniger als vorher. Aber selbst wenn die Zeremonie komisch gewesen sein sollte, was ist dann mit dem armen Arthur und seinem Kummer, der ihm fast das Herz bricht?«

»Richtig; Arthur! Hat er nicht gesagt, daß sie durch die Blutübertragung seine Frau geworden sei?«

»Ja, und das ist ein schöner und tröstender Gedanke für ihn.«

»Ganz recht. Aber da ist noch eine kleine Schwierigkeit, mein Freund. Wenn es so wäre, was ist dann mit den anderen? Haha! Dann betrieb dieses nette Mädchen nämlich Vielmännerei, und ich, dessen Frau lange tot ist, obwohl sie den Gesetzen der Kirche zufolge noch lebt – was natürlich Unsinn ist, denn sie ist längst aufgelöst –, selbst ich also, der ich noch immer dieser nicht mehr lebenden Frau ein treuer Gatte bin, wäre dann ein Bigamist!«

»Auch daran finde ich noch nichts Komisches«, beharrte ich. Seine Reden gefielen mir überhaupt nicht. Er legte mir die Hand auf den Arm und sagte:

»Verzeih mir, John, wenn ich dich verletzte. Ich verbarg meine Gefühle vor denen, die es geschmerzt hätte, aber nicht vor dir, mein alter Freund, dem ich vertrauen kann.

Wenn du in mein Herz hättest schauen können, als ich zu lachen begann, und wenn du das jetzt könntest, da mein Lachanfall vorüber ist – denn König Lachen ist weit, sehr weit und für sehr lange von mir gegangen – vielleicht würdest du mich dann am meisten bemitleiden.«

Seine innere Bewegung rührte mich, und ich fragte ihn, weshalb er so betroffen sei.

»Weil ich etwas weiß!«

Und jetzt sind wir alle wieder verstreut. Für viele, lange Tage wird die Einsamkeit mit düsteren Schwingen auf unseren Dächern hocken. Lucy liegt in der Familiengruft, einem vornehmen Totenhaus auf einem einsamen Friedhof, weit fort vom unruhigen London, wo die Luft klar und frisch ist, wo die Sonne hinter dem Hampstead Hill aufsteigt und wilde Blumen ohne menschliches Zutun gedeihen.

Ich kann mein Tagebuch abschließen; nur Gott allein weiß, ob ich je ein neues beginne. Wenn es sein sollte oder ich dieses hier je wieder öffne, wird es um andere Dinge und andere Menschen gehen. Jetzt, da ich die Romanze meines Lebens niedergeschrieben habe und den Faden meiner Lebensarbeit wieder aufgreife, sage ich traurig und ohne Hoffnung

Finis.

Aus der »Westminster Gazette«, 25. September

Mysteriöser Vorfall in Hampstead.

Die Umgebung von Hampstead wird im Augenblick durch eine Reihe von Ereignissen heimgesucht, die gewisse Parallelen zu den »Kensington-Greueln«, der »Frau mit dem Dolch« oder der »Frau in Schwarz« aufweisen. In den letzten Tagen ist es hier nämlich verschiedentlich vorgekommen, daß Kinder von zu Hause fortgelaufen oder vom Spielen auf der Heide nicht zurückgekehrt sind. In allen Fällen waren die Kinder noch zu jung, um einen verständlichen Bericht über ihre Erlebnisse abgeben zu können; aber als Kernstück ihrer Entschuldigungen taucht immer wieder auf, sie seien mit einer »fremden Frau« zusammen gewesen. Alle hat man am späten Abend vermißt, und zwei der Kinder fand man erst am folgenden Morgen auf. In der Umgegend nimmt man allgemein an, daß, nachdem das erste Kind als Entschuldigung für sein Fortbleiben behauptet hatte, von einer »fremden Frau« zu einem Spaziergang eingeladen worden zu sein, die anderen Kinder ebenfalls zu dieser Ausrede griffen. Dies erscheint um so glaubhafter, als zur Zeit das Lieblingsspiel der Kleinen darin besteht, sich gegenseitig fortzulocken. Ein Korrespondent schreibt uns, es sei äußerst amüsant anzuschauen, wie die Knirpse »Fremde Frau« spielen. Er meint, mancher unserer Karikaturisten könnte durch den Vergleich zwischen Wirklichkeit und ihren Spielen eine Lektion in grotesker Ironie erteilt bekommen. Es liegt durchaus in der menschlichen Natur begründet, daß die »fremde Frau« eine so beliebte Rolle in ihren naiven Spielen einnimmt.

Jedoch kann die Angelegenheit durchaus auch eine ernste Seite haben, denn einige der Kinder, und zwar alle jene, die über Nacht vermißt wurden, weisen kleine Wunden an der Kehle auf. Diese Verletzungen könnten von Ratten oder einem kleinen Hund stammen, und obwohl ihnen im Einzelfall keine besondere Bedeutung zugemessen zu werden braucht, könnten sie doch darauf hinweisen, daß das Tier, daß sie verursachte, nach einem bestimmten System oder einer bestimmten Methode vorgeht. Die Polizei ist angewiesen worden, in der Nähe der Heide von Hampstead scharf auf umherirrende Kinder zu achten, besonders auf noch kleine, und ebenso auf alle streunenden Hunde.

Aus der »Westminster Gazette«, 25. September

EXTRABLATT
Der Schrecken von Hampstead
Wieder ein Kind verwundet!
Die fremde Frau?

Soeben erhalten wir die Nachricht, daß gestern abend ein weiteres Kind vermißt wurde. Man fand es heute vormittag unter einem Stechginsterstrauch auf der Heide von Hampstead am Shooter's Hill, einer sehr einsamen Stelle. Wie in den anderen Fällen wies auch dieses Kind wieder die winzigen Wunden an der Kehle auf. Es war sehr schwach und wirkte schrecklich erschöpft. Nachdem es sich ein wenig erholt hatte, erzählte auch dieses Kind wieder die bekannte Geschichte, nämlich, es sei von der »fremden Frau« fortgelockt worden.

Vierzehntes Kapitel

Mina Harkers Tagebuch

23. September. – Jonathan geht es nach einer schlechten Nacht wieder besser. Ich bin froh, daß er viel Arbeit hat, denn diese lenkt ihn von allen schrecklichen Dingen ab; und es freut mich, daß er von der Verantwortung seiner neuen Stellung nicht erdrückt wird. Ich wußte, er würde sich selbst treu bleiben, und wie stolz bin ich jetzt, da Jonathan zur Höhe seiner Laufbahn aufsteigt und mit allen Pflichten Schritt hält, die auf ihn zukommen. Er wird den ganzen Tag bis spätabends fortbleiben, denn er sagte, er könne nicht zu Hause essen. Meine Hausarbeit ist erledigt; ich werde mir jetzt sein Reisetagebuch holen, mich in mein Zimmer einschließen und es lesen . . .

24. September. – Gestern nacht hatte ich nicht mehr den Mut zum Schreiben; Jonathans furchtbare Aufzeichnungen hatten mich zu sehr aufgeregt. Armer Jonathan, wie er gelitten haben muß – ob nun unter der Wirklichkeit oder unter seiner Phantasie! Aber ich frage mich, ob nicht doch etwas davon Wahrheit ist! Bekam er nun zuerst das Nervenfieber und schrieb dann sein Tagebuch, oder hat er ein wirkliches Erlebnis niedergeschrieben? Ich fürchte, ich werde es niemals erfahren, denn ich wage nicht, mit ihm darüber zu sprechen. Und dann dieser Mann, den wir gestern trafen! Jonathan schien seiner ganz sicher zu sein . . .! Der Ärmste! Wahrscheinlich hat ihn die Beerdigung aufgeregt und seinen Geist in frühere Verstrickung gestürzt . . . Er glaubt ganz fest an die Wirklichkeit seiner Erlebnisse. Ich erinnere mich noch, wie er an unserem Hochzeitstag sagte: »Ich fürchte, daß mich eine feierliche Verpflichtung zwingen mag, dereinst zu den bitteren Stunden zurückzukehren, die ich – ob schlafend oder wachend, normal oder verrückt – durchlebte!« Alle Ereignisse scheinen durch einen Faden der Folgerichtigkeit verknüpft zu sein. Dieser furchtbare Graf wollte nach London kommen . . . Wenn das eingetroffen und er in die Millionenstadt London gekommen sein sollte . . . Vielleicht ist dann jene feierliche Verpflichtung gegeben; und wenn es so ist, dann dürfen wir nicht davor zurückschrecken . . . Ich werde darauf vorbereitet sein. Noch in dieser Stunde werde ich meine Schreibmaschine hervorholen und mit der Abschrift beginnen, so daß die Aufzeichnungen auch von anderen gelesen werden können. Dann kann ich auch für Jonathan sprechen und ihm alle Aufregung fernhalten. Wenn Jonathan je seine Nervosität wieder überwindet, wird er mir vielleicht alles erzählen wollen, und ich werde ihm Fragen stellen und Aufklärung finden können. Und vielleicht vermag ich ihn dann zu trösten.

Brief von Van Helsing an Mrs. Harker

24. September
(vertraulich)

Liebe gnädige Frau,

bitte vergeben Sie mir, wenn ich mich an Sie wende, aber ich bin Ihnen schon insoweit bekannt, als ich Ihnen die traurige Nachricht von Miß Lucy Westenras Tod mitteilen mußte. Lord Godalming gestattete mir freundlichst, die Briefe und Papiere von Miß Lucy zu lesen, denn ich mache mir große Sorgen über gewisse, sehr wichtige Dinge. Unter den Papieren befanden sich einige Ihrer Briefe, aus denen ich ersah, wie eng Sie miteinander befreundet waren und wie sehr Sie einander geliebt haben. Im Namen dieser Liebe, Madame Mina, bitte ich Sie, mir zu helfen. Ich bitte Sie um anderer willen, damit großes Unheil wiedergutgemacht und schreckliches Leid, das noch größer sein könnte, als Sie es sich vorzustellen vermögen, abgewendet werden kann. Darf ich Sie aufsuchen? Sie können mir vertrauen. Ich bin mit Doktor John Seward und Lord Godalming befreundet; es darf jedoch im Augenblick niemand von unserem Kontakt erfahren. Wenn Sie mir die Bitte gewähren und mich Ort und Zeit für eine Begegnung wissen lassen, könnte ich umgehend nach Exeter kommen. Ich bitte Sie noch einmal, mir diesen Schritt zu verzeihen, Madame. Ich habe Ihre Briefe an die bedauernswerte Lucy gelesen und weiß, wie gut Sie sind und wie sehr Ihr Gatte leidet. Bitte klären Sie ihn also nicht darüber auf, wenn das möglich ist, damit kein unnötiges Unheil angerichtet wird. Noch einmal bitte ich Sie, mir zu vergeben,

Ihr Van Helsing

Telegramm von Mrs. Harker an Van Helsing

25. September. – Kommen Sie heute mit dem Zug um 10.15 Uhr, falls Sie ihn noch erreichen. Kann Sie jederzeit empfangen.

Wilhelmina Harker

Mina Harkers Tagebuch

25. September. – Ich kann mir nicht helfen, aber ich werde immer aufgeregter, je näher die Stunde von Dr. Van Helsings Ankunft rückt, denn aus irgendeinem Grunde verspreche ich mir davon, daß auf Jonathans schreckliche Erlebnisse etwas Licht geworfen wird. Und da Van Helsing die arme Lucy während ihrer Krankheit gepflegt hat, kann er mir sicher auch einiges von ihr erzählen. Das ist ja der Grund seines Besuches; es geht um Lucy und deren Drang zum Schlafwandeln, und nicht um Jonathan! Dann werde ich also die Wahrheit noch nicht erfahren. Wie albern ich doch bin. Das schreckliche Tagebuch beschäftigt meine Phantasie und taucht alles in seine Farben. Natürlich kommt er nur wegen Lucy! Die Ärmste war in ihre alte Gewohnheit zurückgefallen; auch muß die schreckliche Nacht auf den Klippen ihrer Gesundheit geschadet haben. Durch meine eigenen Sorgen hatte ich ihre Krankheit beinahe vergessen. Sie wird ihm von ihrem Abenteuer auf den Klippen berichtet haben und auch, daß ich davon weiß. Und jetzt möchte er alles von mir erfahren, um den Fall zu verstehen! Hoffentlich habe ich recht daran getan, Mrs. Westenra nichts davon zu erzählen! Ich könnte mir nie verzeihen, wenn irgendeine meiner Handlungen, und wäre es auch nur eine Unterlassung, der armen Lucy geschadet hätte. Auch hoffe ich, Dr. Van Helsing wird mir keine Vorwürfe machen! Ich hatte in

letzter Zeit so viel Kummer und Mühe, daß ich im Augenblick kaum noch mehr davon ertragen könnte.

Ich glaube, Weinen hilft bisweilen viel! Es reinigt die Atmosphäre wie Regen. Vielleicht hat mich gestern das Lesen des Tagebuches zu sehr erregt, und obendrein verließ mich Jonathan heute morgen für den ganzen Tag sowie die Nacht. Zum erstenmal seit unserer Hochzeit sind wir getrennt. Ich hoffe, daß sich mein Liebster vorsehen und nichts ihn aufregen möge. Es ist bereits zwei Uhr nachmittags, und der Doktor wird bald hier eintreffen. Ich werde ihm gegenüber Jonathans Tagebuch nicht erwähnen, es sei denn, er fragt mich danach. Glücklicherweise habe ich mein eigenes Tagebuch mit der Schreibmaschine abgeschrieben, so daß ich es ihm geben kann, falls er etwas über Lucy wissen will. Das wird ihm viele Fragen ersparen.

Später. – Er ist hier gewesen und schon wieder gegangen. Oh, was für ein seltsamer Besuch; mir dreht sich alles im Kopf! Ich fühle mich wie im Traum. Ist das alles überhaupt möglich? Oder auch nur ein Teil davon? Hätte ich nicht Jonathans Tagebuch zuerst gelesen, glaubte ich nicht ein einziges Wort! Armer, armer Jonathan! Wie muß er gelitten haben! Ich bitte den Herrn, all dies möge nicht noch einmal in ihm aufgewühlt werden. Ich will mein Bestes tun, es von ihm fernzuhalten! Aber vielleicht ist es sogar Trost und Hilfe, bestätigt zu bekommen, daß ihn seine Augen, seine Ohren und sein Verstand nicht betrogen haben und daß er alles wirklich erlebte – so schrecklich und folgenschwer die Konsequenzen auch wären. Vielleicht machen ihm nur die Zweifel zu schaffen; vielleicht wird er, wenn die Zweifel behoben sind, zufriedener sein und den Schock besser ertragen! Dr. Van Helsing muß nicht nur gut, sondern auch klug sein, denn er ist Arthurs und Dr. Sewards Freund, und sie haben ihn aus dem fernen Holland herbeigeholt, damit er Lucy behandeln möge. Ich erkannte in ihm sofort den guten, hilfsbereiten und edlen Charakter. Wenn er morgen wiederkommt, werde ich ihn nach Jonathans Zustand fragen; und dann möge Gott allen Kummer und alle Ängste zu einem guten Ende führen. Früher hatte ich mir einmal vorgenommen, die Technik des Interviews zu üben. Jonathans Freund, der bei der »Exeter News« angestellt ist, sagte einmal, das Wichtigste sei für diesen Beruf ein gutes Gedächtnis; man müsse fast jedes gesprochene Wort exakt wiedergeben können, selbst wenn später einiges davon korrigiert werden müßte. Hier hatte ich eine seltene Gelegenheit zum Üben. Ich werde mich bemühen, das Gespräch wortgetreu niederzuschreiben.

Gegen halb drei klopfte es unten an der Haustür. Ich nahm all meinen Mut zusammen und wartete. Nach wenigen Minuten erschien Mary und meldete: »Doktor Van Helsing.«

Ich erhob mich und neigte den Kopf. Er trat auf mich zu; ein mittelschwerer Mann, aber kräftig gebaut, mit zurückgezogenen Schultern, so daß seine breite, kräftige Brust betont wird. Die Kopfhaltung verrät Verstand und Kraft; der Kopf ist edel, wohlproportioniert, breit und massig hinter den Ohren. Im glattrasierten Gesicht bemerkt man ein hartes, kräftiges Kinn, einen großen resoluten und beweglichen Mund, eine gutgeformte Nase – ebenmäßig, aber mit nervösen, sensitiven Nasenflügeln, die sich zu blähen scheinen, wenn sich die großen buschigen Augenbrauen zusammenziehen und sich der Mund verhärtet. Die Stirn ist breit und schön geformt; sie steigt steil auf und zeigt dann zwei weit auseinanderliegende Buckel oder Höcker. Sie ist so gebildet, daß das rötliche Haar nicht nach vorn, sondern nur nach hinten oder über die Schläfen fällt. Die großen dunkelblauen Augen liegen weit auseinander, und je nach seiner Stimmung zeigen sie einen unruhigen, zärtlichen oder entschlossenen Ausdruck. Er sagte:

»Mrs. Harker, nicht wahr?« Ich nickte bejahend.

»Früher Miß Mina Murray?« Wieder bejahte ich.

»Ich wollte mit Miß Mina Murray sprechen, der Freundin der armen Lucy Westenra. Madame Mina, ich komme wegen der Toten.

»Sir«, begann ich, »Sie hätten sich mir nicht stärker empfehlen können als dadurch, daß Sie ein Freund und Helfer von Lucy Westenra waren!« Und ich streckte ihm meine Hand entgegen. Er ergriff sie und sagte sanft:

»Oh, Madame, ich ahnte schon, daß die Freundin von Lucy ein guter Mensch sein müsse, aber die Bestätigung fehlte mir noch . . .« Er beendete den Satz mit einer höflichen Verbeugung. Ich fragte ihn nach dem Grund seines Besuches, und er begann sofort:

»Ich habe Ihre an Miß Lucy gerichteten Briefe gelesen. Bitte verzeihen Sie, aber ich mußte meine Untersuchung ja irgendwo beginnen und konnte niemand um Rat fragen. Mir ist bekannt, daß Sie mit ihr in Whitby zusammen waren. Miß Lucy schrieb bisweilen an einem Tagebuch – sie hatte nach Ihrer Abreise damit begonnen und es Ihnen nachgemacht –, worin sie gewisse Geschehnisse auf ihr Schlafwandeln zurückführt und weiter erwähnt, daß sie von Ihnen gerettet worden sei. In meiner Ratlosigkeit wende ich mich an Sie und bitte Sie herzlich, mir alles zu erzählen, woran Sie sich noch erinnern!«

»Ich glaube, ich kann Ihnen alles ganz genau berichten, Dr. Van Helsing.«

»Ah, dann besitzen Sie also ein gutes Gedächtnis für Tatsachen und Details? Dies trifft nicht immer bei jungen Damen zu.«

»Nein, Doktor, aber damals habe ich alles sofort niedergeschrieben. Wenn Sie es wünschen, kann ich es Ihnen zeigen.«

»Ich wäre Ihnen sehr dankbar, Madame; Sie tun mir damit einen großen Gefallen.« Ich konnte der Versuchung nicht widerstehen, ihn ein wenig an der Nase herumzuführen – wahrscheinlich haben wir den Geschmack des Apfels der Eva noch immer im Mund –, und reichte ihm das in Kurzschrift abgefaßte Tagebuch. Er nahm es mit einer dankbaren Verbeugung und fragte:

»Darf ich es lesen?«

»Wenn Sie wollen«, antwortete ich so ernst wie möglich. Er schlug es auf und zog im ersten Augenblick ein langes Gesicht. Dann erhob und verbeugte er sich.

»Sie sind eine kluge Frau«, sagte er. »Aber würden Sie mir die Ehre geben und mir helfen, indem Sie mir dies vorlesen? Leider kann ich Kurzschrift nicht entziffern!« Mein kleiner Scherz war vorüber, und ich schämte mich jetzt beinahe deshalb; also holte ich die maschinengeschriebene Kopie aus meinem Handarbeitskorb und gab sie ihm.

»Entschuldigen Sie«, sagte ich. »Ich konnte nicht anders. Ich nahm sofort an, daß Sie mich über Lucy ausfragen wollten, und für den Fall, daß Sie wenig Zeit hätten – da ich ja weiß, wie kostbar Ihre Zeit ist –, habe ich es mit der Maschine abgeschrieben.«

Er nahm es mit glitzernden Augen entgegen. »Sie sind sehr freundlich«, sagte er. »Darf ich es gleich jetzt lesen? Vielleicht möchte ich Ihnen später einige Fragen dazu stellen!«

»Aber gewiß«, erwiderte ich. »Lesen Sie es durch, während ich das Essen auftragen lasse. Dann können Sie mir während des Essens Fragen stellen.«

Er verbeugte sich, setzte sich auf einen Stuhl, den Rücken dem Licht zugekehrt, und vertiefte sich in das Manuskript. Währenddessen kümmerte ich mich, hauptsächlich um ihn nicht zu stören, um das Essen. Als ich wieder in das Zimmer trat, ging er mit vor Aufregung gerötetem Gesicht auf und ab. Er stürzte auf mich zu und ergriff meine Hände.

»Oh, Madame Mina«, sagte er, »mir fehlen die Worte, um Ihnen meine Dankbarkeit auszudrücken! Diese Aufzeichnungen sind mir wie ein Sonnenstrahl. Sie öffnen mir die Tore. Ich bin geblendet, ich bin betäubt von so viel Licht, und doch tauchen nach jeder Erkenntnis wieder neue Wolken auf. Aber das verstehen Sie nicht, können Sie nicht verstehen. Ich bin Ihnen so dankbar, Sie kluge Frau. Madame«, fuhr er feierlich fort, »wenn Abraham Van Helsing je etwas für Sie oder die Ihren tun kann, müssen Sie es mich wissen lassen. Mit Freude und Entzücken werde ich Ihnen wie ein Freund beistehen; und außerdem soll alles, was ich je gelernt habe und tun kann, stets Ihnen oder den Ihren zur Verfügung stehen. Es gibt Licht und Schatten im Leben, doch Sie gehören zum Licht. Sie werden ein glückliches und schönes Leben führen, und Ihr Mann ist mit Ihnen belohnt.«

»Aber Doktor, Sie loben mich zu sehr, und . . . und Sie kennen mich doch gar nicht.«

»Ich Sie nicht kennen! Ich, der ich alt bin und all mein Leben lang Männer und Frauen studiert habe! Ich, der ich mich ständig mit dem Gehirn und seiner Arbeitsweise beschäftige! Ich habe Ihr Tagebuch gelesen, das Sie mir freundlicherweise abgeschrieben haben und das in jeder Zeile Wahrheit atmet. Ich, der ich Ihre Briefe an die arme Lucy gelesen habe, in denen Sie von Ihrer Hochzeit und Ihrem Vertrauen schrieben, ich soll Sie nicht kennen! Oh, Madame Mina, gute Frauen sagen ihr ganzes Leben lang, Tag für Tag, Stunde für Stunde und Minute für Minute Sachen, die selbst Engel hören könnten. Und wir Männer, die wir nach Erkenntnissen suchen, haben so etwas wie Engelsaugen. Ihr Mann ist ein edler Mensch, und auch Sie sind edel, denn Sie können vertrauen. Ein gemeiner Charakter kennt kein Vertrauen. Übrigens Ihr Mann – erzählen Sie mir von ihm. Wie geht es ihm? Ist sein Fieber geschwunden, und ist er wieder kräftig und gesund?« In diesem Augenblick sah ich eine Möglichkeit, das Gespräch auf Jonathan zu bringen, also begann ich:

»Er hatte sich fast völlig erholt, aber Mr. Hawkins Tod nahm ihn sehr mit . . .«

»Ja, ich weiß, ich weiß«, unterbrach er mich. »Ich habe Ihre letzten beiden Briefe gelesen.«

»Und dann«, fuhr ich fort, »als wir am Donnerstag in der Stadt waren, erlitt er plötzlich eine Art Schock.«

»Ein Schock, und das so bald nach einem Nervenfieber! Das ist nicht gut. Was für eine Art Schock war das?«

»Er glaubte, einem Menschen begegnet zu sein, der ihn an ein furchtbares Erlebnis erinnerte – an etwas, das die Ursache für sein Nervenfieber war.« Und dann überwältigte mich alles; das Mitleid mit Jonathan, die Schrecken, denen er ausgesetzt gewesen war, das ganze schreckliche Geheimnis seines Tagebuches und die Furcht, die seither düster über mir hing. Wahrscheinlich wurde ich hysterisch, denn ich fiel vor ihm auf die Knie, reckte ihm meine Arme entgegen und flehte ihn an, meinen Mann gesund zu machen! Er ergriff meine Hände und zog mich empor. Ich mußte auf dem Sofa Platz nehmen, und er setzte sich neben mich. Er hielt meine Hände und sagte sehr sanft:

»Mein Leben ist öde und leer und so arbeitsreich, daß mir nicht viel Zeit für Freundschaften blieb; seit ich aber von meinem Freund John Seward hierhergeholt wurde, habe ich so viele gute Menschen kennengelernt und so viel Edelmut gesehen, daß ich mehr als je zuvor meine Einsamkeit erkenne, die sich mit den Jahren immer mehr vertieft hat. Glauben Sie mir, daß ich voller Hochachtung zu Ihnen gekommen bin. Sie haben mir neue Zuversicht gegeben – Zuversicht nicht im Hinblick auf das, was ich suche, sondern darauf, daß es noch gute Frauen gibt, die das Leben verschönern können; edle Frauen, deren Leben und Treue den zukünftigen Kindern ein Vorbild sein kann. Ich bin froh, sehr froh, daß ich Ihnen helfen kann, denn wenn Ihr Mann leidet, fällt sein Leiden in das Gebiet meiner Kenntnisse und Erfahrungen. Ich verspreche Ihnen, alles für ihn zu tun, damit sein Leben wieder stark und mannhaft und das Ihre glücklich wird. Und jetzt müssen Sie essen. Sie sind erschöpft und vielleicht überängstlich. Ihrem Mann Jonathan wird es nicht gefallen, Sie so blaß zu sehen; und was er an seiner Liebsten nicht mag, schadet ihm. Seinetwegen müssen Sie essen und lächeln. Sie haben mir alles über Lucy erzählt, und weil es Sie quält, wollen wir nicht weiter darüber sprechen. Ich werde in Exeter übernachten, denn ich möchte über vieles, was Sie mir erzählten, nachdenken und, wenn ich darf, Ihnen dann noch einige Fragen stellen. Sie wollen mir natürlich auch noch über das Leiden Ihres Mannes berichten; aber bitte noch nicht jetzt! Sie müssen erst essen; anschließend werden wir uns weiter unterhalten.«

Nach dem Essen, als wir wieder im Salon saßen, sagte er:

»Und jetzt erzählen Sie mir von ihm.« Als ich dann zu diesem klugen, erfahrenen Mann sprechen sollte, fürchtete ich plötzlich, er könnte mich für eine Närrin und Jonathan für einen Irren halten – jenes Tagebuch ist so seltsam! –, und ich zögerte anzufangen. Aber er war so nett und freundlich und hatte versprochen, mir zu helfen, so daß ich ihm vertraute. Also begann ich:

»Dr. Van Helsing, was ich Ihnen sagen muß, ist so ungewöhnlich, daß Sie mich oder meinen Mann nicht auslachen dürfen. Seit gestern plagt mich ein Zweifel; Sie müssen freundlich zu mir sein und mich nicht für albern halten, daß ich solch seltsame Dinge auch nur zum Teil glaube!« Er beruhigte mich sowohl durch seine Reaktion als auch durch seine Worte, denn er meinte:

»Oh, meine Liebe, wenn Sie wüßten, was für eine merkwürdige Angelegenheit mich zu Ihnen bringt, wäre das Lachen an Ihnen. Ich habe gelernt, keines Menschen Ansichten geringzuschätzen, gleichgültig wie seltsam sie auch sein mögen. Ich habe mich immer bemüht, mir einen aufgeschlossenen Sinn zu bewahren! Nicht die alltäglichen Dinge im Leben sind es, die mich darin beirren, sondern die seltsamen, die außergewöhnlichen Dinge, bei denen man nicht weiß, ob sie dem Wahnsinn oder einem gesunden Verstand entspringen.«

»Ich danke Ihnen, ich danke Ihnen tausendmal! Sie haben mir einen Stein vom Herzen genommen. Wenn Sie erlauben, werde ich Ihnen etwas zu lesen geben. Es ist lang, aber ich habe es mit der Schreibmaschine abgetippt. Daraus werden Sie meinen und Jonathans Kummer erfahren. Es ist die Kopie seines Tagebuches, das er während seiner Auslandsreise führte. Ich will jetzt noch nichts darüber sagen; lesen Sie selbst und bilden Sie sich dann Ihre Meinung. Und wenn wir uns wiedersehen, werden Sie mir sagen, was Sie darüber denken.«

»Ich verspreche es Ihnen«, sagte er, als ich ihm das Manuskript reichte. »Ich werde Sie und Ihren Mann morgen, wenn ich darf, so früh wie möglich aufsuchen.«

»Jonathan wird um halb zwölf hier sein, Sie müssen mit uns essen und ihn bei der Gelegenheit kennenlernen. Sie könnten den Schnellzug um drei Uhr vierunddreißig nehmen, mit dem Sie dann noch vor acht wieder in Paddington sind!« Es überraschte ihn, daß ich den Fahrplan so aus dem Kopf wußte, aber er ahnte ja nicht, daß ich mir alle Züge von und nach Exeter gemerkt habe, um Jonathan helfen zu können, falls er es einmal sehr eilig hat.

Er nahm also die Papiere und ging, und ich sitze hier und denke – ich weiß nicht, was.

Handschriftlicher Brief
von Van Helsing an Mrs. Harker

25. September, 6 Uhr morgens

Sehr geehrte Madame Mina!

Ich habe das Tagebuch Ihres Mannes gelesen. Sie können Ihre Zweifel begraben; es entspricht, so seltsam und furchtbar das auch sein mag, durchaus den Tatsachen! Ich kann mein Leben dafür verpfänden. Für andere könnte das schlimm sein, aber für Sie und ihn besteht keine Gefahr. Jonathan ist ein edler Charakter; und lassen Sie mich Ihnen versichern, ich weiß aus Erfahrung, daß jemand, der wie er eine Mauer zu jenem Zimmer hinuntersteigt und das sogar noch ein zweites Mal wagt, keinen lebenslänglichen Schaden zurückbehält. Sein Geist und sein Herz sind in Ordnung; das kann ich beschwören, noch ehe ich ihn gesehen habe. Sie dürfen beruhigt sein. Ich muß ihn noch einiges nach anderen Dingen fragen. Es ist mir vergönnt, Sie heute noch einmal aufsuchen zu dürfen, denn ich habe plötzlich so viel Neues erfahren, daß ich wieder ganz geblendet bin, stärker geblendet als je zuvor, und ich muß sehr viel nachdenken.

Ihr treu ergebener
Abraham Van Helsing

Brief von Mrs. Harker an Van Helsing

25. September,
6 Uhr 30 nachmittags

Lieber Doktor Van Helsing!

Tausend Dank für Ihren freundlichen Brief, der mich aufatmen ließ. Und doch, wenn alles wahr ist, was gibt es dann für schreckliche Dinge in der Welt, und wie furchtbar wäre es, wenn sich dieser Mann, dieses Ungeheuer, tatsächlich in London aufhielte! Ich habe Angst, auch nur daran zu denken! Soeben erhalte ich ein Telegramm von Jonathan, in dem er mir mitteilt, daß er in Launceston heute abend um 6.25 Uhr abfahren und hier um 10.18 Uhr eintreffen wird; in dieser Nacht brauche ich mich also nicht zu ängstigen. Würden Sie deshalb bitte, statt erst zum Mittagessen zu uns zu kommen, bereits um 8 Uhr morgens mit uns frühstücken, oder ist das für Sie zu früh? Sie könnten dann, wenn Sie es eilig haben, mit dem Zug um 10.30 Uhr wieder zurückfahren, mit dem Sie um 2.35 Uhr in Paddington sind. Sie brauchen mir nicht zu antworten; falls ich nichts mehr von Ihnen höre, werde ich annehmen, daß Sie zum Frühstück zu uns kommen.

Ihre treue und dankbare Freundin

Mina Harker

Jonathan Harkers Tagebuch

26. September. – Ich glaubte nicht, daß ich je wieder etwas in dieses Tagebuch schreiben würde, aber jetzt ist es doch soweit gekommen. Als ich gestern abend nach Hause kam, hatte Mina das Abendbrot bereits aufgetragen. Nachdem wir gegessen hatten, berichtete sie mir von Van Helsings Besuch und daß sie ihm die zwei abgetippten Tagebücher gegeben hätte. Sie sagte mir auch, was für ernste Sorgen sie sich um mich gemacht habe, und zeigte mir den Brief des Doktors, in dem er schrieb, daß alle meine Aufzeichnungen der Wahrheit entsprächen. Ich bin dadurch ein neuer Mensch geworden. Es waren lediglich die Zweifel an der Wirklichkeit meiner Erlebnisse, die mich niederdrückten. Ich kam mir unfähig und unglaubwürdig vor; ich tappte im dunkeln, aber jetzt, da ich Gewißheit habe, fürchte ich mich nicht mehr, nicht einmal mehr vor dem Grafen. Sein Vorhaben, nach London

zu kommen, ist ihm also geglückt, und er war es, den ich gesehen habe. Er ist jünger geworden, und wodurch wohl? Wenn Van Helsing auch nur annähernd so ist, wie ihn Mina schildert, wäre er der Richtige, um den Grafen zu entlarven und zur Strecke zu bringen! – Wir blieben lange auf und sprachen über alles. Jetzt kleidet Mina sich gerade an, und ich werde Van Helsing in wenigen Minuten vom Hotel abholen ...

Er war, glaube ich, überrascht, als er mich sah. Als ich in sein Zimmer trat und mich vorstellte, packte er mich an der Schulter und drehte mein Gesicht dem Licht zu. Dann sah er mich forschend an und sagte: »Madame Mina hat mir doch erzählt, Sie seien krank und litten unter einem Schock?« Es war recht komisch, meine Frau von diesem freundlichen alten Mann mit dem strengen Gesicht »Madame Mina« nennen zu hören.

Ich mußte lächeln und erwiderte: Ich war krank und hatte auch wirklich einen Schock erlitten, aber Sie haben mich wieder geheilt.«

»Und wie das?«

»Durch den Brief, den Sie Mina gestern abend schrieben. Ich war von Zweifeln geplagt gewesen, denn alle meine Erlebnisse schienen mir von einem Hauch der Unwirklichkeit umgeben; ich wußte nicht einmal, ob ich noch meinen Sinnen trauen durfte. Und da ich nicht wußte, worauf ich mich verlassen konnte, wußte ich auch nicht, was ich tun sollte; so blieb mir nichts weiter übrig, als weiterhin der Schablone meines Lebens zu folgen. Aber die Schablone versagte sich mir, und ich mißtraute mir selbst. Doktor, Sie wissen nicht, was es bedeutet, wenn man alles, sogar sich selbst, anzweifelt. Nein, Ihnen könnte das nicht geschehen; nicht einem Mann mit solchen Augenbrauen!«

Er schien amüsiert zu sein und lachte, als er erwiderte: »So! Sie urteilen also nach den Gesichtern der Leute! Ich lerne hier mit jeder Stunde Neues. Ich komme sehr gern zum Frühstück zu Ihnen. Und Sir, Sie müssen einem alten Mann verzeihen, aber Sie sind mit einer braven Frau gesegnet!« Ich hätte einen ganzen Tag zuhören können, wie er Mina lobte, so nickte ich lediglich und schwieg.

»Sie ist eine von jenen Frauen, die Gott schuf, um uns Männern und den anderen Frauen zu beweisen, daß es einen Himmel gibt, dessen Licht hier auf Erden scheint und in den wir eingehen können. Mina ist treu, freundlich, edel und überhaupt nicht egoistisch; und, lassen Sie sich das von mir sagen, das heißt viel in unserem skeptischen und selbstsüchtigen Zeitalter! Was Sie angeht, Sir – ich habe alle an Miß Lucy gerichteten Briefe gelesen, und in einigen darin ist von Ihnen die Rede. Ich kenne Sie also seit einigen Tagen durch die Schilderung anderer; aber Ihr wahres Selbst habe ich gestern nacht kennengelernt. Sie werden mir helfen, nicht wahr? Lassen Sie uns für den Rest unseres Lebens Freunde sein!«

Wir schüttelten uns die Hände, und er war so ernst und dabei so freundlich, daß es mir die Kehle zuschnürte.

»Und darf ich Sie jetzt gleich um etwas bitten?« fragte er. »Ich habe eine schwere Aufgabe zu lösen, und der erste Schritt dazu ist, alles genau zu wissen. Dabei können Sie mir helfen. Würden Sie mir bitte erzählen, was sich alles vor Ihrer Reise nach Transsilvanien ereignete? Später werde ich Ihre Hilfe stärker in Anspruch nehmen müssen; aber für den Anfang genügt mir das!«

»Sagen Sie, Sir«, fragte ich ihn, »betrifft Ihre Aufgabe den Grafen?«

»Ja«, erwiderte er ernst.

»Dann bin ich mit ganzem Herzen dabei. Da Sie um zehn Uhr dreißig schon zurückfahren müssen, bleibt Ihnen keine Zeit mehr, diesen Stapel von Papieren zu lesen, aber ich werde sie Ihnen mitgeben. Sie können sie dann im Zug durchlesen.«

Nach dem Frühstück brachte ich ihn zum Bahnhof. Als wir uns verabschiedeten, sagte er: »Würden Sie in die Stadt kommen, sobald ich Sie darum bitte, und Madame Mina mitbringen?«

»Wenn Sie es wünschen, werden wir beide kommen«, erwiderte ich.

Ich hatte ihm die Morgenzeitungen und die Londoner Nachtausgaben mitgebracht, und während wir uns durch das Wagenfenster unterhielten, blätterte er sie durch. Plötzlich schien er in der »Westminster Gazette« – ich erkannte sie an der Farbe – etwas gefunden zu haben, und er wurde bleich. Er las aufmerksam und stöhnte leise: »Mein Gott! Mein Gott! So schnell schon, so schnell!« Und er schien mich völlig vergessen zu haben. In dem Augenblick pfiff es, und der Zug setzte sich in Bewegung. Das rief ihn in die Gegenwart zurück; er lehnte sich aus dem Fenster, winkte mir zu und rief: »Viele Grüße an Madame Mina! Ich werde so bald wie möglich schreiben!«

Dr. Sewards Tagebuch

26. September. – Es gibt in der Tat kein »endgültig«. Kaum eine Woche ist vergangen, seit ich das Wort »Ende« setzte, und doch beginne ich jetzt erneut mit dem Schreiben, oder besser gesagt, ich führe meinen Bericht weiter. Bis heute nachmittag hatte ich keinen Grund, an das zu denken, was für mich als abgeschlossen galt. Renfields Geisteskräfte schienen in jeder Hinsicht wieder so, wie sie immer gewesen waren. Er hatte sich wieder seinen Fliegen zugewandt und auch schon wieder damit begonnen, Spinnen zu züchten; er machte mir also keine besonderen Schwierigkeiten mehr. Ich erhielt übrigens einen Brief von Arthur, den er am Sonntag aufgegeben hatte und dem ich entnehmen konnte, daß er sich sehr gut erholt hat. Quin-

cey Morris ist bei ihm, und das bedeutet eine große Hilfe, denn Quincey ist eine sprudelnde Quelle guter Laune. Er schickte mir auch ein Briefchen mit, in dem er mir mitteilte, daß Arthur seine frühere Spannkraft wieder ein wenig zurückgewonnen habe. Was diese beiden angeht, so bin ich also beruhigt. Ich selbst hatte mich wieder mit dem alten Enthusiasmus an die Arbeit gemacht; ich hätte also mit Recht sagen können, die durch Lucys Tod geschlagene Wunde sei am Vernarben. Aber jetzt ist sie wieder aufgerissen, und Gott allein weiß, wie alles enden wird! Ich habe das Gefühl, daß Van Helsing etwas weiß, aber er verrät immer nur gerade genug, um die Neugierde anzustacheln. Gestern fuhr er nach Exeter und blieb die ganze Nacht dort. Heute kehrte er zurück, und gegen fünf Uhr dreißig nachmittags kam er in mein Zimmer gestürzt und drückte mir die Abendausgabe der »Westminster Gazette« in die Hand.

»Was hältst du hiervon?« fragte er, trat einen Schritt zurück und verschränkte die Arme.

Ich blickte verständnislos auf die Zeitung, denn ich hatte keine Ahnung, wovon er sprach. Da nahm er sie mir wieder aus der Hand und zeigte auf einen Artikel, in dem berichtet wurde, wie bei Hampstead schon mehrmals Kinder fortgelockt seien. Ich wußte nichts damit anzufangen, bis ich auf einen Absatz stieß, in dem es hieß, an den Kehlen der Kinder habe man kleine Einstiche entdeckt. Da durchfuhr mich ein Gedanke, und ich blickte zu Van Helsing auf. »Nun?« fragte er.

»Die gleichen Symptome wie bei Lucy.«

»Und was schließt du daraus?«

»Daß es eine gemeinsame Ursache dafür gibt. Was immer Lucy verletzt haben mag, das hat auch die Kinder verletzt.« Seine Antwort darauf begriff ich nicht ganz:

»Das ist indirekt richtig, aber nicht direkt.«

»Wie meinst du das, Professor?« fragte ich. Ich neigte

dazu, seinen tiefen Ernst leichtzunehmen, denn vier Tage der Ruhe nach brennender, marternder Aufregung lassen den Geist sich wieder erholen. Aber sein Gesichtsausdruck erschreckte mich. Noch nie, nicht einmal während unserer größten Verzweiflung um die arme Lucy, hatte er so ernst ausgesehen.

»Sag mir alles!« drängte ich ihn. »Ich wage nicht zu raten. Ich weiß nicht, was ich davon denken soll, und ich kenne keine Fakten, auf die ich eine Mutmaßung gründen könnte.«

»Willst du damit sagen, John, daß du nie einen Verdacht hinsichtlich Lucys Todesursache hattest? Trotz all der Hinweise, die du von den Ereignissen und von mir erhalten hast?«

»Sie ist an nervöser Erschöpfung gestorben, verursacht durch den großen Blutverlust!«

»Und die Ursache des Blutverlustes?« Ich schüttelte den Kopf. Er trat zu mir, setzte sich neben mich und fuhr fort:

»Du bist ein kluger Mann, John, du kannst denken, dein Verstand ist scharf, aber du bist zu voreingenommen. Du läßt deine Augen nicht sehen und deine Ohren nicht hören. Und was außerhalb deiner täglichen Routine liegt, kümmert dich nicht. Kannst du dir nicht vorstellen, daß es Dinge gibt, die du nicht verstehst und die trotzdem existieren? Daß manche Leute Dinge sehen, die anderen verschlossen bleiben? Aber es gab früher und heute Dinge, von denen jene Menschen nichts wissen, die nur das glauben, was ihnen von anderen erzählt wurde. Es ist der Fehler unserer Wissenschaft, daß sie alles zu erklären sucht; und wenn sie keine Erklärung findet, behauptet sie, es gäbe nichts zu erklären. Und doch sehen wir, wie um uns herum jeden Tag Ideen auftauchen, die man für neu hält, die aber in Wirklichkeit nur die alten sind; die nur vorgeben, jung zu sein – genau wie die feinen Damen in der Oper. Ich nehme an, du glaubst nicht an die Versetzung von Körpern? Nein? Nicht an Materialisierung und nicht an Astralkörper? Auch nicht an Gedankenlesen, nicht wahr? Nicht an Hypnose ...«

»Doch«, sagte ich, »Charcot hat dafür den Beweis geliefert.« Er lächelte leicht und fuhr dann fort:

»Du glaubst also wenigstens daran? Dann weißt du natürlich auch, wie sie funktioniert, und kannst den Gedanken des großen Charcot – schade, daß er nicht mehr lebt! – bis in die Tiefe der Seele jenes Patienten folgen, den er gerade beeinflußt, nicht wahr? Soll ich etwa annehmen, mein Freund, daß du lediglich die Tatsachen hinnimmst und dich damit zufriedengibst, daß von den Prämissen bis zur Schlußfolgerung alles offenbleibt? Nein? Dann erkläre mir aber – denn ich befasse mich mit dem Gehirn –, wie du an Hypnose glauben und Gedankenlesen ablehnen kannst! Denk daran, mein Freund, daß man heute auf dem Gebiet der Elektrizität Experimente anstellt, die selbst von den Entdeckern der Elektrizität als unheilig verdammt worden wären, während man diese Entdecker wiederum vor nicht allzu langer Zeit noch als Hexenmeister verbrannt hätte! Es wird im Leben immer Geheimnisse geben. Wie kommt es etwa, daß Methusalem 900 Jahre lebte und der ›Alte Parr‹ 169, während die arme Lucy mit dem Blut von vier Männern in ihren Venen nicht einmal einen einzigen Tag länger am Leben blieb? Denn hätte sie noch einen Tag länger gelebt, dann hätten wir sie retten können. Kennst du alle Geheimnisse von Leben und Tod? Kennst du die ganze vergleichende Anatomie, und kannst du erklären, weshalb manche Menschen die Eigenschaften von Ungeheuern in sich tragen und andere nicht? Kannst du mir sagen, wieso eine bestimmte große Spinne jahrhundertelang im Turm einer alten spanischen Kirche lebte und wuchs und wuchs, bis sie schließlich hinabstieg und das Öl aus allen Kirchenlampen soff, während andere Spinnen klein bleiben und kurzlebig sind? Kannst du mir erklären, wie es kommt, daß in den Pampas und anderswo Fledermäuse leben, die bei Nacht die Venen von Rindern und Pferden öffnen und sie aussaugen; wieso auf einigen Inseln im westlichen Ozean Fledermäuse vorkommen, die tagsüber in den Bäumen hängen und von denen, die sie gesehen haben, mit riesigen Nüssen oder Schoten verglichen werden, die aber, wenn die Matrosen auf Deck schlafen, weil es unter Deck zu heiß ist, sich auf die Menschen stürzen, worauf diese dann am Morgen tot aufgefunden werden – so bleich wie Miß Lucy?!«

»Mein Gott, Professor!« rief ich aus und sprang auf. »Willst du etwa behaupten, daß Miß Lucy von solch einer Fledermaus gebissen wurde und daß es hier in London im 19. Jahrhundert so etwas geben könnte?« Er gebot mir mit einer Handbewegung Schweigen und fuhr fort:

»Kannst du mir vielleicht verraten, warum eine Schildkröte einige Generationen von Menschen überlebt; weshalb ein Elefant ganze Dynastien überdauert und warum ein Papagei nur an einem Katzen- oder Hundebiß oder an einem anderen Leiden stirbt? Warum glauben Menschen überall auf der Welt und zu allen Zeiten, daß einige wenige von ihnen, wenn man es ihnen erlaubte, ewig leben würden; daß es Männer und Frauen gibt, die nicht sterben können? Wir wissen auch, denn die Menschheit hat sich dafür verbürgt, daß es Kröten gegeben hat, die, in einem kleinen Felsloch eingeschlossen, Jahrtausende überstanden und den Anfang der Welt miterlebt haben. Wie kommt es, daß ein indischer Fakir stirbt und sich begraben, sein Grab versiegeln und mit Korn bepflanzen läßt, dieses heranreift, geschnitten und wieder ausgesät wird, erneut reift und geschnitten wird; und wenn dann die Menschen das unverletzte Siegel entfernen, dann liegt der Fakir vor ihnen, nicht etwa tot, sondern er erhebt sich und lebt weiter wie zuvor!«

Hier unterbrach ich ihn. Ich war bestürzt. Er bedrängte

mich so mit seiner Aufzählung von Absonderlichkeiten der Natur, von möglichen Möglichkeiten, daß meine Vorstellungskraft fieberte. Ich hatte den Eindruck, er wollte mir eine Lektion erteilen, wie er es vor langer Zeit des öfteren in seinem Studierzimmer in Amsterdam getan hatte; damals jedoch hatte er mir stets verraten, worauf er hinauswollte, so daß ich mitdenken konnte. Jetzt aber mußte ich ohne diese Hilfe auskommen. Und doch wollte ich ihm folgen können; also sagte ich:

»Professor, laß mich wieder dein Student sein. Sag mir deine These, damit ich dir folgen kann, wenn du weitersprichst. Im Augenblick hüpfen meine Gedanken von Punkt zu Punkt, so wie ein Verrückter einem Gedanken folgen würde, aber kein vernünftiger Mensch. Ich komme mir vor wie ein Fremdling, der sich im Nebel durch den Morast quält und von einem Büschel zum anderen springt in der blinden Anstrengung, weiterzukommen, ohne genau zu wissen, wohin er geht.«

»Das ist ein schöner Vergleich«, sagte er. »Nun, ich will es dir sagen. Meine Absicht ist die folgende: Ich möchte, daß du glaubst.«

»Woran soll ich glauben?«

»An das, was du nicht glauben kannst! Ich will es dir erklären. Ich habe einmal einen Amerikaner den Glauben definieren hören als ›die Fähigkeit, Dinge für wirklich zu nehmen, die wir als unwirklich erkannt haben‹. Und ich stimme dem Mann zu. Er meinte, wir sollten uns einen aufgeschlossenen Verstand bewahren und nicht durch eine kleine Wahrheit den Lauf der großen Wahrheit behindern lassen, wie etwa ein kleiner Stein einen Eisenbahnwagen behindern kann. Was die kleine Wahrheit betrifft, nun, so bewahren und schätzen wir sie; aber wir dürfen nicht in den Irrtum verfallen, dies sei die einzige Wahrheit des Universums.«

»Du willst mich also davor bewahren, daß eine alte

Voreingenommenheit die Empfänglichkeit meines Verstandes gegenüber einer sehr merkwürdigen Angelegenheit behindert. Verstehe ich deine Lektion richtig?«

»Ja. Du bist immer noch mein Lieblingsschüler! Es lohnt sich, dich zu unterrichten. Jetzt, da du bereit bist zu verstehen, hast du den ersten Schritt zum Begreifen getan. Du glaubst also, daß die winzigen Löcher in den Kehlen der Kinder den gleichen Urheber haben wie die in Miß Lucys Kehle?«

»Das ist meine Vermutung.« Da stand er auf und erklärte feierlich:

»Darin irrst du dich. Oh, ich wünschte, es wäre so, aber leider stimmt es nicht. Es ist schlimmer, viel, viel schlimmer!«

»In Gottes Namen, Professor, was glaubst du denn dann?« rief ich aus.

Er ließ sich mit einer verzweifelten Geste auf den Stuhl fallen, stützte die Ellbogen auf den Tisch und schlug die Hände vor das Gesicht, als er sagte:

»Die Wunden stammen von Miß Lucy!«

Fünfzehntes Kapitel

Dr. Sewards Tagebuch
(Fortsetzung)

Im ersten Augenblick überkam mich wilder Zorn. Es war, als hätte er Lucy, während sie noch lebte, mitten ins Gesicht geschlagen. Ich knallte die Hand auf den Tisch, stand auf und stieß heftig hervor:

»Van Helsing, bist du verrückt geworden?« Er hob den Kopf und sah mich an. Sein ruhiger Gesichtsausdruck besänftigte mich sofort wieder. »Ich wünschte, ich wäre es!« erwiderte er. »Irrsinn wäre leichter zu ertragen, verglichen mit einer Wahrheit wie dieser. Mein Freund, was glaubst du, weshalb ich solch einen Umweg machte und so lange brauchte, um etwas so Einfaches auszusprechen? Etwa weil ich dich hasse, dich schon immer gehaßt habe? Wollte ich dich vielleicht quälen? Sollte ich mich etwa jetzt noch dafür rächen, daß du mich vor einem furchtbaren Tod bewahrt hast? Nein, nein!«

»Vergib mir«, bat ich ihn. Er fuhr fort:

»Mein Freund, ich wollte es dir so schonend wie möglich beibringen, denn ich weiß, wie sehr du dieses Mädchen geliebt hast. Aber ich erwarte auch jetzt noch nicht, daß du mir glaubst. Es fällt sehr schwer, eine unverständliche Wahrheit auf der Stelle zu akzeptieren, und wir zweifeln lange an ihrer Möglichkeit, weil wir immer das Gegenteil davon geglaubt haben. Noch härter ist es aber, eine klare Tatsache hinnehmen zu müssen, und noch dazu von einem Menschen wie Miß Lucy. Heute nacht werde ich den Beweis antreten. Hast du Mut genug, mich zu begleiten?«

Ich war verwirrt. Niemand wünscht gern Beweise für eine gräßliche Wahrheit. Lediglich die Eifersucht bildet darin – bei Byron – eine Ausnahme:

»Bewies sich die Wahrheit, die er am meisten haßte.«

Van Helsing bemerkte mein Zögern und sagte:

»Mein Gedanke ist sehr einfach, nicht die Idee eines Verrückten, der im nebligen Moor von Büschel zu Büschel springt. Wenn sich meine Überzeugung nicht bewahrheitet, wird uns der Beweis Erleichterung bringen und kann zumindest nicht schaden. Freilich, wenn sie sich bewahrheitet! Ah, da liegt der Schrecken; und doch kann mir dieser Schrecken helfen, denn er setzt Glauben voraus. Ich will dir einen Vorschlag machen. Wir besuchen jetzt erst einmal das Kind im Krankenhaus. Dr. Vincent aus dem North Hospital, in dem das Kind liegt, ist mein Freund, und ich glaube, auch der deine, seit ihr zusammen in

Amsterdam studiertet. Wenn schon nicht seinen Freunden, so wird er seinen Fall doch wenigstens zwei Wissenschaftlern zeigen. Wir werden ihm nichts verraten, sondern lediglich behaupten, wir wollten daran lernen. Und dann . . .«

»Und dann?« Er holte einen Schlüssel aus seiner Tasche und hielt ihn hoch. »Dann werden wir, das heißt, du und ich, die Nacht auf dem Friedhof verbringen, auf dem Lucy liegt. Dies ist der Schlüssel zu ihrer Gruft. Der Leichenbestatter gab ihn mir für Arthur.« Mich verließ der Mut, als ich hörte, was für eine furchtbare Nervenprobe auf uns zukam. Ich konnte jedoch nicht mehr zurück, also nahm ich all meinen noch verbliebenen Mut zusammen und schlug vor, daß wir uns beeilen sollten, da der Nachmittag zur Neige ginge . . .

Wir trafen das Kind wach an. Es hatte schon geschlafen und ein wenig gegessen. Im großen und ganzen ging es ihm recht gut. Dr. Vincent nahm ihm die Binde ab und zeigte uns die Einstiche. Es gab keinen Zweifel an der Ähnlichkeit mit denen, die wir an Lucys Kehle gesehen hatten. Diese hier waren kleiner, und die Ränder sahen frischer aus, aber das war auch alles. Wir fragten Dr. Vincent, was seiner Meinung nach die Ursache gewesen sei, und er erwiderte, sie könnten vom Biß eines Tieres, vielleicht einer Ratte, herrühren; aber er neige mehr zu der Ansicht, sie stammten von einer Fledermaus, von denen es in den Hügeln nördlich Londons sehr viele gäbe. »Unter den zahlreichen harmlosen«, sagte er, »könnte es vielleicht einige bösartige geben, die einer südlichen wilden Rasse angehören. Ein Matrose könnte eine davon mit nach Hause gebracht haben, die ihm dann entflohen ist. Oder vielleicht ist sie auch aus dem Zoo entkommen; eine, die von einem Vampir abstammt. So etwas kommt vor, wissen Sie. Vor zehn Tagen ist ein Wolf ausgebrochen, der sich, wie es hieß, in unserer Gegend herumgetrieben haben soll. Die ganze Woche darauf spielten die Kinder in der Heide und auf allen Straßen nur noch ›Rotkäppchen und der Wolf‹, bis dann die Sache mit der ›fremden Frau‹ aufkam. Seitdem ist das ihr Lieblingsspiel. Selbst dieser kleine Wurm hier fragte die Schwester heute gleich nach dem Aufwachen, ob er fortgehen dürfe, als sie ihn nach dem Grund fragte, erklärte er, er wolle mit der ›fremden Frau‹ spielen.«

»Ich hoffe«, sagte Van Helsing, »wenn Sie das Kind nach Hause schicken, werden Sie seinen Eltern auftragen, es scharf zu beobachten! Dieser Drang zum Ausreißen ist sehr gefährlich; und wenn das Kind noch eine Nacht fortbleibt, könnte das verhängnisvoll werden! Aber ich nehme an, Sie wollen es in den nächsten Tagen noch nicht entlassen?«

»Sicherlich nicht. Frühestens in einer Woche, und auch dann nur, wenn die Wunde verheilt ist.«

Unser Besuch im Krankenhaus dauerte länger, als wir vorgesehen hatten. Als wir ins Freie traten, war die Sonne schon untergegangen. Da Van Helsing sah, wie dunkel es geworden war, meinte er:

»Wir brauchen uns nicht zu beeilen, obwohl es schon später ist, als ich dachte. Komm, wir wollen sehen, wo wir etwas essen können, und dann werden wir uns auf den Weg machen.«

Wir aßen im »Jack Straw's Castle« mit einer Gruppe Radfahrern und anderen, die fröhlich lärmten. Ungefähr um zehn Uhr verließen wir den Gasthof. Es war stockdunkel, und die vereinzelten Laternen machten die Dunkelheit nur noch undurchdringlicher, sobald wir aus ihren Lichtkegeln traten. Der Professor hatte sich offenbar den Weg eingeprägt, den wir gehen mußten, denn er schritt ohne zu zögern aus, während ich vollständig die Orientierung verloren hatte. Als wir so dahingingen, begegneten uns immer weniger Menschen; die letzten waren eine

Streife berittener Polizisten, die ihre Runde durch die Vororte machten. Schließlich standen wir vor der Mauer des Friedhofs. Wir kletterten hinüber und fanden nach einigem Suchen – denn es war sehr dunkel, und alles sah so seltsam fremd aus – die Gruft der Westenras. Der Professor holte den Schlüssel hervor, öffnete die in den Angeln kreischende Tür, trat unbewußt höflich zurück und bedeutete mir mit einer Handbewegung, ich solle ihm vorausgehen. In dieser Höflichkeit, anderen bei solch einer gespenstischen Gelegenheit den Vortritt zu lassen, lag eine köstliche Ironie. Mein Begleiter folgte mir hastig und zog vorsichtig die Tür hinter uns zu, nachdem er sich sorgfältig davon überzeugt hatte, daß der Schlüssel im Schloß herumgedreht werden mußte und dieses nicht von allein zuschnappen konnte. Im letzteren Fall wären wir in arge Bedrängnis geraten. Dann suchte er in seiner Tasche herum, holte eine Streichholzschachtel und einen Kerzenstummel heraus und machte Licht. Die Gruft hatte schon bei Tag und im frischen Blumenschmuck düster und grausig genug ausgesehen. Aber jetzt, ein paar Tage später, wo die Blumen schlaff und verwelkt herunterhingen, ihr Weiß rostig und das Grün braun geworden war, wo die Spinnen und Käfer ihr angestammtes Domizil wieder in Besitz genommen hatten, wo die von der Zeit verfärbten Steine, der mit Staub überdeckte Mörtel, das rostige, feuchte Eisen, das angelaufene Messing und Silber den kümmerlichen Kerzenschein reflektierten, sah alles jämmerlicher und schmutziger aus, als man sich vorstellen kann. Unwillkürlich drängte sich einem die Erkenntnis auf, daß nicht nur das Leben vergänglich ist . . . Van Helsing aber machte sich systematisch an die Arbeit. Um Lucys Sarg ausfindig zu machen, hielt er die Kerze so, daß er die Inschriften lesen konnte. Wachs tropfte von der Kerze und gerann zu weißen Flecken, als es das Metall berührte. Wieder wühlte er in seiner Tasche und zog einen Schraubenzieher hervor.

»Was hast du vor?« fragte ich.

»Ich will den Sarg öffnen. Du wirst dich noch überzeugen lassen müssen.«

Unverzüglich machte er sich daran, die Schrauben zu lösen, und hob schließlich den Deckel an, so daß das Innengehäuse aus Blei sichtbar wurde. Dieser Anblick war fast zuviel für mich. Es schien mir der Toten gegenüber eine ebensolche Zudringlichkeit, als hätte er ihr zu Lebzeiten im Schlaf die Kleidung heruntergerissen. Ich packte ihn schließlich an der Hand, um ihn an weiterem zu hindern, aber er sagte nur: »Du sollst es sehen!« Wieder suchte er in seiner Tasche und holte eine winzige Säge hervor. Dann nahm er den Schraubenzieher und stach damit in das Bleigehäuse, wobei ich zusammenzuckte. Das kleine Loch, das dadurch entstand, war groß genug für die Spitze der Säge. Ich hatte erwartet, daß dem Sarg wegen des eine Woche alten Leichnams Leichengas entweichen würde. Wir Ärzte haben uns an solche Dinge gewöhnt. Ich wich also bis zur Tür zurück, aber der Professor unterbrach seine Tätigkeit nicht. Er sägte in dem Bleisarg eine Länge von ein paar Fuß hinauf, dann quer hinüber und auf der anderen Seite wieder herunter. Dann packte er das lose Ende und bog es bis zum Fuß des Sarges zurück, hielt die Kerze in die Öffnung und winkte mich heran.

Ich trat näher und blickte hinein. Der Sarg war leer.

Diese Tatsache überraschte und schockierte mich sehr, aber Van Helsing blieb unbewegt. Er war sich seiner Sache jetzt sicherer als je zuvor und fühlte sich ermutigt, sein Vorhaben weiterzuführen. »Bist du nun überzeugt, John?« fragte er.

Jetzt erwachte meine verbissene Streitlust wieder in mir, und ich erwiderte:

»Ich bin davon überzeugt worden, daß Lucys Leichnam nicht in diesem Sarg liegt, aber das beweist nur eines.«

»Und zwar was, mein Freund John?«

»Daß er nicht hier ist.«

»Logisch gedacht«, entgegnete er, »jedenfalls für den Anfang. Aber wie erklärst du dir, oder wie versuchst du dir zu erklären, daß sie nicht hier ist?«

»Vielleicht das Werk eines Leichenräubers«, schlug ich vor. »Ein Angestellter des Leichenbestatters könnte den Leichnam gestohlen haben.« Ich spürte selbst, wie albern meine Erklärung klang, aber es war der einzige vernünftige Grund, der mir einfiel. Der Professor seufzte. »Na schön«, sagte er, »wir brauchen noch mehr Beweise. Komm mit.«

Er klappte den Sargdeckel zu und suchte seine Sachen zusammen. Er verstaute sie in der Tasche, blies dann die Kerze aus und steckte auch sie in die Tasche. Dann öffneten wir die Tür und traten wieder ins Freie. Er zog die Tür hinter sich zu und verschloß sie. Dann reichte er mir den Schlüssel und sagte: »Willst du ihn behalten? Du sollst ganz sichergehen.« Ich lachte – wie ich jedoch zugeben muß, war es kein heiteres Lachen –, als ich ihn mit einer Handbewegung aufforderte, den Schlüssel zu behalten. »Ein Schlüssel bedeutet nicht viel«, sagte ich. »Es könnten ja Nachschlüssel vorhanden sein. Außerdem kann ein Schloß dieser Bauart leicht mit einem Dietrich geöffnet werden.« Wortlos steckte er den Schlüssel in die Tasche. Dann sagte er, ich solle zu der einen Seite des Friedhofes gehen, während er auf der anderen Wache halten wolle. Ich bezog meinen Posten hinter einer Eibe und sah seine dunkle Gestalt, bis die dazwischenliegenden Grabsteine und Bäume mir die Sicht versperrten.

Es war eine einsame Nachtwache. Kurz nachdem ich meine Stellung bezogen hatte, hörte ich, wie eine weit entfernte Uhr zwölf schlug, dann eins und dann zwei. Mich fröstelte, ich war entnervt und ärgerlich über den Professor, weil er mir einen solchen Auftrag erteilt hatte, aber auch über mich selbst, weil ich überhaupt mitgegangen war. Ich fror zu sehr und war zu müde, um wirklich scharf beobachten zu können; und doch war ich wiederum nicht müde genug, um einer Sinnestäuschung zu erliegen. Es war alles zusammengenommen eine langweilige, erbärmliche Nacht.

Als ich mich umdrehte, glaubte ich plötzlich, so etwas wie einen weißen Streifen zu sehen, der sich zwischen zwei dunklen Eiben auf der anderen Seite des Friedhofes jenseits der Gruft bewegte. Zugleich eilte von der Stelle des Friedhofes, an der sich der Professor postiert hatte, eine dunkle Gestalt darauf zu. Auch ich setzte mich in Bewegung, mußte jedoch Grabsteine und eingezäunte Grüfte umgehen und stolperte über verschiedene Gräber. Der Himmel war bewölkt, und irgendwo in der Ferne krähte der erste Hahn. Vor mir, hinter einer Reihe von vereinzelten Wacholdersträuchern, die den Weg zur Kapelle markierten, huschte eine weiße, undeutlich erkennbare Gestalt in Richtung der Gruft. Die Gruft selbst lag hinter Bäumen verborgen, und ich konnte nicht genau feststellen, wohin sich die Gestalt flüchtete. Von der Stelle, an der ich sie zuerst bemerkt hatte, drang ein Geräusch zu mir herüber, und als ich näher kam, stieß ich auf den Professor, der ein kleines Kind in den Armen hielt. Als er mich sah, streckte er es mir entgegen und fragte:

»Bist du jetzt überzeugt?«

»Nein«, antwortete ich mit einem aggressiven Klang in der Stimme, der auch mir nicht verborgen blieb.

»Siehst du denn nicht das Kind?«

»Doch, aber wer hat es hierhergebracht? Ist es verwundet?« fragte ich zurück.

»Wir wollen nachsehen«, sagte der Professor. Wir setzten uns gleichzeitig in Bewegung und verließen den Friedhof, er mit dem schlafenden Kind auf dem Arm.

Nachdem wir ein Stück gegangen waren, traten wir

unter eine Baumgruppe, entzündeten ein Streichholz und untersuchten den Hals des Kindes. Er wies weder eine Schramme noch irgendeine Wunde auf.

»Hatte ich nicht recht?« fragte ich triumphierend.

»Wir sind gerade noch rechtzeitig gekommen«, erwiderte der Professor erleichtert.

Wir berieten jetzt darüber, was wir mit dem Kind anfangen sollten. Würden wir es zur Polizei bringen, müßten wir einen triftigen Grund für unser nächtliches Umhertreiben nennen; zumindest hätten wir eine Erklärung darüber abgeben müssen, wie wir auf das Kind gestoßen waren. Schließlich entschlossen wir uns, es in die Heide zu tragen und es, sobald wir einen Polizisten hörten, so hinzulegen, daß er es finden müßte. Danach würden wir uns so schnell wie möglich nach Hause begeben. – Alles verlief glatt. Am Rand der Heide von Hampstead hörten wir schließlich die schweren Schritte eines Polizisten, legten das Kind auf den Pfad und warteten. Wir beobachteten ihn, wie er seine Laterne hin und her schwang, bis er das Kind plötzlich sah. Er stieß einen Laut des Erstaunens aus, und wir schlichen uns daraufhin leise davon. Zum Glück erwischten wir bei den »Spaniards« eine Droschke und fuhren in die Stadt.

Jetzt kann ich nicht einschlafen, und so mache ich noch diese Eintragungen. Da mich Van Helsing am Mittag wieder abholen will, muß ich allerdings noch ein paar Stunden zu schlafen versuchen. Er bestand darauf, mit mir zu einer weiteren Expedition aufzubrechen.

27. September. – Es wurde zwei Uhr, bis wir eine günstige Gelegenheit für unser Vorhaben fanden. Die Beerdigung, die am Mittag stattgefunden hatte, war vorbei, und die letzten Trauernden machten sich langsam auf den Weg. Hinter einer Erlengruppe verborgen sahen wir, wie der Küster das Tor hinter sich abschloß. Daraufhin wußten

wir, daß wir bis zum Morgen Zeit hätten, falls wir so lange bleiben wollten; aber der Professor meinte, wir würden höchstens eine Stunde benötigen. Wieder empfand ich die überwältigende Wirkung der Realität, vor der jede Anstrengung der Phantasie unsinnig zu sein scheint; auch war ich mir der Gefahr, die uns von Gesetzes wegen für unsere gotteslästerliche Tätigkeit drohte, sehr klar bewußt. Obendrein hielt ich unser Tun für sinnlos. So empörend es schon war, einen Bleisarg zu öffnen und nachzusehen, ob die seit einer Woche tote Frau wirklich tot sei, so war es doch der Gipfel der Narrheit, die Gruft ein zweites Mal zu betreten, wo wir genau wußten, weil wir es mit eigenen Augen gesehen hatten, daß der Sarg leer war! Ich zuckte jedoch nur die Achseln und fügte mich, denn Van Helsing setzt seinen Kopf durch, gleichgültig, wer auch immer Einspruch erhebt. Er nahm also den Schlüssel, öffnete die Gruft und forderte mich mit einer Handbewegung auf voranzugehen. Es war nicht so gruselig wie in der vergangenen Nacht, aber wie unbeschreiblich abstoßend sah jetzt doch alles aus, als das Sonnenlicht hereinfiel! Van Helsing trat an Lucys Sarg, und ich folgte ihm. Er beugte sich über ihn und bog wieder die Bleizunge zurück; und dann überfiel mich ein Schock der Überraschung und der Bestürzung.

Da lag Lucy, ebenso wohlerhalten wie in der Nacht vor ihrer Beerdigung. Sie schien sogar von noch strahlenderer Schönheit als je zuvor zu sein, falls dies überhaupt noch möglich war; und ich konnte einfach nicht glauben, daß sie tot sei. Ihre Lippen leuchteten rot, nein, röter als früher, und auf den Wangen lag ein zarter Schimmer.

»Ist das ein Trugbild?« fragte ich ihn.

»Bist du jetzt überzeugt?« gab der Professor statt einer Antwort zurück, streckte die Hand aus und zog auf eine Art und Weise, die mich erschauern ließ, die toten Lippen zurück, um die weißen Zähne zu entblößen.

»Sieh hier«, fuhr er fort, »sie sind noch spitzer geworden als früher. Mit diesem und diesem da« – er berührte nacheinander beide Eckzähne – »könnten die kleinen Kinder gebissen worden sein. Glaubst du es jetzt, John?« Wieder regte sich in mir die Streitlust. Ich konnte eine solche unfaßbare Erklärung, wie er sie vortrug, einfach nicht akzeptieren. Mit einem Erklärungsversuch, dessen ich mich aber im gleichen Augenblick schon schämte, erwiderte ich:

»Sie könnte in der Zeit seit gestern nacht zurückgebracht worden sein.«

»Wirklich? Von wem aber?«

»Ich weiß es nicht. Von irgend jemand.«

»Aber sie ist doch seit einer Woche tot! Die wenigsten Leichen würden jetzt noch so aussehen.« Da mir keine Erwiderung darauf einfiel, blieb ich stumm. Van Helsing schien mein Schweigen nicht zu bemerken; zumindest zeigte er weder Ärger noch Triumph.

Er betrachtete aufmerksam das Gesicht der toten Frau, hob das Augenlid an, besah sich ihre Augen, öffnete noch einmal ihre Lippen und untersuchte die Zähne. Dann wandte er sich zu mir und sagte:

»Hier haben wir einen Fall vor uns, von dem noch nie berichtet wurde. Sie führt eine ungewöhnliche Doppelexistenz. Sie wurde von dem Vampir gebissen, als sie in Trance war, schlafwandelnd – ah, das weißt du noch nicht, mein Freund, aber das hättest du ohnehin noch erfahren –, und in Trance konnte er ihr am leichtesten immer mehr Blut abziehen. Sie ist in Trance gestorben, und in Trance ist sie auch eine Untote. Darin unterscheidet sie sich von den anderen Untoten. Für gewöhnlich zeigen diese, wenn sie zu Hause schlafen« – er machte eine weitausholende Armbewegung, um mir zu zeigen, was für einen Vampir das »Zuhause« bedeutet –, »deutliche Merkmale dessen, was sie wirklich sind; aber dieses schöne Mädchen hier würde, gehörte sie nicht zu den Untoten, in das Nichts der gewöhnlichen Toten hinübergehen. Sie ist nicht aus sich heraus bösartig, verstehst du, und deshalb fällt es mir so schwer, sie im Schlaf zu töten.« Mir erstarrte das Blut in den Adern; dabei wurde mir plötzlich klar, daß ich Van Helsings Theorien langsam glaubte. Aber wenn sie tatsächlich tot war, was bedeutete es dann noch Schreckliches, sie zu töten? Er blickte zu mir auf und bemerkte offenbar eine Veränderung auf meinem Gesicht, denn er fragte beinahe erfreut:

»Aha, du glaubst mir jetzt?«

Ich antwortete: »Bedräng mich nicht zu sehr! Aber ich bin bereit, dir zu glauben. Wie willst du diese blutige Arbeit verrichten?«

»Ich muß ihren Kopf abtrennen, ihren Mund mit Knoblauch füllen und ihr dann einen Pfahl durch den Körper treiben.« Der Gedanke daran, daß der Körper einer Frau, die ich geliebt hatte, so verstümmelt werden sollte, ließ mich schaudern. Und doch war dieses Gefühl nicht so stark, wie ich erwartet hätte. Ich begann sogar, mich in Gegenwart dieses Monstrums, dieser Untoten, wie sie Van Helsing genannt hatte, zu ekeln und sie zu verabscheuen. Ist es möglich, daß Liebe nur subjektiv ist oder nur objektiv?

Ich wartete ziemlich lange darauf, daß Van Helsing beginnen würde, aber er stand tief in Gedanken versunken. Sodann schloß er mit einem Ruck seine Tasche und sagte:

»Ich habe darüber nachgedacht, was jetzt am besten zu tun ist. Wenn ich meiner Neigung folgte, würde ich jetzt, in diesem Augenblick, tun, was getan werden muß. Aber es wird noch anderes folgen, Dinge, die tausendmal schwieriger sind, als wir uns vorstellen können. Dies hier ist einfach. Sie hat noch kein Leben genommen, obwohl das nur eine Frage der Zeit ist; jetzt zu handeln würde bedeuten, für immer jegliche Gefahr von ihr zu nehmen. Aber dazu sollten wir Arthur benutzen, und wie können wir ihm alles erklären? Wenn selbst du, der du die Wunden an Lucys Kehle und die so ähnlichen an der des Kindes im Krankenhaus gesehen hast; du, der gestern nacht den Sarg leer und heute eine Frau darin sah; eine Frau, die sich nicht verändert hat, sondern nur noch rosiger und schöner geworden ist; du, der du all dies weißt; der die Gestalt gestern nacht gesehen hat, die das Kind zum Friedhof trug, und der du doch deinen eigenen Sinnen nicht traust – wie kann ich dann von Arthur, der nichts von allem weiß, erwarten, daß er uns Glauben schenkt? Er mißtraute mir schon damals, als ich ihn daran hinderte, sie in ihrer Todesstunde zu küssen. Ich weiß, er glaubt noch immer, daß ich – wenn auch irrtümlicherweise – ihn daran hinderte, sich so zu verabschieden, wie er es wollte; und er glaubte weiter, daß diese Frau durch einen Irrtum lebendig begraben wurde und daß wir sie irrtümlicherweise getötet hätten. Er wird dann weiterhin behaupten, daß wir sie durch unsere irrigen Ideen getötet hätten, und er wird dadurch noch weit unglücklicher werden. Dabei wird er niemals Gewißheit finden, und das wird für ihn das schrecklichste sein. Manchmal wird er glauben, daß die von ihm geliebte Frau lebendig begraben wurde, und dann wird er sich die Leiden ausmalen, die sie erdulden mußte; dann wieder wird er glauben, daß wir vielleicht doch recht haben und daß seine Geliebte wirklich eine Untote ist! Nein! Einmal habe ich ihm etwas gesagt und seitdem viel hinzugelernt. Jetzt, da ich meine Vermutungen bestätigt sehe, bin ich hunderttausendmal fester davon überzeugt, daß er durch das bittere Wasser hindurch muß, um das köstliche zu erreichen. Der arme Kerl muß eine Stunde erleben, in der sich ihm selbst der Himmel verdunkelt. Erst dann können wir Gutes tun und ihm Frieden geben. Ich habe mich entschlossen. Gehen wir.

Du wirst in deine Irrenanstalt zurückkehren und dort nach dem Rechten sehen; was aber mich angeht, so werde ich die Nacht auf meine eigene Art und Weise hier auf dem Friedhof verbringen. Morgen abend um zehn Uhr kommst du dann zu mir ins Berkeley Hotel. Ich will auch Arthur kommen lassen und ebenso den prächtigen jungen Mann aus Amerika, der sein Blut gespendet hat. Dann werden wir einiges zu tun bekommen. Ich begleite dich jetzt bis zum Piccadilly und esse dort zu Abend, denn ich muß noch vor Sonnenuntergang zurück sein.«

Wir verschlossen also die Gruft, kletterten zurück über die Mauer des Friedhofes, was nicht besonders schwierig war, und fuhren zum Piccadilly.

Brief von Van Helsing, in dessen Handkoffer im Berkeley Hotel hinterlegt, an Dr. John Seward
(nicht abgesandt)

27. September

Mein lieber John,

ich schreibe dies nieder für den Fall, daß mir etwas zustoßen sollte. Ich werde allein auf dem Friedhof Wache halten. Ich will, daß unsere Untote, Miß Lucy, die Gruft heute nacht nicht verlassen kann, denn dadurch dürfte sie morgen nacht um so begieriger darauf sein. Ich werde also mit einigen Dingen, die ihr unangenehm sind, nämlich mit Knoblauch und einem Kruzifix, die Tür der Gruft versiegeln. Sie ist noch nicht lange eine Untote und wird deshalb davor zurückschrecken. Allerdings hindern diese Dinge den Untoten nur daran hinauszugehen, sie verhüten aber nicht seine Rückkehr, denn dann ist der Untote zu allem entschlossen und muß den Weg des geringsten Widerstandes gehen, wie auch immer dieser beschaffen sein mag. Ich werde vom Sonnenuntergang bis -aufgang bereitstehen, und wenn es etwas hinzuzulernen gibt, werde ich es mir einprägen. Vor oder wegen Miß Lucy fürchte ich mich nicht; aber jener andere, der sie zu einer Untoten werden ließ, hat noch die Möglichkeit, ihre Gruft zu finden. Er ist teuflisch klug, das weiß ich von Mr. Jonathan und daher, wie er uns ständig narrte, als er mit uns um Miß Lucys Leben spielte und wir verloren. Auf vielerlei Weise sind die Untoten mächtig. Er besitzt in seiner Hand die Kraft von 20 Männern; ja, hat selbst die Kraft, die wir Miß Lucy spendeten, in sich aufgenommen. Außerdem kann er seinen Wolf herbeirufen, und ich weiß nicht, was noch alles. Wenn er also in dieser Nacht dorthinkommt, wird er mich antreffen, aber sonst niemand – es sei denn, ich käme zu spät. Aber vielleicht wird er jenen Ort nicht heimsuchen. Es besteht kein Grund dafür. Sein Jagdrevier bietet mehr Opfer als der Friedhof, auf dem die untote Frau schläft und ein alter Mann Wache hält.

Also schreibe ich dies nur vorsorglich ... Nimm dann die beiliegenden Papiere, Harkers Tagebuch und alles andere an dich und lies sie; und dann finde diesen großen Untoten, trenn ihm den Kopf ab, verbrenn sein Herz oder treib einen Pfahl hindurch, damit die Welt vor ihm Ruhe hat!

Wenn es so sein soll, lebe wohl!

Van Helsing

Dr. Sewards Tagebuch

28. September. – Es ist erstaunlich, wie wohl einem eine gute Nachtruhe tut. Gestern war ich schon beinahe soweit, mir Van Helsings ungeheuerliche Theorie zu eigen zu machen, aber jetzt kommt sie mir wie eine Beleidigung des gesunden Menschenverstandes vor. Ich zweifle allerdings nicht daran, daß er selbst davon überzeugt ist. Ich frage mich nur, ob sein Verstand Schaden genommen hat.

Natürlich muß es eine vernünftige Erklärung für diese mysteriösen Geschehnisse geben. Wäre es möglich, daß der Professor alles selbst eingefädelt hat? Er ist so ungewöhnlich klug, daß, hätte er wirklich seinen Verstand verloren, er sein Vorhaben in Hinsicht auf eine fixe Idee auf wunderbare Art ausgeführt hätte. Ich scheue mich davor, das zu denken; fänden wir heraus, daß Van Helsing den Verstand verloren hat, dann wäre das ein ebenso großes Wunder wie jenes andere! Jedenfalls werde ich ihn sorgfältig beobachten. Vielleicht läßt sich in dieses Geheimnis noch Licht bringen.

29. September, morgens. – Gestern abend traten kurz vor zehn Uhr Arthur und Quincey in Van Helsings Zimmer. Er trug uns unsere Aufgaben vor, wobei er sich jedoch besonders an Arthur wandte; es schien, als ob unser aller Wollen sich in ihm konzentrierte. Er begann damit, uns zu sagen, wie gern er es sähe, wenn wir ihn begleiten würden, »denn«, fuhr er fort, »wir haben eine ernste Pflicht zu erfüllen. Sie waren doch zweifellos über meinen Brief erstaunt?« Diese Frage richtete er direkt an Lord Godalming.

»Das war ich. Er hat mich eine Zeitlang ziemlich erregt. Es hat in letzter Zeit um mich herum so viel Kummer gegeben, daß ich nicht scharf auf mehr davon bin. Auch war ich neugierig auf das, was Sie meinten. Quincey und ich haben uns darüber unterhalten, aber je länger wir darüber sprachen, desto rätselhafter wurde alles. Ich bin jetzt so durcheinander, daß ich überhaupt nichts mehr verstehe.«

»Mir geht es genauso«, meinte Quincey Morris lakonisch.

»Oh«, erwiderte der Professor, »dann sind Sie beide dem Anfang näher als unser Freund John, der noch einen weiten Weg zurücklegen muß, ehe er soweit ist, neu beginnen zu können.«

Offensichtlich hatte er erkannt, wie ich von neuem von meinen Zweifeln geplagt wurde, obwohl ich noch kein einziges Wort gesprochen hatte. Da wandte er sich mit eindringlichem Ernst an die beiden:

»Ich möchte Sie um die Erlaubnis bitten, das tun zu dürfen, was ich in der kommenden Nacht für richtig halte. Ich weiß, wieviel ich verlange; und wenn Sie erst meinen Vorschlag kennen, und nur dann, wissen Sie wirklich, wieviel er ist. Deshalb bitte ich Sie, mir Ihr Versprechen zu geben, obwohl Sie noch im dunkeln tappen, damit Sie sich hinterher keine Vorwürfe machen, wenn Sie auch eine Zeitlang auf mich wütend sein sollten, welcher Wahrscheinlichkeit ich mich nicht verschließe.«

»Das ist offen gesprochen«, platzte Quincey heraus. »Ich werde dem Professor antworten. Ich sehe noch nicht ganz, worauf er hinauswill, aber ich verbürge mich für seine Ehrlichkeit, und das genügt mir völlig.«

»Ich danke Ihnen, Sir«, erwiderte Van Helsing stolz. »Ich gebe mir die Ehre, Sie zu meinen aufrichtigen Freunden zu zählen, und solch eine Bestätigung ist mir teuer.« Er streckte Quincey die Hand entgegen, und dieser schlug ein.

Dann meinte Arthur:

»Dr. Van Helsing, ich kaufe ungern eine Katze im Sack, wie man so sagt, und wenn meine Ehre als Gentleman oder mein christlicher Glaube auf dem Spiel stehen, kann ich ein solches Versprechen nicht abgeben. Wenn Sie mir aber versichern, daß Ihr Vorhaben keinem der beiden Abbruch tut, werde ich sofort einwilligen; obwohl ich beim besten Willen noch nicht verstehe, worauf Sie hinauswollen.«

»Ich akzeptiere Ihre Einschränkung«, erwiderte Van Helsing, »und verlange nur, daß Sie, bevor Sie eine meiner Handlungen verurteilen, zuerst alles gut überdenken und sich dann zufriedengeben, wenn Ihre Einschränkungen nicht verletzt werden!«

»Abgemacht!« sagte Arthur. »Das ist annehmbar. Und darf ich Sie jetzt nach diesen Vorreden fragen, was wir zu tun haben?«

»Ich möchte, daß Sie heimlich mit mir zum Friedhof in Kingstead gehen.« Arthur machte ein langes Gesicht, als er erstaunt fragte: »Wo Lucy begraben wurde?« Der Professor nickte. Arthur fragte weiter: »Und wenn wir dort angekommen sind?«

»Werden wir in die Gruft eindringen!«

Arthur stand auf.

»Professor, meinen Sie das im Ernst, oder ist dies ein ungeheuerlicher Scherz? Verzeihen Sie, ich sehe, Sie meinen es ernst.« Er setzte sich wieder, wobei mir auffiel, daß er sich selbstsicher und stolz gab wie jemand, der auf seine Würde bedacht ist.

Dann fragte Arthur weiter:

»Und wenn wir in die Gruft eingedrungen sind?«

»Werden wir den Sarg öffnen!«

»Das ist zuviel!« rief Arthur und fuhr zornig wieder hoch. »Ich bin gewillt, bei allen vernünftigen Vorschlägen geduldig zu sein; aber bei diesem . . . bei dieser Entweihung des Grabes eines Menschen, der . . .« Die Entrüstung schnürte ihm die Kehle zu. Der Professor sah ihn mitfühlend an.

»Gott weiß, ich würde Ihnen diese Qual ersparen, mein armer Freund«, sagte er. »Aber heute nacht müssen unsere Füße einen dornigen Pfad wandeln, damit nicht später jene Füße, die Sie liebten, für ewig durch Flammen gehen müssen.«

Arthur sah mit unbeweglichem, bleichem Gesicht zu ihm auf:

»Hüten Sie sich, Sir, hüten Sie sich!«

»Wäre es nicht besser, Sie würden sich erst anhören, was ich noch zu sagen habe?« fragte Van Helsing. »Dann würden Sie wenigstens die äußerste Grenze meines Vorhabens kennen. Soll ich fortfahren?«

»Das ist ein vernünftiger Vorschlag«, warf Morris ein.

Nach einer Pause sprach also Van Helsing weiter:

»Miß Lucy ist tot, nicht wahr? Dann können wir ihr also auch nichts zuleide tun. Wenn sie aber nicht tot ist . . .«

Arthur sprang auf die Füße.

»Großer Gott!« rief er aus. »Was wollen Sie damit sagen? Ist ein Fehler unterlaufen? Wurde sie lebendig begraben?« Er stöhnte laut vor Pein, die nicht einmal von Hoffnung gelindert wurde.

»Ich sagte nicht, daß sie noch lebt, mein Sohn. Ich dachte es nicht einmal. Ich gehe nicht weiter, als zu sagen, sie könnte untot sein.«

»Untot! Aber nicht am Leben! Was soll das heißen? Ist das alles ein Alptraum, oder was ist es?«

»Es gibt Geheimnisse, von denen die Menschen nur ahnen und die in jedem Zeitalter nur zu einem kleinen Teil gelöst werden. Glauben Sie mir, wir stehen hier vor einem solchen Geheimnis. Aber ich bin noch nicht fertig. Darf ich der toten Lucy den Kopf abtrennen?«

»Um Himmels willen, nein!« schrie Arthur in wilder Erregung. »Um nichts in der Welt werde ich einer Verstümmelung ihres Leichnams zustimmen! Doktor Van Helsing, Sie gehen zu weit. Was habe ich Ihnen getan, daß Sie mich so quälen? Was hat dieses arme Mädchen getan, daß Sie ihr Grab entehren wollen? Sind Sie verrückt, daß Sie solche Dinge aussprechen, oder bin ich es, weil ich Ihnen zuhöre? Wagen Sie es nicht, noch länger an eine derartige Schändung zu denken; ich werde keinem Ihrer Vorhaben meine Zustimmung geben! Es ist meine Pflicht, ihr Grab vor Gewalttaten zu bewahren, und bei Gott, diese Pflicht werde ich erfüllen.«

Van Helsing erhob sich von seinem Platz, auf dem er die ganze Zeit gesessen hatte, und sagte ernst und entschlossen:

»Lord Godalming, auch ich habe eine Pflicht zu erfüllen, eine Pflicht anderen gegenüber, aber auch Ihnen und der Toten gegenüber; und bei Gott, auch ich werde sie erfüllen! Ich verlange nichts weiter von Ihnen, als mich zu begleiten, sich etwas anzusehen und anzuhören. Und wenn Sie später auf das gleiche Ansinnen hin nicht sogar noch eifriger auf dessen Erfüllung dringen als ich, dann ... dann werde ich meine Pflicht tun, gleichgültig, was auch immer Sie davon halten! Und dann werde ich mich auf den Wunsch Ihrer Lordschaft hin zur Verfügung halten, um mich zu rechtfertigen, wann und wo Sie wollen.«

Seine Stimme versagte ihm; doch dann fuhr er voller Mitleid fort:

»Aber jetzt flehe ich Sie an, nicht länger zornig auf mich zu sein. In meinem ganzen Leben, das reich war an unangenehmen Taten, die mir oft das Herz schwermachten, stand ich noch nie vor einer so schweren Aufgabe wie jetzt. Glauben Sie mir, wenn die Zeit kommt, wo sich Ihre Einstellung mir gegenüber geändert hat, wird ein Blick von Ihnen diese traurige Stunde auslöschen, denn ich würde alles tun, was in der Macht eines Mannes liegt, um Sie vor Kummer zu bewahren. Denken Sie einmal nach. Warum sollte ich mich denn mit so viel Mühe und so viel Leid abgeben? Ich bin aus meiner Heimat hierhergekommen, um mein Bestes zu tun; zuerst, weil ich meinem Freund John beistehen, und dann, weil ich einer netten jungen Dame, die auch ich lieben gelernt habe, helfen wollte. Für sie spendete ich – und ich schäme mich, es aussprechen zu müssen, aber ich sage es in aller Freundlichkeit – dasselbe, was auch Sie gespendet haben, nämlich das Blut aus meinen Adern. Ich gab es, der nicht wie Sie ihr Liebhaber, sondern nur ihr Arzt und Freund war! Für sie opferte ich Tage und Nächte vor und nach ihrem Tod; und wenn mein Ableben ihr jetzt noch nützen könnte, da sie eine Untote ist, würde ich es ihr ohne zu zögern widmen.« Er sprach diese Worte mit einem ernsten, einnehmenden Stolz, und Arthur war von ihnen sichtlich gerührt. Er ergriff die Hand des alten Mannes und erwiderte mit erstickender Stimme:

»Es fällt so schwer, sich das alles vorzustellen, und ich kann es noch nicht begreifen. Aber auf jeden Fall werde ich Sie heute begleiten!«

Sechzehntes Kapitel

Dr. Sewards Tagebuch (Fortsetzung)

Es war Viertel vor zwölf, als wir über die niedrige Mauer stiegen und auf den Friedhof gelangten. Die Nacht war dunkel, und nur gelegentlich drangen die Mondstrahlen durch die aufgerissene Wolkendecke, die über den Himmel jagte. Wir hielten uns dicht beieinander, nur Van Helsing ging etwas voraus, da er uns anführte. Als wir uns der Gruft näherten, behielt ich Arthur im Auge, denn ich fürchtete, die Nähe eines mit so traurigen Erinnerungen behafteten Ortes würde ihn aufregen, aber er hielt sich gut. Wahrscheinlich wirkte unser geheimnisvolles Vorhaben seinem Kummer entgegen. Der Professor schloß die Tür auf, und da er uns aus mehreren Gründen zögern sah, ging er selbst voran. Wir folgten ihm, und er schloß die Tür hinter uns. Dann entzündete er eine Laterne und deutete auf den Sarg. Arthur trat zögernd vor. Van Helsing wandte sich an mich:

»Du warst gestern mit mir hier. Befand sich der Leichnam von Miß Lucy in diesem Sarg?«

»Ja.« Der Professor wandte sich darauf an die anderen und sagte:

»Sie haben es gehört; aber keiner unter Ihnen kann sich das vorstellen, was ich annehme!« Er holte den Schraubenzieher heraus und schraubte den Deckel des Sarges auf. Arthur schaute zu, sehr bleich, aber schweigend; als der Deckel heruntergehoben war, trat er vor. Offenbar hatte er nicht gewußt, daß sich innen noch ein Bleisarg befand; zumindest hatte er nicht daran gedacht. Als er den Einschnitt im Blei sah, schoß ihm das Blut in den Kopf, aber ebenso plötzlich strömte es wieder zurück und ließ auf seinem Gesicht eine gespenstische Blässe zurück. Noch immer sprach er kein Wort. Van Helsing bog die Bleizunge zurück; wir blickten hinein und prallten zurück.

Der Sarg war wieder leer!

Mehrere Minuten lang brachte keiner ein Wort hervor. Die Stille wurde schließlich von Quincey Morris gebrochen:

»Professor, ich habe vorhin für Sie geantwortet; ich will jetzt nur Ihr Wort! Normalerweise würde ich keine solche Frage an Sie richten; ich würde Sie nicht entehren, indem ich Ihnen Unredlichkeit zutraute. Aber dieses Geheimnis hier geht über Ehre und Unehre hinaus: Ist das Ihr Werk, Professor?«

»Ich schwöre Ihnen bei allem, was mir heilig ist, daß ich Miß Lucy weder fortgeschafft noch angerührt habe. Folgendes hat sich ereignet: Vor zwei Nächten kamen mein Freund Seward und ich hierher; und glauben Sie mir, in der besten Absicht! Ich öffnete diesen Sarg, der noch versiegelt war, und wir fanden ihn genau wie jetzt leer vor. Wir legten uns auf die Lauer und sahen, wie sich etwas Weißes zwischen den Bäumen bewegte. Am nächsten Tag kehrten wir während des Tageslichtes zurück, und da lag sie wieder drin. War es nicht so, John?«

»Ja.«

»In jener Nacht kamen wir gerade zur rechten Zeit. Es

wurde nämlich wieder ein kleines Kind vermißt, und Gott sei Dank konnten wir es noch unangetastet zwischen den Gräbern auffinden. Gestern kam ich bereits vor Sonnenuntergang hierher, denn nach Sonnenuntergang können sich die Untoten bewegen. Ich wartete während der ganzen Nacht, bis die Sonne aufging, bemerkte aber nichts. Höchstwahrscheinlich ist das auf den Knoblauch zurückzuführen, den ich über die Türangeln hängte und den die Untoten verabscheuen, ebenso wie einige andere Dinge. Gestern nacht unternahm die Untote keinen Ausflug; doch heute habe ich vor Sonnenuntergang den Knoblauch und die anderen Sachen entfernt, und deshalb finden wir diesen Sarg leer vor! Unterstützen Sie mich! Bisher ist sehr viel Seltsames geschehen. Warten Sie mit mir draußen, verstecken wir uns leise, und wir werden noch sehr viel merkwürdigere Dinge erleben. So« – er schloß die Blende seiner Laterne –, »und jetzt hinaus!«

Er öffnete die Tür, und wir gingen einer nach dem anderen hinaus. Er folgte als letzter und schloß die Tür hinter sich ab.

Oh, wie frisch und rein erschien uns die Nacht nach der schrecklichen Gruft! Wie schön war es anzusehen, wie die Wolken dahinjagten, wie das flüchtige Mondlicht zwischen den vorüberziehenden Wolken durchbrach und wieder verschwand – ganz wie Freude und Leid im Leben der Menschen. Wie schön war es, die frische Luft einzuatmen, die keinen Hauch von Tod und Verfall in sich trug! Man fühlte sich wieder als Mensch, da man den roten Schimmer hinter den Hügeln sah und das gedämpfte Brausen hörte, das das Leben einer großen Stadt kennzeichnet.

Jeder war auf seine Weise überwältigt, und wir fühlten uns sehr feierlich. Arthur blieb stumm und bemühte sich, wie ich bemerkte, hinter die tiefere Bedeutung des Geheimnisses zu kommen. Ich wappnete mich mit Geduld und war geneigt, meine Zweifel wieder über Bord zu werfen und mir Van Helsings Schlußfolgerungen zu eigen zu machen. Quincey Morris war phlegmatisch in der Art eines Mannes, der alles mit kühler Tapferkeit hinnimmt und dabei sein Leben aufs Spiel setzt. Da er nicht rauchen durfte, schnitt er sich einen großen Priem ab und begann zu kauen. Van Helsing aber machte sich zielstrebig an die Arbeit. Zuerst nahm er aus seiner Tasche eine Masse, die wie ein dünner, waffelartiger Keks aussah und sorgfältig in eine weiße Serviette eingerollt war. Dann nahm er zwei Hände voll weißen Zeugs heraus, das einer Teigmasse oder Kitt ähnelte. Er zerrieb die Waffel zu kleinen Krümeln und knetete sie zwischen den Fingern in die Masse hinein. Den so entstandenen Brei rollte er zu dünnen Fäden aus, die er in die Türspalten und zwischen den Türrahmen und die Gruftmauer drückte. Ich war darüber erstaunt, weil ich dicht neben ihm stand, fragte ich ihn, was er mache. Auch Arthur und Quincey traten näher, denn auch sie waren neugierig.

»Ich verschließe die Gruft«, antwortete er, »damit die Untote nicht hinein kann.«

»Und das Zeug, das Sie dort hineinkneten, ist dafür geeignet?« fragte Quincey. »Gerechter Himmel! Soll das ein Spiel sein?«

»Es ist eines.«

»Und was ist das für Zeug?« fragte jetzt Arthur. Van Helsing nahm ehrerbietig seinen Hut ab, als er antwortete:

»Eine Hostie, die ich aus Amsterdam mitbrachte. Ich habe die Erlaubnis der Kirche dafür eingeholt.« Diese Antwort erschreckte selbst den Skeptischsten von uns, und wir spürten alle, daß solch ein ernstes Tun wie das des Professors, bei dem er mit den ihm heiligsten Dingen hantierte, kein Mißtrauen duldete. In respektvoller Stille nahmen wir die uns zugewiesenen Plätze dicht neben der

Gruft ein, aber so, daß niemand, der sich näherte, uns sehen konnte. Ich bemitleidete die anderen, besonders Arthur. Durch meine vorhergehenden Besuche auf dem Friedhof war ich auf das grausige Schauspiel vorbereitet; und doch spürte ich, der ich selbst vor einer Stunde noch alle Beweise zurückgewiesen hätte, wie mich der Mut verließ. Nie sah eine Gruft so gespenstisch weiß aus; noch nie kamen mir die Zypressen, Eiben und Wacholder so sehr wie die Verkörperung der Düsternis eines Grabes vor; nie rauschten Bäume oder Gras so unheilschwer; nie ächzten die Zweige so geheimnisvoll, und noch nie erfüllte das weit entfernte Heulen von Hunden die Nacht mit einer solch traurigen Vorahnung.

Lange Zeit blieb danach alles still, und es herrschte ein fast schmerzhaftes Schweigen. Doch dann stieß der Professor ein scharfes »Schsch!« aus und zeigte mit dem Arm in die Ferne. Auf der von Eiben gesäumten Allee sahen wir eine weiße Gestalt auf uns zukommen – eine undeutliche weiße Gestalt, die etwas Dunkles an ihre Brust drückte. Die Gestalt blieb stehen; in dem Augenblick fiel ein Strahl des Mondlichts durch die dicke dahinjagende Wolkendecke, und in überraschender Deutlichkeit erkannten wir eine dunkelhaarige Frau, die in ein Leichentuch gehüllt ging. Ihr Gesicht war nicht zu sehen, denn sie beugte sich über etwas, das wir für ein blondes Kind hielten. Im nächsten Moment ertönte ein spitzer, nicht sehr lauter Schrei, wie ihn ein Kind oder ein Hund, der vor dem Kaminfeuer träumt, ausstoßen mag. Wir wollten vorspringen, aber die warnende Hand des Professors, der sich hinter einer Eibe versteckt hatte, hielt uns zurück. Während wir noch zögerten, setzte sich die Gestalt wieder in Bewegung. Inzwischen war sie für uns deutlich sichtbar geworden, denn das Mondlicht beschien noch immer die Allee. Mein Herz erstarrte zu Eis, und ich konnte Arthur aufstöhnen hören, als wir die Gesichtszüge von Lucy

Westenra erkannten! Lucy Westenra zwar, aber wie verändert! Ihre einstige Lieblichkeit hatte sich zu diamantharter, herzloser Grausamkeit und ihre Reinheit zu wollüstiger Begierde gewandelt. Van Helsing trat vor, und getreu seinem Beispiel folgten wir ihm. Vor der Tür der Gruft stellten wir uns in einer Reihe auf. Van Helsing hob die Laterne hoch und öffnete die Blende; in dem gebündelten Lichtstrahl, der auf Lucys Gesicht fiel, konnten wir sehen, daß ihre Lippen von frischem Blut befleckt waren, das über ihr Kinn heruntertropfte und die Reinheit ihres Batistleichentuches befleckte.

Wir schüttelten uns vor Grauen. Am Schwanken des Lichtstrahls erkannte ich, daß selbst Van Helsings eiserne Nerven am Versagen waren. Arthur stand neben mir; und hätte ich nicht seinen Arm ergriffen und ihn gestützt, wäre er zusammengebrochen.

Als Lucy uns sah – ich nenne die Gestalt, die vor uns stand, Lucy, weil sie deren Aussehen besaß –, fuhr sie mit einem ärgerlichen Fauchen, ähnlich dem einer Katze, die man überrascht hat, zurück. Dann starrte sie uns der Reihe nach an. In Farbe und Form waren das Lucys Augen, aber statt rein und sanft blickten sie verschlagen und leuchteten von einem verzehrenden Höllenfeuer. In diesem Augenblick wandelte sich der Rest meiner Liebe zu Haß und Abscheu; wenn sie also getötet werden mußte, dann hätte ich es mit wilder Freude tun können! Ihre Augen glänzten noch immer in einem unseligen Feuer, und ihr Gesicht verzog sich zu einem wollüstigen Lächeln. O mein Gott, wie ließ mich ihr Anblick erschaudern! Mit einer unachtsamen und rohen Bewegung warf sie das Kind zu Boden, das sie bis dahin an ihre Brust gepreßt und wie ein Hund seine Knochen knurrend verteidigt hatte. Das Kind schrie auf und blieb wimmernd liegen. In dieser Geste lag so viel Roheit, daß Arthur aufstöhnte. Als sie dann mit ausgestreckten Armen und lüsternem Lächeln auf ihn zuging, wich er zurück und schlug die Hände vor das Gesicht.

Sie kam jedoch immer näher und lockte ihn mit sinnlicher, wollüstiger Stimme:

»Komm zu mir, Arthur! Laß die anderen stehen und komm zu mir! Meine Arme sehnen sich nach dir. Komm, dann können wir zusammen liegen. Komm, mein Gatte, komm!«

In ihrer Stimme schwang eine teuflische Lieblichkeit, die an klingendes Glas erinnerte, und ihre Worte klangen selbst in unseren Gehirnen nach, obwohl sie an einen anderen gerichtet waren. Arthur aber benahm sich, als stünde er unter einem Bann; er ließ die Hände vom Gesicht gleiten und öffnete weit die Arme. Sie sprang auf ihn zu, aber Van Helsing warf sich vor und hielt ihr ein kleines goldenes Kruzifix entgegen. Sie fuhr zurück, und mit einem plötzlich vor Wut verzerrten Gesicht stürzte sie an ihm vorbei, als wollte sie in die Gruft flüchten.

Als sie jedoch nur noch einen oder zwei Schritte von der Tür entfernt war, blieb sie stehen, wie von einer unwiderstehlichen Kraft gebannt. Sie wandte sich um, und in dem jetzt durch die Wolken hervorbrechenden Mondlicht sowie im Strahl der Lampe, die dank Van Helsings eisernen Nerven nicht mehr schwankte, erkannten wir wieder ihr Gesicht. Noch nie hatte ich so viel Bosheit auf einem menschlichen Antlitz gesehen, und ich glaube, nie wieder werden Sterbliche so etwas zu Gesicht bekommen. Ihr schöner Teint wurde fahl, aus ihren Augen sprühte teuflisches Feuer, ihre Augenbrauen wellten sich wie die Windungen der Schlangen um Medusas Haupt, und der liebliche, blutbefleckte Mund öffnete sich zu einem großen Loch, wie bei den Totenmasken der Griechen und Japaner. Wenn je ein Gesicht oder Blicke den Tod verheißen können, dann sahen wir dies in diesem Augenblick.

Eine halbe Minute lang, die uns wie eine Ewigkeit vorkam, stand sie zwischen dem hochgehaltenen Kruzifix und der durch heilige Mittel verschlossenen Tür. Van Helsing brach die Stille indem er Arthur fragte:

»Antworten Sie mir, mein Freund: Soll ich mit meinem Vorhaben fortfahren?«

Arthur ließ sich auf die Knie fallen und vergrub das Gesicht in den Händen, als er antwortete:

»Tun Sie, was Sie wollen, mein Freund, tun Sie, was Sie wollen! Etwas Entsetzlicheres kann es nicht geben!« Und er stöhnte wieder vor Qual. Quincey und ich gingen gleichzeitig auf ihn zu; wir ergriffen ihn bei den Armen. Van Helsing ließ die Laterne sinken, und wir hörten das Klicken der herunterklappenden Blende; dann ging er zur Gruft und entfernte aus den Ritzen einige der heiligen Mittel, die er dort angebracht hatte. Als er dann zurücktrat, sahen wir erschreckt und voller Verwirrung, wie die Frau, deren Körper eben noch so materiell erschienen war wie unserer, sich durch eine Lücke zwängte, in die man kaum eine Messerklinge hätte stecken können. Erleichterung überkam uns jedoch, als wir sahen, wie der Professor dann wieder den Kitt in die Fugen drückte.

Als er damit fertig war, hob er das Kind auf und sagte:

»Kommt, meine Freunde; bis morgen können wir hier nichts mehr ausrichten. Gegen Mittag findet eine Beerdigung statt, und kurz darauf werden wir uns alle hier wieder versammeln. Die Hinterbliebenen des Verstorbenen werden bis zwei Uhr gegangen sein, und dann wollen wir uns vom Küster einschließen lassen. Dann wartet noch einiges auf uns, aber nichts so wie heute nacht. Was diesen Kleinen angeht, so hat er nicht viel Schaden genommen, und morgen abend wird er wieder wohlauf sein. Wir wollen ihn so wie neulich hinlegen, damit die Polizei ihn findet, und dann nach Hause gehen.« Er stellte sich dicht vor Arthur hin und fuhr fort:

»Sie haben eine schmerzliche Prüfung hinter sich, mein Freund; aber wenn Sie jetzt zurückschauen, werden Sie einsehen, wie nötig sie war. Noch waten Sie im bitteren Wasser, mein Sohn, morgen um diese Zeit aber werden Sie es, so Gott will, hinter sich gelassen haben und vom süßen Wasser trinken können. Trauern Sie also nicht allzusehr. Bis dahin werde ich Sie nicht um Verzeihung bitten.«

Zusammen mit Arthur und Quincey machte ich mich auf den Heimweg, und unterwegs munterten wir ihn gegenseitig auf. Da wir das Kind in Sicherheit gebracht hatten und müde waren, fielen wir alle in einen tiefen Schlaf.

29. September, abends. – Kurz vor zwölf Uhr holten wir, also Arthur, Quincey Morris und ich, den Professor ab.

Erstaunlicherweise hatten wir uns alle schwarz gekleidet. Für Arthur war das nur natürlich, denn er trug ohnehin Trauerkleidung, aber wir anderen hatten uns unbewußt so angezogen. Um halb zwei trafen wir am Friedhof ein, wo wir hin und her schlenderten, damit wir nicht auffielen. Nachdem die Totengräber ihre Pflicht erfüllt und der Küster im Glauben, alle hätten diese Stätte wieder verlassen, das Tor verschlossen hatte, gehörte uns allein dieser Platz. Statt einer kleinen schwarzen Tasche führte Van Helsing eine lange Ledertasche mit sich, ähnlich einer solchen, wie man sie beim Kricket benutzt. Offenbar besaß sie ziemliches Gewicht.

Nachdem die letzten Schritte auf der Straße verklungen und wir allein waren, folgten wir schweigend und wie auf Befehl dem Professor zur Gruft. Er schloß die Tür auf, wir traten ein und zogen sie hinter uns zu. Er holte die Laterne aus seiner Tasche und zündete sie an. Dann nahm er zwei Wachskerzen, die er, nachdem er sie angesteckt und das untere Ende zum Schmelzen gebracht hatte, auf zwei andere Särge stellte, damit wir genug Licht zum Arbeiten hätten. Wieder entfernte er den Deckel von Lucys Sarg, und wir schauten gespannt hinein. Arthur zitterte wie Espenlaub. Vor uns lag der Leichnam in all seiner Schönheit; aber ich empfand in meinem Herzen keine Liebe mehr für sie, nichts außer Abscheu für das widerliche Etwas, das in Lucys seelenlose Hülle geschlüpft war! Und ich sah, wie selbst Arthurs Gesicht abweisend wurde. Er fragte Van Helsing: »Ist dies wirklich Lucys Körper, oder hat nur ein Dämon ihre Gestalt angenommen?«

»Es ist ihr Körper und doch auch gleichzeitig nicht. Aber warten Sie eine Weile und Sie werden sehen, wie sie war und noch ist.«

Sie lag wie ein Zerrbild von Lucy vor uns; die spitzen Zähne, der blutbefleckte, wollüstige Mund, dessen Anblick uns schaudern ließ, die ganze fleischliche und ungeistige Erscheinung war ein teuflisches Gespött auf Lucys liebliche Reinheit. Mit der ihm eigenen Methodik holte Van Helsing den Inhalt seiner Tasche hervor und legte ihn sich für seine Arbeit zurecht. Zuerst brachte er einen Lötbrenner und ein paar Lötdrähte zum Vorschein, dann eine kleine Öllampe, aus der, nachdem er sie in einer Ecke der Gruft angezündet hatte, ein Gas entströmte, welches mit einer sehr heißen blauen Flamme brannte; dann sein Chirurgenbesteck, das er griffbereit hinlegte, und schließlich einen runden hölzernen Pfahl, der ungefähr fünf bis zehn Zentimeter stark und etwa einen Meter lang war. Das eine Ende davon war in einer Flamme angekohlt und dann angespitzt worden. Zusammen mit diesem Pfahl holte er einen schweren Hammer hervor, wie er in manchen Häusern im Kohlenkeller dazu benutzt wird, die Klumpen zu zerschlagen. Auf mich wirken die Vorbereitungen eines Arztes, gleichgültig worauf er sich vorbereitet, immer anregend; bei Arthur und Quincey riefen diese Dinge jedoch nur Bestürzung hervor. Dennoch verließ keinen von beiden der Mut, und sie blieben still und ruhig.

Als alles bereit war, sagte Van Helsing:

»Ehe wir beginnen, muß ich Ihnen eines sagen: Wir handeln entsprechend der Überlieferung und den Erfahrungen all jener alten Weisen, die die Fähigkeiten der Untoten studiert hatten. Gleichzeitig mit der Umwandlung in einen Untoten fällt der Fluch der Unsterblichkeit auf diese Elenden; sie können nicht mehr sterben, sondern müssen in jedem Zeitalter neue Opfer suchen und das Übel in der Welt vermehren; denn alle, die durch einen Untoten sterben, verwandeln sich selbst in einen Untoten und fallen wieder andere Menschen an. Und so weitet sich ihr Kreis immer weiter aus wie die Wellen von einem ins Wasser geworfenen Stein. Mein Freund Arthur, wenn Sie den Kuß gegeben hätten, den die arme Lucy vor ihrem Tode und auch gestern nacht von Ihnen erbat, als sie Sie in ihre Arme schließen wollte, dann wären Sie nach ihrem Tode ein *Nosferatu* geworden, wie man es in Osteuropa nennt. Für alle Zeiten hätten Sie solche Untoten geschaffen, die uns jetzt so erschrecken. Die Laufbahn dieser Unglücklichen hier hat gerade erst begonnen. Die Kinder, deren Blut sie aussaugte, sind noch nicht verloren; aber wenn sie weiter als Untote existiert, werden die Kinder immer mehr Blut verlieren, aber trotzdem von der Kraft, die sie über sie hat, immer weiter zu ihr kommen, so daß sie mit diesem bösen Mund ihr Blut saugen kann. Wenn diese hier wahrhaftig tot ist, wird aber alles ein Ende haben; die winzigen Wunden an den Kehlen der Kinder können verheilen; die Kinder werden zu ihren Spielen zurückkehren und sich an nichts mehr erinnern. Aber als segensreichste Auswirkung wird, wenn wir dieser Untoten den Frieden einer wirklichen Toten schenken, ihre Seele wieder frei sein. Anstatt des Nachts Böses zu tun und tagsüber neue Schändlichkeiten auszubrüten, wird sie ihren Platz unter den Engeln einnehmen. Deshalb, meine Freunde, wird die Hand, die den Schlag führt und sie damit befreit, gesegnet sein. Ich wäre dazu bereit; aber ist niemand unter uns, der ein größeres Anrecht darauf hätte? Wäre es nicht ein Glück, in der Stille der schlaflosen Nächte denken zu können: ›Es war meine Hand, die ihr den Himmel öffnete; es war die Hand desjenigen, der sie am meisten liebte; die Hand, die sie selbst dazu auserwählt hätte, wäre ihr diese Entscheidung möglich gewesen!‹ Sagt, ist nicht ein solcher unter uns?«

Unsere Blicke richteten sich auf Arthur. Die Güte, die in diesem Vorschlag steckte, war ihm nicht entgangen; daß es nämlich seine Hand sein sollte, durch die Lucy für uns wieder zu einer heiligen statt einer verfluchten Erinnerung würde. Er trat vor, und obwohl seine Hand zitterte und sein Gesicht weiß war wie Schnee, sagte er tapfer:

»Sie treuer Freund, aus der Tiefe meines gebrochenen Herzens danke ich Ihnen. Sagen Sie mir, was ich zu tun habe, und ich werde nicht zögern!«

Van Helsing legte ihm die Hand auf die Schulter und erwiderte:

»Tapferer Junge! Sie müssen einen Augenblick lang die Zähne zusammenbeißen, dann ist alles vorbei. Dieser Pfahl muß durch ihren Körper getrieben werden. Es bedeutet für Sie eine furchtbare Probe – darin sollten Sie sich nicht täuschen, aber es wird nicht lange dauern. Ihre Freude hinterher wird dann größer sein als die vorher erlittenen Qualen; Sie werden diese grausige Gruft verlassen, als schwebten Sie in Luft. Aber Sie dürfen nicht zögern, wenn Sie erst begonnen haben. Denken Sie daran, daß wir, Ihre wahren Freunde, bei Ihnen sind und während der ganzen Zeit für Sie beten werden.«

»Fahren Sie fort«, sagte Arthur heiser. »Sagen Sie mir genau, was ich tun muß.«

»Nehmen Sie diesen Pfahl in die linke Hand, die Spitze auf ihr Herz gerichtet, und den Hammer in die rechte. Und wenn wir dann unser Gebet für die Toten beginnen –

ich werde es vorlesen, ich habe das Buch mitgebracht, und die anderen werden einstimmen –, dann schlagen Sie in Gottes Namen zu, damit die Tote, die wir lieben, Frieden findet und die Untote von uns weicht!«

Arthur ergriff den Pfahl und Hammer; in dem Moment, da er zum Handeln bereit war, wurde seine Hand ruhig und zitterte nicht einmal mehr. Van Helsing schlug das Meßbuch auf und begann zu lesen. Quincey und ich sprachen seine Worte nach, so gut wir konnten. Arthur setzte die Spitze auf ihr Herz, und ich konnte die kleine Vertiefung sehen, wo sich der Pfahl in ihr weißes Fleisch bohrte. Dann schlug er mit aller Kraft zu.

Das Wesen im Sarg krümmte sich; aus den aufgerissenen roten Lippen drang ein scheußlicher Schrei. Der Körper erbebte, zitterte und krümmte sich in wilden Zuckungen; die spitzen weißen Zähne bissen aufeinander, bis die Lippen zerkaut waren, und ihr Mund bedeckte sich mit blutrotem Schaum. Aber Arthur schreckte nicht zurück. Er sah aus wie ein Ebenbild von Thor, als sein Arm sich immer wieder hob und senkte und den friedebringenden Pfahl immer tiefer hineintrieb, während das Blut des durchbohrten Herzens hervorsprudelte. Sein Gesicht war starr, und eine heilige Pflicht schien aus ihm zu leuchten; dieser Anblick gab uns neuen Mut, und unsere Stimmen hallten laut in der kleinen Gruft wider.

Und dann ließ das Zittern und Zucken des Körpers nach; nur die Zähne knirschten noch, und die Gesichtsmuskeln bebten. Endlich lag das Wesen regungslos vor uns. Die schreckliche Aufgabe war vollbracht.

Der Hammer entfiel Arthurs Hand. Er taumelte und wäre gestürzt, hätten wir ihn nicht aufgefangen. Große Schweißtropfen standen auf seiner Stirn; sein Atem ging stoßweise. Er hatte eine furchtbare Anstrengung hinter sich; und wäre er nicht von übermenschlichen Erwägungen heraus dazu getrieben worden, er hätte es niemals durchgestanden. Mehrere Minuten lang war unsere Aufmerksamkeit so von ihm in Anspruch genommen, daß wir nicht mehr auf den Sarg achteten. Als wir schließlich wieder hinsahen, entfuhren uns kleine Laute der Überraschung. Wir starrten so selbstvergessen hin, daß Arthur aufstand – denn er hatte auf der Erde gesessen – und zu uns trat; ein seltsames, freudiges Leuchten breitete sich auf seinem Gesicht aus und vertrieb den bisherigen düsteren Ausdruck. Denn dort in dem Sarg lag nicht mehr das ekelhafte Etwas, das wir so sehr fürchten und hassen gelernt hatten, daß dessen Vernichtung als ein Privileg nur dem zustand, der das größte Anrecht dazu hatte. Vor uns lag Lucy, wie wir sie zu Lebzeiten gekannt hatten, mit ihrem Gesicht von unvergleichbarer Lieblichkeit und Reinheit. Natürlich zeigten sich an ihr die Spuren von Sorge, Qual und Siechtum, ganz ebenso wie im Leben; aber das bewies uns nur, daß wir wieder unsere alte Lucy vor uns hatten. Wir alle spürten, daß die heilige Ruhe, die jetzt wie Sonnenschein auf ihrem gequälten Gesicht und Körper lag, nur irdisches Zeichen und Symbol für den himmlischen Frieden war, in dem sie von nun an für alle Ewigkeit ruhen durfte.

Van Helsing legte seine Hand auf Arthurs Schulter und sagte:

»Und nun, mein Freund Arthur, können Sie mir jetzt verzeihen?«

Als Reaktion auf die furchtbare Anstrengung ergriff Arthur die Hand des alten Mannes, führte sie an die Lippen, drückte sie und erwiderte:

»Verzeihen! Gott segne Sie dafür, daß Sie meiner Liebsten ihre Seele zurückgegeben und mir Frieden geschenkt haben!« Er legte seine Hände auf die Schultern des Professors, ließ seinen Kopf an dessen Brust sinken und schluchzte leise, während wir regungslos danebenstanden. Als er den Kopf wieder hob, sagte Van Helsing zu ihm:

»Und nun, mein Sohn, dürfen Sie ihr einen Kuß geben, wenn Sie wollen; und ganz so, wie sie es sich gewünscht hätte, könnte sie noch einen Wunsch äußern. Sie ist kein grinsender Teufel mehr, kein widerliches Etwas, das eine Ewigkeit leben muß. Sie ist nicht länger eine Untote des Teufels. Sie ist eine Tote Gottes, bei dem ihre Seele jetzt weilt.«

Arthur beugte sich über Lucy und küßte sie. Dann schickten wir ihn und Quincey aus der Gruft. Gemeinsam mit dem Professor sägte ich das herausragende Ende des Pfahls ab, ließ die Spitze jedoch im Körper stecken. Dann trennten wir ihren Kopf ab und stopften Knoblauch in ihren Mund. Schließlich wurde der Bleisarg wieder zugelötet und der Sargdeckel aufgeschraubt. Nachdem wir dann unsere Sachen eingepackt hatten, traten auch wir hinaus. Der Professor verschloß die Tür und reichte Arthur den Schlüssel.

Die Luft war mild, die Sonne schien, und die Vögel sangen; die ganze Natur schien eine neue Melodie angestimmt zu haben. Freude, Fröhlichkeit und Ruhe lagen in der Luft; wir hatten unseren Frieden gefunden und verspürten Erleichterung, wenn auch nicht ohne eine Beimengung von Trauer.

Ehe wir uns auf den Weg machten, sagte Van Helsing:

»Nun, meine Freunde, der erste Schritt unserer Arbeit, und zwar der schwerste, ist getan. Aber der größere Teil der Arbeit liegt noch vor uns. Wir müssen den Urheber all dieses Leides finden und ihn vernichten. Ich besitze Hinweise, an die wir uns halten können; aber es ist eine langwierige Aufgabe, eine schwierige, und sie birgt Gefahren und Mühen in sich. Wollen Sie mir beistehen? Wir haben gelernt zu glauben, wir alle – nicht wahr? Und weil es so ist, erkennen wir dann nicht unsere Pflicht? Ich glaube doch! Und wollen wir uns nicht versprechen, bis zum bitteren Ende zu gehen?«

Der Reihe nach drückten wir seine Hand, und das war unser Versprechen. Dann, ehe wir weitergingen, setzte der Professor hinzu:

»Übermorgen abend werden wir uns um sieben Uhr treffen und gemeinsam zu Abend essen. Ich werde zwei weitere Männer mitbringen, die Sie noch nicht kennen; und ich werde Ihnen die nächsten Schritte und meine Pläne darlegen. Du, John, kommst jetzt mit mir nach Hause, denn ich muß mich mit dir beraten, und du kannst mir helfen. Heute nacht reise ich nach Amsterdam, werde aber morgen abend zurückkehren. Dann beginnt die große Suche. Aber erst muß ich Sie noch in vieles einweihen, damit Sie wissen, was zu tun und zu lassen ist. Dann wollen wir unseren Schwur erneuern, denn vor uns liegt eine furchtbare Aufgabe, und wenn wir erst den schmalen Steg über den Abgrund betreten haben, dürfen wir nicht mehr zurückschrecken.«

Siebzehntes Kapitel

Dr. Sewards Tagebuch
(Fortsetzung)

Als wir im Berkeley Hotel eintrafen, lag für Van Helsing ein Telegramm vor:

»Komme mit dem Zug. Jonathan in Whitby. Wichtige Neuigkeiten. – Mina Harker.«

Der Professor war freudig überrascht. »Ach, diese wunderbare Madame Mina«, rief er. »Ein Schatz von Frau! Sie kommt her, aber ich kann nicht warten. Sie muß zu dir fahren, John. Am besten, du holst sie vom Bahnhof ab. Telegrafier ihr, damit sie darauf vorbereitet ist.«

Nachdem das Kabel aufgegeben war, trank er noch eine Tasse Tee; dabei erzählte er mir von einem Tagebuch, das

Jonathan Harker im Ausland verfaßt hätte. Er händigte mir eine maschinengeschriebene Kopie davon aus, zusammen mit dem von Mrs. Harker in Whitby verfaßten Tagebuch. »Nimm diese beiden Berichte«, sagte er, »und studiere sie genau. Wenn ich zurückkehre, kennst du dann alle Einzelheiten, und wir können unsere Nachforschungen beginnen. Bewahre sie gut, denn sie enthalten viele wichtige Punkte. Du wirst einen starken Glauben benötigen, selbst du, der du eine solche Erfahrung wie die heutige hinter dir hast. Was hier steht«, er legte seine Hand fest und feierlich auf das Bündel Aufzeichnungen, »könnte für dich und mich und noch für viele andere der Anfang vom Ende sein; oder es kann für alle Untoten, die auf dieser Erde wandeln, den Untergang bedeuten. Ich bitte dich, lies die Berichte mit offenem Sinn, und wenn du der hier niedergelegten Geschichte etwas hinzufügen kannst, dann tu dies, denn es ist mehr als wichtig. Du hast doch diese merkwürdigen Geschehnisse auch alle in deinem Tagebuch festgehalten, nicht wahr? Na also! Bei unserem nächsten Zusammentreffen werden wir dann alles durchsprechen.« Dann bereitete er seine Abreise vor und fuhr bald darauf zur Liverpool Street. Ich dagegen machte mich auf den Weg nach Paddington, wo ich ungefähr fünfzehn Minuten vor Ankunft des Zuges eintraf.

Nach dem anfänglichen Getriebe, wie es bei Zugankünften üblich ist, verlor sich bald die Menge. Ich wurde schon unruhig, weil ich fürchtete, meinen Gast verpaßt zu haben, als eine nette, zarte junge Frau zu mir trat, mich mit einem hastigen Blick musterte und fragte: »Doktor Seward, nicht wahr?«

»Und Sie sind Mrs. Harker«, erwiderte ich, woraufhin sie mir ihre Hand entgegenstreckte.

»Ich erkannte Sie sofort von der Beschreibung der armen Lucy her, aber . . .« Sie unterbrach sich und errötete.

Die Röte, die darauf in meine Wangen stieg, nahm uns

beiden die Verlegenheit, denn sie war eine stillschweigende Antwort. Ich nahm ihr Reisegepäck, darunter eine Schreibmaschine, und nachdem ich meiner Haushälterin telegrafiert hatte, sie solle einen Salon und ein Schlafzimmer für Mrs. Harker vorbereiten, fuhren wir mit der Untergrundbahn zur Fenchurch Street.

Nach der entsprechenden Zeit trafen wir dort ein. Natürlich war Mrs. Harker darauf vorbereitet, daß sie in eine Irrenanstalt geführt wurde, aber trotzdem konnte sie beim Eintreten einen Schauder nicht unterdrücken.

Sie sagte, wenn es mir recht wäre, würde sie sofort in mein Arbeitszimmer kommen, da sie mir viel zu erzählen habe. Hier sitze ich also und diktiere die letzten Sätze auf meinen Phonographen, während ich auf sie warte. Bisher hatte ich noch keine Gelegenheit, die Berichte, die mir Van Helsing hiergelassen hat, durchzulesen, obwohl sie aufgeschlagen vor mir liegen. Ich muß Mrs. Harker mit irgend etwas beschäftigen, damit ich die Möglichkeit zum Studium dieser Aufzeichnungen erhalte. Sie hat keine Ahnung, wie kostbar unsere Zeit ist und welch schwere Aufgabe vor uns liegt. Ich darf sie nicht erschrecken. Da kommt sie!

Mina Harkers Tagebuch

29. September. – Nachdem ich mich etwas hergerichtet hatte, ging ich hinunter zu Dr. Sewards Arbeitszimmer. Vor der Tür blieb ich einen Moment stehen, weil ich glaubte, er unterhielte sich mit jemand. Da er mich jedoch um Eile gebeten hatte, klopfte ich an die Tür und trat auf seinen Ruf hin ein.

Zu meiner großen Überraschung war außer ihm niemand im Zimmer. Er war ganz allein; auf dem Tisch ihm gegenüber stand etwas, das ich den Beschreibungen zufolge als Phonograph erkannte. Da ich noch nie ein solches Gerät gesehen hatte, war ich sehr daran interessiert.

»Ich hoffe, ich habe Sie nicht zu lange warten lassen«, sagte ich. »Ich blieb vor der Tür stehen, weil ich Sie sprechen hörte und dachte, es wäre jemand bei Ihnen.«

»Oh«, erwiderte er lächelnd, »ich habe nur Eintragungen in mein Tagebuch gemacht.«

»Ihr Tagebuch?« fragte ich ihn erstaunt.

»Ja«, antwortete er. »Es ist hier drin.« Er legte seine Hand auf den Phonographen. Aufgeregt platzte ich heraus:

»Das ist ja besser als Kurzschrift! Darf ich ihn mal etwas sprechen hören?«

»Selbstverständlich«, erwiderte er bereitwillig und erhob sich, um das Gerät auf Wiedergabe zu stellen. Doch dann zögerte er plötzlich und machte ein verlegenes Gesicht.

»Die Sache ist die«, begann er unbeholfen, »ich benutze den Apparat nur für mein Tagebuch; und da es nur – oder fast nur – von meinen Fällen handelt, könnte es für Sie unangenehm sein . . . das heißt, ich meine . . .« Um ihm aus seiner Verlegenheit zu helfen, sagte ich:

»Sie haben doch auch Lucy in ihren letzten Tagen behandelt. Lassen Sie mich hören, wie sie starb; ich wäre Ihnen dafür sehr dankbar, denn ich habe sie gut gekannt. Sie stand mir sehr, sehr nahe!«

Zu meiner Überraschung erwiderte er entsetzt:

»Ihnen von Lucys Tod berichten? Um nichts in der Welt!«

»Warum nicht?« fragte ich, denn eine furchtbare Ahnung überkam mich. Wieder zögerte er, und ich sah, daß er sich eine Ausrede zurechtlegte. Endlich stammelte er:

»Sehen Sie, ich weiß nicht, wie ich eine bestimmte Stelle des Tagebuches auffinden kann.« Noch während er sprach, verdichtete sich ihm dieser Gedanke, und er fuhr in einem anderen Tonfall, mit unbewußter Schlichtheit und der Naivität eines Kindes fort: »Das ist wahrhaftig so, mein Ehrenwort. Auf mein Wort!« Ich konnte mich eines Lächelns nicht erwehren, woraufhin er das Gesicht verzog. »Ich habe mich gehenlassen«, sagte er. »Können Sie sich vorstellen, daß ich zwar seit Monaten auf diese Art mein Tagebuch führe, aber mir noch nie Gedanken darüber machte, wie ich eine bestimmte Stelle wiederfinden könnte, wenn ich sie einmal abhören möchte?« Inzwischen hatte sich in mir die Überzeugung gefestigt, daß das Tagebuch des Arztes, der Lucy behandelt hatte, unsere Kenntnisse über jenes furchtbare Wesen, den Urheber ihres Unterganges, bereichern müßte, und so bat ich kühn:

»Dann, Dr. Seward, sollten Sie es von mir auf der Schreibmaschine abschreiben lassen.« Er wurde leichenblaß, als er erwiderte:

»Nein! Nein! Nein! Um nichts in der Welt würde ich Sie diese furchtbare Geschichte wissen lassen!«

Sie war also doch furchtbar; meine Eingebung war richtig! Ich überlegte, ließ dabei meine Blicke durch das Zimmer schweifen – ganz unbewußt auf der Suche nach einer Gelegenheit, die mir helfen könnte, da entdeckte ich plötzlich einen Stapel maschinengetippter Seiten, die auf dem Tisch lagen. Er folgte meinem Blick, und als er den Stapel sah, wußte er, daß ich ihn erkannt hatte.

»Sie kennen mich noch nicht«, sagte ich. »Wenn Sie aber diese Seiten da gelesen haben, die mein Tagebuch und das meines Mannes enthalten, werden Sie mich besser kennen. Ich habe mich nicht gescheut, darin meine verborgensten Gedanken preiszugeben; aber natürlich kennen Sie mich noch nicht, und deshalb kann ich nicht erwarten, daß Sie mir ebenso stark vertrauen.«

Zweifellos ist er ein Mann von edlem Charakter; die arme Lucy hatte recht. Er erhob sich und zog eine große

Schublade auf, in der eine wohlgeordnete Reihe hohler, mit dunklem Wachs beschichteter Metallzylinder lag. Dabei sagte er:

»Sie haben recht. Ich wollte Ihnen nicht vertrauen, weil Sie mir noch fremd waren. Aber jetzt kenne ich Sie; und ich hätte Sie schon lange kennen müssen. Ich weiß, daß Lucy Ihnen von mir erzählt hat; sie hat mir auch von Ihnen erzählt. Darf ich dafür büßen auf die einzige Art, die mir möglich ist? Nehmen Sie die Zylinder und hören Sie sie ab. Das erste halbe Dutzend enthält nur persönliche Anmerkungen, vor denen Sie nicht zurückzuschrecken brauchen; Sie lernen mich dadurch besser kennen. Inzwischen wird das Essen zubereitet sein, und ich habe dann auch einige dieser Seiten gelesen und kann gewisse Dinge sicher besser begreifen!« Eigenhändig trug er den Phonographen auf mein Zimmer und stellte ihn für mich ein. Jetzt werde ich sicher etwas Schönes kennenlernen, nämlich die andere Seite einer wahren Liebesgeschichte, deren eine Seite mir schon bekannt ist ...

Dr. Sewards Tagebuch

29. September. – Ich war so vertieft in die erregenden Tagebuchaufzeichnungen von Jonathan Harker und seiner Frau, daß mir die Zeit wie im Flug verging. Mrs. Harker war noch nicht heruntergekommen, als das Hausmädchen erschien und mir meldete, das Abendessen sei angerichtet. Also sagte ich: »Unser Gast ist wahrscheinlich müde; warten wir noch eine Stunde.« Darauf las ich weiter. Gerade hatte ich Mrs. Harkers Tagebuch beendet, als sie endlich ins Zimmer trat. Sie sah sehr hübsch, aber traurig aus, und ihre Augen waren vom Weinen gerötet. Ich wurde zutiefst gerührt. Gott weiß, daß ich in letzter Zeit genug Veranlassung zum Weinen gehabt hätte, aber

eine solche Erleichterung ist mir verwehrt. Deshalb traf mich der Anblick dieser hübschen Augen, die noch von gerade vergossenen Tränen glänzten, tief ins Herz. So sanft wie möglich sagte ich:

»Ich fürchte, ich habe Sie gequält.«

»O nein, nicht gequält«, erwiderte sie, »aber Ihr Schmerz hat mich stärker ergriffen, als ich es sagen kann. Das ist ein nützlicher Apparat, aber es ist grausam, wie sehr er entlarvt. Dem Klang Ihrer Stimme konnte ich allen Schmerz Ihres Herzens entnehmen. Es war, als würde eine Seele zum Allmächtigen rufen! Niemand darf dieses je wieder hören! Sehen Sie, ich habe versucht, mich nützlich zu machen, und habe alles mit meiner Schreibmaschine abgeschrieben. Niemand soll je wieder Ihr Herz so schlagen hören wie ich.«

»Es soll niemand davon wissen; niemand wird es je erfahren«, sagte ich leise. Sie legte ihre Hand auf die meine und erwiderte ernst:

»Doch, den Inhalt müssen auch andere erfahren.«

»Müssen? Und warum?« fragte ich.

»Weil dies ein Teil unserer schrecklichen Geschichte ist. Weil hier Lucys Tod beschrieben und zugleich erklärt wird, wie es dazu gekommen ist. In unserem Kampf, die Erde von diesem schrecklichen Ungeheuer zu befreien, brauchen wir alle Hilfe, die wir nur bekommen können. Ich glaube, auf den Zylindern, die Sie mir gaben, stand mehr, als Sie mich wissen lassen wollten; ich weiß, daß mit Ihren Aufzeichnungen Licht in das Geheimnis gebracht werden kann. Sie nehmen meine Hilfe an, nicht wahr? Ich kenne alles bis zu einem gewissen Punkt; obwohl ich in Ihrem Tagebuch nur bis zum 7. September vorgedrungen bin, weiß ich doch jetzt, wie Lucy bedrängt wurde und wie sich das furchtbare Verhängnis über sie legte. Seit Professor Van Helsing bei uns war, haben Jonathan und ich Tag und Nacht gearbeitet. Mein Mann ist auf der Suche nach neuem Material nach Whitby gefahren und wird morgen hierherkommen, um uns zu unterstützen. Zwischen uns braucht es keine Geheimnisse zu geben; wenn wir mit absolutem Vertrauen zusammenarbeiten, sind wir sicherlich stärker, als wenn wir einzeln im dunkeln tappen würden.« Sie sah mich so flehentlich an und zeigte gleichzeitig so viel Umsicht und Entschlossenheit, daß ich sofort ihrer Bitte nachgab. »Tun Sie«, sagte ich, »was Sie in dieser Sache für richtig halten. Gott verzeih mir, wenn ich mich falsch entschieden habe! Wir werden noch auf furchtbare Dinge stoßen; aber Sie wissen schon so viel über Lucys Tod, daß Sie sich sicher nicht damit zufriedengeben, den Rest im dunkeln zu lassen. Nein, die Wahrheit – die ganze Wahrheit – wird Ihnen einen Hauch von Frieden bringen. Kommen Sie, das Essen wartet. Wir müssen uns für das, was vor uns liegt, gegenseitig aufrichten, denn es ist eine grausame und schreckliche Aufgabe. Nach dem Essen sollen Sie den Rest erfahren, und ich will alle Ihre Fragen beantworten, falls Ihnen dann noch etwas unklar ist; denn uns, die wir anwesend waren, ist alles schrecklich deutlich geworden!«

Mina Harkers Tagebuch

29. September. – Nach dem Abendessen ging ich mit Dr. Seward in dessen Arbeitszimmer. Er holte den Phonographen aus meinem Zimmer, und ich nahm meine Schreibmaschine. Er brachte mir einen bequemen Stuhl und stellte den Phonographen so auf, daß ich ihn erreichen konnte, ohne aufzustehen; er zeigte mir auch, wie man den Apparat abstellt, falls ich eine Pause machen wollte. Dann setzte er sich auf einen Stuhl, wobei er mir rücksichtsvoll den Rücken zuwandte, damit ich völlig unge-

stört arbeiten könnte, und begann zu lesen. Ich steckte mir die Hörmuschel ans Ohr und lauschte . . .

Als die furchtbare Geschichte von Lucys Tod und . . . und all dem anderen zu Ende war, sank ich kraftlos auf dem Stuhl zurück. Glücklicherweise neige ich nicht zum Ohnmächtigwerden. Als Dr. Seward meine Reaktion bemerkte, sprang er mit einem Schreckenslaut auf, holte hastig eine Arzneiflasche aus dem Schrank und verabreichte mir etwas Brandy, der mich nach ein paar Minuten wieder auf die Beine brachte. In meinem Kopf drehte sich alles, und nur dadurch, daß ich nach all dieser Anhäufung von Gräßlichkeiten die heilige Überzeugung gewann, meine liebe, liebe Lucy sei schließlich doch zur Ruhe gekommen, konnte ich all das ertragen, ohne verrückt zu werden. Es ist alles so wüst und geheimnisvoll und seltsam, daß ich kein Wort davon geglaubt hätte, wären mir nicht Jonathans Erlebnisse in Transsilvanien bekannt gewesen. Aber auch so fiel es mir noch schwer; um also meine Bestürzung zu überspielen, begann ich, mich zu beschäftigen. Ich nahm den Deckel meiner Schreibmaschine ab und sagte zu Dr. Seward:

»Lassen Sie mich jetzt alles abschreiben. Wir müssen bereit sein, wenn Dr. Van Helsing kommt. Ich habe Jonathan ein Telegramm geschickt und ihn gebeten, von Whitby sofort hierherzukommen. In Ihrem Bericht sind alle Daten wichtig, und ich glaube, wenn wir unser Material bearbeitet und chronologisch geordnet haben, ist schon viel erreicht. Sie sagen, Lord Godalming und Mister Morris würden ebenfalls kommen. Wir sollten also auch Lord Godalming vollen Einblick geben!«

Dr. Seward stellte den Phonographen auf eine langsamere Geschwindigkeit ein, und ich begann vom siebenten Zylinder an mit dem Abschreiben. Ich machte drei Durchschläge, genau wie ich es bei den anderen Tagebüchern gehalten hatte. Es war schon sehr spät, als ich endlich fertig wurde, aber Dr. Seward hielt noch seine Visite bei den Patienten ab. Als er damit fertig war, kam er zurück, setzte sich zu mir und las, damit ich bei meiner Beschäftigung nicht zu einsam war. Wie gut und wie rücksichtsvoll ist er doch; die Welt scheint voller guter Menschen zu sein – obwohl auch Ungeheuer auf ihr wandeln! Ehe ich ihn verließ, erinnerte ich mich plötzlich an eine Notiz in Jonathans Tagebuch, wo er berichtet, wie der Professor auf dem Bahnhof von Exeter plötzlich bei der Lektüre einer Abendzeitung bestürzt erschien. Da Dr. Seward seine Zeitungen aufbewahrt, borgte ich mir also die Ausgaben der »Westminster Gazette« und der »Pall Mall Gazette« aus und nahm sie mit auf mein Zimmer. Ich weiß noch, wie sehr uns die von mir gesammelten Artikel aus der »Dailygraph« und der »Whitby Gazette« geholfen haben, die schrecklichen Ereignisse von Whitby zu verstehen, als Graf Dracula an Land ging. Ich werde mir also die seither erschienenen Abendzeitungen vornehmen; vielleicht gewinne ich dabei eine neue Erkenntnis. Ich bin noch nicht müde, und diese Beschäftigung wird mich beruhigen.

Dr. Sewards Tagebuch

30. September. – Mr. Harker traf um neun Uhr hier ein. Kurz vor seiner Abfahrt hatte er das Telegramm seiner Frau erhalten. Seinem Gesicht nach zu urteilen, ist er sehr klug und voller Energie. Wenn seine Tagebuchaufzeichnungen wahr sind – und unseren eigenen ungewöhnlichen Erfahrungen nach müssen sie das sein –, wäre er auch ein Mann mit eisernen Nerven. Sein zweites Hinabsteigen in jenes Gewölbe war ein überaus waghalsiges Unternehmen. Nachdem ich seinen Bericht darüber gelesen hatte, erwartete ich eigentlich einen Vertreter harter Männlich-

keit zu sehen, kaum aber einen solch ruhigen, sachlichen Gentleman, wie er heute hier eintraf.

Später. – Nach dem Frühstück gingen Harker und seine Frau auf ihr Zimmer, und als ich vor einer Weile daran vorbeikam, hörte ich das Klappern der Schreibmaschine. Sie arbeiteten hart. Mrs. Harker sagt, sie würden jedes kleinste Stückchen Beweismaterial, über das sie verfügen, chronologisch ordnen. Harker besitzt die Briefe, die zwischen dem Empfänger der Kisten in Whitby und der Spedition in London, die den Auftrag übernommen hatte, gewechselt wurden. Im Augenblick liest er die von seiner Frau abgeschriebenen Seiten meines Tagebuches. Ich bin gespannt, ob er damit etwas anzufangen weiß . . .

Merkwürdig, daß mir nie die Idee kam, unser Nachbarhaus könnte das Versteck des Grafen sein! Gott weiß, daß das Benehmen unseres Patienten Renfield genügend Hinweise darauf gab! Die Briefe, die sich mit dem Kauf des Hauses befaßten, befanden sich unter der Abschrift. Oh, hätten wir sie doch früher entdeckt, dann wäre die arme Lucy zu retten gewesen! Aber halt, solche Vorwürfe führen zum Wahnsinn! Harker ist wieder gegangen; er will das Material noch einmal vergleichen. Er meint, bis zum Abendessen könnten sie einen vollständigen Bericht vorlegen; ich solle inzwischen Renfield aufsuchen, da er bisher immer eine Art Zeichen für das Kommen und Gehen des Grafen gewesen sei. Ich kann das noch nicht bestätigen, aber wahrscheinlich komme ich auch zu der Ansicht, sobald man mir die Daten vorlegt. Wie gut, daß Mrs. Harker meine Zylinder abgeschrieben hat! Andernfalls hätten wir nie die genauen Daten herausgefunden . . .

Renfield saß ruhig, mit gefalteten Händen in seinem Zimmer und lächelte mich freundlich an. Im Augenblick wirkte er so vernünftig, wie ein Mensch nur sein kann. Ich setzte mich zu ihm und unterhielt mich mit ihm über viele Dinge, auf die er stets ganz vernünftig antwortete. Dann kam er von selbst auf seine Entlassung zu sprechen, ein Thema, das er meines Wissens während seines Aufenthaltes hier noch nie angeschnitten hatte. Er zeigte sich übrigens ziemlich zuversichtlich, sofort entlassen zu werden. Ich glaube, hätte ich mich nicht mit Harker unterhalten und die Briefe gelesen sowie die Daten seiner Anfälle erfahren, dann hätte ich ihn auch wirklich nach einer kurzen Beobachtungszeit entlassen. Aber so bin ich jetzt natürlich äußerst mißtrauisch. All seine Ausbrüche fallen zeitlich anscheinend mit der Anwesenheit des Grafen zusammen. Was mag also Renfields Zufriedenheit bedeuten? Kann es sein, daß er instinktiv an den Triumph des Vampirs glaubt? Er muß bleiben; er ist ein Zoophag, und bei seinen wilden Anfällen vor der Kapellentür des verlassenen Hauses sprach er immer wieder von seinem »Meister«. Dies alles scheint eine Bestätigung unserer Vermutungen zu sein! – Nach einer Weile verließ ich ihn wieder. Er ist im Augenblick ein bißchen zu vernünftig, als daß man ihn gefahrlos aushorchen dürfte. Er könnte anfangen nachzudenken, und dann ...! Also ging ich wieder. Ich mißtraue seiner Ruhe; deshalb sagte ich zu den Wärtern, sie sollten ihn genau beobachten und für den Notfall eine Zwangsjacke bereithalten.

Jonathan Harkers Tagebuch

29. September, im Zug nach London. – Nachdem ich Mr. Billingtons höfliches Schreiben erhalten hatte mit dem Versprechen, er werde mir jede mögliche Unterstützung zuteil werden lassen, hielt ich es für das beste, nach Whitby zu fahren und an Ort und Stelle Nachforschungen

anzustellen. Es war jetzt meine Aufgabe, der Spur der furchtbaren Fracht des Grafen bis zu ihrem Bestimmungsort in London nachzugehen, um so den Grafen selbst später aufzustöbern. Der junge Billington, ein netter Bursche, holte mich vom Bahnhof ab und führte mich zum Haus seines Vaters, wo ich auf ihren Wunsch hin die Nacht verbringen sollte. Sie empfingen mich mit echter Gastfreundlichkeit nach dem Motto: Biete dem Gast alles und laß ihn gewähren, wie er es möchte. Sie wußten, daß ich nicht lange bleiben konnte, deshalb hatte Mr. Billington in seinem Büro bereits alle Dokumente, die mit der Übersendung der Kisten zu tun hatten, bereitgelegt. Es versetzte mir fast einen Schock, einen der Briefe wiederzufinden, die ich auf dem Schreibtisch des Grafen gesehen hatte, als ich noch nichts von seinen teuflischen Plänen wußte. Er hatte alles sorgfältig durchdacht und mit systematischer Genauigkeit ausgeführt; ja, er schien sogar auf jedes Hindernis vorbereitet gewesen zu sein, das sein Vorhaben hätte vereiteln können. Er war kein Risiko eingegangen, und die absolute Pünktlichkeit, mit der man seine Anweisungen ausgeführt hatte, war nur das folgerichtige Ergebnis seiner Vorsorge. Ich fand die Rechnung und notierte mir die Deklarierung: »Fünfzig Kisten gefüllt mit gewöhnlicher Erde, die für Experimente benötigt wird.« Auch vom Durchschlag eines Briefes an Carter Paterson und von dessen Antwortschreiben erhielt ich eine Kopie. Mehr Informationen konnte mir Mr. Billington nicht geben; ich ging also zum Hafen hinunter und sprach mit dem Küstenwächter, den Zollbeamten und dem Hafenkapitän. Sie alle berichteten mir einiges über das seltsame Stranden jenes Schiffes, das bereits einen Platz in der Lokalgeschichte eingenommen hatte; aber niemand konnte der einfachen Beschreibung »fünfzig Kisten gefüllt mit gewöhnlicher Erde« etwas hinzufügen. Dann suchte ich den Bahnhofsvorsteher auf, der mich freundlicherweise an die Männer verwies, die die Kisten verladen hatten. Ihre Beschreibung stimmte mit dem Warenschein überein, und sie konnten nur hinzufügen, die Kisten seien »groß und mörderisch schwer gewesen«, so daß ihr Abtransport viel Schweiß erforderte. Einer von ihnen sagte noch, es wäre ihr Pech gewesen, daß »nich' so einer wie Sie, Chef«, dabeigewesen wäre, der ihnen seine Anerkennung in flüssiger Form ausgesprochen hätte; ein anderer setzte hinzu, der dabei entstandene Durst sei so groß gewesen, daß selbst die seither verstrichene Zeit ihn noch nicht gelindert habe! – Es ist klar, daß ich diesen Vorwurf ein für alle Mal durch eine ausreichende Menge Flüssigkeit aus der Welt schaffte, ehe ich mich wieder auf den Weg machte.

30. September. – Der Bahnhofsvorsteher war so freundlich, mir ein paar Zeilen an seinen alten Freund, den Bahnhofsvorsteher von King's Cross, mitzugeben. Als ich dort im Lauf des Vormittags eintraf, konnte ich ihn also sofort über die Ankunft der Kisten befragen. Er verwies mich sofort weiter, an die richtigen Leute, und ich sah auf den ersten Blick, daß ihre Aufzeichnungen mit der Originalrechnung übereinstimmten. Hier waren die Möglichkeiten, einen unnatürlichen Durst zu bekommen, begrenzt, jedoch hatte man auch hier reichlich Gebrauch von der Flasche gemacht; und wieder war ich gezwungen, nachträglich dieser Tatsache Rechnung zu tragen.

Von da begab ich mich zur Hauptverwaltung von Carter Paterson, wo man mich mit größter Höflichkeit empfing. Sie fanden den Vorgang in ihrem Auftragsbuch und in ihrer Korrespondenz und telefonierten dann noch mit ihrem Büro in King's Cross, um weitere Einzelheiten einzuholen. Glücklicherweise warteten die Männer, die die Kisten transportiert hatten, gerade auf Arbeit; sie wurden sofort herübergeschickt, und einer brachte die Rechnung und alle Papiere mit, die mit der Ablieferung der Kisten in Carfax zusammenhingen. Auch hier stimmten alle Aufzeichnungen überein; auch hier konnten die Fuhrleute die spärlichen schriftlichen Angaben durch einige Einzelheiten ergänzen. Wie ich aber bald feststellen mußte, beschränkten sich diese auch hier wieder fast ausschließlich auf die staubige Art der Arbeit und auf den daraus resultierenden Durst, der bei ihnen erzeugt wurde. Als ich einem der Männer mit Hilfe der Währung unseres Königreiches die Möglichkeit verschaffte, dieses angenehme Leiden zu späterer Gelegenheit zu lindern, bemerkte er:

»Das Haus da, Chef, is' das verkommenste, das ich je betreten habe. Zum Kuckuck! Seit hundert Jahren hat dort keiner mehr aufgeräumt. Da lag der Staub so dick, daß man drauf hätte schlafen könn'n, ohne daß einem die Knochen weh getan hätten; un' das Haus war so vernachlässigt, daß man das alte Jerusalem da drin riechen konnte. Aber die alte Kapelle – die gab uns den Rest, wirklich! Ich un' mein Kumpel, wir dachten, wir könnten nich' schnell genug 'rauskommen. Herr des Himmels, bei Dunkelheit würde ich da nich' für Geld 'reingehen!«

Nachdem ich das Haus gesehen hatte, glaubte ich ihm jedes Wort; aber wäre ihm bekannt gewesen, was ich wußte, hätte er sicherlich noch ganz anders darüber gedacht.

Eines scheint jetzt aber festzustehen: Alle Kisten, die mit der »Demeter« von Varna nach Whitby verfrachtet wurden, sind tatsächlich in der alten Kapelle in Carfax gelagert. Es müßten also noch fünfzig sein, es sei denn, man hat inzwischen einige fortgeschafft, was ich nach der Lektüre von Dr. Sewards Tagebuch fast befürchtete!

Ich muß mit dem Fuhrmann sprechen, der von Renfield angegriffen wurde, als er einige Kisten von Carfax fortschaffen wollte. Wenn wir dieser Spur nachgehen, können wir vielleicht noch Wichtiges erfahren!

Später. – Mina und ich haben den ganzen Tag gearbeitet; alle Aufzeichnungen sind jetzt geordnet.

Mina Harkers Tagebuch

30. September. – Ich bin so froh, daß ich mich kaum fassen kann. Wahrscheinlich ist das die Reaktion auf die Befürchtung, die mich verfolgt hatte: daß nämlich Jonathan durch diese furchtbare Angelegenheit und die Wiedererweckung seiner alten Erinnerungen Schaden nehmen würde. Bei seiner Abfahrt nach Whitby zeigte ich mich so tapfer wie möglich, aber ich war krank vor Sorge. Seine Reise hat ihm jedoch nur gutgetan. Er war nie so entschlossen, so stark und so voller vulkanischer Energie wie im Augenblick. Der liebe, gute Professor Van Helsing hatte recht, als er sagte, Jonathan besitze echten Mut und würde an den Schwierigkeiten, die eine schwächere Persönlichkeit töten könnten, noch wachsen. Voller Leben, Hoffnung und Entschlossenheit kam er zurück; wir haben für heute abend alles vorbereitet. Ich bin sehr aufgeregt. Wahrscheinlich würde man jedes Wesen bedauern, das so gehetzt wird wie der Graf. Aber dieses Monstrum ist ja nicht menschlich, ist nicht einmal tierisch! Dr. Sewards Aufzeichnungen über den Tod der armen Lucy und über das, was danach geschah, tilgten in meinem Herzen jedes Mitleid.

Später. – Lord Godalming und Mr. Morris trafen früher ein als erwartet. Da Dr. Seward geschäftlich zu tun hatte und Jonathan ihn begleitete, mußte ich sie empfangen. Für mich war es ein schmerzliches Zusammentreffen, denn es erinnerte an alle Hoffnungen, die die arme Lucy noch vor wenigen Monaten hegte. Natürlich hatte Lucy mit ihnen über mich gesprochen, und auch Dr. Van Helsing hat für mich »getrommelt«, wie sich Mr. Morris ausdrückte. Keiner von ihnen ahnt allerdings, daß ich von ihren Heiratsanträgen an Lucy Kenntnis habe, und so wußten sie nicht recht, was sie tun oder sagen sollten. Weil sie keine Ahnung hatten, wie weit ich eingeweiht war, mußten sie sich auf eine harmlose Plauderei beschränken. Ich überlegte kurz und kam zu dem Schluß, daß es das beste wäre, wenn ich ihnen den neuesten Stand der Dinge mitteilte. Aus Dr. Sewards Tagebuch habe ich erfahren, daß sie Lucys Tod – also ihrem wirklichen Tod! – beiwohnten und daß ich nicht zu fürchten brauche, irgendein Geheimnis voreilig zu verraten. Ich erzählte ihnen also, daß ich alle Aufzeichnungen und Tagebücher gelesen hätte und daß mein Mann und ich gerade mit dem Ordnen fertig geworden seien, nachdem ich alles mit der Schreibmaschine abgeschrieben hatte. Dann gab ich beiden eine Durchschrift, die sie in der Bibliothek lesen sollten. Als ich Lord Godalming die Kopie reichte – es war ein ziemlich dicker Packen –, fragte er:

»Das haben Sie alles abgeschrieben, Mrs. Harker?«

Ich nickte, und er fuhr fort:

»Ich verstehe die Ereignisse noch nicht ganz; aber alle meine Freunde sind so gut und hilfreich und haben so ernsthaft und energisch gearbeitet, daß mir nichts weiter übrigbleibt, als ihre Vermutungen blindlings zu akzeptieren und sie zu unterstützen. Ich habe bereits einmal eine Lektion erteilt bekommen und Tatsachen hinnehmen müssen, die mich bis zur letzten Stunde meines Lebens demütig machen sollten. Übrigens weiß ich, daß Sie meine arme Lucy geliebt haben ...« Hier wandte er sich ab und vergrub das Gesicht hinter den Händen. Ich spürte die aufsteigenden Tränen in seiner Stimme. Mr. Morris legte ihm mit instinktiver Feinfühligkeit die Hand auf die Schulter und verließ dann leise das Zimmer. Ich vermute, in der Natur der Frauen liegt etwas, das es einem Mann leichtmacht, vor ihr seine verborgensten Gefühle zu offenbaren, ohne dabei zu befürchten, seine Männlichkeit würde dadurch geschmälert; denn als Godalming mit mir allein war, brach er auf dem Sofa zusammen. Ich setzte mich neben ihn und ergriff seine Hand. Ich hoffe, daß er es nicht zudringlich fand und auch später, wenn er je daran zurückdenkt, nicht so finden wird. Aber ich tue ihm unrecht; ich weiß, er wird das nie denken, er ist zu sehr Gentleman. Da ich merkte, wie es ihm das Herz abdrückte, sagte ich leise:

»Ich habe Lucy geliebt; ich weiß auch, was sie Ihnen bedeutete und wie sie an Ihnen hing. Wir beide waren wie Schwestern zueinander; darf ich deshalb jetzt, da sie von uns gegangen ist, auch Ihnen in Ihrem Kummer eine Schwester sein? Ich kenne Ihr Leid, wenn ich auch vielleicht seine Tiefe nicht erfassen kann. Aber wenn Mitleid und Sympathie Ihnen zu helfen vermögen, darf ich Ihnen dann nicht, um Lucys willen, eine schwache Stütze sein?«

Da überwältigte ihn sein Kummer, und was er in letzter Zeit alles still ertragen hatte, verschaffte sich mit einemmal Luft. Er reagierte fast hysterisch, hob die geöffneten Hände, schlug sie vor Schmerz zusammen, stand auf und setzte sich wieder, und die Tränen rannen ihm dabei über die Wangen. Er tat mir unendlich leid, und unbewußt öffnete ich meine Arme. Schluchzend legte er seinen Kopf an meine Schulter und weinte wie ein ermüdetes Kind, wobei er vor Erschütterung zitterte.

Wir Frauen haben alle den Mutterinstinkt in uns, und wenn dieses Muttergefühl geweckt wird, verblassen alle Nebensächlichkeiten. Ich spürte den großen Kopf des trauernden Mannes an meinem Körper, als wäre er der des Babys, das ich eines Tages an meine Brust legen würde. Ich fuhr ihm über das Haar, als wäre er mein Kind, und wurde mir der Seltsamkeit unserer Situation überhaupt nicht bewußt.

Nach einer Weile beruhigte sich sein Schluchzen, und er erhob sich mit einer Entschuldigung, obwohl er nicht versuchte, seine Gefühlsregung zu leugnen. Er erzählte mir dann, er habe seit Tagen und Nächten – traurigen Tagen und schlaflosen Nächten – mit keinem Menschen so sprechen können, wie man es eigentlich in solch einer Zeit der Trauer ersehnt. Es gab keine Frau, die ihm ihr Mitgefühl hätte bieten können oder mit der er über die furchtbaren Umstände, die seinen Kummer begleiteten, hätte sprechen können. »Ich weiß, wie sehr ich gelitten habe«, erklärte er, während er seine Augen trocknete, »aber ich weiß selbst jetzt noch nicht – und ein Fremder wird es nie ermessen können! –, wieviel mir Ihr Mitgefühl heute bedeutete. Ich werde es später genauer ermessen können; und glauben Sie mir, obwohl ich auch jetzt nicht undankbar bin, wird meine Dankbarkeit mit meinem Verständnis wachsen. Sie werden mich Ihr Bruder sein lassen, nicht wahr, für den Rest unseres Lebens, um Lucys willen?«

»Um der armen Lucy willen«, sagte ich, als wir uns die Hände reichten. »Ja, aber auch um Ihretwillen«, fügte er hinzu. »Wenn die Achtung und Dankbarkeit eines Mannes einen Wert haben, so haben Sie beides heute gewonnen. Wenn Sie je die Hilfe eines Mannes benötigen, werden Sie sich nicht vergeblich an mich wenden. Gebe es Gott, daß nie die Sonne aus Ihrem Leben weichen möge; aber versprechen Sie mir, daß Sie es mich wissen lassen, wenn dieser Fall je eintreten sollte!« Er sprach so ernsthaft, und sein Kummer war noch so frisch, daß ich glaubte, ihn durch meine Zustimmung trösten zu können; so entgegnete ich ihm:

»Ich verspreche es!«

Als ich dann den Korridor entlangging, sah ich, daß Mr. Morris aus einem Fenster schaute. Da er meine Schritte hörte, drehte er sich zu mir um und fragte: »Wie geht es Art?« Doch da bemerkte er meine geröteten Augen und fuhr fort: »Ah, ich sehe, Sie haben ihn getröstet. Armer alter Kerl! Er hat es nötig. Wenn ein Mann leidet, kann ihm nur eine Frau helfen; und er besitzt niemand, der ihn trösten könnte!«

Er ertrug seinen eigenen Kummer so tapfer, daß mir das Herz blutete. Ich sah das Manuskript in seiner Hand; und da er erkennen würde, wieviel ich wußte, sobald er es gelesen hatte, sagte ich bedeutungsvoll:

»Ich wünschte, ich könnte alle trösten, die ein Leid zu tragen haben. Erlauben Sie mir, Ihre Freundin zu sein, und wollen Sie sich bei mir Trost holen, wenn Sie ihn brauchen? Sie werden bestimmt noch verstehen, weshalb ich so spreche!« Er sah, wie ernst mir zumute war, beugte sich vor, ergriff meine Hand, führte sie an die Lippen und küßte sie. Es war nur ein kümmerlicher Trost für eine so tapfere und selbstlose Seele; so neigte ich mich impulsiv zu ihm und küßte ihn. Tränen stiegen ihm in die Augen, und einen Moment lang würgte es ihn im Hals. Dann sagte er ziemlich ruhig:

»Liebes Mädchen, solange Sie leben, werden Sie diese von Herzen kommende Güte nicht bereuen.« Dann ging er zu seinem Freund ins Arbeitszimmer.

»Liebes Mädchen!« – genauso hatte er Lucy genannt –, und er hatte sich ihr gegenüber wahrlich als ein treuer Freund erwiesen!

Achtzehntes Kapitel

Dr. Sewards Tagebuch

30. September. – Um fünf Uhr kam ich nach Hause; Godalming und Morris waren nicht nur schon anwesend, sondern hatten bereits die Abschrift der Tagebücher und

Briefe studiert, die Harker und seine liebe Frau angefertigt und zusammengestellt hatten. Harker war von seinem Besuch bei den Fuhrleuten, von denen mir Dr. Hennessey berichtet hatte, zurückgekehrt. Mrs. Harker brühte uns eine Tasse Tee auf; ich muß gestehen, daß ich zum erstenmal, seit ich darin wohne, mein Haus als ein Zuhause empfinde. Als wir ausgetrunken hatten, sagte Mrs. Harker:

»Dr. Seward, darf ich Sie um einen Gefallen bitten? Ich möchte Ihren Patienten, diesen Mr. Renfield, kennenlernen. Lassen Sie mich ihn bitte sehen! Was Sie in Ihrem Tagebuch über ihn geschrieben haben, hat mein Interesse geweckt!« Sie war so hübsch und sah mich so bittend an, daß ich ihr diesen Wunsch nicht abschlagen mochte, wofür es allerdings auch keinen plausiblen Grund gab; ich führte sie also zu ihm. Als ich in seine Zelle trat, erklärte ich ihm, eine Dame möchte ihn kennenlernen, woraufhin er schlicht fragte: »Warum?«

»Sie macht einen Rundgang durch das Gebäude und möchte alle Insassen begrüßen«, antwortete ich.

»Also schön«, erwiderte er, »meinetwegen soll sie hereinkommen; aber lassen Sie mir noch eine Minute Zeit, damit ich das Zimmer aufräumen kann.« Seine Methode des Aufräumens war allerdings sehr seltsam: Ehe ich ihn nämlich daran hindern konnte, verschlang er kurzerhand die Fliegen und Spinnen, die sich in seinen Schachteln befanden. Offensichtlich fürchtete er eifersüchtig jede Einmischung. Als er seine abscheuliche Beschäftigung beendet hatte, sagte er frohgelaunt: »Jetzt kann die Dame hereinkommen!« Dann setzte er sich auf die Bettkante und hielt den Kopf gesenkt, blickte aber von unten hoch, so daß er sie eintreten sehen konnte. Im ersten Augenblick fürchtete ich, er hege Mordabsichten, denn ich erinnerte mich noch zu gut, wie ruhig er gewesen war, ehe er mich in meinem Arbeitszimmer angegriffen hatte. Ich stellte mich daher so auf, daß ich ihn sofort hätte packen können, falls er über sie herfallen sollte. Sie trat jedoch mit einer solch graziösen Unbefangenheit in das Zimmer, daß sie sofort die Achtung eines jeden Verrückten gewinnen mußte, denn Unbefangenheit gehört zu den Eigenschaften, die Verrückte am meisten respektieren. Sie ging zu ihm, lächelte freundlich und streckte ihm die Hand entgegen.

»Guten Abend, Mister Renfield«, begrüßte sie ihn. »Sie sehen, ich kenne Sie, denn Dr. Seward hat mir von Ihnen erzählt.« Anstatt gleich darauf etwas zu erwidern, beäugte er sie finster und forschend. Sein Blick wandelte sich jedoch in Erstaunen und dann in Zweifel, und schließlich sagte er zu meiner größten Verblüffung:

»Sie sind nicht die Frau, die der Doktor heiraten wollte, nicht wahr? Sie können es auch gar nicht sein, wissen Sie, denn diese Frau ist tot.« Mrs. Harker lächelte freundlich, als sie erwiderte:

»O nein! Ich habe schon geheiratet, ehe ich Dr. Seward oder er mich kennenlernte. Ich bin Mrs. Harker.«

»Was wollen Sie dann hier?«

»Mein Mann und ich sind zu Besuch bei Dr. Seward.«

»Bleiben Sie nicht!«

»Aber warum denn?« Da ich fürchtete, diese Art von Unterhaltung würde Mrs. Harker ebensowenig gefallen wie mir, schaltete ich mich in das Gespräch ein.

»Woher wissen Sie, daß ich heiraten wollte?« Er wandte seinen Blick kurz von Mrs. Harker ab und blickte zu mir, sah sofort jedoch wieder sie an und erwiderte verächtlich:

»Was für eine dumme Frage!«

»Dem kann ich aber nicht beipflichten, Mister Renfield«, unterstützte mich Mrs. Harker. Mit ebensoviel Höflichkeit und Respekt, wie er mir gegenüber Verachtung gezeigt hatte, erklärte er ihr daraufhin:

»Sie werden natürlich verstehen, Mrs. Harker, daß,

wenn ein Mann so geliebt und verehrt wird wie unser Gastgeber, alles ihn Betreffende unsere kleine Gemeinde interessiert. Dr. Seward ist nicht nur in seinem Haushalt und bei seinen Freunden beliebt, sondern auch bei seinen Patienten – von denen einige so aus dem geistigen Gleichgewicht geraten sind, daß sie dazu neigen, Ursache und Wirkung zu verwechseln. Da ich selbst Insasse eines Irrenhauses bin, erkenne ich nur zu klar, daß die Denkgewohnheiten der meisten Patienten den Irrtümern des *non causa* und *ignoratio elenchi* folgen.« Diese überraschende Wendung in der Unterhaltung verschlug mir glatt die Sprache. Hier saß mein Lieblingspatient – der ausgeprägteste seiner Art, den ich je kennenlernte – und führte mit dem Benehmen eines perfekten Gentlemans ein Gespräch über elementare Philosophie! Ich vermute, Mrs. Harkers Anwesenheit hat eine verborgene Saite in seinem Gedächtnis zum Klingen gebracht. Wenn diese Wandlung spontan durch sie hervorgerufen wurde oder jedenfalls einem unbewußten Einfluß ihrerseits zuzuschreiben ist, so muß Mrs. Harker eine seltene Gabe oder Fähigkeit besitzen!

Wir unterhielten uns noch eine ganze Weile; und da er ziemlich vernünftig zu sein schien, riskierte ich es, nachdem sie mich vorher fragend angesehen hatte, das Gespräch auf sein Lieblingsthema zu bringen. Wieder verblüffte er mich, denn er äußerte sich zu der Frage mit der Objektivität vollkommener Vernunft; er führte sogar sich selbst als Beispiel an, wenn er auf gewisse Dinge zu sprechen kam:

»Nun, ich selbst bin das Muster eines Menschen, der einen merkwürdigen Glauben hatte. Tatsächlich ist es keineswegs verwunderlich, daß meine Freunde beunruhigt waren und darauf bestanden, man solle mich unter Aufsicht nehmen. Ich glaubte nämlich, daß alles Leben eine feststehende ewige Einheit, ein Ganzes, bilde; und wenn man nun eine Menge fremden Lebens zu sich nähme, ganz gleich auf welch niedriger Stufe der Schöpfung es stehen mochte, könne man das eigene Leben beliebig verlängern. Zu gewissen Zeiten war ich so fest davon überzeugt, daß ich bereit war, Menschen umzubringen. Der Doktor wird bezeugen, daß ich einmal sogar auf ihn einen Anschlag unternahm, um meine Lebenskraft durch die Übernahme seines Blutes in meinen Körper zu stärken. Dabei stützte ich mich natürlich auf den Satz der Heiligen Schrift: ›Denn das Blut ist Leben.‹ Allerdings hat der Verkäufer eines gewissen Geheimmittels diese Wahrheit bis zur Verachtungswürdigkeit erniedrigt. Nicht wahr, Doktor?« Ich nickte zustimmend, denn ich war so verblüfft, daß ich kaum wußte, was ich sagen oder denken sollte. Es fiel jetzt schwer zu glauben, daß er noch vor fünf Minuten seine Spinnen und Fliegen verspeist hatte. Als ich auf die Uhr sah, erinnerte ich mich, daß es Zeit war, Van Helsing vom Bahnhof abzuholen. Ich drängte also Mrs. Harker, sich zu verabschieden, und sie sagte daraufhin freundlich zu Renfield: »Ich hoffe, wir sehen uns noch oft unter für Sie angenehmeren Umständen wieder.« Worauf er zu meiner Überraschung erwiderte:

»Leben Sie wohl. Und gebe Gott, daß ich Ihr hübsches Gesicht nie wiedersehe! Möge er Sie segnen und beschützen.«

Während ich zum Bahnhof ging, um Van Helsing abzuholen, ließ ich die anderen zu Hause zurück. Der beklagenswerte Art war frohgemuter als vor Lucys Krankheit, und auch Quincey ist wieder der alte geworden.

Mit der Gewandtheit eines jungen Mannes stieg Van Helsing aus dem Eisenbahnwagen. Er sah mich sofort, eilte auf mich zu und fragte:

»Ah, John, wie geht es? Gut? So! Ich bin fleißig gewesen, und wenn es nötig werden sollte, bleibe ich hier. Meine Angelegenheiten sind geregelt, und ich habe viel zu erzählen. Ist Madame Mina bei dir? Ja. Und ihr prächtiger

Mann? Sind auch Arthur und mein Freund Quincey bei dir? Gut.«

Als wir zu mir nach Hause fuhren, erzählte ich ihm, was sich inzwischen ereignet hatte und wie durch Mrs. Harkers Vorschlag mein Tagebuch plötzlich an Wert gewonnen hatte, woraufhin der Professor mich unterbrach:

»Madame Mina ist eine wunderbare Frau! Sie hat den Verstand eines Mannes – den Verstand, den ein Mann hätte, wenn er sehr begabt wäre – und das Herz einer Frau. Glaub mir, der liebe Gott hat eine bestimmte Absicht verfolgt, als er diese gute Kombination schuf. Freund John, bis jetzt wollte es das Glück, daß uns diese Frau zu helfen vermochte; aber von heute an darf sie nicht länger mit dieser schrecklichen Angelegenheit befaßt sein. Sie darf kein solch großes Risiko eingehen. Wir Männer sind dazu bestimmt – nein, sind wir nicht sogar dazu verpflichtet? –, dieses Ungeheuer zu vernichten; aber das ist nicht die Aufgabe einer Frau. Selbst wenn sie keinen Schaden litte, könnte ihr Herz durch das Ausmaß und die Vielzahl der Schrecken versagen; sie könnte noch lange Zeit leiden, am Tage an den Erinnerungen und im Schlaf an den Träumen! Überdies ist sie eine junge Frau und noch nicht lange verheiratet; wir müssen auch noch andere Dinge berücksichtigen, die, wenn vielleicht noch nicht jetzt, so doch in Zukunft Gewicht haben können. Du sagst, sie hätte alles abgeschrieben; wir werden also heute noch zusammen beraten; aber ab morgen muß sie von dieser Sache lassen; und wir sehen allein weiter!« Ich stimmte ihm herzhaft zu, und dann berichtete ich ihm, was wir während seiner Abwesenheit herausgefunden hatten; daß nämlich das von Dracula erworbene Haus direkt neben dem meinen steht! Er war darüber erstaunt, und voller Bedauern sagte er:

»Hätten wir das doch früher gewußt! Dann hätten wir ihn früh genug fassen und die arme Lucy retten können!

Laß das Vergangene vergangen sein, wie man sagt. Wir sollten nicht länger darüber grübeln, sondern unseren Weg zu Ende gehen!«

Dann fiel er in tiefes Schweigen, das er erst brach, als wir durch das Tor meines Hauses traten. Ehe wir uns zum Essen umzogen, fragte er Mrs. Harker:

»Madame Mina, ich habe von meinem Freund John erfahren, daß Sie und Ihr Gatte alle Ereignisse bis zu diesem Augenblick geordnet haben?«

»Nicht bis zu diesem Augenblick, Professor«, erwiderte sie impulsiv. »Nur bis heute morgen.«

»Und wieso noch nicht bis jetzt? Wir haben bisher feststellen müssen, wie wichtig auch die unbedeutendsten Kleinigkeiten sind. Wir haben alle unsere Geheimnisse offenbart, und keiner hat deshalb bisher Nachteile in Kauf nehmen müssen.«

Mrs. Harker errötete; sie zog einen Bogen Papier aus ihrer Tasche und sagte:

»Dr. Van Helsing, lesen Sie dieses hier und sagen Sie mir, ob es ebenfalls eingefügt werden soll! Es ist mein Tagesprotokoll. Ich habe zwar die Notwendigkeit eingesehen, im Augenblick alles noch so unwichtig Erscheinende niederzuschreiben; aber dies hier sind fast nur persönliche Dinge. Müssen sie hinzugefügt werden?« Der Professor überflog ernst die Zeilen und reichte dann den Bogen zurück.

»Sie müssen nicht eingefügt werden, wenn Sie es nicht wollen; aber ich bitte Sie darum. Ihr Gatte wird Sie deswegen nur noch stärker lieben, und wir, Ihre Freunde, werden Sie nur noch mehr ehren – ehren und lieben.« Mit einem strahlenden Lächeln, und wiederum errötend, nahm sie den Bogen zurück.

Alle Aufzeichnungen sind also bis zu dieser Stunde vollständig und geordnet. Der Professor nahm die Kopie mit, die er zwischen dem Abendessen und unserem Zusammentreffen, das auf neun Uhr festgesetzt ist, lesen will. Wir anderen haben bereits alles durchgelesen; wenn wir uns im Arbeitszimmer treffen, werden wir also über alle Daten informiert sein und den Kampfplan gegen diesen furchtbaren und geheimnisvollen Feind ausarbeiten können.

Mina Harkers Tagebuch

30. September. – Als wir uns zwei Stunden nach dem Abendbrot, das um sechs Uhr begonnen hatte, in Dr. Sewards Arbeitszimmer trafen, bildete sich unwillkürlich eine Art Ausschuß oder Komitee. Professor Van Helsing saß am Kopfende des Tisches, wo ihn Dr. Seward gebeten hatte, Platz zu nehmen. Er ließ mich zu seiner Rechten sitzen und bat mich, die Schriftführung zu übernehmen; Jonathan nahm neben mir Platz. Uns gegenüber saßen Lord Godalming, Dr. Seward und Mr. Morris. Der Professor begann:

»Ich glaube, ich darf voraussetzen, daß alle Anwesenden mit den in diesem Bericht aufgezeichneten Tatsachen vertraut sind.« Wir alle bejahten es, und er fuhr fort:

»Ich halte es für das beste, Sie alle mit der Art des Feindes, mit dem wir es hier zu tun haben, vertraut zu machen. Ich werde Ihnen auch von der Vergangenheit des Mannes, wie ich sie ermitteln konnte, erzählen. Anschließend können wir darüber beraten, was zu tun ist, und die entsprechenden Vorkehrungen treffen.

Es ist ganz zweifelsfrei – denn man kann es beweisen –, daß es Vampire gibt. Selbst wenn unsere eigenen traurigen Erfahrungen nicht Beweis genug wären, so sind doch die Berichte und Schriften der Vergangenheit für alle vernünftigen Menschen Beweiskraft genug. Ich gebe zu, am Anfang war auch ich skeptisch. Hätte ich mich nicht die

Jahre hindurch ständig um Aufgeschlossenheit bemüht, dann hätte auch ich nicht eher daran geglaubt, bis die Tatsachen mit Donnerschlägen auf mich einhämmerten: ›Sieh her! Sieh her! Hier sind Beweise; Beweise!‹ O Gott! Hätte ich aber gleich zu Anfang gewußt, was mir jetzt bekannt ist – nein, hätte ich es wenigstens erraten können –, dann wäre denen, die es liebten, ein kostbares Leben erhalten geblieben. Aber das ist vorbei; wir müssen etwas unternehmen, damit nicht noch andere leiden, wo wir sie doch retten könnten. Nosferatu stirbt nicht wie eine Biene, wenn er einmal gestochen hat; er wird nur immer stärker, und deshalb kann er noch größeres Leid verursachen! Der unter uns lebende Vampir ist allein so stark wie zwanzig Männer; er ist listiger als alle Sterblichen, denn sein Verstand ist in Jahrhunderten gewachsen; er kann Geister beschwören, was ihm, wie sich aus dem Wort ergibt, die Weissagungen der Toten sichert, und alle Toten, denen er sich nähern kann, folgen seinem Befehl. Er ist wild und mehr als das; er ist teuflisch gefühllos; er besitzt kein Herz; er kann, in gewissen Grenzen, erscheinen, wo und wann er will und in der Gestalt, die er sich auswählt; er beherrscht in gewissem Maß die Elemente, nämlich Sturm, Nebel und Donner; er hat Macht über alle niederen Tiere wie Ratten, Eulen, Fledermäuse; Motten, Füchse und Wölfe; er kann sich groß und klein machen und auch von Zeit zu Zeit verschwinden und vergessen werden. Wie also soll der Schlag zu seiner Vernichtung geführt werden? Wie können wir ihn aufspüren, und nachdem uns das gelungen ist, wie können wir ihn vernichten? Meine Freunde, das ist sehr schwer; wir übernehmen eine schreckliche Aufgabe, deren Auswirkungen selbst den Tapfersten schaudern lassen können! Denn wenn wir in diesem Kampf unterliegen, wird er siegen; und wie enden wir dann? Leben ist nichts; ich hänge nicht daran. Aber es geht nicht nur um Leben oder Tod. Wir werden dann wie er, werden ebenso verruchte Geschöpfe der Nacht, ohne Herz, ohne Gewissen, suchen die Seelen und Körper der von uns Geliebten heim! Uns bleiben dann die Pforten des Himmels in alle Ewigkeit versperrt, denn wer würde sie uns öffnen? Alle werden uns verabscheuen; wir sind ein Schandfleck unter Gottes Sonne, ein Pfeil in der Seite jenes, der sein Leben für die Menschheit opferte! – Aber jetzt stehen wir Angesicht zu Angesicht unserer Pflicht gegenüber; dürfen wir unter diesen Umständen zaudern? Was mich betrifft, ich sage nein; aber ich bin alt. Das Leben mit seinem Sonnenschein und allen Stätten, mit den Liedern der Vögel, der Musik und der Liebe liegt weit hinter mir. Ihr aber seid jung. Einige von euch haben den Kummer kennengelernt, aber trotzdem liegen noch glückliche Tage vor euch. Wie ist also euer Entschluß?«

Während dieser Rede hatte Jonathan meine Hand ergriffen. Ich fürchtete schon, die schrecklichen Gefahren hätten ihn kleinmütig werden lassen, aber dann gab mir die Berührung neue Zuversicht, denn sein Griff war fest, selbstsicher und entschlossen. Die Hand eines tapferen Mannes spricht ohne Worte; es bedarf nicht der Liebe einer Frau, um sie zu verstehen.

Nachdem der Professor seine Ansprache beendet hatte, sahen mein Mann und ich uns in die Augen; es brauchte keine Worte mehr zwischen uns.

»Mina und ich, wir sind dabei!« erklärte Jonathan fest.

»Mit mir können Sie auch rechnen, Professor«, sagte Mr. Quincey Morris so lakonisch wie immer.

»Ich schließe mich Ihnen ebenfalls an«, sagte Lord Godalming, »wenn aus keinem anderen Grund, so doch um Lucys willen!«

Dr. Seward nickte lediglich. Der Professor erhob sich, legte das goldene Kruzifix auf den Tisch und streckte nach beiden Seiten eine Hand aus. Ich ergriff seine rechte, Lord Godalming seine linke; Jonathan nahm meine rechte und streckte die andere Hand Mr. Morris entgegen. Durch dieses gemeinsame Händehalten wurde also der feierliche Beschluß besiegelt. Mich überlief es dabei eiskalt, aber es kam mir nicht in den Sinn, die Hände zurückzuziehen. Wir nahmen darauf unsere Plätze wieder ein, und Dr. Van Helsing entwickelte nun eine Lebhaftigkeit, die uns zeigte, daß der Ernst der Arbeit beginnen sollte. Sie wurde so nüchtern und geschäftsmäßig in Angriff genommen wie jede andere Tätigkeit auch.

»Sie wissen also jetzt, wogegen wir streiten müssen; aber auch uns fehlt es nicht an Stärke. Zu unseren Vorteilen gehört die Kombinationsgabe, eine Fähigkeit, die dem Vampir verschlossen ist; ferner steht uns die Wissenschaft zur Verfügung; wir können frei handeln und denken und sowohl den Tag als auch die Nacht nutzen. Soweit unsere Kräfte reichen, können wir uneingeschränkt handeln und diese Kräfte gebrauchen. Wir haben uns ganz unserer Aufgabe gewidmet und verfolgen ein Ziel, das nicht vom Eigennutz gesetzt ist. Das alles bedeutet viel. Prüfen wir also, welche Grenzen den gegen uns aufgebotenen Kräften gesetzt sind; untersuchen wir die Beschränkungen, denen ganz allgemein alle Vampire unterliegen, und ganz besonders unser Hauptfeind.

Das einzige, worauf wir uns stützen können, sind Überlieferung und Aberglaube. Auf den ersten Blick scheint das sehr wenig zu sein, wenn es um Leben oder Tod geht – nein, um mehr als nur Leben oder Tod. Und doch müssen wir uns damit zufriedengeben; einmal, weil uns nichts anderes übrigbleibt – uns stehen keine anderen Quellen zur Verfügung –, und zweitens, weil diese Dinge, also Überlieferung und Aberglaube, sehr viel sind. Beruht nicht der Glaube an Vampire für alle anderen Menschen – leider nicht für uns! – überhaupt nur darauf? Wer von uns hätte vor einem Jahr noch die Existenz von Vampiren in unserem von Wissenschaft, Skepsis und Fakten beherrschten 19. Jahrhundert in Erwägung gezogen? Wir haben selbst das verächtlich zurückgewiesen, was wir mit eigenen Augen sahen! Nehmen wir also für den Augenblick an, daß die Existenz des Vampirs sowie der Glaube an seine begrenzten Fähigkeiten und an die Mittel zu seiner Vernichtung auf derselben Grundlage beruhen. Denn, glauben Sie mir, man kannte ihn überall dort, wo Menschen lebten; also im alten Griechenland, im alten Rom; es gab ihn in Deutschland, Frankreich, Indien und selbst in Chernosese; selbst in China, das so weit entfernt und uns so fremd ist, tauchte er auf, und die Menschen dort fürchten ihn bis zum heutigen Tage. Er ist den plündernden Isländern, den vom Teufel besessenen Hunnen, den Slawen, den Sachsen und den Magyaren gefolgt! – Das sind also die Quellen, auf die wir uns hinsichtlich seiner Existenz stützen können; ich kann Ihnen nur noch versichern, daß die Richtigkeit der Überlieferungen von unseren eigenen traurigen Erlebnissen bewiesen wurde. Der Vampir lebt fort und fort und kann nicht von der Zeit getötet werden; er gedeiht, solange er sich vom Blut lebender Wesen nährt. Mehr noch, wir haben gesehen, daß er sich sogar verjüngen kann. Seine Körperkräfte wachsen und scheinen sich sofort zu erholen, wenn seine besondere Nahrung im Überfluß vorhanden ist! Aber etwas anderes als seine Diät verweigert er; selbst unser Freund Jonathan, der einige Wochen lang bei ihm wohnte, sah ihn nie essen, nie! Er wirft keinen Schatten, und in einem Spiegel kann man ihn nicht sehen, wie Jonathan feststellte. In seiner Hand steckt die Kraft vieler Männer; auch das hat Jonathan entdeckt, als der Graf die Tür gegen die Wölfe verriegelte oder als er ihn vom Postwagen herunterhob. Wie wir von der Ankunft des Schiffes in Whitby her wissen, kann er sich in einen Wolf verwandeln. Er kann auch als Fledermaus erscheinen; Madame Mina hat ihn in Whitby am Fenster gesehen; unser Freund John sah ihn aus dem nahe gelegenen Haus fliegen, und Freund Quincey beobachtete ihn am Fenster von Miß Lucy. Er kann im Nebel auftauchen, den er selbst schuf – der edle Kapitän hat das berichtet; aber soweit wir wissen, ist das Gebiet, in dem er Nebel erzeugen kann, auf seine unmittelbare Umgebung beschränkt. Er kommt als Staub auf den Strahlen den Mondes, wie Jonathan bei den Frauen im Schloß beobachtet hatte. Er kann sich winzig klein machen; wir haben gesehen, wie Miß Lucy durch einen schmalen Türspalt in ihre Gruft schlüpfte, ehe sie ihren Frieden erhielt. Er kann, sobald er den Weg gefunden hat, in alles hinein oder heraus, auch wenn es verschlossen oder gar mit Feuer versiegelt und verlötet ist. Er sieht im Dunkeln und in einer Welt, die nur zur Hälfte hell ist, das gibt ihm diese große Macht. Aber hören Sie mich weiter an. Er kann all dies tun, und doch ist er unfrei. Nein, er ist sogar schlimmer dran als der Sklave auf der Galeere oder der Verrückte in seiner Zelle. Er kann nicht gehen, wohin er möchte; er, der nicht der Natur entstammt, muß doch einigen ihrer Gesetze gehorchen. Weshalb das so ist, wissen wir nicht. Er kann nicht ohne weiteres in ein Haus eindringen, solange ihn niemand dazu auffordert; jedoch darf er nach eigenem Belieben kommen und gehen, sobald dies einmal geschehen ist. Seine Kraft schwindet ebenso wie die alles anderen Bösen bei Tagesanbruch. Nur zu gewissen Zeiten besitzt er eine gewisse Freiheit. Sofern er sich nicht an dem Ort befindet, an den er gebunden ist, kann er seine Gestalt nur mittags oder genau zum Sonnenaufgang und Sonnenuntergang wechseln. Diese Dinge sind überliefert, und wir können sie unseren Aufzeichnungen entnehmen. Während er also in gewissen Grenzen tun und lassen kann, was er will, sobald er sich in der Erde befindet, in seinem Sarghaus oder an einem anderen unheiligen Höllenort, wie wir es zum Beispiel in Whitby sahen, wo er auf dem Grab des Selbstmörders hockte, so kann er doch sonst seine Gestalt nur zu bestimmten Zeiten wechseln. Auch wird gesagt, daß er fließendes Wasser nur bei niedrigem Wasserstand oder bei Flut zu durchqueren vermag. Dann gibt es Dinge, die ihn so plagen, daß ihn seine Kraft verläßt, wie zum Beispiel Knoblauch; und ferner gibt es heilige Dinge wie hier mein Kruzifix, die ihm zwar nichts antun können, die er aber scheut und in deren Anwesenheit er sich still verhält. Dazu kommen noch andere Mittel, die ich Ihnen später verraten werde, denn es kann sein, daß wir sie noch brauchen. Wenn etwa der Zweig eines wilden Rosenstrauches auf seinen Sarg gelegt wird, kann er nicht heraus; eine geweihte Kugel, die man in seinen Sarg schießt, tötet ihn endgültig; und was den durch den Körper getriebenen Pfahl angeht, so wissen wir bereits, daß er den letzten Frieden spendet; auch ein abgetrennter Kopf gibt dem Unseligen seine Ruhe. Wir haben es mit eigenen Augen gesehen.

Wenn wir also seinen Unterschlupf finden, können wir ihn in seinem Sarg einsperren und vernichten, indem wir unser Wissen anwenden. Aber er ist klug. Deshalb habe ich meinen Freund Arminius von der Universität zu Budapest gebeten, einen Bericht zusammenzustellen. Nach allen seinen Unterlagen muß unser Feind tatsächlich jener Voyvode Dracula sein, der seinen Namen im Kampf gegen die Türken jenseits des großen Stroms, der die Grenze zum Türkenreich bildet, erwarb. Wenn dies stimmt, war er kein gewöhnlicher Mann, denn sowohl zu seiner Zeit als noch Jahrhunderte danach wurde er als der klügste und listigste sowie als der tapferste der Söhne des ›Landes hinter den Wäldern‹ gerühmt. Dieser große Verstand und diese eiserne Entschlossenheit, die er mit ins Grab nahm, werden jetzt gegen uns aufgeboten. Die Draculas waren, meint Arminius, ein großes und edles Geschlecht. Allerdings hätten ihre Zeitgenossen gemeint, daß einige von ihnen mit dem Satan im Bunde stünden. In den Bergen am

Hermannstädter See wurden sie zu Teufelsschülern, von denen der Satan jeden zehnten als seinen Tribut forderte. In den Berichten tauchen Worte wie *stregoica*, Hexe, *ordog* und *pokol*, Satan und Hölle, auf; und in einem Manuskript schließlich wird Dracula bereits als *Vampyr* bezeichnet, was wir nur zu gut verstehen. Allerdings stammen von diesem einen Unhold viele große Männer und gute Frauen ab, deren Gräber die Erde heiligen, aus der allein dieser Elende gedeihen kann. Denn es gehört zu seinen Greueln, daß dieses Böse im Guten verwurzelt ist; in einem Boden ohne geweihte Erinnerungen kann es nicht ruhen.«

Während Van Helsing sprach, hatte Mr. Morris unentwegt zum Fenster hinübergestarrt. Jetzt erhob er sich leise und verließ das Zimmer.

Nach einer kurzen Pause fuhr der Professor fort:

»Und jetzt müssen wir darüber entscheiden, was zu tun ist. Wir haben viele Daten gesammelt und müssen nun darangehen, unseren Feldzug zu planen. Von Jonathans Nachforschungen her wissen wir, daß die fünfzig mit Erde gefüllten Kisten nach Whitby verfrachtet und in Carfax abgeliefert wurden; uns ist ebenfalls bekannt, daß zumindest einige davon wieder abgeholt wurden. Ich glaube, wir sollten zuerst ermitteln, ob der Rest in dem Haus hinter der Mauer, das wir uns heute ansahen, verblieben ist oder ob noch weitere Kisten fortgeschafft wurden. Trifft letzteres zu, müßten wir nachforschen . . .«

An dieser Stelle wurde er jäh unterbrochen. Vor dem Haus knallte ein Pistolenschuß; die Fensterscheibe zersplitterte unter einer Kugel, die vom Rahmen abprallte und in die gegenüberliegende Wand drang. Im tiefsten Herzen bin ich wohl ein Feigling, denn ich schrie laut auf. Die Männer fuhren hoch; Lord Godalming stürzte zum Fenster und öffnete es. Da hörten wir draußen Mr. Morris rufen:

»Verzeihung! Ich fürchte, ich habe Sie erschreckt. Ich komme gleich herein und erkläre Ihnen alles!« Eine Minute später trat er ins Zimmer und sagte:

»Ich habe mich dumm benommen, und ich bitte Sie aufrichtig um Verzeihung, Mrs. Harker; ich muß Sie sehr erschreckt haben. Aber während der Professor sprach, saß eine große Fledermaus auf dem Fensterbrett! Durch die jüngsten Ereignisse habe ich einen solchen Abscheu vor diesen verdammten Biestern bekommen, daß ich sie nicht mehr ausstehen kann. Ich ging nach draußen, um auf sie zu schießen, wie ich es schon an den vergangenen Abenden getan habe, wann immer mir eine zu Gesicht kam. Art hat mich deswegen schon ausgelacht.«

»Haben Sie sie getroffen?« fragte Dr. Van Helsing.

»Ich weiß nicht; wahrscheinlich nicht, denn sie flog zum Wald hinüber.« Ohne ein weiteres Wort nahm er seinen Platz wieder ein, und der Professor setzte seine Rede fort:

»Wir müssen jeder dieser Kisten nachgehen; und wenn wir soweit sind, müssen wir das Ungeheuer entweder fangen oder es auf seinem Lager vernichten; oder wir müssen die Erde, wenn ich es einmal so nennen darf, sterilisieren, damit er sich nicht mehr in sie flüchten kann. Dann könnten wir ihn vielleicht in den Stunden zwischen Mittag und Sonnenuntergang in Menschengestalt antreffen und ihn bekämpfen, wenn er am schwächsten ist.

Und jetzt zu Ihnen, Madame Mina. Von heute abend an bis zum glücklichen Ende befassen Sie sich nicht mehr mit dieser Angelegenheit! Sie sind uns zu wertvoll, um ein Risiko einzugehen. Nachdem wir uns heute nacht getrennt haben, dürfen Sie keine Fragen mehr stellen. Wir werden Ihnen alles zur rechten Zeit berichten. Wir sind Männer und können viel ertragen; Sie aber sollen unser Stern und unsere Hoffnung sein, und wenn Sie außerhalb der Gefahr bleiben, können wir freier handeln.«

Alle, selbst Jonathan, schienen erleichtert zu sein; aber ich fand es nicht richtig, daß sie allein der Gefahr trotzen wollten und aus Sorge um mich vielleicht ihre Sicherheit vernachlässigen könnten. Stärke bietet die meiste Sicherheit; aber sie hatten ihren Entschluß gefaßt, und obwohl es für mich eine bittere Pille zu schlucken war, konnte ich nicht widersprechen, sondern mußte ihre ritterliche Fürsorge anerkennen.

Mr. Morris nahm die Diskussion wieder auf.

»Da keine Zeit zu verlieren ist, stimme ich dafür, daß wir auf der Stelle jenes Haus untersuchen! Die Zeit ist für ihn kostbar, und durch rasches Handeln können wir vielleicht ein weiteres Opfer retten!«

Ich muß bekennen, daß mich der Mut verließ, da jetzt der Moment des Handelns gekommen schien. Aber ich sagte kein Wort, denn noch mehr fürchtete ich, sie könnten mich, wenn ich ihnen als Hemmschuh oder Hindernis erschiene, ganz von ihren Beratungen ausschließen. Sie sind jetzt nach Carfax gegangen und haben Werkzeuge mitgenommen, um in das Haus eindringen zu können. Sie sagten, ich solle zu Bett gehen und schlafen. Wie typisch männlich! Als ob eine Frau schlafen könnte, wenn ihre Lieben in Gefahr sind! Ich werde mich hinlegen und so tun, als schliefe ich, damit sich Jonathan keine Sorgen um mich macht, wenn er zurückkehrt.

Dr. Sewards Tagebuch

1. Oktober. Vier Uhr früh. – Gerade als wir aufbrechen wollten, brachte man mir eine dringende Botschaft von Renfield, der mich auf der Stelle sprechen wollte, da er mir angeblich etwas äußerst Wichtiges mitzuteilen habe!

Ich bat den Boten auszurichten, ich würde seinem Wunsch am nächsten Morgen nachkommen, im Augenblick sei ich zu beschäftigt. Aber der Wärter erwiderte:

»Er ist sehr unruhig, Sir. Ich habe ihn noch nie so aufgeregt gesehen, und ich zweifle nicht, daß er wieder einen Anfall haben wird, wenn Sie ihn nicht bald aufsuchen!« Da ich wußte, daß der Mann nicht ohne Grund so gesprochen hätte, erwiderte ich: »Also schön; ich gehe gleich zu ihm.« Und ich bat die anderen, sich noch ein paar Minuten zu gedulden.

»Nimm mich mit, John«, bat mich da der Professor. »Die Beschreibung dieses Falles in deinem Tagebuch hat mich sehr interessiert, und er hat ja auch für unsere Angelegenheit Bedeutung. Ich würde mir den Mann sehr gern ansehen, und ganz besonders dann, wenn sein Geist wieder einmal verwirrt ist.«

»Darf auch ich mitkommen?« fragte Lord Godalming.

»Und ich auch?« fragte Quincey Morris und gleich darauf auch Mr. Harker. Ich nickte, und so gingen wir gemeinsam den Gang hinunter.

Renfield war sehr aufgeregt, aber in Rede und Benehmen weit vernünftiger, als ich ihn je erlebte. Er zeigte sich selbst gegenüber eine ungewöhnliche Einsicht, wie ich sie noch nie bei einem Verrückten beobachtet hatte, und er setzte als selbstverständlich voraus, daß seine Gedankengänge auch von anderen, vernünftigen Menschen begriffen würden. Wir vier hatten gemeinsam seine Zelle betreten, aber die anderen sagten zunächst noch nichts. Renfield bat mich, ihn auf der Stelle aus dem Irrenhaus zu entlassen und nach Hause zu schicken. Dieses Gesuch begründete er mit dem Argument, er sei vollständig genesen und könne sich auf seine wiedergewonnene Vernunft berufen. »Ich appelliere an Ihre Freunde«, sagte er, »denen es vielleicht nichts ausmachen wird, als Richter über meinen Fall zu sitzen! Übrigens haben Sie mich noch nicht vorgestellt.«

Ich war so verblüfft, daß mir die Ungewöhnlichkeit, einen Verrückten in einem Irrenhaus vorzustellen, überhaupt nicht zu Bewußtsein kam. Außerdem lag in seinem Benehmen eine gewisse Würde, die ihn auf unsere Stufe hob, so daß ich sofort das Vorstellen übernahm: »Lord Godalming, Professor Van Helsing, Mister Quincey Morris aus Texas. Mister Renfield.« Er schüttelte jedem der Reihe nach die Hand und sagte:

»Lord Godalming, ich hatte die Ehre, Ihrem Vater in Windham zu sekundieren; ich bedaure sehr, daß er verstorben ist, was ich daraus entnehme, daß Sie jetzt seinen Titel tragen. Er wurde von allen, die ihn kannten, geehrt und geliebt. In seiner Jugend soll er einen Punsch erfunden haben, der mit Rum abgebrannt wurde und großen Zuspruch beim Derby fand. Mister Morris, Sie können stolz sein auf Ihren großen Staat! Seine Eingliederung in die Union könnte einen Präzedenzfall darstellen, der in Zukunft bewirken mag, daß sich vielleicht die Länder vom Nordpol bis zu den Tropen dem Sternenbanner anschließen! Die Anziehungskraft eines Staatenbundes mag sich noch einmal als gigantischer Ausdehnungsmechanismus erweisen, sobald die Monroedoktrin auf den ihr zustehenden Platz als politische Fabel verwiesen ist. – Wie aber kann ich meiner Freude darüber Ausdruck geben, Van Helsing kennenzulernen? Sir, ich entschuldige mich nicht dafür, daß ich alle konventionellen Vorreden entfallen lasse. Bei einem Menschen, der die Therapeutik revolutioniert hat durch die Entdeckung, daß die Hirnsubstanz sich kontinuierlich entwickelt, sind konventionelle Umgangsformen unpassend, weil sie ihn als zu einer Kaste gehörig erscheinen ließen. Sie, meine Herren, die Sie durch Ihre Nationalität, Ihre Abstammung oder durch Ihre Fähigkeiten in der Lage sind, den Ihnen angemessenen Platz in dieser sich verändernden Welt einzunehmen, rufe ich als Zeugen dafür an, daß ich zumindest ebenso vernünftig bin wie die Mehrzahl aller Menschen, die sich im vollen Besitz ihrer Freiheit befinden! Ich bin überzeugt, daß Sie, Doktor Seward, der Sie Humanist, Gerichtsmediziner und Wissenschaftler sind, es für Ihre moralische Pflicht halten, mich als einen unter außergewöhnlichen Umständen stehenden Menschen zu beurteilen.« Diesen letzten Appell trug er mit höflicher Überzeugung, aber nicht ohne Charme vor.

Ich glaube, er hatte uns alle verblüfft. Was mich betrifft, so war ich trotz der Kenntnis seines Charakters und meiner Erlebnisse mit ihm davon überzeugt, daß er seinen Verstand wiedergewonnen habe. Ich verspürte schon den Wunsch, ihm zu sagen, ich wäre von seiner Zurechnungsfähigkeit überzeugt und würde seine Entlassungspapiere am Morgen ausfüllen; doch schien es mir dann klüger, mich zurückzuhalten, ehe ich eine so folgenschwere Erklärung abgab, denn mir war ja nur zu gut bekannt, wie sprunghaft gerade dieser Patient sein Verhalten änderte. Ich begnügte mich also mit der unverbindlichen Feststellung, er scheine sich merklich erholt zu haben, und versprach, mich am Morgen ausführlicher mit ihm zu unterhalten und zu überprüfen, was sich hinsichtlich seines Gesuches tun ließe. Dies befriedigte ihn jedoch keineswegs, denn er erwiderte hastig:

»Mir scheint, Dr. Seward, daß Sie meinen Wunsch nicht verstanden haben. Ich möchte sofort gehen, hier, jetzt, noch in dieser Stunde, in diesem Augenblick, wenn ich darf. Die Zeit drängt, denn in unserem Vertrag mit dem Sensenmann ist die Zeit der wichtigste Punkt. Ich bin überzeugt, man braucht zur Begründung eines Wunsches einem so bewunderungswürdigen Arzt wie Dr. Seward nur ein so einfaches und doch so ernstes Argument darzulegen, um die Gewährung zu erlangen.« Er sah mich scharf an, und da er die Ablehnung auf meinem Gesicht las, wandte er sich an die anderen und betrachtete auch sie forschend. Da er bei keinem hinreichende Unterstützung fand, fuhr er fort:

»Ist es möglich, daß ich mich irrte?«

»So ist es«, erwiderte ich offen und, wie ich zugleich bemerkte, mit einer gewissen Härte. Es entstand eine ziemlich lange Pause, und dann sagte er langsam:

»Ich glaube, ich brauche nur die Begründung meines Wunsches zu ändern. Ich bitte Sie um ein Zugeständnis, oder nennen Sie es eine Gunst oder ein Privileg, wie Sie wollen. Ich bin bereit, Sie anzuflehen, nicht aus persönlichen Gründen, sondern um anderer willen. Ich habe nicht die Freiheit, Ihnen alle meine Gründe darzulegen; aber ich versichere Ihnen, daß es gute, vernünftige und selbstlose Gründe sind, die einem hohen Pflichtgefühl entspringen. Könnten Sie in mein Herz blicken, Sir, dann würden Sie die Gefühle, die mich dazu veranlassen, voll und ganz anerkennen. Nein, noch mehr, Sie würden mich zu Ihren besten und aufrichtigsten Freunden zählen.«

Und wieder sah er uns forschend an. In mir verstärkte sich der Verdacht, daß diese plötzliche Wandlung seines Benehmens nur eine andere Form oder Phase seines Irrsinns sei. So entschloß ich mich, ihn weiterreden zu lassen, da ich aus Erfahrung wußte, daß er sich, wie alle Verrückten, am Ende selbst verraten würde. Van Helsing beobachtete ihn mit äußerster Konzentration; seine Augenbrauen waren fest zusammengezogen. Er wandte sich an Renfield in einer Art, die mich zwar nicht in dem Augenblick, aber später, als ich an diese Situation zurückdachte, überraschte, denn er sprach wie mit einem Gleichgestellten:

»Können Sie uns nicht offen verraten, warum Sie heute nacht freigelassen werden möchten? Ich versichere Ihnen, wenn Sie mich, einen Fremden ohne Vorurteile und mit einem aufgeschlossenen Verstand, überzeugen, daß dann auch Dr. Seward das Risiko und die Verantwortung auf sich nehmen und Ihnen das gewünschte Privileg einräumen wird.«

Er schüttelte traurig und mit einem Ausdruck entschiedenen Bedauerns den Kopf. Der Professor fuhr fort:

»Aber bitte, Sir, besinnen Sie sich doch! Sie behaupten, äußerst vernünftig zu sein; Sie wollen uns mit Vernunft beeindrucken. Und das Sie, an dessen gesunden Verstand wir noch immer zweifeln müssen, denn Sie sind noch nicht aus ärztlicher Behandlung entlassen! Wenn Sie uns nicht helfen, den besten Weg zu finden, wie können wir dann die Pflicht erfüllen, um die Sie uns bitten? Seien Sie klug und helfen Sie uns; wenn wir können, werden wir Ihren Wunsch unterstützen.« Doch Renfield schüttelte noch immer den Kopf und erwiderte:

»Doktor Van Helsing, ich habe nichts weiter zu sagen. Ihr Argument ist richtig; wäre ich frei, zu sprechen, würde ich keinen Augenblick zögern, aber in dieser Angelegenheit bin ich nicht mein freier Herr. Ich kann Sie nur bitten, mir zu vertrauen. Wenn man mich aber zurückweist, liegt die Verantwortung nicht bei mir.« Jetzt hielt ich die Zeit für gekommen, die Szene, die eine Wendung ins Tragikomische genommen hatte, zu beenden. Ich ging also zur Tür und sagte ruhig:

»Kommen Sie, meine Freunde, auf uns wartet Arbeit. Gute Nacht.«

Als ich mich aber der Tür näherte, ging abermals eine Veränderung mit dem Patienten vor. Er lief mir so hastig nach, daß ich im ersten Augenblick fürchtete, er habe wieder einen Anschlag auf mein Leben vor. Meine Befürchtung erwies sich jedoch als grundlos, denn er streckte mir nur flehend beide Hände entgegen und brachte seine Bitte noch einmal auf sehr rührende Art hervor. Als er sah, daß gerade sein Gefühlsausbruch seine Chancen verschlechterte, weil er das frühere Verhältnis von Arzt und Patient wiederherstellte, wurde er nur noch überschwenglicher. Ich sah zu Van Helsing und erkannte, daß der Professor meine Ansicht teilte; meine ablehnende Haltung verstärkte sich nur noch mehr, und ich gab Renfield mit einer Handbewegung zu verstehen, daß seine Bemühungen vergeblich seien. Ich hatte an ihm bereits die mir schon bekannte langsam anschwellende Erregung bemerkt, die jedesmal dann auftrat, wenn er eine Bitte vorbrachte, die ihm gerade sehr viel bedeutete, so zum Beispiel, als er sich die Katze wünschte. Also erwartete ich, daß er anschließend auch jetzt wieder in seine mürrische Schweigsamkeit zurückfallen würde. Meine Vermutung erwies sich aber als falsch, denn als er erkannte, daß sein Bitten vergebens war, wurde er fast toll. Er warf sich auf die Knie, reckte mir die Arme entgegen und rang demütig die Hände. Eine Sturzflut von Bitten sprudelte aus ihm heraus, die Tränen rannen ihm über die Wangen, und Gesicht wie Haltung drückten tiefste Gemütsbewegung aus. »Ich bitte Sie, Dr. Seward, ich flehe Sie an, mich sofort aus diesem Haus zu lassen! Schicken Sie mich fort, wohin und wie Sie wollen. Lassen Sie mich von Wärtern mit Peitschen und Ketten begleiten; lassen Sie mich meinetwegen in einer Zwangsjacke, mit Handschellen und einer Kette an den Beinen in einen Kerker schaffen, aber lassen Sie mich hier heraus! Sie wissen nicht, was Sie anrichten, wenn Sie mich hier festhalten. Ich schreie zu Ihnen aus der Tiefe meines Herzens, ja meiner Seele. Sie wissen nicht, wem Sie unrecht tun, und wie sehr, und ich darf es nicht sagen! Wehe mir! Ich darf nichts sagen. Bei allem, was Ihnen heilig und lieb ist, bei Ihrer Liebe, die Sie verloren haben, bei Ihrer Hoffnung, die Sie nähren, um des Allmächtigen willen, lassen Sie mich hier heraus und retten Sie meine Seele vor Schuld! Können Sie mich nicht hören, Mann? Können Sie denn nicht verstehen? Werden Sie niemals lernen? Sehen Sie denn nicht, daß ich vernünftig bin und es ernst meine; daß ich kein Verrückter bin, der einen Anfall hat, sondern ein geistig gesunder Mann, der um seine Seele kämpft? Oh, hören Sie mich an! Erhören Sie mich! Lassen Sie mich gehen; lassen Sie mich gehen; lassen Sie mich gehen!«

Da ich dachte, er würde sich nur noch mehr aufregen und schließlich wieder einen Anfall erleiden, nahm ich seine Hand und zog ihn hoch.

»Kommen Sie«, sagte ich streng, »Schluß damit. Für heute ist es genug. Gehen Sie zu Bett und versuchen Sie, sich zu beherrschen.«

Da wurde er plötzlich ruhig und starrte mich eine Weile durchdringend an. Dann ging er stumm zu seinem Bett und setzte sich. Wie ich es erwartet und früher schon erlebt hatte, kam jetzt wohl sein Zusammenbruch. Doch als ich als letzter das Zimmer verließ, sagte er nur ruhig und in gesittetem Ton:

»Ich hoffe, Dr. Seward, Sie werden mir später Gerechtigkeit widerfahren lassen und sich daran erinnern, daß ich heute abend alles nur Mögliche getan habe, um Sie zu überzeugen!«

Neunzehntes Kapitel

Jonathan Harkers Tagebuch

1\. Oktober, fünf Uhr früh. – Ich war mit unserer Gruppe aufgebrochen, denn ich glaube, ich hatte Mina noch nie so kräftig und wohlauf gesehen. Ich war auch froh, daß sie einwilligte, allein zurückzubleiben und uns Männern die Arbeit zu überlassen. Es lag mir ohnehin schwer auf der Seele, daß sie überhaupt in diese schrecklichen Geschehnisse hineingezogen worden war; aber jetzt, da dank ihrer Energie, ihres Verstandes und ihrer Umsicht alle Berichte so zusammengestellt wurden, daß jeder Punkt eine Erklärung gefunden hatte, kann sie guten Gewissens ihre Aufgabe als beendigt ansehen und den Rest in Zukunft uns überlassen. – Ich glaube, Mr. Renfields Auftritt hatte uns alle ein wenig aufgeregt. Nachdem wir sein Zimmer verlassen hatten, gingen wir schweigend zurück in das Arbeitszimmer. Dort angelangt, sagte Mr. Morris zu Dr. Seward:

»Hör mal, John, wenn uns dieser Mann nicht irreführen wollte, ist er der vernünftigste Verrückte, dem ich je begegnet bin. Ich weiß es natürlich nicht sicher, aber ich glaube, er hatte einen ernsten Grund für seine Bitte; und wenn das so ist, war es ziemlich hart für ihn, seine Chance nicht zu bekommen.« Lord Godalming und ich sagten nichts, aber Dr. Van Helsing fügte dem hinzu:

»Mein Freund John, du weißt mehr über Verrückte als ich, und darauf verlasse ich mich, denn ich fürchte, wäre mir die Entscheidung überlassen worden, dann hätte ich ihn noch vor seinem letzten hysterischen Anfall entlassen. Aber wir lernen nicht aus, und wir dürfen, wie unser Freund Quincey sagen würde, in unserer gegenwärtigen Situation kein Risiko eingehen. Alles ist gut so, wie es ist.« Dr. Seward antwortete darauf nachdenklich:

»Ich weiß nichts weiter, als daß ich mit euch übereinstimme. Und würde es sich bei diesem Mann um einen gewöhnlichen Verrückten handeln, dann wäre ich das Risiko eingegangen, ihm zu trauen; aber er scheint mir auf so bezeichnende Art und Weise mit dem Grafen verbunden zu sein, daß ich fürchte, einen Fehler zu begehen, wenn ich seinen Wünschen nachgebe. Ich erinnere mich noch, wie er mit beinahe ebensolcher Inbrunst um eine Katze bat, und dann versuchte er, mir die Kehle durchzubeißen! Außerdem nannte er den Grafen Herr und Meister! Vielleicht will er ihm auf irgendeine teuflische Art helfen. Unser Vampir wird von Wölfen, Ratten und von seinen Artgenossen unterstützt; deshalb denke ich, daß er auch einen anständigen Irren gebrauchen kann. Renfield jedoch schien es wirklich ernst zu sein. Hoffentlich haben wir das Richtige getan. Dieses Problem und die ungewöhnliche Arbeit, die vor uns liegt, das kann einen Mann schon entnerven.« Der Professor trat zu ihm, legte ihm die Hand auf die Schulter und sagte auf seine ernste und freundliche Art:

»Keine Angst, John. Wir versuchen, in einem sehr traurigen und schrecklichen Fall unsere Pflicht zu tun, und wir können nur das unternehmen, was uns das beste scheint. Was sollten wir schon anderes erhoffen als die Gnade Gottes?« Lord Godalming war währenddessen für ein paar Minuten verschwunden gewesen, kehrte jetzt aber zurück und hielt eine kleine silberne Pfeife hoch. Dabei sagte er:

»Jenes alte Haus könnte voller Ratten sein, deshalb habe ich ein gutes Gegenmittel besorgt.«

Als wir uns innerhalb der Mauer befanden, gingen wir auf das Haus zu, hielten uns jedoch im Schatten der Bäume, wenn das Mondlicht durch die Wolken brach. Als wir die Vorhalle erreicht hatten, öffnete der Professor seine Tasche und entnahm ihr eine Anzahl von Gegenständen, die er auf der Treppe zu vier kleinen Häufchen sortierte; offensichtlich war jedem von uns eines davon zugedacht. Dann sagte er:

»Meine Freunde, wir begeben uns in große Gefahr, und wir brauchen dagegen vielerlei Waffen. Unser Feind ist nicht bloß geistig; vergessen Sie nicht, er besitzt auch die Kraft von zwanzig Männern! Und während unsere Nacken und Luftröhren ganz gewöhnlicher Art sind – also zerbrochen und zerdrückt werden können –, so ist den seinen nicht mit purer Kraft beizukommen. Ein stärkerer Mann oder eine Gruppe von Männern, die zusammen stärker sind als er, können ihn wohl zu gewissen Zeiten festhalten, aber nie so verletzen, wie er uns verletzen kann. Also müssen wir uns vor seinem Angriff schützen. Bewahren Sie dies dicht an Ihren Herzen« – er nahm ein kleines silbernes Kruzifix und hielt es mir hin, da ich ihm am nächsten stand –, »hängen Sie sich diese Blüten um den Hals« – jetzt reichte er mir einen Kranz aus getrockneten Knoblauchblüten –, »und dieser Revolver sowie dieses Messer sind gegen irdische Feinde bestimmt! Als allgemeine Hilfsmittel dienen uns diese kleinen elektrischen Lampen, die Sie an die Brust hängen können, und als letztes und wertvollstes nehmen Sie dieses hier, das Sie nicht ohne Not gebrauchen dürfen!« Es handelte sich dabei um eine Hostie, die er in einen Briefumschlag steckte und mir gab. Dann wurden die anderen auf dieselbe Weise ausgerüstet. »Nun, Freund John«, fragte er dann, »wo sind die Nachschlüssel? Wenn wir die Tür aufschließen können, brauchen wir nicht wie bei Miß Lucy durchs Fenster einzusteigen!«

Dr. Seward, der als Chirurg mit Instrumenten umzugehen weiß, versuchte einige Nachschlüssel und hatte bald den passenden gefunden. Nachdem er ihn ein paarmal hin und her gedreht hatte, gab der Riegel nach und drehte sich mit einem rostigen Quietschen im Schloß. Wir drückten gegen die Tür, und sie öffnete sich langsam, wobei die eingerosteten Angeln kreischten. Die Situation erinnerte so sehr an das Öffnen der Gruft von Miß Westenra, worüber ich in Dr. Sewards Tagebuch gelesen hatte, daß es mich seltsam berührte. Derselbe Gedanke schien auch den anderen gekommen zu sein, denn alle zögerten sie, einzutreten. Der Professor überwand sich als erster und trat in die geöffnete Tür.

»*In manus tuas, Domine!*« sagte er und bekreuzigte sich, als er die Türschwelle überschritt. Wir schlossen die Tür hinter uns; denn wir wollten durch den Schein unserer Lampen keine unnötige Aufmerksamkeit auf uns lenken. Der Professor untersuchte sorgfältig das Schloß, damit sich die Tür öffnen ließe, falls wir es eilig hätten, hinauszukommen. Dann ließen wir unsere Lampen aufflammen und machten uns an die Untersuchung.

Das Licht unserer winzigen Lampen, deren Strahlenbündel sich kreuzten, bildete seltsame Formen, und unsere Körper warfen riesige Schatten. Ich konnte dabei das Gefühl nicht loswerden, daß sich noch jemand unter uns befand. Wahrscheinlich wurde, von der grausigen Umgebung angeregt, meine Erinnerung an die furchtbaren Erlebnisse in Transsilvanien wach. Die anderen schienen jedoch dieses Gefühl zu teilen, denn mir entging nicht, daß sie bei jedem Geräusch und bei jeder Schattenfigur über ihre Schultern blickten, genau wie auch ich es tat.

Im Haus lag alles voller Staub. Der Fußboden schien zentimeterhoch damit bedeckt zu sein; nur dort zeigten sich freie Stellen, wo er von frischen Schritten aufgewirbelt worden war. Ich ließ den Schein meiner Lampe darübergleiten und fand die Abdrücke von Schuhnägeln. An den Wänden klebten Staubflocken, und in den Ecken hingen unzählige Spinngewebe, auf denen sich so viel Staub angesammelt hatte, daß sie teilweise zerrissen waren und zerfetzten Vorhängen ähnelten. Auf einem Tisch in der Eingangshalle lag ein großes Schlüsselbund, und an jedem Schlüssel hing ein vergilbtes Etikett. Die Schlüssel waren offenbar kürzlich benutzt worden, denn wir fanden in der Staubschicht auf dem Tisch ähnliche Spuren wie die, die entstanden, als der Professor das Schlüsselbund in die Hand nahm. Er wandte sich an mich und sagte:

»Sie kennen dieses Haus, Jonathan. Sie haben die Pläne kopiert und wissen hier zumindest besser Bescheid als wir. Wo geht es zur Kapelle?« Ich kannte allerdings die ungefähre Richtung, obwohl ich bei meinem früheren Besuch keinen Einlaß gefunden hatte, und ging also voraus. Nachdem ich ein paarmal falsch abgebogen war, stießen wir auf eine niedrige, gewölbte und eisenbeschlagene Eichentür. »Das ist sie«, erklärte der Professor, als er mit der Lampe den kleinen Grundriß beleuchtete, den ich aus dem Schriftwechsel zum Hauskauf abgezeichnet hatte. Nach einigen Versuchen fanden wir den passenden Schlüssel und schlossen die Tür auf. Wir waren auf Unerfreuliches vorbereitet, denn schon als wir die Tür öffneten, drang übelriechende Luft aus dem Spalt; aber keiner hatte einen solchen Gestank erwartet, wie er uns dann entgegenschlug. Meine Begleiter waren dem Grafen noch nie so nahe gekommen, und als ich ihn kennenlernte, hielt er sich in menschlicher Gestalt in seinen Räumen auf, oder er befand sich, vollgesogen mit frischem Blut, in einer allen Winden zugänglichen Ruine. Aber dieser Raum hier war klein und verschlossen, und weil das Gebäude seit langem unbewohnt stand, war die Luft alt und verbraucht. Zugleich drang ein Geruch nach stockiger Erde oder giftigem Unrat durch die ohnehin verpestete Luft. Wie soll ich den Gestank nur beschreiben? Er enthielt nicht nur alle Krankheiten der Welt und den scharfen, stechenden Geruch von Blut, nein, selbst die Fäulnis schien noch zu faulen! Pfui! Mir wird noch übel von der bloßen Erinnerung. Jeder Atemzug dieses Ungeheuers schien sich in dem Gebäude eingenistet und seine Ekelhaftigkeit verstärkt zu haben.

Unter normalen Umständen hätte ein solcher Gestank unser Vorhaben sogleich beendet; aber dies waren keine normalen Umstände, und das hohe, fürchterliche Ziel, das wir verfolgten, verlieh uns eine Kraft, die uns über alle physischen Bedingungen erhaben sein ließ. Nachdem wir zwar im ersten Augenblick vor dem ekelhaften Gestank zurückgeschreckt waren, gingen wir gleich darauf an die Arbeit, als wäre dieses grauenhafte Haus ein Garten voller Rosen.

Wir begannen zunächst eine genaue Untersuchung, wobei uns der Professor anwies:

»Als erstes müssen wir feststellen, wie viele Kisten fehlen; dann müssen wir jedes Loch, jede Ecke und jede Ritze untersuchen, um vielleicht einen Hinweis zu erhalten, was mit dem Rest geschehen ist!« Ein Blick genügte allerdings, um die Zahl festzustellen, denn die mit Erde gefüllten Kisten waren klobig und unverwechselbar.

Von den 50 waren nur noch 29 übrig! Und dann erschrak ich plötzlich, denn Lord Godalming fuhr überraschend herum und starrte durch die Eichentür auf den dahinterliegenden Korridor hinaus. Ich folgte seinem Blick, und für eine Sekunde stockte mir das Herz: Mir war nämlich, als ob ich im Schatten das böse Gesicht des Grafen schimmern sähe, den Grat seiner Nase, die roten Augen, die roten Lippen, die gräßliche Blässe! Meine Vision hielt jedoch nur eine Sekunde lang an, denn als Lord Godalming erklärte: »Ich glaubte, ein Gesicht zu sehen, aber es waren nur die Schatten«, und sich wieder abwandte, trat ich auf den Korridor hinaus und leuchtete ihn mit meiner Lampe ab. Doch nirgends entdeckte ich eine Spur. Und da es keine Ecken, keine Türen, keine Öffnungen irgendwelcher Art, sondern nur die soliden Mauern des Korridors gab, hätte nicht einmal er ein Versteck finden können! So nahm ich an, daß die Angst meine Phantasie beflügelt hätte, und schwieg.

Wenig später sah ich Morris aus einer Ecke flüchten, die er gerade untersucht hatte. Wir lenkten unsere Blicke dorthin, denn natürlich verstärkte sich unsere Nervosität immer mehr. Wir erkannten in jener Ecke ein fluoreszierendes Leuchten, das wie Sterne blinkte. Instinktiv wichen wir zurück. An jener Stelle wimmelte es von Ratten!

Bis auf Lord Godalming, der sich auf solch ein Ereignis vorbereitet hatte, standen wir alle wie versteinert. Er jedoch stürzte zu der schweren eisenbeschlagenen Eichentür, deren Äußeres Dr. Seward beschrieben und die auch ich schon gesehen hatte, drehte den Schlüssel herum, schob den massigen Riegel zurück und öffnete sie. Dann zog er das silberne Pfeifchen aus der Tasche und stieß einen schrillen Pfiff aus. Er wurde vom Kläffen einiger Hunde, die hinter Dr. Sewards Haus auf der Lauer gelegen hatten, beantwortet, und gleich darauf kamen drei Terrier um die Hausecke gejagt. Unbewußt waren wir alle zur Tür zurückgewichen; dabei bemerkte ich, daß dort der Staub aufgewirbelt worden war. Also hatte man auf diesem Wege die Kisten abtransportiert! Inzwischen hatte sich die Zahl der Ratten ungeheuer vermehrt. Sie schienen den Raum regelrecht zu überschwemmen; in dem Licht, das auf ihre dahinhuschenden dunklen Körper und auf die glitzernden bösen Augen fiel, wirkte der Fußboden wie ein von Glühwürmchen übersäter Erdstrich. Die Hunde stürzten heran, aber an der Türschwelle blieben sie jäh stehen und knurrten, und dann hoben sie gleichzeitig die Nasen und begannen äußerst kläglich zu heulen. Die Ratten hatten sich unterdessen vertausendfacht, und wir flohen hinaus.

Lord Godalming packte einen der Hunde, trug ihn hinein und setzte ihn auf den Fußboden. In dem Augenblick, als seine Pfoten den Fußboden berührten, kehrte sein Mut zurück, und er stürzte sich auf seine natürlichen Feinde. Diese flohen vor ihm so hastig, daß, nachdem er zwanzig Ratten den Garaus gemacht hatte, die anderen Hunde, die auf dieselbe Art hineingeschafft worden waren, nur noch wenig Beute machen konnten; dann war die ganze Rattenmeute wieder verschwunden.

Mit ihnen schien auch irgendein anwesendes Übel gewichen zu sein, denn die Hunde sprangen jetzt munter umher und bellten, während sie sich auf ihre hingestreckten Feinde stürzten, sie hin und her stießen und immer wieder schüttelten. Auch unsere Stimmung besserte sich. Ob das an der reinigenden Wirkung der Luft lag, die durch die geöffnete Tür der Kapelle hereinströmte, oder an der Erleichterung, die uns im Freien überkam, weiß ich nicht; aber gewiß fiel der Schatten der Furcht von uns ab wie ein Gewand, und obwohl wir keinen Abstrich an unserem Vorhaben vorgenommen hatten, verlor der Anlaß unserer Untersuchung etwas von seiner schrecklichen Drohung. Nachdem wir die äußere Tür geschlossen und den Riegel wieder vorgeschoben hatten, machten wir uns an die weitere Durchsuchung des Hauses. Wir fanden nichts außer Staub in ungewöhnlichen Mengen, und bis auf meine Fußspuren, die ich bei meinem ersten Besuch hinterlassen hatte, war alles unberührt. Die Hunde gaben kein einziges Zeichen von Unruhe von sich, und selbst als wir zur Kapelle zurückkehrten, sprangen sie munter umher, als wären sie in einem sommerlichen Wald auf Kaninchenjagd.

Als wir aus der Haustür traten, dämmerte im Osten bereits der Morgen. Dr. Van Helsing hatte den Hausschlüssel vom Schlüsselbund entfernt und schloß sehr ordentlich die Tür ab; dann steckte er den Schlüssel in die Tasche.

»Bisher«, sagte er, »ist diese Nacht ganz ungewöhnlich erfolgreich verlaufen. Kein Leid ist uns zugestoßen, wie ich es befürchtete, und doch haben wir die Anzahl der fehlenden Kisten ermitteln können. Vor allem aber freue ich mich, daß wir diesen ersten und vielleicht schwierigsten und gefährlichsten Schritt hinter uns bringen konnten, ohne unsere verehrte Madame Mina mit hineinzuziehen und sie mit dem Anblick, den Geräuschen und Gerüchen eines Grauens belasten zu müssen, das sie möglicherweise nie wieder hätte vergessen können. Auch haben wir etwas hinzugelernt, wenn es erlaubt ist, *a particulari* zu argumentieren: Daß die Kreaturen, die unter des Grafen Befehl stehen, doch selbst keinen Anteil an seinen überirdischen Fähigkeiten haben. Denn sehen Sie, obwohl diese Ratten seinem Ruf folgten wie die Wölfe, die er auf

Freund Jonathan und jene beklagenswerte Mutter hetzte, so fliehen sie doch Hals über Kopf vor den Hunden unseres Freundes Arthur. Nun liegen freilich noch andere Aufgaben, andere Gefahren, andere Schrecken vor uns; und das Ungeheuer hat seine Macht über die Wesen der Finsternis heute nacht nicht zum ersten oder letzten Male gebraucht! Aber offenbar hat er sich woanders hinbegeben. Gut! Damit haben wir die Möglichkeit erhalten, Schach zu bieten in diesem Spiel, in dem es um menschliche Seelen geht. Lassen Sie uns jetzt nach Hause gehen. Das Morgengrauen steht vor der Tür, und wir haben Grund, mit dem in dieser ersten Nacht Erreichten zufrieden zu sein. Vielleicht müssen wir noch viele Tage und Nächte voller Gefahren opfern; aber wir gehen weiter unseren Weg, und keine Gefahr soll uns schrecken!«

Das Haus war still, als wir zurückkehrten, und nur in einer der entfernteren Zellen schrie eine arme Kreatur. Aus Renfields Zelle drang leises Stöhnen. Der arme Kerl quälte sich offensichtlich nach Art der Wahnsinnigen mit unnötigen peinvollen Gedanken.

Auf Zehenspitzen trat ich ins Zimmer. Mina schlief und atmete so sanft, daß ich mein Ohr dicht an ihren Mund legen mußte, um ihre Atemzüge zu hören. Sie war blasser als sonst. Hoffentlich hat die Tagung heute abend sie nicht zu sehr mitgenommen! Ich bin wirklich froh, daß sie an der zukünftigen Suche nicht mehr teilnehmen und auch nicht mehr in unsere Vorhaben eingeweiht wird. Für eine Frau ist das eine zu große Belastung. Am Anfang war ich noch anderer Meinung, aber jetzt bin ich eines Besseren belehrt und bin froh, daß es so geregelt wurde. Es könnten Dinge zur Sprache kommen, die sie entsetzen müßten; doch dürfte sie auch nicht den Verdacht hegen, wir verheimlichen ihr etwas. Von nun an also wird unser Tun für sie ein versiegeltes Buch bleiben, und zwar so lange, bis wir ihr sagen können, es ist alles vorbei und die

Erde von einem Ungeheuer befreit! Es wird mir schwerfallen, jetzt zu schweigen, wo doch zwischen uns so starkes Vertrauen herrscht; aber ich muß standhaft bleiben, und morgen werde ich die Geschehnisse der heutigen Nacht in einen Mantel des Schweigens hüllen. Kein Wort soll über meine Lippen kommen! – Ich will mich auf das Sofa legen, um ihren Schlaf nicht zu stören.

1. Oktober, später. – Ich glaube, es war nur natürlich, daß wir alle bis weit in den Tag hinein schliefen, denn wir hatten einen anstrengenden Tag hinter uns gehabt und auch nachts nicht ruhen können. Selbst Mina muß erschöpft gewesen sein, denn obwohl die Sonne schon hoch am Himmel stand, als ich aufwachte, schlief sie immer noch. Erst nachdem ich sie zwei- oder dreimal angerufen hatte, erwachte sie, und zwar aus einem so festen Schlaf, daß sie mich in den ersten Sekunden überhaupt nicht erkannte, sondern mich voller Entsetzen anstarrte, als wäre sie gerade aus einem bösen Traum gerissen! Sie klagte später ein wenig über Müdigkeit, deshalb ließ ich sie noch ruhen. Wir wissen jetzt, daß man 21 Kisten fortgeschafft hat, und wenn wir nur einige von ihnen finden, wird sich auch feststellen lassen, wo die anderen geblieben sind. Das würde natürlich unser Vorhaben erheblich erleichtern, und je früher wir uns darum kümmern, desto besser. Ich werde noch heute Thomas Snelling aufsuchen.

Dr. Sewards Tagebuch

1. Oktober. – Es war fast schon Mittag, als ich durch das Eintreten des Professors geweckt wurde. Er war vergnügter und heiterer als sonst; ganz offensichtlich hat das Ergebnis der vergangenen Nacht dazu beigetragen, ihm

einen Teil seiner Sorgen zu nehmen. Nachdem wir unser Abenteuer durchgesprochen hatten, sagte er plötzlich: »Dein Patient interessiert mich sehr. Darf ich dich begleiten, wenn du ihn nachher aufsuchst? Ich würde aber auch allein gehen, wenn du keine Zeit dafür finden solltest. Es ist für mich etwas ganz Neues, einen Wahnsinnigen kennenzulernen, der sich in der Philosophie auskennt und so vernünftig argumentiert!« Ich hatte ein paar dringende Angelegenheiten zu erledigen und sagte ihm deswegen, ich wäre froh, wenn er allein ginge, da ich ihn dann nicht warten zu lassen brauchte. Darauf rief ich einen Wärter und erteilte die notwendigen Anweisungen. Ehe der Professor das Zimmer verließ, warnte ich ihn noch vor einer falschen Einschätzung meines Patienten. »Oh, ich möchte ihn nur dazu bewegen«, erwiderte er, »von sich und seiner Leidenschaft, lebende Wesen zu verschlingen, zu sprechen. Wie ich der gestrigen Eintragung in deinem Tagebuch entnehme, hat er Madame Mina erzählt, er habe einer solchen Leidenschaft angehangen. Warum lächelst du, John?«

»Entschuldige bitte«, sagte ich, »aber die Antwort steht hier drin.« Ich legte meine Hand auf die Schreibmaschinenseiten. »Als unser vernünftiger und gebildeter Verrückter die Erklärung abgab, er habe früher leidenschaftlich gern Lebewesen lebendig verspeist, war sein Mund noch unsauber von den Fliegen und Spinnen, die er kurz vor Mrs. Harkers Eintreten verschlungen hatte!« Jetzt war es Van Helsing, der lächelte. »Gut!« sagte er. »Du besitzt ein gutes Gedächtnis, John. Ich hätte daran denken sollen. Aber gerade diese Widersprüchlichkeit des Denkens und der Erinnerung ist es doch, die das Studium der Geisteskrankheiten so faszinierend macht. Vielleicht kann ich aus den Torheiten dieses Wahnsinnigen mehr lernen als aus den Lehren der weisesten Männer. Wer weiß?«

Ich begab mich an die Arbeit, und bald darauf hatte ich das Dringendste erledigt. Mir kam es vor, als wäre nur sehr wenig Zeit vergangen, bis Van Helsing wieder in mein Arbeitszimmer trat. »Störe ich?« fragte er höflich und blieb an der Tür stehen.

»Überhaupt nicht«, antwortete ich. »Komm herein. Meine Arbeit ist erledigt, und ich habe Zeit. Wenn du möchtest, kann ich dich jetzt begleiten.«

»Es hat sich erledigt; ich habe ihn schon gesehen.«

»Nun?«

»Ich fürchte, er schätzt meine Anwesenheit nicht sehr. Unsere Unterredung war sehr kurz. Als ich seine Zelle betrat, saß er in der Mitte auf einem Stuhl, die Ellbogen auf die Knie gestützt, und sein Gesicht zeigte mürrische Unzufriedenheit. Ich sprach ihm aufmunternd zu und begegnete ihm mit soviel Respekt wie nur möglich. Doch er erwiderte nichts. ›Kennen Sie mich nicht?‹ fragte ich ihn. Seine Antwort war nicht gerade einladend. ›Ich kenne Sie gut genug; Sie sind der alte Narr Van Helsing! Ich wünschte, Sie würden sich mit Ihren idiotischen Gehirntheorien aus dem Staub machen! Verfluchter dickköpfiger Holländer!‹ Mehr brachte ich nicht aus ihm heraus. Er saß mir mit seiner unversöhnlichen Verdrossenheit so gleichgültig gegenüber, als wäre ich überhaupt nicht in seinem Raum. Somit machte er also für den Augenblick meine Hoffnung zunichte, von diesem intelligenten Verrückten lernen zu können. Wenn es mir gestattet wird, will ich Madame Mina aufsuchen und mich bei ihr etwas aufheitern. Weißt du, John, ich bin unsagbar froh, daß sie nicht länger mit diesen schrecklichen Dingen belastet und geängstigt wird. Obwohl uns ihre Hilfe sehr fehlen wird, ist es doch besser so.«

»Ich stimme dir aus ganzem Herzen zu«, erwiderte ich mit Nachdruck. »Mrs. Harker sollte unbedingt herausgehalten werden. Die Sache ist schon schlimm genug für uns

Männer, die wir fest in der Welt stehen und schon oft in Bedrängnis geraten sind; aber für eine Frau ist das nichts. Wenn sie weiterhin damit zu tun hätte, würde sie unweigerlich daran zerbrechen!«

Anschließend ging Van Helsing also zu den Harkers, um sich mit ihnen zu unterhalten; Quincey und Art sind auf der Suche nach den Kisten, und ich gehe meiner Arbeit nach. Heute abend werden wir wieder alle zusammenkommen.

Mina Harkers Tagebuch

1. Oktober. – Es ist mir sehr ungewohnt, so wie heute in Unwissenheit gelassen zu werden. Nachdem ich so viele Jahre lang Jonathans Vertrauen besaß, hält er plötzlich mit gewissen Dingen zurück, und zwar ausgerechnet mit den entscheidendsten! – Nach meiner großen Müdigkeit von gestern abend schlief ich heute bis weit in den Tag hinein, und obgleich Jonathan spät ins Bett kam, wachte er vor mir auf. Ehe er heute wegging, wechselte er noch ein paar nette und zärtliche Worte mit mir, aber keine Silbe über ihren Besuch im Haus des Grafen kam dabei über seine Lippen! Und doch muß er gewußt haben, wie begierig ich darauf wartete. Armer, lieber Kerl! Es wird ihn mehr bekümmert haben als mich. Sie waren sich alle einig, daß es für mich besser wäre, nicht noch tiefer in diese furchtbare Angelegenheit hineingezogen zu werden, und ich hatte dem zugestimmt. Aber der Gedanke, daß er mir etwas verschweigt! Und jetzt sitze ich hier und weine wie eine alberne Närrin, wo ich doch genau weiß, daß das Verhalten meines Mannes seiner großen Liebe zu mir und der Fürsorge seiner anständigen Freunde entspringt. So, das hat mir gutgetan. Eines Tages werde ich von Jonathan schon alles erfahren; aber damit er niemals, auch nicht für

eine Sekunde, glaubt, ich wolle ihm etwas verheimlichen, führe ich mein Tagebuch wie gewöhnlich weiter. Wenn er dann einmal an meinem Vertrauen zweifelt, werde ich ihm mein Tagebuch zeigen, in dem ich jede Regung meines Herzens festgehalten habe, damit sie von seinen lieben Augen gelesen werden kann. Ich fühle mich heute merkwürdig traurig und niedergeschlagen. Vermutlich ist das auf die furchtbare Aufregung zurückzuführen.

Gestern abend legte ich mich, nachdem die Männer gegangen waren, sofort zu Bett, weil sie es so gewünscht hatten. Ich war jedoch nicht müde, sondern empfand nur verzehrende Sorge. Ich überdachte noch einmal alles, was sich ereignet hatte, seit Jonathan mich damals in London besuchte. Es erscheint mir jetzt wie eine schreckliche Tragödie, in der das Schicksal unbarmherzig auf ein vorher bestimmtes Ende zutreibt. Alles, was wir tun, scheint, so richtig es auch zunächst aussehen mag, gerade das herbeizuführen, was wir am meisten fürchten! Wäre ich nicht nach Whitby gefahren, lebte die arme Lucy vielleicht noch. Ehe ich dort auftauchte, hatte Lucy nie diesen Friedhof betreten, und wäre sie nicht am Tage mit mir dorthin gegangen, hätte sie auch schlafwandelnd nicht dieses Ziel gehabt; wäre sie aber nicht nachts und im Schlaf dort gewesen, hätte sie auch jenes Ungeheuer nicht verderben können, wie es nun geschehen ist! Oh, weshalb bin ich nur nach Whitby gefahren? Jetzt muß ich schon wieder weinen! Ich frage mich, was heute in mich gefahren ist. Ich darf Jonathan nichts anmerken lassen, denn wüßte er, daß ich bereits zum zweitenmal an diesem Morgen weine –, ich, die ich nie um mich weinte, und der er nie Anlaß gab, eine Träne zu vergießen – es würde ihm das Herz abdrücken. Ich werde ein zuversichtliches Gesicht zeigen, und wenn mir wieder nach Weinen zumute ist, soll er jedenfalls nichts davon merken. Das ist wohl eine der Künste, die wir armen Frauen zu lernen haben . . .

Wie ich gestern abend eingeschlafen bin, weiß ich nicht mehr. Ich erinnere mich noch an plötzliches Hundegebell und an eine Menge anderer merkwürdiger Geräusche, die aus Mr. Renfields Zelle irgendwo unterhalb meines Zimmers drangen und wie leidenschaftliches Beten klangen. Doch dann wurde es plötzlich still, so lautlos still, daß es mich erschreckte. Ich stand auf und sah aus dem Fenster. Alles war dunkel und ruhig; die neben den mondhellen Stellen liegenden schwarzen Schatten schienen ihr eigenes lautloses Geheimnis zu bergen. Nichts regte sich, alles wirkte unerbittlich und starr wie der Tod oder das Schicksal. Ein feiner weißer Nebelschleier, der mit beinahe unmerklicher Langsamkeit über das Gras auf das Haus zukroch, schien deshalb eine ganz eigene Empfindsamkeit und eigenes Leben zu besitzen. Die Ablenkung mußte mich beruhigt haben, denn als ich wieder zu Bett ging, senkte sich Lethargie auf mich. Ich lag jedoch noch eine Weile schlaflos da, stand dann wieder auf und schaute erneut aus dem Fenster. Der Nebel hatte sich ausgebreitet und das Haus erreicht, so daß es aussah, als wollten die dicken Schwaden zu den Fenstern heraufkriechen. Der arme Renfield lärmte lauter als zuvor, und obwohl ich kein Wort verstand, erkannte ich doch am Klang seiner Stimme, daß er irgendeine leidenschaftliche Bitte ausstieß. Dann drangen Geräusche eines Kampfes zu mir herauf, und ich wußte, daß die Wärter über ihn hergefallen waren. Vor Angst kroch ich ins Bett, zog mir die Decke über den Kopf und steckte die Finger in die Ohren. Ich war kein bißchen müde; jedenfalls bildete ich mir das ein, und doch muß ich bald darauf eingeschlafen sein, denn weiter weiß ich nichts mehr. Ich kann mich nur noch an einen Traum erinnern. Am Morgen weckte mich Jonathan. Erst nach einer ganzen Weile wurde ich gewahr, wo ich mich befand und daß Jonathan sich über mich beugte. Mein Traum war allerdings sehr seltsam und typisch für die Art, wie Gedanken in Träume münden können.

Mir war, als ob ich schliefe und auf Jonathans Rückkehr wartete. Ich war sehr besorgt um ihn, konnte jedoch nichts tun, denn meine Füße, meine Hände und Gedanken waren so schwer, daß nichts im üblichen Tempo ablaufen konnte. Ich schlief unruhig und versuchte zu überlegen. Dann wurde ich plötzlich gewahr, daß die Luft um mich herum dick und kalt war. Ich schob die Decke vom Gesicht und bemerkte zu meiner Überraschung, daß der Raum im Dunkeln lag. Das Gaslicht, das ich für Jonathan brennen ließ, aber heruntergedreht hatte, drang nur wie ein winziger roter Funken durch den Nebel, der offenbar noch dicker geworden und in das Zimmer eingedrungen war. Dann fiel mir ein, daß ich vor dem Schlafengehen das Fenster geschlossen hatte. Ich wollte aufstehen, um mich davon zu vergewissern, aber meine Glieder und selbst mein Wille schienen von bleierner Lethargie gelähmt zu sein. Ich lag regungslos und wartete; das war alles. Ich schloß die Augen, konnte aber durch die Lider hindurchsehen. – Es ist wunderbar, was für Trugbilder unsere Träume uns vorgaukeln und wie willig unsere Phantasie ihnen folgt. – Der Dunst wurde immer undurchdringlicher, und ich konnte jetzt sehen, wie er hereinquoll; er sah aus wie Rauch oder weißer Dampf, aber er kam nicht durch das Fenster, sondern durch die Ritzen der Tür. Er wurde dichter und dichter, bis er sich schließlich in einer Art Rauchsäule sammelte, durch deren Spitze ich das Gaslämpchen wie ein rotes Auge leuchten sah. Vielerlei Dinge wirbelten mir im Kopf herum, ganz wie die Nebelsäule im Zimmer herumtanzte, und durch alles hindurch drangen die Worte der Heiligen Schrift zu mir: »Bei Tag eine Rauchsäule und nachts eine Feuersäule!« Aber war es tatsächlich eine geistliche Führung, die im Schlaf zu mir sprach? Die Säule nämlich war ein Zeichen sowohl für den Tag wie auch für die Nacht, denn das Feuer wurde durch das rote Auge vertreten, das bei diesem Gedanken für mich an Faszination gewann. Schließlich teilte sich das rote Licht und leuchtete wie zwei rote Augen durch den Nebel hindurch – genau wie es mir Lucy beschrieben hatte, als wir auf den Klippen standen und das Abendrot auf den Fenstern der Kirche von St. Mary glitzerte. Plötzlich überfiel mich der schreckliche Gedanke, daß Jonathan jene furchtbaren Frauen sich ebenfalls aus wirbelndem Dunst im Mondlicht hatte materialisieren sehen. Und dann muß ich im Traum ohnmächtig geworden sein, denn pechschwarze Dunkelheit umhüllte mich. Das letzte, was mir meine Phantasie vorgaukelte, war ein bleiches Gesicht, das aus dem Nebel auftauchte und sich über mich beugte. Vor solchen Träumen muß ich mich hüten, denn sie können auf die Dauer den Verstand trüben. Ich würde mir gern von Dr. Van Helsing oder Dr. Seward ein Schlafmittel verschreiben lassen, aber ich fürchte sie dadurch zu beunruhigen. Solch ein Traum würde jetzt nur ihre Sorge um mich vermehren. Heute nacht werde ich mich bemühen, gut zu schlafen. Gelingt mir das nicht, will ich mir morgen eine Dosis Chloral geben lassen. Eine einmalige Dosis kann nicht schaden. Die letzte Nacht war anstrengender, als wenn ich überhaupt nicht geschlafen hätte.

2. Oktober, zehn Uhr abends. – Letzte Nacht schlief ich traumlos und offenbar sehr fest, denn als Jonathan ins Bett kam, wurde ich nicht wach. Trotzdem hat mich der Schlaf nicht erquickt; ich fühle mich sehr schwach und bin niedergeschlagen. Den ganzen Tag lang versuchte ich zu lesen oder dämmerte vor mich hin.

Nachmittags bat mich Mr. Renfield, zu ihm zu kommen. Der arme Mann war sehr freundlich, und zum Abschied küßte er mir die Hand und erbat für mich Gottes

Segen! Es hatte mich sehr berührt, und ich muß weinen, wenn ich an ihn denke. Das ist eine neue Schwäche, vor der ich mich in acht nehmen muß. Jonathan wäre bedrückt, wenn er wüßte, wie ich geweint habe. Er und die anderen kehrten erst zum Abendessen zurück und waren dann sehr müde. Ich versuchte mein Bestes, um sie aufzuheitern, und das tat mir gut, denn es ließ mich meine eigene Mattigkeit vergessen. Nach dem Essen schickten sie mich zu Bett und versicherten mir, sie möchten nur noch etwas rauchen, aber ich ahnte, daß sie berichten wollten, was jedem von ihnen im Laufe des Tages begegnet war. An Jonathans Benehmen erkannte ich, daß er den anderen etwas Wichtiges mitzuteilen hatte. Ich war gar nicht so müde, wie man es eigentlich hätte erwarten sollen; ehe sie fortgingen, bat ich also Dr. Seward, mir ein Schlafmittel zu geben, da ich während der vergangenen Nacht nicht gut geschlafen hätte. Er bereitete mir sofort einen Schlaftrunk, der mir, wie er sagte, nicht schaden würde, weil er recht schwach sei . . . Ich habe das Mittel genommen und warte nun auf den Schlaf, der sich noch immer nicht einstellen will. Ich hoffe, nicht unklug gehandelt zu haben, denn jetzt, wo mich die Müdigkeit überkommt, befällt mich eine neue Angst: daß es vielleicht töricht war, mich solcherart der Fähigkeit zum Wachen zu berauben. Ich könnte sie brauchen. Aber jetzt kommt der Schlaf. Gute Nacht.

Zwanzigstes Kapitel

Jonathan Harkers Tagebuch

1. Oktober, abends. – Ich traf Thomas Snelling in seinem Haus in Bethnal Green an, aber unglücklicherweise war er nicht in der Lage, sich an irgend etwas zu erinnern. Die

bloße Aussicht auf Bier, die ihm mein angekündigtes Kommen eröffnet hatte, war zuviel für ihn gewesen, und er hatte mit dem ersehnten Gelage zu früh begonnen. Von seiner Frau, einer anständigen armen Seele, erfuhr ich immerhin, daß er nur der Gehilfe von Smollet sei, der die eigentliche Verantwortung trüge. Also machte ich mich auf den Weg nach Walworth, wo ich Mister Joseph Smollet zu Hause in Hemdsärmeln antraf; er schlürfte gerade einen späten Tee aus einer Untertasse. Er ist ein anständiger, intelligenter Bursche und sicherlich ein guter, verläßlicher Arbeiter, der seinen eigenen Kopf hat. Er erinnerte sich noch sehr gut an den Abtransport der Kisten; aus einem wunderbaren Notizbuch mit vielen Eselsohren, das er aus einer versteckten, rückwärtigen Tasche holte und das mit dicken, halb verschmierten Bleistifthieroglyphen vollgekritzelt war, nannte er mir den Bestimmungsort der Kisten. Eine Wagenladung von 6 Kisten habe er, so sagte er, von Carfax nach der Chicksand Street Nr. 197 gebracht, Mile End New Town; weitere 6 habe er zur Jamaika Lane in Bermondsey gefahren! – Wenn der Graf also seine gräßlichen Zufluchtsstätten über ganz London ausbreiten will, sind offenbar diese Häuser als Verteilerstellen gedacht, von denen aus die Kisten weiterverlagert werden können. Das System, nach dem er dabei vorging, brachte mich auf den Gedanken, daß er sich nicht auf zwei Bezirke der Stadt konzentrieren wollte. Er war bisher auf den östlichen, den südöstlichen und auf den südlichen Stadtrand beschränkt. Aber der Norden und der Westen sollten bestimmt nicht aus seinen teuflischen Plänen ausgeklammert bleiben, geschweige denn die Innenstadt oder der Kern des vornehmen London im Südwesten und Westen! Ich wandte mich wieder an Smollet und fragte ihn, ob noch mehr Kisten von Carfax abgeholt worden seien.

Er erwiderte:

»Sehen Sie, Chef, Sie haben mich gut behandelt« – ich hatte ihm zehn Schilling gegeben –, »un' ich will alles sagen, was ich weiß. Vor vier Tagen hab' ich einen Mann namens Bloxam im Gasthaus ›Zu den Hasen und Hunden‹ in der Pincher's Alley sagen hören, daß er un' sein Kumpel eine furchtbar dreckige Arbeit in 'nem alten Haus in Purfect hatten. Nun gibt's nich' viele Arbeiten wie die, un' ich denke, daß Ihnen vielleicht Sam Bloxam mehr darüber sagen kann!« Ich fragte ihn, wo ich diesen Mann treffen würde, und versprach ihm für die Adresse weitere zehn Schilling. Er schlürfte den Rest des Tees hinunter, stand auf und meinte, er würde sich auf der Stelle an die Suche machen. In der Tür blieb er stehen und sagte:

»Wissen Sie, Chef, 's ist sinnlos, wenn Sie hier warten. Ich kann Sam bald finden oder nich'; auf jeden Fall wird er Ihnen heute abend nich' viel sagen können. Wenn Sam erst mal angefangen hat, dann geht's mit ihm durch. Wenn Sie mir 'n Umschlag mit Ihrer Adresse un' 'ner Briefmarke drauf geben, werd' ich Sam aufsuchen und die Adresse heute abend abschicken. Aber Sie müssen sich gleich morgen früh auf den Weg machen, sonst wer'n Sie 'n vielleicht nich' mehr erwischen, denn Sam is' früh weg, auch wenn er am Abend vorher getrunken hat.«

Das war ein guter Vorschlag; ich schickte ein Kind mit einem Penny los, ein Kuvert und einen Bogen Papier zu kaufen; das Wechselgeld durfte es behalten. Dann adressierte ich den Umschlag, klebte eine Briefmarke darauf, und nachdem Smollet mir noch einmal versprochen hatte, die Anschrift zu schicken, sobald er den Mann gefunden hätte, machte ich mich auf den Heimweg. Auf jeden Fall haben wir jetzt eine Spur aufgenommen. Ich bin sehr müde heute abend. Mina schläft schon fest; sie ist mir ein bißchen zu blaß. Ihre Augen sehen aus, als ob sie geweint hätte. Die Ärmste, zweifellos grämt sie sich darüber, daß sie nichts mehr von uns erfährt. Jetzt ist sie sicher doppelt besorgt um mich und die anderen. Aber besser, sie sorgt sich jetzt, als daß sie vollends die Nerven verliert. Die Ärzte hatten mit ihrer Forderung, Mina aus dieser grauenvollen Angelegenheit herauszuhalten, ganz recht. Ich muß standhaft bleiben und die Last des Schweigens weiter tragen. Unter keinen Umständen werde ich mit ihr darüber streiten. Das ist auch nicht zu erwarten, denn seit unserer Abmachung hat sie den Grafen und dessen Handlungen nicht mehr erwähnt.

2. Oktober, abends. – Das war ein langer, anstrengender und aufregender Tag. Gleich mit der ersten Post erhielt ich meinen Umschlag zugesandt, in dem ein schmutziger Zettel steckte. Eine ungelenke Hand hatte mit einem Zimmermannsbleistift darauf geschrieben: »Sam Bloxam, Korkrans, Poters Cort Nr. 4 in der Bartel Street, Walworth. Fragen Sie nach dem Hausmann.«

Als der Brief kam, lag ich noch im Bett. Ich erhob mich darauf, ohne Mina zu wecken. Sie sah matt und schläfrig und blaß aus und alles andere als gesund. Ich entschloß mich, sie nicht zu wecken, sondern die Vorbereitungen für ihre Rückkehr nach Exeter zu treffen, sobald ich diese Suche hinter mich gebracht hätte. Wahrscheinlich wird sie zu Hause glücklicher sein, wo sie von ihren täglichen Aufgaben beschäftigt wird, als hier, wo sie unwissend unter uns lebt. Ich sah kurz Dr. Seward und erzählte ihm, wohin ich gehen wollte. Ich versprach, so früh wie möglich zurückzukehren und alles zu berichten, was ich etwa herausbekommen sollte. Dann fuhr ich nach Walworth, wo ich nach einiger Suche Potter's Court fand. Mister Smollet's Rechtschreibung führte mich in die Irre, denn ich fragte nach Poter's Court anstatt nach Potter's Court. Als ich jedoch endlich vor dem richtigen Haus stand, hatte ich keine Schwierigkeiten mehr, Corcoran's – oder Korkrans – Pension zu finden. Als ich den Mann, der mir die

Tür öffnete, nach dem »Hausmann« fragte, schüttelte er den Kopf und sagte: »Kenn' ich nich', hier gibt's keinen solchen Menschen; in meinem ganzen Leben hab' ich noch nichts davon gehört. Glaub' nich', daß jemand dieser Art hier 'rum wohnt.« Ich zog also Smollets Brief aus der Tasche, und während ich ihn überflog, kam mir ein Gedanke. »Wer sind Sie?« fragte ich ihn.

»Ich bin der Pensionswirt«, antwortete er. Da erkannte ich, daß ich auf der rechten Spur war; mich hatte nur wieder die seltsame Ausdrucksweise verwirrt. Eine halbe Krone Trinkgeld machte mir alles Wissen des Pensionswirtes verfügbar, und ich erfuhr von ihm, daß Mr. Bloxam, nachdem er seinen Rausch bei Corcoran's ausgeschlafen hatte, schon um fünf Uhr morgens wieder zu seiner Arbeitsstelle bei Poplar aufgebrochen war. Die Anschrift konnte ich nicht erfahren, aber der Pensionswirt hatte eine vage Idee, daß es sich um ein »neues, auffallendes Lagerhaus« handeln müsse. Mit diesem dürftigen Hinweis zog ich los. Es wurde zwölf, ehe ich einen weiteren Tip auf ein solches Gebäude erhielt, und zwar in einem Restaurant, in dem ein paar Arbeiter zu Mittag aßen. Einer von ihnen meinte, in der Cross Angel Street würde ein neues Kühlhaus errichtet; und da das durchaus als »auffallendes Lagerhaus« gelten konnte, machte ich mich sofort auf den Weg dorthin. Ein Gespräch mit einem mürrischen Portier und einem noch mürrischeren Vormann, die ich beide mit einer Münze unseres Königreichs zufriedenstellen mußte, brachte mich auf die Spur von Bloxam. Nachdem ich mich bereit erklärt hatte, dessen Tageslohn an den Vormann zu bezahlen, und zwar für das Recht, ihm in einer privaten Angelegenheit ein paar Fragen stellen zu dürfen, ließ man ihn kommen. Obwohl er sich ziemlich ungehobelt benahm und ebenso ausdrückte, war er ein schlauer Bursche. Ich gab ihm ein Handgeld, versprach ihm, alle Informationen zu bezahlen, und daraufhin erzählte er mir, er habe zwei Fahrten zwischen Carfax und einem Haus in Piccadilly gemacht und dabei mit einem Pferd und einem dafür ausgeliehenen Wagen von Cardax 9 große Kisten, »verdammt schwere«, nach Piccadilly geschafft. Ich fragte ihn, ob er mir die Hausnummer in Piccadilly verraten könne, worauf er erwiderte:

»Nein, Chef, ich hab' die Nummer vergessen. Aber 's war nur 'n paar Häuser neben einer großen weißen Kirche oder so was, noch nich' alt. Und 's war auch 'n verkommenes altes Haus, aber nicht zu vergleichen mit dem Dreck in dem Haus, wo wir die elenden Kisten abgeholt hatten.«

»Wie sind Sie denn in die Häuser hineingekommen, wenn beide leerstanden?«

»Der alte Mann, der mich angestellt hatte, wartete in dem Haus in Purfleet. Er hat mir geholfen, die Kisten auf 'n Karren zu heben. Ich will verflucht sein, wenn er nicht der stärkste Kerl war, der mir je über den Weg lief. Dabei war er 'n alter Knabe, mit 'nem weißen Schnurrbart und so dünn, daß man glauben könnte, er würde nich' mal 'n Schatten werfen.«

Diese Bemerkung versetzte mich in wilde Aufregung!

»Er hob sein Kistenende, als wär's 'n Teebeutel, un' ich schnaufte un' keuchte, bevor ich meine Seite überhaupt hochkriegte. Un' ich bin auch nich' grad 'n Küken!«

»Wie sind Sie in das Haus in Piccadilly gekommen?« fragte ich.

»Er war schon dort. Er muß gleich losgefahren und vor mir dort angekommen sein, denn als ich läutete, kam er, öffnete selbst die Tür und half mir, die Kisten in die Diele zu tragen.«

»Alle neun?« fragte ich.

»Ja; fünf mit der ersten und vier mit der zweiten Fuhre. Es war 'ne verflucht trockne Arbeit, un' ich weiß nich' mehr genau, wie ich dann nach Hause kam.« Ich unterbrach ihn:

»Blieben die Kisten in der Eingangshalle stehen?«

»Ja; 's war 'ne große Diele, und 's war nichts weiter drin.« Ich nahm einen weiteren Anlauf, um noch mehr aus ihm herauszubekommen.

»Sie benutzten keinen Schlüssel?«

»Hab' weder 'n Schlüssel noch sonst was gebraucht. Der alte Herr öffnete mir un' schloß die Tür auch selbst wieder ab, als ich wegfuhr. An das letzte Mal erinnere ich mich nich' mehr – von wegen dem Bier.«

»Und Sie können sich auch nicht an die Hausnummer erinnern?«

»Nein, Sir. Aber das braucht Ihnen keine Schwierigkeiten zu machen. 's is' 'n hohes Haus, die Straßenseite ist aus Ziegeln und trägt 'nen Bogen oben, 'ne steile Treppe führt zur Tür hinauf. Ich kenn' die Stufen, mußte die Kisten mit drei Bummlern, die sich 'ne Kupfermünze verdienen wollten, hinaufschleppen. Der alte Herr hat ihnen aber Schillinge gegeben, un' als sie sahen, daß sie so viel bekamen, wollten sie noch mehr. Da packte er einen an der Schulter un' wollte ihn die Treppe hinunterwerfen, un' da machten sie sich schimpfend davon.« Ich glaubte das Haus mit Hilfe dieser Beschreibung finden zu können und begab mich nach Piccadilly, nachdem ich meinen Freund noch für seine Informationen bezahlt hatte. Freilich hatte ich wiederum eine betrübliche Nachricht erhalten: Der Graf konnte offensichtlich allein mit den Kisten fertig werden. Wenn dies zutraf, war unsere Zeit kostbar; denn da er jetzt schon eine gewisse Verteilung der Kisten erreicht hatte, konnte er zu einer ihm passenden Zeit sein Werk unbeobachtet vollenden. Am Piccadilly Circus stieg ich aus der Droschke und ging in Richtung Westen; hinter der Junior Constitutional stieß ich auf das mir beschriebene Haus und wußte nun, daß dies die nächste Zufluchtsstätte von

Dracula werden sollte. Das Haus schien seit längerer Zeit unbewohnt zu sein; die Fenster waren blind von Staub, die Jalousien jedoch hochgezogen; die Rahmen hatte die Zeit geschwärzt, und von den Eisenteilen war die Farbe fast vollständig abgeblättert. Vor dem Balkon hatte offensichtlich noch vor kurzem ein großes Schild gestanden; das war jetzt nachlässig heruntergerissen worden, und nur die Pfosten, an denen es befestigt gewesen war, standen noch da. Hinter dem Geländer des Balkons erkannte ich ein paar lose Bretter, deren rohe Kanten noch frisch aussahen. Ich hätte viel darum gegeben, das Schild intakt zu sehen, da es mir vielleicht einen Hinweis auf den Eigentümer des Hauses gegeben hätte. Ich erinnerte mich an die Erfahrungen, die ich bei der Untersuchung und dem Kauf von Carfax sammeln konnte, und ich war sicher, daß ich einen Weg zum Betreten des Hauses gefunden hätte, wäre mir nur der frühere Eigentümer bekannt gewesen.

Im Augenblick konnte ich von der Piccadilly-Seite aus nichts weiter erfahren oder ausrichten; also ging ich um das Haus herum, weil ich prüfen wollte, ob ich von der anderen Seite aus vielleicht einen Anhaltspunkt fände. In den Stallungen herrschte reger Betrieb. Ich fragte ein paar Stallknechte und Jungen, die sich dort herumtrieben, ob sie mir etwas über das leerstehende Haus erzählen könnten. Einer meiner, er habe erfahren, daß es vor kurzem verkauft worden sei, aber er könne mir nicht sagen, an wen. Er erzählte mir jedoch, daß noch vor kurzem ein Schild »Zu verkaufen« vor dem Haus gestanden hätte und daß man mir vielleicht bei der Maklerfirma Mitchell, Söhne & Candy Näheres sagen könne, denn er glaubte, diesen Namen auf dem Schild gelesen zu haben. Da ich nicht allzu neugierig erscheinen und ihm auch keine Gelegenheit geben wollte, meine Absichten zu erraten, dankte ich ihm auf die übliche Art und scherte mich davon. Es dämmerte bereits; die Herbstnacht stieg herauf, und ich wollte keine Zeit verlieren. Nachdem ich die Adresse von Mitchell, Söhne & Candy aus einem Adreßbuch im Berkeley herausgesucht hatte, stand ich bald darauf in deren Büro in der Sackville Street.

Der Herr, der mich dort empfing, war zwar sehr verbindlich, aber keineswegs mitteilsam. Nachdem er mir erzählt hatte, daß das Piccadilly-Haus – das er als »Herrensitz« bezeichnete – verkauft sei, hielt er unser Gespräch für beendet. Als ich mich bei ihm nach dem Käufer erkundigte, weiteten sich seine Augen ein wenig, und er machte eine kleine Pause, ehe er antwortete:

»Es ist verkauft, Sir.«

»Entschuldigen Sie«, erwiderte ich mit gleichbleibender Höflichkeit, »aber ich habe einen ganz besonderen Grund, Sie nach dem Käufer zu fragen.«

Wieder machte er eine Pause, diesmal etwas länger, und seine Augenbrauen hoben sich noch mehr. »Es ist verkauft, Sir«, lautete seine lakonische Antwort.

»Es wird Ihnen doch sicherlich nichts ausmachen«, drängte ich, »mir zu verraten, an wen.«

»Doch, es macht mir etwas aus«, antwortete er. »Die Angelegenheiten unserer Kunden sind bei Mitchell, Söhne & Candy in guten Händen!« Dies war ein Hinweis auf vornehmste Geschäftsführung, und es hatte wohl keinen Zweck, mit ihm weiterzustreiten. Ich hielt es daher für das beste, auf seinen Ton einzugehen.

»Ihre Kunden, Sir, können sich glücklich schätzen, ihre Geheimnisse so gut aufbewahrt zu wissen. Ich bin selbst Geschäftsmann.« Ich reichte ihm meine Karte. »Und in diesem Fall fragte ich Sie nicht aus purer Neugier, sondern im Auftrag von Lord Godalming, der etwas über das Grundstück in Erfahrung bringen möchte, da es, wie er hörte, vor kurzem zum Verkauf angeboten wurde.« Diese Worte rückten die Angelegenheit in ein ganz anderes Licht.

»Ich möchte Ihnen gern behilflich sein, Mister Harker«, erwiderte er, »und ganz besonders würde ich Seiner Lordschaft zu Diensten stehen. Wir haben für ihn einmal einen kleinen Auftrag ausgeführt und für ihn ein paar Zimmer gemietet, als er noch der Ehrenwerte Arthur Holmwood war. Wenn Sie mir die Adresse Seiner Lordschaft mitteilen, Sir, werde ich diese Angelegenheit der Geschäftsleitung vortragen und Seiner Lordschaft auf jeden Fall mit der Abendpost noch Nachricht zukommen lassen. Es wäre mir ein Vergnügen, könnten wir so weit von unseren Bestimmungen abweichen, daß Seine Lordschaft die gesuchte Information erhielte.«

Ich wollte mir einen Freund bewahren, anstatt mir einen Feind zu schaffen, und deshalb dankte ich ihm und gab ihm die Adresse von Dr. Seward. Dann machte ich mich auf den Heimweg. Es war inzwischen schon dunkel, und ich fühlte mich müde und hungrig. Bei der Aerated Bread Company trank ich eine Tasse Tee und fuhr mit dem nächsten Zug nach Purfleet.

Ich traf alle anderen zu Hause an. Mina sah müde und blaß aus, aber sie mühte sich tapfer, froh und heiter zu erscheinen; der Gedanke, daß ich ihr etwas verschweigen und damit ihrer Unruhe neue Nahrung liefern würde, bedrückte mich. Gott sei Dank ist dies der letzte Abend, an dem sie von unserer Besprechung ausgeschlossen werden muß und durch unsere Geheimhaltung verletzt wird. Ich mußte meinen ganzen Mut zusammennehmen, um unseren weisen Beschluß, sie von unserer gräßlichen Arbeit fernzuhalten, nicht zu brechen. Sie scheint sich damit irgendwie abgefunden zu haben, oder ihr widerstrebt jede Andeutung auf dieses Thema, denn bei jeder zufälligen Anspielung darauf fährt sie zusammen. Ich bin froh, daß wir unseren Beschluß noch rechtzeitig gefaßt haben, denn mit einer solchen Gemütsverfassung wäre unser jetziges Wissen für sie eine wahre Folter.

Solange Mina noch bei uns saß, konnte ich den anderen nichts über meine Entdeckungen während des Tages erzählen. Nach dem Abendessen – wir musizierten noch ein wenig, um uns selbst den Anschein der Unbekümmertheit vorzutäuschen – brachte ich Mina auf ihr Zimmer und ließ sie zu Bett gehen. Die Arme war zärtlicher denn je und klammerte sich an mich, als wolle sie mich zurückhalten; aber es gab noch viel zu besprechen, und ich mußte sie verlassen. Gott sei Dank hat sich durch meine Verschwiegenheit an unserem Verhältnis nichts geändert.

Als ich wieder unten ankam, waren die anderen schon um den Kamin versammelt. Im Zug hatte ich mein Tagebuch auf den letzten Stand gebracht, und jetzt las ich ihnen daraus vor, da sie auf diese Weise am besten unterrichtet wurden. Als ich fertig war, sagte Van Helsing:

»Das ist eine gute Leistung für einen Tag, Jonathan. Zweifellos sind wir auf der Spur der fehlenden Kisten. Wenn sie sich alle in jenem Haus befinden, ist unsere Arbeit so gut wie beendet. Wenn wir jedoch nur einige vermissen, müssen wir weitersuchen, bis wir auch sie gefunden haben. Aber dann können wir zum letzten Schlag ausholen und diesen Elenden vernichten!« Wir schwiegen eine Weile, und dann fragte plötzlich Mr. Morris: »Sagen Sie mal, wie wollen wir eigentlich in das Haus gelangen?«

»Wir sind auch in das andere hineingekommen«, erwiderte Lord Godalming schnell.

»Aber das war etwas anderes, Art. Damals haben wir das Haus aufgebrochen; und zwar im Schutz der Nacht und in einem eingezäunten Park. Aber in Piccadilly einen Einbruch zu begehen, ist nicht so einfach, weder bei Tag noch bei Nacht. Ich muß gestehen, ich sehe keine Möglichkeit, wie wir in das Haus gelangen sollen, es sei denn, dieser Mensch von der Maklerfirma schickte uns einen Schlüssel. Vielleicht sind wir schlauer, wenn morgen früh sein Brief eintrifft.«

Lord Godalming zog die Augenbrauen zusammen, stand auf und ging im Zimmer auf und ab. Schließlich blieb er stehen und sagte, wobei er sich der Reihe nach an uns alle wandte:

»Quincey hat recht. Diese Einbrecherei ist gefährlich; bisher ist alles gut gegangen, aber jetzt stehen wir vor einer schwierigen Aufgabe – es sei denn, wir fänden das Schlüsselbund des Grafen!«

Da wir vor dem nächsten Morgen nichts unternehmen konnten und es zumindest ratsam war, den Brief von Mitchells an Lord Godalming abzuwarten, entschlossen wir uns, das Frühstück abzuwarten. Wir saßen noch eine Weile zusammen und rauchten, während wir alle neuen Aspekte diskutierten. Ich nahm die Gelegenheit wahr und brachte dieses Tagebuch auf den neuesten Stand. Jetzt bin ich sehr müde und werde zu Bett gehen . . .

Nur noch schnell eine Zeile. Mina schläft fest und atmet gleichmäßig. Sie hat die Stirn in kleine Falten gelegt, als würde sie im Schlaf noch nachdenken. Sie ist sehr blaß, sieht aber nicht mehr so leidend aus wie heute morgen. Ich hoffe, sie ist morgen wieder auf dem Posten; zu Hause in Exeter wird sie sich ganz bestimmt wieder erholen. Oh, wie furchtbar müde bin ich!

Dr. Sewards Tagebuch

1. Oktober. – Renfield gibt mir wieder einmal Rätsel auf. Seine Stimmungen wechseln so schnell, daß ich ihnen kaum folgen kann, und da stets mehr als sein Wohlbefinden dahintersteckt, ist er auch nicht nur ein interessantes Studienobjekt. Als ich ihn heute morgen aufsuchte, nachdem er Van Helsing hatte abblitzen lassen, benahm er sich wie ein Mann, der das Schicksal in seiner Hand hat. Und subjektiv gesehen war er das sogar. Er schien sich nicht

mehr um die kleinen weltlichen Dinge zu kümmern, sondern schwebte in den Wolken und schaute auf die Schwächen und Begierden von uns armen Sterblichen herab. Weil ich die Gelegenheit nutzen und etwas lernen wollte, fragte ich ihn: »Was machen denn Ihre Fliegen?« Er lächelte mich herablassend an – ein wahrer Malvolio – und erwiderte:

»Die Fliege, mein lieber Sir, ist ein ganz bemerkenswertes Wesen; ihre Flügel symbolisieren nämlich die luftigen Kräfte der Psyche. Die Alten hatten recht, als sie die Seele als Schmetterling darstellten.«

Um sein Bild bis zur letzten logischen Konsequenz auszumalen, fragte ich schnell:

»Dann sind Sie jetzt also hinter Seelen her?« Da sein Wahnsinn sein Denkvermögen trübte, erschien ein verblüffter Ausdruck auf seinem Gesicht. Mit einer Entschlossenheit, wie ich sie bei ihm nur selten beobachten konnte, schüttelte er den Kopf und erwiderte:

»O nein – nein! Ich will keine Seelen. Ich will nur Leben!« Seine Miene hellte sich wieder auf. »Aber im Augenblick ist mir auch das ziemlich gleichgültig. Ich bin zufrieden und habe alles, was ich brauche. Sie müssen sich nach einem neuen Patienten umsehen, Doktor, falls Sie die Zoophagie studieren wollen.«

Seine Antwort gab mir neue Rätsel auf, deshalb fragte ich weiter: »Dann sind Sie wohl Herr über das Leben; ich vermute, Sie sind eine Art Gott?«

Er lächelte freundlich überlegen.

»O nein! Es liegt mir fern, mir die Attribute der Gottheit anzumaßen. Ich bin nicht einmal an seinen besonderen geistigen Werken beteiligt. Wenn ich meinen geistigen Rang bezeichnen soll, so würde ich mich, soweit es sich um rein irdische Dinge handelt, auf die Stufe stellen, die Enoch auf religiösem Gebiet innehatte.« Dies war ein schwieriges Problem für mich. Im Augenblick konnte ich mich nicht an die Stellung des Enoch erinnern; ich mußte also eine weitere simple Frage stellen, obwohl ich genau wußte, daß ich mich damit in den Augen des Wahnsinnigen herabsetzte.

»Weshalb auf die Stufe des Enoch?«

»Weil er Gott begleitete.« Es war mir unmöglich, eine Gleichartigkeit mit ihm zu entdecken, aber das mochte ich vor ihm nicht zugeben; deshalb brachte ich das Gespräch wieder auf den Ausgangspunkt zurück.

»Sie kümmern sich also nicht mehr um Leben und wollen keine Seelen. Warum nicht?« Ich hatte meine Frage rasch und fest vorgebracht, um ihn so zu verwirren. Mein Versuch gelang; für einen Augenblick fiel er unbewußt in seine Unterwürfigkeit zurück. Er verbeugte sich tief vor mir und kam dicht an mich heran, als er erwiderte:

»Ich will keine Seelen, wahrhaftig nicht! Ich will sie nicht. Wenn ich sie besäße, könnte ich nichts mit ihnen anfangen; sie wären mir in keiner Hinsicht nützlich. Ich könnte sie weder essen noch . . .« Plötzlich unterbrach er sich, und wie die windgejagten Wellen auf einer Wasseroberfläche, so huschte ein verschmitzter Ausdruck über sein Gesicht. »Und, Doktor, Leben – was ist das schon? Wenn man alles hat, was man braucht, und weiß, daß man sich nichts mehr wünschen muß, das genügt doch! Ich habe Freunde, gute Freunde, wie Sie, Dr. Seward.« Er warf mir einen verschlagenen Blick zu. »Ich weiß, daß ich nie mehr die Mittel zum Leben entbehren muß.«

Durch den Schleier seines Wahnsinns hindurch schien er in mir einen Gegenspieler zu sehen, denn er wählte gleich darauf die für seinesgleichen letzte Ausflucht – verbissenes Schweigen. Für den Augenblick war es zwecklos, sich weiterhin mit ihm zu unterhalten. Er schmollte, und ich verließ das Zimmer.

Im Lauf des Tages bat er mich noch einmal zu kommen. Normalerweise wäre ich nicht ohne besonderen Grund zu ihm gegangen, aber im Augenblick bin ich an ihm so interessiert, daß ich gern diese Chance ergriff. Außerdem bin ich froh, mir die Zeit vertreiben zu können. Harker ist unterwegs und ebenso wie Lord Godalming und Quincey auf der Suche nach neuen Hinweisen. Van Helsing brütet in meinem Arbeitszimmer über den Aufzeichnungen, die die Harkers angefertigt haben; er meint offensichtlich, daß man durch genaueste Kenntnis aller Einzelheiten auf weitere Spuren stoßen könnte. Er möchte nicht ohne besonderen Grund bei seiner Beschäftigung gestört werden. Ich hätte ihn gern zu meinem Patienten mitgenommen, jedoch hielt ich es für wahrscheinlich, daß er nach der erlittenen Abfuhr keine Lust mehr hätte, Renfield aufzusuchen. Auch fürchtete ich, daß sich Renfield in Anwesenheit einer dritten Person nicht so freimütig äußern würde, als wenn wir beide uns unter vier Augen unterhielten.

Renfield saß auf einem Stuhl in der Mitte des Zimmers; für gewöhnlich zeugt diese Haltung von tiefem Nachdenken. Als ich eintrat, fragte er mich sofort, als hätte ihm diese Frage schon lange auf der Zunge gelegen:

»Wie kommen Sie auf Seelen?« Also war meine Vermutung richtig gewesen; die unbewußte Gehirntätigkeit funktioniert selbst bei Verrückten. Ich beschloß, der Sache auf den Grund zu gehen. »Was halten denn Sie davon?« fragte ich. Statt einer Antwort sah er in alle Richtungen, auch nach oben und unten, als warte er auf eine Eingebung.

»Ich will keine Seelen!« sagte er kläglich, als wolle er sich rechtfertigen. Dieses Thema schien ihm Kopfzerbrechen zu bereiten, und das wollte ich nutzen, um »zu gutem Zweck grausam zu sein«. Deshalb fragte ich weiter:

»Sie lieben Lebendiges, und Sie wollen Leben?«

»O ja! Aber das ist in Ordnung; darüber brauchen Sie sich keine Gedanken zu machen.«

»Und wie kann man denn«, fragte ich, »das Leben

bekommen, ohne nicht auch die Seele zu erhalten?« Da ihn dies zu verwirren schien, drang ich weiter in ihn:

»Sie werden noch was erleben, wenn Sie eines Tages hinauskommen und die Seelen von unzähligen Fliegen, Spinnen, Vögeln und Katzen summen, zwitschern und miauen um Sie herum! Sie haben deren Leben genommen, und so müssen Sie auch die Seelen in Kauf nehmen!« Seine Phantasie schien angeregt worden zu sein, denn er stopfte sich die Finger in die Ohren und kniff die Augen so fest zusammen wie ein kleiner Junge, dem das Gesicht eingeseift wird. In dieser Geste lag eine Hilflosigkeit, die mich rührte; sie erteilte mir aber auch eine Lektion, denn mir kam es vor, als säße ein Kind vor mir – nur ein Kind, obwohl seine Gesichtszüge runzlig und die Stoppeln auf seinem Kinn weiß waren. Offensichtlich kämpften die verschiedenartigsten Gedanken in ihm, und weil ich wußte, wie ihm frühere Stimmungen Dinge nahegebracht hatten, die ihm bis dahin fremd gewesen waren, hielt ich es für das klügste, in seine Gedanken einzudringen und ihnen so weit wie möglich zu folgen. Der erste Schritt bestand darin, sein Vertrauen wiederzugewinnen. Ich fragte ihn also, wobei ich ziemlich laut sprach, damit er mich auch hören konnte, obwohl er sich die Ohren zuhielt:

»Möchten Sie etwas Zucker haben, um neue Fliegen fangen zu können?« Er schien plötzlich wieder aufzuwachen und schüttelte den Kopf. Auflachend erwiderte er:

»Nicht so sehr! Fliegen sind doch nur kümmerliche Lebewesen.« Nach einer Pause setzte er hinzu: »Aber trotzdem möchte ich nicht von ihren Seelen umschwärmt werden.«

»Und Spinnen?« fragte ich.

»Zum Teufel damit! Was soll ich mit Spinnen? Es lohnt sich nicht, sie zu essen oder . . .« Er brach jäh ab, als hätte er ein verbotenes Thema angerührt.

Soso, dachte ich; jetzt schreckt er zum zweitenmal vor dem Wort »trinken« zurück! Was mag das bedeuten? Renfield schien sich jedoch seines Versprechers bewußt zu sein, denn er redete hastig weiter, als wollte er mich ablenken:

»Daran habe ich überhaupt kein Interesse. Ratten, Mäuse und solches Getier sind doch nur Kükenfutter. Ich habe diesen Unsinn hinter mich gebracht. Sie könnten ebensogut einen Mann auffordern, mit Eßstäbchen Moleküle zu essen, als mich für dieses Kleinvieh zu interessieren versuchen – jetzt, nachdem ich weiß, was vor mir liegt!«

»Ich verstehe«, sagte ich. »Sie wollen große Lebewesen, damit Sie etwas zwischen den Zähnen haben. Wie wär's mit einem Elefanten zum Frühstück?«

»Sie reden lächerlichen Unsinn!« Er war jetzt hellwach, deshalb wollte ich noch tiefer in ihn dringen. »Ich möchte mal wissen«, fragte ich nachdenklich, »was für eine Seele ein Elefant haben mag!«

Diese Bemerkung brachte den gewünschten Erfolg, denn er stieg von seinem hohen Roß und wurde wieder zu einem Kind.

»Ich will keine Elefantenseele, ich will überhaupt keine Seele!« erklärte er und schien verzagt. Doch plötzlich sprang er auf, seine Augen blitzten, und er zeigte alle Merkmale großer Erregung. »Zum Teufel mit Ihnen und Ihren Seelen!« schrie er. »Weshalb plagen Sie mich mit den Seelen? Habe ich nicht schon genug Kummer und Sorgen, muß ich mich nicht schon dauernd ablenken? Da kommen Sie noch mit Ihren Seelen!« Er sah so feindselig aus, daß ich fürchtete, er würde wieder einen Angriff wagen. Ich pfiff also auf meiner Pfeife; doch im gleichen Augenblick wurde er schon wieder ruhig und sagte entschuldigend:

»Verzeihen Sie mir, Doktor; ich habe mich vergessen. Sie brauchen keine Hilfe. Ich mache mir so viele Sorgen, daß ich sehr reizbar geworden bin. Wüßten Sie, welchem Problem ich gegenüberstehe, würden Sie mich bemitleiden, geduldig sein und mir verzeihen. Bitte stecken Sie mich nicht in eine Zwangsjacke. Ich möchte nachdenken, und das ist mir unmöglich, wenn mein Körper gefesselt ist. Ich bin sicher, Sie verstehen mich!« Er besaß offensichtlich viel Selbstbeherrschung; als die Wärter in das Zimmer stürmten, beruhigte ich sie also und schickte sie wieder fort. Renfield beobachtete sie, wie sie hinausgingen; als die Tür geschlossen war, sagte er mit viel Würde und Freundlichkeit: »Dr. Seward, Sie sind sehr rücksichtsvoll zu mir. Glauben Sie mir, ich bin Ihnen sehr, sehr dankbar!« Ich hielt es für richtig, ihn in dieser Stimmung zu belassen, und ging deshalb hinaus. Ein Mann seiner Lager gibt Anlaß zu vielerlei Überlegungen. Einige Punkte sind sogar geeignet, wie die Amerikaner sagen würden, »Story« zu liefern, wenn man sie in der richtigen Reihenfolge aufzählt. Hier sind sie:

Er scheut sich, das Wort »trinken« auszusprechen.

Er fürchtet sich davor, mit irgendwelchen »Seelen« belastet zu werden.

Er schreckt nicht davor zurück, in Zukunft »Leben« zu begehren.

Er verachtet die niederen Lebewesen, befürchtet jedoch, von deren Seelen heimgesucht zu werden.

All diese Punkte deuten logischerweise auf eines hin: Er ist aus irgendeinem Grund zuversichtlich, an höhere Formen des Lebens heranzukommen. Er fürchtet jedoch zugleich die Konsequenzen, nämlich die Last einer Seele. Dann ist es also menschliches Leben, das er erhofft!

Und seine Zuversicht . . .? Allmächtiger Himmel! Der Graf hat ihn besucht, und uns steht neues Grauen bevor!

Später. – Nachdem ich meine Visite beendet hatte, suchte ich Van Helsing auf und erzählte ihm von meinem Verdacht. Er wurde sehr ernst, und nachdem er die Angelegenheit eine Weile überdacht hatte, bat er mich, ihn zu Renfield zu führen. Ich tat dies. Als wir vor der Tür standen, hörten wir den Irren drinnen fröhlich singen, wie er es zu der Zeit getan hatte, die mir schon so lange vergangen scheint. Als wir eintraten, stellten wir verwundert fest, daß er wie früher seinen Zucker ausgestreut hatte; viele Fliegen, die jetzt im Herbst schon träge waren, summten im Zimmer herum. Wir versuchten, die Unterhaltung wiederaufzunehmen, aber er war nicht ansprechbar, sondern sang weiter, als stünden wir überhaupt nicht im Zimmer. Er hatte sich einen Papierfetzen besorgt, den er zu einem Notizbuch faltete. Nicht klüger, als wir gekommen waren, mußten wir wieder abziehen.

Er ist wirklich ein seltsamer Fall; wir müssen ihn heute beobachten.

Brief von Mitchell, Söhne & Candy
an Lord Godalming

Mylord, 1. Oktober

wir sind stets gern bereit, Ihre Wünsche zu erfüllen.

Entsprechend der Bitte, die Ihre Lordschaft durch Mister Harker an uns richten ließ, teilen wir Ihnen die folgende Information betreffend Kauf und Verkauf des Hauses Piccadilly 347 mit. Die ursprünglichen Verkäufer sind die Nachlaßverwalter des verstorbenen Mister Archibald Winter-Suffield. Der Käufer ist ein ausländischer Edelmann, Graf de Ville, der den Kauf persönlich tätigte, indem er das Geld »bar auf den Tisch legte«, wenn Ihre Lordschaft diesen vulgären Ausdruck gestatten wollen. Darüber hinaus ist uns nichts über ihn bekannt.

Wir bleiben Ihrer Lordschaft untertänigste Diener

Mitchell, Söhne & Candy

2. Oktober. – Gestern abend postierte ich einen Mann auf dem Gang und befahl ihm, auf jeden Laut, der aus Renfields Zimmer dringen würde, zu achten; wenn er irgend etwas Seltsames bemerken sollte, hätte er mich sofort zu holen. Nach dem Abendbrot versammelten wir uns dann alle vor dem Kamin in meinem Arbeitszimmer. Nur Mrs. Harker war bereits zu Bett gegangen. Wir besprachen die Unternehmungen und Entdeckungen des Tages; Harker hatte als einziger ein Ergebnis vorzuweisen, und wir sind voller Hoffnung, dadurch auf eine wichtige Spur gestoßen zu sein. Bevor ich mich schlafen legte, ging ich noch einmal zu Renfields Zelle und spähte durch den Spion. Er schlief fest; seine Brust hob und senkte sich gleichmäßig.

Heute morgen berichtete der wachhabende Wärter, daß Renfield kurz nach Mitternacht unruhig geworden sei und laut gebetet habe. – Ich fragte ihn, ob das alles sei, und er erwiderte, er habe nichts weiter gehört. Dabei benahm er sich verdächtig, so daß ich ihm auf den Kopf zusagte, er habe geschlafen. Er stritt das zunächst ab, gab dann jedoch zu, eine Weile »gedöst« zu haben. Es ist schade, daß man den Leuten nur trauen kann, wenn man sie ständig im Auge behält.

Harker verfolgt heute seine Spur weiter, und Art und Quincey besorgen Pferde. Godalming hält es für richtig, stets Pferde bereitstehen zu haben, denn wenn wir erst alle benötigten Informationen haben, ist keine Zeit mehr zu verlieren. In der Frist zwischen Sonnenaufgang und Sonnenuntergang müssen wir die gesamte importierte Erde sterilisieren. Damit treffen wir den Grafen an seiner schwächsten Stelle, denn er wird keine Zufluchtsstätte mehr besitzen.

Van Helsing ist zum British Museum gegangen, wo er in den Werken angesehener alter Mediziner nachlesen will.

Die alten Ärzte zogen Dinge in Betracht, die von ihren Nachfolgern verworfen wurden, und der Professor sucht jetzt nach Hexen- und Dämonenmitteln, die uns später guter Dienste leisten könnten.

Manchmal glaube ich, wir sind alle verrückt und werden eines Tages in Zwangsjacken wieder aufwachen.

Später. – Wir sind wieder einmal zusammengekommen. Endlich scheinen wir auf der richtigen Spur zu sein, und unsere morgige Tätigkeit könnte der Anfang vom Ende sein. Ich frage mich, ob Renfields Gelassenheit damit zusammenhängt. Seine Stimmung entspricht so sehr dem Tun des Grafen, daß ihm vielleicht auch die drohende Vernichtung des Ungeheuers auf geheimnisvolle Art und Weise bekannt wurde. Wenn wir wüßten, was in der Zeit zwischen unserer Unterhaltung und seinem neuerlichen Fliegenfangen in ihm vorging, hätten wir einen wertvollen Hinweis. Seit einer Weile scheint er ganz ruhig zu sein . . . Oder . . .? Dieser wilde Schrei muß aus seiner Zelle gekommen sein . . .!

Soeben kam der Wärter in mein Zimmer gestürzt und erzählte mir, daß Renfield einen Unfall erlitten habe. Er hatte ihn schreien hören, und als er in seine Zelle eilte, fand er ihn auf dem Fußboden liegend vor, mit dem Gesicht nach unten und über und über mit Blut besudelt. Ich muß sofort zu ihm . . .

Einundzwanzigstes Kapitel

Dr. Sewards Tagebuch

3. Oktober. – Ich will alle Ereignisse seit meiner letzten Eintragung so genau niederschreiben, wie ich mich daran

erinnere. Selbst Kleinigkeiten darf ich nicht vergessen; deshalb muß ich in aller Ruhe vorgehen.

Als ich in Renfields Zimmer stürzte, traf ich ihn noch immer auf dem Fußboden an, auf der linken Seite in einer Blutlache liegend. Ich wollte ihn gerade herumdrehen, da sah ich, daß er einige schwere Wunden davongetragen hatte; nicht einmal die zweckgerichtete Einheit der verschiedenen Körperteile, die bei Normalen noch in der Ohnmacht festzustellen ist, war bei ihm zu erkennen. Sein Gesicht zeigte böse Wunden, als hätte man seinen Kopf auf den Fußboden geschlagen. Das Blut auf dem Boden stammte von diesen Verletzungen. Der Wärter, der neben Renfield kniete, sagte, als wir den Verletzten herumdrehten:

»Sir, ich glaube, er hat sich das Rückgrat gebrochen. Sehen Sie nur, seine ganze rechte Seite ist gelähmt, Arm und Bein!« Der Wärter war über alle Maßen entsetzt, wie ein solches Unglück hatte geschehen können. Er zog die Augenbrauen zusammen und sagte:

»Zwei Dinge sind mir unklar. Die Gesichtsverletzungen konnte er sich zuziehen, indem er den Kopf auf den Fußboden schlug. Ich habe das bei einer jungen Frau in Eversfield Asyl erlebt, die man nicht daran hindern konnte. Und weiter wäre es möglich, daß er sich bei einem Sturz aus dem Bett das Genick brach, falls er dabei unglücklich fiel. Aber ich kann mir beim besten Willen nicht vorstellen, wie beides zugleich geschehen konnte! Nachdem er das Genick gebrochen hatte, konnte er sich nicht mehr das Gesicht zerschlagen; und wenn sein Gesicht so aussah, ehe er aus dem Bett stürzte, müßten wir Spuren im Bett finden.« Ich erwiderte:

»Gehen Sie zu Dr. Van Helsing und bitten Sie ihn, umgehend hierherzukommen. Ich muß ihn unverzüglich sprechen!« Der Mann eilte davon, und innerhalb weniger Minuten erschien der Professor im Morgenmantel und

Pantoffeln. Als er Renfield am Boden liegen sah, betrachtete er ihn eine Weile forschend und wandte sich dann mir zu. Wahrscheinlich konnte er meine Gedanken in meinen Augen lesen, denn er sagte leise, aber so, daß ihn der Wärter hören konnte:

»Ein trauriger Unglücksfall! Er muß sorgfältig bewacht und gepflegt werden. Ich will mich mit dir um ihn kümmern, aber erst muß ich mich ankleiden. Wenn du hier auf mich warten willst, bin ich in wenigen Minuten zurück.«

Renfield atmete jetzt keuchend, und man konnte nicht übersehen, daß er schwer verletzt war. Van Helsing kehrte bald darauf mit seiner Instrumententasche zurück. Offenbar hatte er bereits einen Entschluß gefaßt, denn ehe er sich dem Patienten zuwandte, flüsterte er mir zu: »Schick den Wärter fort! Wir müssen mit ihm allein sein, wenn er nach der Operation wieder zu sich kommt.« Ich sagte also:

»Ich glaube, wir brauchen Sie hier nicht mehr, Simmons. Wir haben vorläufig getan, was wir können. Sie sollten jetzt die Runde machen, während Dr. Van Helsing ihn operiert. Geben Sie mir sofort Nachricht, wenn sich irgendwo etwas Ungewöhnliches ereignet.«

Der Mann zog sich zurück, und wir machten uns an eine genaue Untersuchung des Patienten. Die Wunden im Gesicht waren nur oberflächlich; die eigentliche Verletzung bestand in einem Schädelbruch, der den motorischen Bezirk in Mitleidenschaft zog. Der Professor dachte einen Augenblick nach und sagte dann:

»Wir müssen den Druck auf das Hirn senken und, soweit uns das gelingt, normalisieren. Der starke Blutverlust beweist den Ernst seiner Verletzung. Das ganze motorische Gebiet scheint betroffen zu sein. Die Gehirnblutung wird schnell um sich greifen; wir müssen also eine Kanüle einführen, ehe es zu spät ist.« Während er sprach, klopfte es leise an der Tür. Ich ging hin und öffnete. Draußen auf dem Korridor standen in Schlafanzug und Pantoffeln Arthur und Quincey.

»Ich hörte, wie der Wärter Dr. Van Helsing holte«, sagte Arthur, »und etwas von einem Unfall meldete. Da Quincey noch nicht schlief, rief ich auch ihn. Die Ereignisse entwickeln sich zu schnell und zu seltsam, als daß wir in dieser Zeit fest schlafen könnten. Ich mußte daran denken, daß schon morgen abend alles anders sein kann ... Wir müssen von nun an die Vergangenheit und die Zukunft gründlicher bedenken. Dürfen wir eintreten?«

Ich nickte und hielt ihnen die Tür auf; dann schloß ich sie hinter ihnen wieder. Als Arthur die Haltung und den Zustand unseres Patienten sowie die schreckliche Blutlache auf dem Fußboden sah, fragte er leise:

»Mein Gott, was ist ihm denn zugestoßen? Der arme Teufel!« Ich schilderte ihm alles in knappen Worten und fügte hinzu, wir hofften, daß er zumindest für kurze Zeit nach dem Eingriff sein Bewußtsein wiedererlangen würde. Arthur setzte sich sofort zu Godalming auf die Bettkante, und geduldig sahen wir dann Van Helsing zu.

»Wir müssen nur den günstigsten Zeitpunkt für die Trepanation abwarten«, erklärte Van Helsing, »damit wir das Blut schnell und gründlich entfernen können, denn offenbar hält die innere Blutung an.«

Die folgenden Minuten verstrichen furchtbar langsam. Mein Herz war schwer; an Van Helsings Gesichtsausdruck erkannte ich, daß auch er vor den kommenden Ereignissen Besorgnis oder gar Furcht empfand. Ich scheute die Worte, die Renfield aussprechen könnte, ja ich schreckte sogar davor zurück, auch nur nachzudenken. Aber der Zwang dessen, was kommen sollte, stand vor mir, so wie ich von Menschen gelesen habe, die die Totenuhr schlagen hörten. Die Atemzüge des armen Menschen kamen unregelmäßig; es schien, als würde er jeden Augenblick seine Augen aufschlagen und sprechen, aber dann drang wieder nur ein langer Seufzer über seine Lippen, und er versank in noch tiefere Bewußtlosigkeit. So gewohnt mir auch Krankenbetten und Tod sind, so wuchs die Spannung in mir immer mehr. Ich konnte fast schon meinen eigenen Herzschlag hören; und das Blut pochte in meinen Schläfen wie Hammerschläge. Die Stille wurde schließlich erdrückend. Ich sah meine Freunde an; ihre geröteten Gesichter und feuchten Stirnen zeigten, daß sie ähnliche Qualen litten. Auf uns lastete eine Spannung, als hinge eine Schreckensglocke über uns, die gerade dann kraftvoll erschallen würde, wenn wir es am wenigsten erwarteten.

Schließlich kam eine Periode, in der es deutlich wurde, daß Renfields Kräfte schnell dahinschwanden; er konnte jeden Augenblick sterben. Ich sah zu dem Professor und fing seinen auf mich gerichteten Blick auf. Mit entschlossenem Gesichtsausdruck erklärte er:

»Wir dürfen keine weitere Zeit verlieren. Seine Worte könnten viele Menschen retten, das habe ich mir eben überlegt. Vielleicht steht eine Seele auf dem Spiel! Wir werden ihn also dicht über dem Ohr operieren!«

Und ohne ein weiteres Wort machte er sich an den Eingriff. Ein paar Minuten lang atmete Renfield noch keuchend; doch dann holte er so tief Atem, daß es seinen Brustkorb zu sprengen schien. Plötzlich schlug er die Augen auf; sein Blick war ein wildes, hilfloses Starren. Nach einiger Zeit jedoch wurde er ruhiger und zeigte schließlich frohe Überraschung. Ein Seufzer der Erleichterung kam über seine Lippen. Er zuckte krampfhaft und sagte:

»Ich werde ganz ruhig sein, Doktor. Sagen Sie den Wärtern, sie sollen mir die Zwangsjacke abnehmen. Ich hatte einen furchtbaren Traum, der mich so geschwächt hat, daß ich mich nicht mehr rühren kann. Was ist mit meinem Gesicht geschehen? Es fühlt sich so geschwollen an und schmerzt furchtbar.« Er wollte den Kopf drehen; aber bei dieser Anstrengung wurde sein Blick wieder glasig, und deshalb legte ich seinen Kopf sanft zurück. Dann bat Van Helsing mit ruhiger, ernster Stimme:

»Erzählen Sie uns Ihren Traum, Mister Renfield!« Als Renfield diese Stimme hörte, hellte sich sein verstümmeltes Gesicht auf, und er erwiderte:

»Das ist Dr. Van Helsing! Wie gut, daß Sie hier sind. Geben Sie mir etwas Wasser, meine Lippen sind trocken; ich werde versuchen, Ihnen alles zu erzählen. Mir träumte . . .« Er bracht ab und schien einer Ohnmacht nahe, deshalb bat ich Quincey leise: »Den Brandy! Er steht in meinem Arbeitszimmer. Schnell!« Quincey eilte aus dem Zimmer und kehrte mit einem Glas, dem Brandy und einer Wasserkaraffe zurück. Wir befeuchteten die ausgetrockneten Lippen Renfields, der sich daraufhin schnell wieder erholte. Sein armes verletztes Gehirn schien jedoch in der Zwischenzeit funktioniert zu haben, denn als er wieder bei vollem Bewußtsein war, starrte er mich durchdringend, doch mit einer quälenden Verwirrung an, die ich nie werde vergessen können. Dabei sagte er:

»Ich darf mich nicht selber täuschen; es war kein Traum, sondern bittere Wirklichkeit!« Dann streiften seine Blicke durch das Zimmer, und als er die beiden auf dem Rand seines Bettes sitzenden Männer bemerkte, fuhr er fort:

»Wäre ich noch nicht sicher, würden es mir diese da bestätigen.« Er schloß einen Moment lang die Augen – nicht vor Schmerzen oder Müdigkeit, sondern als wollte er sich sehr konzentrieren. Als er sie wieder aufschlug, sprach er hastig und mit mehr Nachdruck als bisher weiter:

»Schnell, Doktor, schnell. Ich muß sterben! Ich spüre, daß mir nur noch wenige Minuten bleiben; dann muß ich zurück in den Tod – oder in weit Schlimmeres! Befeuchten

Sie noch einmal meine Lippen mit Brandy. Ich muß Ihnen noch etwas mitteilen, ehe ich sterbe oder jedenfalls ehe mein zerschmettertes Hirn abstirbt! – Danke sehr! Es war in jener Nacht, als ich Sie bat, mich freizulassen, und Sie dann von mir gingen. Ich konnte damals nicht sprechen, denn ich fühlte, mir war die Zunge gebunden. Doch sonst war ich damals ebenso vernünftig wie jetzt. Noch lange nachdem Sie mich allein gelassen hatten, quälte mich tiefe Verzweiflung. Doch dann wurde ich plötzlich ganz ruhig. Mein Verstand wurde wieder klar, und ich erkannte, wo ich mich befand. Ich hörte die Hunde hinter unserem Haus bellen, aber nicht dort, wo Er sich befand!« Während er sprach, verzog Van Helsing keine Miene, doch griff er heimlich nach meiner Hand und packte sie fest. Aber sonst verriet er nicht seine Bewegung, sondern nickte nur und bat: »Fahren Sie fort!« Und Renfield erzählte weiter:

»Im Dunst erschien Er vor dem Fenster wie schon so oft, aber jetzt hatte Er sich materialisiert. Er war kein Gespenst, Seine Augen blitzten zornig, doch Sein roter Mund lachte, und als Er sich umdrehte, um über die Bäume zurückzuschauen, dorthin, wo die Hunde kläfften, leuchteten Seine spitzen weißen Zähne im Mondlicht. Zuerst wollte ich Ihn nicht hereinbitten, obwohl ich wußte, daß Er das wünschte – so wie Er es immer gewollt hatte. Und dann versprach Er mir Leben – und versprach nicht nur, sondern schickte es mir auch!« Der Professor unterbrach ihn:

»Wie?«

»Er erfüllte mir alles. Er schickte mir, wenn die Sonne schien, große, dicke Fliegen mit stahlblauen und saphirfarbenen Flügeln und des Nachts große Motten, die Totenköpfe auf ihren Rücken trugen.« Van Helsing nickte und flüsterte mir leise zu:

»Acherontia aitetropos, auch ›Totenkopfmotte‹ genannt.« Renfield fuhr unbeirrt fort:

»Und dann versprach Er mir Ratten, Ratten, Ratten! Hunderte, Tausende, Millionen davon, und jede ein Lebewesen; auch Hunde, die sie fressen, und Katzen! Alles Leben! Voller roten Blutes, das jahrelanges Leben garantiert, und nicht nur summende Fliegen. Ich lachte Ihn aus, denn ich wollte sehen, wessen Er fähig war. Da heulten die Hunde in Seinem Haus hinter den dunklen Bäumen auf, und Er rief mich zum Fenster. Ich stand auf und sah hinaus. Da hob Er die Hände und schien einen stummen Befehl zu geben. Eine dunkle Masse ergoß sich wie eine Flamme über den Rasen, dann zerteilte Er den Dunst, und ich sah Tausende von Ratten mit leuchtendroten Augen, ganz so wie die Seinen, nur winziger. Er reckte die Hand hoch, und alle blieben sie stehen, und mir war es, als spräche Er zu mir: ›Alle diese Lebewesen will ich dir schenken, ja noch viel mehr und größere und für unzählige Zeitalter, wenn du vor mir niederfällst und mich anbetest.‹ Und dann schien sich eine Wolke, so rot wie Blut, auf mich herabzusenken, und ehe ich wußte, was ich tat, öffnete ich das Schiebefenster und sagte: ›Tritt ein, Herr und Meister!‹ Die Ratten verschwanden, und Er schlüpfte in meine Zelle, obwohl der Fensterspalt nur einen Zoll breit war, ganz so wie auch der Mond schon oft durch die winzigen Ritzen hereingekommen war und dann in all seiner Größe und Herrlichkeit vor mir gestanden hatte.«

Seine Stimme wurde schwächer, also befeuchtete ich seine Lippen wieder mit Brandy, und er sprach weiter; jedoch schienen seine Gedanken in der Zwischenzeit nicht stehengeblieben zu sein, denn seine Erzählung war schon fortgeschritten. Ich wollte ihn gerade wieder auf seinen letzten Satz zurückführen, als mir Van Helsing zuflüsterte: »Laß ihn weiterreden und unterbrich ihn nicht; er kann nicht zurückschalten! Vielleicht könnte er überhaupt nicht weiterreden, wenn er einmal den Faden verloren hat!« Also fuhr Renfield fort:

»Den ganzen Tag lang wartete ich auf Ihn, aber Er schickte mir nichts, nicht einmal eine Schmeißfliege, und als der Mond aufging, war ich sehr verärgert über Ihn. Als Er durch das Fenster hereinschlüpfte, obwohl es verschlossen war, und nicht einmal anklopfte, wurde ich zornig. Er lachte mich aus; Sein weißes Gesicht mit den funkelnden roten Augen schimmerte im Dunst, und Er ging an mir vorbei, als gehöre Ihm das ganze Gebäude und ich wäre ein Nichts. Er roch sogar anders, als Er an mir vorüberging. Ich konnte Ihn nicht aufhalten. Aus irgendeinem Grund kam es mir vor, als wäre Mrs. Harker ins Zimmer gekommen.«

Die beiden auf dem Bett sitzenden Männer erhoben sich und stellten sich hinter ihn, wo er sie nicht sehen konnte, um ihn besser verstehen zu können. Sie verhielten sich beide still; der Professor jedoch war zusammengezuckt; sein Gesicht wirkte noch grimmiger und verbissener als bisher. Renfield, dem diese Regung entging, fuhr fort:

»Als mich Mrs. Harker heute nachmittag aufsuchte, war sie nicht mehr die gleiche. Sie kam mir vor wie Tee, den man mit Wasser gestreckt hat.« Bei dieser Bemerkung fuhren wir alle zusammen, aber keiner sagte ein einziges Wort. Renfield sprach weiter:

»Bevor sie mich ansprach, wußte ich nicht einmal, daß sie hier war; sie sah so verändert aus. Ich mag keine blassen Leute; ich habe eine Vorliebe für Menschen mit viel Blut in den Adern, und ihres schien ausgelaufen zu sein. Zuerst machte ich mir darüber keine Gedanken, aber als sie mich verlassen hatte, begann ich nachzudenken, und der Gedanke, daß Er ihr das Leben ausgesaugt hatte, machte mich rasend!«

Die anderen bebten ebenso wie ich am ganzen Körper, aber ansonsten blieben sie ruhig. »Deshalb wartete ich schon auf Ihn, als Er heute abend kam. Ich sah, wie der Dunst hereinströmte, und packte fest zu. Ich weiß, daß

Wahnsinnige enorme Kräfte entwickeln können, und da mir bekannt ist, daß ich zumindest zeitweilig verrückt bin, beschloß ich, davon Gebrauch zu machen. Ja, auch Er spürte das, denn Er mußte aus dem Dunst heraus, um mit mir zu kämpfen. Ich packte fest zu; Er sollte nicht noch mehr von ihrem Leben rauben. Ich glaubte schon zu gewinnen, bis ich in Seine Augen schaute. Sein Blick bohrte sich in mich, und meine Kraft schmolz wie Eis. Er entschlüpfte mir, und als ich Ihn erneut packen wollte, hob Er mich hoch in die Luft und schmetterte mich zu Boden. Eine rote Wolke fiel über mich, es dröhnte mir wie Donner in den Ohren, und dann kroch der Dunst unter der Tür hinaus.« Seine Stimme wurde immer schwächer, und er atmete keuchend. Van Helsing erhob sich rasch.

»Wir wissen jetzt das Schlimmste«, sagte er. »Er ist hier, und wir kennen seine Absicht. Vielleicht ist es noch nicht zu spät. Rüsten wir uns ebenso aus wie neulich abend, aber verlieren wir keine Zeit; keine Sekunde darf unnütz verstreichen!« Unsere Befürchtung, nein, unsere Überzeugung brauchte nicht in Worte gekleidet zu werden – sie wurde von allen geteilt. Eilig holten wir aus unseren Zimmern die Dinge, die wir mit uns geführt hatten, als wir in das Haus des Grafen eingedrungen waren. Der Professor deutete auf sie, als wir uns wieder auf dem Korridor trafen, und meinte:

»Ich bin nie ohne sie und werde sie nicht ablegen, bis diese schlimme Angelegenheit beendet ist. Seid vorsichtig, meine Freunde! Wir streiten gegen keinen gewöhnlichen Gegner. Mein Gott, daß die liebe Madame Mina nun auch noch leiden muß!« Seine Stimme versagte; und von meinem Herzen weiß ich nicht, ob darin Wut oder Schrecken vorherrschten.

Vor der Tür von Harkers Zimmer machten wir halt. Arthur und Quincey hielten sich zurück, und der letztere fragte:

»Sollen wir sie stören?«

»Wir müssen es«, erwiderte Van Helsing grimmig. »Wenn die Tür abgeschlossen ist, werde ich sie aufbrechen.«

»Wird es sie nicht furchtbar erschrecken? Schließlich ist es äußerst ungewöhnlich, in das Zimmer einer Dame einzubrechen!«

Da erwiderte Van Helsing ernst:

»Sie haben durchaus recht, aber es geht um Leben und Tod. Für einen Arzt gibt es keine verschlossenen Türen, und selbst wenn es so wäre, so sind doch heute abend für mich alle Zimmer gleich. Wenn die Tür sich nicht öffnen läßt, wirst du sie eindrücken, John, und Sie beide helfen ihm dabei! Also!«

Während er sprach, drückte er die Klinke herunter, aber die Tür ging nicht auf. Da warfen wir uns dagegen. Mit lautem Krachen flog sie auf, und wir stürzten beinahe kopfüber in das Zimmer. Der Professor schlug lang hin; ich blickte über ihn hinweg, während er sich aufrichtete.

Der Anblick entsetzte mich. Meine Nackenhaare sträubten sich, und das Herz stockte mir.

Der Mond schien draußen so hell, daß selbst durch die dicken gelben Vorhänge noch genug Licht drang, um in dem Zimmer sehen zu können. Auf dem Bett neben dem Fenster lag Jonathan Harker; sein Gesicht war gerötet, und er atmete so schwer, als wäre er betäubt. Am Vorderrand des Bettes kniete seine Frau, ganz in Weiß gekleidet, den Kopf uns abgewendet. Neben ihr stand ein großer, schlanker, schwarzgekleideter Mann. Auch er hatte sein Gesicht abgewandt, aber wir erkannten in ihm sofort den Grafen – an jedem Merkmal, auch an der Narbe auf der Stirn. Mit der Linken drückte er beide Hände von Mrs. Harker zur Seite; mit der Rechten aber hatte er die Frau im Nacken gepackt und preßte ihr Gesicht an seine Brust. Ihr weißes Nachthemd war blutbefleckt, und ein dünner

Blutfaden lief über die nackte Brust des Mannes, die durch die aufgerissene Kleidung zu sehen war. Die Haltung der beiden erinnerte in schrecklicher Weise an die eines Kindes, das die Nase seines Kätzchens in die Milchschale drückt, um es zum Trinken zu zwingen. Als wir in das Zimmer stürzten, wandte uns der Graf das Gesicht zu, und der höllische Ausdruck, der mir schon früher beschrieben worden war, stieg in ihm auf. Seine Augen leuchteten rot vor satanischem Haß, die Nüstern der weißen Adlernase blähten sich und bebten, und hinter den vollen Lippen des blutigen Mundes knirschten seine Zähne wie die eines wilden Tieres. Mit einem Ruck, der sein Opfer so heftig auf das Bett schleuderte, als wäre es aus großer Höhe heruntergestürzt, wandte er sich um und sprang uns entgegen. Doch der Professor hatte sich inzwischen wieder aufgerichtet und reckte ihm den Umschlag mit den Hostien entgegen. Der Graf blieb jäh stehen, ganz wie Lucy vor ihrer Gruft, und zuckte zurück. Weiter und weiter wich er zurück, während wir mit erhobenen Kruzifixen auf ihn eindrangen. Plötzlich erlosch das Mondlicht, da eine mächtige schwarze Wolke über den Himmel kroch; und als das Gaslicht unter Quinceys Streichholz aufflammte, sahen wir nur mehr einen flüchtigen Dunst, der unter der Tür entschwand. Diese war nämlich durch den Schwung, mit dem wir sie aufgebrochen hatten, wieder zugeschlagen. Van Helsing, Arthur und ich traten zu Mrs. Harker, die inzwischen wieder zu Atem gekommen war und einen so wilden, ohrenbetäubenden und verzweifelten Schrei ausstieß, daß er mir wahrscheinlich mein Leben lang in den Ohren gellen wird. Ein paar Sekunden lang verharrte sie in ihrer hilflosen, verrenkten Haltung. Die gespenstische Blässe ihres Gesichtes wurde von dem Blut auf ihren Lippen, ihren Wangen und ihrem Kinn nur noch unterstrichen. Von ihrer Kehle rann ein feiner Blutstrom herab, und in ihren Augen stand wahnsinnige

Angst. Dann schlug sie ihre armen zerquetschten Hände mit den roten Malen vom furchtbaren Griff des Grafen vor das Gesicht, und ein leises, klagendes Weinen ließ den vorangegangenen Schrei wie einen nur kurzen Ausdruck endlosen Leids erscheinen. Van Helsing trat vor und zog sanft die Bettdecke über sie, während Arthur, nachdem er sie eine Weile verzweifelt angestarrt hatte, aus dem Zimmer stürzte. Van Helsing flüsterte mir zu:

»Jonathan liegt in einer Betäubung, die der Vampir verursacht hat. Mit Madame Mina dürfen wir, bis sie sich erholt hat, nichts anfangen. Also muß ich ihn aufwecken!«

Er tauchte einen Handtuchzipfel in kaltes Wasser und schlug Jonathan mehrmals ins Gesicht. Mina verbarg sich noch immer hinter den Händen und schluchzte herzzerreißend. Ich ließ die Jalousie hoch und blickte hinaus. Der Mond leuchtete wieder hell, und ich erkannte, wie Quincey Morris über den Rasen lief und sich in den Schatten einer Eibe drückte. Sein Verhalten verblüffte mich, aber im selben Moment hörte ich einen Ausruf von Harker, der langsam wieder ins Bewußtsein zurückkehrte, und wandte mich dem Bett zu. Auf seinem Gesicht zeigte sich wilde Verwirrung, was man wohl verstehen kann. Ein paar Sekunden schien er noch benommen, doch dann kehrte mit einem Schlag das volle Bewußtsein zurück, und er sprang auf. Durch die heftige Bewegung erschrak seine Frau, und als wolle sie ihn in die Arme schließen, wandte sie sich ihm mit ausgestreckten Armen zu; doch schlug sie sofort wieder die Hände vors Gesicht und begann zu zittern, bis das Bett unter ihr bebte.

»Was in Gottes Namen bedeutet das?« schrie Harker. »Dr. Seward, Dr. Van Helsing, was ist los? Was ist geschehen? Mina, mein Liebling, was ist mir dir? Woher stammt das Blut? Mein Gott, mein Gott! Sind wir schon so weit gekommen?« Dann kniete er nieder und schlug die Hände zusammen. »Großer Gott! Steh uns bei! Hilf ihr! Oh, so hilf ihr doch!« Mit einer wilden Bewegung sprang er aus dem Bett und warf sich in seine Kleidung. Seine ganze Männlichkeit war jetzt erwacht und verlangte nach Taten. »Was ist geschehen? Erzählt mir alles genau!« rief er dabei. »Dr. Van Helsing, ich weiß, Sie lieben Mina. Oh, unternehmen Sie etwas, um sie zu retten! Es kann noch nicht zu spät sein. Achten Sie auf sie, während ich ihn suche!« Trotz ihrer Angst und Furcht und Verzweiflung erkannte seine Frau, in welche Gefahr er sich begeben wollte. Sofort vergaß sie ihr eigenes Leid, klammerte sich an ihn und rief:

»Nein! Nein! Jonathan, du darfst mich nicht verlassen! Gott weiß, ich habe heute nacht bereits genug gelitten, auch ohne die Furcht, er könnte dir etwas zuleide tun. Du mußt bei mir bleiben und bei deinen Freunden, die über dich wachen werden!«

Während dieser Worte wurde sie immer verzweifelter; und als er ihrem Drängen nachgab, zog sie ihn zu sich und klammerte sich wild an ihn.

Van Helsing und ich versuchten, die beiden zu beruhigen. Der Professor hob ein kleines goldenes Kruzifix empor und sagte beruhigend:

»Fürchten Sie sich nicht, meine Liebe. Wir sind bei Ihnen; und solange das hier in Ihrer Nähe ist, kann sich Ihnen nichts Böses nähern. Für heute nacht sind Sie sicher. Wir müssen Ruhe bewahren und uns beraten.« Sie zitterte und lehnte stumm den Kopf an die Brust ihres Mannes. Als sie wieder aufsah, war Jonathans weißes Nachthemd blutbefleckt, wo ihre Lippen und die feine offene Wunde an ihrer Kehle es berührt hatten. Als sie das sah, fuhr sie mit einem leisen Klagelaut zurück und flüsterte schluchzend:

»Unrein! Unrein! Ich darf ihn nicht mehr berühren, ihn nie mehr küssen! Oh – ich sein schrecklichster Feind, den er am meisten fürchten muß!« Darauf erwiderte Jonathan mit fester Stimme:

»Unsinn, Mina! Es trifft mich, von dir so etwas zu hören! Weder über dich noch von dir will ich derartiges hören. Möge Gott mich nach meinen Verdiensten beurteilen und mich noch härter als in dieser Stunde strafen, wenn uns irgendeine Tat oder Absicht von mir entfremden sollte!« Er legte die Arme um sie und drückte sie an seine Brust, wo sie eine Weile schluchzend ruhte. Über ihren gebeugten Kopf hinweg sah er uns mit blinzelnden, feuchten Augen an; seine Nasenflügel bebten, und sein Mund war fest zusammengepreßt. Nach und nach beruhigte sich ihr Schluchzen und wurde immer leiser. Da bat er mich mit erzwungener Ruhe, die seine Nerven bis zum äußersten strapazierte:

»Und nun, Dr. Seward, erzählen Sie mir alles. Den Schluß kenne ich nur zu gut; aber berichten Sie mir alles von Anfang an!« Ich entsprach seiner Bitte, und er lauschte in scheinbarer Ruhe, doch seine Nasenflügel zeugten von seiner Erregung, und seine Augen funkelten, als er hörte, wie die unbarmherzigen Hände des Grafen seine Frau in diese schreckliche und furchtbare Haltung gezwungen und ihren Mund auf die offene Wunde an seiner Brust gedrückt hatten. Es rührte mich zu sehen, wie selbst in diesem Augenblick, während sein bleiches Gesicht über ihrem gebeugten Kopf vor Erschütterung zuckte, seine Hände zärtlich und liebevoll über Minas zerzauste Haare strichen. Als ich fertig war, klopften Quincey und Godalming an die Tür und traten nach unserer Aufforderung ein. Van Helsing sah mich fragend an, und ich begriff seine Überlegung, ob wir ihre Ankunft nutzen sollten, um möglicherweise die Gedanken des unglücklichen Mannes und seiner Frau abzulenken. Als ich zustimmend nickte, fragte sie Van Helsing, was sie gesehen oder getan hätten. Darauf berichtete Lord Godalming:

»Ich entdeckte ihn weder auf dem Gang noch in irgendeinem der Zimmer. Ich sah auch in das Arbeitszimmer, und dort war er zwar gewesen, befand sich aber nicht mehr im Raum. Jedoch hatte er ...«

Plötzlich brach er ab und sah auf die zusammengesunkene Gestalt auf dem Bett. Van Helsing bat ernst:

»Fahren Sie fort, Arthur. Wir wollen nichts mehr verschweigen. Unsere Rettung hängt davon ab, alles zu wissen. Sprechen Sie ohne Hemmungen.« Also fuhr Arthur fort:

»Er war dort gewesen, und wenn auch nur wenige Sekunden lang, so hat er doch reinen Tisch machen können. Er hat alle Manuskripte verbrannt; aus der weißen Asche züngelten noch die blauen Flammen empor; auch die Zylinder Ihres Phonographen lagen im Feuer, und das Wachs hat die Flammen genährt.« An dieser Stelle unterbrach ich ihn: »Gott sei Dank liegt im Safe eine Abschrift.« Seine Miene hellte sich kurz auf, verdüsterte sich jedoch wieder, als er fortfuhr: »Ich rannte die Treppe hinunter, konnte aber keine Spur mehr von ihm entdecken. Dann schaute ich in Renfields Zelle; auch dort keine Spur, nur ...« Wieder unterbrach er sich. »Erzählen Sie weiter«, verlangte Harker mit heiserer Stimme. Arthur ließ den Kopf sinken, fuhr sich mit der Zunge über die Lippen und sagte:

»Der arme Kerl ist tot.« Mrs. Harker hob den Kopf, sah uns der Reihe nach an und sagte feierlich:

»Gottes Wille geschehe!« Ich hatte so eine Ahnung, daß Arthur noch etwas verschwieg; da er dafür jedoch einen guten Grund haben mußte, sagte ich nichts. Van Helsing wandte sich an Morris und fragte:

»Und Sie, Quincey, haben Sie etwas zu berichten?«

»Ein wenig«, antwortete dieser. »Vielleicht wird es dereinst viel bedeuten; das kann ich jetzt noch nicht sagen. Ich glaubte es wichtig, herauszufinden, wohin sich der

Graf wenden würde, sobald er das Gebäude verlassen hatte. Ich sah ihn zwar nicht, bemerkte jedoch eine Fledermaus, die aus Renfields Zimmer flog und nach Westen flatterte. Ich hatte erwartet, ihn in irgendeiner Gestalt nach Carfax zurückkehren zu sehen; aber offenbar hat er sich für eine andere Zufluchtsstätte entschieden. In dieser Nacht wird er nicht mehr zurückkehren, denn im Osten rötet sich der Himmel, und es beginnt zu dämmern. Morgen müssen wir an die Arbeit gehen.«

Die letzten Worte preßte er zwischen den Zähnen hindurch. Ein paar Minuten lang schwiegen wir alle, und ich glaubte fast, unseren Herzschlag hören zu können; dann legte Van Helsing sanft die Hand auf Mrs. Harkers Kopf und sagte:

»Und nun, Madame Mina – arme, liebe Madame Mina –, berichten Sie genau, was Sie erlebt haben! Gott weiß, daß ich Sie nicht unnütz quälen möchte, aber wir müssen alles ganz genau wissen. Mehr denn je müssen wir jetzt schnell, hart und entschlossen zuschlagen. Der Tag ist nah, da alles vorüber ist; doch jetzt haben wir noch die Gelegenheit, Erfahrungen zu sammeln.«

Die arme Frau zitterte, und ich erkannte ihre Nervenanspannung, als sie ihren Mann noch näher zu sich zog und ihren Kopf, der noch immer an seiner Brust lag, tiefer und tiefer beugte. Doch dann hob sie stolz den Kopf und streckte Van Helsing die Hand entgegen, die dieser ergriff und voller Verehrung küßte. Danach behielt er diese Hand in der seinen. Die andere Hand hielt ihr Mann, der schützend seinen Arm um sie gelegt hatte. Nach einer Pause, in der sie offenbar ihre Gedanken sammeln mußte, begann sie:

»Ich nahm das Schlafmittel, das Sie mir freundlicherweise gegeben hatten, aber lange Zeit blieb die Wirkung aus. Mir war, als würde ich nur noch wacher; schreckliche Vorstellungen begannen mich zu bedrängen – und alle handelten von Tod, Vampiren, Blut, Schmerz und Sorgen.« Ihrem Mann entrang sich ein Stöhnen, doch sie wandte sich ihm zu und bat liebevoll: »Sorge dich nicht, Schatz! Du mußt tapfer und stark sein und mir bei meiner schrecklichen Aufgabe helfen. Wenn du wüßtest, wieviel Überwindung es mich kostet, von diesen furchtbaren Dingen überhaupt zu erzählen, dann würdest du verstehen, wie sehr ich deine Hilfe brauche – also ich merkte wohl, daß ich der Arznei mit der Kraft meines Willens nachhelfen mußte, wenn sie mir nützen sollte; daher bemühte ich mich einzuschlafen. Und tatsächlich überfiel mich bald darauf der Schlaf, denn ich kann mich für eine Zeitlang an nichts mehr erinnern. Jonathan hatte mich bei seinem Eintreten nicht geweckt; als meine Erinnerung wieder einsetzte, lag er an meiner Seite. Im Zimmer aber hing der gleiche feine Nebel, der mir schon früher aufgefallen war. Aber davon können Sie ja nichts wissen; Sie müssen es in meinem Tagebuch noch nachlesen. Mich hatte dabei dieselbe unbestimmte Angst ergriffen, die ich schon einmal fühlte, und auch die gleiche Ahnung, es sei jemand im Zimmer. Ich drehte mich um, weil ich Jonathan wecken wollte, aber er schlief so fest, als hätte nicht ich, sondern er das Schlafmittel genommen. Sosehr ich mich auch anstrengte, ich konnte ihn nicht aufwecken! Das erschreckte mich, und verstört blickte ich mich um. Und dann überfiel mich blankes Entsetzen, denn neben dem Bett stand, als wäre er aus dem Dunst getreten – oder vielmehr, als hätte sich der Nebel zu seinem Körper verdichtet, denn der Dunst war vollständig verschwunden –, ein großer, schlanker Mann, ganz in Schwarz gekleidet. Aufgrund der Beschreibung der anderen erkannte ich ihn sofort: das wächserne Gesicht, die mächtige Adlernase mit dem schmalen, hellen Rücken, die geöffneten roten Lippen mit den dazwischen schimmernden spitzen weißen Zähnen und die roten Augen, die ich auf den Fenstern der Kirche von St. Mary in Whitby gesehen zu haben glaubte. Und ich erkannte auch die rote Narbe auf seiner Stirn, wo Jonathan ihn getroffen hat. Einen Augenblick lang setzte mein Herz aus, und ich hätte geschrien, wäre ich nicht wie gelähmt gewesen. In diese Pause hinein zischte er mit scharfem, schneidendem Flüsterton, wobei er auf Jonathan deutete:

›Ruhe! Wenn du einen einzigen Laut von dir gibst, werde ich vor deinen Augen sein Gehirn zerschmettern!‹ Ich war zu eingeschüchtert und zu verwirrt, um etwas tun oder sagen zu können. Mit einem spöttischen Lächeln legte er mir eine Hand auf die Schulter und hielt mich fest, während er mit der anderen Hand meinen Hals entblößte. Dabei flüsterte er: ›Zuerst eine kleine Erfrischung als Lohn für meine Mühen. Du kannst ganz ruhig bleiben; es ist nicht das erstemal, daß deine Venen meinen Durst stillen!‹ Ich war verwirrt, aber merkwürdigerweise verspürte ich keinen Drang, mich ihm zu entziehen. Ich vermute, das ist ein Teil des furchtbaren Fluches, der auf seinem Opfer lastet, sobald er es berührt. Und dann – o mein Gott, hab Erbarmen mit mir! –, dann drückte er seine übelriechenden Lippen auf meine Kehle!« Wieder stöhnte ihr Mann auf. Sie faßte seine Hand noch fester und sah ihn mitleidig an, als wäre er das Opfer gewesen. Dann berichtete sie weiter:

»Ich spürte, wie meine Kräfte nachließen, und war einer Ohnmacht nahe. Ich weiß nicht, wie lang dieses Greuel dauerte, aber es muß viel Zeit verstrichen sein, bis er seinen üblen, schrecklichen, grinsenden Mund von mir nahm. Und ich sah das frische Blut an ihm herunterrinnen!« Die Erinnerung überwältigte sie; sie sank zusammen und wäre zu Boden geglitten, hätte ihr Mann sie nicht gestützt. Durch starke Willensanstrengung erholte sie sich wieder und fuhr fort:

»Dann sagte er spöttisch: ›Also auch du, wie die anderen, wolltest gegen mich antreten. Du wolltest diesen Männern helfen, mich zu hetzen und meine Absichten zu vereiteln. Aber du hast es jetzt erfahren, was es heißt, meinen Pfad zu kreuzen. Die anderen ahnen es erst zum Teil, werden es aber auch bald genau wissen. Sie hätten sich ihre Kräfte für näherliegende Dinge aufsparen sollen. Aber während diese Männer mir Fallen stellen wollten – mir, der ich die Völker befehligte und für sie alle gekämpft habe, Jahrhunderte vor ihrer Geburt –, hintertrieb ich bereits ihre Pläne. Du aber, ihr aller Liebling, gehörst jetzt mir, bist Fleisch von meinem Fleisch, Blut von meinem Blut, bist von meiner Art und für eine Weile meine freigebige Weinkelter; später aber wirst du meine Begleiterin und Gehilfin sein. Und am Ende sollst du gerächt werden, denn kein einziger von jenen soll dir zur Stillung deiner Bedürfnisse dienen. Zuvor aber mußt du für deine Taten bestraft werden. Du hast geholfen, mich zu bekämpfen; jetzt wirst du meinem Befehl gehorchen. Wenn mein Hirn dir befiehlt: »Komm!«, wirst du Länder und Meere überqueren, um mir zu dienen! Deshalb nimm dies!‹

Damit riß er sein Hemd auf und öffnete mit seinen langen, scharfen Nägeln eine Ader auf seiner Brust. Als das Blut hervorquoll, ergriff er meine Hände, hielt sie fest, packte mich mit der anderen Hand im Nacken und drückte meinen Mund auf die Wunde, so daß ich entweder ersticken oder schlucken mußte von seinem . . . o mein Gott! Mein Gott! Was habe ich getan? Was habe ich verbrochen, um solch ein Schicksal zu verdienen, ich, die ich mich immer bemühte, in Demut und Aufrichtigkeit zu leben! Gott, erbarme Dich meiner! Sieh auf eine arme Seele herunter, die in schlimmerer Gefahr als Todesnot steckt; sei gnädig zu denen, die ihr nahestehen!« Dann begann sie, ihre Lippen abzureiben, als wollte sie jene Befleckung abwischen.

Während sie ihre furchtbaren Erlebnisse erzählt hatte,

wurde der Himmel im Osten immer heller, und die Gegenstände waren immer deutlicher zu erkennen. Harker hatte sich gefaßt verhalten, aber im Lauf der Erzählung verdüsterte sich seine Miene immer mehr, bis schließlich seine Haut dunkel von den ergrauten Haaren abstach.

Wir beschlossen, daß stets jemand in Rufweite des unglücklichen Ehepaares bleibt, bis wir wieder zusammenkommen und unsere nächsten Schritte beraten.

Von einem bin ich überzeugt: Heute wird die Sonne auf ihrem weiten Lauf kein Haus bescheinen, in dem tieferes Leid herrscht.

Zweiundzwanzigstes Kapitel

Jonathan Harkers Tagebuch

3. Oktober. – Da ich, um meinen Verstand nicht zu verlieren, etwas tun muß, schreibe ich dieses Tagebuch. Es ist sechs Uhr; in einer halben Stunde sollen wir im Arbeitszimmer zusammenkommen, wo wir essen werden, denn Dr. Van Helsing und Dr. Seward stimmen darin überein, daß wir nur dann etwas erreichen können, wenn wir uns unsere Kräfte erhalten. Heute müssen wir weiß Gott unser Bestes geben. Ich muß unbedingt weiterschreiben, denn ich wage nicht nachzudenken. Alles, Wichtiges wie Unwichtiges, muß festgehalten werden; und vielleicht lernen wir am Ende aus den unwichtigen Dingen das meiste. Wir müssen vertrauen und hoffen. Mina hat mir gerade eben gesagt, wobei Tränen über ihre lieben Wangen liefen, daß unser Glaube in Kummer und Not erprobt wird und daß wir Vertrauen haben müßten, denn Gott würde uns bis zum Ende beistehen. Bis zum Ende! O mein Gott, bis zu welchem Ende ...? An die Arbeit! An die Arbeit!

Nachdem Dr. Van Helsing und Dr. Seward von ihrer Visite beim armen Renfield zurückgekehrt waren, machten wir uns an das, was getan werden mußte. Zuerst berichtete Dr. Seward, daß er und Dr. Van Helsing, als sie in Renfields Zimmer kamen, diesen zusammengekrümmt auf dem Fußboden vorgefunden hätten. Sein Gesicht sei zerschlagen und sein Genick gebrochen gewesen.

Dr. Seward befragte dann den Wärter, der im Korridor Dienst getan hatte, ob er etwas gehört habe. Der Wärter erzählte, er habe auf dem Gang gesessen – er gab zu, ein bißchen geduselt zu haben –, als er plötzlich laute Stimmen in der Zelle vernahm. Dann soll Renfield mehrmals laut gerufen haben »Gott! Gott! O Gott!«, und dann soll es so geklungen haben, als wäre jemand gestürzt. Als er die Zelle aufschloß, habe Renfield mit dem Gesicht auf dem Fußboden gelegen, in derselben Haltung, wie die beiden Ärzte ihn vorfanden. Van Helsing fragte ihn, ob er andere Stimmen oder wenigstens eine andere Stimme gehört habe. Der Wärter konnte jedoch nichts Genaues sagen. Er meinte, zuerst habe es sich angehört, als wären es zwei Stimmen gewesen, aber da er nur einen Menschen in der Zelle angetroffen habe, könne es ja wohl nur eine Stimme gewesen sein. Er könnte jedoch beschwören, daß Renfield das Wort »Gott« gerufen habe! – Als wir allein waren, erklärte Dr. Seward, wir sollten in dieser Angelegenheit nicht weiter bohren; man müsse an eine mögliche Untersuchung denken und könne leider niemandem die Wahrheit offenbaren, da sie nicht geglaubt würde. Wie die Dinge liegen, will er, auf die Aussage des Wärters gestützt, als Todesursache einen Unfall durch Sturz aus dem Bett angeben. Sollte der Leichenbeschauer auf einer exakten Darstellung der Todesursache bestehen, müßte eine amtliche Untersuchung folgen, die jedoch zwangsläufig zum gleichen Resultat kommen würde.

Als die Frage nach unseren nächsten Maßnahmen aufgeworfen wurde, beschlossen wir als erstes, Mina vollständig ins Vertrauen zu ziehen. Nichts sollte ihr mehr verheimlicht werden – wie schmerzvoll das für sie auch sein mochte. Sie selbst erkannte die Richtigkeit dieses Entschlusses an. Es mußte einen jammern mitanzusehen, wie tapfer und doch traurig und wie tief verzweifelt sie alles aufnahm. »Es darf keine Heimlichkeiten mehr geben«, erklärte sie. »Leider ist das schon zu lange so gegangen. Mich kann nichts in der Welt stärker treffen als das, was ich bereits erlitten habe – und noch leide. Was auch immer geschehen mag, es wird mir neue Hoffnung oder neuen Mut spenden.« Bei diesen Worten hatte Van Helsing sie nicht aus den Augen gelassen. Jetzt fragte er sie plötzlich:

»Liebe Madame Mina, fürchten Sie nicht um andere, nach allem, was geschehen ist?« Ihr Mienenspiel erstarrte, aber ihre Augen leuchteten mit der Ergebenheit einer Märtyrerin, als sie erwiderte:

»O nein! Mein Entschluß steht fest.«

»Welcher Entschluß?« fragte er sanft. Wir anderen schwiegen, doch jeder von uns ahnte wohl, was sie meinte. Sachlich und nüchtern, als würde sie eine Tatsache aussprechen, kam ihre Antwort:

»Wenn ich das leiseste Anzeichen dafür entdecke, daß denen, die ich liebe, von mir Gefahr droht – und ich werde mich scharf beobachen –, dann werde ich sterben.«

»Sie wollen sich selbst töten?« fragte er heiser.

»Ich würde es tun, wenn ich keinen Freund fände, der mich liebt und mir eine solche Verzweiflungstat abnähme!« Sie sah ihn bedeutungsvoll an. Er erhob sich, ging zu ihr, legte ihr die Hand auf den Kopf und sagte:

»Mein Kind, es gibt einen solchen Freund. Was mich angeht, so würde ich es vor Gott verantworten, Ihnen den Gnadentod zu geben, und wenn es nötig wäre, selbst jetzt in diesem Augenblick! Aber, mein Kind ...« Seine

Stimme versagte einen Moment, und ein Schluchzen stieg in ihm auf, aber er unterdrückte es und fuhr fort:

»Es gibt hier Männer, die sich zwischen Sie und den Tod werfen werden. Sie brauchen nicht zu sterben. Sie brauchen von niemandes Hand zu sterben, am wenigstens durch Ihre eigene. Solange jener andere, der Ihr Leben verdorben hat, nicht wirklich tot ist, dürfen auch Sie nicht sterben; denn solange er zu den Untoten gehört, würden Sie nach Ihrem Tod so werden wie er. Nein, Sie müssen leben! Sie müssen kämpfen und sich an das Leben klammern, obwohl Ihnen der Tod manchmal eine Wohltat zu sein scheint. Sie müssen den Tod bekämpfen, mag er Sie nun in Leid und Freud, am Tag oder in der Nacht, in Sicherheit oder in Gefahr aufsuchen. Bei Ihrer lebenden Seele ermahne ich Sie, nicht sterben zu wollen – ja nicht einmal an den Tod zu denken –, bis dieses große Unheil abgewendet ist.« Die Ärmste wurde bleich wie der Tod und begann zu beben, wie ich den Treibsand bei Einbruch der Flut habe zittern sehen. Wir anderen schwiegen; wir konnten ihr nicht helfen. Schließlich wurde sie ruhiger und sagte, während sie Van Helsing die Hand entgegenstreckte:

»Ich gelobe Ihnen, mein treuer Freund, mich an das Leben zu klammern, bis dieses Grauen von mir gegangen ist, wenn Gott es geschehen läßt!« Sie war so tapfer, daß unsere Herzen die Kraft gewannen, für sie zu streiten und zu leiden. Wir begannen sofort zu beraten. Ich sagte, sie solle alle Dokumente, Aufzeichnungen, Tagebücher und auch die Walzen des Phonographen in Zukunft im Safe aufbewahren; außerdem solle sie wie bisher Protokoll führen. Die Aussicht auf eine Beschäftigung freute sie, wenn man das Wort »Freude« in Verbindung mit solch einer schrecklichen Sache überhaupt gebrauchen kann.

Wie üblich war uns Van Helsing mit seinen Gedanken

bereits weit voraus und konnte uns schon eine genaue Arbeitsteilung vorschlagen.

»Vielleicht war es gut«, sagte er, »daß wir nach dem Besuch in Carfax beschlossen, die dort lagernden Kisten nicht anzurühren. Hätten wir es doch getan, wäre der Graf sicher hinter unsere Absichten gekommen und hätte zweifellos etwas unternommen, um einen Anschlag auf seine anderen Kisten zu vereiteln. So aber ist er über unsere Absichten im unklaren. Nein, aller Wahrscheinlichkeit nach ist er sich überhaupt noch nicht bewußt, daß wir seine Ruhestätten sterilisieren und für ihn unbenutzbar machen können. Wir haben inzwischen über ihre Verteilung so viel erfahren, daß wir, sobald wir das Haus in Piccadilly inspiziert haben, auch noch die letzte Kiste finden werden. Der heutige Tag ist unser; auf ihn setzen wir unsere Hoffnungen. Die Sonne, die heute morgen über unserem Leid aufging, wird uns in ihrem weiteren Lauf beschützen. Bis sie untergegangen ist, muß das Ungeheuer seine jetzige Gestalt beibehalten. Er ist in seiner irdischen Hülle gefangen. Er kann sich weder in Luft auflösen noch durch Spalten, Ritzen oder Risse entfliehen. Will er durch eine Tür, muß er sie wie ein gewöhnlicher Sterblicher öffnen. Uns bleibt also dieser Tag, um all seine Ruhestätten aufzufinden und zu sterilisieren. Und wenn wir ihn schon nicht gleich fangen und vernichten, werden wir ihn so in die Enge treiben, daß wir ihn später mühelos gefangennehmen und vernichten können.« Ich sprang auf, getrieben von dem Gedanken, wie die für Minas Leben und Glück so kostbaren Minuten und Sekunden verstrichen, ohne daß wir handelten. Aber Van Helsing hob beruhigend die Hand. »Nein, Freund Jonathan«, sagte er, »diesmal ist der sicherste Weg der längste, wie das Sprichwort sagt. Wir werden, wenn die Zeit gekommen ist, mit der Schnelligkeit der Verzweiflung handeln. Aber denken Sie daran, daß aller Wahrscheinlichkeit nach der Schlüssel zum gesuchten Geheimnis in dem Haus in Piccadilly liegt. Der Graf kann viele Häuser erworben haben; er wird also Kaufverträge, Schlüssel und andere Gegenstände aufbewahren. Er muß auch Papier besitzen zum Schreiben und auch ein Scheckbuch. Es gibt viele Dinge, die er irgendwo untergebracht haben muß; warum nicht in jenem so zentral gelegenen, so ruhigen Haus, das er zu jeder Stunde betreten und verlassen kann und wo er bei dem lebhaften Verkehr von niemand beachtet wird? Wir werden hinfahren und das Haus durchsuchen; und wenn wir wissen, was es enthält, werden wir den alten Fuchs zur Strecke bringen. Nicht wahr?«

»Dann laßt uns doch sogleich gehen«, rief ich, »wir vergeuden nur unsere kostbare Zeit!« Doch der Professor regte sich nicht; er fragte lediglich:

»Wie sollen wir denn in das Haus hineinkommen?«

»Irgendwie!« rief ich. »Wenn nötig, werden wir es aufbrechen!«

»Und die Polizei? Was wird die dazu sagen?«

Ich wurde unsicher; auch wußte ich, daß er, wenn er noch warten wollte, dafür einen guten Grund hatte. Ich sagte also, so ruhig ich konnte:

»Warten Sie nicht länger als nötig! Ich bin sicher, Sie wissen, welche Qualen ich leide!«

»Ja, mein Sohn, das weiß ich; und ich habe nicht die Absicht, Sie noch länger auf die Folter zu spannen. Bedenken Sie aber, wie wenig wir tun können, solange noch kein Verkehr herrscht! Erst dann wird unsere Stunde geschlagen haben. Ich habe darüber nachgedacht, und mir scheint, der einfachste Weg ist der beste. Wir wollen das Haus betreten, besitzen jedoch keinen Schlüssel, nicht wahr?« Ich nickte.

»Nehmen Sie einmal an, Sie seien der Besitzer dieses Hauses und könnten nicht hinein. Was würden Sie tun?«

»Ich würde einen guten Schlosser rufen und ihn das Schloß öffnen lassen.«

»Und würde sich dann die Polizei einschalten?«

»O nein! Nicht, wenn sie wüßte, daß der Schlosser zu seiner Arbeit berechtigt ist.«

»Dann wäre also«, sagte er und blickte mich scharf an, »nur das Gewissen des Auftraggebers entscheidend und die Frage, ob die Polizisten in dem Auftraggeber ein gutes oder schlechtes Gewissen vermuten? Die Polizei dieses Landes müßte tatsächlich aus eifrigen und klugen – sehr klugen! – Männern bestehen, die Gedanken lesen können und sich dann einschalten würden. Nein, mein Freund Jonathan, Sie können in London oder in irgendeiner Stadt der Welt hundert leere Häuser aufbrechen; wenn Sie es so anstellen, daß es nicht auffällt, und zu einer Tageszeit, in der Verkehr herrscht, wird sich niemand einmischen. Ich habe von einem Gentleman gelesen, der in London ein vornehmes Haus besaß, mehrere Monate in die Schweiz fuhr und sein Haus abschloß. In dieser Zeit kam ein Einbrecher, schlug an der Rückseite ein Fenster entzwei und stieg ein. Dann öffnete er die Fensterläden zur Straße und ging vor den Augen der Polizei zur Tür ein und aus. Er veranstaltete in diesem Haus sogar eine Auktion, stellte dazu ein großes Schild auf und versteigerte durch einen bekannten Auktionator alle Gegenstände, die dem Gentleman gehörten. Dann wandte er sich an eine Baufirma, verkaufte das Haus und erklärte sich einverstanden, daß es nach einer gewissen Zeit niedergerissen würde. Und sowohl Polizei als auch Behörden unterstützten ihn nach Kräften. Als der Besitzer aus seinem Urlaub zurückkehrte, stand er vor einer leeren Baugrube, wo einmal sein Haus gewesen war. All dies ging ordnungsgemäß vonstatten, und so werden auch wir vorgehen. Aber wir wollen nicht zu zeitig beginnen, damit die Polizisten beschäftigt genug sind, um sich keine Gedanken machen zu können; wir werden also gegen zehn Uhr aufbrechen, wenn die Straße belebt ist.«

Ich mußte einsehen, wie recht er hatte. Auch Minas Verzweiflung legte sich, denn seine guten Ratschläge wirkten beruhigend. Van Helsing fuhr fort:

»Sind wir erst einmal im Haus, werden wir weitere Hinweise finden. Auf jeden Fall müssen einige von uns dort bleiben, während sich die anderen auf die Suche nach den restlichen Kisten begeben – nach Bermondsey und Mile End . . .«

Lord Godalming stand auf. »Ich kann mich hier schon nützlich machen«, sagte er. »Ich werde meine Leute anweisen, Pferde und Wagen dorthin zu schaffen, wo wir sie gebrauchen könnten!«

»Hör mal, alter Junge«, meinte Morris, »es ist eine glänzende Idee, alles vorbereitet zu haben für den Fall, daß wir Pferde brauchen. Aber glaubst du nicht, daß eine deiner flotten Kutschen mit dem Wappenschmuck in einer Seitenstraße von Walworth oder Mile End für unsere Zwecke zuviel Aufmerksamkeit erregen würde? Mir scheint, wir sollten Droschken nehmen und sie dann in der Nachbarschaft stehenlassen.«

»Quincey hat recht«, pflichtete ihm der Professor bei. »Er besitzt einen praktischen Verstand. Wir stehen vor einer schwierigen Aufgabe, und wenn möglich, sollten uns die Leute nicht beachten.«

Minas Interesse an unserem Vorhaben wuchs, und ich war froh zu sehen, daß die Erfordernisse der Stunde sie zumindest für den Augenblick das schreckliche Erlebnis der Nacht vergessen ließen. Sie war fast gespenstisch blaß und so mager, daß ihre Lippen zurücktraten und ihre Zähne zu sehen waren. Ihr gegenüber erwähnte ich es nicht, um ihr nicht unnötige Qualen zu bereiten; aber mir erstarrte das Blut in den Adern, wenn ich daran dachte, was mit der armen Lucy geschehen war, nachdem ihr der

Graf das Blut ausgesogen hatte. Bisher schienen Minas Zähne noch nicht spitzer geworden zu sein, aber es war auch noch wenig Zeit verstrichen; und uns blieb genug Grund, uns zu sorgen.

Als die Sprache auf die Reihenfolge unserer Vorhaben und die Einteilung unserer Kräfte kam, tauchten neue Probleme auf. Schließlich einigten wir uns darauf, die nächstgelegene Ruhestätte des Grafen zu vernichten, ehe wir nach Piccadilly aufbrechen würden. Sollte er das zu schnell erfahren, wären wir ihm durch die Zerstörung noch immer überlegen, und da er seine menschliche – und damit verwundbarste – Gestalt angenommen hatte, müßte er uns neue Spuren hinterlassen.

Was die Verteilung der Kräfte anging, so schlug der Professor vor, wir sollten nach dem Besuch in Carfax alle gemeinsam in das Haus in Piccadilly eindringen. Die beiden Ärzte und ich sollten dann dort bleiben, während Lord Godalming und Quincey die Ruhestätten in Walworth und Mile End aufsuchen und zerstören würden. Der Professor machte geltend, es sei, wenn nicht wahrscheinlich, so doch möglich, daß der Graf im Lauf des Tages in Piccadilly auftauchte und daß wir dann auf der Stelle mit ihm fertig werden könnten. Auf jeden Fall würden wir ihm dicht auf den Fersen bleiben. Ich widersetzte mich heftig diesem Plan, zumindest was meine Rolle anbetraf, denn ich wollte Mina beschützen. Aber Mina wollte von meinen Einwänden nichts wissen. Sie sagte, ich könnte für Rechtsfragen gebraucht werden; auch könnten die Aufzeichnungen des Grafen Hinweise enthalten, die nur ich nach meinen Erfahrungen in Transsilvanien verstehen würde, und daß außerdem alle Kräfte, die wir zur Verfügung hätten, für die ungewöhnliche Stärke des Grafen gebraucht würden. Da Minas Entschluß feststand, mußte ich mich fügen. Sie meinte, ihre letzte Hoffnung bestünde darin, daß wir alle zusammenarbeiteten. »Was mich angeht«, sagte sie, »ich habe keine Furcht. Es kann jetzt nichts Schlimmeres mehr kommen. Was auch immer geschieht – es muß einen Funken Hoffnung oder Trost enthalten! Geh, Jonathan! Gott kann mich, wenn er will, besser schützen, als wäre jemand bei mir!«

Da sprang ich auf und rief: »Dann machen wir uns doch endlich auf den Weg! Wir verlieren ja nur Zeit! Der Graf könnte früher nach Piccadilly kommen, als wir vermuten.«

»Nein!« sagte Van Helsing und hob die Hand.

»Weshalb nicht?« fragte ich.

»Haben Sie vergessen«, erwiderte der Professor, »daß er gestern abend festlich getafelt hat und lange schlafen wird?«

Vergessen! Wie könnte ich das je vergessen! Kann überhaupt jemand von uns diese schreckliche Szene vergessen? Mina bemühte sich, ihre Fassung zu bewahren, aber die Erinnerung überwältigte sie; sie legte die Hände vors Gesicht, zitterte und stöhnte. Van Helsing hatte sie nicht an die furchtbare Nacht erinnern wollen; er hatte lediglich sie und ihre Rolle in der Angelegenheit aus den Augen verloren. Als ihm die Bedeutung seiner Worte zu Bewußtsein kam, war er entsetzt über seine Gedankenlosigkeit und versuchte, sie zu trösten. »Oh, Madame Mina«, sagte er, »liebe Madame Mina, von all denen, die Sie verehren, mußte gerade ich so gedankenlos daherreden! Dieser dumme, alte Kopf verdient Ihre Achtung nicht; aber Sie werden mir verzeihen und es vergessen, nicht wahr?« Während er sprach, beugte er sich zu ihr hinunter; sie ergriff seine Hand, schaute ihn durch einen Tränenschleier hindurch an und sagte mit erstickter Stimme:

»Nein, ich werde es nicht vergessen, denn es ist besser, sich stets daran zu erinnern! Aber ich verknüpfe damit auch gute Erinnerungen an Sie, die ich mir bewahren will!

– Doch jetzt müssen Sie bald gehen! Das Frühstück ist bereit; wir sollten alle gut essen, um unsere Kräfte zu erhalten.«

Das Frühstück schien uns allen ein seltsames Mahl. Wir bemühten uns, fröhlich zu erscheinen und uns gegenseitig Mut zuzusprechen, und Mina schien die Lebhafteste und Fröhlichste von allen. Als wir fertig waren, erhob sich Van Helsing und sagte:

»So, meine lieben Freunde, und jetzt werden wir zu unserem schrecklichen Unternehmen aufbrechen. Sind alle gerüstet wie in jener Nacht, als wir zum erstenmal die Ruhestätte unseres Gegners aufsuchten, gerüstet gegen natürliche und übernatürliche Angriffe?« Wir alle bejahten seine Frage. »Dann ist es gut. Nun, Madame Mina, bis zum Sonnenuntergang sind Sie hier auf jeden Fall sicher; und dann werden wir zurück sein, wenn nicht ... Aber wir werden zurückkehren! Doch ehe wir gehen, will ich auch Sie gegen einen Angriff rüsten. Ich habe selbst Ihr Zimmer mit den Dingen ausgestattet, die uns als Gegenmittel bekannt sind und die ihn abschrecken. Jetzt will ich Sie selbst gegen ihn wappnen. Auf Ihre Stirn werde ich diese Hostie drücken, im Namen des Vaters, des Sohnes und des ...«

Ein furchtbarer Schrei erscholl, der unser Herz stocken ließ. Die Hostie, die er auf Minas Stirn drückte, hatte sie versengt – brannte sich in das Fleisch, als wäre es ein Stück weißglühenden Metalls! Zur gleichen Zeit aber, als der Schmerz ihr Hirn erreichte, kam ihr auch die Bedeutung dieses Schmerzes zu Bewußtsein; und beides zusammen hatte sie so überwältigt, daß sie sich in dem furchtbaren Schrei Luft machen mußte. Aber ihre Gedanken wurden schnell zu Worten; das Echo des Schreis war noch nicht verklungen, als sie in tiefer Scham auf die Knie sank, und wie früher die Aussätzigen ihren Mantel, so schlug sie ihre schönen Haare vors Gesicht und jammerte:

»Unrein! Unrein! Selbst der Allmächtige meidet mein entweihtes Fleisch! Und dieses Schandmal muß ich bis zum Jüngsten Gericht auf meiner Stirn tragen!« Alle schwiegen. Vor hilflosem Kummer warf ich mich neben sie und schloß sie fest in die Arme. Minutenlang schlugen unsere leidgeprüften Herzen aneinander, während sich unsere Freunde von uns abwandten. Dann drehte sich Van Helsing um und sagte ernst, so ernst, daß ich das Gefühl hatte, es spräche eine Eingebung aus ihm:

»Es kann sein, daß Sie dieses Mal tragen müssen, bis Gott selbst es wieder entfernt – was er bestimmt tun wird, spätestens am Jüngsten Tag, wenn er alles Übel dieser Welt wieder auslöscht. Meine liebste Madame Mina, mögen wir, die Sie lieben, dabeisein, wenn diese rote Narbe, dieses Zeichen dafür, daß Gott weiß, was geschehen ist, entfernt wird und Ihre Stirn wieder so rein ist wie Ihr Herz. Ich bin jedoch ganz sicher, daß diese Narbe verschwindet, sobald Gott die auf uns lastende Bürde von uns nimmt. Bis dahin werden wir unser Kreuz tragen, Seinem Willen entsprechend. Es kann sein, daß wir die auserwählten Instrumente Seines Vorhabens sind und daß wir zu Ihm aufsteigen durch Schande und Verzweiflung, durch Tränen und Blut, durch Zweifel, Ängste und alles, was den Menschen von Gott trennt!«

In seinen Worten lagen Hoffnung und Trost, die der Verzweiflung wehrten. Mina und ich empfanden das gleiche; wir ergriffen die Hände des alten Mannes, beugten uns darüber und küßten sie. Dann knieten wir alle wortlos nieder, reichten uns die Hände und gelobten uns gegenseitige Treue. Wir Männer schworen, den Schleier des Verhängnisses von der Frau zu nehmen, die jeder auf seine eigene Art und Weise liebte. Auch baten wir Gott um Hilfe und Führung in dem schrecklichen Unterfangen, das vor uns lag.

Dann wurde es Zeit, aufzubrechen. Ich verabschiedete

mich von Mina – es wurde ein Abschied, den keiner von uns beiden im Leben je vergessen können wird –, und wir gingen.

Zu einem bin ich fest entschlossen: Wenn Mina als Vampir enden muß, soll sie nicht allein in jenen unbekannten und schrecklichen Zustand eingehen. Auch in früheren Zeiten zog ein Vampir immer mehrere andere nach sich, und ebenso wie ihre scheußlichen Körper nur in geheiligter Erde ruhen konnten, so war die heiligste Liebe die beste Werberin für ihre gespenstischen Reihen.

Wir konnten Carfax ohne Schwierigkeiten betreten und fanden alles genauso vor wie bei unserem ersten Besuch. Man konnte sich kaum vorstellen, daß in dieser nüchternen Umgebung voller Verkommenheit, Staub und Verfall etwas so Gräßliches zu fürchten war. Wären wir nicht so fest entschlossen gewesen und hätten uns unsere schrecklichen Erinnerungen nicht vorangetrieben, dann hätten wir unser Vorhaben kaum durchgeführt. Wir fanden aber weder Papiere noch sonst irgendwelche Spuren im Haus; und in der alten Kapelle standen die großen Kisten noch immer so da, wie wir sie zuletzt gesehen hatten. Als wir vor ihnen versammelt waren, begann Dr. Van Helsing feierlich:

»Und nun, meine Freunde, müssen wir hier unsere Aufgabe erfüllen. Wir müssen diese Erde sterilisieren, die durch heilige Erinnerungen geweiht wird und die er deshalb aus einem fernen Land für seine zerstörerischen Zwecke mitbrachte. Wir schlagen ihn mit seinen eigenen Waffen, denn wir werden diese Erde noch zusätzlich heiligen. Sie war den Menschen geweiht, doch jetzt werden wir sie Gott weihen!« Während er sprach, holte er aus seiner Tasche einen Schraubenzieher, und bald darauf hatte er den Deckel einer der Kisten geöffnet. Die Erde roch muffig und modrig, aber wir kümmerten uns nicht darum. Unsere Aufmerksamkeit konzentrierte sich auf den Professor. Er nahm eine Hostie, legte sie ehrfurchtsvoll auf die Erde, schloß den Deckel wieder und begann, mit unserer Hilfe die Schrauben anzuziehen.

Mit jeder der Kisten wurde in gleicher Weise verfahren; wir ließen die äußere Erscheinung unverändert, aber in jeder lag jetzt eine Hostie.

Als wir die Tür hinter uns schlossen, sagte der Professor ernst:

»Das wäre geschafft. Wenn wir bei den anderen Kisten ebenso erfolgreich sind, wird heute abend bei Sonnenuntergang Madame Minas Stirn so rein wie Elfenbein und fleckenlos sein.«

Als wir auf dem Weg zum Bahnhof die Wiese überquerten, konnten wir die Vorderseite des Irrenhauses sehen. Ich spähte angestrengt hinüber, und am Fenster unseres Zimmers erkannte ich Mina. Ich winkte ihr zu und nickte, um ihr zu zeigen, daß unser Vorhaben erfolgreich verlaufen war. Auch sie nickte verstehend, und ehe ich sie aus den Augen verlor, winkte sie mir noch zum Abschied zu. Schweren Herzens setzten wir unseren Weg fort und erreichten gerade noch den Zug, der dampfend in den Bahnhof einfuhr, als wir dort ankamen.

Diese Eintragung habe ich während der Fahrt gemacht.

Piccadilly, 12.30 Uhr. – Kurz bevor wir zur Fenchurch Street kamen, wandte sich Lord Godalming an mich:

»Quincey und ich werden einen Schlosser suchen. Da wir in Schwierigkeiten geraten können, solltest du lieber nicht mitkommen. Für uns beide ist es unter den gegenwärtigen Umständen weniger schlimm, in ein leerstehendes Haus einzubrechen. Aber du bist Anwalt, und die Anwaltskammer könnte dir vorhalten, daß du es eigentlich hättest besser wissen müssen!« Ich lehnte mich dagegen auf, weder an der Gefahr noch am schlechten Gewissen teilhaben zu dürfen, aber er fuhr fort: »Außerdem fällt es weniger auf, wenn wir nicht zu viele sind. Mein Titel wird sowohl den Schlosser wie eventuell einen aufkreuzenden Polizisten besänftigen. Du solltest besser mit John und dem Professor in Sichtweite des Hauses im Green Park warten. Sobald die Tür geöffnet und der Schlosser gegangen ist, könnt ihr herüberkommen. Wir werden euch erwarten und hereinlassen.«

»Ein guter Vorschlag«, meinte Van Helsing; wir erhoben also keine weiteren Einwände. Godalming und Morris machten sich mit einer Droschke eilig auf den Weg, während wir ihnen in der zweiten folgten. An der Kreuzung zur Arlington Street stieg unsere Gruppe aus, und wir schlenderten in den Green Park. Mein Herz begann wild zu klopfen, als ich das Haus sah, auf das sich unsere Hoffnungen konzentrierten. Es wirkte düster und still in seinem verwahrlosten Zustand zwischen all seinen bewohnten und schmucken Nachbarn. Nicht allzuweit entfernt setzten wir uns auf eine Bank und rauchten, um so wenig Aufmerksamkeit wie möglich zu erregen. Die Minuten verstrichen in bleierner Langsamkeit, während wir auf die Ankunft der anderen warteten.

Schließlich sahen wir einen vierrädrigen Wagen nahen. Ihm entstiegen Godalming und Morris sowie ein untersetzter Mann mit einer Werkzeugtasche. Morris bezahlte den Kutscher, der sich an den Hut tippte und davonfuhr. Gemeinsam stiegen sie die Treppe hinauf, und Lord Godalming erklärte dem Mann, was er zu tun habe. Der Schlosser zog gemächlich seinen Mantel aus, hängte ihn an das Geländer und sprach mit einem Polizisten, der gerade in dem Augenblick vorbeischlenderte. Der Polizist nickte zustimmend; der Schlosser kniete nieder und stellte die Werkzeugtasche neben sich. Nachdem er darin gewühlt hatte, holte er eine Reihe von Werkzeugen hervor, die er ordentlich auf der Erde neben sich ausbreitete. Dann stand er auf, spähte in das Schlüsselloch, blies hinein, drehte sich zu seinen Auftraggebern um und machte irgendeine Bemerkung. Lord Godalming lächelte, und der Schlosser nahm ein gewichtiges Schlüsselbund zur Hand. Er wählte einen Schlüssel aus und probierte ihn vorsichtig an dem Schloß aus. Nachdem er eine Weile daran herumgefingert hatte, versuchte er einen zweiten und schließlich einen dritten Schlüssel. Überraschend öffnete sich dann die Tür, als er dagegenstieß, und er trat mit den beiden anderen Männern in das Haus. Wir saßen regungslos; ich paffte erregt an meiner Zigarre, während die von Van Helsing erloschen war. Wir warteten geduldig weiter. Der Schlosser kam wieder aus der Tür, um seine Werkzeuge zu holen; dann klemmte er die Tür zwischen die Knie und steckte einen Schlüssel in das Schloß. Diesen reichte er schließlich Lord Godalming, der sein Portemonnaie hervorzog und dem Mann etwas in die Hand drückte. Der Schlosser tippte an den Hut, nahm seine Werkzeugtasche, zog den Mantel über und verschwand. Keine Menschenseele hatte den leisesten Anstoß an dem Vorfall genommen. Als der Schlosser weit genug fort war, überquerten wir die Straße und klopften an die Tür. Sie wurde sogleich von Quincey Morris geöffnet. Neben ihm stand Lord Godalming, der sich eine Zigarre anzündete.

»Es stinkt hier entsetzlich«, sagte er entschuldigend, als wir durch die Tür traten. Und es roch wirklich furchtbar – wie in der alten Kapelle von Carfax. Nach unseren Erfahrungen mußte der Graf das Haus ziemlich häufig aufgesucht haben. Wir machten uns an die Untersuchung des Gebäudes, wobei wir für den Fall, daß wir überfallen würden, dicht zusammenblieben. Wir wußten, wie stark und verschlagen unser Gegner war, und bis dahin war noch längst nicht sicher, ob sich der Graf nicht im Hause befand. Im Speisezimmer endlich, das hinter der Eingangshalle lag, entdeckten wir 8 Kisten voller Erde. Nur

8 von den 9, die wir suchten! Unsere Aufgabe war also noch nicht erfüllt; sie war so lange nicht beendet, wie wir nicht alle fehlenden Kisten aufgespürt hatten! Als erstes öffneten wir die Läden des Fensters, von dem aus man über einen schmalen, von einer Mauer umgebenen Hof auf die kahle Wand eines Stalls blickte. Da diese nicht von Fenstern durchbrochen wurde, brauchten wir nicht zu fürchten, daß man uns beobachten würde. Wir machten uns sofort an die Untersuchung der Kisten. Mit Hilfe der mitgebrachten Werkzeuge öffneten wir sie nacheinander und verfuhren mit ihnen ebenso wie mit denen in der alten Kapelle. Es war jetzt offensichtlich, daß sich der Graf nicht im Haus aufhielt; so suchten wir nach seinen Spuren.

Nachdem wir einen flüchtigen Blick in die anderen Räume geworfen hatten, vom Keller bis zum Dachgeschoß, kamen wir zu dem Schluß, daß sich alle Habseligkeiten des Grafen im Speisezimmer befinden müßten. Wir untersuchten also diesen Raum und fanden, was wir suchten, in einer Art geordneter Unordnung auf dem großen Eßtisch vor. Die Besitzurkunden über das Haus in Piccadilly lagen dort herum, ebenso die Kaufverträge für die Häuser in Mile End und Bermondsey, des weiteren Schreibpapier, Umschläge, Schreibfedern und Tinte. Alles war in dünnes Packpapier eingeschlagen, um es vor Staub zu schützen. Außerdem fanden wir eine Kleiderbürste, einen Kamm, einen Krug und eine Waschschüssel – letztere enthielt Wasser, das rötlich schimmerte wie von Blut. Zuletzt entdeckten wir noch eine Anzahl von Schlüsseln aller Arten und Größen, die wahrscheinlich zu den anderen Häusern gehörten. Nachdem wir sie genau untersucht hatten, notierten sich Lord Godalming und Quincey Morris die Adressen der Häuser im Osten und Süden, nahmen alle Schlüssel an sich und machten sich auf den Weg, um die dort lagernden Kisten zu sterilisieren. Wir anderen warten jetzt mit so viel Geduld, wie wir aufbringen können, auf ihre Rückkehr – oder auf das Erscheinen des Grafen.

Dreiundzwanzigstes Kapitel

Dr. Sewards Tagebuch

3. Oktober. – Die Zeit, während der wir auf Lord Godalmings und Quincey Morris' Rückkehr warteten, erschien uns unendlich lang. Der Professor bemühte sich, unseren Verstand wachzuhalten, indem er ihn beschäftigte. An den Seitenblicken, die er von Zeit zu Zeit Harker zuwarf, erkannte ich seine hilfreiche Absicht. Es ist ergreifend anzusehen, wie der arme Kerl von seinem Elend überwältigt wird. Gestern abend war er noch ein offenherziger, glücklicher Mann mit jugendlichem Gesicht, voller Energie und mit dunkelbraunem Haar. Heute aber ist er ein gezeichneter, verstörter alter Mann, dessen weiße Haare gut zu den hohlen stechenden Augen und den Kummerfalten seines Gesichts passen. Die Energie freilich hat er sich bewahrt; er lodert wie eine Flamme. Dies könnte seine Rettung bedeuten, denn wenn alles gut geht, wird ihn seine Energie die Zeit der Verzweiflung überstehen lassen. Er wird dann den Realitäten des Lebens wieder ins Auge sehen können. Armer Kerl, ich glaubte, meine eigenen Sorgen seien schon drückend genug, aber nun seine ...! Der Professor sieht das auch und tut sein Bestes, um ihn abzulenken. Was er sagte, war unter diesen Umständen außergewöhnlich interessant. Soweit ich mich erinnern kann, waren dies etwa seine Worte:

»Alle das Ungeheuer betreffenden Aufzeichnungen habe ich, seit sie in meine Hände gelangten, wieder und wieder durchgelesen; und je länger ich sie studierte, desto dringender scheint mir die Notwendigkeit, ihn mit Haut und Haar zu vernichten. Überall nämlich finde ich Zeichen seines Triumphes; nicht nur seine Macht, sondern auch seine Kenntnisse nehmen zu! Wie ich den Nachforschungen meines Freundes Arminius aus Budapest entnehme, war er zu normalen Lebzeiten ein faszinierender Mann: Soldat, Staatsmann und Alchimist – was zu seiner Zeit die höchste Stufe der Wissenschaft bedeutete. Er besaß einen hervorragenden Verstand, ein unvergleichliches Wissen und ein Herz, dem Furcht und Gewissensbisse fremd blieben. Es gab keinen Zweig der Wissenschaft, in dem er sich nicht versuchte. Nun, seine Verstandeskräfte überlebten seinen physischen Tod; doch scheint es so, als ob sein Verstand nicht gleichmäßig ausgebildet wäre. In mancher Hinsicht ist er auf der Stufe eines Kindes stehengeblieben. Aber er gewinnt an Reife, und manche seiner Handlungen, in denen er früher kindisch schien, wirken jetzt männlich gereift. Er experimentiert, und er macht Fortschritte; hätten wir nicht seinen Weg gekreuzt, wäre er – und wenn wir versagen, kann er es noch immer werden! – der Vater oder Förderer einer neuen Daseinsordnung geworden, deren Weg im Tod und nicht im Leben abläuft.«

Harker stöhnte auf: »Und all das wird gegen meinen Liebling aufgeboten! Aber wie experimentiert er? Das zu wissen, könnte uns helfen, ihn zu besiegen.«

»Während der ganzen Zeit seit seiner Ankunft hat er seine Fähigkeiten langsam, aber unbeirrt erprobt. Sein großes Kinderhirn ist an der Arbeit. Und zum Glück ist sein Gehirn noch das eines Kindes, denn hätte er gleich zu Anfang gewagt, gewisse Dinge auszuprobieren, dann wäre er schon längst über unsere Macht hinausgewachsen. Aber ein Mann, vor dem noch Jahrhunderte liegen, kann es sich leisten abzuwarten und braucht nichts zu überstürzen. *Festina lente*, könnte sein Motto lauten.«

»Ich begreife das alles nicht«, sagte Harker müde. »Bitte drücken Sie sich deutlicher aus! Vielleicht trüben mir Kummer und Sorge den Verstand.«

Der Professor legte ihm beruhigend die Hand auf die Schulter und versprach:

»Mein Sohn, ich werde mich deutlicher ausdrücken. Ist Ihnen entgangen, wie sich dieses Ungeheuer in letzter Zeit neues Wissen angeeignet hat? Wie er sich des Zoophagen bediente, um in das Haus unseres Freundes John einzudringen? Denn unser Vampir, der später zwar dreist ein und aus gehen kann, darf am Anfang nur dann in ein Haus eindringen, wenn er dazu von einem Bewohner aufgefordert wird. Aber dies war nicht seine wichtigste Erfahrung. Ursprünglich ließ er seine großen Kisten von anderen transportieren. Er glaubte, dies müsse so sein. Aber sein großes Kindergehirn entwickelte sich, und er begann zu überlegen, ob er die Kisten nicht allein fortschaffen könnte. Er begann also mit anzufassen und versuchte schließlich sogar, sie allein abzutransportieren. So machte er Fortschritte und verteilte seine Gräber; und nur er weiß jetzt, wo sie versteckt sind. Vielleicht wollte er sie tief in die Erde versenken und sie nur des Nachts oder zu solchen Zeiten, in denen er seine Gestalt verändern kann, aufsuchen. Dann würde niemand mehr erfahren, wo seine Verstecke liegen. Aber keine Sorge, mein Sohn; diese Erkenntnis ist ihm zu spät gekommen! Schon jetzt sind alle seine Ruhestätten bis auf eine für ihn unbrauchbar geworden, und noch vor Sonnenuntergang wird unsere Arbeit erledigt sein. Dann besitzt er keinen Ort mehr, zu dem er fliehen und sich verstecken kann. Ich mahnte heute morgen zur Zurückhaltung, damit wir sichergehen könnten. Steht für uns nicht mehr auf dem Spiel als für ihn? Weshalb sollten wir dann nicht auch vorsichtiger sein als er? Meine Uhr zeigt eins, und wenn alles gut gegangen ist, sind Arthur und Quincey bereits auf dem Weg hierher.

Der heutige Tag ist unser, doch wir müssen langsam und vorsichtig zu Werke gehen und dürfen keine Chance vertun. Wenn die zwei zurück sind, zählen wir fünf Männer.«

Ein Klopfen an der Haustür schreckte uns auf; es war das zweimalige Klopfen des Eilboten. Gemeinsam eilten wir zur Haustür, doch Van Helsing hob die Hand, um uns zur Ruhe aufzufordern. Dann trat er zur Tür und öffnete sie. Der Bote reichte ihm ein Telegramm. Der Professor schloß die Tür wieder, warf einen Blick auf die Adresse, riß den Umschlag auf und las laut vor:

»Vorsicht vor D. Er ist gerade jetzt, 12.45 Uhr, von Carfax in Richtung Süden davongeeilt. Er scheint seine Runde zu machen, vielleicht aber folgt er euch. Mina.«

Jonathan Harker brach als erster das Schweigen.

»Gott sei Dank, jetzt werden wir bald auf ihn treffen!« Van Helsing drehte sich schnell um und erwiderte:

»Das liegt in Gottes Hand! Sie brauchen sich nicht zu fürchten, aber frohlocken Sie auch nicht, denn was wir im Augenblick herbeisehnen, könnte unser Verderben sein!«

»Davor habe ich keine Angst«, erwiderte Harker aufgebracht. »Nur muß dieses Ungeheuer ausgelöscht werden! Für diesen Zweck würde ich meine Seele verkaufen.«

»Still, still, mein Sohn!« bat Van Helsing. »Gott handelt nicht mit Seelen; und dem Teufel, der sie erwerben könnte, ist nicht zu trauen. Aber Gott ist gnädig und gerecht, er kennt Ihr Leid und Ihre Liebe zu Madame Mina. Bedenken Sie aber Madame Minas Kummer, wenn sie Ihre unbedachten Worte hörte! Wir sind ja alle dem gleichen Ziel ergeben, und heute wird es erreicht. Die Zeit des Handelns ist gekommen; heute bleibt der Vampir auf die Fähigkeiten eines normalen Menschen beschränkt, und vor Sonnenuntergang kann er seine Gestalt nicht mehr ändern. Es wird noch einige Zeit dauern, bis er hier eintrifft – es ist jetzt zwanzig Minuten nach eins –, und wir wollen nur hoffen, daß Lord Arthur und Quincey vor ihm wieder hier ankommen.«

Ungefähr eine halbe Stunde nach Eintreffen des Telegramms klang von der Haustür her ein leises, aber entschlossenes Klopfen. Vielleicht war das ein ganz gewöhnliches Klopfen, wie es in jeder Stunde tausendmal erklingt, aber es ließ unsere Herzen schneller schlagen. Wir sahen uns an und gingen gemeinsam in die Eingangshalle, wobei wir unsere verschiedenen Waffen – die übernatürlichen in der linken Hand, die irdischen in der rechten – bereithielten. Van Helsing schob den Riegel zurück, öffnete die Tür ein wenig und trat zur Seite, um beide Hände frei zu haben. Unsere Erleichterung zeigte sich auf unseren Gesichtern, als wir auf den Stufen vor der Tür Lord Godalming und Quincey Morris erblickten. Schnell traten sie ins Haus und schlossen die Tür hinter sich. Als wir durch die Diele gingen, sagte Arthur:

»Alles in Ordnung. Wir fanden beide Häuser; in jedem lagerten sechs Kisten, die wir alle zerstörten.«

»Sie haben sie zerstört?« fragte der Professor.

»Für ihn jedenfalls.« Wir schwiegen eine Minute, und dann sagte Quincey:

»Jetzt bleibt nichts weiter zu tun, als hier auf ihn zu warten. Wenn er jedoch bis fünf Uhr nicht aufgetaucht ist, müssen wir zurückfahren. Es wäre nicht richtig, Mrs. Harker nach Sonnenuntergang allein zu lassen.«

»Er wird bald hier sein«, sagte Van Helsing, der in seinem Notizbuch geblättert hatte. »In dem Telegramm von Madame Mina steht, er sei von Carfax nach Süden geeilt; das bedeutet, daß er über den Fluß muß, und das kann er nur bei Gezeitenwechsel, was kurz vor eins der Fall war. Daß er nach Süden eilte, ist für uns bedeutungsvoll. Bis dahin war er nur mißtrauisch, und von Carfax aus eilte er zuerst zu dem Haus, bei dem er am wenigsten mit einem Zwischenfall rechnete. Sie werden nur kurze

Zeit vor ihm in Bermondsey gewesen sein. Daß er noch nicht hier eingetroffen ist, beweist, daß er als nächstes nach Mile End ging. Das kostete ihn Zeit, denn irgendwie mußte er sich über den Fluß setzen lassen. Glaubt mir, meine Freunde, wir brauchen nicht mehr lange zu warten. Wir sollten einen Schlachtplan entwerfen, damit wir uns keine Chance entgehen lassen. Doch still! Es ist zu spät. Haltet eure Waffen bereit!« Während er sprach, hob er warnend die Hand, denn wir hörten, wie ein Schlüssel vorsichtig in das Schloß der Haustür eingeführt wurde.

Selbst in diesem Augenblick konnte ich nicht umhin zu bewundern, wie sich ein starker Geist durchsetzt. Bei all unseren Jagden und Abenteuern in den verschiedensten Teilen der Welt hatte stets Quincey Morris den Schlachtplan entworfen, und Arthur und ich hatten uns daran gewöhnt, seinen Anweisungen zu folgen. Instinktiv fielen wir jetzt in diese Gewohnheit zurück. Quincey warf einen schnellen Blick in die Runde und legte sich sofort einen Angriffsplan zurecht. Nur mit Gesten, ohne dabei ein Wort zu sprechen, wies er jedem von uns seine Position zu. Van Helsing, Harker und ich wurden dicht hinter der Tür postiert, die der Professor bewachen sollte, während wir uns zwischen den Eindringling und die Tür zu werfen hatten. Godalming und Quincey verbargen sich so, daß sie rechtzeitig das Fenster versperren konnten. Dann warteten wir so gespannt, daß die Sekunden mit alptraumartiger Langsamkeit zu verstreichen schienen. Aus der Diele erklangen langsame, tastende Schritte. Offensichtlich war der Graf auf eine Überraschung gefaßt – zumindest befürchtete er eine.

Plötzlich sprang er mit einem einzigen Satz in das Zimmer, und ehe einer von uns ihn aufhalten konnte, war er an uns vorbei. In seiner Bewegung lag eine so pantherartige Geschmeidigkeit, so wenig Menschliches, daß wir uns sofort von unserem Schock erholten. Als erster reagierte Harker und warf sich vor die Tür, die in das nach vorn gelegene Zimmer führte. Als der Graf uns erblickte, verzog sich sein Gesicht zu einer wilden Grimasse, wobei sich die langen und spitzen Eckzähne zeigten. Doch sein bösartiges Grinsen wandelte sich gleich darauf zu einem Ausdruck kalter Verachtung, die wieder zu wilder Wut umschlug, als wir gleichzeitig auf ihn eindrangen. Leider hatten wir uns keinen Angriffsplan zurechtgelegt, und selbst als wir uns ihm bereits näherten, überlegte ich noch, was wir eigentlich tun sollten. Ich hatte keine Ahnung, ob uns unsere todbringenden Waffen überhaupt nützen würden. Offenbar wollte Harker die Probe aufs Exempel machen, denn er stach mit einem langen Kukri-Messer wild auf den Grafen ein. Es war ein mächtiger Hieb, und der Graf konnte sich nur durch einen teuflisch schnellen Satz nach rückwärts retten. Eine Sekunde später hätte sich die scharfe Klinge in sein Herz gebohrt. So jedoch schlitzte sie lediglich den Mantel auf, und aus dem breiten Riß quollen Bündel von Banknoten und viele Goldmünzen. Der Gesichtsausdruck des Grafen war so teuflisch wild, daß ich einen Moment lang um Harker fürchtete, obwohl der schon zu einem zweiten Stoß ausholte. Um den Grafen von Harker abzulenken, trat ich vor, das Kruzifix und die Hostie in der linken Hand; wie ich erwartete, wich der Graf zurück, noch ehe die anderen meinem Beispiel folgten. Es ist mir unmöglich, den Ausdruck des Hasses und der in ihre Schranken verwiesenen Bösartigkeit, der Wut und des teuflischen Zornes zu beschreiben, den das Gesicht des Grafen jetzt zeigte. Die wächserne Blässe erhielt durch den Kontrast zu seinen lodernden Augen eine gelblich-grüne Schattierung, und die rote Narbe auf seiner Stirn trat wie eine pulsierende Wunde hervor. Ehe Harker zustoßen konnte, tauchte der Graf unter Harkers Arm hindurch, raffte eine Handvoll des auf dem Boden liegenden Geldes auf, rannte quer durch das Zimmer und stürzte sich durch das Fenster. Zusammen mit den klirrenden Glasscherben landete er unten auf dem gepflasterten Hof. Durch das Klirren der Scherben hindurch drang das helle Klingeln einzelner Goldmünzen, die auf die Steine fielen.

Wir liefen zum Fenster und sahen, wie er unverletzt aufstand. Er überquerte den gepflasterten Hof, eilte die Stufen hinauf und stieß die Stalltür auf. Dann drehte er sich um und rief uns zu:

»Ihr glaubt, mich in die Enge getrieben zu haben – ihr mit euren bleichen Gesichtern wie Schafe beim Schlächter aufgereiht! Ihr werdet es noch bereuen, jeder einzelne von euch! Ihr bildet euch ein, mir alle meine Lager geraubt zu haben; aber ich besitze noch mehr. Meine Rache beginnt erst! Ich verteile sie über Jahrhunderte, und die Zeit arbeitet für mich! Eure Frauen gehören jetzt schon mir; durch sie werde ich euch und andere gewinnen und zu Kreaturen machen, die meinen Befehlen gehorchen und mir als Handlanger helfen, wenn ich Nahrung suche! Bah!« Mit einem verächtlichen Hohnlachen trat er schnell in die Tür, und wir hörten den rostigen Riegel quietschen, als er ihn vorschob. Eine weitere Tür wurde geöffnet und zugeworfen. Wir erkannten, wie schwierig es würde, ihn durch den Stall hindurch zu verfolgen, und so eilten wir in die Halle. Der Professor stieß hastig hervor:

»Wir haben hinzugelernt, viel hinzugelernt! Trotz seiner großen Worte fürchtet er uns; er hat Angst vor der Zeit und vor unseren Absichten. Wäre es nicht so, weshalb dann seine Eile? Der Klang seiner Stimme hat ihn verraten, oder meine Ohren trügen. Weshalb raffte er das Geld auf? Macht euch an die Verfolgung; ihr seid Großwildjäger und versteht etwas davon. Ich werde hier inzwischen alles für ihn unbrauchbar machen für den Fall, daß er zurückkehrt.« Während er noch sprach, stopfte er das restliche Geld in seine Taschen, ergriff das

Bündel Papier, warf alles übrige in den offenen Kamin und zündete es an.

Godalming und Morris waren auf den Hof hinausgelaufen, während sich Harker bei der Verfolgung des Grafen aus dem Fenster herabgelassen hatte. Ehe jedoch die verriegelte Stalltür endlich nachgab, war das Ungeheuer verschwunden. Van Helsing und ich untersuchten den rückwärtigen Teil des Hauses, aber auch der lag verlassen, und niemand hatte den Grafen fliehen sehen.

Es war inzwischen schon spät am Nachmittag, und die Zeit des Sonnenuntergangs nahte. Wir mußten uns geschlagen geben; schweren Herzens stimmten wir zu, als der Professor erklärte:

»Laßt uns zu Madame Mina zurückkehren! Alles, was wir für den Augenblick tun konnten, ist getan; dort können wir sie wenigstens schützen. Aber wir brauchen nicht zu verzweifeln. Er hat nur noch eine Kiste, und die müssen wir finden; wenn das geschafft ist, wird alles gut.« Ich erkannte, daß er mit diesen aufmunternden Worten Harker trösten wollte, der arme Kerl war ziemlich niedergeschlagen. Bisweilen entrang sich ihm ein Seufzer, den er nicht unterdrücken konnte – er dachte natürlich an seine Frau.

Traurigen Herzens kamen wir zu dem Haus, wo uns Mrs. Harker erwartete. Sie zeigte eine Fröhlichkeit, die ihrer Tapferkeit und Selbstlosigkeit alle Ehre machte. Als sie jedoch unsere Gesichter sah, wurde sie totenbleich. Einige Sekunden lang schloß sie die Augen wie zu einem stummen Gebet, doch dann sagte sie heiter:

»Ich kann euch nicht genug danken. O mein armer Liebling!« Sie nahm den ergrauten Kopf ihres Mannes in ihre Hände und küßte ihn. »Gönn deinem armen Kopf Ruhe! Es wird noch alles gut werden, Liebster! Gott in seiner Güte wird uns beschützen!« Harkers Brust entrang sich ein Stöhnen. Es gab keine Worte für seinen unendlichen Schmerz.

Wir nahmen ein kleines Abendbrot ein, das uns ein wenig aufmunterte. Vielleicht lag das an der Befriedigung unseres animalischen Eßtriebes – seit dem Frühstück hatten wir keinen Bissen mehr zu uns genommen –, oder uns half das Gefühl der Gemeinsamkeit; auf jeden Fall fühlten wir uns weniger elend und sahen dem kommenden Tag nicht ganz ohne Hoffnung entgegen. Gemäß unserem Versprechen berichteten wir Mrs. Harker alles; und obwohl sie schneeweiß wurde, als sie von der Gefahr hörte, in der ihr Mann geschwebt hatte, und dann wieder errötete, wenn seine Liebe zu ihr zur Sprache kam, hörte sie doch tapfer und gefaßt zu. Als wir ihr erzählten, wie ihr Mann so mutig den Grafen angegriffen hatte, umklammerte sie seinen Arm, als könnte sie ihn dadurch vor weiteren Gefahren bewahren. Jedoch schwieg sie, bis der Bericht zu Ende und alles erzählt war. Dann erhob sie sich, ohne die Hand ihres Mannes loszulassen, und sprach. Oh, könnte ich sie doch genau beschreiben, diese zarte, reizende Frau in der strahlenden Schönheit ihrer Jugend, mit ihrer Lebhaftigkeit, mit der roten Narbe auf der Stirn, die uns jedesmal mit den Zähnen knirschen ließ, wenn wir an ihren Ursprung dachten; mit ihrer lieblichen Güte, die im Gegensatz stand zu unserem verbissenen Haß, und mit ihrem Glauben, den sie trotz unserer Sorgen und Zweifel hegte . . . Und doch wußten wir, daß sie trotz ihrer Güte und Reinheit und trotz ihres Glaubens von Gott verstoßen war.

»Jonathan«, sagte sie, und da sie so viel Liebe und Zärtlichkeit hineinlegte, klang der Name wie Musik auf ihren Lippen, wie eine Melodie, »mein Jonathan, du und ihr alle, meine treuen Freunde, ihr solltet trotz dieser schrecklichen Zeit eines nicht vergessen: Ich weiß, daß ihr kämpfen müßt, daß ihr sogar vernichten müßt, wie ihr die falsche Lucy vernichtet habt, um die wahre Lucy zu retten; aber ihr sollt nicht aus Haß handeln! Jene arme Seele, die all dieses Leid verursacht hat, ist selbst am schlimmsten betroffen. Bedenkt doch, wie groß seine Freude sein muß, wenn auch in ihm das Böse vernichtet ist und das Gute Unsterblichkeit gewinnt! Obwohl ihr ihn keineswegs verschonen dürft, sollt ihr doch auch ihn bemitleiden!«

Bei ihren Worten verfinsterte sich das Gesicht ihres Mannes, und es wirkte fast, als würde es sich vor Leidenschaft zusammenziehen. Unbewußt packte er die Hand seiner Frau fester, bis seine Knöchel weiß hervortraten. Sie kümmerte sich nicht um die Schmerzen, die sie dabei empfinden mußte, sondern sah ihn nur flehentlich an. Als sie zu Ende gesprochen hatte, sprang er auf, wobei er ihre Hand fallen ließ, und rief:

»Möge Gott ihn mir nur lange genug in die Hand geben, damit ich seine irdische Existenz vernichten kann! Wenn ich darüber hinaus noch seine Seele für alle Ewigkeit in die unterste Hölle schicken könnte, würde ich es tun!«

»Schweig! In Gottes Namen schweig! Sag solche Dinge nicht, Jonathan; du jagst mir Angst und Schrecken ein! Denk doch daran, Liebster – ich habe den ganzen langen Tag darüber nachgegrübelt – daß . . . vielleicht . . . eines Tages . . . auch ich dieses Mitleid brauche und daß andere es mir ebenso wie du jetzt – und mit ebensolchem berechtigtem Zorn – verweigern könnten! O Jonathan! Wie gern hätte ich dir diesen Gedanken erspart! Ich bete zu Gott, er möge deine unbedachten Worte überhören und nur die Klagen eines trauernden, liebenden und hart geschlagenen Mannes werten! O Gott, nimm seine weißen Haare als Beweis dafür, wie sehr er gelitten hat, er, der sein Lebtag nichts Unrechtes tat und den jetzt so schwerer Kummer bedrückt!«

Uns Männern liefen die Tränen über die Wangen. Wir konnten sie nicht länger zurückhalten, sondern weinten hemmungslos. Als sie die Wirkung ihrer Worte sah, weinte auch sie. Ihr Mann warf sich vor ihr auf die Knie, legte die Arme um sie und barg sein Gesicht in den Falten ihres Kleides. Van Helsing winkte uns zu, und wir schlichen uns aus dem Zimmer und ließen die beiden Liebenden mit Gott allein.

Ehe die Harkers nach oben gingen, rüstete der Professor ihr Schlafzimmer so aus, daß der Vampir abgeschreckt würde und Mrs. Harker ruhig schlafen konnte. Sie zwang sich, daran zu glauben, und offenbar ihres Mannes wegen gab sie sich zufrieden. Sie mühte sich tapfer um Haltung, und wie ich glaube, nicht ohne Erfolg. Van Helsing stellte eine Glocke bereit, die sie im Falle einer Gefahr läuten sollten. Nachdem sie dann zu Bett gegangen waren, beschlossen Quincey, Godalming und ich, uns die Nachtwachen zu teilen und über die Sicherheit der armen leidgeprüften Frau zu wachen. Als erster ist Quincey an der Reihe; wir anderen werden uns so bald wie möglich hinlegen. Godalming liegt bereits im Bett, denn er hat die zweite Wache. Da meine Arbeit jetzt erledigt ist, werde auch ich schlafen gehen.

Jonathan Harkers Tagebuch

3. auf 4. Oktober, gegen Mitternacht. – Der gestrige Tag schien mir kein Ende zu nehmen. Ich sehnte mich unbändig nach Schlaf, im blinden Glauben, daß sich bis zum Erwachen die Dinge verändert hätten und daß jede Änderung eine Wendung zum Guten bedeuten müsse. Ehe wir uns trennten, berieten wir noch über unsere nächsten Schritte, kamen aber zu keinem Ergebnis. Uns war lediglich bewußt, daß wir eine Kiste noch nicht gefunden hatten. Sollte der Graf sich für einige Zeit verborgen halten, dann könnte er uns jahrelang an der Nase herumführen; und in der Zwischenzeit . . . Der Gedanke ist so

schrecklich, daß ich ihn nicht zu Ende zu denken wage. Eines weiß ich genau: Wenn es je eine vollkommene Frau gab, dann ist dies mein armer, zu Unrecht gestrafter Liebling. Seit ihren mitleidsvollen Worten gestern abend liebe ich sie tausendmal mehr als vorher; ihr Mitleid läßt meinen Haß auf das Ungeheuer fast erbärmlich erscheinen. Sicher wird Gott die Welt nicht durch den Verlust solch eines Wesens ärmer werden lassen. Und das gibt mir neue Hoffnung. Wir treiben alle auf eine Klippe zu; der Glaube ist unser einziger Anker. Gott sei Dank schläft Mina traumlos. Ich fürchtete, nach ihren furchtbaren Erlebnissen würde sie schlimme Alpträume haben. Aber seit Sonnenuntergang ist sie ganz ruhig. Eine Weile lag ein solcher Friede auf ihrem Gesicht – wie Frühling nach Märzstürmen. Zuerst schob ich das auf die Glut der untergehenden Sonne, aber jetzt glaube ich, es lag eine tiefere Bedeutung darin. Ich bin nicht müde, aber matt – matt bis zum Tod. Doch muß ich versuchen zu schlafen, denn morgen ist wieder ein Tag, und es gibt keine Ruhe, bis nicht . . .

Später. – Offenbar war ich doch eingeschlafen, denn ich wurde von Mina geweckt, die sich angstvoll im Bett aufgerichtet hatte. Ich konnte sie deutlich erkennen, denn wir hatten die Lampe brennen lassen. Sie legte mir warnend die Hand auf den Mund und flüsterte mir ins Ohr: »Still! Es ist jemand auf dem Gang!« Vorsichtig stand ich auf, ging durch das Zimmer und öffnete leise die Tür.

Draußen lag Mr. Morris, auf einer Matratze ausgestreckt und hellwach. Er hob die Hand und flüsterte:

»Still! Gehen Sie wieder zu Bett, es ist alles in Ordnung! Die ganze Nacht über wird hier draußen jemand wachen. Wir wollen keine Risiken eingehen.«

Sein Gesichtsausdruck und seine Handbewegung unterdrückten jeden Widerspruch; ich ging also wieder zu Bett und erstattete Mina Bericht. Sie seufzte, und ein flüchtiges Lächeln huschte über ihr armes blasses Gesicht. Sie umarmte mich und sagte leise:

»O Gott, diese guten, tapferen Männer!« Und mit einem Seufzer schlief sie wieder ein. Ich schreibe dies nieder, da ich immer noch nicht müde bin. Aber ich muß versuchen zu schlafen.

4. Oktober, morgens. – Noch einmal wurde ich während der Nacht von Mina geweckt. Diesmal hatten wir beide eine Zeitlang geschlafen; die graue Dämmerung ließ die Fenster bereits als schmale Rechtecke aus dem Dunkel treten, und die Gasflamme schien nur noch ein Fünkchen zu sein. Mina aber bat mich drängend:

»Geh und ruf den Professor. Ich muß ihn sofort sprechen.«

»Weshalb?« fragte ich zurück.

»Ich habe eine Idee. Sie kam mir im Schlaf und ist ohne mein Zutun gereift. Der Professor muß mich noch vor Sonnenaufgang hypnotisieren, dann werde ich etwas Wichtiges sagen können. Beeil dich, Liebster; die Zeit drängt!« Ich eilte zur Tür. Dr. Seward, der auf der Matratze lag, sprang auf, als er mich sah.

»Ist etwas geschehen?« fragte er erregt.

»Nein«, antwortete ich. »Mina möchte sofort Dr. Van Helsing sprechen.«

»Ich hole ihn«, sagte er und lief zum Zimmer des Professors.

Einige Minuten später erschien Van Helsing im Morgenmantel in unserem Zimmer. Mr. Morris und Lord Godalming standen neben Dr. Seward an der Tür und überhäuften diesen mit Fragen. Als der Professor Mina erblickte, verdrängte ein Lächeln die Sorge auf seinem Gesicht. Er rieb sich die Hände und rief erfreut:

»Liebe Madame Mina, was für eine Veränderung! Sehen Sie, Freund Jonathan, heute steht wieder die alte liebe Madame Mina vor uns!« Dann drehte er sich zu ihr um und fragte fröhlich: »Was kann ich also für Sie tun? Denn natürlich haben Sie mich aus gutem Grund zu dieser Stunde rufen lassen.«

»Ich will, daß Sie mich hypnotisieren!« erklärte sie. »Tun Sie es noch vor Sonnenaufgang, denn ich spüre, daß ich etwas aussagen könnte, und zwar nur vor Sonnenaufgang. Beeilen Sie sich; die Zeit ist knapp!« Ohne weiter zu fragen, bedeutete er ihr durch eine Geste, sich auf das Bett zu setzen.

Dann sah er sie fest an und strich abwechselnd mit beiden Händen von oben nach unten über den Kopf. Mina schaute ihm ein paar Minuten lang fest in die Augen; mein Herz schlug wie ein Schmiedehammer, denn ich ahnte, wie bedeutungsvoll dieser Augenblick werden könnte. Allmählich schlossen sich die Augen, und sie saß regungslos da; nur an dem sanften Heben und Senken ihrer Brust konnte man erkennen, daß sie noch lebte. Der Professor strich ihr noch ein paarmal über den Kopf und hielt dann inne; seine Stirn war schweißbedeckt. Mina schlug die Augen wieder auf, aber sie schien eine andere geworden zu sein. Ihr Blick war entrückt, und in ihrer Stimme schwang eine traurige Verträumtheit, die ich nicht an ihr kannte. Der Professor hob die Hand, um uns zur Ruhe aufzufordern, winkte uns aber zugleich näher zu treten. Die anderen schlichen auf Zehenspitzen herein, schlossen die Tür hinter sich und schauten vom Fuß des Bettes aus zu. Mina schien sie nicht zu bemerken. Die Stille wurde schließlich von Van Helsing gebrochen. Leise, um ihre Visionen nicht zu stören, fragte er sie:

»Wo befinden Sie sich jetzt?« Ausdruckslos antwortete sie:

»Ich weiß nicht. Der Schlaf hat kein Zuhause.« Mehrere Minuten lang blieb es wieder still. Mina saß steif da, der Professor starrte sie unentwegt an, und wir anderen wagten kaum zu atmen. Im Zimmer wurde es immer heller; ohne seinen Blick von Minas Gesicht zu wenden, befahl mir Dr. Van Helsing mit einer Handbewegung, die Jalousie hochzuziehen. Ich gehorchte, und der Tag schien für uns anzubrechen. Ein roter Streifen wurde weit hinten sichtbar, und ein rötlicher Schimmer lag über dem Raum. Im gleichen Augenblick fragte der Professor abermals:

»Wo sind Sie jetzt?« Sie antwortete traumhaft, aber doch entschlossen; es war, als würde sie etwas deuten – ich habe sie schon mit derselben Stimme ihre Kurzschrift lesen hören:

»Ich weiß nicht, es ist mir alles fremd.«

»Was sehen Sie?«

»Ich kann nichts sehen; es ist alles dunkel.«

»Was hören Sie?« Trotz seiner Ungeduld merkte ich, wie gespannt der Professor war.

»Das Plätschern von Wasser. Es gluckert vorbei, und kleine Wellen klatschen von draußen dagegen.«

»Sie befinden sich also auf einem Schiff?« Wir sahen uns an, und jeder versuchte, in den Blicken des anderen zu lesen. Wir fürchteten uns, nachzudenken. Die Antwort kam schnell:

»O ja.«

»Was hören Sie außerdem?«

»Das Trampeln von Männern, die oben hin und her laufen; das Kreischen einer Kette und das laute Klirren des Gangspills.«

»Und was tun Sie?«

»Ich bin still, oh, so still! Es ist wie der Tod.« Die Stimme verklang, wurde zu einem tiefen Atemzug wie bei einem Schlafenden, und ihre offenen Augen schlossen sich wieder. Inzwischen war die Sonne aufgegangen, und wir standen alle im hellen Tageslicht. Van Helsing legte seine Hand auf Minas Schulter und drückte ihren Kopf sanft auf das Kissen zurück. Ein paar Minuten lang lag sie da wie ein schlafendes Kind, dann erwachte sie mit einem tiefen Seufzer und schaute sich verwundert um.

»Habe ich im Schlaf gesprochen?« waren die einzigen Worte. Sie schien sich der Situation dann jedoch vollkommen bewußt zu werden und wollte nur wissen, was sie gesagt hatte. Der Professor wiederholte den Dialog, woraufhin sie drängte:

»Wir dürfen also keine Minute vergeuden. Vielleicht ist es noch nicht zu spät!« Mr. Morris und Lord Godalming stürzten zur Tür, aber die ruhige Stimme des Professors hielt sie zurück.

»Wartet, meine Freunde. Während sie sprach, lichtete jenes Schiff gerade die Anker. Im großen Hafen von London lichten aber jeden Augenblick viele Schiffe ihre Anker. Und welches davon ist das, das wir suchen? Gott sei Dank haben wir erneut eine Spur, auch wenn wir nicht wissen, wohin sie führt. Wir waren blind, blind nach der Art der Menschen; denn wenn wir jetzt zurückschauen, sehen wir, was wir sofort hätten erkennen können. Aber dieser Satz ist Ihnen unverständlich, nicht wahr? Nun, jetzt wissen wir, was in dem Grafen vorging, als er das Geld aufraffte, obwohl ihm von Jonathans Messer Gefahr drohte, die auch er fürchtete. Er wollte fliehen, hört ihr, fliehen! Er erkannte klar: Mit nur einer einzigen Kiste Erde und einer Gruppe von Männern auf den Fersen, die ihn hetzten wie eine Meute Hunde den Fuchs, war dieses London nicht der richtige Platz für ihn. So hat er seine letzte Kiste auf ein Schiff gebracht und verläßt dieses Land. Er will fliehen, aber wir werden ihm folgen. Hejo! Die Jagd geht an. Unser alter Fuchs ist gerissen, sehr gerissen, aber wir werden ihm auf der Fährte bleiben. Ich bin auch gerissen, und ich werde herauszubekommen versuchen, was er vorhat. In der Zwischenzeit können wir uns unbesorgt ausruhen, denn zwischen uns und ihm liegt Wasser, das er nicht überwinden will und auch nicht überwinden könnte, es sei denn, das Schiff legte an – doch auch dann wäre er nur zur Gezeitenwende frei. Seht doch, die Sonne ist gerade aufgegangen, und der Tag gehört bis zum Sonnenuntergang uns. Wir wollen baden und uns anziehen, und dann können wir frühstücken, was wir alle nötig haben, und können das Frühstück in Ruhe genießen, denn er weilt nicht länger in diesem Land!« Mina sah ihn flehend an und fragte:

»Aber weshalb müssen wir ihn denn noch weiter verfolgen, wo er doch von uns gewichen ist?« Er nahm ihre Hand, streichelte sie und erwiderte:

»Stellen Sie mir jetzt keine Fragen. Erst werden wir frühstücken; dann will ich alle Fragen beantworten.« Weiter sagte er nichts, und wir trennten uns, um uns anzukleiden.

Nach dem Frühstück wiederholte dann Mina ihre Frage. Er sah sie eine Weile ernst an und erklärte traurig:

»Weil wir jetzt mehr Veranlassung haben denn je, meine liebe Madame Mina, ihn zu finden, selbst wenn wir ihm bis zum Höllentor folgen müßten.« Sie wurde bleich, als sie leise fragte:

»Warum?«

»Weil er Jahrhunderte überleben kann«, antwortete er feierlich, »Sie aber nur eine Sterbliche sind. Die Zeit ist jetzt unser Gegner – seit er dieses Zeichen auf Ihre Kehle setzte.«

Ich konnte sie gerade noch auffangen, als sie ohnmächtig vornüberfiel.

Vierundzwanzigstes Kapitel

Von Van Helsing auf Dr. Sewards Phonographen gesprochen

An Jonathan Harker.

Bitte bleiben Sie bei Ihrer lieben Mina. Wir werden uns allein auf die Suche begeben, wenn ich es so nennen darf, denn wir suchen ja nicht mehr nach ihm, da wir seinen Aufenthalt kennen, sondern wollen nur noch die Bestätigung haben. Bleiben Sie heute hier und kümmern Sie sich um Mina. Das ist Ihre schönste und heiligste Aufgabe. Er wird allerdings hier nicht mehr auftauchen. Ich will Ihnen berichten, was ich den anderen schon darlegte. Er, unser Feind, ist fort; er ist auf sein Schloß in Transsilvanien zurückgekehrt. Ich weiß dies so genau, als hätte es eine riesige Hand mit Feuer an die Wand geschrieben, und jene letzte Kiste bewahrte er so auf, daß er sie leicht auf das Schiff bringen konnte. Deshalb hat er das Geld mitgenommen; deshalb auch seine Eile, damit wir ihn nicht noch vor Sonnenuntergang fangen könnten. Dies war seine letzte Hoffnung, wollte er sich nicht in der Gruft verstecken, die, wie er glaubte, Miß Lucy für ihn offenhalten würde. Aber dazu war nicht mehr genug Zeit. So rettete er sich in seine letzte Zuflucht – seine letzte Kiste. Er ist klug, sehr klug. Er wußte, daß er hier ausgespielt hatte; deshalb entschloß er sich, zurückzukehren. Er fand ein Schiff, das seine Heimat zum Ziel hatte, und ging an Bord. Wir machen uns jetzt auf den Weg, um dieses Schiff und seinen Bestimmungshafen herauszufinden; wenn uns das gelungen ist, kehren wir zurück und berichten Ihnen alles. Dann werden wir Sie und die arme Madame Mina mit neuer Hoffnung trösten. Denn es ist bereits Hoffnung, zu wissen, daß noch nichts verloren ist. Dieses Ungeheuer, dem wir auf den Fersen sind, brauchte Jahrhunderte, um bis nach London vorzudringen; und doch haben wir ihn an einem Tag verjagt, nachdem wir das Mittel dazu kannten. Er ist erledigt, wenngleich er noch viel Unheil anrichten kann und nicht so leidet wie wir. Aber auch wir sind stark, jeder auf seine Weise, und gemeinsam sind wir noch stärker. Schöpfen Sie neuen Mut; unsere Schlacht hat gerade erst begonnen, aber am Ende werden wir siegen. Das ist so gewiß, wie Gott hoch oben über seine Kinder wacht. Seien Sie also guten Mutes, bis wir zurückkehren.

Van Helsing

Jonathan Harkers Tagebuch

4. Oktober. – Als ich Van Helsings Botschaft Mina vortrug, freute sie sich sehr. Bereits die Gewißheit, daß der Graf außer Landes ist, hatte sie getröstet; und Trost bedeutet für sie neue Kraft. Was mich angeht, so kann ich jetzt, da uns diese schreckliche Gefahr nicht mehr vor Augen steht, kaum noch an ihre Existenz glauben. Selbst meine eigenen schrecklichen Erfahrungen auf Schloß Dracula erscheinen mir wie ein längst vergessener Traum, jedenfalls hier in der frischen Herbstluft und im hellen Sonnenschein ...

Aber wie könnte ich nicht mehr an jene Gefahr glauben! Während ich noch meinen Gedanken nachhing, fiel mein Blick auf die Wunde auf der weißen Stirn meines Lieblings. Solange sie noch zu sehen ist, werde ich nicht vergessen können. Und später wird die bloße Erinnerung daran die Gewißheit, daß alles wirklich geschehen ist, wachhalten! – Mina und ich scheuen das Nichtstun, deshalb sind wir immer wieder alle Tagebücher durchgegangen. Obwohl von Mal zu Mal alles deutlicher vor unseren Augen steht, lassen der Schmerz und die Furcht nach. Allen Geschehnissen scheint eine bestimmte Absicht zugrunde zu liegen, und das ist tröstlich. Mina meint, wir wären sicher die Werkzeuge des Guten. Vielleicht hat sie recht! Ich werde versuchen, es so zu sehen wie sie. Mit noch keinem Wort haben wir bisher die Zukunft erwähnt. Es ist auch besser, abzuwarten, bis wir den Professor und die anderen nach ihrer Rückkehr gesprochen haben.

Der Tag vergeht so schnell – ich hätte es nicht für möglich gehalten, daß für mich noch einmal ein Tag so schnell vergehen kann. Es ist jetzt drei Uhr nachmittags.

Mina Harkers Tagebuch

5. Oktober, fünf Uhr nachmittags. – Wir trafen uns zur Berichterstattung. Anwesend waren Professor Van Helsing, Lord Godalming, Dr. Seward, Mr. Quincey Morris, Jonathan und Mina Harker. Dr. Van Helsing berichtete, was sie im Lauf des Tages unternommen hatten, um Graf Draculas Schiff und den Weg seiner Flucht herauszubekommen.

»Da ich weiß, daß er nach Transsilvanien zurück will, war ich sicher, daß das erste Ziel seiner Reise an der Mündung der Donau oder irgendwo am Schwarzen Meer liegen müsse, denn daher ist er gekommen. Freilich wußten wir nichts weiter; *Omne ignotum pro magnifico.* Schweren Herzens begannen wir also unsere Nachforschungen nach Schiffen, die gestern abend in Richtung Schwarzes Meer ausgelaufen waren. Es mußte übrigens ein Segelschiff sein, denn das hatte Madame Mina erwähnt. Da deren Reisetermine nicht wichtig genug sind, als daß sie in der ›Times‹ veröffentlicht würden, gingen wir auf Vorschlag von Lord Godalming zu Lloyd's, wo jedes noch so kleine Schiff registriert wird. Dort erfuhren wir, daß nur ein einziges Schiff bei Flut in Richtung Schwarzes Meer ausgelaufen sei. Sein Name ist ›Zarin

Katharina‹, und sie segelt vom Doolittle's Kai nach Varna und von dort weiter die Donau hinauf. ›So‹, sagte ich, ›das ist das Schiff, auf dem sich der Graf befindet!‹ Wir machten uns also auf den Weg zum Doolittle's Kai, und dort stießen wir auf einen Mann in einem so kleinen, hölzernen Büro, daß der Mann größer zu sein schien als sein Büro. Ihn fragten wir nach der Fahrtroute der ›Zarin Katharina‹. Er fluchte viel, sein Gesicht war gerötet, und er sprach sehr laut, aber trotzdem war er ein anständiger Kerl; und als Quincey etwas aus seiner Tasche holte, das knisterte, als der Mann es aufrollte und in seine kleine Börse steckte, da wurde er ein noch prächtigerer Kerl und unser gehorsamer Diener. Er ging mit uns los und fragte viele rauhe und hitzköpfige Männer; und auch sie wurden umgänglicher, sobald ihr Durst gelöscht war. Sie erzählten viel, was ich nicht verstand, obwohl ich es mir ungefähr denken kann; und schließlich erzählten sie uns auch alles, was wir wissen wollten.

Sie berichteten uns, daß gestern nachmittag ungefähr um fünf Uhr ein Mann eilig zu ihnen kam. Es war ein großer, schlanker und blasser Mann mit großer Nase, weißen Zähnen und Augen, die zu brennen schienen. Er sei bis auf einen Strohhut, der weder zu ihm noch zur Jahreszeit paßte, in Schwarz gekleidet gewesen. Dann warf er großzügig mit Geld um sich, um zu erfahren, welches Schiff zum Schwarzen Meer auslaufe. Einige führten ihn ins Büro und dann zur ›Zarin Katharina‹, wo er sich weigerte, an Bord zu gehen, sondern an der Gangway stehenblieb und den Käpten zu sich bat. Aber erst nachdem er ihm viel Geld versprochen hatte, kam der Käpten zu ihm, und erst nach vielen Flüchen. Dann ging der hagere Mann wieder. Jemand hatte ihm gesagt, wo er Pferd und Wagen mieten könnte, und bald darauf kehrte er mit einem Wagen zurück, den er selbst lenkte. Auf dem Wagen stand eine große Kiste, die er allein herunterhob, obwohl sie von mehreren Männern auf das Schiff getragen werden mußte. Er erteilte auch dem Kapitän genaue Anweisungen, wo seine Kiste zu stehen habe, aber der Kapitän mochte dies nicht, verfluchte ihn in vielen Sprachen und lud ihn ein, sich doch selbst um seine Kiste zu kümmern. Der Mann lehnte jedoch ab; er wollte noch nicht an Bord, weil er noch viel zu erledigen hätte. Woraufhin der Kapitän ihn zur Eile antrieb, denn er wollte – verdammt noch mal, fluchte er – mit dem Schiff noch vor Umschlagen der Flut auslaufen. Da lächelte der hagere Mann und sagte, er könne auslaufen, wann er es für richtig halte; er würde allerdings eine Überraschung erleben, wenn er zu früh auf die Reise ginge. Wieder fluchte der Kapitän in mehreren Sprachen; der hagere Mann jedoch verbeugte sich, dankte ihm und erklärte, er wolle die Freundlichkeit des Kapitäns ausnutzen und tatsächlich erst kurz vor dem Auslaufen an Bord kommen. Schließlich sagte der Kapitän, noch röter als vorher und in noch mehr Sprachen, daß er keine Franzosen an Bord haben wolle – verdammt sollten sie sein! Da fragte der Hagere, ob ein anderes Schiff in der Nähe liege, wo er besser bedient würde, und ging davon.

Keiner weiß, wo er sich in der Zwischenzeit aufhielt, und sie kümmerten sich auch 'nen Dreck darum, wie sie sagten, denn sie hatten andere Sorgen. Es stellte sich nämlich sehr bald heraus, daß die ›Zarin Katharina‹ nicht wie geplant auslaufen könnte. Ein feiner Nebel stieg vom Fluß auf, wurde dichter und dichter und begann das Schiff einzuhüllen. Der Kapitän fluchte wieder in vielen Sprachen, in sehr vielen Sprachen, aber ändern konnte er nichts. Die Flut stieg und stieg, und er fürchtete schon, daß sie den höchsten Stand verstreichen lassen müßten. Er war übel gelaunt, doch da kam gerade im Augenblick des höchsten Wasserstandes der hagere Mann an Bord und wollte sehen, wo man seine Kiste untergebracht hatte. Der

Kapitän wünschte ihn und seine verdammt alte Kiste zum Teufel, aber der hagere Mann war nicht beleidigt, sondern ging mit dem Maat unter Deck, sah sich den Standort der Kiste an, kam dann wieder nach oben und blieb eine Weile im Nebel stehen. Dann war er plötzlich verschwunden; und niemand hatte ihn gehen sehen. Bald darauf hatten sie ihn schon vergessen, denn der Nebel verflüchtigte sich, und es wurde wieder klar. Meine durstigen Freunde erzählten lachend, wie der Kapitän noch schlimmer als sonst geflucht hätte, als er herausfand, daß keiner der anderen Kapitäne, die zu dieser Stunde mit ihren Schiffen auf dem Fluß unterwegs waren, irgend etwas von Nebel bemerkt hatte und daß dieser wohl nur auf dem Kai lag. Mit der zurückweichenden Flut lief das Schiff dann endlich aus und war beim Morgengrauen zweifellos schon draußen in der Mündung. Als wir all dies erfuhren, befand es sich längst auf hoher See.

Deshalb, meine liebe Madame Mina, dürfen wir jetzt ausruhen, denn unser Feind, der dem Nebel befehlen kann, befindet sich auf dem Meer und ist unterwegs zur Donaumündung. Eine Fahrt mit dem Segelschiff dauert lange, und wenn wir uns zu Lande auf die Reise machen, werden wir gleichzeitig mit ihm dort eintreffen. Unsere größte Hoffnung ist, ihn am Tage in seiner Kiste anzutreffen, denn dann ist er wehrlos, und wir können mit ihm tun, was von uns erwartet wird. Wir haben mehrere Tage Zeit, uns einen Plan zurechtzulegen. Wir kennen jeden Hafen, den das Schiff anläuft, denn der Reeder hat uns die Reisepapiere einsehen lassen. Die von uns gesuchte Kiste wird in Varna ausgeladen und einem Agenten namens Ristics übergeben, der sich mit einem Beglaubigungsschreiben auszuweisen hat. Damit hätte unser Reeder seine Verpflichtung erfüllt. Als er fragte, ob etwas nicht in Ordnung sei und er vielleicht nach Varna telegrafieren solle, lehnten wir ab, denn unsere Aufgabe können uns weder Polizei noch Zollbehörden abnehmen. Sie muß von uns und auf unsere Weise erledigt werden.«

Als Van Helsing seinen Bericht beendet hatte, fragte ich ihn, ob er sicher sei, daß der Graf sich noch auf dem Schiff befinde. »Sie selbst haben heute morgen diese Tatsache aufgedeckt, als Sie unter Hypnose standen«, erwiderte er. Ich fragte ihn weiter, ob es denn wirklich notwendig sei, daß sie den Grafen verfolgten? Ich fürchte zu sehr, daß mich Jonathan verläßt. Wenn die anderen fahren, wird er nicht zurückbleiben wollen! Der Professor antwortete ruhig, dann jedoch mit wachsender Leidenschaft und immer energischer, bis uns seine überragende Persönlichkeit und seine Autorität wieder einmal deutlich wurden:

»Ja, es ist nötig, bitter nötig! Zuallererst Ihretwegen, aber auch um der Menschheit willen! Dieses Ungeheuer hat schon genug Unheil angerichtet, im begrenzten Rahmen seiner Möglichkeiten und in der kurzen Zeit, in der er seine Kräfte noch in Dunkelheit und Unwissenheit erprobte. All dies habe ich schon den anderen berichtet, und Sie, liebe Madame Mina, werden es auf dem Phonographen meines Freundes John oder auf dem Ihres Mannes hören. Ich habe gesagt, daß die Vorbereitung für die Übersiedlung aus seinem leeren Heimatland – leer des Menschenmangels wegen – in ein Land, in dem die Menschen so dicht wie Kornhalme zusammen leben, Jahrhunderte erforderte. Wollte es ihm ein anderer Untoter gleichtun, würden für ihn wahrscheinlich alle vergangenen und zukünftigen Jahrhunderte nicht ausreichen. Bei ihm aber müssen sich alle geheimen, verborgenen und mächtigen Kräfte der Natur auf wundersame Weise verbunden haben. Seine Heimat, in der er seit Jahrhunderten als Untoter umging, ist voller geologischer und chemikalischer Seltsamkeiten. Dort gibt es Höhlen und Erdspalten, die in unbekannte Tiefen reichen. Es gab dort Vulkane, von denen einige heute noch Wasser mit merkwürdigen Eigenschaften ausspeien, oder Gase, die töten oder beleben können. Zweifellos erzeugt diese Kombination magnetische oder elektrische Ströme, die den Menschen beeinflussen. Auch er besaß von Jugend an viele hervorragende Eigenschaften. In einer harten und kriegerischen Zeit lebend, sagte man ihm stärkere Nerven, einen schärferen Verstand und größere Tapferkeit nach als anderen Menschen. Und wie sein Körper stark wurde und wuchs und gedieh, so entwickelte sich auch sein Verstand. All das erreichte er bereits ohne teuflische Hilfe, die ihm jetzt zweifellos noch zugute kommt und erst den Symbolen des Guten weicht. Was ist aber seine Bedeutung für uns? Nun, er hat Sie angesteckt – oh, vergeben Sie mir, daß ich dies aussprechen muß, aber es geschieht zu Ihrem Wohl. Er hat Sie bereits so weit angesteckt, daß Sie, selbst wenn er nichts weiter gegen Sie unternähme, zwar Ihr altes Leben weiterführen könnten; aber wenn der Tod naht, dieses uns allen gemeinsame Ende, dann würden Sie mit Gottes Einverständnis eine Untote wie der Graf. Und das darf nicht geschehen! Wir haben gelobt, das zu verhindern. Und deshalb sind wir Werkzeuge Gottes, damit die Welt und die Menschen, deretwegen sein Sohn gestorben ist, nicht Ungeheuern überlassen bleiben, deren bloße Existenz schon Gottes Existenz verhöhnt. Eine Seele durften wir bereits erlösen. Wie die alten Kreuzritter ziehen wir aus, noch weitere zu retten. Wie sie, so ziehen wir der aufgehenden Sonne entgegen, und wie sie werden wir, wenn wir sterben müssen, unser Leben für eine gute Sache lassen.«

»Aber wird der Graf nicht aus seiner Niederlage lernen?« warf ich ein. »Wird er nicht in Zukunft England, aus dem er vertrieben wurde, meiden, wie ein Tiger das Dorf meidet, aus dem man ihn verjagt hat?«

»Aha«, hakte er ein, »Ihr Vergleich mit einem Tiger ist gut; ich werde ihn übernehmen. Der Menschenfresser, wie man in Indien einen Tiger nennt, der einmal menschliches Blut gekostet hat und dann alle anderen Beutetiere verschmäht, streift unruhig umher, bis er wieder einen Menschen reißen kann. Der, den wir aus diesem Land vertrieben haben, ist auch ein Tiger, ein Menschenfresser, der nie aufhören wird, Menschen zu jagen. Nein, schon seinem Wesen nach gehört er nicht zu denen, die sich vertreiben lassen. Während seines richtigen Lebens drang er über die türkische Grenze vor und griff den Feind auf dessen eigenem Boden an; er wurde zurückgeworfen. Aber kümmerte ihn das? Nein! Er griff immer wieder an. Bedenken Sie diese Beharrlichkeit und Ausdauer! In seinem Kinderhirn brütete er schon vor langer Zeit den Plan aus, in eine große Stadt zu ziehen. Und was tat er? Er suchte sich den für ihn verlockendsten Ort der Welt aus und machte sich dann an die Vorbereitungen. Geduldig prüfte er seine Kräfte und Fähigkeiten. Er erlernte Sprachen, studierte die gesellschaftlichen Verhältnisse, die veränderte Umwelt, Politik, Gesetzgebung, Finanzwesen, Wissenschaften und Sitten eines fremden Landes und Volkes. Die Einblicke, die er so gewann, regten seinen Appetit und seine Wünsche nur noch mehr an. Seine Verstandeskräfte wuchsen dabei, und sein Entschluß wurde nur noch fester, bekam er doch die Richtigkeit seiner Voraussetzung bewiesen. Er hat dies von sich aus geschafft, ganz allein, von einer zerfallenen Gruft in einem vergessenen Land aus! Welche Möglichkeiten könnte er sich erschließen, wenn ihm erst das weite Reich des Geistes offenstünde! Er, der dem Tod lächelnd ins Auge sieht, der über Seuchen lacht, die ganze Völker ausrotten! Wieviel Gutes könnte er doch in dieser alten Welt bewirken, wenn er statt vom Teufel von Gott käme! – Aber wir haben gelobt, die Welt von ihm zu befreien. Wir müssen in der Stille und im geheimen vorgehen, denn in diesem aufgeklärten Zeitalter, wo die Menschen nicht einmal glauben wollen, was sie mit eigenen Augen sehen, sind die Zweifel der Klugen seine größte Hilfe. Sie sind ihm Schild und Schwert zugleich; sind ihm Waffe, mit der er uns vernichten kann – uns, seine Feinde; denn wir gefährden sogar unsere eigenen Seelen für die, die wir lieben, und zwar um der Menschen willen und zur Ehre Gottes!«

Nach einer allgemeinen Diskussion beschlossen wir, alles zu überschlafen; danach muß jeder zu seinen eigenen Schlußfolgerungen kommen. Morgen zum Frühstück werden wir uns gegenseitig unsere Gedanken vortragen und die nächsten Schritte beraten.

Ruhe und ein herrlicher Friede umhüllen mich heute nacht. Es ist, als wäre ein Alptraum von mir gewichen. Ob wohl ...? Aber meine Hoffnung war verfrüht; mußte es sein; denn im Spiegel sah ich das rote Mal auf meiner Stirn und erkannte, daß ich noch immer befleckt bin.

Dr. Sewards Tagebuch

5. Oktober. – Wir erhoben uns zeitig, der Schlaf hatte allen gutgetan. Als wir uns am Frühstückstisch einfanden, war unsere Stimmung heiterer, als wir erwartet hatten.

Die Elastizität der menschlichen Natur ist wirklich bewundernswert. Sobald irgendwelche Hindernisse aus dem Weg geräumt sind – und selbst wenn dies der Tod bewirkt –, erwachen sofort neue Hoffnung und Freude in uns. Während wir so um den Tisch herum saßen, fragte ich mich mehr als einmal verwundert, ob die vergangenen Tage nicht vielleicht nur ein böser Traum gewesen seien. Nur wenn mein Blick auf den roten Fleck auf Mrs. Harkers Stirn fiel, wurde ich in die Wirklichkeit zurückgerufen. Aber selbst jetzt, da ich alles noch einmal überdenke, fällt es mir schwer zu glauben, daß die Ursache unserer Sorge noch immer nicht aus der Welt geschafft ist. Auch Mrs. Harker scheint ihren Kummer oft zu vergessen; nur selten wird sie daran erinnert und denkt dann an die furchtbare Narbe. In einer halben Stunde wollen wir uns alle hier in meinem Arbeitszimmer treffen und unser weiteres Vorgehen beraten. Eines allerdings bedrückte mich, und zwar eine Ahnung, die mehr aus dem Instinkt als aus dem Verstand aufsteigt: Wir werden alle ganz offen sprechen müssen; und doch befürchte ich, daß Mrs. Harkers Zunge auf seltsame Weise gebunden ist! Ich weiß, daß sie zu eigenen Schlußfolgerungen kommt, und nach allem Geschehenen weiß ich auch, wie richtig diese Schlüsse sein müssen; aber sie will oder kann sie nicht aussprechen. Ich habe schon Van Helsing meinen Eindruck mitgeteilt, und wir wollen uns darüber aussprechen, sobald wir allein sind. Ich fürchte, das schreckliche Gift, das in ihren Venen fließt, beginnt zu wirken. Der Graf verfolgte einen ganz bestimmten Zweck, als er ihr, wie sich Van Helsing ausdrückte, »die Bluttaufe des Vampirs« gab. Nun, vielleicht gibt es ein Gegengift, das aus guten Dingen destilliert wird. In einer Zeit, da selbst das Vorkommen von Leichengiften noch weithin unbekannt ist, sollte uns nichts verwundern. Eines ist gewiß: Wenn sich meine Ahnung hinsichtlich der Schweigsamkeit der armen Mrs. Harker bestätigt, dann liegt noch manche Mühe und manche verborgene Gefahr vor uns. Dieselbe Kraft, die ihr das Schweigen aufzwingt, könnte sie zum Sprechen bringen. Ich wage nicht, den Gedanken zu Ende zu denken, denn wie könnte ich eine so edle Frau beschimpfen!

Van Helsing wird vor den anderen hiersein; ich will mit ihm dieses Problem beraten.

Später. – Als ich mit dem Professor allein war, sprachen wir zunächst über die allgemeine Lage. Ich sah ihm an, daß er noch etwas anderes auf dem Herzen hatte, wollte ihn aber nicht drängen. Nachdem wir ein bißchen herumgeredet hatten, begann er plötzlich: »John, wir beide müssen etwas besprechen, aber unter vier Augen zunächst. Später werden wir dann die anderen ins Vertrauen ziehen!« Er brach ab, da ich aber nichts sagte, fuhr er fort:

»Madame Mina, unsere arme liebe Madame Mina hat sich sehr verändert ...« Als mir so meine schlimmsten Befürchtungen bestätigt wurden, überlief mich ein kalter Schauer. Doch Van Helsing sprach weiter:

»Aus den traurigen Erfahrungen mit Miß Lucy haben wir gelernt, daß wir nicht zu lange zögern dürfen. In Wirklichkeit ist unsere Aufgabe jetzt schwerer als je zuvor, denn dieses neuerliche Problem läßt jede Stunde kostbar werden. Ich erkenne in ihrem Gesicht bereits die Merkmale des Vampirs. Sie sind noch sehr, sehr schwach; aber einem ungetrübten Blick sind sie deutlich sichtbar. Ihre Zähne sind spitzer geworden und ihr Blick bisweilen härter. Aber das ist nicht alles. Sie ist jetzt oft verschlossen – ganz so wie Miß Lucy. Auch diese sprach kaum noch, sondern schrieb nieder, was sie bekanntwerden lassen wollte. Ich befürchte nun folgendes: Da sie, wenn sie von mir hypnotisiert wird, alles berichtet, was der Graf sieht und hört, dann könnte es doch auch möglich sein, daß er, der sie zuerst hypnotisierte, der ihr Blut trank und sie von seinem trinken ließ – daß er sie zwingen kann, ihm zu verraten, was sie hier bei uns erfährt.« Ich nickte bejahend, und er fuhr fort:

»Dann müssen wir dies zu verhindern suchen. Wenn wir sie über unsere Absichten im unklaren lassen, kann sie ihm nichts mitteilen. Das ist ein schmerzlicher Entschluß, so schmerzlich, daß der Gedanke daran mir fast das Herz bricht, aber es muß sein. Wenn wir heute zusammenkommen, muß ich ihr sagen, daß wir sie nicht mehr zu unseren Beratungen hinzuziehen, damit sie uns nicht verrät; sie darf sich von uns nur noch bewachen lassen.« Er trocknete seine Stirn, die sich mit großen Schweißtropfen bedeckt hatte. Ich wußte, es würde ihn trösten zu hören, daß ich zu der gleichen Überlegung gekommen war. Auf jeden Fall würden ihm dadurch seine Zweifel genommen, und das erreichte ich auch tatsächlich.

Die Zeit für unsere Zusammenkunft naht. Van Helsing hat mich verlassen; angeblich um sich auf die Beratung und den ihm zufallenden schmerzlichen Teil davon vorzubereiten. Ich vermute jedoch, daß er in aller Stille beten möchte.

Später. – Gleich zu Beginn unserer Beratungen erfuhren Van Helsing und ich eine große Erleichterung, da Mrs. Harker von ihrem Mann entschuldigt wurde und zugleich ausrichten ließ, sie wolle vorläufig nicht zu uns kommen, damit wir ungehindert unsere Beratungen abhalten könnten, ohne Gefahr zu laufen, sie in Verlegenheit zu bringen. Ich tauschte mit dem Professor einen flüchtigen Blick; jeder von uns beiden las beim anderen Erleichterung. Wenn Mrs. Harker von allein die Gefahr erkannt hatte, dann mußten uns viel Schmerz und Gefahren erspart bleiben. Unter diesen Umständen kamen wir überein – durch einen Blickwechsel und als Antwort einen auf die Lippen gelegten Finger –, unseren Verdacht vorläufig geheimzuhalten, bis wir noch einmal unter vier Augen darüber gesprochen hätten. Statt dessen berieten wir sofort und allgemein unseren Schlachtplan. Van Helsing zählte noch einmal in groben Zügen alle uns bekannten Tatsachen auf: »Gestern morgen also ließ die ›Zarin Katharina‹ die Themsemündung hinter sich zurück. Wenn sie mit der größten Geschwindigkeit segelt, die sie erreicht, braucht sie bis Varna drei Wochen. Wir jedoch können zu Lande in drei Tagen dort sein. Wenn wir annehmen, das Schiff brauche zwei Tage weniger, weil der Graf das Wetter beeinflussen kann, und wenn wir für unsere Reise einen Tag und eine Nacht hinzuzählen, weil wir auf unerwartete Schwierigkeiten stoßen könnten, dann bleibt uns noch eine Zeitspanne von fast zwei Wochen. Um absolut sicherzugehen, müssen wir also spätestens am 17. des Monats abreisen. Dann könnten wir auf jeden Fall einen Tag vor dem Schiff in Varna sein und die nötigen Vorkehrungen treffen. Natürlich müssen wir uns gegen alle überirdischen wie auch gegen alle irdischen Gefahren rüsten.« Hier warf Quincey Morris ein:

»Wie ich hörte, gibt es in der Heimat des Grafen Wölfe, die er auf uns hetzen könnte. Deshalb schlage ich vor, wir nehmen jeder zusätzlich eine Winchester mit. Bei derlei Gefahren setze ich in eine Winchester größtes Vertrauen. Weißt du noch, Art, wie wir bei Tobolsk von einem Rudel Wölfe verfolgt wurden? Was hätten wir da nicht alles für ein Schießeisen gegeben.«

»Gut«, stimmte Van Helsing zu, »also Winchesters. Quincey besitzt ein gutes Urteilsvermögen, besonders wenn es um die Jagd geht. – In der Zwischenzeit können wir hier nichts tun, und da keiner von uns Varna kennt, warum sollten wir nicht früher dorthin abreisen? Die Zeit wird uns hier ebenso lang wie dort. Heute abend bereits und morgen noch können wir unsere Vorbereitungen treffen; und wenn alles gut geht, machen wir uns dann auf die Reise.«

»Wir vier?« fragte Harker und schaute uns der Reihe nach an.

»Natürlich müssen Sie hierbleiben«, erwiderte der Professor hastig, »um auf Ihre Frau aufzupassen.« Harker schwieg eine Weile und bat dann mit tonloser Stimme:

»Lassen Sie uns morgen noch einmal darüber sprechen. Ich möchte Mina vorher fragen.« Ich hielt jetzt die Zeit für gekommen, daß Van Helsing ihn hätte warnen müssen, ihr nichts von unseren Plänen zu verraten, aber der Professor machte keine Anstalten dazu. Ich sah ihn bedeutungsvoll an und räusperte mich; aber als Antwort legte er lediglich einen Finger auf die Lippen und wandte sich ab.

5. Oktober, nachmittags. – Eine ganze Weile nach unserer Zusammenkunft von heute morgen konnte ich noch immer keinen klaren Gedanken fassen. Die veränderte Situation gibt mir so viele Rätsel auf, daß ich noch keine Überlegungen anstellen konnte. Minas Entschluß, unserer Diskussion fernzubleiben, stimmt mich nachdenklich; da sie mir ihre Gründe verschweigt, kann ich sie nur zu erraten suchen. Ich bin jedoch der Lösung um keinen Schritt nähergekommen. Auch verwunderte mich die Art, wie die anderen ihren Entschluß aufnahmen, denn das letztemal, als wir uns mit diesem Thema beschäftigten, waren wir übereingekommen, uns gegenseitig nichts mehr zu verheimlichen. Mina schläft im Augenblick so ruhig und friedlich wie ein kleines Kind. Ihre Lippen sind gewölbt, und ihr Gesicht leuchtet vor Glück. Gott sei Dank kann auch sie noch solche Augenblicke erleben.

Später. – Wie seltsam ist doch alles! Ich beobachtete Minas friedlichen Schlaf und war dabei so glücklich, wie ich es mir nur wünschen kann. Als die untergehende Sonne lange Schatten über die Erde warf, kam mir die Stille in dem Zimmer immer feierlicher vor. Plötzlich schlug Mina die Augen auf, sah mich sehr zärtlich an und bat leise:

»Jonathan, ich möchte, daß du mir etwas versprichst – und dein Versprechen soll von Gott geheiligt und darf nie gebrochen werden, auch wenn ich vor dir auf die Knie fallen und dich mit bitteren Tränen in den Augen darum bitten würde. Schnell, du mußt es auf der Stelle versprechen!«

»Mina«, erwiderte ich, »ein solches Versprechen kann ich nicht sofort geben. Vielleicht habe ich gar nicht das Recht dazu.«

»Aber Liebster«, drängte sie mit so viel Erregung, daß ihre Augen wie der Polarstern strahlten, »ich bin es doch, die dich darum bittet; und ich bitte dich nicht meinetwegen! Du kannst Professor Van Helsing fragen, ob ich recht habe; wenn er es verneint, kannst du tun, was du denkst. Nein, noch mehr, wenn ihr euch später alle dagegen aussprecht, bist du nicht mehr an das Versprechen gebunden.«

»Ich verspreche es«, sagte ich. Einen Moment lang sah sie sehr glücklich aus; mir jedoch wurde jedes Glücksgefühl durch die rote Narbe auf der Stirn vergällt. Sie bat:

»Versprich mir, daß du mir kein Wort über den Feldzug gegen den Grafen verraten wirst, weder direkt mit Worten noch so, daß ich euer Vorhaben aus Andeutungen schlußfolgern könnte. Dies gilt so lange, wie ich hiermit gezeichnet bin.«

Und sie deutete auf ihre Narbe. Ich sah ihr an, wie ernst es ihr war, und erklärte feierlich:

»Ich verspreche es!« Im gleichen Augenblick, in dem ich diese Worte aussprach, spürte ich, daß zwischen uns eine Tür zugeschlagen war.

Später, Mitternacht. – Mina schien den ganzen Abend über lebhaft und fröhlich. Sie steckte sogar die anderen mit ihrer Fröhlichkeit an; selbst mir kam es so vor, als wäre der Mantel der Düsternis, der auf uns lastet, leichter geworden. Wir zogen uns zeitig zurück. Mina schläft bereits wie ein kleines Kind; es ist herrlich, daß sie selbst in einer Zeit tiefsten Kummers noch so friedlich schlafen kann. Gott sei gedankt dafür, denn so kann sie wenigstens im Schlaf Vergessen finden. Vielleicht steckt sie mich damit ebenso an wie heute abend mit ihrer Fröhlichkeit. Ich werde einen Versuch machen und hoffe auf einen traumlosen Schlaf.

6. Oktober, morgens. – Eine neue Überraschung. Mina weckte mich ungefähr ebenso zeitig wie gestern und bat

mich, Dr. Van Helsing zu rufen. Ich glaubte, sie wolle sich wieder hypnotisieren lassen, und suchte sofort den Professor auf. Offenbar hatte er ein solches Ansinnen bereits erwartet, denn ich fand ihn in seinem Zimmer fertig angezogen vor. Seine Tür war angelehnt, so daß er schon das Öffnen unserer Zimmertür gehört hatte. Er ging sofort mit mir, und als er in unser Zimmer trat, fragte er Mina, ob er auch die anderen rufen lassen solle.

»Nein«, sagte sie lediglich, »es ist nicht nötig. Sie können es ihnen ebensogut berichten. Ich muß mit auf die Reise gehen.«

Dr. Van Helsing war ebenso überrascht wie ich. Nach einer kurzen Pause fragte er:

»Und weshalb?«

»Sie müssen mich mitnehmen; bei Ihnen bin ich sicherer, und auch für Sie ist das Risiko geringer.«

»Aber wieso, liebe Madame Mina? Sie wissen, daß Ihre Sicherheit unsere vornehmste Pflicht ist, und wir begeben uns in Gefahren, die für Sie noch viel drohender sind als für uns – und zwar nach den Geschehnissen der Vergangenheit.« Er schwieg verlegen.

Sie deutete mit dem Finger auf die Stirn und erwiderte:

»Ich weiß. Gerade deshalb muß ich mit. Ich kann es Ihnen jetzt erklären, während die Sonne aufgeht; später ist es mir vielleicht nicht mehr möglich. Ich weiß, daß ich auf des Grafen Befehl hin zu ihm reisen müßte. Wenn er mir befiehlt, heimlich zu ihm zu kommen, würde ich es mit viel List schaffen; ich würde alles tun, um andere – selbst Jonathan – zu täuschen.« Gott ist dieser Blick, den sie mir bei diesen Worten zuwarf, nicht entgangen, und wenn es einen Engel gibt, der alles aufzeichnet, dann wird dieser Blick ihr zu Ehren notiert werden. Ich brachte kein Wort hervor, sondern konnte ihr nur die Hand drücken; meine Gefühlsregung war selbst für Tränen zu groß. Sie aber fuhr fort:

»Ihr tapferen und starken Männer könnt mich zu mehreren weit besser schützen als ein einzelner. Außerdem könnte ich von Nutzen sein; Sie brauchen mich ja nur zu hypnotisieren, um zu erfahren, was selbst meinem Bewußtsein verborgen ist.«

Sehr ernst erwiderte der Professor:

»Madame Mina, Sie haben wie gewöhnlich sehr kluge Gedanken. Sie werden uns also begleiten; gemeinsam werden wir schaffen, was wir uns vorgenommen haben.« Mina schwieg auf diese Worte, so daß ich zu ihr blickte. Sie war schlafend auf ihr Kissen zurückgesunken; selbst als ich die Jalousie hochließ und das Sonnenlicht ins Zimmer flutete, wachte sie nicht auf. Van Helsing forderte mich mit einer Handbewegung auf, ihm leise zu folgen. Wir gingen in sein Zimmer, und innerhalb einer Minute hatten sich Lord Godalming, Dr. Seward und Mr. Morris ebenfalls dort eingefunden. Der Professor erzählte ihnen, was Mina gesagt hatte, und fuhr dann fort:

»Morgen früh machen wir uns auf die Reise nach Varna. Wir müssen jetzt einen weiteren Umstand bedenken: nämlich Madame Mina. Ihr Sinn ist aufrichtig und treu. Es fiel ihr bestimmt sehr schwer, uns dies alles zu offenbaren; aber es war sehr richtig. So hat sie uns rechtzeitig gewarnt. Wir dürfen keine Chance verpassen, und in Varna müssen wir sofort handeln, sowie das Schiff dort eintrifft.«

»Und was genau werden wir dort tun?« fragte Mr. Morris lakonisch. Der Professor schwieg einen Augenblick und antwortete dann:

»Zuerst einmal werden wir an Bord des Schiffes gehen; dann, sobald wir die Kiste identifiziert haben, werden wir einen Zweig wilder Rosen darauf legen. Wir müssen ihn allerdings darauf festnageln, denn so lange er darauf liegt, kann der Graf die Kiste nicht verlassen; zumindest sagt dies der Aberglaube. Und auf den Aberglauben müssen wir als erstes bauen. Er ist der älteste Glaube der Menschen und bildet noch heute die Wurzel jeden Glaubens. Dann, sobald wir dazu Gelegenheit haben und uns niemand beobachtet, werden wir die Kiste öffnen und ... und alles wird dann gut werden.«

»Ich will nicht erst auf eine Gelegenheit warten«, sagte Morris. »Sobald ich die Kiste vor mir sehe, werde ich sie öffnen und das Ungeheuer vernichten, selbst wenn mich tausend Menschen dabei beobachten und ich im nächsten Augenblick dafür hingerichtet würde!« Unwillkürlich ergriff ich seine Hand; sie erschien mir so fest wie Stahl. Ich glaube, er hat meinen Blick richtig verstanden; ich hoffe es jedenfalls.

»Guter Junge«, sagte Van Helsing, »tapferer Junge! Quincey ist ein ganzer Mann. Gott segne ihn dafür. Mein Sohn, glauben Sie mir, niemand von uns wird zurückstehen wollen oder aus Angst zögern. Ich sage nur, was wir tun müssen und tun sollten. Freilich können wir noch nicht viel wissen. Es wird sich noch so viel ereignen, daß wir uns erst im letzten Augenblick entscheiden können. Wir wollen aber für alles gerüstet sein, und wenn es soweit ist, werden unsere Anstrengungen nicht vergeblich bleiben. Heute noch werden wir alles regeln. Alles, was unsere Lieben betrifft, sollte geklärt sein, denn keiner von uns kann voraussehen, wie das Ende aussieht. Was mich angeht, meine Angelegenheiten sind geregelt; und da mir nichts weiter zu tun übrigbleibt, werde ich mit den Reisevorbereitungen beginnen und die Fahrkarten sowie alles weitere für unsere Reise besorgen.«

Es gab nichts weiter zu sagen, und deshalb trennten wir uns. Ich werde also auch alle meine irdischen Angelegenheiten regeln und mich auf das vorbereiten, was kommen mag ...

Später. – Es ist alles erledigt, mein Testament ist aufgesetzt. Wenn Mina mich überlebt, wird sie meine Alleinerbin. Kann sie mich nicht beerben, so wird den anderen, die so gut zu uns waren, alles zufallen.

Es ist jetzt kurz vor Sonnenuntergang; Minas Unruhe hat mich angesteckt. Ich bin überzeugt, daß sie etwas auf dem Herzen hat, was sie uns genau bei Sonnenuntergang offenbaren wird. Diese Anlässe beginnen für uns alle immer quälender zu werden, denn jeder Sonnenaufgang oder -untergang verkündet uns eine neue Gefahr oder weiteres Unheil. Ich schreibe all diese Gedanken in mein Tagebuch nieder. Mein Liebling darf sie noch nicht erfahren; aber eines Tages wird das Tagebuch für sie bereitliegen. Sie ruft mich.

Fünfundzwanzigstes Kapitel

Dr. Sewards Tagebuch

11. Oktober, abends. – Jonathan Harker bat mich, für ihn das Protokoll zu führen, da er sich der Aufgabe nicht gewachsen fühlt, aber eine genaue Niederschrift wünscht.

Es überraschte wohl keinen von uns, vor Sonnenuntergang zu Mrs. Harker gebeten zu werden. In letzter Zeit haben wir herausgefunden, daß sie zur Zeit des Sonnenaufgangs oder Sonnenuntergangs ungewöhnliche Freiheiten genießt – sie ist dann die alte, ohne einer geheimnisvollen Kraft unterworfen zu sein und unterdrückt oder zum Handeln gezwungen zu werden. Diese Stimmung oder dieser Zustand setzt eine halbe Stunde oder länger vor dem Aufgehen oder Untergehen der Sonne ein und hält an, bis die Sonne hoch am Himmel steht oder die Wolken noch vom Abendrot glühen. Zuerst befindet sie sich in einem Zustand der Unsicherheit, als würde sich eine

Klammer lösen, und dann überkommt sie das Bewußtsein völliger Freiheit. Wenn dieser Zustand endet, erfolgt der Rückfall beinahe schlagartig; er wird nur durch dumpfes Schweigen angekündigt.

Als wir uns heute abend versammelten, war sie zunächst gehemmt und zeigte alle Merkmale eines inneren Kampfes. Mir schien, als wollte sie sich so schnell wie möglich befreien; wenige Minuten später hatte sie sich wieder völlig in der Gewalt. Sie bat ihren Mann, sich zu ihr auf das Sofa zu setzen, auf dem sie sich zurückgelehnt hatte, und ließ uns Stühle herantragen. Dann nahm sie die Hand ihres Mannes und begann:

»Vielleicht zum letzten Mal sind wir alle hier in Freiheit versammelt. Ich weiß, Liebster, ich weiß, daß du bis zum Ende an meiner Seite stehen wirst.« Diese Worte waren an ihren Mann gerichtet, dessen Hand sich noch fester um die ihre gekrampft hatte. »Aber morgen gehen wir auf die Reise, und Gott allein weiß, was uns bevorsteht. Ihr wollt mich mitnehmen. Ich weiß, daß ihr alles tun werdet, was tapfere, aufrichtige Männer für eine arme und schwache Frau tun können, deren Seele vielleicht verloren ist – nein, nein, noch nicht verloren, aber auf jeden Fall in großer Gefahr! Aber ihr dürft nicht vergessen, daß ich nicht wie ihr bin. In meinem Blut, in meiner Seele ist Gift, das mich vernichten kann, vernichten muß, es sei denn, wir werden alle gerettet. Liebe Freunde, ihr begreift so gut wie ich, daß meine Seele auf dem Spiel steht! Wohl wüßte ich einen Ausweg für mich, aber bitte, ihr dürft ihn nicht betreten, und auch ich darf es nicht!« Sie blickte uns alle flehend an, jeden einzelnen und zuletzt ihren Mann.

»Welchen Ausweg dürfen wir nicht betreten?« fragte Van Helsing heiser.

»Daß ich jetzt sterbe – entweder von eigener Hand oder von der eines anderen! Wir alle wissen ja, daß ihr meine unsterbliche Seele nach meinem Tode ebenso befreien könntet wie die der armen Lucy. Wäre die Todesangst das einzige Hindernis, so würde ich nicht zögern, auf der Stelle inmitten meiner mich liebenden Freunde mein Leben zu lassen. Aber der Tod ist nicht alles. Ich kann nicht glauben, daß mein Tod in Gottes Absichten liegt, solange noch Hoffnung besteht und eine schwere Aufgabe gelöst werden muß. Deshalb setze ich die Hoffnung auf ewigen Frieden aufs Spiel und gehe in ein Dunkel hinein, das vielleicht die schwärzesten Dinge dieser und jener Welt birgt!« Wir schwiegen, denn instinktiv ahnten wir, daß dies nur eine Vorrede sein sollte. Die Mienen der anderen erstarrten; Harker wurde aschgrau. Vielleicht wußte er besser als wir alle, was nun kommen sollte. Sie fuhr fort: »Dies ist meine Hinterlassenschaft.« Mir fiel der seltsame juristische Ausdruck auf, den sie zu dieser Gelegenheit und in tiefem Ernst gebrauchte. »Was seid ihr bereit zu opfern? Das Leben, ich weiß«, fuhr sie hastig fort. »Das ist einfach für tapfere Männer. Euer Leben gehört Gott, und ihr könnt es ihm zurückgeben; aber was gebt ihr mir?« Wieder sah sie uns fragend an, wich aber dem Blick ihres Mannes aus. Quincey schien sie verstanden zu haben; er nickte jedenfalls, und ihre Miene hellte sich auf. »Dann werde ich euch also sagen, was ich mir wünsche, denn es darf zwischen uns in dieser Angelegenheit keine Zweifel mehr geben. Ihr müßt mir versprechen, daß jeder von euch – auch du, mein geliebter Mann – mich töten wird, sobald es nötig werden sollte.«

»Und wann wird es nötig?« Quincey hatte diese Frage gestellt; seine Stimme klang leise und gespannt.

»Sobald ich mich so sehr verändere, daß ihr überzeugt seid, es wäre für mich besser zu sterben als zu leben. Wenn dann mein Körper getötet ist, sollt ihr, ohne einen Augenblick zu zögern, einen Pfahl durch mein Herz treiben und meinen Kopf abtrennen oder auch sonst immer tun, was mir Ruhe geben wird!«

Quincey erhob sich nach einer kleinen Pause als erster. Er kniete vor ihr nieder, ergriff ihre Hand und sagte feierlich:

»Ich bin nur ein ungehobelter Mensch, der vielleicht nicht so gelebt hat, um solch eine Auszeichnung zu verdienen, aber ich schwöre bei allem, was mir lieb und heilig ist, daß ich keinen Augenblick zögern werde, die uns von Ihnen auferlegte Pflicht zu erfüllen, wenn es soweit ist. Und ich verspreche auch, daß ich nicht zaudern will; selbst wenn ich noch Zweifel habe, werde ich entscheiden, daß die Zeit gekommen sei.«

»Mein treuer Freund!« war das einzige, was sie unter hervorstürzenden Tränen sagen konnte. Dann beugte sie sich vor und küßte seine Hand.

»Ich schließe mich diesem Eid an, meine liebe Madame Mina«, sagte Van Helsing.

»Ich ebenfalls«, erklärte Lord Godalming. Nacheinander knieten sie nieder, um ihren Schwur abzugeben. Ich folgte ihnen. Dann fragte ihr Mann, der noch blasser schien als seine schneeweißen Haare:

»Muß auch ich dir diesen Schwur leisten, meine teure Frau?«

»Auch du, Liebster«, sagte sie mit unendlichem Mitleid in ihrer Stimme und in ihren Augen. »Du darfst nicht davor zurückschrecken. In der ganzen Welt stehst du mir am nächsten; unsere Seelen sind für unser Leben und in alle Ewigkeit verbunden. Denk daran, Liebster, daß es Zeiten gab, in denen tapfere Männer ihre Frauen getötet haben, um sie nicht dem Feind in die Hände fallen zu lassen. Sie zögerten dabei nicht, denn sie wurden von denen, die sie liebten, um den Tod gebeten. Dies gehört in Zeiten schmerzlicher Prüfungen zu den Pflichten der Männer. Liebster, wenn es dazu kommt, daß ich sterben muß, dann möchte ich den Tod aus der Hand desjenigen empfangen, der mich am meisten liebt. Dr. Van Helsing, ich habe die Gnade nicht vergessen, die Sie dem gewährten, der die arme Lucy am stärksten liebte« – sie zögerte, errötete und suchte einen neuen Ausdruck –, »oder der das größte Recht besaß, ihr den Frieden zu schenken. Wenn diese Aufgabe noch einmal an Sie herantritt, sollen Sie meinem Mann für sein späteres Leben die beruhigende Gewißheit schenken, daß es seine liebende Hand war, die mich aus dem schrecklichen Zwang befreite.«

»Auch das schwöre ich«, erklärte der Professor mit vollklingender Stimme. Mrs. Harker lächelte plötzlich, als sie sich mit einem Seufzer der Erleichterung zurücklehnte und hinzusetzte:

»Und nun noch eine Warnung – eine Warnung, die ihr nie vergessen dürft! Falls dieser Augenblick je kommt, wird er schnell und unerwartet hereinbrechen. Dann dürft ihr keine Zeit verlieren und müßte jede Gelegenheit nutzen. Denn wenn es soweit kommen sollte, könnte ich – nein, werde ich die Verbündete eures Feindes sein!« Und sehr ernst setzte sie hinzu:

»Und noch eine Bitte. Sie ist nicht so entscheidend und wichtig wie die andere, aber ich möchte, daß ihr noch etwas für mich tut.« Wir nickten alle, doch keiner sprach ein einziges Wort; es bedurfte auch keiner Worte.

»Ich möchte, daß ihr mir jetzt die Totenmesse lest!« Ihr Mann stöhnte auf, da nahm sie seine Hand, drückte sie an ihr Herz und fuhr fort: »Eines Tages werdet ihr sie mir doch lesen müssen. Jetzt aber wird sie uns – oder wenigstens einige von uns – beruhigen! Du, Liebster, wirst sie mir lesen, so hoffe ich, denn dann werde ich deine Stimme in Erinnerung behalten – komme, was wolle.«

»Aber mein Liebling«, beschwor er sie, »der Tod ist dir doch noch so fern!«

»Nein«, widersprach sie und hob die Hand. »Ich bin in diesem Augenblick dem Tod näher, als würde die Erde eines irdischen Grabes auf mir lasten.«

»Meine geliebte Frau, muß gerade ich sie dir lesen?« fragte er, ehe er begann.

»Es würde mir Trost geben, geliebter Mann«, antwortete sie schlicht und reichte ihm das Buch. Da begann er zu lesen.

Wie kann ich die merkwürdige Szene mit ihrer Feierlichkeit, ihrer Düsternis, ihrer Traurigkeit, ihrem Grauen und zugleich ihrer Erhabenheit beschreiben! Selbst einen Skeptiker, der sowohl in heiligen wie in Gefühlsdingen nur eine Travestie bitterer Wahrheit sieht, hätte dieser Anblick gerührt: wie die ihr treu ergebenen Freunde um die traurige und vom Schicksal hart getroffene Frau knieten und die Stimme ihres Mann oft vor Rührung versagte, als er die schönen und schlichten Zeilen der Totenmesse las . . . Ich kann nicht weiter. Die Worte versagen sich mir . . .

Ihr Instinkt sollte recht behalten. So seltsam die Situation auch war, so bizarr sie selbst uns später einmal vorkommen mag, so tröstete uns doch die Lesung wenigstens für den Augenblick, und die Stille, die das Schwinden ihrer geistigen Freiheit bedeutete, flößte uns keine solche Verzweiflung ein, wie wir befürchtet hatten.

Jonathan Harkers Tagebuch

15. Oktober, Varna. – Morgens am 12. Oktober fuhren wir von Charing Cross ab, trafen abends in Paris ein und belegten die für uns im Orient Express reservierten Plätze. Wir fuhren die Nacht und den folgenden Tag hindurch und trafen hier ungefähr um fünf Uhr ein. Lord Godalming ging zum Konsulat, um zu fragen, ob für ihn ein Telegramm eingetroffen sei, während wir anderen zum Hotel »Odysseus« fuhren. Auf der Reise hatte es einige

Zwischenfälle gegeben; ich war jedoch viel zu begierig, unser Ziel zu erreichen, als daß ich mich um sie gekümmert hätte. Ehe nicht die »Zarin Katharina« im Hafen liegt, wird mich nichts anderes auf der ganzen weiten Welt interessieren. Gott sei Dank geht es Mina gut; sie ist kräftiger und hat wieder Farbe gewonnen. Sie schläft ziemlich viel; fast die ganze Reise über hat sie geschlafen. Allerdings ist sie jeweils vor Sonnenaufgang und vor Sonnenuntergang hellwach und sehr lebhaft, und Van Helsing hat es sich bereits zur Gewohnheit gemacht, sie dann zu hypnotisieren. Am Anfang bereitete ihm das einige Schwierigkeiten, und er mußte oft mehrmals ansetzen. Jetzt aber gibt sie sehr schnell nach, als hätte sie sich schon daran gewöhnt, und er braucht sich kaum noch anzustrengen. In diesen Momenten scheint er ihre Gedanken mit seinem Willen zu beherrschen. Immer fragt er sie, was sie sehen und hören könne.

Auf die erste Frage antwortet sie dann: »Nichts, alles ist dunkel.«

Und auf die zweite Frage: »Ich höre die Wellen gegen den Schiffskörper schlagen und das Wasser vorbeirauschen. Segel und Tauwerk ächzen, Masten und Balken knirschen. Der Wind ist stetig; ich kann ihn in den Segeln hören, und Gischt spritzt gegen den Bug.« Die »Zarin Katharina« schwimmt also offenbar noch auf See und segelt ihrem Ziel Varna entgegen. – Soeben ist Lord Godalming zurückgekehrt. Er erhielt schon vier Telegramme seit unserer Abreise, jeden Tag eines, und alle enthielten die gleiche Mitteilung: daß die »Zarin Katharina« noch immer nicht gemeldet sei. Ehe er London verließ, hatte er jemand beauftragt, ihm jeden Tag zu telegrafieren, ob es von dem Schiff Neues gäbe. Er wollte selbst dann ein Telegramm geschickt bekommen, wenn es nichts zu melden gäbe, um zu sehen, daß man in London nicht nachlässig würde.

Wir aßen zu Abend und gingen zeitig ins Bett. Morgen

müssen wir den Vizekonsul aufsuchen und ihn um die Erlaubnis bitten, das Schiff als erste betreten zu dürfen. Van Helsing meint, unsere Chance läge darin, das Schiff zwischen Sonnenaufgang und Sonnenuntergang zu betreten. Der Graf kann, selbst wenn er die Gestalt einer Fledermaus annimmt, aus eigenem Willen kein fließendes Wasser überqueren und muß deshalb auf dem Schiff bleiben. Da er nicht ohne Aufsehen zu erregen – das er bestimmt vermeiden will – in menschliche Gestalt schlüpfen kann, muß er in der Kiste bleiben. Wenn wir also nach Sonnenaufgang an Bord gehen, ist er in unserer Hand; wir werden den Deckel abnehmen und mit ihm ebenso verfahren wie mit der armen Lucy. Von uns hat er keine Gnade zu erwarten. Hoffentlich haben wir mit den Beamten oder Seeleuten keine Schwierigkeiten. Aber Gott sei Dank kann man in diesem Land mit Bestechung alles erreichen, und wir besitzen genug Geld. Wir müssen nur aufpassen, daß das Schiff nicht während der Nacht ohne unser Wisse in den Hafen einläuft. Aber ich glaube, unsere Geldbörse wird helfen, diesen Fall zu entscheiden.

16. Oktober. – Minas Bericht ist noch immer der gleiche; klatschende Wellen, rauschendes Wasser, Dunkelheit und günstige Winde. Wir haben offenbar noch genügend Zeit; wenn wir Genaueres von der »Zarin Katharina« erfahren, stehen wir bereit. Und da sie durch die Dardanellen muß, erhalten wir bestimmt Nachricht von ihr.

17. Oktober. – Alles ist jetzt vorbereitet, den Grafen bei seiner Rückkehr zu empfangen. Godalming hat den Schauerleuten gesagt, er glaube, in der Kiste stecke etwas, das einem Freund gestohlen wurde; er erhielt so die halbherzig gegebene Erlaubnis, die Kiste auf eigenes Risiko hin zu öffnen. Der Reeder stellte ihm auch ein Schreiben aus, in dem er den Kapitän anwies, Godalming sich frei

auf dem Schiff bewegen zu lassen; das gleiche Papier erhielt der Agent in Varna. Wir trafen uns mit ihm, und er wurde von Godalmings Freundlichkeit sehr beeindruckt. Wir sind sehr froh, daß er uns seine Unterstützung zusagte. Wir haben unter uns bereits abgesprochen, was zu tun ist, wenn wir die Kiste geöffnet haben. Liegt der Graf darin, so werden Van Helsing und Dr. Seward unverzüglich seinen Kopf abtrennen und ihm einen Pfahl durch das Herz treiben. Morris, Godalming und ich werden Wache halten und jede Störung verhindern, auch wenn wir dabei von den mitgebrachten Waffen Gebrauch machen müssen. Der Professor meint, der Körper des Grafen würde bald darauf zu Staub zerfallen, wenn unser Vorhaben gelingt. Für den Fall, daß man uns des Mordes verdächtigen wollte, könnte man uns also nichts nachweisen. Aber selbst wenn es anders kommen sollte, könnte uns diese Aufzeichnung als Entlastung dienen und einige von uns vor dem Strick retten. Auf jeden Fall werden wir nichts unversucht lassen, um unser Vorhaben auszuführen. Mehrere Beamte haben zugesagt, uns unverzüglich durch Sonderboten zu benachrichtigen, sobald die »Zarin Katharina« gesichtet wird.

24. Oktober. – Eine ganze Woche des Wartens. Jeden Tag ein Telegramm für Godalming, aber immer dieselbe Nachricht: »Noch nichts gemeldet.« Minas unter Hypnose gemachten morgendlichen und abendlichen Aussagen bleiben unverändert: Klatschende Wellen, rauschendes Wasser und ächzende Masten.

24. Oktober. Telegramm von Rufus Smith, Lloyd's in London, an Lord Godalming, abzuholen bei Ihrer Majestät Vizekonsul in Varna:

»›Zarin Katharina‹ heute morgen in den Dardanellen gemeldet.«

25. Oktober. – Wie vermisse ich doch meinen Phonographen! Es ist lästig, das Tagebuch mit der Hand schreiben zu müssen, aber Van Helsing meint, es müßte sein. Als Godalming gestern das Telegramm von Lloyd's erhielt, waren wir alle wie verrückt vor Aufregung. Ich weiß jetzt, was ein Soldat in der Schlacht empfindet, wenn das Signal zum Angriff ertönt. Lediglich Mrs. Harker zeigte keine Gefühlsregungen. Das ist allerdings auch nicht verwunderlich, denn wir ergriffen besondere Vorsichtsmaßregeln, sie nichts erfahren zu lassen. Außerdem unterdrückten wir in ihrer Gegenwart jedes Zeichen von Aufregung. Früher wäre ihr dies, glaube ich, nicht entgangen, auch wenn wir noch so sehr versucht hätten, alles vor ihr geheimzuhalten. Aber sie hat sich in den vergangenen drei Wochen sehr verändert. Sie ist oft von Lethargie befallen, und obwohl sie kräftig und gesund wirkt und auch wieder Farbe gewinnt, sind Van Helsing und ich gar nicht zufrieden mit ihr. Wir haben schon mehrfach über sie gesprochen; allerdings fiel kein Wort darüber zu den anderen. Dem armen Harker würde das Herz brechen, oder er würde die Nerven verlieren, wenn er von unserem Verdacht etwas ahnte. Sobald Mrs. Harker in Hypnose liegt, untersucht Van Helsing, wie er mir anvertraute, stets sehr sorgfältig ihre Zähne. Er sagt, solange sie nicht spitzer würden, bestünde für sie keine unmittelbare Gefahr. Sollte dies jedoch eintreten, müßten wir etwas unternehmen ...! Obwohl wir beide wissen, was das heißt, sprechen wir unsere Befürchtungen nicht aus. Weder er noch ich würden vor unserer Pflicht zurückschrecken, so schrecklich auch nur der Gedanke daran wäre. Aber »Euthanasie« ist ein schönes und tröstendes Wort. Ich bin dem Schöpfer dieses Wortes dankbar.

Bei der Reisegeschwindigkeit, die die »Zarin Katharina« von London bis zu den Dardanellen entwickelte, wird sie in 24 Stunden hier eintreffen und müßte also in den Morgenstunden einlaufen. Da sie jedoch keinesfalls früher hier sein kann, legten wir uns zeitig zur Ruhe. Um ein Uhr nachts werden wir aufstehen, um auf ihre Ankunft vorbereitet zu sein.

25. Oktober, mittags. – Noch immer keine Meldung von der Ankunft des Schiffes. Der von Mrs. Harker unter Hypnose abgegebene Bericht lautete wie gewöhnlich; die Nachricht kann also jeden Augenblick eintreffen. Wir Männer sind sehr aufgeregt; nur Harker bleibt ruhig. Seine Hände sind eiskalt, doch vor einer Stunde sah ich, wie er die Klinge seines Gurkha-Messers wetzte, das er jetzt ständig bei sich trägt. Es wird ein häßlicher Anblick für den Grafen sein, wenn ihm die Schneide dieses »Kukri« an der Kehle sitzt!

Van Helsing und ich waren heute wegen Mrs. Harker beunruhigt. Gegen Mittag verfiel sie in tiefe Lethargie, und obwohl wir nicht mit den anderen darüber sprachen, gefiel uns diese Erscheinung doch gar nicht. Den ganzen Morgen über hatte sie sehr unruhig gewirkt, so daß wir uns zunächst freuten, als sie endlich eingeschlafen war. Als uns dann ihr Mann jedoch beiläufig berichtete, sie schliefe so fest, daß er sie nicht wachbekomme, traten wir in ihr Zimmer, um selber nachzusehen. Ihr Atem ging aber normal, und sie sah so friedlich und ruhig aus, daß auch wir meinten, der Schlaf täte ihr besser als irgend etwas sonst. Das arme Mädchen hat sehr viel zu vergessen, und der Schlaf hilft ihr vielleicht dabei.

Später. – Unsere Vermutung traf zu, denn als Mrs. Harker nach einigen Stunden erquickenden Schlafes erwachte, ging es ihr so gut wie schon seit Tagen nicht mehr. Bei Sonnenuntergang gab sie wieder unter Hypnose ihren

Bericht ab. Der Graf, wo immer er sich auch im Schwarzen Meer befinden mag, eilt seinem Ziel entgegen. Seinem Ende, hoffe ich!

26. Oktober. – Wieder ist ein Tag vergangen, und noch immer keine Nachricht von der »Zarin Katharina«. Dabei müßte sie schon eingelaufen sein! Daß sie aber noch immer unterwegs ist, beweist Mrs. Harkers Hypnosebericht. Möglicherweise hat das Schiff die Reise unterbrochen, denn die Dampfer, die gestern abend einliefen, meldeten Nebelfelder sowohl südlich als auch nördlich des Hafens. Wir müssen weiterhin auf der Hut sein, denn das Schiff kann jeden Augenblick gesichtet werden.

27. Oktober. – Merkwürdig; noch immer keine Nachricht von dem Schiff, auf das wir warten. Mrs. Harker berichtete gestern abend und heute morgen wie gewöhnlich: »Klatschende Wellen und vorbeirauschendes Wasser.« Jedoch fügte sie hinzu: »Der Seegang ist nur schwach!« Der Inhalt der Telegramme aus London lautet unverändert: »Keine weitere Meldung.« Van Helsing ist äußerst besorgt; gerade eben hat er mir gegenüber die Befürchtung geäußert, der Graf könnte uns entkommen. Ahnungsvoll setzte er hinzu:

»Mir mißfällt Madame Minas Lethargie. Seele und Geist sind im Trancezustand zu allem fähig ...« Ich wollte ihn gerade fragen, was er damit meine, als Harker eintrat und Van Helsing warnend die Hand hob. Wir müssen versuchen, heute abend bei Sonnenuntergang noch mehr von ihr zu erfahren.

28. Oktober. – Telegramm von Rufus Smith, London, an Lord Godalming. Abzuholen bei Ihrer Majestät Vizekonsul in Varna:

»›Zarin Katharina‹ heute um ein Uhr im Hafen von Galatz eingelaufen.«

28. Oktober. – Ich glaube, das Telegramm hat uns keinen solchen Schock versetzt, wie wir eigentlich erwartet hatten. Natürlich wußten wir nicht, wann der Blitz niederfahren würde, aber ich glaube, wir alle hatten mit einer Hiobsbotschaft gerechnet. Das vergebliche Warten in Varna hatte jeden von uns zu der Überzeugung gebracht, daß die Sache nicht wie erwartet verlaufen würde; uns war lediglich unklar, was schiefgegangen sein könnte. Aber trotzdem wurden wir überrascht. Ich glaube, unsere Natur ist so sehr auf Hoffnung gegründet, daß wir selbst gegen unsere Überzeugung erwarten, die Dinge würden sich so entwickeln, wie sie sollten, obwohl wir wissen müßten, daß es nicht so kommt. Nur den Engeln ist die Hoffnung ein Leuchtfeuer; den Menschen aber ist sie ein Irrlicht. Die Nachricht war niederschmetternd, und jeder reagierte anders darauf. Van Helsing hob die Hand über den Kopf, als wolle er den Allmächtigen anklagen; aber er brachte kein Wort hervor, und nach einigen Augenblicken hatte er sich wieder gefaßt. Lord Godalming wurde sehr blaß und atmete keuchend. Ich selbst war wie betäubt und blickte verwirrt von einem zum anderen. Quincey Morris schnürte sich mit der entschlossenen Bewegung, die ich so gut an ihm kenne, den Gürtel enger. Als wir noch gemeinsam zur Jagd gingen, bedeutete diese Geste, daß er zur Tat schreiten wolle. Mrs. Harker wurde so blaß, daß die Narbe auf ihrer Stirn zu brennen schien. Demütig faltete sie die Hände und betete. Harker aber lächelte; es war das düstere, verbitterte Lächeln eines Hoffnungslosen, doch zugleich tastete seine Hand instinktiv nach dem Griff des Kukri-Messers. »Wann fährt der nächste Zug nach Galatz?« fragte uns Van Helsing.

»Morgen früh um 6.30 Uhr.« Wir stutzten, denn die Antwort hatte Mrs. Harker gegeben.

»Woher in aller Welt wissen Sie das?« fragte Art.

»Sie vergessen oder wußten es sicher noch nicht, daß meine Leidenschaft den Fahrplänen gehört. Zu Hause in Exeter habe ich alle Fahrpläne notiert, um meinem Mann zu helfen, und das hat sich als so nützlich erwiesen, daß ich jetzt ständig alle möglichen Fahrpläne studiere. Ich wußte, daß wir über Galatz oder zumindest über Bukarest reisen müßten, wenn es notwendig werden sollte, nach Schloß Dracula zu fahren. Deshalb habe ich mir die Abfahrtzeiten eingeprägt. Leider brauchte ich mir nicht viel zu merken, denn morgen fährt nur dieser eine Zug.«

»Eine wunderbare Frau!« murmelte der Professor.

»Könnten wir nicht einen Sonderzug nehmen?« fragte Lord Godalming. Van Helsing schüttelte den Kopf. »Ich fürchte nein. Dieses Land unterscheidet sich sehr von dem Ihren und dem meinen. Selbst wenn wir einen Sonderzug bekommen könnten, würde er wahrscheinlich noch später in Galatz eintreffen als der reguläre Zug. Darüber hinaus müssen wir noch einiges vorbereiten; wir müssen nachdenken und alles organisieren. Sie, Arthur, gehen zum Bahnhof, kaufen die Fahrkarten und bereiten unsere Abfahrt vor. Und Sie, Jonathan, suchen den Agenten auf und versuchen, von ihm einen Brief an den Agenten in Galatz zu bekommen, damit auch er uns die Erlaubnis zur Durchsuchung des Schiffes erteilt. Quincey Morris, fahren Sie zum Vizekonsul! Er soll seinen Kollegen in Galatz bitten, uns zu helfen und uns den Weg zu ebnen, damit wir keine Zeit verlieren, sobald wir die Donau überquert haben. John bleibt hier bei Madame Mina und mir; wir werden beraten. Es könnte sein, daß Sie aufgehalten werden; sollte die Sonne vorher untergehen, werde ich Madame Mina hypnotisieren und ihren Bericht hören!«

»Und ich«, warf Mrs. Harker lebhaft ein und schien wieder die alte zu sein, »werde mich nützlich machen und wieder wie früher für Sie schreiben und Ihnen überlegen helfen! Irgend etwas ist von mir abgefallen, und ich fühle mich viel freier als sonst!« Die drei anderen Männer freuten sich und glaubten die Bedeutung ihrer Worte zu verstehen; nur Van Helsing und ich warfen uns einen ernsten und besorgten Blick zu. Jedoch für den Augenblick schwiegen wir.

Als die drei anderen gegangen waren, um ihre Aufgaben zu erledigen, bat Van Helsing Mrs. Harker, die Tagebücher durchzusehen und die Stelle herauszusuchen, wo Harker von dem Schloß berichtet. Als sich die Tür hinter ihr geschlossen hatte, sagte er zu mir:

»Wir denken dasselbe. Sprich!«

»Sie hat sich verändert. Ich möchte gern das Beste hoffen, aber ich fürchte, die Hoffnung trügt.«

»Ganz recht. Weißt du, weshalb ich sie gebeten habe, das Manuskript zu holen?«

»Nein«, antwortete ich. »Wahrscheinlich willst du mit mir unter vier Augen sprechen.«

»Das stimmt zum Teil, John, aber nur zum Teil. Ich möchte dir etwas sagen. Mein Freund, ich gehe ein großes, ein schreckliches Risiko ein; aber ich glaube, es muß sein. Vorhin, als Madame Mina sprach, kam mir eine Idee. Während des Trancezustandes vor drei Tagen las der Graf ihre Gedanken; oder besser gesagt: er zeigte sich ihr, wie er in der Kiste lag und draußen das Wasser vorbeirauschte, also genauso, wie sie ihn während ihrer Hypnose durch mich sah. Aber während dieses Trancezustandes erfuhr er von ihr, daß wir hier sind, denn sie kann von ihrem Leben mehr erzählen als er, der in seinem Sarg eingeschlossen liegt. Daraufhin unternimmt er jetzt die größten Anstrengungen, uns zu entkommen. Im Augenblick will er Madame Mina noch nicht haben.

Bei seiner großen Macht kann er sicher sein, daß sie auf seinen Ruf hin zu ihm kommt; aber er befreite sie, soweit es ihm möglich ist, von seinem Einfluß, damit sie jetzt nicht zu ihm kommt. Meine Hoffnung gründet sich darauf, daß unser Mannesgeist am Ende über seinen Kindergeist triumphieren wird, da dieser seit Jahrhunderten in seiner Gruft ruht, nur egoistisch und daher kleinlich denkt und noch nicht unsere Reife erreicht hat. – Aber da kommt Madame Mina; kein Wort zu ihr über ihren Trancezustand! Sie ahnt noch nichts, und wenn sie die Wahrheit erfährt, könnte sie zur Verzweiflung getrieben werden, wo wir doch all ihre Hoffnung und ihren Mut brauchen! Vor allem aber benötigen wir ihren großartigen Verstand, der wie der eines Mannes funktioniert, aber doch weiblich reagiert und eine zusätzliche Kraft besitzt, die ihr der Graf verliehen hat und die er ihr nicht vollständig wieder nehmen kann. Schweig! Laß mich ausreden; du wirst doch alles erfahren. John, mein Freund, wir stecken in einer furchtbaren Klemme. Meine Befürchtungen waren noch nie so groß wie jetzt. Wir können nur noch der Gnade Gottes vertrauen. Still! Da kommt sie!«

Ich glaubte schon, der Professor würde wieder wie beim Tod von Lucy zusammenbrechen und einem hysterischen Anfall erliegen, aber mit großer Anstrengung riß er sich zusammen und hatte sich wieder völlig in der Gewalt, als Mrs. Harker strahlend und eifrig ins Zimmer trat. Die Beschäftigung hatte sie von ihrem Kummer abgelenkt. Sie reichte Van Helsing einen Stoß mit der Schreibmaschine beschriebener Seiten. Er überflog sie mit ernster Miene, aber noch während des Lesens hellte sich sein Gesicht auf. Er ließ die Seiten sinken und sagte:

»John, ich möchte dir, der du schon so viel Lebenserfahrung hast, und auch Ihnen, liebe Madame Mina, die Sie noch jung sind, eine Lehre mit auf den Weg geben: Fürchtet euch nie vor dem Denken! Mir spukte ein halb zu Ende gedachter Gedanke im Kopf herum, aber ich schreckte davor zurück, ihn ausreifen zu lassen. Jetzt nun bin ich mit meinem erweiterten Wissen zu dem Punkt zurückgekehrt, an dem dieser Gedanke geboren wurde, und es stellt sich heraus, daß er keineswegs mehr unvollständig ist, sondern voll entwickelt und nur noch nicht kräftig genug, um seine kleinen Flügel benutzen zu können. Es ist auch beileibe kein ›häßliches Entlein‹ mehr, sondern ein schöner großer Schwan, der würdevoll auf seinen großen Schwingen dahinfliegen wird, sobald die Zeit der Erprobung kommt. Ich werde euch vorlesen, was Jonathan geschrieben hat.

›Aber dieser erste Dracula war das Vorbild jenes anderen Mannes aus meinem Geschlecht, der in späterer Zeit immer wieder seine Kämpfer über den großen Fluß ins Türkenland führte und der, nachdem er zurückgeschlagen worden war, immer und immer wieder angriff, obwohl er allein vom blutigen Feld ging, wo seine Truppen abgeschlachtet worden waren. Er aber wußte, daß er am Ende triumphieren würde!‹

Was lernen wir nun daraus? Nicht viel, meint ihr? Nun, der Kindergeist des Grafen erkennt nur wenig, und deshalb sprach er so unbekümmert. Dein Mannesgeist sah nichts, und bis eben tappte auch meiner im dunkeln. Aber dann kommt ein Wort hinzu von ihr, die sie ohne nachzudenken etwas sagt, weil auch sie nicht weiß, was es wirklich bedeutet – oder bedeuten könnte. Und ganz wie ruhende Elemente, die sich irgendwann auf ihren Bahnen begegnen und dann mit einem Blitzschein so weit wie der Himmel aufeinanderprallen – mit einem Feuerschein, der blendet und tötet und zerstört, aber auch die Umwelt Meilen um Meilen weit erhellt, so ging es mir hier. Nun, ich werde es euch erklären. Zu Beginn eine Frage: Habt ihr euch je mit der Philosophie des Verbrechens befaßt? Ja und nein. Deine Anwort, John, lautet ja, denn es ist gleichzeitig das Studium der Geisteskrankheiten. Ihre Antwort, Madame Mina, fällt negativ aus, denn das Verbrechen ist nie an Sie herangekommen – bis auf einmal.

Aber Ihr Verstand funktioniert gut und schließt nicht *a particulari ad universale* – vom Einzelnen auf das Ganze. Fast allen Verbrechern ist eine Besonderheit eigen. Das gilt für alle Länder und alle Zeiten, so daß selbst die Polizei, die an sich nichts von Philosophie hält, durch Erfahrung darauf gekommen ist. Und zwar befaßt sich ein Verbrecher immer nur mit einer einzigen Verbrechensart. Das ist der wahre Kriminelle, der für das Verbrechen bestimmt ist und sich nichts anderem widmet. Dieser Verbrecher besitzt keinen vollentwickelten Mannesgeist. Er ist klug, verschlagen und findig, aber sein Geist ist nicht ausgereift. In vielerlei Hinsicht ähnelt er dem eines Kindes. Nun, unser Gegenspieler ist ebenfalls zum Verbrecher prädestiniert; auch er hat einen Kindergeist, und von ihm sind seine Taten geprägt. Der kleine Vogel, der kleine Fisch, das junge Tier, sie lernen nicht theoretisch, sondern durch Erfahrung; und ihre neuen Erkenntnisse bilden den Ausgangspunkt für weitere Taten. ›Dos pon sto‹, sagte Archimedes. ›Gebt mir einen Hebel, und ich hebe die Welt aus den Angeln.‹ Es einmal zu wagen, ist der Hebel, durch den der Kindergeist zum Mannesgeist heranreift. Solange er nicht den Anreiz verspürt, mehr zu wagen, wiederholt er alles so wie schon vorher. O meine Liebe, ich sehe, Ihnen wurden die Augen geöffnet; blitzartig ist Ihnen alles klargeworden!« Mrs. Harker hatte die Hände zusammengeschlagen, und ihre Augen funkelten. Deshalb bat er sie:

»Sprechen Sie jetzt weiter! Erzählen Sie uns beiden trockenen Wissenschaftlern, was Sie mit Ihren leuchtenden Augen sehen!« Und er nahm ihre Hand und hielt sie während ihrer folgenden Worte fest. Einen Finger und den Daumen legte er dabei auf den Puls – unbewußt und instinktiv, wie ich glaubte.

»Der Graf ist vom Typ her ein Verbrecher. Nordau und Lombroso würden ihn so klassifizieren. Als Verbrecher ist er nur mit unvollkommenen Geisteskräften ausgestattet.

Demzufolge muß er, sobald er in Schwierigkeiten gerät, auf seine alten Gewohnheiten zurückgreifen. Seine Vergangenheit gibt uns darauf einen Hinweis. Auf jener einen Seite erzählt er von sich selbst, daß er sich schon einmal, als er in der Klemme saß, aus dem Land, das er erobern wollte, in seine Heimat zurückzog und dort die Vorbereitungen für einen zweiten Versuch traf, ohne sein Ziel aufzugeben. Er kehrte zurück, diesmal besser ausgerüstet, und siegte. Jetzt nun kam er nach London, wieder um sich ein neues Land zu erschließen. Er wurde geschlagen, und als ihm ein Sieg aussichtslos erschien und seine Existenz bedroht war, floh er über das Meer in seine Heimat zurück – genauso wie früher aus der Türkei über die Donau!«

»Gut, sehr gut! Oh, Sie kluge Frau!« rief Van Helsing begeistert und küßte ihr die Hand. Gleich darauf sagte er zu mir so gelassen, als wären wir auf Visite in einem Krankenzimmer:

»Nur zweiundsiebzig Puls, und das trotz der Aufregung! Ich habe Hoffnung.« Dann wandte er sich wieder ihr zu und drängte:

»Aber fahren Sie fort! Fahren Sie fort! Sie können noch mehr sagen, wenn Sie nur wollen. Fürchten Sie sich nicht; John und ich wissen alles. Ich jedenfalls; und ich werde Ihnen sagen, ob Sie recht haben. Sprechen Sie ohne Furcht.«

»Ich will es versuchen. Aber Sie müssen mir verzeihen, wenn es egoistisch klingt.«

»Keine Angst. Sie müssen egoistisch sein, denn es geht jetzt nur um Sie!«

»Als Verbrecher ist er selbstsüchtig; und da sein Geist klein ist und seine Taten auf Selbstsucht gegründet sind, beschränkt er sich auf ein einziges Ziel, das er gnadenlos verfolgt. Genauso, wie er über die Donau floh und seine Truppen vom Feind niedermetzeln ließ, so kümmert ihn auch jetzt nur seine eigene Sicherheit. Durch seine Selbstsucht wird meine Seele ein wenig von der furchtbaren Herrschaft befreit, die er in jener Nacht über mich gewann. Ich spüre es! Oh, ich spüre es! Und jetzt danke ich Gott für seine Gnade. Meine Seele ist freier als je seit dieser gräßlichen Stunde; mich verfolgt nur noch die Befürchtung, er könnte, während ich träumte oder mich in Trance befand, mein Wissen für seine Absichten benutzt haben!« Der Professor erhob sich.

»Er hat Ihren Geist benutzt. Auf diese Weise gelang es ihm, uns hier in Varna sitzenzulassen, während das Schiff durch den verschleiernden Nebel Galatz ansteuerte, wo er ohne Zweifel schon die Vorkehrungen für seine weitere Flucht getroffen hatte. Aber sein Kindersinn sah nicht weiter, und es könnte sein, daß sich – wie immer in Gottes Vorsehung – gerade das als sein ärgster Feind entpuppt, auf das der Übeltäter am meisten hoffte. Der Jäger ist in seiner eigenen Falle gefangen, wie es im Psalm heißt. Denn jetzt, wo er glaubt, uns abgeschüttelt und viele Stunden Vorsprung gewonnen zu haben, wird ihm sein selbstsüchtiger Kindersinn einreden, zu schlafen. Auch meint er, Sie könnten in seinen Gedanken nicht mehr lesen, weil er nicht mehr in den Ihren liest; und darin liegt sein Irrtum! Jene furchtbare Bluttaufe, die Sie von ihm empfingen, ermöglicht es Ihnen, in seinen Geist einzukehren, wie es Ihnen schon bisher bei Sonnenaufgang und Sonnenuntergang möglich war, zu den Zeiten also, da Sie frei waren – meinem Willen unterworfen und nicht dem seinen! Diese Fähigkeit, die für Sie und uns so wertvoll ist, haben Sie durch das Leid verdient, das er Ihnen zufügte. Sie ist für uns um so wertvoller, als er davon nichts ahnt; um sich zu schützen, verzichtet er darauf zu wissen, wo wir uns aufhalten. Wir jedoch handeln nicht selbstsüchtig, und wir glauben, daß Gott uns durch die Dunkelheit und die vielen traurigen Stunden begleitet. Wir werden ihn verfolgen und vor nichts zurückschrecken – selbst auf die Gefahr hin, daß wir so werden könnten wie er. John, dies war eine große Stunde, und sie hat uns auf unserem Weg ein gutes Stück vorangebracht. Du mußt alles festhalten und niederschreiben, damit es die anderen lesen können, sobald sie zurückkehren. Sie sollen auch wissen, was wir erfahren haben.«

Ich schreibe also, während wir auf die Rückkehr der anderen warten, alles nieder, und Mrs. Harker wird es mit ihrer Schreibmaschine abtippen.

Sechsundzwanzigstes Kapitel

Dr. Sewards Tagebuch

29. Oktober. – Diese Eintragung mache ich im Zug auf der Fahrt von Varna nach Galatz. Gestern versammelten wir uns kurz vor Sonnenuntergang. Jeder hatte seine Aufgabe nach besten Kräften gelöst. Soweit man vorausschauen und Vorkehrungen treffen kann und wenn nicht unglückliche Umstände dazwischenkommen, sind wir für die Reise und unsere Aufgabe in Galatz gut gerüstet. Bei Sonnenuntergang bereitete sich Mrs. Harker auf die Hypnose vor; Van Helsing brauchte diesmal länger, und es machte ihm mehr Mühe als gewöhnlich, sie in Trance zu versetzen. Während sie sonst auf ein Stichwort hin sofort zu sprechen begann, mußte ihr der Professor diesmal Fragen stellen, und zwar ziemlich energisch, ehe sie antwortete. Schließlich berichtete sie:

»Ich kann nichts erkennen; alles liegt ruhig. Es gibt keine klatschenden Wellen mehr, nur an den Trossen plätschert sanft das Wasser. Ich höre von nah und fern Männerstimmen, außerdem das Knirschen von Rudern in den Dollen. Irgendwo fällt ein Schuß; sein Echo kommt von weit her. Über mir trampeln Füße, und Taue und Ketten werden über den Boden geschleift. Was ist das? Ein Lichtstrahl dringt ein, und ich spüre einen Luftzug.«

An dieser Stelle brach sie ab, sprang impulsiv vom Sofa auf und streckte beide Arme in die Luft, die Handflächen nach oben, als würde sie ein Gewicht stemmen. Van Helsing und ich wechselten einen verständnisvollen Blick. Quincey zog die Augenbrauen hoch und starrte sie gespannt an, während sich Harkers Hand instinktiv um den Griff seines Dolches krampfte. Eine längere Pause trat ein. Wir alle wußten, daß die Zeit, in der sie sprechen konnte, verstrich; trotzdem war es sinnlos, etwas zu fragen. Plötzlich richtete sie sich wieder auf, schlug die Augen auf und fragte sanft:

»Möchte niemand eine Tasse Tee? Sie müssen doch schrecklich müde sein.« Um ihr die Freude zu machen, stimmten wir zu, und sie ging hinaus, um uns den Tee zu holen. Als sie das Zimmer verlassen hatte, begann Van Helsing:

»Ihr seht, meine Freunde, er liegt vor Land und hat seine Kiste verlassen. Aber er muß noch ans Ufer. Während der Nacht kann er sich verbergen, aber sofern er nicht an Land getragen wird oder das Schiff nicht auf Land läuft, kann er es nicht verlassen. Wenn das Schiff anlegt, müßte er, falls es Nacht ist, seine Gestalt ändern und an Land fliegen oder springen wie damals in Whitby. Sollte es jedoch Tag werden, ehe er das Schiff verlassen hat, kann er nur noch heruntergetragen werden, und dann könnten die Zollbeamten den Inhalt der Kiste entdecken. Wenn er also nicht im Lauf der Nacht und vor Sonnenaufgang fliehen kann, geht ihm ein ganzer Tag verloren. Dann würden wir noch zur rechten Zeit kommen; wir würden ihn hilflos in seiner Kiste liegend antreffen, uns in die Hand gegeben. Er kann ja nicht wagen, seine wahre Gestalt anzunehmen, damit er nicht entdeckt wird.«

Es gab nichts weiter zu besprechen; wir warteten also geduldig auf den Morgen, da wir bei Sonnenaufgang noch mehr von Mrs. Harker zu erfahren hofften.

Heute morgen lauschten wir nun atemlos ihren in Hypnose abgegebenen Antworten. Diesmal dauerte es noch länger, sie zu hypnotisieren, und als es schließlich geschafft war, stand der Sonnenaufgang so dicht bevor, daß wir der Verzweiflung nahe waren. Van Helsing schien seine ganze Seele in diesen Kampf zu werfen; endlich unterwarf sie sich seinem Willen und antwortete:

»Alles ist dunkel. Ich höre Wasser glucksen – dicht neben mir – und Holz knirschen.« Sie brach ab, und dann zuckten die roten Sonnenstrahlen empor. Wir müssen auf den Abend warten.

Und so reisen wir jetzt in schmerzhafter Ungewißheit nach Galatz. Zwischen zwei und drei Uhr morgens sollte der Zug dort eintreffen, aber bereits in Bukarest hatten wir drei Stunden Verspätung, so daß wir Galatz erst weit nach Sonnenaufgang erreichen können. Wir haben also von Mrs. Harker noch zwei weitere Hypnoseberichte zu erwarten; vielleicht bringen sie mehr Licht in die Ereignisse.

Später. – Als die Sonne aufging, wurden wir glücklicherweise durch nichts abgelenkt, obwohl es ebensogut hätte sein können, daß wir gerade in einen Bahnhof eingelaufen wären und dann nicht die nötige Ruhe und Abgeschlossenheit gefunden hätten. Mrs. Harker ließ sich noch schwerer hypnotisieren als am Morgen. Ich fürchte, sie könnte die Fähigkeit, in den Gedanken des Grafen zu lesen, gerade dann verlieren, wenn wir sie am nötigsten brauchen. Mir scheint, ihre Phantasie wirkt jetzt zu sehr mit; bisher hatte sie sich in Hypnose auf die wichtigsten Tatsachen beschränkt. Wenn sich diese Entwicklung verstärkt, könnten wir auf eine falsche Spur geraten! Sollte die Macht des Grafen über sie im gleichen Maß schwinden wie ihre Fähigkeit, seine Gedanken zu lesen, wäre es eine glückliche Entwicklung; ich fürchte jedoch, das trifft nicht zu. Als sie zu sprechen begann, blieben uns ihre Worte voller Rätsel:

»Etwas geht hinaus; es streift wie ein kalter Luftzug an mir vorbei. In der Ferne höre ich verwirrende Geräusche; Männer, die in fremden Sprachen reden, wild herabstürzendes Wasser und das Heulen von Wölfen.« Sie brach ab, und ein Schauer überlief sie, der sich innerhalb weniger Sekunden so verstärkte, daß sie wie im Fieber zitterte. Sie sagte nichts weiter und reagierte auch nicht mehr auf die gebieterischen Fragen des Professors. Als sie aus der Hypnose erwachte, war sie kalt, erschöpft und matt; nur ihr Verstand war hellwach. Sie konnte sich an nichts erinnern, wollte jedoch wissen, was sie gesagt hatte. Nachdem wir es ihr mitgeteilt hatten, grübelte sie lange Zeit darüber nach.

30. Oktober, 7 Uhr vormittags. – Wir fahren gleich in Galatz ein, und vielleicht habe ich nachher keine Zeit mehr zum Schreiben. Wir alle warteten gespannt auf den Sonnenaufgang. Da es immer schwieriger wird, Mrs. Harker in Hypnose zu versetzen, begann Dr. Van Helsing die Sitzung früher als gewöhnlich. Sie reagierte jedoch zunächst überhaupt nicht; erst eine Minute vor dem Aufgehen der Sonne fiel sie in Trance. Der Professor verlor keine Zeit und befragte sie, worauf sie bereitwillig antwortete:

»Alles ist dunkel. Ich höre Wasser vorbeifließen, in gleicher Höhe mit meinem Kopf, und Holz knarrt auf Holz. In der Ferne brüllen Rinder. Da ist noch ein Geräusch, ein merkwürdiges . . .« Sie brach ab und wurde blaß und immer blasser.

»Weiter! Weiter! Sprechen Sie, ich befehle es Ihnen!« rief

Van Helsing verzweifelt, denn die aufgehende Sonne rötete bereits Mrs. Harkers bleiches Gesicht. Da schlug sie die Augen auf und überraschte uns durch ihre sanfte und unbekümmerte Stimme, mit der sie fragte: »Aber Professor, weshalb verlangen Sie etwas von mir, das ich, wie Sie selber wissen, nicht erfüllen kann? Ich kann mich an nichts erinnern.« Als sie das Erstaunen auf unseren Gesichtern bemerkte, sah sie uns besorgt an und fragte:

»Was habe ich gesagt? Was habe ich getan? Ich weiß nur, daß ich hier im Halbschlaf lag und Sie mir befahlen: ›Weiter! Sprechen Sie, ich befehle es Ihnen!‹ Und es kam mir so komisch vor, daß Sie mich wie ein unartiges Kind behandelten!«

»O Madame Mina«, erwiderte der Professor traurig, »es beweist nur, wie sehr ich Sie schätze und verehre, wenn ein Wort zu Ihrem Wohl heftiger gesprochen wird als sonst und deshalb seltsam klingt, weil damit derjenigen befohlen wird, der ich voller Stolz diene!«

Der Zug pfeift; wir nähern uns Galatz. Unsere Sorge und Spannung nehmen zu . . .

Mina Harkers Tagebuch

30. Oktober. – Da Mr. Morris keine Fremdsprache beherrscht, konnten ihn die anderen am ehesten entbehren; er brachte mich also zu dem Hotel, in dem wir telegrafisch Zimmer bestellt hatten. Die Aufteilung der Pflichten war ähnlich wie in Varna, nur ging diesmal Lord Godalming zum Vizekonsul, da sein Rang vielleicht bei den Behörden als vorläufige Sicherheit gelten könnte und wir es sehr eilig hatten. Jonathan fuhr mit den beiden Ärzten zum Agenten, von dem sie Genaueres über die Ankunft der »Zarin Katharina« zu erfahren hofften.

Später. – Lord Godalming ist schon zurück. Der Konsul war nicht anzutreffen, und der Vizekonsul ist erkrankt. Die Routinearbeiten werden inzwischen von einem Beamten erledigt. Er war sehr gefällig und bot uns jede in seinen Kräften stehende Unterstützung an.

Jonathan Harkers Tagebuch

30. Oktober. – Um neun Uhr trafen Dr. Van Helsing, Dr. Seward und ich bei dem hiesigen Agenten der Londoner Firma Hapgood, den Herren Mackenzie & Steinhoff, ein. Als Antwort auf Lord Godalmings telegrafische Bitte hatte man ihnen aus London ein Telegramm gesandt, in dem sie gebeten wurden, uns nach Kräften zu unterstützen. Sie zeigten sich auch sehr freundlich und gefällig; wir wurden sofort an Bord der »Zarin Katharina« geführt, die im Flußhafen vor Anker liegt. Dort empfing uns der Kapitän Donelson, der uns über die Seereise berichtete. Er meinte, er habe in seinem ganzen Leben keine so günstigen Witterungsverhältnisse gehabt.

»Mann«, sagte er, »das war uns schon nicht mehr geheuer, und wir glaubten bestimmt, uns würde noch 'n Batzen Pech erwarten; als Ausgleich gewissermaßen! 's is' doch schon unbehaglich, wenn man von London bis zum Schwarzen Meer mit so 'nem Sturm im Rücken segelt, daß man denkt, der Teufel persönlich würde in die Takelage pusten! Un' dabei konnten wir nichts ausmachen! Sobald wir in die Nähe eines Schiffes, Hafens oder Vorgebirges liefen, kam Nebel auf un' blieb, bis wir vorbei war'n, so daß wir nichts sehen konnten! Wir schipperten an Gibraltar vorbei, ohne signalisieren zu könn'n; un' bis wir die Dardanellen erreichten, wo wir auf die Erlaubnis zur Durchfahrt warten mußten, kamen wir nie in Sicht- oder Rufweite von irgendwas! Zuerst wollte ich die Segel einzieh'n lassen, bis der Nebel sich gelegt hätte, aber dann dachte ich, wenn uns der Teufel ebenso schnell ins Schwarze Meer befördern will, schafft er das so oder so. 'ne schnelle Reise würde unseren Reeder bestimmt nich' verärgern un' unserem Geschäft nicht schaden. Un' der Teufel, dessen Absichten wir nich' behinderten, müßte uns schließlich noch dankbar sein, daß wir ihm nicht dazwischengepfuscht ha'm.« Diese Mischung von Schlichtheit und Schläue, Aberglauben und Kaufmannsgeist ließ Van Helsing einwerfen:

»Mein Freund, dieser Teufel ist klüger, als manche Menschen glauben! Er weiß genau, wann er seinen Kumpan gefunden hat!« Dem Schipper gefiel dieses Kompliment, und er fuhr fort:

»Als wir den Bosporus hinter uns hatten, begannen die Leute zu murren; ein paar von ihnen, alles Rumänen, kamen zu mir un' baten mich, 'ne große Kiste ins Wasser zu werfen, die von 'nem komischen alten Kerl an Bord gebracht worden war, kurz bevor wir in London ablegten. Ich hatte gesehen, wie sie den Kerl beäugten un' zwei Finger als Schutz gegen den bösen Blick ausstreckten. Mann! Der Aberglaube dieser Ausländer is' lächerlich! Ich schickte sie sofort wieder an die Arbeit; aber bald nachdem sich wieder der Nebel über uns legte, dachte ich 'n bißchen wie sie, wollte das aber nich' auf die große Kiste schieben. Na, weiter ging's, un' da der Nebel fünf Tage lang blieb, ließ ich uns vom Wind treiben; denn wenn der Teufel irgendwohin gelangen wollte, na, dann würde er schon alles richtig machen. Un' wenn nich', nun, wir hielten immer scharf Ausschau. Wirklich kamen wir gut voran un' blieben immer im tiefen Wasser. Un' als vor zwei Tagen die Morgensonne durch 'n Nebel brach, sah'n wir, daß wir im Fluß vor Galatz lagen. Die Rumänen wurden wieder wild un' wollten – Recht oder Unrecht – die Kiste in 'n Fluß schmeißen. Ich mußte sie mit der

Handspake überreden, un' als der letzte mit 'm dicken Kopf das Deck verließ, hatte ich alle überzeugt, daß – böser Blick oder nich' – der Besitz un' das Vertrauen meiner Auftraggeber besser in meinen Händen liegt als in der Donau. Stellen Sie sich vor, die hatten die Kiste schon auf Deck, um sie ins Wasser zu werfen! Weil da draufstand ›Nach Galatz über Varna‹, hielt ich es für besser, sie gleich oben stehenzulassen bis zum Löschen im Hafen. Wir haben an diesem Tag nich' mehr viel getan un' mußten nachts vor Anker bleiben; aber am nächsten Morgen, ganz früh, 'ne Stunde vor Sonnenaufgang, kam 'n Mann mit 'm Auftrag aus England an Bord, der sollte die Kiste für einen Grafen Dracula abholen. Das war also dann seine Sache. Seine Papiere waren in Ordnung, un' ich war froh, das verdammte Ding endlich loszuwerden, denn auch ich war beunruhigt. Wenn der Teufel nämlich Gepäck auf meinem Schiff hatte, dann, glaub' ich, war's nichts anderes als diese Kiste.«

»Wie heißt der Mann, der sie abgeholt hat?« fragte Dr. Van Helsing mit kaum unterdrückter Spannung.

»Werd's Ihnen gleich sagen«, erwiderte der Kapitän, verschwand in seiner Kabine und kehrte mit einer Empfangsbestätigung zurück, die ein gewisser Immanuel Hildesheim unterzeichnet hatte. Burgenstraße 16 lautete die Adresse. Das war alles, was der Kapitän uns verraten konnte; wir bedankten uns also und machten uns auf den Weg.

Wir trafen Hildesheim in seinem Büro an. Er war Jude, ähnelte mit seiner gebogenen Nase einem alten Griechen und trug einen Fez. Wir nährten seinen Redefluß mit ein paar Münzen, und nach einigem Handeln erzählte er alles, was er wußte. Das war nicht viel, aber wichtig genug. Er hatte von einem Mr. de Ville aus London einen Brief erhalten, in dem er gebeten wurde, von der »Zarin Katharina« eine Kiste abzuholen, und zwar möglichst vor

Sonnenaufgang, um den Zoll zu umgehen. Die Kiste sollte er einem gewissen Petrof Skinsky übergeben, der mit den Slowaken am Fluß Handel trieb. Für seine Mühe hatte man ihn mit einer englischen Banknote entlohnt, die bei der Internationalen Donaubank gegen Gold eingetauscht worden war. Um die Arbeiter zu sparen, hatte er Skinsky gleich zum Schiff gebracht und ihm die Kiste übergeben. Mehr wußte er nicht.

Darauf machten wir uns auf die Suche nach Skinsky, konnten ihn aber nicht finden. Einer seiner Nachbarn, der ihm keineswegs zugetan zu sein schien, meinte, er sei vor zwei Tagen abgereist, und keiner wisse, wohin. Dies wurde von seinem Hauswirt bestätigt, dem ein Bote den Hausschlüssel samt der fälligen Miete – in englischer Währung – überbracht hatte, und zwar zwischen zehn und elf Uhr gestern abend. Wieder waren wir an einem toten Punkt angelangt.

Während wir noch berieten, kam jemand angelaufen und schrie atemlos, man habe Skinskys Leichnam auf dem Friedhof von St. Peter gefunden; seine Kehle sei wie von einem wilden Tier zerfleischt! Unsere Gesprächspartner liefen davon, um sich die Greueltat anzuschauen, und die Frauen schrien: »Das ist das Werk eines Slowaken!« Um nicht in diese Angelegenheit verwickelt und dadurch aufgehalten zu werden, eilten wir davon.

Unterwegs konnten wir uns über nichts schlüssig werden. Wir waren überzeugt, daß die Kiste zu Wasser irgendwohin geschafft wurde, aber wohin, das mußten wir noch herausbekommen. Schweren Herzens kamen wir im Hotel bei Mina an. – Als erstes beschlossen wir jetzt, Mina wieder ins Vertrauen zu ziehen. Das ist zwar gefährlich, aber wir müssen jede noch so kleine Chance nutzen; denn die Dinge stehen schlecht. So wurde ich also von meinem vor Mina abgelegten Schwur entbunden.

30. Oktober, abends. – Die Männer waren so müde, erschöpft und niedergeschlagen, daß sie sich erst einmal ausruhen mußten. Ich bat sie also, sich für eine halbe Stunde hinzulegen; währenddessen wollte ich das Protokoll auf den neuesten Stand bringen. Ich muß dem Erfinder der Reiseschreibmaschine sehr dankbar sein, aber auch Mr. Morris, der mir eine besorgte. Ich käme mir ziemlich hilflos vor, müßte ich alles mit der Feder schreiben . . .

So, die Arbeit wäre getan. Mein armer Jonathan, was mußt du gelitten haben, was mußt du jetzt noch leiden! Er liegt auf dem Sofa, scheint kaum zu atmen und ist einem Zusammenbruch nahe! Seine Stirn zeigt Falten, sein Gesicht ist schmerzzerfurcht. Armer Kerl, vielleicht grübelt er, und sein Gesicht drückt seine Konzentration aus! Oh, wenn ich ihnen doch helfen könnte! Ich will alles tun, was ich kann.

Ich habe mit Dr. Van Helsing gesprochen, und er hat mir alle Aufzeichnungen gegeben, die ich noch nicht gelesen hatte . . . Während sie sich ausruhen, werde ich sie sorgfältig studieren. Vielleicht kommt mir dabei eine Idee. Ich werde dem Beispiel des Professors folgen und unvoreingenommen an die Tatsachen herangehen . . .

Mir scheint, mit Gottes Hilfe habe ich etwas entdeckt. Ich muß die Landkarten holen und sie studieren . . .

Ich bin von meiner Theorie jetzt fest überzeugt; deshalb werde ich die anderen rufen und sie ihnen vortragen. Sie sollen darüber urteilen. Wichtig dafür ist äußerste Genauigkeit. Außerdem ist jede Minute kostbar.

Mina Harkers Theorie
(In ihrem Tagebuch eingetragen)

Grundsätzliche Voraussetzung: Graf Draculas Problem besteht darin, zu seinem Schloß zurückzugelangen.

a) Er muß dazu von jemand dorthingebracht werden. Das ist offenbar zwingende Notwendigkeit, denn könnte er sich so fortbewegen, wie er möchte, dann würde er entweder als Mensch, Wolf, Fledermaus oder in irgendeiner anderen Gestalt reisen. Jetzt jedoch muß er eine Entdeckung oder irgendeine Behinderung befürchten – in dem Zustand der Hilflosigkeit, in dem er sich befindet, da er während der Zeit zwischen Sonnenaufgang und Sonnenuntergang in seiner Kiste eingeschlossen ist.

b) Wie kann er transportiert werden? Durch das Ausscheiden für ihn ungünstiger Möglichkeiten kommt man hier weiter. Kann er auf der Straße, auf dem Schienenweg oder auf dem Wasser transportiert werden?

1. Auf der Straße. – Wäre mit unendlich vielen Schwierigkeiten verbunden, besonders beim Verlassen der Städte.

α) Er müßte Menschen passieren, aber Menschen sind neugierig und stellen Nachforschungen an. Ein Hinweis, eine Vermutung oder eine Überlegung über den Inhalt der Kiste könnten ihm zum Verhängnis werden.

β) Er müßte vielleicht eine Zollkontrolle passieren.

γ) Seine Verfolger könnten ihn aufspüren. Das ist seine größte Befürchtung, und um nicht verraten zu werden, hat er, soweit er kann, selbst sein Opfer verstoßen – mich!

2. Auf dem Schienenweg. – Dabei ist niemand für die Kiste verantwortlich. Auch besteht die Gefahr der Verzögerung, und mit Verfolgern im Nacken wäre eine Verzögerung verhängnisvoll. Zwar könnte er bei Nacht entkommen, aber was wollte er in der Fremde ohne Unterschlupf anfangen? Dieses Risiko wird er nicht eingehen.

3. Auf dem Wasser. – Einerseits ist dies der sicherste Weg, aber andererseits auch der gefährlichste für ihn. Auf dem Wasser ist er bis auf die Nacht hilflos; selbst dann hat er nur den Nebel, den Sturm, den Schnee und die Wölfe zur Verfügung. Aber bei einem Schiffbruch würde ihn das Wasser verschlingen, und er wäre wirklich verloren. Er könnte das Schiff stranden lassen, aber wenn es feindliches Land ist, in dem er sich nicht frei bewegen kann, befände er sich in einer verzweifelten Lage.

Aus dem Bericht wissen wir, daß er sich auf Wasser befand; wir müssen also nur klären, um welches Wasser es sich handelt. Als erstes müssen wir also genau herausbekommen, was er bis jetzt getan hat; daraus können wir vielleicht auf seine weiteren Pläne schließen.

Erstens: Wir müssen seine Londoner Taten danach unterscheiden, ob sie zu seinem allgemeinen Fluchtplan gehörten oder unter augenblicklichem Druck der Verfolgung improvisiert wurden.

Zweitens müssen wir zu erfahren suchen, was er hier getan hat – soweit wir das aus den uns bekannten Tatsachen rekonstruieren können.

Was den ersten Punkt betrifft, so hatte er offensichtlich stets vor, nach Galatz zu gelangen, arrangierte jedoch irreführende Nachrichten, um uns nach Varna zu locken, falls wir seinen Fluchtweg aus England aufspüren sollten. Sein erstes und einziges Ziel dabei war die Flucht. Der Beweis dafür ist die Anweisung an Immanuel Hildesheim, die Kiste vor Sonnenaufgang abzuholen. Weiter gab es eine Anweisung an Petrof Skinsky, deren Inhalt wir nur erraten können, aber Skinsky muß einen Brief oder irgendeine Nachricht erhalten haben, da er bei Hildesheim mit einem Auftrag erschien.

Bis dahin war der Graf erfolgreich, wie wir wissen. Die »Zarin Katharina« legte die Reise ungewöhnlich schnell zurück – so schnell, daß selbst Kapitän Donelson Verdacht schöpfte; aber sein Aberglaube, verbunden mit seiner Schläue, unterstützte die Absicht des Grafen, und so segelte der Kapitän vor günstigem Wind durch Nebel und alle Gefahren, bis er schließlich, ohne zu wissen wie, vor Galatz auftauchte. Daß die Anordnungen des Grafen gut getroffen waren, hat sich erwiesen. Hildesheim holte die Kiste ab und überlieferte sie Skinsky. Dieser nahm sie mit sich – und hier verliert sich ihre Spur. Wir wissen lediglich, daß sich die Kiste irgendwo auf Wasser befindet und ihre Reise fortsetzt. Zoll und irgendwelche Behörden wurden umgangen.

Nun kommen wir zu dem, was der Graf nach seiner Ankunft, auf Land, in Galatz, getan haben muß.

Die Kiste wurde Skinsky vor Sonnenaufgang übergeben. Bei Sonnenaufgang konnte der Graf in seiner wahren Gestalt auftreten. Hier müssen wir fragen, weshalb gerade Skinsky erwählt wurde, um dem Grafen behilflich zu sein? Im Tagebuch meines Mannes wird Skinsky als ein Kerl erwähnt, der mit den Slowaken am Fluß unten und am Hafen Geschäfte treibt. Jener impulsive Ruf, daß der Mord das Werk eines Slowaken sei, zeigte die allgemeine Einstellung gegen diese Menschen. Der Graf aber brauchte die Isolierung.

Meine Annahme ist diese: In London hatte sich der Graf entschlossen, auf dem Wasserwege als dem sichersten und unauffälligsten Weg in sein Schloß zurückzureisen. Die Zigeuner hatten ihn damals vom Schloß abgeholt und wahrscheinlich ihre Fracht an Slowaken übergeben, die die Kisten nach Varna brachten, denn von dort wurden sie nach London verschifft. Der Graf kannte also einen Personenkreis, der ihm dienen konnte. Nachdem die Kiste erst einmal an Land war, entstieg ihr der Graf zu nächtlicher Zeit, traf sich mit Skinsky und informierte ihn, was er zu tun habe, um den Transport der Kiste flußaufwärts zu bewerkstelligen. Nachdem der Graf wußte, daß alles arrangiert war, tilgte er, wie er annahm, alle Spuren hinter sich, indem er seinen Agenten ermordete.

Ich habe auf der Karte nachgesehen und herausgefunden, daß die Flüsse Pruth und Sereth für die Zwecke der Slowaken am günstigsten wären. Im Protokoll lese ich, daß ich während der Hypnose Kühe brüllen, Wasser neben meinem Kopf vorbeirauschen und Holz knarren hörte. Der Graf befand sich also zu der Zeit mit seiner Kiste in einem offenen Boot auf einem Fluß – auf einem Boot, das entweder durch Ruder oder durch Staken vorwärts getrieben wurde, denn das Ufer war nah, und das Boot mußte gegen den Strom ankämpfen. Bei einer Fahrt flußabwärts wären die Geräusche anders gewesen.

Natürlich müssen es nicht Sereth oder Pruth sein, aber wir sollten zunächst bei ihnen weiter nachforschen. Von diesen beiden Flüssen ist nun die Pruth die leichter zu befahrende, doch in die Sereth mündet bei Fundu die Bistritza, die oben am Borgopaß entspringt. Eine ihrer Flußschleifen kommt Draculas Schloß so nah wie kein anderer Wasserlauf.

Mina Harkers Tagebuch
(Fortsetzung)

Nachdem ich meine Überlegungen vorgelesen hatte, nahm mich Jonathan in die Arme und küßte mich. Die anderen schüttelten mir die Hände, und Dr. Van Helsing rief:

»Unsere liebe Madame Mina ist wieder einmal unsere Lehrerin. Wo wir blind waren, vermochten ihre Augen zu sehen! Damit sind wir ihm wieder auf der Spur, und diesmal werden wir Erfolg haben. Unser Feind ist äußerst hilflos, und wenn er uns bei Tag und auf dem Wasser in die

Hände fällt, ist unsere Aufgabe erledigt. Er hat zwar einen Vorsprung, aber er kann jetzt seine Reise nicht mehr beschleunigen, denn er darf seine Kiste nicht verlassen, damit diejenigen, die ihn transportieren, keinen Verdacht schöpfen. Würde nämlich ihr Verdacht geweckt, dann würden sie ihn umgehend in den Strom werfen, wo er zugrunde ginge. Das weiß er genau. Auf also, laßt uns Kriegsrat halten, denn hier und jetzt müssen wir entscheiden, was jeder zu tun haben wird.«

»Ich miete ein Dampfboot und folge ihm!« erklärte Lord Godalming.

»Und ich nehme Pferde und folge ihm zu Lande, damit er nicht ans Ufer entkommt!«, setzte Mr. Morris hinzu.

»Sehr gut!« lobte der Professor. »Beides ist sehr gut. Aber keiner von Ihnen darf allein reisen. Sie müssen stark genug sein, um Gewalt zu überwinden, falls nötig. Die Slowaken sind kräftige und rauhe Burschen mit starken Armen.« Alle Männer lächelten, denn sie führten genügend Waffen mit. Mr. Morris erwiderte:

»Ich habe ein paar Winchesters mitgebracht; sie sind leicht zu bedienen, und wir könnten auf Wölfe stoßen. Der Graf hat, wenn Sie sich erinnern, gewisse Vorkehrungen getroffen; er besorgte sich etwas, doch was das war, konnte Mrs. Harker nicht genau verstehen. Wir müssen auf alles vorbereitet sein.« Und Dr. Seward ergänzte:

»Ich glaube, ich schließe mich Quincey an. Wir beide haben oft gemeinsam gejagt, und wenn wir gut bewaffnet sind, mag kommen was will. Aber auch du darfst nicht allein reisen, Art. Falls es zu einem Kampf mit den Slowaken käme, könnte ein zufälliger Messerstoß – denn ich glaube nicht, daß sie Schußwaffen bei sich haben – alle unsere Pläne vereiteln. Diesmal darf es aber keine unglücklichen Zufälle mehr geben. Wir dürfen nicht ruhen, bis des Grafen Kopf vom Körper getrennt ist und wir sicher sind, daß er nicht wieder auferstehen kann.« Er sah

Jonathan an, und dieser blickte zu mir. Ich erkannte, daß der Ärmste hin und her gerissen war; natürlich wollte er bei mir bleiben, aber dann wären die Verfolger auf dem Boot wahrscheinlich diejenigen, die den . . . den . . . Vampir vernichten würden. (Weshalb zögerte ich, dieses Wort niederzuschreiben?) Jonathan schwieg noch immer, da begann Dr. Van Helsing:

»Hören Sie, Jonathan, aus zwei Gründen müssen Sie Lord Godalming begleiten. Erstens sind Sie jung und tapfer und können kämpfen, und wir brauchen wahrscheinlich alle unsere Kräfte. Dann aber ist es auch zuallererst Ihr Recht, ihn zu vernichten – jenen, der Ihnen und Ihrer Frau so viel Leid zugefügt hat. Sorgen Sie sich nicht um Madame Mina; sie wird in meiner Hut bleiben, wenn ich darf. Ich bin alt. Meine Beine können nicht mehr so schnell laufen wie früher; ich kann auch nicht mehr so lange reiten, wie es diese Verfolgung erfordert, und kann nicht mit tödlichen Waffen umgehen. Aber ich kann anderweitig nützlich sein; ich kann mit anderen Waffen kämpfen. Und falls es nötig würde, könnte ich auch sterben – ebensogut wie ein junger Mann. Lassen Sie mich nun folgendes sagen: Während Sie, Lord Godalming und Freund Jonathan, mit Ihrem schnellen Dampfboot den Fluß hinauffahren und John und Quincey die Ufer bewachen, damit er nicht irgendwo landet, werde ich Madame Mina geradewegs in die Höhle des Löwen bringen. Während der alte Fuchs in seiner Kiste festliegt und auf fließendem Wasser schwimmt, von wo aus er nicht an Land kann und wo er auch nicht wagen kann, den Deckel seiner Sargkiste zu lüften, damit ihn die Slowaken in ihrer Furcht nicht ins Wasser werfen, werden wir beide der Reiseroute Jonathans folgen, von Bistritz aus über den Borgopaß reisen und den Weg zum Schloß Dracula suchen. Dabei wird uns Madame Minas hypnotische Kraft bestimmt helfen, so daß wir nach dem ersten Sonnenaufgang, wenn wir uns in der Nähe jenes verfluchten Platzes befinden, den uns bis jetzt noch unbekannten Weg dahin finden. Denn dort ist viel zu tun; dort müssen viele Orte geheiligt werden, damit jenes Schlangennest endlich zerstört ist.« Hier unterbrach ihn Jonathan jäh:

»Wollen Sie damit sagen, Professor Van Helsing, daß Sie Mina in ihrem traurigen Zustand und angesteckt von diesem Teufelsübel geradewegs in den Rachen dieser Todesfalle bringen wollen? Nicht um die Welt! Nicht um Himmel noch Hölle!« Vor Erregung fand er zunächst keine Worte weiter, doch dann fuhr er fort:

»Wissen Sie, was das für ein Ort ist? Kennen Sie jene gräßliche Höllengrube, wo das Mondlicht Schreckensgestalten gebiert und jedes Staubkörnchen, das im Luftzug tanzt, sich zu einem Ungeheuer auswachsen kann? Haben Sie die Lippen des Vampirs auf Ihrer Kehle gespürt?« Dann wandte er sich an mich; sein Blick ruhte starr auf meiner Stirn, er warf die Arme hoch und schrie: »O mein Gott, was haben wir getan, daß dieses Grauen über uns kam!« Dann sank er, vom Elend überwältigt, auf das Sofa. Doch da begann der Professor zu sprechen, und seine klare, ruhige Stimme, die in der Luft zu schwingen schien, beruhigte uns alle:

»Mein Freund, eben weil ich Madame Mina vor jenem Schreckensort retten möchte, will ich mit ihr dorthin. Aber Gott sei davor, daß ich sie mit ins Schloß nehme. Denn dort gibt es gräßliche Aufgaben zu erfüllen, bei denen sie nicht Zeuge sein soll. Wir Männer hier, alle außer Jonathan, haben erlebt, was getan werden muß, bevor ein solcher Ort geheiligt ist. Aber bedenken Sie, daß wir in einer schrecklichen Zwangslage sind. Wenn der Graf uns diesmal entkommt – und er ist noch immer stark, schlau und gerissen –, dann kann es sein, daß er sich für ein Jahrhundert lang zum Schlafen zurückzieht. Dann würde sich ihm unsere liebe Madame Mina« – er nahm meine Hand – »anschließen, sobald ihre Stunde gekommen ist, und würde wie jene anderen Weiber werden, die Sie, Jonathan, gesehen haben. Sie haben uns von ihren lüsternen Lippen berichtet; Sie hörten ihr gemeines Lachen, als sie sich um den zappelnden Sack balgten, den ihnen der Graf zuwarf. Sie schaudern, und zu Recht. Vergeben Sie mir, daß ich Ihnen solche Qual bereite, aber es muß sein. Mein Freund, dorthinzugehen ist eine schreckliche Notwendigkeit, für die ich bereit wäre, mein Leben zu geben. Und wenn es sein müßte, daß irgend jemand anders ins Schloß zu gehen hätte, dann würde ich ihm Gesellschaft leisten!«

»Tun Sie, was Sie müssen«, erklärte Jonathan und wurde dabei von Schluchzen geschüttelt. »Wir sind alle in Gottes Hand.«

Später. – Oh, wie wohl tat es mir zu sehen, wie entschlossen diese tapferen Männer vorgehen. Wie sehr kann doch weibliche Liebe den Männern helfen, wenn diese ernsthaft, treu und tapfer sind! Übrigens wurde mir auch wieder einmal die wunderbare Macht des Geldes vor Augen geführt. Wie nützlich kann doch Geld sein, wenn es vernünftig ausgegeben wird; was kann man nicht alles damit erreichen! Ich empfand es als so wohltuend, daß Lord Godalming reich ist und daß sowohl er wie Mr. Morris, der ebenfalls sehr viel Geld besitzt, es großzügig auszugeben bereit sind. Denn wäre das nicht der Fall, könnte unsere kleine Expedition nicht so schnell und nicht so gut ausgerüstet aufbrechen. So aber werden wir in einer Stunde starten. Vor drei Stunden erst hatten wir die Aufgaben verteilt; und jetzt haben Lord Godalming und Jonathan bereits ein hübsches Dampfboot gemietet, das unter Dampf liegt und sofort ablegen kann. Dr. Seward und Mr. Morris haben ein halbes Dutzend guter und wohlausgestatteter Pferde besorgt, und wir besitzen alle benötigten Karten und Gerätschaften. Professor Van Helsing und ich werden heute abend um elf Uhr vierzig mit dem Zug nach Veresti fahren, von wo aus wir mit der Kutsche weiter zum Borgopaß reisen. Wir nehmen eine ansehnliche Geldsumme mit, da wir eine Kutsche und Pferde kaufen müssen. Wir wollen selbst kutschieren, denn es gibt niemand, dem wir in dieser Angelegenheit trauen möchten. Der Professor beherrscht zahlreiche Sprachen, so daß wir durchkommen werden. Wir sind auch alle gut bewaffnet, selbst ich trage einen langläufigen Revolver mit mir. Jonathan ruhte nicht eher, bis auch ich bewaffnet war. Aber leider – eine Waffe, die alle anderen bei sich führen, ist nicht für mich bestimmt. Die Narbe auf meiner Stirn legt davon Zeugnis ab. Der gute Dr. Van Helsing tröstet mich, indem er mir sagt, gegen Wölfe wäre ich ausreichend bewaffnet. Die Witterung wird mit jeder Stunde kühler, und als Warnzeichen fegen bisweilen einzelne Schneeschauer vorüber.

Später. – Ich mußte all meinen Mut zusammennehmen, als ich mich von meinem Liebling verabschiedete. Vielleicht sehen wir uns nie wieder. Aber Mut, Mina! Der Professor sieht mich aufmunternd an; sein Blick ist wie eine Warnung. Ich darf jetzt nicht weinen – nicht eher wieder, als bis Gott mir Freudentränen gewährt.

Jonathan Harkers Tagebuch

30. Oktober, nachts. – Ich schreibe dies vor der offenen Dampfkesseltür unseres Bootes. Lord Godalming ist gerade beim Einheizen, und er ist dabei sehr erfahren, denn er besaß selbst jahrelang ein Dampfboot auf der Themse und hatte ein anderes auf den *Norfolk Broads* liegen. Was unsere Pläne angeht, so kamen wir zu der Überzeugung,

daß Minas Meinung richtig sei und daß, wenn der Graf für seine Flucht zurück zu seinem Schloß einen Wasserweg wählte, nur die Sereth und dann die Bistritza in Frage kämen. Wir legten fest, daß wir irgendwo am 47. Grad nördlicher Breite das Land zwischen dem Fluß und den Karpaten durchqueren müßten. Wir haben keine Angst, nachts den Fluß mit ziemlicher Geschwindigkeit hinaufzudampfen, denn er führt genügend Wasser, und die Ufer liegen weit genug auseinander, so daß man selbst im Dunkeln ohne Gefahr mit voller Kraft laufen kann. Lord Godalming forderte mich auf, etwas zu schlafen, da es ausreiche, wenn nur einer Wache halte. Aber ich kann nicht schlafen – wie könnte ich wohl Ruhe finden, da diese schreckliche Gefahr über meinem Liebling hängt und sie auf dem Weg zu jenem schrecklichen Ort ist ...! Mein einziger Trost ist, daß wir alle in Gottes Hand ruhen. Um dieser Überzeugung willen wäre es leichter, zu sterben als weiterzuleben, um damit alles Elend zu beenden. Mr. Morris und Dr. Seward waren bereits losgeritten, bevor wir ablegten. Sie werden sich auf dem rechten Ufer halten, und zwar weit genug entfernt, so daß sie von höherem Land aus den Flußlauf ein Stück weit übersehen und dadurch seine Biegungen abschneiden können. Sie haben für die erste Strecke zwei Männer mitgenommen, die ihre Ersatzpferde, nämlich vier Tiere, führen. Allerdings werden sie die Männer bald entlassen und müssen sich dann selbst um die Tiere kümmern. Falls es nötig wird, unsere Kräfte zu vereinen, können sie auch uns mit Pferden versorgen. Einer der Sättel hat einen abnehmbaren Knauf und kann daher, falls nötig, leicht für Mina zu einem Damensattel verändert werden.

Es ist ein wildes Abenteuer, in das wir uns eingelassen haben. Während wir hier durch die Dunkelheit jagen, steigt die Kälte vom Fluß auf und legt sich über uns, und unheimliche Stimmen der Nacht umgeben uns. Wir treiben auf unbekannten Bahnen unbekannten Zielen entgegen; hinein in eine Welt der Dunkelheit und Schrecken. – Jetzt schließt Godalming die Kesseltür . . .

31. Oktober. – Wir sind noch immer unterwegs. Der Tag ist angebrochen, und Godalming schläft jetzt. Ich habe Wache. Der Morgen ist bitterkalt; obwohl wir schwere Pelzmäntel tragen, ist uns die Hitze des Kessels sehr angenehm. Wir sind bereits an einigen offenen Booten vorübergekommen, doch keines hatte eine Kiste oder ein Gepäckstück von der Größe, wie wir es suchen, an Bord. Die Bootsleute erschraken jedesmal, wenn wir unseren elektrischen Scheinwerfer aufleuchten ließen. Sie fielen dann auf die Knie und beteten.

1. November, abends. – Noch immer nichts Neues; wir haben keine Spur von dem entdeckt, was wir suchen. Wir sind jetzt in die Bistritza eingelaufen, und wenn wir uns in unserer Annahme geirrt haben, ist unsere Chance vertan. Zahlreiche Boote, große und kleine, sind uns begegnet. Heute morgen hielt man uns einmal für ein Regierungsboot und kam uns dementsprechend mit Hochachtung entgegen. Wir erkannten darin einen Weg, Schwierigkeiten zu meiden, und kauften uns in Fundu, wo die Bistritza in die Sereth mündet, eine rumänische Flagge, die wir jetzt gesetzt haben. Bei jedem Boot, das wir seitdem überholten, hat dieser Trick Erfolg gezeigt; man begegnete uns stets mit Hochachtung, und niemand wagte Einwände gegen unsere Fragen oder Handlungen. Einige Slowaken berichteten uns, sie seien von einem großen Boot überholt worden, das mit ungewöhnlicher Schnelligkeit reiste, da es doppelte Mannschaft an Bord hatte. Sie begegneten ihm jedoch noch vor Fundu, so daß sie uns nicht sagen konnten, ob das Boot in die Bistritza eingebogen oder weiterhin die Sereth hinaufgefahren sei. In Fundu konnten

wir nichts von einem solchen Boot erfahren; es muß also nachts hier vorübergekommen sein. Ich bin sehr müde; die Kälte beginnt wohl an mir zu zehren, und irgendwann muß man einmal Ruhe haben. Godalming besteht darauf, die erste Wache zu übernehmen. Gott segne ihn für all seine Güte mir und Mina gegenüber.

2. November, morgens. – Es ist bereits heller Tag, Godalming hat mich nicht geweckt! Er sagt, er hätte es als Sünde angesehen, denn ich schlief so friedlich und schien völlig meinen Kummer vergessen zu haben. Ich komme mir schrecklich selbstsüchtig vor, daß ich so lange geschlafen habe und ihn die ganze Nacht wachen ließ; aber sicher hat er recht. Ich fühle mich heute morgen als neuer Mensch! Während ich hier sitze und seinen Schlaf bewache, kann ich sowohl die Maschinen bedienen, steuern und Wache halten. Ich spüre, daß all meine Kräfte und Energien zurückgekommen sind. Ich möchte gern wissen, wo Mina und Van Helsing jetzt sind. Gegen Mittwoch mittag müssen sie in Veresti angekommen sein. Um die Kutsche und die Pferde zu besorgen, brauchten sie einige Zeit; wenn sie danach ununterbrochen gefahren sind, könnten sie jetzt den Borgopaß erreicht haben. Gott lenke und behüte sie! Ich wage nicht, mir vorzustellen, was alles geschehen mag. Wenn wir doch nur schneller vorwärts kämen! Aber das ist unmöglich; die Maschinen arbeiten keuchend im höchsten Gang. Wie wohl Dr. Seward und Mr. Morris vorwärts kommen? Vom Gebirge herunter scheinen sich unzählige Bäche in den Fluß zu ergießen, aber da keiner von ihnen viel Wasser führt – wenigstens zur Zeit nicht, obwohl sie im Winter und zur Schneeschmelze zweifellos anschwellen –, so werden unsere Reiter keine großen Hindernisse finden. Ich hoffe, daß wir noch vor Strasba auf sie treffen, denn wenn wir bis dahin den Grafen noch nicht überholt haben, wird es

nötig, neue Beschlüsse zu fassen und zu beraten, was wir dann tun.

Dr. Sewards Tagebuch

2. November. – Drei Tage sind wir jetzt unterwegs. Es gibt nichts Neues, und wenn, dann wäre keine Zeit zum Schreiben gewesen, denn jeder Augenblick ist kostbar. Wir haben nur immer so lange gerastet, wie die Pferde Zeit zur Erholung brauchten. Wir beide jedoch halten uns sehr gut. Unsere früheren gemeinsamen Abenteuer erweisen sich jetzt als sehr nützlich. Aber wir müssen weiter; wir werden nicht eher Ruhe finden, als bis wir unser Boot wieder gesichtet haben.

3. November. – In Fundu erfuhren wir, daß unser Boot die Bistritza hinaufgefahren ist. Ich wünschte, es wäre nicht so kalt. Verschiedene Anzeichen deuten auf baldigen Schneefall. Wenn es viel Schnee gibt, wird er uns an der Weiterreise hindern. Wir müßten uns dann einen Schlitten besorgen und mit ihm weiterfahren.

4. November. – Heute erfuhren wird, daß unser Boot durch einen Unfall aufgehalten wurde, als es versuchte, die Stromschnellen zu überwinden. Die Slowakenboote überwinden die Schnellen, indem sie sich ziehen lassen und zugleich kenntnisreich gesteuert werden. Einige Boote sind erst vor wenigen Stunden die Schnellen hinaufgefahren. Godalming ist ein Amateurbastler und hat offensichtlich das Boot wieder in Gang setzen können. Jedenfalls konnten sie mit Hilfe von Ortsansässigen die Schnellen endlich überwinden und die Jagd wieder aufnehmen. Ich fürchte jedoch, daß das Boot nach dem Unfall noch nicht wieder ganz in Ordnung ist, denn ein Bauer

berichtete uns, daß es, nachdem es bereits wieder ruhiges Wasser erreicht hatte, immer wieder einmal seine Fahrt unterbrach, so lange es in Sicht blieb. Wir müssen also noch schneller vorwärts zu kommen suchen als bisher. Vielleicht braucht man unsere Hilfe.

Mina Harkers Tagebuch

31. Oktober. – Sind mittags in Veresti angekommen. Der Professor erzählte mir, daß er mich heute morgen bei Sonnenaufgang kaum zu hypnotisieren vermochte und daß ich lediglich sagte: »Dunkel und ruhig.« Er ist jetzt unterwegs, um eine Kutsche und Pferde zu kaufen. Später will er, wie er sagte, zusätzliche Pferde kaufen, damit wir sie unterwegs wechseln können. Wir müssen mehr als siebzig Meilen zurücklegen. Die Landschaft ist schön und sehr interessant; wenn wir unter anderen Bedingungen hier reisten, wie erholsam könnten dann diese Eindrücke sein! Allein mit Jonathan durch dieses Land zu fahren müßte so schön sein! Ab und zu die Fahrt unterbrechen, Leute kennenlernen, etwas aus ihrem Leben erfahren, Seele und Gedächtnis mit all den Farben und Schönheiten des wilden, wundervollen Landes und seiner malerischen Bewohner erfüllen! Aber leider! –

Später. – Dr. Van Helsing ist zurück; er hat eine Kutsche und Pferde erworben, wir werden noch essen und dann in einer Stunde aufbrechen. Die Wirtin hat uns einen riesigen Korb voll Verpflegung eingepackt; das müßte für eine Kompanie Soldaten ausreichen. Der Professor ermunterte sie jedoch dazu und flüsterte mir zu, daß es vielleicht eine Woche dauern mag, ehe wir wieder etwas Vernünftiges zu essen bekommen. Er hat auch noch eine Menge schöner Pelzmäntel und Decken eingekauft sowie alle möglichen wärmenden Kleidungsstücke. Wir werden also bestimmt nicht frieren.

Wir sind jetzt beim Aufbruch, und ich wage nicht, mir vorzustellen, was vor uns liegt. Doch wir sind in Gottes Hand. Er allein weiß, was geschehen mag. Ich bete zu ihm mit aller Kraft meiner traurigen und demütigen Seele, daß er meinen geliebten Mann behüten möge und daß, was immer auch geschehen mag, Jonathan wissen soll, daß ich ihn mehr, als ich sagen kann, liebte und ehrte und daß meine letzten und innersten Gedanken immer ihm galten.

Siebenundzwanzigstes Kapitel

Mina Harkers Tagebuch

1. November. – Wir sind den ganzen Tag lang gefahren und haben ein gutes Tempo durchhalten können. Die Pferde spüren offenbar, daß sie gut behandelt werden, denn sie geben willig ihre letzten Kräfte her. Das können wir immer wieder feststellen, obwohl wir schon mehrfach die Pferde gewechselt haben, und so wagen wir zu hoffen, daß wir auch weiterhin rasch vorwärts kommen. Dr. Van Helsing erklärt den Bauern beim Pferdewechsel lediglich, daß wir sehr schnell nach Bistritz müßten, und er bezahlt sie gut. Wir erhalten dann meist etwas heiße Suppe, Kaffee oder Tee, und weiter geht die Fahrt. Das Land bietet uns Schönheiten aller Art, und die Leute sind tüchtig, einfach und stark und scheinen nur angenehme Eigenschaften zu haben. Allerdings sind sie sehr, sehr abergläubisch. Im ersten Haus, in dem wir haltmachten, bekreuzigte sich die Frau, die uns bediente, als sie die Narbe auf meiner Stirn sah, und streckte mir zwei Finger entgegen, um sich gegen den bösen Blick zu schützen. Ich glaube

auch, daß sie mir eine Sonderportion Knoblauch ins Essen mischte; und ich kann Knoblauch nicht ausstehen! Seitdem nehme ich nicht mehr den Hut ab und schlage auch nicht den Schleier hoch, um nicht mehr ihren Verdacht zu wecken. Wir reisen sehr schnell, und da wir keinen Kutscher haben, der über uns Gerüchte verbreiten könnte, fahren wir dem Gerede davon; aber ich glaube doch, daß uns die Furcht vor dem bösen Blick hart auf den Fersen folgt. Der Professor scheint nicht müde zu werden; den ganzen Tag über ruhte er sich nicht einmal aus, während er mich dagegen lange schlafen ließ. Bei Sonnenuntergang hypnotisierte er mich und berichtete danach, daß ich wie üblich antwortete: »Dunkelheit, schwappendes Wasser und knarrendes Holz.« Unser Feind befindet sich also noch auf dem Fluß. Ich wage nicht, an Jonathan zu denken, aber irgendwie habe ich keine Furcht mehr, weder für ihn noch für mich. Ich schreibe dies, während wir in einem Bauernhaus den Pferdewechsel abwarten. Dr. Van Helsing schläft. Der Ärmste, er sieht sehr abgespannt und alt aus, aber sein Mund ist fest zusammengepreßt wie der eines Eroberers. Selbst im Schlaf zeigt er nichts als Entschlossenheit. Wenn wir wieder unterwegs sind, muß ich ihn dazu bringen, daß er schläft und mich lenken läßt. Ich werde ihm sagen, daß wir noch einige Tage vor uns haben und er nicht dann zusammenbrechen darf, wenn alle seine Kräfte gebraucht werden ... Es ist soweit; wir brechen wieder auf.

2. November, morgens. – Ich hatte Erfolg, und wir wechselten uns die ganze Nacht über beim Fahren ab. Jetzt ist es Tag, mit schönem, aber kaltem Wetter. In der Luft liegt eine seltsame Schwere – ich schreibe Schwere, weil ich kein besseres Wort dafür finde. Ich meine, daß wir beide uns bedrückt fühlen. Dabei ist es sehr kalt, und nur im Schutz unserer warmen Pelze fühlen wir uns wohl. Bei

Sonnenaufgang hatte Van Helsing mich wieder hypnotisiert. Seinem Bericht nach sagte ich: »Dunkelheit, knarrendes Holz und laut rauschendes Wasser.« Sie sind also den Fluß weiter hinaufgefahren, und dieser hat sich verändert. Ich hoffe nur, daß mein Liebling nicht in irgendeine Gefahr gerät – jedenfalls nicht mehr als nötig. Aber wir sind alle in Gottes Hand.

2. November, nachts. – Wir sind den ganzen Tag gefahren. Das Land wird immer wilder, und die hohen Zacken der Karpaten, die von Veresti aus noch so fern schienen und so niedrig am Horizont standen, dringen jetzt von allen Seiten heran und türmen sich vor uns auf. Wir sind beide guter Stimmung. Ich glaube, wir bemühen uns beide, den anderen aufzuheitern, und dabei bessert sich auch unsere eigene Stimmung. Dr. Van Helsing sagt, daß wir morgen den Borgopaß erreichen. Wir sehen nur noch wenige Häuser, und der Professor sagt, daß wir unsere letzten Pferde behalten müssen, da wir sie nicht mehr auswechseln können. Er hat zusätzlich zu den beiden, die wir beim letzten Wechsel einspannten, noch ein weiteres Paar hinzugenommen, so daß wir jetzt einen flotten Vierspänner fahren. Die Tiere sind geduldig und gutartig und machen uns keine Mühe. Wir begegnen kaum anderen Reisenden, und so kann selbst ich mühelos kutschieren. Wir werden erst bei Tagesanbruch am Paß ankommen und wollen auch nicht vorher dort sein. Deshalb beeilen wir uns nicht so sehr, und jeder von uns kann sich abwechselnd ausruhen. Was mag uns der morgige Tag bringen? Wir suchen jenen Schreckensort, an dem mein Liebling so Schweres erlitt. Möge Gott uns richtig leiten, möge er über meinen Liebling wachen und über jene, die uns beiden teuer sind und sich in tödliche Gefahren begeben. Was mich betrifft, ich bin seiner Fürsorge nicht würdig. Ich bin vor seinen Augen unrein und

werde es bleiben, bis er eines Tages seinen Zorn von mir wendet.

Notiz, aufgezeichnet von Abraham Van Helsing

4. November. – Diese Zeilen gelten meinem alten Freund John Seward, Doktor der Medizin, in Purfleet, London, wohnhaft, für den Fall, daß ich ihn nicht wiedersehe. Es ist Morgen, und ich schreibe an einem Feuer, das ich, gemeinsam mit Madame Mina, die ganze Nacht über schürte. Es ist kalt, so kalt, daß der graue schwere Himmel voller Schnee hängt. Falls es schneien sollte, wird der Schnee den ganzen Winter über liegenbleiben, denn der Boden ist bereits hart gefroren. Der graue Himmel scheint Madame Mina angesteckt zu haben; den ganzen Tag über hatte sie einen schweren Kopf und war nicht mehr die alte. Sie schläft, schläft und schläft. Sie, die sich sonst so unermüdlich regt, hat heute buchstäblich nichts getan; sie hat sogar allen Appetit verloren. Auch in ihr kleines Tagebuch hat sie nichts mehr eingetragen, obwohl sie sonst alles getreulich niederschrieb. Ich hege die Befürchtung, daß mit ihr etwas nicht stimmt. Immerhin zeigte sie sich heute abend lebhafter. Ihr langer Schlaf während des Tages hat sie erfrischt und gestärkt, und nun ist sie so munter wie sonst. Bei Sonnenuntergang versuchte ich sie zu hypnotisieren, aber leider ohne Erfolg. Meine Macht über sie ist mit jedem Tag mehr geschwunden, und heute verließ sie mich ganz. Nun, Gottes Wille gesehehe – wohin er uns auch führen mag.

Nun zu den Ereignissen des Tages. Da Madame Mina sie nicht festgehalten hat, will ich dies in meiner schwerfälligen Handschrift nachholen, damit kein Tagesablauf unaufgezeichnet bleibt.

Heute morgen hatten wir kurz nach Sonnenaufgang den Borgopaß erreicht. Kurz vorher versuchte ich noch, Madame Mina zu hypnotisieren. Wir hielten und stiegen aus der Kutsche, um durch nichts gestört zu werden. Ich bereitete aus Pelzen ein Lager, und Madame Mina legte sich nieder und fiel in hypnotischen Schlaf, aber erst nach großen Anstrengungen meinerseits und auch dann nur für eine ganz kurze Zeit. Wie auch sonst lautete ihre Antwort: »Dunkelheit und vorbeirauschendes Wasser.« Dann erwachte sie wieder, zeigte sich munter und strahlend, und wir setzten unsere Reise fort. Bald darauf erreichten wir den Paß. In diesem Moment wurde sie von einem wilden Eifer gepackt; irgendeine neue Eingebung schien sich in ihr zu regen, denn sie deutete auf eine Nebenstraße und erklärte: »Das ist unser Weg.«

»Woher wissen Sie das?« fragte ich.

»Natürlich weiß ich das«, erwiderte sie und setzte nach einer Pause hinzu: »Mein Jonathan ist doch hier gefahren und hat seine Reiseroute beschrieben!«

Zunächst fand ich die Sache etwas merkwürdig, aber bald sah ich, daß nur diese eine Nebenstraße abzweigte. Sie ist wenig befahren und unterscheidet sich sehr von der großen Hauptstraße, die von der Bukowina nach Bistritz führt und befahrener sowie breiter und fester ist.

So bogen wir also auf diese Seitenstraße ein. Wenn wir auf andere Wegabzweigungen stießen und dann durchaus nicht immer sicher waren, wo die Straße verlief, denn alle Wege sind hier vernachlässigt, und außerdem war ein wenig Schnee gefallen, dann wußten nur noch die Pferde, wo der Weg weiterging. Ich gab ihnen die Zügel frei, und sie trotteten geduldig dahin. Nach und nach kamen wir an all den Stellen vorbei, die Jonathan in seinem Tagebuch beschrieben hatte. Dann fuhren wir Stunde um Stunde weiter. Ich sagte Madame Mina, sie solle zu schlafen versuchen, und sie schlummerte auch wirklich ein. Sie schlief die ganze Zeit über und so lange, daß mir zuletzt unbehaglich zumute wurde und ich sie zu wecken versuchte. Doch das gelang mir nicht; sie schlief weiter. Da ich nicht zu grob mit ihr verfahren wollte, ließ ich sie schlafen; ich weiß ja, wie sehr sie gelitten hat, und der Schlaf mochte ihr guttun. Ich glaube, ich nickte selbst ein, denn plötzlich fuhr ich schuldbewußt hoch, als ob ich etwas angestellt hätte. Ich saß noch immer mit den Zügeln in der Hand auf dem Bock, und die braven Pferde trabten dahin wie sonst. Ich sah zurück und stellte fest, daß Madame Mina noch immer schlief. Es war kurz vor Sonnenuntergang, und das Licht der späten Sonne ergoß sich in einer gelben Flut über den Schnee, so daß wir lange Schatten auf die steilen Bergflanken warfen. Der Weg stieg noch immer an, und alles war so wild und felsig, als ob wir uns dem Ende der Welt näherten.

Ich versuchte wieder Madame Mina zu wecken, und diesmal erwachte sie sofort. Ich wollte sie dann hypnotisieren, doch das gelang mir diesmal gar nicht mehr. Ich versuche es immer und immer wieder, bis ich plötzlich feststellen mußte, daß wir bereits im Dunkeln saßen. Ich sah mich um und erkannte, daß die Sonne schon untergegangen war. Madame Mina lachte; ich drehte mich um und sah sie an. Sie war jetzt hellwach und sah so wohl aus, wie ich sie niemals mehr gesehen hatte seit jener Nacht, als wir zum erstenmal in Carfax in das Haus des Grafen eingedrungen waren. Das überraschte mich, und ich fühlte mich etwas unbehaglich, aber sie war so lebhaft und freundlich und fürsorglich, daß ich alle Sorgen vergaß. Ich entzündete ein Feuer, denn wir hatten uns einen Holzvorrat mitgenommen, und sie bereitete unsere Mahlzeit, während ich die Pferde ausspannte, an einer geschützten Stelle festband und ihnen zu fressen gab. Als ich dann zum Feuer zurückkehrte, war das Essen fertig. Ich wollte ihr noch etwas helfen, doch sie lächelte und erklärte mir, sie hätte bereits gegessen – sie sei so hungrig gewesen, daß sie nicht warten konnte. Die Sache gefiel mir nicht ganz, und ich hatte ernste Zweifel, aber ich wollte sie nicht beunruhigen, und so schwieg ich. Ich aß also allein; dann wickelten wir uns in unsere Pelze und legten uns neben dem Feuer nieder. Ich sagte ihr, sie solle schlafen, ich würde Wache halten. Aber schon bald darauf mußte ich meine Pflicht vergessen haben, denn als ich plötzlich auffuhr und mich an die Wache erinnerte, mußte ich feststellen, daß sie hellwach neben mir lag und mich mit glänzenden Augen ansah. Das gleiche geschah noch einige Male, und so hatte ich bis zum Morgengrauen genug Schlaf mitbekommen. Als ich dann aufwachte, versuchte ich sie wieder zu hypnotisieren, aber obwohl sie gehorsam die Augen schloß, fiel sie nicht in hypnotischen Schlaf. Die Sonne stieg höher, und dann endlich, als es zu spät war, fiel sie in einen so schweren Schlaf, daß ich sie nicht daraus erwecken konnte. Ich mußte sie schließlich aufheben und schlafend in die Kutsche tragen, nachdem ich die Pferde angespannt und alles vorbereitet hatte. Madame Mina schläft noch immer, und im Schlaf sieht sie gesünder und wohler aus als je zuvor. Mir aber gefällt das gar nicht. Ich habe Angst, sehr große Angst! Ich fürchte alles mögliche; ich wage nicht einmal mehr zu denken – aber ich muß den Weg weitergehen. Es geht um Leben und Tod oder sogar noch um mehr, und wir dürfen nicht zögern.

5. November, morgens. – Ich muß alles genau niederschreiben, denn obwohl wir beide, John, du und ich, schon viele seltsame Dinge gesehen haben, könntest du vielleicht glauben, daß ich, Van Helsing, verrückt geworden wäre und die vielen Schrecken und die so lang andauernde Nervenanspannung mir zuletzt den Vorstand verwirrt hätten.

Wir reisten den ganzen gestrigen Tag lang und drangen immer tiefer ins Gebirge ein – in eine wilde und verlassene

Landschaft. Wir kamen an tiefen, gähnenden Abgründen und an zahlreichen Wasserfällen vorüber, und oft schien es uns, als ob die Natur hier ihren Karneval abgehalten habe. Madame Mina schlief und schlief, und es gelang mir nicht, sie aufzuwecken – nicht einmal zum Essen. Dann begann ich zu fürchten, daß der gräßliche Bann des Ortes bereits auf ihr liege, war sie doch durch die Vampirtaufe schon infiziert. »Gut«, sagte ich zu mir, »wenn sie den Tag über schläft, werde ich nachts wachen.« Und während wir auf der schlechten Straße weiterfuhren – denn eine Straße war es immerhin, wenn auch alt und in schlechtem Zustand –, hielt ich den Kopf gesenkt und schlief. Wieder fuhr ich nach einiger Zeit voller Schuldbewußtsein hoch, aber Madame Mina schlief noch immer. Die Sonne stand jetzt schon tief, und die Gegend hatte sich verändert; die drohenden Berge schienen zurückgewichen zu sein, und wir befanden uns in der Nähe eines steilen Felskegels, auf dessen Höhe ein Schloß stand, ganz so wie dasjenige, das Jonathan in seinem Bericht erwähnt hatte. Im gleichen Augenblick überkamen mich Freude und Furcht, denn wie unsere Reise auch ausgehen mochte, das Ziel war erreicht!

Ich weckte Madame Mina und versuchte sie wieder zu hypnotisieren, aber ohne Erfolg. Dann, ehe das nächtliche Dunkel über uns fiel – denn selbst nach Sonnenuntergang warf der Himmel noch letzte Sonnenstrahlen auf den Schnee, und alles war noch eine Zeitlang in Zwielicht getaucht –, spannte ich die Pferde aus und fütterte sie an einer geschützten Stelle. Danach machte ich Feuer und bereitete daneben für Madame Mina ein bequemes Lager. Sie wirkte jetzt wieder munter und lebhaft; allerdings wollte sie nicht essen, als ich die Mahlzeit bereitete, sondern sagte nur, sie hätte keinen Hunger. Ich wollte sie nicht drängen, da ich das für nutzlos hielt; ich dagegen aß kräftig, denn ich muß jetzt meine Kräfte erhalten. Dann zog ich voller Sorge vor dem Kommenden einen weiten Kreis um den Platz, wo Madame Mina saß, und streute auf dem Kreis die Krümel einiger zerbröckelter Hostien aus, und zwar so dicht, daß keine Lücken offenblieben. Madame Mina saß die ganze Zeit über still da, so still wie eine Tote, auch wurde sie blasser und immer blasser, bis sie sich nicht mehr vom Schnee unterschied. Die ganze Zeit sprach sie kein einziges Wort. Als ich jedoch zu ihr trat, klammerte sie sich an mich, und ich spürte, wie das arme Ding von Kopf bis Fuß so heftig zitterte, daß es einen jammern konnte. Nachdem sie sich ein wenig beruhigt hatte, fragte ich sie beiläufig: »Wollen Sie nicht mit hinüber zum Feuer kommen?« Ich wollte nämlich ihre Möglichkeiten prüfen. Sie stand auf und wollte mir folgen, doch bereits nach dem ersten Schritt blieb sie stehen, wie von einem Bannstrahl getroffen.

»Weshalb gehen Sie nicht weiter?« fragte ich sie. Sie schüttelte den Kopf, drehte sich um und setzte sich wieder auf ihren Platz. Dann sah sie mich mit offenen Augen an wie jemand, der eben aus dem Schlaf erwacht, und erklärte: »Ich kann nicht!« Dann schwieg sie. Ich freute mich, denn ich wußte nun, daß sie vor jenen anderen sicher war, die wir fürchteten. Mochte auch für ihren Körper noch Gefahr bestehen, so war doch ihre Seele in Sicherheit!

Bald darauf begannen die Pferde ängstlich zu wiehern und zerrten an ihren Stricken, bis ich zu ihnen trat und sie beruhigte. Als sie meine streichelnde Hand spürten, schnaubten sie leise vor Freude, leckten mir die Hand und blieben eine Zeitlang ruhig. Aber noch mehrmals in dieser Nacht mußte ich zu ihnen gehen und sie von neuem beruhigen. Gegen Mitternacht begann das Feuer zusammenzusinken, und ich beschloß, neues Holz aufzulegen, denn der Schnee trieb jetzt in dichten Schauern heran und mit ihm ein kalter Nebel. Trotz der tiefen Nacht herrschte noch immer ein mattes Dämmerlicht wie stets über Schneefeldern, und in diesem Dämmerlicht wirkten die Schneeschauer und Nebelschwaden wie Frauen mit wehenden Kleidern. Ein tödliches, drohendes Schweigen lag über der Natur, und nur die Pferde wieherten und duckten sich wie vor dem bösen Feind. Auch in mir stieg Angst auf – schreckliche Angst; doch dann wurde ich mir bewußt, daß mich der Kreis schützte, in dem ich stand. Ich glaubte, daß mir meine durch Nacht und Dunkelheit, durch Schlaflosigkeit und all die schrecklichen Sorgen überreizte Phantasie etwas vorgaukelte. Die Erinnerung an Jonathans gräßliche Erlebnisse schien mich zu narren, denn die Schneeflocken und der Nebel begannen in wilden Wirbeln umherzutanzen, bis ich schließlich die Umrisse jener drei Weiber zu erkennen glaubte, die Jonathan hatten küssen wollen. Und dann duckten sich die Pferde tiefer und tiefer und stöhnten vor Furcht wie menschliche Wesen. Sie wagten nicht einmal mehr, sich loszureißen und durchzugehen. Ich hatte Angst um Madame Mina, als die unheimlichen Gestalten immer näher kamen und um unseren Kreis herum tanzten. Ich sah zu ihr hinüber, aber sie saß ruhig da und lächelte mich an, und als ich zum Feuer gehen und Holz auflegen wollte, hielt sie mich fest und flüsterte so leise wie eine Stimme im Traum:

»Nein! Nein! Treten Sie nicht aus dem Kreis. Hier sind Sie sicher!« Ich wandte mich zu ihr, sah ihr in die Augen und fragte:

»Aber Sie? Um Sie habe ich Angst!« Da begann sie zu lachen – ein leises und unwirkliches Lachen, und sagte:

»Um mich haben Sie Angst? Weshalb um mich? Nichts in der Welt ist sicherer vor denen als ich!«

Als ich noch über die Bedeutung ihrer Worte nachdachte, ließ ein Windstoß die Flammen aufzüngeln, und mein Blick fiel auf die rote Narbe auf ihrer Stirn. Da wußte ich freilich, was ihre Worte bedeuteten. Und sie sollten mir bald noch klarer werden, denn die tanzenden Gestalten aus Nebel und Schnee kamen noch näher, hielten sich aber stets außerhalb unseres geheiligten Kreises, und dann begannen sie sich zu materialisieren, bis ich mit meinen eigenen Augen jene drei Frauen in Fleisch und Blut vor mir stehen sah, die sich nach Jonathans Kehle gedrängt hatten. Von seinem Bericht her erkannte ich diese schwebenden Gestalten, die funkelnden harten Augen, die weißen Zähne, die roten sinnlichen Lippen. Sie lächelten der armen Madame Mina zu, dann klang ihr Lachen durch die Stille der Nacht, sie verschränkten die Arme, deuteten auf Madame Mina und riefen in jenem süßen Tonfall, den Jonathan mit der unerträglichen Lieblichkeit schwingender Gläser verglichen hatte:

»Komm, Schwester! Komm zu uns! Komm! Komm!« Voller Angst wandte ich mich zu Madame Mina um, doch mein Herz tat einen Freudensprung, denn der Schrecken in ihren Augen, der Abscheu und das Grauen sagten mir deutlich, daß für sie noch Hoffnung bestünde. Gott sei gedankt, aber sie war noch keine von jenen! Ich ergriff etwas Feuerholz, hielt eine Hostie in der ausgestreckten Hand und ging damit auf die drei zu. Sie zogen sich vor mir zurück und ließen dabei ihr gräßliches Lachen hören. Ich legte das Holz auf das Feuer und fürchtete mich nicht, denn ich wußte, in unserem Kreis waren wir sicher. Sie konnten sich weder mir, der ich durch die Hostie geschützt war, noch Madame Mina nähern, da diese in dem heiligen Kreis saß, den sie nicht verlassen konnte, während die anderen nicht einzudringen vermochten. Die Pferde stöhnten nicht mehr, sondern lagen ruhig auf dem Boden; der Schnee senkte sich sanft auf sie und bedeckte sie mit einem weißen Tuch. Ich wußte, daß die armen Tiere ausgelitten hatten.

So verstrich die Zeit, bis die Morgenröte durch den wirbelnden Schnee drang. Ich war verzweifelt gewesen, voller Sorgen, Furcht und Ängsten; aber als die herrliche Sonne am Horizont aufzusteigen begann, gewann ich neuen Lebensmut. Bei den ersten Anzeichen der Dämmerung bereits hatten sich die schrecklichen Gestalten in Nebel und Schnee aufgelöst. Ein paar durchsichtige Nebelschwaden schwebten in Richtung zum Schloß hin und verschwanden dann.

Instinktiv hatte ich mich bei Tagesanbruch Madame Mina zugewandt und wollte sie hypnotisieren, doch sie lag bereits in einem tiefen Schlaf, der ganz plötzlich über sie gekommen war und aus dem ich sie nicht wecken konnte. Ich versuchte, sie in ihrem Schlaf zu hypnotisieren, doch sie gab keine Antwort, und dann war der Tag angebrochen. – Jetzt habe ich Angst, mich vom Fleck zu rühren. Ich habe das Feuer wieder neu entfacht und nach den Pferden gesehen. Sie sind alle tot. Ich habe heute eine große Aufgabe vor mir, doch ich warte noch, bis die Sonne höher steht, denn vielleicht muß ich mich an Orte begeben, wo mir das Sonnenlicht, wenn es auch von Schnee und Nebel getrübt wird, die größte Sicherheit bietet.

Ich werde mich durch ein Frühstück stärken und mich dann an mein schreckliches Werk machen. Madame Mina schläft; und Gott sei Dank ist sie ruhig in ihrem Schlaf . . .

Jonathan Harkers Tagebuch

4. November, abends. – Der Unfall, den das Boot erlitt, war ein schwerer Schlag für uns. Wir hätten jenes andere Boot schon eingeholt haben können, und meine liebe Mina wäre jetzt schon frei. Ich wage nicht an sie zu denken, die sie jetzt in der Nähe des schrecklichen Ortes sein muß. Wir haben uns Pferde besorgt und werden zu Lande weiterreisen. Ich schreibe dies, während Godal-

ming alles vorbereitet. Wir sind gut bewaffnet; die Zigeuner müssen sich hüten, wenn sie es mit uns aufnehmen wollen. Wenn doch nur Morris und Seward bei uns wären! Wir können nur noch hoffen. Falls ich nicht mehr zum Schreiben komme, dann leb wohl, Mina! Gott segne dich!

Dr. Sewards Tagebuch

5. November. – Bei Tagesanbruch entdeckten wir einen Trupp Zigeuner, die mit einem Leiterwagen vom Fluß heraufkamen und in einiger Entfernung vor uns dahinjagten. Sie umgaben den Wagen in dichtem Schwarm und rasten wie Besessene vor uns her. Es schneit leicht, und die Atmosphäre ist mit einer seltsamen Spannung geladen. Vielleicht empfinden nur wir das so, denn wir sind sehr niedergedrückt. In der Ferne höre ich Wölfe heulen. Der Schnee treibt sie aus dem Gebirge herunter. Wir alle sind rundherum von Gefahren umgeben. Die Pferde sind abgetrieben und können bald nicht mehr weiter. Wir reiten, und vor uns wartet Sterben. Doch nur Gott allein weiß, wessen, und wo, wann oder wie es eintreten mag . . .

Dr. Van Helsings Aufzeichnungen

5. November, nachmittags. – Ich bin wenigstens noch normal, und ich danke Gott für diese Gnade, obwohl es schrecklich war, den Beweis dafür zu erhalten. – Ich ließ Madame Mina schlafend in dem heiligen Kreis zurück und machte mich auf den Weg zum Schloß. Der Schmiedehammer, den ich von Veresti mitgenommen hatte, erwies sich jetzt als nützlich, denn obwohl alle Türen offenstanden, brach ich sie noch aus ihren rostigen Angeln,

damit nicht irgendeine böse Absicht oder ein böser Zufall sie zuschlagen könnte und ich eingesperrt wäre. Jonathans bittere Erfahrungen waren mir eine Lehre. Aus der Erinnerung an seinen Bericht fand ich den Weg zu der alten Kapelle, denn ich wußte, daß dort meine Arbeit lag. Die Luft dort war bedrückend; mir schien, als ob ein Schwefeldunst im Raume hing, der mich fast schwindlig machte. Entweder dröhnte mir etwas in den Ohren, oder ich hörte aus der Ferne das Heulen von Wölfen. Da fiel mir die arme Madame Mina ein, und ich fühlte mich in einer schrecklichen Zwangslage.

Sie nämlich hatte ich nicht an diesen Ort mitzubringen gewagt, sondern hatte sie, vor den Vampiren wohlbehütet, im heiligen Kreis zurückgelassen; und dort war sie nun den Wölfen ausgeliefert! Dennoch entschied ich, daß meine wichtigste Aufgabe hier vor mir lag und daß wir uns, was die Wölfe anbetraf, Gottes Willen anvertrauen mußten. Jedenfalls bedeuteten die Wölfe nur Tod und danach Freiheit. Diese Wahl traf ich für sie; wäre es nur um mich gegangen, wäre die Wahl leicht gewesen, denn im Rachen eines Wolfes zu sterben schien mir weit leichter zu sein als im Grab des Vampirs. Aber ich entschied mich, meine Aufgabe zu erfüllen.

Ich wußte, daß ich mindestens drei Gräber finden mußte – bewohnte Gräber. So suchte ich denn und suchte und stieß schließlich auf eines. Die Frau lag vor mir in ihrem Vampirschlaf und schien so voller Leben, zeigte eine solch sinnliche Schönheit, daß ich erschauerte, als ob ich gekommen wäre, einen Mord zu begehen. Ah, ich zweifle nicht, daß früher, als man noch mit solchen Dingen vertrauter war, mancher Mann sich an eine solche Aufgabe wie ich jetzt wagte, dem dann das Herz weich wurde und die Nerven nachgaben. Dann zögerte er sicher, mit seiner schrecklichen Arbeit zu beginnen, und zögerte und zögerte, bis die Schönheit und der Reiz der wollüstigen Untoten ihn hypnotisiert hatten; und er blieb bei ihr bis zum Sonnenuntergang, bis ihr Vampirschlaf vorüber war. Dann schlug sie ihre schönen Augen auf, sah ihn voller Liebe an, der sinnliche Mund zum Küssen bereit ... Wie schwach ist dann ein Mann! Die Vampire aber hatten ein weiteres Opfer; die gräßlichen Reihen der Untoten gewannen ein neues Mitglied ...

Und doch mußte sie eine gewisse Faszination ausstrahlen, wenn selbst ich von ihrem Anblick berührt wurde, obwohl sie in einem alten, halb verfallenen Grab lag, rundum der Staub der Jahrhunderte, und obwohl der dumpfe Geruch in der Luft hing, den ich von den Ruhestätten des Grafen her kannte. Jawohl, ich war von ihrem Anblick berührt – ich, Van Helsing, mit all meiner Zielstrebigkeit und meinem wohlbegründeten Haß –, mich überkam plötzlich ein Zaudern, das meine Fähigkeiten zu lähmen schien und sich schwer auf meine Seele legte. Vielleicht begannen die Schlaflosigkeit und die drückende Luft mich zu überwältigen. Sicher ist, daß ich schließlich mit offenen Augen vor mich hindämmerte wie jemand, der einem süßen Traum nachhängt. Doch plötzlich drang durch die schneestille Luft ein langgezogener, schmerzvoller Klagelaut, der mich aufrüttelte wie Trompetenklang; denn es war die Stimme meiner lieben Madame Mina, die ich hörte!

Ich wappnete mich also wieder für meine Aufgabe und fand, nachdem ich verschiedene Grabdeckel weggeräumt hatte, eine weitere der Schwestern, und zwar die dunkelhaarige. Ich durfte nicht ebenso wie bei ihrer Schwester wagen, sie zu betrachten, damit ich nicht wieder von ihrem Anblick bezaubert würde. Statt dessen suchte ich weiter und fand schließlich in einem hohen, großen Grab, das aussah wie für eine sehr geliebte Person gerichtet, jene dritte, blonde Schwester, die ich aus dem Nebel hatte Gestalt annehmen sehen. Sie war so lieblich anzusehen, so strahlend schön, und eine solche Sinnlichkeit ging von ihr aus, daß sich meine Gedanken verwirrten, denn der männliche Instinkt, der uns zur Liebe und zum Schutz des schwachen Geschlechts aufruft, war in mir geweckt worden. Aber Gott sei gedankt, jener Klagelaut der armen Madame Mina klang noch in meinem Ohr nach, und ehe noch der verfluchte Zauber weiter auf mich einwirken konnte, machte ich mich an meine gräßliche Arbeit. Ich hatte jetzt alle Gräber in der Kapelle durchsucht, und da uns in der letzten Nacht nur jene drei Untoten bedrängten, hielt ich es für sicher, daß es hier keine weiteren Untoten gab. Doch stieß ich noch auf ein besonders großes Grab, das weit prächtiger war als die übrigen und besonders durch seine Ausmaße auffiel. Ein einziges Wort stand darauf:

DRACULA

Dies also war die Ruhestätte des großen Untoten, des Königs der Vampire, dem so viele andere dienten! Da das Grab leer war, bestätigte es nur meine Annahme. Bevor ich durch mein schreckliches Werk die drei Frauen in ihr wahres Selbst zurückverwandelte, legte ich in Draculas Grab eine Hostie und verbannte ihn, den Untoten, damit für immer von dieser Stätte.

Dann wartete die andere Aufgabe auf mich, vor der es mir graute. Hätte es sich nur um eine Frau gehandelt, dann wäre mir die Arbeit vergleichsweise leichtgefallen; aber drei! Das erschien mir doppelt so schwer wie meine letzte Schreckenstat, obwohl mir natürlich Miß Lucys Schicksal besonders naheging, was bei diesen drei Fremden nicht so sehr der Fall war. Diese hatten schon Jahrhunderte überdauert, waren im Lauf der vielen Jahre immer stärker geworden und würden ihre elende Existenz wild verteidigt haben, wenn sie nur gekonnt hätten . . .

Aber John, was war das für eine Schlächterarbeit! Hätte mich nicht der Gedanke an andere Tote und besonders an jene Lebenden, denen von diesen Frauen Verhängnis drohte, gestärkt, ich hätte es nicht überstanden. Ich zittere selbst jetzt noch, obwohl während des Werkes selbst meine Nerven Gott sei Dank standhielten. Hätte ich nicht bei der ersten gesehen, daß auf ihrem Gesicht kurz vor der endgültigen Auflösung ein Ausdruck tiefen inneren Friedens und wahrer Glückseligkeit erschien, als Ausdruck dessen, daß ihre Seele jetzt befreit war, ich hätte meine Schlächterei nicht fortsetzen können. Ich hätte das gräßliche Geräusch nicht ertragen, als der Pfahl in das Herz eindrang, und auch nicht den Anblick des sich windenden Körpers noch des blutigen Schaums auf den Lippen. Ich wäre voll Entsetzen geflohen und hätte mein Werk unvollendet zurückgelassen. Aber nun ist es überstanden! Jetzt kann ich die armen Seelen betrauern und beweinen, wenn ich an sie denke, wie sie da einen kurzen Moment vor der endgültigen Auflösung im tiefen Frieden des Todesschlafes lagen. Denn, John, kaum hatte mein Messer jeweils den Kopf vom Rumpf getrennt, da begann der ganze Körper augenblicklich in Staub zu zerfallen, als ob der Tod, der schon vor Jahrhunderten hätte eintreten sollen, sich endlich zu seinem Recht verholfen und laut und deutlich gesagt hätte: »Hier bin ich!«

Ehe ich das Schloß verließ, präparierte ich seine Tore so, daß der Graf nie wieder als Untoter dort eindringen kann.

Als ich später in den Kreis trat, in dem Madame Mina schlief, fuhr sie aus dem Schlaf hoch und rief mir voller Qual zu, daß ich zu lange fortgeblieben wäre.

»Kommen Sie!« setzte sie hinzu. »Verlassen wir diesen entsetzlichen Ort! Gehen wir meinem Mann entgegen, der hierherkommt! Das weiß ich genau!« Sie sah jetzt schmal und blaß und schwach aus; doch ihre Augen blickten rein und glänzten vor Eifer. Ihre Blässe und Kränklichkeit beruhigten mich, denn in mir steckte noch das Grauen vor dem rotbäckigen, blutvollen Vampirschlaf.

Und so wandern wir jetzt voller Vertrauen und Hoffnung und doch auch voller Sorge nach Osten, unseren Freunden und ihm entgegen, von dem Madame Mina sagt, sie wüßte, daß er uns entgegenzöge.

Mina Harkers Tagebuch

6. November. – Es war schon spät am Nachmittag, als der Professor und ich uns in Richtung Osten aufmachten, von woher Jonathan kommen mußte, wie ich genau wußte. Wir gingen nicht sehr schnell, obwohl der Weg steil abwärtsführte, aber wir trugen die schweren Pelze und Decken mit uns, da wir nicht Gefahr laufen wollten, ohne diese Hilfsmittel Kälte und Schnee begegnen zu müssen. Auch mußten wir einigen Proviant mitnehmen, denn wir befanden uns in einer öden und verlassenen Gegend und konnten, soweit das Auge bei dem Schneefall reichte, kein einziges Zeichen von Ansiedlung entdecken. Als wir etwa eine Meile zurückgelegt hatten, war ich erschöpft und mußte mich setzen. Wir blickten zurück und sahen die klaren Umrisse von Draculas Schloß vor dem Himmel stehen, denn wir befanden uns jetzt so tief unterhalb der Bergkuppe, auf der das Schloß stand, daß die Karpatenberge zurücksanken. Da stand das Schloß in all seiner Größe, tausend Fuß hoch auf dem Gipfel eines steil ansteigenden Kegels, von den Bergen rundum durch tiefe Abgründe getrennt: ein wilder und unheimlicher Anblick! In der Ferne hörten wir wieder Wölfe heulen. Obwohl dieser Laut durch den Schnee gedämpft wurde, erregte er doch Grauen und Entsetzen. Ich erkannte, daß Dr. Van Helsing nach einem strategisch günstig gelegenen Ort suchte, wo

wir im Falle eines Angriffes einigermaßen geschützt wären. Die schlechte Straße führte noch immer abwärts; trotz des Schneetreibens war sie noch zu erkennen.

Der Professor, der ein Stück vorausgegangen war, gab mir plötzlich ein Zeichen; ich stand also auf und trat zu ihm. Er hatte ein prächtiges Versteck gefunden, eine natürliche Höhle in einem Felsen, deren Eingang zwischen zwei Felsblöcken lag und wie ein Tor wirkte. Der Professor nahm mich bei der Hand und führte mich hinein. »Sehen Sie!« sagte er, »hier drin sind Sie geschützt; und wenn die Wölfe kommen, kann ich sie einen nach dem anderen abwehren.«

Er holte unsere Pelzsachen herein und bereitete mir ein bequemes Lager. Dann versuchte er mich zum Essen zu überreden, doch ich konnte nicht; selbst der Versuch dazu widerte mich an, und so gern ich ihm eine Freude gemacht hätte, so konnte ich mich doch nicht überwinden. Er sah sehr traurig aus, machte mir jedoch keine Vorwürfe. Er nahm sein Fernglas, kletterte auf einen Felsen und begann den Horizont abzusuchen. Plötzlich rief er:

»Dort! Madame Mina, sehen Sie sich das an!« Ich sprang auf und kletterte neben ihn auf den Felsen; er reichte mir das Glas und deutete in die Ferne. Es schneite jetzt noch stärker, und ein kräftiger Wind jagte die Flocken vorüber. Bisweilen jedoch ließen die Schneeschauer etwas nach, und ich konnte dann weit in die Ferne sehen. Von unserem erhöhten Standort aus konnte man die Umgebung weit überblicken. In der Ferne, jenseits der weiten Schneefelder, erkannte ich den Fluß, der sich wie ein schwarzes Band in Schleifen und Kurven dahinschlängelte. Gerade vor uns aber und gar nicht einmal so weit entfernt, ja bereits so nah, daß ich mich wunderte, wieso wir sie nicht vorher bemerkt hatten, kam eine Gruppe Reiter auf uns zugejagt. In ihrer Mitte entdeckte ich einen Wagen, einen langen Leiterwagen, der bei jeder Unebenheit der Straße von Seite zu Seite schwankte und wie ein Hundeschwanz wedelte. Die Männer hoben sich deutlich gegen den Schnee ab, und an ihrer Kleidung konnte ich erkennen, daß es Bauern oder irgendwelche Zigeuner sein mußten.

Auf dem Wagen aber lag eine große, mächtige Kiste! Mein Herz machte einen Satz, als ich sie entdeckte, denn ich wußte plötzlich, daß wir unserem Ziel nahe waren. Allerdings stieg schon der Abend herauf, und ich wußte nur zu gut, daß bei Sonnenuntergang jenes Wesen, das in der Kiste gefangen lag, neue Freiheit erhielt und sich in mancherlei Gestalt allen Verfolgungen entziehen konnte. Voller Furcht wandte ich mich zu dem Professor um; doch der war zu meiner Verwirrung nicht mehr da. Im nächsten Augenblick schon entdeckte ich ihn unter mir. Er hatte rund um den Felsen einen Kreis gezogen gleich jenem, in dem wir in der vergangenen Nacht Schutz gefunden hatten. Als er damit fertig war, kletterte er wieder zu mir empor und sagte:

»Sie sollen hier wenigstens vor ihm sicher sein!« Dann nahm er mir das Glas aus den Händen und suchte die ganze vor uns liegende Gegend ab. »Da, sie kommen schnell näher!« sagte er. »Sie schlagen auf die Pferde ein und galoppieren, was die Tiere hergeben.« Er überlegte kurz und setzte dann düster hinzu:

»Sie jagen mit der Sonne um die Wette. Vielleicht kommen wir zu spät. Gottes Ratschluß ist unergründlich.« Gleich darauf setzte wieder stärkeres Schneetreiben ein, und die Sicht auf die Landschaft wurde uns verwehrt. Als der Schauer vorüber war, setzte der Professor sofort wieder das Glas an die Augen. Plötzlich schrie er auf:

»Sehen Sie, dort! Zwei Reiter jagen heran; sie kommen aus dem Süden! Das müssen Quincey und John sein. Nehmen Sie das Glas! Schnell, ehe wieder eine Schneeschauer kommt!« Ich nahm das Glas und starrte hindurch. Die beiden Reiter mußten Dr. Seward und Mr. Morris sein; Jonathan war jedenfalls nicht dabei. Zugleich wußte ich jedoch genau, daß Jonathan nicht mehr fern sein konnte. Und als ich meinen Blick weiter in die Runde schweifen ließ, entdeckte ich plötzlich nördlich von der heranjagenden Zigeunergruppe zwei andere Reiter, die mit halsbrecherischer Geschwindigkeit heranpreschten. In einem von ihnen erkannte ich sofort Jonathan; der andere mußte also Lord Godalming sein. Auch sie jagten auf die Reitergruppe mit dem Wagen zu. Als ich es dem Professor berichtete, schrie er vor Freude auf wie ein Schuljunge. Nachdem er dann selbst angespannt durchs Glas gespäht hatte, bis ein Schneeschauer uns wieder die Sicht entzog, legte er seine Winchester schußbereit auf einen Felsblock vor dem Höhleneingang. »Sie werden alle an einem Punkt zusammentreffen«, erklärte er. »Wenn es soweit ist, werden wir uns nach allen Seiten gegen die Zigeuner zu wehren haben.« Ich holte daraufhin meinen Revolver hervor, denn jetzt klang auch das Heulen der Wölfe immer lauter und näher. Bei einem neuerlichen Abflauen des Schneesturms nahmen wir wieder das Glas zur Hand. Es war seltsam zu sehen, wie es bei uns in dicken Flocken schneite, während in der Ferne die Sonne schien und in immer leuchtenderem Glanz den fernen Berggipfeln zusank. Als ich unsere nähere Umgebung absuchte, entdeckte ich hier und da dunkle Punkte, die sich einzeln oder zu zweit und dritt oder gar in größeren Gruppen über den Schnee bewegten. Die Wölfe sammelten sich um ihr Wild.

Während wir so warteten, erschien uns jede Sekunde wie eine Ewigkeit. Der Wind blies jetzt in heftigen Stößen vorüber, und der Schnee wurde in tanzenden Wirbeln herangefegt. Manchmal sahen wir kaum die Hand vor Augen, doch dann wieder, wenn der hohlbrausende Wind vorübergejagt war, schien es rund um uns aufzuklaren, so daß wir weite Sicht hatten. In der letzten Zeit war es uns zur Gewohnheit geworden, jeweils auf die Sonnenaufgänge und -untergänge zu achten, so daß wir ziemlich genau wußten, wann sie eintreten würden. Auch jetzt wußten wir also genau, daß die Sonne bald verschwinden mußte. Wir mochten unseren Uhren kaum glauben, daß wir noch keine Stunde in unserem Felsenversteck gewartet hatten, als die verschiedenen Gruppen endlich in unsere Nähe gekommen waren. Der Wind jagte jetzt in immer wilderen Stößen aus Norden heran. Er hatte offensichtlich die Schneewolken vertrieben, denn nur noch gelegentlich zog ein Schneeschauer vorüber. Wir konnten jetzt deutlich die einzelnen Personen jeder Gruppe unterscheiden, sowohl die Verfolgten wie die Verfolger. Seltsamerweise schienen sich die Verfolgten nicht bewußt zu sein, daß man ihnen folgte; oder zumindest kümmerte es sie nicht. Trotzdem schienen sie mit verdoppelter Eile vorwärts zu jagen, als sich die Sonne mehr und mehr den Berggipfeln zuneigte.

Immer näher waren die Gruppen gekommen. Der Professor und ich versteckten uns hinter unserem Felsen und hielten die Waffen bereit. Ich erkannte, daß der Professor entschlossen war, die Zigeuner nicht vorüberzulassen. Keine der Gruppen ahnte etwas von unserer Anwesenheit.

Plötzlich schrien zwei verschiedene Stimmen: »Halt!« Die eine, von wilder Leidenschaft durchdrungene Stimme gehörte Jonathan, die andere Mr. Morris, der im ruhigen, entschiedenen Befehlston gerufen hatte. Die Zigeuner verstanden wahrscheinlich das ihnen fremde Wort nicht, aber der Tonfall war nicht mißzuverstehen, welcher Sprache auch immer das Wort angehören mochte. Instinktiv zügelten die Zigeuner die Pferde, und im gleichen Augenblick schon jagten Lord Godalming und Jonathan von der einen und Dr. Seward sowie Mr. Morris auf der anderen Seite heran. Der Anführer der Zigeuner, ein großartig aussehender Bursche, der wie ein Zentaur mit seinem Pferd verwachsen schien, trieb mit wütender Stimme seine Leute zum Weiterjagen an. Die Zigeuner schlugen auf die Pferde ein, diese preschten wieder los, aber da hoben unsere vier Männer ihre Winchesters und befahlen ihnen auf unmißverständliche Art zu halten. Zugleich erhoben wir beide uns hinter unserem Felsen und richteten unsere Waffen auf die Zigeuner. Als diese sahen, daß sie von Feinden umgeben waren, zogen sie die Zügel an und hielten. Ihr Anführer schrie ihnen ein Wort zu, woraufhin jeder Zigeuner eine Waffe zog, entweder Messer oder Pistole, und sich zum Angriff vorbereitete. Das alles war Werk eines einzigen Augenblicks.

Der Anführer trieb plötzlich mit einer schnellen Zügelbewegung sein Pferd vorwärts, deutete auf die jetzt tief über dem Horizont stehende Sonne, dann auf das Schloß und schrie etwas, das ich nicht verstand. Als Erwiderung darauf warfen sich unsere vier Männer von den Pferden und rannten zum Leiterwagen. Normalerweise hätte ich schreckliche Angst um Jonathan gehabt, aber der Kampfeseifer mußte mich ebenso gepackt haben wie die Männer, denn ich empfand keine Angst, sondern nur den wilden, überwältigenden Drang, irgend etwas zu tun. Der Anführer der Zigeuner erkannte die Absicht unserer Leute und erteilte einen schnellen Befehl; seine Männer drängten sich daraufhin in undiszipliniertem Eifer zum Wagen und stellten sich, einer den andern mit der Schulter wegstoßend, dort auf.

Auf der einen Seite dieses Schutzringes aus Männern entdeckte ich Jonathan, auf der anderen Seite Quincey. Beide versuchten sich zum Wagen durchzudrängen; es war klar, daß sie ihre Aufgabe unbedingt noch vor Sonnenuntergang beenden wollten. Nichts schien sie aufhalten oder behindern zu können. Weder die angelegten Pistolen noch die blitzenden Messer der Zigeuner vor ihnen oder gar das Heulen der Wölfe hinter ihnen schienen ihre Aufmerksamkeit abzulenken. Jonathans Ungestüm und seine klar ausgedrückte Zielrichtung überwältigte die Zigeuner vor ihm; instinktiv wichen sie zur Seite und ließen ihn vorbei. Im nächsten Augenblick war er schon auf den Wagen gesprungen, hob mit einer unglaublich wirkenden Kraft die große Kiste an und warf sie über den Wagenrand zu Boden. Mr. Morris hatte in der Zwischenzeit Gewalt gebrauchen müssen, um sich durch den Ring der Zigeuner zu drängen. Während der ganzen Zeit, da ich mit atemloser Spannung Jonathans Vorgehen verfolgte, hatte ich doch zugleich auch Mr. Morris beobachtet, wie er sich verzweifelt vorwärts kämpfte. Ich hatte die Messer der Zigeuner aufblitzen sehen, die gegen ihn geschwungen wurden, und hatte beobachtet, wie er die Stöße mit seinem schweren Jagdmesser parierte. Zunächst schien es mir, als ob auch er den Ring der Männer unversehrt durchdrungen hätte, doch als er neben Jonathan trat, der vom Wagen gesprungen war, konnte ich sehen, daß Mr. Morris die linke Hand auf die Seite drückte und daß Blut unter seinen Fingern hervorsickerte. Trotzdem ließ er sich dadurch nicht aufhalten, denn während Jonathan voll verzweifelter Energie mit seinem Kukri-Dolch den Deckel der Kiste abzusprengen versuchte, attackierte Mr. Morris das andere Ende der Kiste mit seinem Jagdmesser. Ihren gemeinsamen Anstrengungen hielt der Deckel nicht stand; kreischend gaben die Nägel nach, und dann flog der Kistendeckel auf.

Die Zigeuner, die die Winchesters von Lord Godalming und Dr. Seward auf sich gerichtet sahen, hatten unterdessen jeden Widerstand aufgegeben. Die Sonne berührte jetzt fast schon den Gipfel der Berge, und die Schatten der Männer fielen lang über den Schnee. Der Graf lag auf der Erde in seiner Kiste; durch den Sturz vom Wagen war er mit Erde beschmutzt. Er wirkte totenblaß wie eine Wachspuppe, doch in seinen roten Augen funkelte jener rachsüchtige Blick, den ich nur zu gut kannte.

Plötzlich entdeckte er die sinkende Sonne, und statt des Hasses erschien wilder Triumph in seinen Augen.

Im gleichen Augenblick jedoch fuhr Jonathans großer Dolch nieder. Ich schrie auf, als ich sah, wie das Kukri-Messer durch den Hals des Grafen fuhr, während sich im gleichen Augenblick das Jagdmesser von Mr. Morris in des Grafen Herz senkte.

Was dann kam, war wie ein Wunder; denn vor unseren Augen und im Zeitraum eines einzigen Atemzugs zerfiel sein Körper zu Staub und löste sich auf.

Mein ganzes Leben lang jedoch werde ich darüber froh sein, daß ich in dem kurzen Moment vor seiner endgültigen Auflösung auf seinem Gesicht einen solchen Ausdruck tiefen Friedens entdeckte, wie ich ihn nie dort zu sehen vermutet hätte.

Draculas Schloß stand jetzt dunkel vor dem roten Abendhimmel, und jeder Stein seiner zerfallenen Zinnen hob sich klar und deutlich vor der Abendröte ab.

Die Zigeuner, die wohl annahmen, daß wir auf irgendeine Weise das ungewöhnliche Verschwinden des toten Mannes verursacht hätten, machten wortlos kehrt und jagten davon, als ob es ihr Leben gälte. Diejenigen, die nicht beritten waren, sprangen auf den Leiterwagen und riefen den Reitern zu, sie nicht zurückzulassen. Die Wölfe, die sich in sichere Entfernung zurückgezogen hatten, folgten den Zigeunern und ließen uns allein zurück. Mr. Morris war zu Boden gesunken; er stützte sich auf den Ellbogen und preßte noch immer die Hand auf die Seite. Das Blut sickerte weiterhin unter seinen Fingern hervor. Ich stürzte zu ihm, denn der heilige Kreis hielt mich nicht mehr zurück. Auch die beiden Ärzte kümmerten sich um ihn. Jonathan kniete hinter ihm nieder; der Verwundete legte den Kopf zurück auf seine Schulter. Seufzend und mit großer

Mühe ergriff er mit seiner freien Hand die meine. Er mußte dabei in meinem Gesicht meine Herzensangst gelesen haben, denn er lächelte mir zu und sagte leise:

»Ich bin zu glücklich, daß ich doch noch zu etwas nützlich war! O mein Gott!« schrie er plötzlich laut und versuchte, sich aufzurichten. Dann deutete er auf mich und stöhnte: »Es war wert, dafür zu sterben. Seht doch nur! Seht!«

Die Sonne war jetzt fast völlig hinter dem Berg verschwunden. Ihr letzter roter Glanz fiel auf mein Gesicht, so daß es in rosiger Glut gebadet schien. Wie unter einem gemeinsamen Zwang sanken die Männer auf die Knie, und tief aus ihrem Innern drang ein ehrfürchtiges »Amen!«, als ihre Blicke seinem deutenden Finger folgten. Der Sterbende aber setzte hinzu:

»Gott sei dafür bedankt, daß nicht alles umsonst war! Seht doch nur! Der Schnee ist nicht reiner als ihre Stirn. Jetzt ist der Fluch wieder von ihr genommen!« Und dann starb dieser edle Mann schweigend, mit einem Lächeln auf den Lippen, und hinterließ uns in bitterer Trauer.

Schlußbemerkung

Sieben Jahre ist es jetzt her, seit wir durch jene Höllenflammen gingen, doch unser jetziges Glück scheint es uns wert zu sein, daß wir jenes Leid überstanden. Eine zusätzliche Freude bedeutet es Mina und mir, daß unser Sohn am gleichen Tag Geburtstag hat, an dem Quincey Morris starb. Mina hegt, wie ich weiß, den geheimen Glauben, daß etwas vom Geist unseres tapferen Freundes auf unseren Sohn übergegangen ist. In seinen verschiedenen Vornamen wird man alle Namen unserer Gruppe wiederfinden; wir jedoch nennen ihn Quincey.

Im Sommer dieses Jahres unternahmen wir eine Reise

nach Transsilvanien und besuchten noch einmal die Gegend, die für uns so voller lebhafter und schrecklicher Erinnerungen ist. Trotzdem schien es kaum glaubhaft, daß all die Dinge, die wir mit eigenen Augen gesehen und mit eigenen Ohren gehört hatten, tatsächlich der Wirklichkeit angehörten, denn jede Spur des Geschehenen war ausgelöscht. Nur das Schloß stand noch wie früher und ragte hoch empor über dem öden Land.

Als wir nach Hause kamen, sprachen wir wieder einmal von den alten Zeiten, auf die wir jetzt alle ohne Bitterkeit zurückblicken können, denn auch Godalming und Seward sind jetzt beide glücklich verheiratet. Ich holte unsere Aufzeichnungen aus dem Safe, wo sie seit unserer ersten Heimkehr gelegen hatten. Dabei wurde uns plötzlich die Tatsache bewußt, daß sich in all der Masse von Material, aus dem sich dieser Bericht zusammensetzt, kaum ein einziges authentisches Dokument befindet. Außer den letzten Notizen von Mina, Seward und mir sowie Van Helsings Aufzeichnungen war alles andere mit Schreibmaschine getippt, und wir konnten kaum annehmen, daß irgend jemand dies als Beweis für eine so wilde Geschichte gelten ließe, falls wir ihn zu überzeugen wünschten. Van Helsing faßte diese Überlegung zusammen, als er erklärte, wobei er unseren Sohn auf den Knien schaukelte:

»Wir brauchen keine Beweise, wir fordern niemand auf, uns zu glauben. Dieser Junge hier wird eines Tages wissen, was für eine tapfere und edle Frau seine Mutter ist. Ihre Fürsorge und Liebe kennt er bereits; aber später erst wird er begreifen, wie ein paar Männer sie so sehr lieben konnten, daß sie um ihretwillen das Äußerste wagten.«

Jonathan Harker

Zu dieser Ausgabe

insel taschenbuch 3103: Der vorliegende Text folgt dem insel taschenbuch 1086: Bram Stoker, Dracula. Aus dem Englischen von Karl Bruno Leder. © Insel Verlag Frankfurt am Main 1988. Die Originalausgabe ist 1897 unter dem Titel *Dracula* erschienen. Umschlagabbildung: Antoine Wiertz, Die übereilte Beerdigung, 1854. Musées royaux des Beau-Arts de Belgique, Brüssel.